KB252544

추운 겨울이 있기에
봄은 아름답다

95세 비전향장기수
임방규의 옥중편지

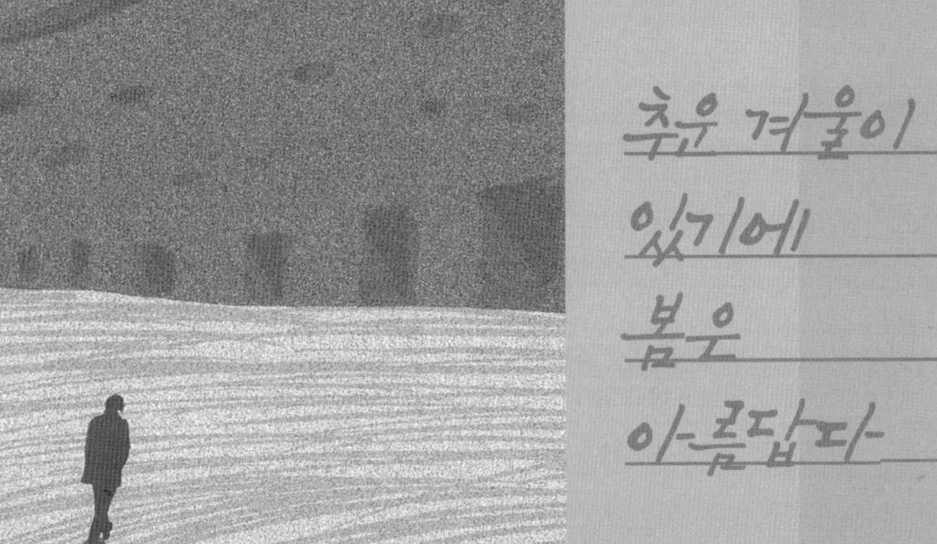

임방규 지음

시여비

나에게는 삼촌이라고 부르는 생질들이 여러 명이다.

저들은 2년 갱신, 또 갱신의 방법으로
재판도 없이, 한도 끝도 없이 우리를 감옥에 가두어 놓고
사상 전향 공작을 자행했다.

어머님께 올린 글월도 그렇고
사춘기에 접어든 조카들이 충실하게 커야 할 텐데
학교나 사회나 심지어 가족까지도 내부를 헤쳐 놓고 보면
많은 부분이 썩어서 악취가 번지고 있다.

40여 년 전 어느 날 친척들이 모인 자리에서
조카사위 윤동환이 "삼촌! 삼촌이 감옥에서 보내주신 편지를
책으로 묶어내는 것이 어떻습니까? 삼촌이 돌아가시면 없어질 글인데……"
애절한 정이 묻어나왔다. 집에 오자마자 편지 뭉치를 들춰보았다.

저들이 검열한 글이라 마음에 차지 않지만
불 속에 던져버리기에는 아쉬움이 컸다.

어떻게 하면
조국의 미래를 짊어질 사랑하는 청소년들에게 보탬이 될 것인가.
철창 안 마룻방에서 생질들에게 편지를 쓸 때 아파하며 썼던 글이라
그냥 버리기에는 애석해서 책으로 묶었다.

변변치 못한 글을 버젓한 책으로 묶어내느라 애쓴
송연형, 출판사 곽유찬, 그리고 책을 직접 만든 여러분께 감사한다.

조국의 자주통일을 기필코 완수하자.

2026년 1월, 저자 임방규

1932.6.
전북 부안에서 父 임병기와 母 구성애의 3남 2녀(창규, 방규, 순덕, 순이, 흥규) 중 2남으로 출생.

1940.
부안국민학교에 입학.

1944.
같은 학교 상급반에 다니던 형 임창규가 야마모토 일본 교장과 싸워 퇴학당하고, 중국으로 가 항일 빨치산과 연계를 시도하다 실패하고 돌아옴.

1946.
고창중학교에 입학.

1947.
'국대안 반대투쟁'으로 동맹휴교. '미소공동위 재개 촉구'로 2차 동맹휴교. '민주학생동맹'에 가입해 반미전선에 뛰어듦.

1948.6.
전주공업고등학교 토목과 2학년에 편입.

1948 ~
1948.
잡지 등을 팔며 학비 마련. 이때 변산유격대에서 활동하던 형을 만나 후방에서 지원.

1949.
겨울
父 임병기가 서대문형무소에 수감. 가족이 옥바라지를 위해 서울 돈암동 신흥사 밑으로 이사.(당시 서대문형무소에는 정치범 미결수 9천여 명 수감.)

1950.5.
전주공업학교 4년 수료.

1950.
6.25.
전쟁 발발. 父 임병기 서대문형무소에서 출감.

1950.7.
유격대에 지원. 인민군 104연대 14대대 2중대 2소대에 배치. 임실 성수산에 입산. 유격부대인 407부대(일명 외팔이부대)에서 정치부 중대장으로 활동.

1951.4.
쌍치면 북제에서 큰 부상.

1951.6.
형 임창규(변산유격대 참모장)가 찾아와 변산유격대에서 활동하던 아버지가 3월 5일 산에서 운명하신 것을 알려주며 아버지의 유언을 전함.

1952.
임실군 상계면에서 체포. 남광주 포로수용소에서 이질, 괴혈병에 걸려 사선을 넘나들던 이때 형 임창규 역시 생포돼 수용소에 있다는 소식을 들음.

1952.
9.13.
전남지구 위수고등군법회의에서 국방경비법 제32조 위반 사형 선고. 광주형무소 이가사에서 사형집행 대기 중 같은 형무소에 수감 중이던 형과 극적 상봉, 형에게 유언.

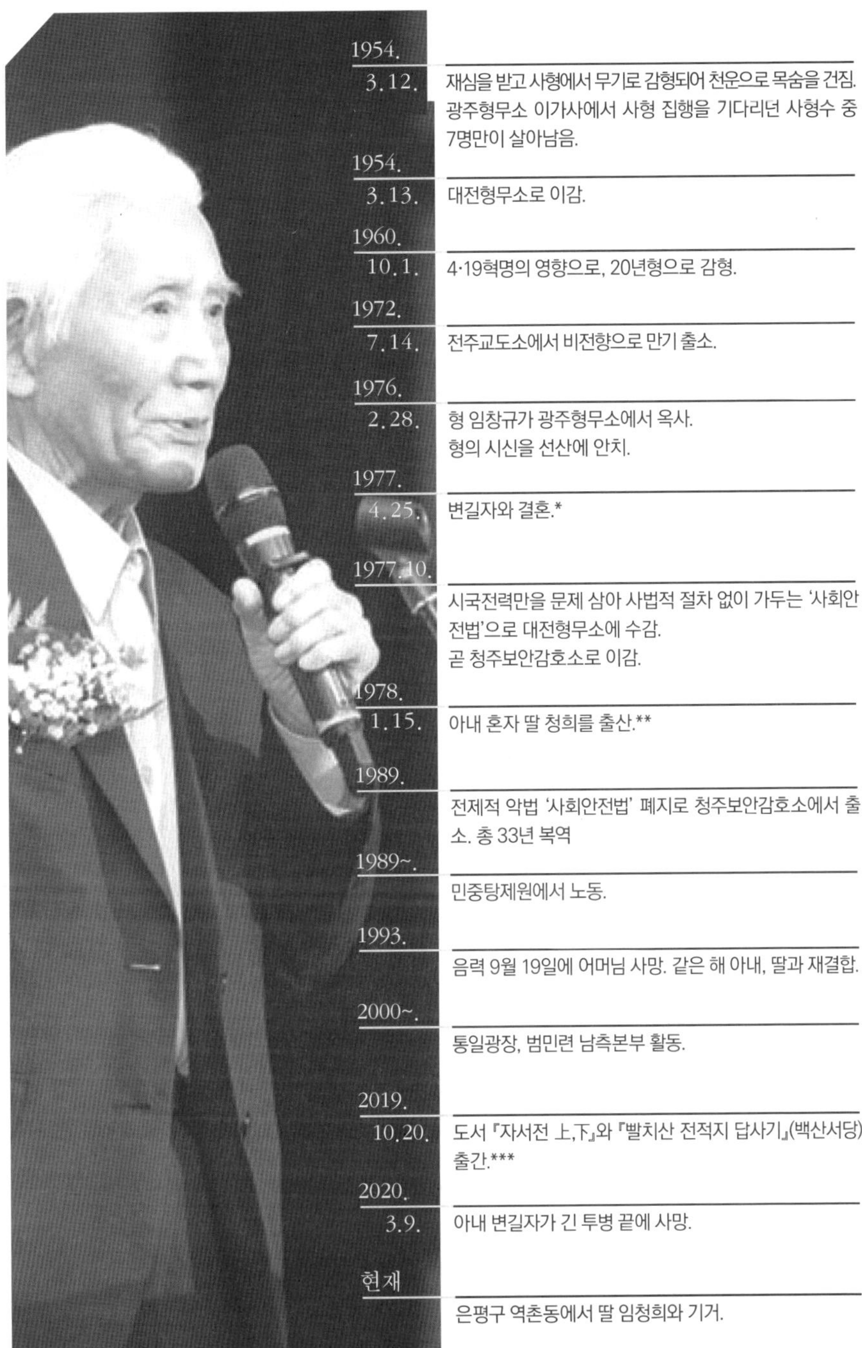

1954. 3. 12.	재심을 받고 사형에서 무기로 감형되어 천운으로 목숨을 건짐. 광주형무소 이가사에서 사형 집행을 기다리던 사형수 중 7명만이 살아남음.
1954. 3. 13.	대전형무소로 이감.
1960. 10. 1.	4·19혁명의 영향으로, 20년형으로 감형.
1972. 7. 14.	전주교도소에서 비전향으로 만기 출소.
1976. 2. 28.	형 임창규가 광주형무소에서 옥사. 형의 시신을 선산에 안치.
1977. 4. 25.	변길자와 결혼.*
1977. 10.	시국전력만을 문제 삼아 사법적 절차 없이 가두는 '사회안 전법'으로 대전형무소에 수감. 곧 청주보안감호소로 이감.
1978. 1. 15.	아내 혼자 딸 청희를 출산.**
1989.	전제적 악법 '사회안전법' 폐지로 청주보안감호소에서 출 소. 총 33년 복역
1989~.	민중탕제원에서 노동.
1993.	음력 9월 19일에 어머님 사망. 같은 해 아내, 딸과 재결합.
2000~.	통일광장, 범민련 남측본부 활동.
2019. 10. 20.	도서 『자서전 上,下』와 『발치산 전적지 답사기』(백산서당) 출간.***
2020. 3. 9.	아내 변길자가 긴 투병 끝에 사망.
현재	은평구 역촌동에서 딸 임청희와 기거.

* 아내는 임방규가 비전향 장기수임을 모르고 결혼했다. 결혼 5개월 만에 남편이 사회안전법으로 수감되자 큰 충격을 받아 옥중에 있는 임방규와 절연한다. 이때 딸 임청희를 임신 중이었다.

** 임방규는 청희가 태어난 후 얼굴도 보지 못한 딸에 대한 그리움 때문에, 얼굴이 도톰하고 예쁜, 네다섯 살쯤 된 여자아이의 꿈을 자주 꾸었다고 한다. 아내에게는 수차례 편지를 보냈지만, 홀로 아이를 키우는 삶이 버거웠던 탓인지 끝내 답장을 받지 못했다. 그는 밖에 있는 가족에게 꽃다발이나 선물을 전해 달라고 부탁하기도 했다. 그러나 가족들 역시 생활이 어려운 처지였고, 결국 연락은 끊어지고 말았다.
임방규는 아내가 자신이 장기수라는 사실을 숨긴 채 결혼했다는 데서 느꼈을 배신감과 서운함을 짐작했다. 그로 인해 아내와 딸 청희에 대한 미안함이 끊임없이 자신을 괴롭혔다고 한다. 그러나 가족을 그리워하는 마음조차 자유로울 수 없었다. 군사독재정권은 전향 공작의 일환으로 가족에 대한 그리움을 집요하게 파고들며 전향을 강요했기 때문이다. 결국 임방규는 가족에 대한 그리움마저 자신의 신념을 지키기 위해 애써 외면해야 했고, 스스로 냉정해져야 했다.
출소 후 임방규는 처자식과의 재결합을 위해, 거절하는 아내를 끈질기게 찾아가 설득했다. 비전향 장기수 동료인 권낙기 역시 이 과정을 도왔다. 어느 날 세 사람은 딸 임청희를 함께 만났지만, 청희는 아무 말도 하지 않은 채 무표정으로 앉아 있었다. 오랜 설득 끝에, 한동안 망설이던 청희는 마침내 임방규를 향해 "아빠"라고 불렀다. 그 순간 임방규는 뜨거운 눈물을 흘렸다. 그러나 어린 시절 아버지와 함께하지 못했던 청희에게 아버지는 쉽게 다가갈 수 있는 존재가 아니었다. 부녀가 가까워지기까지는 많은 시간이 필요했다. 임방규는 권낙기와 함께 다시 한번 '아빠'라는 말을 듣기 위해 가게로 딸을 데려가며 말했다. "갖고 싶은 건 다 사 줄게. 뭐든 골라. '아빠'라고 한 번만 더 불러줘." 주춤거리던 청희는 결국 다시 '아빠'라고 불렀다고 한다. 그렇게 4년에 걸친 끈질긴 노력 끝에, 그는 가족과 재결합하는 데 성공했다. 임방규는 이를 두고 "한 여인과 결혼을 두 번 한 셈"이라고 말했다.
재결합 이후 아내는 《태백산맥》과 《아리랑》 같은 책을 읽고, 임방규의 지인들을 만나며 그의 삶을 조금씩 이해하게 되었다고 회상했다.

*** 임방규의 출생부터 출소해 처자식과 재결합하기까지의 삶을 자세히 알 수 있다.

° 일러두기

1. 「특별판」에는 임방규가 주고받은 옥중서신 전문을 실었다.
2. 장 분류는 원고 분량에 따라 임의로 분리하였다.
3. 임방규의 편지는 ■■■■■■■선으로 표시했다.
4. 가족들의 편지는   ▥▥▥▥▥▥선으로 표시했다.
5. 편지 원본대로 사투리와 옛말은 그대로 표기했다.

"이 책은 사회안전법으로 두 번째 수감생활을 하며 보낸 12년간의 옥중서신을 기록한 것이다.
그 의미를 담아 임방규가 사회안전법의 부당함을 직접 밝힌 글을 수록한다."

나는 1952년 1월 24일 체포되었다. 형사 사건 판결문은 국가기록원에 없다고 한다. 1952년 9월 11일에 호명된 우리들 40여 명은 수용소에서 전남도 경찰국에 이송되었다. 다음날 12일에 검사 취조를 받았으며, 13일 오전에 광주 무덕정에서 사형 구형을 받고 오후에 사형 선고를 받았다. 판사의 사형 선고는 앞줄의 한 분만 호명하고 "이하 28명 사형!"이었다. 판결문 자체를 제대로 작성하지 않았거나 없애버렸는지도 모른다. 우리들 40여 명은 재판을 받은 그날로 광주 감옥 안에 처넣어졌다. "전원 엎드려뻗쳐!"를 시켜놓고 몽둥이로 어찌나 모질게 내리치던지 몇 분은 생똥을 쌌다. 소위 저들의 '입소식'이라는 것이다. 부장 녀석은 "네 놈들이야 죽어도 보고서 한 장이면 된다. 이제부터 형무소 규율을 지켜야 하고 우리의 명령 지시에 복종해야 한다. 거역하면 죽어 나간다."라고 지껄이며 매질을 했다. 경남도민청 부위원장 이명기 선생은 입소식 때 얼마나 맞았던지 코와 입으로 피를 토하며 돌아가셨다고 한다.

저들의 전향 공작은 대전형무소의 경우 1955년 봄부터 시작되었다. 비전향자들을 특별사에 수용하고 일반 수용자와는 완전히 격리시켰으며 저들의 행형정책은 모두가 우리를 전향시키는 데 집중했다. '빨갱이는 죽어도 된다.'라는 저들의 의식 상태 아래에서 날조는 물론 실로 비인간적이며 비열하고 잔혹한 전향 공작이었다.

나는 1972년 7월, 41세의 나이로 20년 만기 출소했다. 그날로 고향에 갔는데 내가 살 집은 없었다. 칠순이 넘은 어머님은 큰딸, 작은딸 집에 가서 몇 달씩 지내고 계셨다. 막내 홍규동생은 열악한 수공업 공장에서 숙식을 하며 기술을 익히고 있었다.

나는 중부님 댁에서 3개월 동안 몸을 추스른 뒤 서울에 왔다. 순이의 집에 얹혀살면서 주로 신축 건물 칠하는 일을 했다. 페인트 일이 그리 복잡하거나 어렵지 않아서 집 두 채를 칠하고 견적을 낸다거나, 거실을 은은하게 꾸미기도 하고, 기와와 외벽 위아래 색을 조화롭게 칠하는 등 페인트 분야에 어느 정도 실력을 갖추게 되었다. 페인트 조를 조직하여 운영하기도 했다. 얼마 후 작은 방을 전세로 얻어서 어머님과 동생 홍규와 함께 살았다. 23년 만에 그렇게도 바랐던 어머니와 두 아들이 한집에서 살았다. 일은 힘이 들었지만 집에 가면 방 안에 사랑이 가득했다. 화분에 페인트칠을 해서 팔기도 하고 건축 도장도 했다. 비닐끈을 생산하는 공장을 경영하다가 실패하고 서울 거여동에 있던 명성정밀 도장부 주임으로도 있었다.

1977년 4월 25일에 결혼하고 아내는 임신했다. 그해 10월 1일 성동경찰서 담당 경찰이 검사실에 데려갔고, 검사가 몇 마디 묻고는 수갑을 채워서 철창 안에 가두었다.

이 소식을 들은 어머님은 땅을 치며 통곡하셨고, 아내는 하늘이 무너지는 듯 앞이 캄캄했다고 한다. 두 누이와 동생도 북받쳐서 울었다고 했다. 내가 수감 중 태어난 딸 청희가 큰집 앞을 지날 때면 "아빠가 보고 싶어. 안에 아빠가 있는지 찾아보자"고 엄마 손을 잡고 졸랐는데, '생채기에 소금을 뿌린 듯 가슴이 아려왔다'는 아내의 이야기를 후에 들었다. 나와 어머님은 물론 가족과 형제들에게 들씌운 그 엄청난 고통을 어찌 다 쓸 수 있으랴.

나는 '국가보안법'으로 3년 이상 감옥에서 살았던 사람들에게 적용시킨 '사회안전법'을 근거로 보안감호 처분을 받았다. 전향하지 않았다는 이유이다. '사회안전법'은 형을 다 살고 감옥에서 나온 사람들, 그것도 몇 년 동안 사회생활을 하면서 범법 행위가 없었음에도 불구하고 '재범할 위험성이 현저하다'는 검사의 자의적인 판단만으로 '이승의 지옥'이라고 하는 감옥 안에 가두었다. 기간의 상한선이 없이 2년 후에 갱신, 또 갱신……의 방법으로 사람을 죽을 때까지 철창 안에 가두었다.(사회안전법'을 '보안관찰법'으로 대체 입법할 때까지 14년을 가두었다.) 법의 '일사부재리 원칙'이나 인권을 철저하게 파괴한 살인적인 악법이다. 인류 역사상 있어 본 적이 없는 천하의 악법이다.

7.4 남북공동성명이 발표된 후 말로는 '동포애로 일천만 이산가족의 고통을 덜어주자'고 떠들어대면서 실제로는 국가 권력으로 이산가족을 양산하고 있었다. 한춘익 선생은 정보부에서 파견된 사상 전향 공작반원이 집에 가서 사전 작업을 했다고 한다. 하루는 아내가 두 어린 자식을 데리고 면회 와서 이혼장과 전향서를 내놓았다고 한다. 그중 하나를 택하라고. 이 기막힌 현실 앞에서 한동안 말을 잃은 선생은 이혼장에 지장을 찍어주고 감방에 들어왔고, 선생은 그날로 미쳐버렸다. 그뿐이 아니었다. 가정이 있는 집에 다 찾아가서 "남편이 전향하도록 도와달라, 전향하지 않으면 연좌제로 자식들의 앞길이 막히니까 이혼하라."고 종용했다고 한다.

여기환 선생은 뇌혈관이 터져서 반쪽을 못 쓰는, 말도 못 하고 수저도 못 쥐고 대소변 또한 타인의 부축이 있어야 가능한 중환자였다. 그런 분이 어떻게 정치 활동을 한다는 말인가. 혼자서는 움직일 수 없는 분을 재범할 우려가 있다고 철창 안에 가두었다. 사람이 할 짓인가. 이것도 법치란 말인가.

저들의 머리로 짜낸 '사람이 어떻게 하면 정신적으로 괴로워하고 육체적으로 고통을 느끼는지'에 대한 방법들을 전부 실행에 옮겼다. 구타는 물론, 형편없는 주·부식을 주었다. 겨울에는 낡은 솜이불과 솜옷을 주고 그것도 늦게 주고 일찍 거둬갔다. 엄동을 연장시켰다. 한겨울에 환기통을 못 막게 하고 추운 날 목욕물을 뜨겁게 데워놓고선 물속에 들어가지 못하고 떨다가 감방에 들어가게 했다. 중환자를 독방에 방치해놓고 괴롭혔다. 사상 전향을 빌미로 치료와 투약 등을 소홀히 했다. 나의 경우 중이염을 앓았는데 제때 치료를 안 해주어 고막에 구멍이 뚫렸다. 지금도 청각장애로 고통받고 있다. 운동 시간과 책 권수를 저희 멋대로 늘렸다가 줄이고, 한 달에 한 번으로 제한한 엽서를 누가 봐도 문제 될 것이 없는 점을 문제 삼아 불허했다. 각 방마다 마음대로 켜고 끌 수 없도록 고정한 스피커를 달아놓고 시도 때도 없이 퇴폐적인 노래와 설교, 또는 반공 선동을 듣게 했다. 눈이 펑펑 내리는 날밤에 아내가 남편에게, 어머니가 아들에게, 누이가 오빠에게 쓴 어느 문인의 편지를 성우가 울먹이는 소리로 읽어주었다. 1, 2년도 아니고 긴 세월 듣기 싫은 소리를 듣는 것도 큰 고역이었다.

박정희 독재정권은 우리를 가족과 사회로부터 철저하게 격리했다. 심지어 간수가 우리와 말하다가 상급자에게 걸리면 시말서를 쓰게 했고 옆방 동료와 이야기하다가 들키면 구타는 물론 뒷 수정을 차고 2개월 동안 징벌을 받았다. 사회적 존재인 사람을 10년이 넘도록 철창 안에 그것도 혼자 가둬놓고 사람과의 접촉을 거의 완벽하게 차단했다. 죽거나 설령 살아서 사회에 나가도 정신과 육체가 망가져서 사람 구실을 못 하게 하는 것이 목표인 듯했다. 보통 사람들은 상상할 수도 없는 비열하고도 잔인한 방법으로 참 오랫동안 괴롭혔다.

전주감호소에서는 겨울날 비전향자들의 옷을 벗겨서 웅덩이에 던졌다고 한다. 한 분도 보석으로 내보낸 적이 없었다. 우리는 죽어서야 철문을 벗어날 수 있었다.

나의 청주 보안감호소 생활은 독방에서 아침 기상, 점검, 아침 식사, 검방, 운동이나 목욕, 점심 식사, 점검, 저녁 식사, 점검. 마치도 개미가 쳇바퀴를 돌 듯 날마다 반복했다. 일반 재소자보다 못한 처우를 받았다.

특히 아픈 기억은 석방과 처우개선을 요구하며 집단 단식을 했을 때다. 저들은 소금을 진하게 탄 밥물을 입안에 쑤셔 넣어서 혈압 높은 김용성 선생, 변영만 선생이 지하실에서 절명하셨다. 청주감호소에서만 16분이 절명하셨다. '공인주 선생과 최점수 선생은 대소변을 가리지 못하는 중환자라 옆에서 돌볼 수 있도록 합방시켜 달라'고 여러 차례 요청했으나 번번이 거절했다. 한겨울에 자다가 이불자락이 가슴 밑으로 내려가도 올리지 못해서 결국 엄동설한에 돌아가셨다. 어느 날 무던한 간수가 교대차 우리 사동에 왔다. 무슨 말끝에, "죽거나 미쳐야 정상인데 죽지도 않고 미치지도 않고, 보면 '헤' 하고 웃고 있으니, 이것은 비정상이다."라고 해서 웃은 적이 있다. 그의 말은 사람이 죽지 않고 미치지 않고는 도저히 살아갈 수 없는 여러 형태의 폭압이 있음을 함축하고 있다.

40년이 지났지만, 수십만 명을 살해한 '국가보안법'과 '사회안전법'을 기안하고, 법으로 확정할 때 찬성표를 던진 사람, 법 집행에서 악명을 떨친 범법자들은 민족 앞에, 우리 앞에 사죄하고 악법 철폐에 앞장서야 하며 조국의 자주통일에 이바지해야 한다. 과거를 뉘우치지 않는 이상 그들의 이름을 돌에 새겨서 후대로 하여금 교훈이 되게 해야 한다. 영원히 악인으로 남을 것이다. 또한 보안감호소에서 살았던 피해 당사자들은 물론 가족과 형제들이 당한 엄청난 고통에 대해서도 배상해야 할 것이다.

그리고 1989년 7월 14일에 법 개정으로 출소했다. 석방 후 액세서리 가공 공장을 운영하기도 했다. 곧 이두균 선생, 권낙기 선생과 함께 제기동에 민중탕제원을 차려 한약 판매를 하며 생계를 유지했다.

2025년 겨울, 임방규

* 학살당한 아버님(임병기)은 부안군 보안면 당위원장을 역임하셨고 슬하에 자녀는 창규, 방규, 순덕, 순이, 홍규로 3남 2녀다.

* 옥사하신 창규형님의 자녀는 종수, 귀례, 귀선, 귀순으로 1남 3녀다.

* 나는 슬하에 딸 청희가 있다.

* 순덕은 징역 살고 나온 전형민과 결혼해 대진, 의정, 의숙, 일경 1남 3녀를 두었다.

* 순이는 사형 선고를 받고 15년 살고 출소한 비전향 장기수 송계채와 결혼해 자녀는 선주, 혁신, 혁성 1남 2녀다.

* 홍규동생은 아들 성산이가 있다.

---

* 중부님은 입산했다가 당 결정에 따라 하산했으며 슬하에 순자, 춘자, 정희, 정주, 성철 1남 4녀를 두었다.

* 막내 영호삼촌은 입산했다가 당 방침에 따라 하산했으며 자녀는 애자, 복순, 정자, 정숙, 봉규, 정완으로 2남 4녀다.

* 병태 큰당숙은 1951년 말에 체포되어 공주형무소에서 5년 형을 살고 석방되어 슬하에 성규, 학규, 성진, 영신, 영희 3남 2녀가 있다.

* 15세 막내당숙은 살아남았고 병식이당숙은 전사했다고 전해 들었다.

삼촌과 주고받던 편지는 제 어린 시절의 기억과 함께 늘 따뜻하게 남아 있습니다. 옷이 더러워질까 봐 옷을 벗고 놀던 저를 보며 "왜 옷을 벗고 있냐"고 물으셨고 "옷이 더러워지면 혼날까 봐 그랬어요."라고 대답했다고 말씀하시며 웃으시던 모습은 지금도 마음속에 선명합니다. 어릴 적 그저 순수한 이유였겠지만, 삼촌은 그 모습까지도 따뜻하게 기억해 주셨습니다.

이제 그때의 편지들이 한 권의 책이 되어 세상에 나온다고 하니 마음이 참 벅찹니다. 저는 그때 삼촌의 마음을 모두 다 이해하지 못했지만, 시간이 지나 어른이 되고 보니 삼촌과 아버지께서 감당했던 시대의 무게와 그 속에서도 잃지 않으려 했던 강인함이 얼마나 귀한 것이었는지 알게 되었습니다.

이 책은 삼촌의 기록이자, 한 시대를 살아가신 마음의 증언입니다. 그리고 제게는 가족으로서, 어린 저를 편지 속에서 늘 챙겨주고 걱정해 주던 '그때 그 삼촌'을 다시 만날 수 있는 시간이 될 거 같네요.

이 글들이 많은 이들의 마음에도 닿아, 우리가 잊지 말아야 할 이야기와 따뜻함이 오랫동안 전해졌으면 합니다. 삼촌, 힘든 시간들을 지나 이렇게 기록으로 남겨주셔서 정말 고맙습니다. 그 시절의 작은 조카를 기억해 준 마음처럼, 이 책도 누군가에게 오래 남기를 바랍니다.

_송혁신

'한평생'이란 단어가 무색할 정도로 그 긴 세월을 민족과 조국이라는 곳에 마음을 담고 실천하신 그 모습에 감격합니다.

그 어린 나이에 나의 삶을 생각하는 것이 아닌 시대의 변화를 위해 타협과 굴종을 거부하며 모든 것을 바치셨네요. 하얀 그 머리칼을 보며 시대가 삼촌에게 부여한 안타까운 현실을 청년이 되어서야 인정하게 되었었습니다.

초등생 어린 조카일 때는 '나의 삼촌은 대저택에 살고 계시고 경비 아저씨가 함께 맞이해주셨기에 그것이 자랑스러워 미소 짓던 기억'도 있습니다.

언제나 잔잔한 미소와 인품 속에서 표현해 주시는 삼촌의 모습에 항상 감동과 존경을 표합니다. 또 한 권의 책을 통해 삼촌의 일생을 간접적으로 경험할 것에 대한 기대감을 가지고 응원합니다. 사랑합니다.

_송혁성

삼촌, 가족들이 보낸 편지들을 모아 한 권의 책으로 펴내신 것을 진심으로 축하드립니다. 긴 시간 속에서도 가족의 마음을 지켜 주시고, 그 소중한 기록들을 세상에 담아내신 용기와 진심에 깊이 존경을 드립니다.

이 책이 삼촌께는 지난날을 정리하는 따뜻한 위로가 되고, 읽는 이들에게는 가족의 사랑과 인내의 의미를 전하는 귀한 기록이 되길 바랍니다.

앞으로도 건강하시고 평안한 날들이 이어지기를 진심으로 응원합니다.

_전일경

삼촌을 뵐 때마다 오십 중반을 넘는 저에게 첫마디가 '너 어릴 때 어땠냐면……' 하고 머리를 쓰다듬어 주시며 말씀하셨던 지난 세월의 그리운 이야기들을, 여러 가족들과 주고받았던 편지 내용을 토대로 책을 엮어 나간다기에 진심으로 축하드리며 사랑과 존경을 보냅니다. 다른 어떤 이야기가 있는지 기대하고 기대합니다. 삼촌의 그리운 그 시절의 이야기를…….

여전히 삼촌의 그 첫마디를 듣고 싶습니다.

_송선주

삼촌, 가족들과의 추억을 떠올릴 수 있는 책을 내신다니, 진심으로 축하드립니다. 어린 시절 웃고 울었던 삼촌과의 어떤 이야기가 담겨 있을지 많이 궁금하고 기대가 됩니다. 앞으로도 건강 지키셔서 더 많은 이야기 해주시길 기다려 봅니다. 사랑합니다.

_전의숙

제가 이 세상에 태어나기 한참 전부터 20여 년 동안 옥살이를 하셨던 삼촌과 학창 시절에 잠깐 외할머니를 모시고 살았던 기억이 납니다. 이런저런 세상 얘기들을 인자하고 다정하게 말씀해 주셨던 삼촌, 어느 날 '사회안전법'에 연루되어 다시 감옥으로 들어가신다며 늙으신 어머니와 사랑하는 가족들을 두고 떠나셨지요.

느닷없는 일에 외할머니께서는 큰 충격을 받으셨을 터이지만 얼굴빛 한 번 변하신 일이 없었습니다. 가족들은 그런 할머니를 뵈면서 그리움과 안타까움을 깊이 삭이며 살았어요. 그리고 무심한 세월이 널뛰기라도 하듯 또다시 12년이 지나서야 삼촌을 뵐 수 있었습니다.

이제 아흔도 훌쩍 넘기신 삼촌. 그때 삼촌과 주고받은 편지들이 묶여 책으로 나온다고 하니 그 시절의 아픔과 그리움이 새록새록 돋아나네요.

출판을 앞두고 2026년 1월.

_전의정

임방규의 어머니

▲ 홍규아내, 임순이, ▼ 임방규, 큰매제, 임순덕, 아내

임방규의 조카 전의숙, 전일경

임홍규와 그의 아내

임방규의 형제자매와 그 자녀들

임방규의 형제자매와 그 자녀들

임순이, 임순덕, 임방규, 전의정 경주여행

빨치산 전적지에서 임방규

1977 - 1989

01

1977 - 1980

025

잎이 지고 죽어버린 듯 앙상한 나뭇가지에

새순이 돋아날 때

02

1981 - 1982

122

작은 것이라도 생애에 관계되는 것은

가볍게 넘기지 말아라

1983 - 1984

196

겨울의 추위가 있기에 봄은 화사하게

꽃을 피워야 한다

1985 - 1986

320

역사의 소용돌이 속에서 개개인은

평탄할 수 없다

1987 - 1987

482

생의 마지막까지 끊임없이

앞으로 나아가는 사람

1988 - 1989

576

기다리는 봄은 더디 오고

663 · 마치며_추천사

1

1977~1980

잎이 다 지고

죽어버린 듯

앙상한 나뭇가지에

새순이 돋아날 때

방규 동생에게

보낸 편지 잘 받아보았네. 그간 동생이 몸 성히 잘 있으며 어머님께서 평안하옵고 홍규도 잘 있다고 하니 반갑네. 나는 염려해 주는 덕분으로 병세도 많이 좋아졌으니 안심하기 바라네.

자네 편지에 대진이 조모님께서 별세하셨다는 소식이 있는데 참으로 슬픈 일이네. 언젠가는 그날이 오리라고 생각했지만, 그 시기가 너무도 빨리 온 것 같네. 형민이 내외와 대진이 남매가 애통해하는 모습이 눈에 선하네.

출상 시에 동생이 전주에 다녀갔다 하니 나는 못 갔지만 한결 마음이 가볍네. 그리고 여러 가지로 곤란한 시기에 공장을 꾸리느라고 얼마나 고생이 많았는지 어려운 때일수록 치밀한 계획 밑에서 사업이 계획되어야 하네. 모든 것은 동생이 알아서 하겠지만 걱정이 되네. 현재 공장에서 생산되는 것이 무엇인지 알고 싶네.

그리고 침은 3번 침 1寸 6分 10本, 4번 침 2寸 10本을 구해 보내주기 바라네. 급하게 보내려고 하지 말고 형편이 되면 부탁한 책하고 아로나민 300정만 보내주기 바라네. 할 말은 많으나 오늘은 이만 줄이네. 사업이 잘 진행되기를 축원하면서.

1974. 11. 12. 광주에서 창규 형* 씀.

> *임방규의 형으로 1976년 2월 광주형무소에서 옥사한다.

의정아 읽어 보아라

의정아, 네 글을 잘 받았다. 너를 본 듯 네 글이 반가웠다. 소녀답지 않은 네 글, 그 글 속에서 네 견실한 생활의 일면을 엿볼 수 있었기에 더욱 반가웠다.

할머님께선 안녕하시고? 홍규삼촌과 네 이모, 숙모가 모두 잘 있다니 기쁜 일이다. 할머님 때문에 무척 걱정하고 있었다. 처절하게 아프실 할머님의 마음을 삼촌이나 너는 헤아릴 수 없을 것이다. 할머님을 생각하면 살을 에이는 듯 아려 온다. 추위에 할머님이 고생하시지? 더 야위셨지? 의정아, 할머님 곁에 있는 네가 틈틈이 할머님을 도와드리고 위로해 드려라.

삼촌은 잘 있다. 기상하면 마찰을 하고 식사 후에는 책을 든다. 짜임새 있게 나날을 보내고 있다. 비록 이곳에 있을지라도 값없이 시간을 허송하고 있지 않다. 또 든든하게 살아가고 있다. 안심하여라.

학급에서 1, 2위를 다투고 있는 너이기에 학과에 대해서는 생략하겠다. 네 나이 열일곱, 인생에 있어서 중요한 시기다. 학교나 집에서 성실하고 의롭게 살아라. 오늘이 없는 내일은 없다. 오늘의 네 생활이 내일의 너를 규정하는 것이다.

의정아, 학교에 가고 올 때 차조심하고 추위에 손과 귀가 얼지 않도록 보온 조치를 잘하여라. 부디 할머님께서 강녕하시옵고 집안이 무사하기를 거듭거듭 바란다. 다음에 또 쓰마. 의정아, 안녕. (이모와 숙모한테 네가 안부 전화를 넣어드려라.)

1977. 11. 28. 삼촌 씀*

> * 구성애(임방규의 어머니)가 편지 원본 대부분을 소중히 보관하였기에 옥중서신으로 출판할 수 있었다.

뵙고 싶은 삼촌께

폐부 깊숙이 스며드는 찬바람은 길고도 지루했던 이 해의 종말을 고하면서 갖가지 상념을 일깨웁니다. 밤하늘에 빛나며 흐르는 별빛은 저토록 고요하기만 한데 우리의 만남과 헤어짐에 많은 고통의 시간을 지불하며 헤어날 수 없는 상념에 뒤척이는 우리 자신의 미약함에 새삼스러운 반성을 하며 보내는 시간인 것 같습니다.

몸은 건강하신지요? 못난 조카는 삼촌의 건강을 빌 따름입니다. 흘러가는 시간에 굴복하지 않는 나 자신의 城(성)을 구축히는 데 노력하며 삼촌과의 희망차고 새로운 만남을 빌겠습니다. 집안 걱정은 마시고요. 삼촌 이만 줄입니다.

대진 올림.

삼촌께

겨울답지 않게 뜨거운 태양볕이 온누리를 달구는 오후랍니다. 난동이 계속되는 요즈음의 일기에 무척이나 싫증을 느끼고 있어요. 북풍 몰아치는 눈보라와 추운 날씨가 그리울 정도로요. 그러나 삼촌이 그러한 추위를 맞이하지 않으셔서 조카는 걱정하지 않습니다.

삼촌, 요사이 몸조리를 어떻게 하고 계시는지요? 매사에 빈틈이 없으신 삼촌, 헛된 날이 되지 않고 난관을 인내로 이겨내는 삼촌, 어느 누구보다도 자랑스러운 조카가 되기 위해 힘차게 전진하겠습니다. '완전'이란 단어와 '만족'이란 단어에 굴복당하지 않는 제가 되기 위해, 저를 터득하기 위해 노력하겠습니다. '오늘의 고생을 내일의 행복으로 알자.' 이것을 저의 생활신조로 삼고 싶습니다. 삼촌도 찬성하실 겁니다. 삼촌, 건강이란 두 글자를 항상 염두에 두세요.

조카 의정 올림.

뵙고 싶은 오빠께 올립니다

오빠, 소식 기다리던 차에 보내주신 서신을 잘 받아서 읽었습니다. 오빠 서신에 어머님 걱정을 많이 하셨던데 어머님은 건강하십니다. 홍규 공장은 자본 순환이 잘 안되는 것 같습니다. 월급이 좀 늦나 봐요.

며칠 전에 종로언니*한테 전화했습니다. 몸은 괜찮은가 봐요. 종로 주소를 모르시면 홍규한테 언니 앞으로 편지해 주세요. 위로해 주십시오. 우리 가족들은 경험이 있어서 견딜 수 있지만 언니는 충격이 너무 컸을 거예요. 저는 정말 미안해서 전화도 자주 못 하겠어요. 위로해 주세요. 귀여운 옥동자나 안아보았으면 얼마나 기쁘겠습니까? 오빠는 옥중에 계시지만 조금 있으면 조카를 본다는 기쁨, 정말 기쁩니다.

저에 대해서도 걱정하지 마세요. 대진이와 의정이가 있으니까요. 오빠, 의정이는 이번에도 1등을 했어요. 정말 기뻤습니다. 12월 14일에 방학을 했는데 출장 중의 아빠와 같이 왔더군요. 오빠, 하고 싶은 말이 많은데 이만 줄입니다. 안녕히 계세요.

1977. 12. 19. 동생 순덕** 올림.

* 임방규의 처 변길자. 임방규는 변길자와 결혼 생활을 시작한 지 5개월 만에 수감된다.
** 임방규의 첫째 누이동생 임순덕. 임방규는 임순덕의 아들 전대진과 딸 전의정, 전의숙, 전일경과도 편지를 주고받았다.

뵙고 싶은 오빠께

영하 15도를 오르내리는 강추위에 얼마나 고생이 많으셔요? 여기 어머님과 식구들은 다 잘 있습니다.

오빠, 구정이 내일모레지요. 오빠가 "혁신아" 하고 부르며 집 안에 들어오시는 것만 같습니다.

오빠, 언니는 잘 있고 공주는 자지도 않고 울기만 한데요. 아빠가 보고 싶어서요. 빨리 돌아와 주세요. 오빠, 어머님은 오늘도 공주 세이레(아이가 태어난 지 스무하루째 되는 날)라고 종로에 가셨습니다. 집안 걱정은 마시고 오빠 몸만을 챙겨주세요.

오빠, 시국을 잘못 만나서 그 고생을 다 하십니다. 어린 학창 시절에 무슨 죄를 범했기에 이리 고생하십니까? 빨리 죄를 사하시고 돌아오세요. 오빠, 괴로워도 참고 견디어 주세요. 오빠, 이만 줄입니다.

오빠, 4,000원을 부칩니다. 송서방이 5,000원을 부치라 했는데 4,000원만 부쳤습니다. 어머님 드리려고요. 이해하시기 바랍니다. 우체국에서 부칩니다.

1978. 2. 4. 동생 순이* 올림.

* 임방규의 둘째 누이동생 임순이. 임방규는 임순이의 딸 송선주, 아들 송혁신, 송혁성과도 편지를 주고받았다.

누이에게

초봄, 고르지 못한 날씨에 일경이 아빠와 누이가 건강하고 집안이 무사한지? 대진이도 학교에 잘 다니고 있고 의숙이와 일경이가 잘 크고 있는지 궁금하이.

오빠는 덕택에 잘 있지. 창밖 버드나무는 눈마다 툭툭 불거지는 오롯이 3월 15일, 오래지 않아 따뜻하겠지. 누이가 담요며 내의를 보내주어서 겨울을 별로 춥지 않게 보냈어.

소식도 없고 요즈음 누이의 혈압 증세가 어떤지 마음이 쓰어서 펜을 들었어. 오빠 걱정은 너무 말고. 언제나 든든하게 살아가고 있으니까. 건강도 그런대로 유지하고 있지.

책이 좀 필요해. 몇 권 보내줘. 의정이가 이따금 편지를 보내주고 있어. 하고 싶은 많은 말을 뒤로 미루고 이만 줄이면서 집안이 무사하고 모두 건강하기를 바라네. 안녕.

1978. 3. 15. 오빠 씀.

의정아 보아라

의정아! 지난달에 보내준 네 편지를 잘 받았다. 너인 듯 반가웠다.

그동안 할머님께서 안녕하시냐? 진지는 어떻게 드시니? 홍규삼촌과 너도 잘 있고?

삼촌은 여전하다. 이제 봄이 한창인가 보다. 창밖의 버드나무도 가지마다 새잎이 나고 버들가지가 주렁주렁 달렸구나. 삼촌도 따뜻한 날씨에 가슴을 떡 펴고 독서에 열중하고 있다. 운동 시간에도 밖에 나가서 힘 있게 운동을 하고 있으니 안심하여라.

의정아, 네가 마음에 갈등이 있고 때로는 눈물이 어린다고 하니 반가운 일이다. 그것은 네가 네 스스로를 발견하는 초기 현상이고 네 자신이 급속도로 성장하고 있기 때문이다. 사람은 누구나 마음에 좋은 점과 나쁜 점이 있다. 마음은 반드시 외부로 나타나는 것이다. 그래서 때로는 좋은 마음이 나타나고 때로는 나쁜 마음이 행동으로 나타나는 것이다.

의정아, 네가 원하지 않는 잘못을 했을 때는 네 자신을 채찍질하면서 지체없이 시정하여라. 그 과정을 통해서 너도 발전하는 것이다. 잘못은 회복할 수 있는 잘못과 회복할 수 없는 잘못이 있다. 원상으로 회복할 수 없는 잘못은 결코 범하지 말아라.

너도 여고 3년, 바야흐로 인생의 봄을 맞이하였다. 봄에 꽃이 잘 피어야 충실한 열매를 거둘 수가 있다. 의정아, 지금의 너를 곱게 가꾸어라.

많은 말은 다음으로 미룬다. 부디 할머님께서 기력이 정정하시옵고 집안이 무사하기를 바란다. 안녕.

(너희 집에서는 소식이 없고 엄마한테 편지를 보내도 회답이 없구나. 엄마가 아픈지 궁금하다. 소식 보내라. 편지 쓸 때는 네 이름을 쓰고 삼촌 번호를 잊지 말아라.)

1978. 4. 10. 너를 지극히 아끼는 삼촌.

의정아 보아라

의정아, 어제 네가 보내준 편지를 잘 받았다. 네 글을 몇 번이나 읽어보면서 방긋이 웃는 삼촌의 모습을 그려보렴.

의정아, 그새 할머님께서 안녕하시니? 삼촌은 여전하다. 마음을 놓아라.

의정아, 한 폭의 꽃을 가꾸는 데에도 물 주고, 북 주고(뿌리가 단단하도록 흙을 다져 놓는 것), 거름을 주고, 꽃을 해치는 뭇벌레도 잡아 없애고, 뜨거운 날과 추운 날엔 감싸주어야 한다. 꽃 한 폭을 곱게 가꾸기 위해서도 그토록 많은 노력이 필요한데 하물며 사람에 있어서야 두말할 나위가 없다. 네 자신을 곱게 가꾸기 위해서 부단히 노력하여라. 노력! 지고한 예술품도, 우주를 나는 고도의 과학기술도, 그 어느 문명과 문화도 고귀한 노력의 산물이다. 곱게 만들어가는 인간의 노력, 거기에 최고의 美가 있지 않을까?

아무쪼록 의정아, 꾸준히 힘써라. 그럼 남은 말은 다음에 또 쓰마.

편지를 작은삼촌에게 넘겨라.

홍규야, 전주누나 잘 있드나? 몇 밤이 가면 아기의 백일이 되는구나. 추운 때 너와 아기가 태어났구나. 아기도 너와 같이 마음이 고왔으면 한다. 아기 이름은 상서로울 '서'와 아들 '자', 瑞子로 지었다.*

네 형수와 합산이 어려우면 네가 생활비 보내주는 것을 중지해라. 은행에 예금된 돈을 찾아서 조금씩 쓰도록 잘 판단해서 처리해라. 가사 일체를 너에게 일임한다. 형은 든든하게 살아가고 있다. 너무 염려 말아라. 네가 일전에 넣어준 음식은 잘 받았다. 면회 시 부탁한 책을 우송해라. 너는 시간이 없을 테니 작은누나에게 부탁해서 부치도록 해주라.

홍규야, 그럼 어머님 모시고 잘 있거라. 형한테도 매월 4, 5천 원 부쳐주었으면 한다.

1978. 4. 20. 형 씀.

의정아 보아라

웬 날이 이렇게도 가무는지 모르겠다. 초목도 시들고 사람도 시드는구나.

그 사이 할머님께서 안녕하시냐? 작은삼촌과 너도 잘 있고? 삼촌은 여전하다. 든든하게 살아가고 있다. 너무 염려 말아라.

일전에 삼촌이 걸레질을 하면서 느낀 바가 있었다. 날이면 날마다 그것도 하루에 몇 번씩 마룻방을 걸레질하는데 먼지가 그때마다 나왔다. 그런데 그 마룻장 위에 새 비닐 장판을 깔았다. 방이 한결 훤하고 걸레질이 수월할 뿐 아니라 먼지가 박혀 있을 틈새가 없어서 깨끗했다. 그래도 사람이 사는 방인지라 어지러워지고 자주 닦아야 깨끗함을 유지할 수 있었다. 여기서 삼촌은 방과 사람의 마음을 견주어 보면서 닮은 점과 차이 나는 점을 생각해 보았다.

사람의 마음도 사람 자체가 살아있기에 자연히 먼지가 앉게 되고 앉은 먼지를 늘 닦아내지 않으면 깨끗한 마음을 간직할 수가 없다. 방은 장판과 벽지를 새것으로 바꾸면 일시에 고와지지만 사람의 마음은 닦고 또 닦아가는 그 과정을 통해서만이 마음의 바탕이 새로워지는 것이다. 새 장판에 고운 벽지로 도배를 해놓은 방은 그 안에 안긴 사람에게 포근한 정감을 주고 고운 마음씨는 그와 접하는 사람에게 훈훈한 정과 기쁨을 주는 것이다.

의정아, 꾸준히 배우면서 마음을 닦아라. '지식을 얻기는 쉬워도 心中의 적은 멸하기가 어렵다'는 옛말이 있다. 잘 음미해 보아라.

의정아, 또 다음에 쓰마. 삼촌은 간간이 너에게 편지를 쓴다. 물론 한 달에 한 두 장의 엽서가 너에게 보내질 뿐 대부분이 머릿속에서 사라지지만 그래도 편지를 쓴다. 할머님께서 부디 정정하시고 집안이 무사하기를 바라면서 안녕.

(할머님 면회 시에 애자이모가 사나흘 후에 돈을 넣어주겠다고 하셨는데 아직 못 받았다. 돈 쓸 데도 있고, 착오가 있었는지 모르니 곧 알아보아라. 기다리다가 편지마저 늦었다. 면회 올 때는 집에 있는 책 《조선총독부》를 가지고 오도록.)

1978. 5. 26. 삼촌 씀.

의정아 보아라

의정아, 네 편지를 반갑게 받았다. 할머님과 온 가족이 잘 있다니 다행한 일이다. 너는 편지마다 삼촌은 건강이 어떤지, 얼마나 괴롭고 적적하게 살고 있는지 걱정을 했구나.

의정아, 물론 삼촌이 있는 곳이 심히 괴롭고 어려운 곳임에는 틀림이 없다. 그러나 실로 긴 세월을 여기서 살아온 삼촌은 갖가지 아픔을 느끼면서도 마음에 여유가 있다. 잎이 다 지고 죽어버린 듯 앙상한 나뭇가지에 새순이 돋아날 때 비 온 뒤 눈부신 아침 햇살에 성성한 새잎. 기와지붕과 오동나무 사이로 솟아오르는 불그스름한 달덩이, 모두가 한 폭의 그림이었다. 어디 그뿐이니? 그 밖에도 많다.

그리고 삼촌은 한바탕씩 웃기도 하고 흐뭇한 정서에 잠기곤 한다. 말로 다할 수 없이 어려운 곳이지만 아름다움을 발견하고 아름다움을 창조하고 있기에 결코 지치지 않는다. 사람은 발전하고 있거나 아니면 후퇴하고 있는 것이다. 여러 분야의 발전을 가져오기 위해서는 삼촌이 처한 지금의 환경이 좋지가 않다. 그러나 인격 도야에 있어서는 보탬이 되는 곳이다. 인격 완성의 고봉을 바라보면서 삼촌은 가시밭을 헤쳐가고 있다. 전진하고 있다. 안심하여라.

건강 문제에 있어서도 내 몸에 대해서는 거의 의사가 되었다. 정확한 진단에 처방, 세심한 생활을 통해서 예방에 힘쓰고 있고 또 집안의 끊임없는 도움으로 건강을 그런대로 유지하고 있다. 마음을 놓아라. 무더운 여름날에 찬물 너무 마시지 말고 몸조심하거라. 할머님께서 진지 잘 드시고 집안이 무사하기를 바라면서 줄인다. 의정아, 안녕.

(이모가 넣어준 돈을 받았다. 면회 올 때 책《조선총독부》를 가지고 오도록.)

1978. 6. 12. 삼촌 씀.

삼촌께 드립니다

차분한 음악을 들으며 들뜬 저의 마음을 정리하고 보니 모든 것이 아름답고 참하게만 보입니다. 정신적인 방황 속에 헤매던 어리석은 저 자신을 발견하고 앞으로는 똑바로 사물을 직시하겠다는 굳은 마음이 서는군요.

여전히 삼촌 건강에 유의하시리라 믿고 걱정하지 않겠습니다.

아버지께서는 몸이 좋아지시려는지 술을 통 못 하고 계시지만 변화도 없어서 다행입니다. 엄마도 온화하신 가운데 생활하시고 오빠와 동생들도 여름 방학을 유익하게 보내고 있습니다.

얼마 전의 삼촌과의 대면이 무척이나 송구스럽습니다. 못난 조카에게 넓은 아량을 베풀어주시길 바라요. 왠지 모를 눈물이 앞을 가려 삼촌 마음에 상처를 입혀 못내 서운한 가운데 발을 돌려야만 했던 저의 마음도 무척이나 아팠답니다.

삼촌, 삼촌의 간곡한 권고 아래 저 나름대로 생각을 해보았지만 응답을 회피하고 싶습니다. 아직 제 자신에 대한 것조차도 미숙한 상태니까요. 그러나 노력은 하고 있습니다. 제 자신의 미래를 설계해야 되니까요. 폭넓은 대학 생활에 젖어 들어 열심히 노력하는 게 저의 꿈이었지만 자신이 없습니다. 무엇보다도 남들이 냉혹하다는 사회생활에서 저 자신을 찾고 싶습니다. 저의 인생을 좌우하는 가장 중요한 단계이고 보니 신중하지 않을 수가 없어요.

항상 따뜻하셨던 삼촌. 빠른 시일 내에 마음의 결정을 짓고 삼촌을 찾아뵙겠습니다. 너무 서운해하지 마세요. 저 자신에 대한 책임이 있으니까요. 열심히 살겠습니다. 삼촌께서 진지하게 삶을 진행시키듯 저도 삶에 좀 더 애착을 가지고 사물을 대하겠어요.

다시 한번 말씀드리지만 언제나 건강에 유의하시길 바라며 이만 펜을 놓겠습니다.

(일전에 대전 가서 넣어드린 책은 받으셨는지요? 그리고 부탁하신 책은 구해보겠습니다.)

1978. 8. 14. 조카 의정 올림.

삼촌께 올립니다

그동안 몸 건강히 안녕히 계셨어요?

선주언니가 왔어요. 그러나 가끔 우리는 싸움도 하지만 재미있게 놀고 있어요. 이번에 동상을 탔지만 다음에는 열심히 공부해서 금상을 타겠어요. 그리고 새벽 5시 반에 일어나 의숙 언니와 선주언니, 그리고 나는 매일 아침 체조를 하고 기쁜 마음으로 집에 돌아와요. 삼촌도 즐겁게 지내시기를 바라며 그만 쓰겠어요.

삼촌 안녕. 일경이가 삼촌께 서신 올리오니 기쁜 마음으로 읽어주십시오.

1978. 8. 14. 일경 올림.

삼촌께 올립니다

저는 전주에 와 있어요. 그런데 일경이하고 가끔 싸우지만 그래도 재미있어요. 삼촌도 재미있는지 궁금해요. 삼촌, 몸 건강하시고 안녕히 계세요.

1978. 8. 14. 선주 올림.

삼촌께 올립니다

그동안 몸 건강히 안녕히 계셨어요? 엄마 아빠도 몸 건강히 잘 계셔요.

일경이는 방학 숙제를 다 했어요. 그러나 저는 다 못 하였어요. 오빠는 전주 제지로 실습을 나가고 있어요. 그러나 실내 온도가 40도나 된대요. 엄마가 삼촌께 가실 때 저도 가려고 했지만, 엄마가 못 가게 하셨어요. 저는 7월 말 일제고사에서 81점을 맞았어요. 그러나 일경이는 91점을 맞았어요. 저는 그전 성적보다 뚝 떨어졌어요. 2학기부터는 더욱 열심히 하여 우등상을 꼭 탈 거예요. 그리고 선주가 왔어요. 그러나 일경이와 선주는 곧잘 싸워요. 그러나 어떤 때에는 재미있게 놀지요.

삼촌 보고 싶어요. 집에 있는 사진을 보면 더 보고 싶어요. 그러면 몸 건강히 안녕히 계셔요.

1978. 8. 14. 의숙 올림.

어머님께 올립니다

어머님* 그동안 안녕하셨어요? 며칠이 지나면 추석이네요. 명절이 오면 타지에 나갔던 아들딸들이 집에 오고 친척들이 모여 앉아서 정을 나누는데, 아들이 이곳에 있는 어머님은 그날 더욱 아파하실 줄 압니다.

추석날 어머님이 아들을 생각하실 때 아들도 어머님을 생각하고 있겠습니다. 아들이 살아있고 또 든든하게 살아가고 있는데, 어머님 곁에 가지 않겠습니까. 너무 상심 마셔요. 옥체 돌보시고 오래오래 계셔야 하옵니다.

아들은 이곳에 있지만, 부모님께 욕되지 않도록 수양을 쌓아가고 있습니다. 책과 더불어 나날을 보내고 있습니다. 마음을 놓으셔요. 한 자 한 자 붙여서 읽어가실 어머님의 모습을 상상하며 지금 이 글을 쓰고 있습니다.

어머님, 언제나 아들의 건강만을 걱정하시는 어머님! "야, 야! 좀 더 먹어라. 어디 아프냐? 이제 그만 자거라." 인자하신 어머님의 음성이 들리는 듯합니다. 아들은 나이가 들었으나 어머님을 생각하면 지금도 아이인 듯 어머님이 그리워집니다.

선선한 때 한 번 오셔요. 집안이 무사하기를 바라면서 줄입니다.

1978. 9. 9. 아들 올림.

* 임방규는 1989년 출소 후부터 어머님이 작고하신 1993년까지, 4년간 어머님을 모시고 살 수 있어서 행복했다고 전한다.

삼촌께 올립니다

주룩주룩 퍼붓는 굵은 빗방울을 바라보며 하루해를 미련과 함께 작별하고 있습니다. 삼촌, 돌변한 기온에 건강 관리를 어떻게 하고 계시는지요. 이곳 할머님과 삼촌 그리고 이모님 댁, 숙모님 모두가 편안한 나날을 보내고 계십니다.

우리 귀염둥이들의 서신을 잘 받아보셨는지 궁금하네요. 삼촌께 글월을 올려야지 하고 동생들에게 권했더니, 서슴없이 줄줄 써 내려가는 의숙, 선주, 일경이가 자랑스럽데요. 조카들의 서신을 받아보시고 무척 기뻐하셨으리라 믿어요.

삼촌, 주어진 시간을 요즈음도 어김없이 알차고 뜻있게 보내고 계시겠지요. 이 조카도 마지막 학창 시절의 고학년으로서 졸업을 앞두고 좀 더 아름답고 후회 없이 마무리 짓고자 무척 힘쓰고 있습니다. 저의 인생에서 가장 중요한 시기이기에 신중하게 생각하고 있습니다. 대학에 간다고 해서 그 사람의 인간성이 훌륭하고 떳떳하다고 보장할 수 없는 것과 마찬가지로 냉철한 사회생활을 한다고 해서 그 사람이 찌들린 인생을 살아간다고 할 수는 없지 않은가요? 냉혹이란 것과 투쟁하고 싶어요. 난관을 바르게 돌파해 나가는 조카가 되어 손색없이 살고 싶습니다. 언제나 고생하시는 삼촌을 생각하며 살아가라는 엄마의 조언을 깊이 새기며 살아가고 있습니다. 훌륭한 부모님과 온유하신 할머님 슬하에서 생활하는 조카이기에 훌륭히 살아가리라는 신념을 가지고 힘차게 뛰어보겠습니다. 진심 어린 삼촌의 미소를 되새기며 여기서 줄입니다. 언제나 빠뜨리지 않지만 삼촌의 건강이 무척 염려되어요. 건강에 유의하시기를 바라면서

　1978. 9. 9. 못난 조카 의정 올림.

삼촌께 올립니다

왠지 답답한 날들이 계속되어 갑니다. 짜증스럽고 만사가 싫증 나는 생활 속에 하루하루를 버텨야만 한다는 제 자신을 돌이켜볼 때는 한없이 슬프기만 합니다. 하지만 용기와 희망이라는 굳은 의지가 있는 한 굴복할 우려는 없는 것이겠지요.

몸조리는 잘하고 계시는지요? 오래도록 서신 드리지 못해 죄송합니다. 하는 일도 없이 시간만을 허비하고 남는 것은 아무것도 없군요. 이것이 바로 사람이 살아가는 한 단계인지는 모르겠으나 벅찰 뿐입니다. 체계 있는, 그렇다고 짜임새 있는 생활도 아닌 미숙하기만 한 상태에서 살아가는 인간들이 원망스러울 때도 있습니다. 하지만 모든 것을 묵인하고 저 자신만을 채찍질하기로 결심했습니다. 그것이 최선의 일인 게지요. 어느 누구도 의식하지 말고, 동정받지 않

으면서 자신의 길만을 열심히 알뜰하게 개척해 나가는 인간이 현명한 인간이라고 말을 하는데 그게 쉬운 일일까요? 주위의 무리를 의식해야 하고 눈치나 보며 진행시키고 있는 현실을 어떻게 피할 수가 있을까요? 역시 인생은 어렵고 고달픈 시련의 한 토막인가 봅니다.

몇 번이나 펜을 들곤 했지만 갈팡질팡하는 변덕스러운 마음 때문에 이렇게 지체되었군요. 몹시 기다리고 계실 거라는 생각은 하지만 글을 올릴 수가 없었어요. 그동안 불과 며칠의 일들이 너무도 지겨웠기에 아무것도 할 수가 없었어요. 후회할 일은 하지도 말라던데 저는 또 한 번의 실수를 저지르고 반성을 하고 있습니다. '굳세게 살아야겠다, 활기 있고 기운차게 활동해야겠다'라고 가슴속에서 힘차게 외쳐댑니다.

헛된 시간을 보내지 않고 잘 활용하시는 우리의 삼촌, 건강 오로지 건강에만 힘써 주세요. 삼촌의 백발이 지금도 눈에 선합니다. 위로 솟은 머리칼을 날리며 사라지시던 뒷모습을 잊을 수가 없을 것 같아요. 달려가서 삼촌의 모습을 다시 한번 되새기고 싶지만 밤은 깊어 가고 개는 짖어대고 차 소리는 여운을 남기며 사라져가는 어두운 밤입니다. 고요하지 못한 이 밤의 분위기, 소란스럽지만 내일을 위하여 희망찬 내일을 위하여 오늘은 휴식을 취해야 될 것 같습니다. 학원 생활에 시달리다 보니 피곤하기가 이를 데 없습니다.

그럼, 삼촌께서도 편히 쉬세요. 집안 식구 모두 무고하십니다. 모두가 삼촌께서 염려하시는 덕분이 아닐까 합니다. 눈꺼풀이 아래로 처져 눈을 감게 만드는군요. 몹시도 피곤했나 봐요.

다음에 소식 드릴게요. 건강하세요.

(의숙이가 삼촌께 글월 올린답니다. 일경이는 쓰지 못하겠다고 두 손 들었습니다.)

1978년 9월 조카 의정 올림.

형님 보시지요

형님이 주신 편지를 잘 받아보았습니다. 그동안 별고 없으시지요? 어머님은 형님한테 다녀오신 후로 잘 계십니다. 의정이도 학업에 힘쓰고 있고요.

형님이 감옥에 가신 지가 꼭 1년이 되네요. 1년 동안 눈에 띄게 변한 것은 어머님 이마에 주름살뿐인가 합니다. 일생을, 아들을 위하여 오롯이 바치신 어머님. 어머님의 그 크신 은혜에 조금이나마 보답하는 것은 옥중에서 형님이 건강을 유지하는 것이며 제가 어머님을 정성껏 보살피는 것이 아닌가 합니다. 동생은 부모님과 형님들께 욕되지 않게 행동 하나하나에 신중을 기하며 제 앞에 놓인 험난한 길을 의지와 인내로 헤쳐나가고 있습니다.

밖에 있는 온 가족이 모두 잘 있으니 염려 마세요. 좀 늦었으나 한국 지리, 국사 사전, 내의 한 벌을 부쳐드립니다. 형편상 시일이 늦었으니 양해하시기 바랍니다. 날씨가 찬데, 건강에 유의하시기 바라면서 이만 줄입니다.

1978년 9월. 동생 홍규* 올림.

* 임방규의 막내 남동생.

의정아 보아라!

의정아, 네 편지를 잘 받았다. 차분하고 미더운 네 모습이 떠오르는구나. 대학 진학을 그만두고 사회에 진출한다고? 네 나이 십팔 세, 아직 좀 어리다만 사회의 어려움을 굳건하게 헤쳐나갈 수 있다면 대학에 가는 것보다 오히려 낫다.

사회도 교문이 없는 학교다. 눈을 똑바로 뜨면 어디에나 스승이 있고 배울 소재가 있다. 사람은 풍부한 삶을 위해서 죽을 때까지 배워야 한다. 인간의 삶은 물질만으로 이루어지는 것은 아니다. 물론 물질을 떠날 수도 없지만 의식 활동과 모든 행위가 결합해서 삶을 이루는 것이다.

지금 너에게 주어진 시간과 구체적인 환경은 두 번 다시 오지 않는다. 너뿐 아니라 언제나, 누구에게나 적용된다. 그 속에서 최선의 생활을 통해서 인간의 삶이 값있게 꾸려지는 것이다. 네가 학교에 가고 올 때 차 안에서 일어나는 사건, 또는 네가 직접 체험하고 보고 듣는 일들을 정확하게 파악하고, 옳고 그른 것을 규명하고, 옳고 그른 근본 원인이 어디에 있는가를 추구해 보아라. 정확한 사실에 기초해서 체계적이고 과학적으로 사고하고 행동하는 습관이 몸에 배게 되면 참으로 많은 것을 배우게 될 뿐만 아니라 네 자신의 판단 기준이 올바로 확립되고 생각이 깊어진다. 생각이 깊어지면 필연적으로 네 행동에 무게가 있다. 네 삶이 아름다워진다.

의정아, 얼마 남지 않은 학창 시절을 곱게 꾸려라. 환절기에 몸조심해라. 의정아, 안녕.

(할머님과 삼촌이 무사히 가셨니? 면회 오셔서 넣어주신 빤스2, 양말2, 음식물, 돈 5천 원 잘 받았다. 내의와 책은 9월 30일이나 10월 1, 2일에 꼭 부쳐라.)

1978. 9. 23. 삼촌 씀.

홍규야 보아라

벌써 아침저녁으로 제법 찬데 어머님께서 안녕하시니? 너도 잘 있고?

홍규야, 어머님 생신이 다가오는구나. 오곡과 과일도 익고, 일 년 중에서 제일 좋은 때인데 아버님과 어머님의 생신을 흐뭇하게 보내지 못한 형은 마음이 아파온다. 그러나 어머님이 계시기에 형의 소원은 이루어질 것이고 또 효성 지극한 네가 있어서 스스로 마음을 달래고 있다.

형은 여전하다. 혈압도 악화되지 않고 든든하게 살아가고 있다. 마음을 놓아라.

어머님을 모시고 형을 돕기에 네 수고가 많구나. 소포(내의와 책 2권)는 받았고 편지는 아직 안 받았으나 어머님의 생신이 다가오기 때문에 펜을 들었다. 네가 다 알아서 하겠지만 형이 집에 없어서 어머님은 생신날 더욱 마음 아파하실 것이다. 매부와 누나도 오도록 하고 아이들을 데려다가 수선을 피워라.

의정이는 잘 있느냐? 요즈음 의정이가 건강하게 사회에 진출하겠다는 것은 장하다만 좀 마음에 걸린다.

환절기에 감기 조심하고 기계는 신중하게 다루거라. 그라인더 불티가 페인트에 떨어지면 불이 난다. 불조심 하여라.

어머님의 생신을 맞이하여, 어머님께서 오래오래 계시옵고 언제나 정정하시기를 간절히 축원한다. 할 말은 많은데 많은 말 뒤로 미루고 이만 줄인다.

(외국 지리책은 좀 자세한 최근판을 구해서 보내라.)

1978. 10. 13. 형 씀.

삼촌께 올립니다

하늘은 높고 말들이 살찌는 계절, 남성의 계절입니다. 대자연은 가을을 맞이하여 자신을 이룩하고 효과적인 시간으로 메꿀 수 있는 지상에서 가장 좋은 방법인 독서로써 몸과 마음을 다져보는 결실의 계절이 인간의 마음을 뿌듯하게 뒤흔들어놓고 슬그머니 달아나고 있는 아름다운 계절입니다. 옥같이 귀중한 시간을 삼촌께서는 독서를 양식으로 건강에 유의하시면서 생활하시리라 조카는 믿고 또 믿고 있습니다. 언제나 염려하시는 우리 노조모님께서는 편안하시고 작은삼촌 역시 맡은바 작업뿐만 아니라 모든 면에서 충실하시답니다.

어두움이 짙게 깔린 밤하늘을 응시하며 뇌리를 스쳐 가는 영상들을 빠짐없이 붙잡아 버렸습니다. 저의 아름다운 사연과 생각들이 유성처럼 빛을 발해주는군요. 스스럼없는 눈길로, 따스한 손길로 포근하게 감싸주시며 사리를 분별해 주시던 분, 하루빨리 그러한 촉각을, 감각을 느끼고 싶을 따름입니다. 거친 숨결 소리 속에 유수처럼 시간은 흐르고 저도 이 밤을 따라 같이 흘러가리라 생각하며 활짝 열린 마음을 굳게 닫아버립니다.

삼촌, 삼촌과 자유롭게 말을 못 하도록 막아놓은 장벽들을 뚫고 나가고 싶지만 미진한 조카의 힘으로는 어려울뿐더러 생각조차 어려운 일이군요. 모든 것을 세월과 시대에 맡겨버리고 웃는 낯으로 밝은 마음으로 만날 날들을 기다리며 살겠습니다. 모든 시련을 의지와 인내로 극복하고 생활을 단단하게 꾸려가세요. 조카로서 바라는 유일한 소망이고 모든 이들의 영원한 바람일 것입니다. 싱숭생숭한 마음 탓인지 못난 탓인지 갈피를 못 잡아서 빠른 시일 내에 서신을 드리지 못해서 죄송합니다. 그리고 삼촌과 같이 계시는 분들께도 건강에 유의하시라고 전해주세요. 함께 계시는 분들이 모두 든든하게 살아가시길 빌겠습니다. 다음 서신 드릴 때까지 몸성히 계세요.

1978. 10. 26. 조카 의정 올림.

의정아 보아라

의정아, 할머님께서 안녕하시냐? 진지를 잘 드시고 정정하시니? 삼촌과 너도 잘 있고?

이제 늦가을, 자연은 어김이 없구나. 바람도 차고 낙엽이 하나둘 지고 있다. 잎이 떨어지는 나무는 보기에 죽어가는 것 같다만 속은 살아있고 탄탄하다. 그런가 하면 겉보기에는 크고 그럴듯한 나무도 속은 버러지가 먹어서 구멍이 뚫려있다. 병든 나무는 잘 보면 알 수가 있다.

사람도 겉모습은 곱고 훤칠하지만 마음은 병든 사람이 허다하다. 마음은 보이지 않기 때문에 병든 곳을 숨기려고 하지만, 좋고 어려운 때를 겪어가는 과정에서 반드시 외부로 나타나는 것이다. 말과 행동으로 나타나는 법이다. 사람은 어려운 때를 겪어봐야 좀 더 잘 알 수가 있다. 사랑도 깊이를 측정할 수 있다. 보이지 않는 마음, 그 마음을 뚫어지게 볼 수 있는 혜안이 있어야 한다. 네 자신에 있어서도 의식 작용과 언행을 통해서 네 마음의 상태를 파악하고 부족한 점을 고쳐가야 한다.

네가 학교를 졸업하면 여자의 몸으로 험한 사회에 나와서 많은 사람과 관계를 맺고 살아가야 하기 때문에 몇 마디 썼다. 너야 미덥지만 실수를 적게 하도록 너를 아끼는 마음에서 썼다.

삼촌은 여전하다. 든든하게 살아가고 있다. 걱정을 말아라. 할머님께서 부디 강녕하시옵고 집안이 무사하기를 간절히 바라면서 이만 줄인다.

의정아, 안녕.

(홍규삼촌이 보내준《국사 대사전》,《한국 지리》, 내의 한 벌을 잘 받았다. 편지도 받고. 회답을 보냈는데 받았느냐? 이달에 네 편지가 없어서 기다리고 있다.)

1978. 10. 30. 삼촌 씀.

어머님께 올립니다

어머님, 그간 편안하셨습니까? 설 명절을 맞이하여 세배 올립니다. 어머님, 만수무강하시옵소서.

어제 설날 어머님을 생각하며 보냈습니다. 아들을 너무 생각 마시고 마음을 든든하게 자셔야 건강하십니다. 그런 말씀을 올릴 때마다 "애야, 그래도 어디 그러냐?" 하시는 어머님의 음성을 생각하며 하루를 보냈습니다. 이제 소·대한도 가고 머지않아 봄이 오지요. 추위는 좀 남았으나 아들은 여전하오니 마음을 놓으셔요. 아직 찬 날씨에 무리 마시고 존체 살펴주셔요. 진지 잘 드시고요.

새해에 어머님께서 강령하시고 집안이 무사하기를 거듭 바라면서 줄입니다. 어머님 오래오래 계셔요.

아들 올림.

홍규야 잘 있었니?

저번에 누나한테서 소식을 들었다. 새로 옮겨간 직장은 어떠냐? 물론 신설회사라 초창기에 어려움이 있겠지만 궁금하다. 공장이 잘되기를 바란다. 면회 시에 부탁한 책은 그만두고 집에 있는 책 《조선총독부》를 부쳐라. 국사책은 되도록 최신판을 구해서 보내라.

의정이 직장이 서울에 있느냐? 전주에 있느냐? 의정이 앞으로 졸업하는 날 편지를 띄웠는데 소식이 없구나. 곧 답을 보내라.

너는 착하기만 해서, 야무지고 마음씨 고운 아가씨가 있거든 사귀어 보아라. 새해에 네 건강을 바라면서…….

1979년 1월 29일. 형 씀.

삼촌께 올립니다

한동안 포근하게 인간의 마음을 충족시켜 주던 눈이 기온의 상승으로 서서히 녹아가고 있습니다. 내릴 때는 마냥 즐거웠고, 곳곳마다 하얀 눈으로 장식된 만물을 바라보면 반갑고 흡족하기만 하던 것이 그 빛을 잃어가며 추태를 보이는 듯 거리는 짜증스런 분위기에 젖어버리고 말았습니다.

지루한 일기의 연속으로 삼촌 건강이 염려되는군요. 혈기 왕성한 저희들은 사납고 싸늘한 바람이 불어대는 그러한 날씨를 좋아하죠. 젊다는 것, 그 젊음을 아마도 과시하고 싶은 모양입니다.

몸조리는 어떻게 하고 계시는지요? 고달픈 감기에는 걸리지 않으셨는지 무척이나 궁금합니다.

그동안 서울에 계신 분들의 소식을 못 들으셨을 것 같아 잠시 소식 드립니다. 할머님께서는 개개인을 대할 때 잃지 않으시는 인자한 태도로 하루하루를 할머님 나름의 생활을 메워나가시고, 작은삼촌께서는 직장을 옮겨 언제나 성실하시듯이 꾸준한 노력으로 끊이지 아니하고 뭔가를 획득하시고자 일과를 알차게 마무리하시는 것 같습니다. 이모님 댁도 마음에 지장 없는 생활을 하시는가 봅니다. 정숙이모도 자주 집에 들러 할머님을 위로해 드리고 주위의 모든 사람들도 안락한 생활을 하십니다.

언제나 심한 갈등으로 자신을 망각하는 허다한 시간이 이제는 아쉽고 안타까운 여운만을 남긴 채 사라져 버렸습니다. 진학, 취업 두 단어를 놓고 시름해야 했던 어리석은 자신을 한탄하며 이어왔던 그야말로 지겨운 삶이었습니다. 문득 사회를 알고 적응해 보면서 타개해 나갈 것은 타개해 보자고 마음의 다짐을 해보았지만, 대학에 미련을 버리지 못해 또 다른 조카의 길을 걸어갑니다.

삼촌! 어떠한 시련과 고통이 뒤따른다 해도 재수를 하기로 결심하였답니다. 인간은 배워야 한다는 주제 아래 조카의 삶을 개척해 보렵니다. 대학에 갈 필요성을 저 자신이 느꼈기 때문에 아니, 꼭 필요했기 때문입니다. 인간의 운명은 모두가 다르다는 관념이 두뇌를 억압하여 거둬들여 주질 않는군요. 시간의 흐름을 야속하다 비난하지 말고 유효적절하게 사용하면 시간의 아까움을 인식하게 되고, 한가지의 일에 정신력을 집중하다 보면 남모를 자신감과 함께 발전을 가져오게 되는가 봅니다.

삼촌, 여러 가지의 잡념으로 삼촌께 서신 드리지 못했습니다. 오래 기다리셨죠? 앞으로 보잘것없는 조카의 생활에 쫓기다 보면 자주 글월 올리지 못할 것 같아요. 그 점 서운해하지 마세요.

아무쪼록 건강하세요. 첫째도 건강, 둘째도 건강, 셋째도 건강, 오로지 건강뿐
이니까요.

1979. 2. 5. 조카 의정이가 올립니다.

의정아 보아라

네 편지를 잘 받았다. 몇 번이고 읽어보았다. 기필코 대학에 진학하겠다고? 반
가웠다.

어젯밤 잠들어 사방은 고요한데 삼촌은 한동안 네 생각에 잠겨있었다. 문제
는 백난을 극복하고 전진하는 부단한 노력, 그 성의가 보다 중요하다. 물론 지
식은 귀중하고 가볍게 여겨서는 안 되지만 인간의 범죄적 행위에 지식이 악용
될 수가 있다. 그러나 올바른 정신은 악용될 수가 없다. 그런 점에서 고운 마
음이 더욱 값진 것이다. 사람은 생을 다할 때까지 배워야 한다. 따라서 인생의
전과정을 놓고 생각할 때 대학에서의 3, 4년 배움이 그렇게 대단한 것은 아니
다. 어려움을 예견하면서 굳세게 전진하는 네 강인한 의지, 네 그 결심에 삼촌
은 기뻤다.

배움에 너무 치중하다가 네 건강을 해칠까 봐 걱정이 되는구나. 건강이 파괴
되면 아무것도 할 수가 없다. 건강을 보장하고 마음을 닦고 지식을 얻는, 세 분
야에서 어느 하나도 소홀히 해서는 안 된다. 운동할 기회가 적은 너는 조석으로
되도록 많이 걸어라. 너는 걷기를 좋아하지? 걷는 것을 통해서 건강을 유지해라.

삼촌은 든든하게 살아가고 있다. 보기에는 퍽 한가롭지만, 짜인 생활의 삶을
알차게 꾸려가고 있다. 특히 네가 염려하는 건강 유지에 힘을 기울이고 있다.
안심하여라.

의정아, 할머님 기력이 해마다 달라지시지? 적당한 활동은 건강에 도움이 되지만 과로는 해가 되는 것이다. 할머님의 잔일을 네가 더 도와드려라. 할머님을 생각하면 마음이 아프다.

네 의견을 존중하는 삼촌은 네가 가는 길, 네 노력에 결실이 있기를 간절히 축원한다.

의정아, 바빠도 한 달에 한 번 정도는 편지를 보내주라. 그럼, 안녕.

(홍규삼촌에게 책을 보내고 편지를 보내도록 전해라. 공장 소식이 궁금하다.)

1979년 2월. 삼촌 씀.

홍규야 보아라

아버님과 형님의 제일이 다가오는구나. 형의 마음이 이런데 어머님이야 어떠하시겠나? 너와 함께 어머님을 모시고 제사를 올렸는데 곁에 형이 없으니, 어머님이 더욱 괴로우실 것이다. 위로해 드려라. 그리고 형의 잔까지 네가 올려라.

며칠 전까지도 발악하던 추위가 이제 꺾인 듯 간밤에 비가 오고 오늘은 제법 봄날 같구나. 꽃샘추위가 남았지만 겨울 추위는 다 간 것 같다.

형은 침구 책을 보기 시작했다. 형님이 보시던 침구 사전과 관계 서적을 보내주어라.

의정이도 잘 있니? 아직 세상사에 익숙하지 못하니까 네가 조언을 해라. 그리고 너는 어떠냐? 많은 병은 과로에서 오는 것이니 무리 말아라. 네 소식 기다리고 있겠다.

1979년 3월. 형 씀.

삼촌께 드립니다

낯설기만 한 인간들의 모임 속에 한갓 소속감을 지닌 채 조카도 끼어있습니다. 짜증 나리만큼 훈훈한 분위기 속에서 생동하는 새싹들을 생각하며 지루한 이 순간을 모면해 보려고 합니다. 화사한 봄 날씨가 이어지고 있습니다. 새로운 마음으로 어수선했던 일들을 처리할 수 있게 해준 것은 아마도 새봄의 기운 때문이 아닐까요? 싸늘한 골방에서의 생활이 이제는 조금 풀린 것 같고 기대가 허전했던 마음의 복판을 메꾸어줍니다. 삼촌과 제 마음에도 모든 이들의 마음에도 활발한 봄기운이 찾아들었습니다. 쌀쌀했던 겨울의 여운을 묵살시킨 채로……:

삼촌의 백발이 뇌리에서 영영 사라지지 않는군요. 왜 그렇게 삼촌의 머리 색깔은 하얗기만 한지 우습기도 하고 안타깝기도 합니다. '환경에 적응하면서 창조해 나가라'는 삼촌의 충언을 되새기며 웅성웅성한 학원의 한자리에 저도 쉽게 적응하기 위해 앉아 있습니다. 어렵기만 한 세상을 다시 한번 실감해 보는 조카이기도 합니다.

집안의 분위기가 웬만한 가운데 생활하면서도 기쁨을 찾지 못하는 이유는 활개 칠 수 있는 젊음이 도사리고 있기 때문인가 봅니다. 제가 행하는 이 어색한 작업을 고생이라 생각지 않습니다. 저 자신을 발전시키는 하나의 과정이기에 회피하지 않고 응수하려고 합니다. 시간이 없다는 부질없는 관념 때문에 서신이 늦어진 듯합니다. 시간은 얼마든지 허용이 되지만 그 시간을 어떻게 활용하느냐에 따라 값진 생활이 됨과 동시에 시간이 충분한 인간으로 만들어준다는 사실을 어렴풋이 깨달았습니다. 짧은 시간의 틈을 내어서인지 마음이 조급하군요. 이제는 책을 좀 봐야 될 것 같습니다. 언제나 환한 미소로 하루하루를 맞이하시고 건강하시기를 바라면서 이만 줄입니다.

1979년 봄. 조카 의정 올림.

흥규야 보아라

이제 봄이 완연하구나. 환절기에 어머님께서는 안녕하시냐?

어머님을 모시고 살림하면서 형을 돕고 또 생활 기반을 닦아가기에 네 짐이 무겁구나. 너야 사리에 밝기 때문에 걱정을 안 하지만 좀 무리하는 것 같다. 3, 4개월에 한 번씩 오렴. 이곳에 오는 경비를 줄였으면 좋겠다. 일용품값도 조금 보내면 된다. 형이야 있으면 있는 대로 없으면 없는 대로 잘 살아간다. 그러나 책만은 보내다오. 더러 없어졌으면 다시 구입할 것은 없고 있는 책만 보내라. 이제나저제나 책 오기를 기다리고 있다.

어머님께서 진지 잘 드시고 정정하시기를 간절히 바라면서 이만 줄인다.

누이동생 순이야!

네 편지 잘 받았다. 반가웠다.

오빠를 돕지 못한다고 너무 아파하지 말아라. 없어서 그런 것을……. 없으면 아들 노릇도 부모 노릇도 못 하는 세상이 아니냐. 오빠는 네 마음을 잘 알고 있다. 특히 명절에 오빠한테 오지도 보내지도 못하는 네 마음은 퍽이나 아팠으리라.

순이야, 허락하면 한 번 오너라. 네가 보고 싶다. 어려운 살림에 아이들을 데리고 고생하고 있기 때문에 더 너를 생각하나보다. 남편을 사랑하고, 어려워도 흐뭇하게 살아라. 한 해 한 해 세상이 달라지는데 너만이 괴롭게 살겠느냐?

아이들은 잘 크겠지. 선주, 혁신, 혁성이가 눈에 선하다. 아이들이 튼튼하게 무럭무럭 자라기를 간절히 바란다.

오빠는 잘 있다. 안심하여라. 하고 싶은 말은 끝이 없구나. 이만 줄인다. 건강해라. 그럼, 안녕.

(네가 부쳐준 돈 5,000원은 잘 받았다.)

1979. 3. 26. 오빠 씀.

의정아 보아라

네 편지를 잘 받았다. 삼촌 사정으로 회답이 좀 늦었구나. 미안.

이제 봄이 왔나 보다. 개나리가 예쁘게 피었다. 가족 모두 잘 있느냐?

너는 입시 준비에 여념이 없겠지? 마음 흐트러짐 없이 한곳으로 모으기란 쉬운 일이 아니다. 그러나 하면 된다. 여자의 일념은 바위도 뚫는다는 옛말이 있다. 그것은 어떠한 난관도 온 정력을 쏟으면 뚫고 나갈 수 있음을 뜻하는 것이며 그 점에 있어서 여성의 우위성을 나타낸 것으로 본다.

의정아, 한눈팔지 말고 배움에 힘써라. 그리고 집에서는 부모님께 효도하고 오빠와 동생들을 사랑해라. 이는 결코 낡은 말이 아니다. 혈육인 부모형제를 사랑할 수 없는 인간이 어떻게 타인을 진실로 사랑할 수 있겠니? 인간은 인간을 떠나서 존재할 수 없다. 인간은 인간과의 관계 속에서 생존하는 것이다. 인간의 삶과 불가분리의 관계를 맺고 있는 타인, 그 타인을 사랑해야 한다. 진실을 추구하고.

그리고, 사람은 깊이와 폭이 있어야 한다. 이 봄에도 너는 많은 지식을 얻고 튼튼한 몸으로 마음을 더욱 곱게 가꾸어라.

삼촌은 여전하다. 날이 풀려서 몸도 한결 자유롭다. 염려 말아라. 의숙이와 일경이의 글이 보고 싶다. 부탁한 책도 보내라. 많은 말을 뒤로 미루면서 이만 줄인다. 안녕.

(의정아, 불그레한 화색에 차분한 네 모습이 더욱 예뻐 보이더라. 덜된 머슴아들이 너를 괴롭힐까 봐 걱정이 된다.)

1979. 4. 6. 삼촌 씀.

보고 싶은 오빠께

오빠, 동생이 무심한 것 같습니다. 오빠 소식이 궁금합니다. 제가 가려고 하다가 늦었네요.

오빠, 몇 번이나 불러보고 싶고, 보고 싶을 때는 곧 달려가고 싶지만 모든 것이 허락하지 않네요. 오빠, 요즈음 오빠 소식이 무척 기다려집니다. 의정이가 편지를 보냈는데 오빠 회답이 없고 어디가 아프신지 걱정이 됩니다.

서울 식구들은 다들 잘 지내고 있습니다. 며칠 전에 순이가 다녀갔어요. 오빠 속옷을 사주고 갔네요. 그리고 의정이도 서울에 다녀왔습니다. 홍규 일이 잘될 것 같다고 하더군요.

오빠, 이 동생이 매월 오빠의 용돈을 부쳐드리려고 결심을 했는데 왜 이렇게 늦어지는지 오빠한테 죄를 짓고 있어요. 오늘 만 원을 송금합니다. 며칠 전에 의숙이와 일경이가 삼촌께 편지를 드렸는데 받아보셨는지? 대진이와 의정이는 학교에 잘 다니고 있습니다. 의정이는 기대했던 게 어긋났어요. 원래 사범대로 지망했습니다. 아무래도 6월에나 의정이 데리고 오빠한테 면회 갈 것 같네요. 그때 뵙기로 하고 이만 줄입니다. 오빠, 안녕히 계세요.

1979. 4. 16. 동생 순덕 올림.

어머님 보시옵소서

그동안 안녕하셨어요? 진지를 잘 드시나요? 어머님의 인자하신 모습이 떠오릅니다.

아들은 아무리 나이가 들어도 어머님 앞에서는 아이인가 봅니다. 어머님을 뵐 때나 어머님을 생각할 때 또는 어머님께 글월을 올릴 때는 마음이 그만 어려집니다. 밖에 나갈 때마다 "얘야 조심해라." 하시던 어머님의 음성이 들리는 듯합니다. 그토록 아들을 걱정하시던 어머님을 생각하며 아들은 건강을 위해서 힘쓰고 있습니다.

이제 따뜻한 봄이라 내의도 벗어서 빨아 놓고 몸이 한결 가볍습니다. 책도 더 보고, 운동도 더 하고 있어요. 너무 상심 마시옵소서.

그리고 어머님, 스스로 어머님을 돌보셔야 합니다. 동생이 효자라 어머님을 잘 모실 줄 믿사오나 그래도 걱정이 됩니다. 어머님, 아들이 사는 것을 보셔야지요. 마음을 크게 굳게 가지시고 아픔을 이겨가셔요. 때로는 음식이 소태같이 쓸지라도 억지로 자시옵소서. 매사에 무리를 안 하셔야 장수하십니다.

어머님, 정정하시고 오래오래 계시옵소서. 드리고 싶은 말씀은 끝이 없사오나 이만 줄입니다.

1979. 4. 30. 아들 방규 올림.

동생 홍규야 잘 있니?

보내준 책《조선총독부》5권을 잘 받았다. 네 편지는 아직 못 받았는데 월말이라 펜을 들었다. 형은 네 덕택에 건강을 그런대로 유지하고 있다. 든든하게 살아가고 있다. 너무 염려 말아라.

그리고 어렵겠지만 틈틈이 책을 보아라. 책 읽는 습관을 몸에 붙여라. 나이가 들어갈수록 지식에 대한 필요성이 절실해진다. 너는 젊지 않느냐? 책을 통해서 상식과 지식을 넓혀라. 공장에 가서도 네 전문 분야 이외에 기계 조립 기술과 가공 기술을 익혀라. 기술은 배워두면 쓸 때가 있다.

어머님은 저혈압이라 몸을 보해 드려야 한다. 너도 먼지를 마시니까 보해야 하고. 어머님과 네 건강에 세심한 주의를 기울여라. 네 건강을 거듭 바라면서 줄인다.

1979. 4. 30. 형 씀.

삼촌께

삼촌, 그동안 안녕하셨어요? 언제나 편지 늦었다는 말을 되풀이해서 죄송해요.

삼촌, 저 19일에 언니와 함께 송광사 수영장에 다녀왔어요. 아주 검둥이가 되어서 왔죠. 삼촌, 검둥이가 된 제 모습 보고 싶으시지 않으셔요? 그리고 또 24일에 피아노 집에서 변산 해수욕장에 간다는데 더 검둥이가 되어서 돌아오면 어떡하죠?

참 삼촌, 제가 수영장에 가서 놀았던 일을 좀 쓸게요. 송광사 수영장에는 미끄럼틀이 있어요. 이 미끄럼틀은 무척 재미있었어요. 삼촌도 타고 싶으시죠? 아마 삼촌도 타신 후 입이 쩍 벌어지실 거예요. 그리고 저 수영을 조금 해요. 삼촌이 보시는 앞에서 자랑하고 싶은데……. 언젠가는 꼭 보여드리고 말 거예요.

그리고 삼촌, 저 아주 큰 문젯거리가 생겼어요. 그건 제 성적이 자꾸 떨어지는 거죠. 성적 올리는 비결이 있으면 답장에 꼭 적어 보내주셔요. 또 이젠 방학이니까 삼촌께 갈 기회가 올 거예요. 그땐 꼭 삼촌 뵈러 가겠어요. 그리고 편지도 자주 보내겠어요. 큰언니와 편지 자주 보내겠다고 약속했거든요. 그럼 삼촌, 언니 사진과 제 사진 4장을 보냅니다. 안녕!

일경 올림.

삼촌께 올립니다

그동안 몸 건강히 잘 계시겠지요? 저와 집안 식구들 모두 몸 건강히 잘 있어요.

삼촌, 그동안 편지를 못 써서 죄송합니다.

어린이날에 동네 계에서 놀러 갔었습니다. 먼저 남원 광한루를 거쳐서, 그다음에 화엄사, 그다음에 남해대교, 그다음 충렬사, 그다음 송광사를 거쳐서 돌아왔습니다. 차 안에서는 어린이날이 아니었고 어른날이었습니다.

어버이날에는 저는 선물을 못 하고 일경이가 했습니다. 아빠께는 손수건 한 개를 하고 엄마께는 손수건과 또 두 가지를 했습니다. 저는 어머니께 카네이션 꽃을 달아드리고 일경이는 아버지께 달아드렸습니다. 삼촌, 다음에 또 편지드리겠습니다.

1979. 5. 8. 사랑하는 조카 의숙 올림.

의정아 보아라

할머님으로부터 소식 잘 들었다. 마음이 퍽이나 아프실 것이다. 할머님을 위로해 드려라. 의정아, 네 편지를 잘 받았다. 청춘의 고민이 담겨있는 네 글을 몇 번이고 읽어보았다. 글 속에서 성장한 너를 보았다.

의정아, 너뿐만이 아니다. 네 또래의 젊은이들은 거의 다 고민하고, 괴로워하고, 꼭 짚어낼 만한 이유가 없음에도 불구하고 우울한 감정에 휩싸이곤 한다. 그것은 그들의 성장에 따라서 새로운 경험을 하게 되고, 지식과 시야가 넓어짐에 따라서 제 현상의 겉과 속을 점차로 파악하게 되고, 새롭고 높은 곳에로의 강한 정열이 있고 자신을 에워싸고 있는 구속으로부터 벗어나려는 자유에로의 욕구가 강렬한 데 비하여 자신의 힘이 너무도 미약한 것을 발견하기 때문이다.

사람은 누구나가 그를 따로 떼어놓고 보면 하잘 것이 없다. 먹지 않으면 죽고, 급소에 조금만 타격을 가하면 죽고, 보이지도 않는 미세한 균에 생명을 빼앗기는 것이 바로 인간이다. 그러나 사람과 사람이 손을 맞잡으면 그 힘은 참으로 무한한 것이다. 거대한 공장과 기계, 항만과 도시 등 지구상에 건설한 일체의 문명은 모두가 사람의 손으로 만든 것이다.

의정아, 한숨 쉴 것 없다. 이집트의 피라미드는 깎은 돌을 차곡차곡 쌓아 올린 것이다. 돌은 돌이지만 사막에 버려진 돌이 아니라 피라미드 안에 한자리를 차지하는 돌이 되어야 한다.

그리고 젊은이의 감정은 세차다. 감정은 가을 하늘과 같이 변하는 것. 그 감정에 자신을 맡기는 것은 위험천만한 것이다. 파멸을 가져온다. 네 강력한 의지로 감정의 파도를 제압하고 휘어잡아라.

대학 입시 준비에 몰두한 나머지 네 건강을 해칠까 봐 걱정이 된다. 피로가 겹치면 반드시 병에 걸리는 것이다. 심신이 피로하면 언제든지 펜을 놓고 휴식을 취해라. 몸은 건강할 때 주의해야지 건강이 일단 파괴되면 회복하기 어렵다.

일생일대를 놓고 생각할 때 대학에 가는 것이 그렇게 중요한 것이 아니다. 그러나 일단 대학을 목표로 배움에 착수했으니까, 결과를 가져오기 위해서 분투해야 한다. 그러나 그것으로 인해서 건강을 해치지 않도록 거듭 바라면서 이만 줄인다. 다음에 또 쓰마. 안녕.

의숙에게

의숙아, 네 편지를 잘 받았다. 반가웠다. 구경을 하고 왔다지? 나무가 우거진 높은 산이며 화엄사, 송광사가 아름다웠지? 파란 남해 바다에 그림처럼 떠 있는 섬들, 그 사이에 배가 오가고 아름다웠지?

그런데 의숙아, 네 고운 마음씨가 밖으로 나타날 때, 행동으로 나타날 때는 그보다 더욱 아름다운 것이다. 착한 어린이가 되어라. 공부도 잘하고. 오빠는 졸업 준비에 바쁘겠구나. 네 글솜씨가 대단하구나. 글은 자꾸 써야 느는 것이다. 자주 편지를 보내라. 그럼, 의숙아 안녕.

일경에게

일경아, 삼촌을 잊었니? 네 편지가 없어서 섭섭했다.

일경이 많이 컸지? 네가 보고 싶다. 아빠 보고 사진을 찍어달라고 해서 보내라. 언니들과 함께 찍어서 말이다. 사진을 책 속에 끼워놓고 너희들을 보고 싶을 때 언제든지 볼 수 있게 말이야. 편지를 보내라. 네 편지를 기다리고 있겠다. 일경 안녕.

1979. 5. 15. 삼촌 씀.

홍규야 보아라

어머님께서 안녕하시지? 누나 집에서 푹 쉬고 오셨니?

어머님 얼굴이 좀 부은 듯하던데 걱정이 되는구나. 어머님은 한약이나 양약을 막론하고 자시면 부작용이 있으니 침 치료를 했으면 한다. 나는 침구 책을 보기 시작했다. 네 요통과 조카의 다리며 형의 신경통도 침으로 치료될 수 있다고 본다. 네가 바빠서 형수씨 집에 갈 수가 없으면 침구 사전을 당숙께 부탁해서 갖다가 보내라.

누나가 넣어준 사진을 잘 받았다. 선주와 혁신이가 많이 컸더라. 입을 일자로 꼭 다물고 잔뜩 찌푸린 혁신이가, 물론 햇볕을 받아 그랬겠지만 행여나 동심에 그늘이 깃들까 봐 우려된다. 아이들이 씩씩하고 튼튼하게 자라기를 간절히 바란다.

형은 여전하다. 너무 염려 말아라. 든든하게 살아가고 있다. 어머님께서 강녕하시고 너희들이 건강하기를 거듭 바라면서 이만 줄인다.

형수씨가 가지고 있는 침구 사전이 분실되었으면 다시 구입할 필요는 없지만 그대로 있으면 꼭 보내라.

1979. 5. 29. 형 씀.

홍규야 보아라

어머님께서 안녕하시냐? 병환은 완쾌되셨니?

어머님이 누나 집에서 심히 앓으셨다는 소식을 듣고 마음이 아팠다. 어머님께 효도하는 너이기에 별로 할 말이 없다만, 생각이 미치지 않아서 더러는 지나치는 수가 있다. 병은 미리 예방하는 것이 중요하고 평상시에 건강을 유지해야 한다. 건강하기 위해서는 영양을 고루 섭취하고 심신의 피로가 겹치지 않도록 적당한 휴식을 취해야 한다. 그리고 마음을 편안히 가져야 한다.

물론 형이 이곳에 있으니 어찌 마음이 편할까마는 그래도 마음을 크게 갖고 평온을 유지해야 한다. 때로는 어머님을 웃기기도 하고 아이들을 데려다가 수선을 피워서 어머님이 잡념을 갖지 않으시도록, 형 생각을 잠시나마 잊으시도록 마음을 쓰기 바란다. 마음과 몸은 불가분리의 관계를 맺고 있기 때문이다. 어머님이 오래오래 계셔야 한다. 형은 어머님이 뵙고 싶을 때 누나가 넣어준 어머님 사진을 내어놓고 보곤 한다. 생각하면 형이 밖에 있을 때 마음이 없어서가 아니라 생각이 미치지 못해서 어머님을 모시는데 부족한 점이 허다했다.

날이 더워지는구나. 여름날 건강에 유의하도록. 어머님께서 진지를 잘 드시고 강녕하시기를 거듭 바라면서 줄인다.

이사 한다기에 편지를 안 쓰려다가 썼다. 집을 옮기면 곧 편지를 보내라. 안녕.

 1979. 6. 26. 형 씀.

의정아 보아라

의정아, 더위에 잘 있니? 아빠 엄마께서도 안녕하시냐? 오빠와 동생들은 방학을 해서 집에 있겠구나. 너희들이 보고 싶다. 너희들이 보고 싶어도 돈이 들어서 오라고 할 수가 없다.

의정아, 날씨가 덥구나. 더위도 고비에 접어든 듯. 태양이 이글이글 대지를 달굴지라도 이제 2, 30일이 지나면 서늘바람이 불어오고 가을이 온다. 더위가 사람을 좀 괴롭히지만, 농작물이며 모든 식물은 여름에 무럭무럭 자라는 것이다.

보기에 식물은 한자리에 그대로 있는 것 같지만 자기 생존과 성장을 위해서 필요한 물질을 스스로 섭취하며 합성하고 있다. 동물도 크고 작은 것을 막론하고 자신의 생존을 위해서 부산하게 활동하고 있다. 생명체는 그 자신의 활동을 떠나서 생존할 수가 없다. 사람도 이 철칙을 벗어날 수 없는 것이다.

의정아, 일을 싫어하거나 천시해서는 안 된다. 네 자신의 일은 네 스스로 해야 하고 가다가 일에 쫓기는 엄마를 도와드려라. 그런 과정을 통해서 네 자신의 품성과 네 마음이 고와진다. 일은 인간의 존재 조건이며 또한 사람을 사람답게 만들어 가는 것이다. 또 자주 동생들도 도와주어라. 그래야 형제간에 우애가 있고 네 본을 받아서 동생들이 곱게 자란다.

의정아, 더운 날 공부에 무리 말아라. 너는 이따금 밤늦게 공부하다가 그대로 책상머리에서 자곤 했다. 행여나 선풍기를 끄지 않고 잠이 들까 봐 걱정이 된다.

삼촌은 여전하다. 염려 말아라. 많은 말 뒤로 미루고 이만 줄인다. 네 편지가 보고 싶다. 의정아, 안녕!

(작은삼촌이 이사한다고 했는데 편지가 없어서 궁금하다. 소식 보내라.)

1979. 7. 30. 삼촌 씀.

보고 싶은 삼촌께 올립니다

삼촌, 오늘은 토요일입니다. 그래서 집에 빨리 왔습니다. 방에 들어와 보니 어머니가 삼촌한테 편지를 쓰고 계시더군요. 그래서 제가 편지를 쓴다고 하였습니다.

삼촌, 보고 싶어요. 방학 동안에 꼭 가려고 했는데, 못 갔습니다. 그동안 몸 건강하셨어요? 일경이는 부모님 말씀 잘 듣고 학교에 가서 선생님 말씀 잘 듣고 공부 열심히 하고 있어요.

삼촌, 편지가 늦어서 죄송합니다. 편지 자주하겠습니다. 오빠와 의숙이언니도 잘 있어요. 큰언니는 요즘 체력장 시험을 받았답니다.

삼촌, 오늘은 학교에서 과학관을 갔다 왔어요. 여러 가지 재미있는 기구들도 영화도 봤어요. 참 재미있었어요. 삼촌, 몸 건강하세요. 저도 공부 열심히 하겠어요. 또 편지할게요.

1979. 9. 8. 전일경 올림.

어머님께 올립니다

어머님, 그동안 안녕하셨어요?

누이에게 편지를 보낸 지 스무날 만인 어제 회신을 받아서 이제야 글월을 올립니다.

어머님, 진지를 잘 드십니까? 추석이 다가오네요. 기다리는 아들이 올 추석에도 오지 않아 마음 아파하실 어머님을 생각하면 가슴이 미어지는 듯합니다. 어머님, 그러나 아들이 이렇게 살아있지 않습니까? 아프신 마음을 삭여주세요. 어머님이 행여 누우실까, 걱정이 됩니다. 마음을 크고 굳게 지니세요. 아들도 심신을 다져가고 있습니다. 추석에 어머님이 아들을 생각하고 계실 때 아들도 어머님을 생각하고 동생과 누이들, 형수씨, 친척, 돌아가신 아버님과 형님을 생각하며 추석을 보내겠습니다. 아들은 문득문득 어머님이 뵙고 싶을 때마다 어머님 사진을 꺼내놓고 보곤 합니다.

어머님, 부디 진지 잘 드시고 오래오래 계세요. 아들은 건강하고 든든하게 살아가고 있습니다. 상심 마셔요. 환절기에 어머님의 존체 살펴주시고 집안이 무사하기를 거듭 바라며 이만 줄입니다.

1979. 9. 28. 아들 올림.

홍규야 보아라

허리가 몹시 아프냐? 차도가 있느냐? 걱정이 되는구나. 신경통에는 심신이 피로하지 않도록 적당하게 휴식을 취하는 것과 영양을 섭취하는 것 외에 완치시킬 수 있는 양약이 없다.

그러나 침구로는 고칠 수가 있다. 수침에 명혈이 있는데 한 번 시술해 보아라. 손을 펴놓고 손등을 위로 둘째 손가락과 셋째 손가락 사이를 따라 올라가면 뼈가 맞닿은 곳, 움푹한 곳을 누르면 아프고, 넷째 손가락과 다섯째 손가락 사이를 더듬어 올라가면 뼈가 맞닿은 곳에 또 혈이 있다. 이 두 곳을 요퇴점이라고 하는데, 이 두 곳에 3번 침으로 침 끝이 팔 위쪽으로 약 20도 각도로 길이는 10~20cm 정도로 양손 네 군데를 찔러놓고 20분 정도 놓아두고 치침한 채 허리를 움직여라. 허리를 전혀 움직이지 못하는 환자도 3, 4차면 완쾌되었다는 임상 경험이 있다고 한다.

하루에 한 차례씩 4일 동안 시험해 보고 효과가 없으면 이침을 해봐라. 이침 책을 사다가 놓고 위치를 잘 잡아야 한다. 사람마다 귀가 각기 다르기 때문에 위치를 정확히 잡기가 어렵다. 도면을 보아가면서 매부와 의정이에게 선정해달라고 해라. 몇 밀리만 틀려도 효과가 적다. 진찰봉으로 눌러서 제일 아픈 방향으로 침을 찌르고 속히 깊게 뚫어지지 않을 정도로 찔러라. 혈은 신문, 좌골 신경, 둔, 침, 신상선, 즉 오혈을 찔러라. 열흘하고 2일 쉬고 한 달쯤 계속하면 차도가 있을 것이다. 오래된 것은 시일이 더 걸린다. 몇 달이고 계속해라.

추석에 친척들을 만나거든 안부 전해라. 네가 쉽게 회복되기를 간절히 바라면서.

　1979. 9. 28. 형 씀.

삼촌께 올립니다

　칠흑 같은 어둠은 온누리를 감싸고 스산한 가을바람은 온몸에 거침 없이 파고듭니다. 심적인 갈등과 변화에 놀라야 하는 자신에 슬퍼지는 계절이 침투했습니다.

　삼촌, 그간 아무런 변화는 없으신지 무척 궁금하군요. 좀 더 신중하고 소심한 조카였더라면 소식을 자주 드려 기쁘게 해드렸을 터인데 못난 조카이고 보니 이제야 펜을 들었군요.

　하는 일 없이 시간에 쫓겨야 하고 이루어 놓은 것도 없이 세월을 보내야 하는 어리석은 마음에 심한 채찍을 가해주세요. 오늘도 하루가 소중하다는 것을 알고 느꼈음에도 불구하고 헛된 하루로 장식했습니다. 삭막하고 거친 들판을 방황하며 가는 무리들을 생각해 보았습니다. 나도 그 속에 포함되는 개체일 거라고…….

　유난히도 반짝이는 불빛을 응시하며 소리 없이 가는 시간을 붙잡지 않았습니다. 시간이 흐르면 내 몸에서도 빛이 발할 거라고 기대했기 때문입니다. 기적 소리를 내며 질주하는 기차도, 크락션 소리를 울리며 달리는 버스도, 다음에 찾아들 그 무언가를 위해서 열심히 움직이는 것이 아닐까요?

　삼촌, 짧고도 짧은 마디마디 시간을 웃으면서 즐겁게 지내야겠다고 생각하니 모든 일이 순조로워질 것만 같습니다. 소생하는 만물들을 사랑할 수 있고 마음을 다질 수 있을 것 같고, 사그라지는 불꽃들도 아름답게 볼 수 있는 아량이 생길 것만 같은 기분에 젖어버린답니다.

　모든 즐거움은 슬픔에서 생산되는 것과 하루의 시작은 하루의 마지막에서 생산되나 봅니다. 내일을 위해서 아니, 먼 훗날을 위해서 열심히 꾸려가는 조카가 되어보렵니다.

모든 사람을 걱정해 주시고 사랑하시는 우리 할머님은 건강하시고, 끊임없이 뭔가를 추구하는 곰보삼촌 또한 안녕하시답니다. 삼촌, 주위의 모든 사람들이 행복해 보입니다. 물질적인 행복을 벗어난 정신적인 행복 말입니다. 해야겠다는 열의를 엿볼 수도 있습니다.

삼촌, 건강하세요. 제가 드릴 수 있는 최선의 소망입니다.

1979. 10. 1. 조카 의정이가 올립니다.

의정아 보아라

어제는 우박이 한바탕 쏟아졌다. 다 익은 곡식인데 날벼락을 맞았으니, 손해가 많겠다. 가꾼 분들의 마음이 얼마나 아플거나? 사람이 살다 보면 뜻하지 않은 일을 당하게 된다. 그런데 그것은 어떤 악마에 의해서 이루어지는 것이 아니라 자연과 사회의 한 현상이며 과학성을 갖게 되는 것이다. 어제의 우박만 하더라도 각 지방에서 측정한 온도와 습도, 바람과 기압을 종합한 중앙관상대에서는 이미 수일 전에 대략 예상하고 보도했을 것이다. 사람이 대상을 알게 되면 그 결과를 예측할 수 있을 뿐만 아니라 사전에 대책을 세울 수가 있다.

인간은 자연과 사회를 떠나서는 존재할 수가 없다. 자연과 사회는 생존에 필요한 도움을 주지만 때로는 심대한 피해를 주고 있다. 그래서 인간은 피해, 그것을 제거하기 위해서 부단히 싸워왔고 그러한 노력을 통해서 많은 지식을 얻었고, 자연을 상당히 지배하게 되었으며 사회도 발전하였다.

외부 현상뿐 아니라 인간의 내적인 면에 있어서도 사람은 자기가 원하지 않는 생각과 말과 행동을 하게 되고 그로 인해서 괴로워하게 되는데 이러한 내부의 부정적인 측면도 인간의 부단한 노력으로 제거되고 자신을 보다 높은 단계로 발전시킬 수 있는 것이다.

이야기가 너무 심각하게 되었구나. 결론적으로 말해서 인간은 내외에 어려움을 갖게 되는 것이며 그 어려움은 인간의 노력으로 해결할 수 있다. 다만 인간 지식이 아직 제 현상을 완전히 파악할 수 있는 수준에 달하지 못했기 때문에 모든 일을 완전무결하게 해결할 수는 없지만 어느 정도 앞을 예견할 수 있고 사전에 피해를 방지하거나 감소할 수가 있는 것이다. 따라서 사람과 네 자신의 풍부하고 아름다운 삶을 위해서 네가 배우는 지식이 필요한 것이다.

대학 진학을 목표로 설정했으니 까짓것, 여간한 난관이 있을지라도 그를 뚫고 목표 달성을 위해서 최선을 다해라. 옳은 일을 위해서 최선을 다했을 때 비록 목적이 달성되지 않을지라도 후회가 없다. 뿐만 아니라 그 자신의 발전을 가져오는 것이다. 하나를 얻기 위해서 보다 중요한 것을 잃어서는 안 된다. 공부하다가 건강을 해치지 않도록.

할머님께서 안녕하시다니 반갑다. 할머님께 효도하여라. 홍규삼촌한테서 집안 소식을 잘 들었다. 삼촌은 여전하다. 안심하여라. 지면이 다 되었구나. 다음에 또 쓰마. 의정아! 안녕.

1979. 10. 12. 삼촌 씀.

어머님 보시옵소서

어머님 생신이 다가오네요. 음력 9월에 아버님과 어머님의 생신이 함께 들었지요. 아버님과 어머님은 조선 말엽에 이 땅에 태어나시어 참으로 많은 고생을 하셨습니다. 다 헤아릴 수 없는 그 고생 속에서도 고결하게 사셨습니다.

어머님은 저희들을 위해서 온 정성을 다 바치셨습니다. 그렇게 키운 자식들이라 두 누이와 동생은 어디에 내놓아도 사람 됨됨이에 부족함이 없습니다. 저에게도 다소 좋은 점이 있다고 하면 그것은 어머님의 본을 받고 어머님의 가르침이 크다고 봅니다. 저는 아버님과 어머님이 싸우시는 것을 본 적이 없습니다.

자식들에 대해서도 잘못했을 때 매를 들고 종아리는 때릴지언정 욕은 안 하셨습니다. 중학교 1학년 때 한 번 '빌어먹을 놈'이라고 들었습니다. 많은 어머니들이 자식을 키움에 있어서 어머님과 같이 자상하고 엄하시고 분별 있게 사랑해 주신 지극한 어머니는 극히 적을 것입니다.

어머님은 세상에 다시없고 자랑스러운 우리 어머님이시고 어머니들의 본이 되십니다. 제가 밥을 조금만 남겨도 근심하시고 좀 늦게 돌아와도 걱정하시며 기다리고 계시던 어머님. 어머님과 같이 있을 때는 어머님의 크신 사랑에 쌓여서 그때마다 느끼지 못하였으나 지금은 하나하나 어머님 사랑이 사무쳐옵니다. 길지 않은 동안 어머님을 모시고 있었을 때 더러는 알지 못하고 또 형편이 여의치 않아 어머님을 족하게 모시지 못했습니다.

앞으로 나갈 때는 나을 것이며 나갈 날도 오래지 않습니다. 어머님, 마음을 놓으셔요. '지금은 아들이 심신을 다지기 위해서 심산에 가 있노라' 여기십시오. 마음을 크게 자셔야 건강하십니다. 이렇게 아들이 살아있지 않습니까? 어머님! 오래오래 계서야지요. 어머님이 건강하심은 곧 아들을 위함이 됩니다. 어머님 날씨가 추워지는데 존체 살펴주셔요.

아들은 여전하고 부모님을 생각하며 끊임없이 수양을 쌓아가고 있습니다. 안심하셔요. 지면이 다 되어갑니다. 강녕하시옵소서. 정정하시옵소서.

1979. 10. 24. 어머님 생신을 맞이하면서 아들 올림.

추신 : 홍규야, 허리가 좀 어떠니? 네 심신이 괴로울 때 형이라도 곁에 있으면 좀 나을 것을. 홍규야, 걱정이 되는구나. 의정이가 보낸 편지를 받았다. 의정이는 입시 준비에 분

초를 아끼고 있을 것이다. 시험이 끝날 때까지는 네가 편지를 보내라. 바쁘면 집안 소식 몇 자만 써서 보내라. 다음 면회 올 때 청색 운동화, 장갑 한 켤레 차입해라. 밖에 나가면 운동을 하니까 털신은 필요 없고 운동화면 족하다. 홍규야 건강하여라. 건강하여라.

의정아 보아라

의정아, 잠깐 쉬어라. 잠깐 펜을 놓고 삼촌하고 이야기나 좀 하자꾸나. 네가 마치 산정을 정복하기 위해서 비지땀을 흘리며 가파른 비탈길을 오르는 것 같다.

좀 쉬어라. 실개천 맑은 물에 얼굴을 적시고 물소리 산새 소리 들려오는 나뭇잎 밑에서 쉬어라. 여기저기 크고 작은 바윗돌 그 사이 사이에 뿌리를 밟고 길게 솟은 소나무 가을 단풍에 불같이 타는 골짜기, 모두가 아름답지 않느냐. 네가 올라온 눈 아래 전경을 감상하면서 심호흡을 해라. 한눈을 파는 것이 아니다. 남은 길을 돌파하기 위해서 잠깐 휴식하는 것이다. 사람마다 체력에 한계가 있는 것이다. 무리하게 강행하면 산상에 오르지 못하고 쓰러지고야 만다. 이제 막바지에 접어들었다. 길도 더욱 험하다. 자세히 살펴 가면서 오르거라. 가다가 확 곰이 덤비더라도 너무 당황하지 말고, 무기를 잽싸게 뽑아 들어라. 그만 무서워서 당황하다가는 방어용 무기를 가지고 있으면서도 사용하지 못한 채 곰이 너를 덮치고 만다.

의정아, 시험장에 가거든 먼저 마음을 차분하게 가라앉혀라. 중대한 때에 벌벌 떠는 것은 겁쟁이요, 못난 짓이다. 너무 긴장하면 아는 것도 떠오르지 않는다. 시험지를 받으면 자세히 검토하고 난제와 당당하게 대결하여라. 싸움은 이기기도 하고 지기도 하는 것이다. 한 번 이기고 진 것에 날뛰거나 실망할 것이 없다. 산상에 오르면 발 아래 멀리 산야를 눈 안에 집어넣고 흐뭇한 감격에 젖으면서 힘과 호연지기를 기를 것이다. 그러나 자만해서는 안 된다. 네 앞에 많은 봉우리가 솟아있지 않느냐? 또 설령 날이 어두워서 산정에 오를 수 없어도 비관할 것이 없다. 다음 날 다른 산에 오르면 되지 않느냐. 문제는 대상과 대결함에 있어서 당당하고 집요하게 밀고 나가는 일이다. 오늘까지 피나게 쟁취한 네 지식이 시험지 위에 유감없이 발휘되기를 바란다. 요행은 없다. 한 발 두 발 네 발로 산상에 올라야 한다. 의정아 안녕.

(이 편지는 시험 보러 가기 전에 읽어보고 또 합격자 명단이 발표된 후에 조용히 읽어보아라. 그제 할머님께 글월을 올렸는데 곧 예비고사가 있다는 소식을 듣고 오늘 또 네 앞으로 편지를 썼다.)

1979. 10. 26. 삼촌 씀.

오빠께 올립니다

오빠, 뵙고 싶습니다. 요즈음 추위에 얼마나 고통스럽게 지내시는지 걱정만 하고 있을 뿐입니다. 오빠, 여름방학 때 애들 데리고 간다는 게 못 가고 말았습니다. 모든 것이 생각대로 안 되는군요.

요즈음 건강 상태가 어떠하신가요? 날씨가 추워서 걱정이 됩니다. 어머님도 그런대로 잘 계시는가 봅니다. 염려 마시고요, 오직 오빠 몸만을 신경 쓰세요. 부탁드립니다.

오빠, 제가 12월 중순쯤에나 애들이 방학하면 가겠습니다. 필요한 것이 있으면 서신으로 알려주세요. 오늘은 만 원을 보내오니 우선 쓰세요. 추석에 홍규가 다녀왔기에 늦었습니다.

여기 가족들은 모두 건강하게 잘 있습니다. 대진이도 졸업을 몇 개월 안 남겼고요. 앞으로 일들이 창창합니다. 의정이가 다행히 대학에 진학을 해야 할 텐데 그것도 걱정이고요. 늙으신 어머님이 고생을 많이 하십니다. 의정이가 대학 시험에 합격하면 바로 삼촌한테 보낼게요.

오빠, 할 말과 뵙고 싶은 마음 금할 길이 없습니다만 이만 줄이겠습니다. 오빠!

1979. 11. 20. 순덕 올림.

삼촌께 올립니다

시야가 자꾸만 좁아져 가는 현실을 극복해야 하는 젊은이가 참으로 오랜만에 펜을 잡은 듯합니다. 사나운 기세가 감도는 요즈음의 일기에 건강의 차도는 없으신지요? 무엇보다도 염려가 되는 삼촌의 건강 문제가 가장 마음에 걸립니다.

겨울철의 중요한 행사인 김장은 온화한 날씨를 선택하여 연로하신 중에도 애써 표현하지 않으시고 담으시는 할머님의 따스한 손길 아래 끝냈답니다. 언제쯤이나 삼촌과 함께 마주 앉아 이렇게 의미 깊은 김장김치를 맛볼 수 있을는지요. 할머님께서는 비교적 안정된 생활 속에서 하루의 고통을 잊으시고, 홍규삼촌 또한 보다 나은 내일을 위해 열심히 뛰고 계십니다. 못난 조카도 나름대로 삶을 꾸미고 있습니다.

며칠 전 예비고사를 마친 불안한 마음은 씻은 듯이 없어지고 지금은 본고사를 위한 준비를 하고 있을 따름입니다. 삼촌께서도 빈틈없는 하루를 보내시리라 조카는 믿습니다.

날카로운 선을 자아내는 촛불은 마치 인간의 본성을 닮은 듯한 생각이 듭니다. 혹하고 불면 無로 돌아가는 가느다란 움직임은 어두운 방 안을 환하게 밝혀주고 허전한 마음의 등불이 되고 사소한 일에도 도움이 되는 참으로 고마운 역할의 소유자입니다.

그렇듯 하찮은 촛자루도 여러모로 쓰이는데 하물며 생각하며 살아가는 인간들은 과연 얼마나 유익하게 쓰일까요? 시침과 분침은 방향 없이 이 밤을 재촉하고 덧없는 시간은 아쉬움도 묵살한 채 계속 전진만을 하고 있습니다.

삼촌, 못난 조카도 내일의 전진을 위해 이만 잠자리에 들어야 할 것 같습니다. 따뜻한 방 안 공기에도 춥다는 행복한 비명과 추운 구석에도 불구하고 참고 버티어내시는 삼촌과는 살아가는 환경에 다소 차이가 있음을 발견하며 삼촌의 건강을 다시 한번 언급합니다. 건강하세요.

(장갑, 신발을 부쳐드립니다. 시간이 나는 대로 청주에 가겠습니다.)

1979년 12월 3일. 조카 의정 올림.

의정아 보아라

의정아, 네 편지를 잘 받았다. 할머님께서 안녕하시다니 반갑다.

전과는 달리 할머님이 힘겨워하시지? 삼촌과 너도 잘 있다지? 본고사를 앞둔 너는 분초를 다투겠구나. 밤늦게까지 쪼그리고 앉아서 공부하고 있을 네 모습을 보는 듯 그려보고 있다.

의정아, 네 그 피나는 노력은 결코 헛되지 않는다. 삼촌도 무엇인가 새로운 지식을 얻기 위해서 여념이 없다. 금년에 읽기로 계획한 책을 독파하고 있다.

의정아, 이 해도 저물어가는구나. 이 해뿐만 아니라 10년을 한 묶음으로 하면 내외로 곡절이 많았던 70년대가 마지막으로 굴러가고 있다. 영원히 사라지고 있다. 그리고 저 희망에 찬 80년대가 다가오고 있다. 너는 10대를 여의고 20대로 접어들고. 20대에 너는 많이 발전할 것이며 시집도 가겠지.

의정아, 어려움이 있더라도 그를 뚫고 나가거라. 한숨이나 실망은 버리고 말이다. 네 앞길은 대해와 같이 양양하다. 적어도 5, 60년의 생애가 있다. 대망을 가져라. 먼저 고운 마음을 키우고 다져가거라.

일전에 톨스토이의 문학평론 일부를 읽었다. 톨스토이는 문학사상 빛나는 업적을 남겼지만 구시대의 역사적, 사회적 제약을 받았기 때문에 그분의 말을 전부 옳다고는 할 수 없다. 그러나 그중 일부는 지금도 우리의 마음을 깊이 감동시키고 있다.

톨스토이는 그의 문학적 평론에서 예술의 교육적 기능과 인식의 역할을 강조하고, '문학작품이 원고지에서 책으로 활자화하기 위해서는 많은 사람들의 노력과 시간이 소비되고 작가 자신과 독자들의 많은 정력과 시간이 또한 소비된다. 이처럼 인간의 생명 일부를 간직하고 있는 문학작품이 인간의 삶에 보탬이 되지 못하고 오히려 인간을 타락시킨다면 그것은 의리를 배신하는 것이며 죄악을 범하는 것'이라고 날카롭게 지적하였다.

그렇다. 그런데 그것은 비단 문학에서만 국한되지 않는다. 어느 분야든 인간의 모든 활동이 인간의 삶을 아름답고 풍부하게 향상하는데 연결되고 보탬이 되어야 한다. 그것은 지극히 인간을 사랑하는 것이며 고운 마음이 밖으로 표현된 것이다. 마음이 고운 사람은 인간을 사랑하기 때문에 인간을 해치는 것과 자타를 막론하고 당당히 맞서서 싸우는 것이다. 따라서 고운 마음은 한편으로 사랑을, 다른 한편으로는 불굴의 투지를 자아내게 한다. 20대에 접어드는 새해 새 아침에 고운 마음을 네 가슴속 깊이 튼튼히 간직하기 위해서 다지고 또 다져라.

추워지는 이때 할머님께서 안녕하시고 삼촌과 네가 건강하기를 거듭 바라면서 줄인다. 의정아! 안녕.

(삼촌 편지가 집에 가면 할머님이 큰 관심을 가지시고 모르시는 점을 물으실 것이다. 그때마다 쉬운 말로 풀이해서 다정하게 들려드려라. 쉬운 말을 쓰다가도 가다가 뜻을 압축하다 보면 어려운 말이 쓰이곤 한다. 운동화와 장갑도 받았다.)

1979. 12. 14. 삼촌 씀.

어머님 보시옵소서

어머님, 어제가 소한이라서 그런지 날씨가 춥네요. 어머님 그사이 안녕하셔요? 어머님을 생각하면 언제나 마음이 어려집니다. 오늘도 어린 마음으로 어머님께 글월을 올립니다.

어머님, 일전에 어머님을 뵙지 못해서 섭섭했어요. 그러나 두 누이와 손을 잡고 따뜻하게 형제의 정을 나누었습니다. 많이 큰 의정이와 의숙, 일경이가 와주어서 그 애들과 이것저것 이야기하면서 한동안 흐뭇하게 보냈습니다. 아이들이 오면 들려주려고 생각해 둔 내용을 그만 까맣게 잊고 있다가 "아, 저런" 했을 때는 이미 아이들은 가고 철문이 닫힌 후였습니다.

다소 아쉬웠으나 다음에 만나서 이야기하리라고 생각하면서 방에 돌아왔지요. 그날은 종일 집안 이야기를 하다가 잠에 들었습니다. 생각하면 우리 형제는 우애가 깊고 어려서도 싸운 일이 없었습니다. 그것은 모두가 어머님이 잘 키우시고 가르쳐주셨기 때문입니다. 어머님의 그 크신 은혜를 다 헤아릴 수 있겠습니까.

아들은 건강합니다. 안심하시옵고 날씨 차가운데 주의하셔요. 강녕하시옵소서. 이만 줄입니다.

아들 올림.

홍규야 보아라

홍규야, 누나한테 자세한 소식을 들었다. 네가 고생하는구나.

그런데 말이야, 네가 사이클을 타고 다닌다니 걱정이 되는구나. 너야 침착하고 술을 안 들기 때문에 좀 안심이 된다만 그래도 걱정이 된다. 홍규야, 집을 나가기 전에 반드시 사이클을 점검하고 조금만 이상이 있으면 고쳐서 타거라. 그리고 차분하게 마음을 가라앉히고 차도와 인도 사이를 택하되 절대로 세게 달리지 말고, 자전거보다 약간 빠른 속도로 다녀라. 사고는 거의 전부가 본인의 부주의와 정비 불량에 있음을 항상 명심하여라. 너무 무리하지 말고 늦지 않게 집으로 돌아가거라. 사이클을 탄 너를 그 번잡한 거리에 보내놓고 네가 늦으면 어머님이 얼마나 기다리고 계시겠니? 물론 네가 잘 알아서 하겠지만 형은 걱정 이 되어 몇 마디 썼다. 조심하고 조심하여라. 빙판에 더욱 조심하여라.

　1980. 1. 7. 형 씀.

어머님께 올립니다

　어머님 그새 안녕하셨어요? 어제는 종일 비가 왔는데 오늘은 눈보라가 치니 날씨가 종잡을 수 없이 변덕을 부리네요. 아직도 추위는 기세등등하지만, 가면 제가 얼마나 가겠어요.

　날씨만 차도 어머님은 이곳 아들을 생각하시어 몇 시간씩 잠 못 들어 하신다 는 말을 동생으로부터 들었습니다. 어머님 너무 상심 마셔요. 아들은 추우나 더우나 거르지 않고 마찰을 하지요. 아침에도 뛰고 운동시간에 밖에 나가서도 뜁니다. 식사 시간을 제외하고는 잘 때까지 거의 책을 보고 새벽에는 생각에 잠 깁니다. 마음도 늦추지 않고 항상 야무지게 간직하고 있지요. 가다가 입맛이 없 어서 깨작거리다가도 어머님을 생각하며 너댓 숟갈 더 넘기곤 합니다. 그래서 건강을 유지하고 있사오니 안심하셔요.

　어머님, 나이가 들어가면서 어머님이 더욱 그리워지네요. 오늘도 어머님이 쥐고 읽어보실 이 엽서를 만져보면서 글월을 올리고 있습니다. 어머님, 문득문 득 어머님이 뵙고 싶을 때는 어머님 사진을 내놓고 뵙곤 하지요. 어머님, 이제 아들과 옛이야기도 하고 정겹게 살 수 있습니다. 아무쪼록 어머님이 건강하셔 야지요. 마음이 괴로우실 때는 크게 마음을 가지시어 삭이시고, 구미가 없으실 때는 아들을 생각하시와 더 드시옵소서. 정정하시옵소서. 이만 줄이옵나이다. 어머님!

아들 올림.

홍규야 보아라

면회* 시에 그만 잊었다. 허리가 어떠니? 생활이 어렵지야? 생활이 어려우면 초조하게 되고 초조하면 무리하게 된다. 여하한 일이 있어도 무리하지 말아라.

사이클을 타면 언제나 조심하여라. 사고는 순간에 일어나는 것이다. 그러나 그 실제적 가능성은 이미 있었던 것이다. 그 때문에 사고의 가능성을 미연에 배제해야 한다. 기계는 어느 기계나 유능한 기사 앞에서는 완전히 순종하지만, 주의력이 부족하고 덜된 기사 앞에서는 제멋대로 구는 법이다. 사이클 조종 기술도 능숙해야 하지만 기계 원리와 조작에도 정통해야 한다. 유능한 의사는 환자의 얼굴만 보고도 병의 깊이를 알 수 있지 않느냐. 소리만 듣고도 사이클의 현재 상태를 파악할 수 있도록 힘써라. 몸조심.

(의정이의 대학입시 소식과 의숙의 회답이 없어서 궁금하다고 전해라.)

1980. 1. 30. 형 씀.

* 사상 전향 공작의 일환으로 2~3시간 교화과에 마주 앉아서 특별 면회를 하게 했다.

삼촌 안녕하셔요

삼촌, 그동안 편안히 계셨습니까?

나는 삼촌이 보고 싶어요. 삼촌, 어머님 아버님은 걱정 마셔요. 어머님 아버님은 편안히 잘 계시고 혁신이, 혁성이도 잘 있어요.

삼촌, 그저께는 혁신이가 입학하는 날이에요. 어저께는 6학년 언니 오빠들이 졸업하는 날입니다.

삼촌, 나는 슬픕니다. 나는 외톨이로 학교에 가서 슬픕니다. 혁신이가 응암국민학교로 떨어져서 외톨이가 되었습니다.

삼촌, 방학이 되어서 나는 전주에 가게 되었습니다. 어느 날 나는 방에서 눈 감살이(숨바꼭질의 전라도 방언)를 하였습니다. 그만 나는 벽에다 머리를 부딪혔습니다. 나는 울지 않았습니다. 삼촌, 나는 어린애같이 울지 않았습니다. 삼촌, 내가 만 원 넣어 보낼 테니 나에게 맛있는 거 많이 사주고 갖고 싶은 거 다 사주세요. 삼촌 그럼, 이만 줄이겠어요.

1980년 2월 15일. 선주 올림.

어머님께

어머님, 오늘이 설이네요. 설 명절을 맞이하며 어머님께 세배 올립니다. 어머님, 만수무강하시옵소서. 손수 만드신 음식을 차려놓고 차례를 지낸 뒤 그 음식을 들어야 할 이 아들이 자리에 없어 아파하실 어머님. 아픈 마음이 행여 겉으로 나타나면 제 마음도 아파하면서 또 그러신다고 쏘아붙일 작은아들이 옆에 있고, 그 아들의 마음을 더욱 괴롭힐까 봐 내색도 못 하실 걸 압니다. 아이들이 세배를 올리고 말을 해와도 "오냐, 오냐" 건성으로 대답하시면서 아들만을 생각하시며 아파하실 어머님. 어머님의 그 정경을 생각하다가 철필을 들었습니다.

어머님 너무 상심 마셔요. 이제 아들이 어머님 곁에 가옵니다. 전에 없이 춥던 겨울에도 아들은 감기에 걸리지 않고 지냈습니다. 마음을 놓으시고 아픔을 삭여주셔요. 추위도 고비를 넘어서 한풀 꺾인 듯합니다. 그러나 추위는 가다가 기승을 부릴 것이고 그러다가는 힘이 빠지고 봄기운에 녹아버리겠지요. 그때는 아들도 몸을 옥죄는 내의를 벗어버리고 몸도 마음도 가볍고 활발해지겠지요.
안심하셔요. 어머님의 기쁨은 아들의 기쁨입니다.

새해에 어머님의 소원이 모두 이루어지시고 기쁨이 있기를 거듭 바라오며 줄
입니다. 어머님, 날씨가 풀어질 때 존체 유의하셔요.

아들 올림.

흥규야 보아라

네가 고생한다. 지난겨울을 어떻게 보냈느냐? 웬 놈의 날이 그리도 춥고 눈은
그렇게도 자주 오는지, 눈이 오고 눈이 쌓이는 날 눈이 녹다가 얼어서 온통 빙
판이던 날은 퍽이나 걱정이 되었다. 그놈의 것을 오늘 같은 날은 안 끌고 나가
야 할 텐데……. 혼자 걱정을 했다.

사람은 관계와 처지가 달라지면 생각도 달라지는 모양이다. 전에는 추우면 방
이 따뜻한지 어머님이 내의나 두툼하게 입고 계시는지 어머님이 더욱 걱정이
되었다. 그런데 지금은 네가 사이클을 타고 다니기 때문에 날이 춥거나 눈이 오
면 네가 더 걱정이 되는구나. 조심해야지. 올해는 마음이 고운 큰애기와 결혼
을 하고 신접살림을 꾸려야지. 아무쪼록 조심하고 건강에 유의해라. 설날 가족
과 친척을 생각하면서.

(편지는 아직 못 받고 선주가 보낸 돈만 만 원을 어제 받았다. 살기도 어려울 텐데, 왜?
편지 받아보고 회답을 보내겠니? 의정이 소식이 궁금하다.)

1980. 2. 16. 형 씀.

삼촌 읽어보십시오

1년 중에 가장 환하게 밝혀준다는 대보름을 맞이하여 뿌듯하고 들뜬 마음을 빈틈없이 꽉 채워진 보름달에 띄워 삼촌께 보내드립니다.

그동안 신체에 별다른 이상은 없으셨는지요? 무엇보다도 으뜸가는 건강에 항상 유의하시리라 조카는 믿고 또 믿습니다. 계획하시는 일은 순조롭게 진행되었는지에 궁금증을 뒤늦게야 여쭙게 되는 부실한 조카를 너그러이 용서해 주십시오.

집안에는 별다른 고통 없이 무사한 가운데 하루하루를 보내고 있습니다. 약 1개월 전에 아빠가 맹장 수술하신 것을 제외하고는요. 이제는 거의 회복되어 5일 전부터 회사에 출근하실 정도이니, 너무 염려하지 마십시오.

삼촌, 미련을 버리지 못한 싸늘함이 잠시 스쳐 갈 뿐 완연한 봄기운이 화창한 날씨로 선보이고 있습니다. 언제나 해맑은 웃음으로 반겨주시는 정겨운 삼촌의 주름진 얼굴도 온화하게 내리쬐는 햇볕 이상으로 따스하게 느껴집니다. 우뚝우뚝 솟은 백발이 차분한 자태에 구색을 맞춰 남과 비교할 수 없는 매력을 지니신 삼촌, 너무도 뵙고 싶습니다. 당장 신발도 신지 않은 채 달려가고 싶습니다. 허나 모든 여건이 부족하여 조카는 이렇게 글을 쓸 수밖에 없군요.

저의 감정을 흥분시키는 구슬픈 음률은 제약이라는 단어를 무시한 채 끊임없이 퍼져나가고 있습니다. 듣는 이조차 없는 사면이 막힌 방바닥에서 잘도 울려 퍼지는 가락을 저는 어쩔 수 없이 받아들여야만 했습니다. 아시겠죠? 한적한 밤에 무의미하게 보내야만 하는 조카의 심정을.

건강하세요. 새해 복 많이 받으시고요.

80년 3월 1일. 조카 전의정 올림.

어머님께 올리옵니다

어머님 안녕하셔요? 설날 어머님께 올린 편지를 받아보셨어요? 날씨가 많이 풀렸습니다. 음지에 얼음이 녹고 양지는 파릇파릇 새잎이 나겠네요.

어머님, 어머님이 뵙고 싶습니다. 어머님을 뵈면 그렇게 반가우면서 아프고 그 마음은 형언할 수 없어도 어머님이 뵙고 싶습니다. 홍규가 한가할 때 오셔요.

아들은 건강합니다. 든든하게 살아가고 있습니다. 안심하셔요. 환절기에 진지 잘 드시고 강녕하시기를 거듭 바라오며 줄입니다. 어머님!

아들 올림.

홍규야 보아라

홍규야, 며칠이 지나면 아버님과 형님의 제일이구나. 형님을 움켜잡고 통곡하던 때가 엊그제 같은데 4년이 되었구나. 형 나이보다도 젊어서 가신 아버님. 생각하면 찢어지는 것 같다.

부모님의 피를 함께 이어받은 너에게 하고 싶은 말이 많은데 하고 싶은 말이 많으면 쓸 말은 적어지나보다. 가신 분들에게 보답하는 길은 충실한 사람이 되는 것이다. 어머님을 지극히 모시고 형수씨, 조카들과 우애 있게 지내는 것이다. 설령 부족한 점이 있어도 말이다.

홍규야, 줄인다.

(2월 중순에 선주 앞으로 보낸 편지를 집 주소로 띄웠는데 받았니? 의정이 소식이 통 없어서 궁금하다. 입학 등록을 마치고 지금은 대학에 다니고 있느냐? 런닝 2, 통 넓은 여름 빤스 1을 곧 면회 올 수 없으면 우편으로 부처라. 네 소식을 기다리고 있겠다.)

1980. 3. 7. 형 씀.

어머님 보시옵소서

어머님, 요즈음 날씨가 고르지 않네요. 어머님, 안녕하셔요? 설날 또 아버님과 형님 제사 전에 어머님께 올린 글월을 받아보셨어요? 어머님, 이제 전보다 기력이 못하시고, 보는 것도 전보다는 흐리게 보이시지요? 제 글을 어머님이 보실 수 있도록 또박또박 쓰고 있사오니 흐려서 보시기에 힘이 드시면 아들이나 딸한테 돋보기를 사달라고 하시지요. 아들의 글을 어머님이 한 자 한 자 읽어보셔야 아들의 정과 마음을 더 깊이 아실 줄 아옵니다.

어머님, 아들은 어머님을 생각할 때나 어머님께 글월을 올릴 때마다 마음이 어려집니다. 어머님이 떠오르고 지극하신 일, 자애로우신 어머님 사랑이 헤일 수도 없이 떠오릅니다. 어머님, 사람이 늙으면 몸이 약해지고 몸이 약해지면 마음도 약해진다고 합니다. 어머님, 그러나 어머님은 마음이 약해지셔서는 안 됩니다. 아들을 생각하시고 이 아들과 함께 사실 일을 생각하시고, 강한 마음으로 지금의 괴로움을 이겨가셔요. 아들은 오늘도 건강하옵고 어머님을 생각하며 든든하게 살아가고 있습니다. 안심하셔요.

환절기에 어머님 부디 강녕하셔요. 따뜻한 날 한 번 오시지요. 어머님, 어머님이 뵙고 싶습니다.

어머님 아들 올림.

홍규야 보아라

홍규야, 잘 있니? 가만히 있다가도 네가 사이클을 타고 서울 시내를 누비고 있으리라 생각하면 그만 마음이 조여온다. 지금 네가 사는 집은 모르기 때문에 그려볼 수가 없지만 아침에 네가 사이클을 타고 골목길을 빠져서 천호동 사거리에 나오고 마장동을 거쳐서 청계천에 닿을 것이고 그로부터 여기저기 그 복

잡하고 바글거리는 서울 거리를 사이클 타고 종일 돌아다니다가 오후 집으로
돌아갈 너를 생각하면……. 걱정해야 허사라 걱정을 않다가도 걱정이 되곤 한
다. 눈바람 몰아치고 얼어붙은 겨울이 가서 좀 낫겠지만 그래도 걱정이 된다.

의정이가 집에 없으니까, 네가 한 달에 한 번 정도 편지를 보내라. 물론 바쁘
고 생활에 쫓기다 보면 피곤하겠지만 어머님과 네 소식 몇 줄만 써서 보내라.
네 글씨만 보아도 마음이 좀 놓인다. 의정이가 대학에 다니고 있느냐? 소식이
없어서 궁금하다. 편지를 받으면 바로 회답을 보내라. 전번에 부탁한 런닝구와
빤스도 부치고. 그럼 잘 있거라. 홍규야, 항상 서둘지 말고 조심하여라.

1980. 3. 27. 형 씀.

삼촌께 올립니다

명쾌하고 청명한 하늘을 바라보니 불같은 용기가 솟아오르는 것 같은 느낌입
니다. 건강하신지요? 완연한 봄을 맞이한 모든 생물, 무생물들은 생기가 있어
보입니다. 며칠 전 시원스러운 소나기에 몹시도 흥분했었습니다. 마음의 갈등
을 말끔히 씻어내리는 듯 더욱더 세찬 비바람이 계속되어 한동안만이라도 저
는 기쁨에 넋을 잃을 뻔하였답니다.

삼촌, 늦게야 글을 올리게 된 점, 넓으신 도량으로 이해해 주세요. 할 일 없이
방황하다 세월을 보냈지만, 그래도 제 딴에는 변명 같지만 말입니다. 무척이나
쫓겼습니다. 무엇에 그토록 쫓겼는지는 저 자신도 아직 파악을 못 했지만, 그것
이 경험이고 자신에 대한 보약이리라 생각하기로 했습니다.

그동안 어떻게 보내셨는지요? 무척 염려가 됩니다. 얼마 전에 동봉하여 보낸
서신의 회답을 받지 못해 더욱더 궁금합니다.

삼촌, 저희 부모님께서는 모두 평안하시고 오빠, 동생들 또한 건강하게 하루

하루를 보내고 있답니다. 3월 말일경에 서울에 다녀왔습니다. '친구 따라 강남 간다'고 학교 가는 도중에 친구 따라 서울로 직행했지요.

할머님께서는 순탄한 나날을 보내시고 작은삼촌도 건강하시더군요. 하시는 일은 점점 더 진전되어 가는 것 같습니다. 이모님 댁도 건강하시고 똘똘한 아이들도 무럭무럭 말썽 없이 크고 있습니다.

모든 사람들이 삼촌께서 건강하시기만을 바라고 있다는 것을 삼촌께서는 더 잘 알고 계시리라 생각합니다. 삼촌, 하루빨리 자유롭게 뵙기를 바랍니다. 다정하게 지도해주시고 따스한 손길로 인도해 주셨던 그때의 일들이 간절합니다. 인자하신 웃음을 보내주세요. 건강하시길 바랍니다.

1980. 4. 8. 조카 의정 드림.

삼촌께 올립니다

삼촌, 그동안 안녕하셨어요? 몸은 건강하신지 몹시 궁금해요. 삼촌, 제가 편지를 드리지 않아서 섭섭하셨어요? 하지만 이제는 자주 편지 드릴게요. 아빠 엄마 그리고 모든 식구들이 몸 건강히 잘 있어요.

삼촌, 이번에 주말 고사를 보았는데 제가 1등을 했어요. 참 기뻤어요. 삼촌께서도 기쁘시죠? 더욱 노력해서 삼촌과 부모님을 기쁘게 해드리겠어요. 일경이도 공부 잘하고 있어요. 일경이가 벌써 3학년이 되었어요. 참 빠르지요? 저는 올 1년만 다니면 단정하고 깔끔한 중학생이 될 거예요. 세월은 참 빨라요. 그렇죠? 삼촌, 언니는 대학교에 들어가고 오빠는 대학원에 들어가서 공부 잘하고 있어요.

삼촌, 저는 굉장히 삼촌이 보고 싶어요. 삼촌께서도 제가 보고 싶으실 거예요. 그럼 삼촌, 몸 건강히 계시기를 빌면서 이만 줄이겠어요. 계속 편지 쓸게요.

삼촌 안녕! 답장을 기다리겠어요.

1980. 4. 13. 의숙 올림.

삼촌께 올립니다

삼촌, 그동안 안녕하셨어요? 편지 늦어서 죄송해요. 삼촌, 요즘 어떻게 지내고 계셔요? 저는 아무 일 없이 잘 지내고 있어요. 삼촌도 편지 자주 보내주셔요. 삼촌 얼굴이 보고 싶어요. 삼촌, 제가 벌써 3학년이에요. 빠르지요? 작은언니는 6학년 올라와서 1등을 했어요. 그렇지만 저희는 아직 시험을 보지 않았어요. 언니가 공부를 열심히 해서 1등을 했나 봐요. 저도 시험을 보면 1등을 해야겠는데 어떨지 모르겠어요. 하지만 열심히 노력해 보겠어요.

삼촌, 물론 건강하시겠죠? 저는 삼촌이 몸 건강하시길 두 손 모아 하느님께 빌겠어요.

삼촌 그럼, 이만 안녕.

1980. 4. 13. 일요일. 일경 올림.

의정아 보아라

의정아, 네 편지를 잘 받았다. 반가웠다. 늦었다만 충심으로 축하한다. 학교에 가는 도중에 친구 따라서 서울로 직행했다는 네 글로 보아서 대학에 다니는 것 같구나. 서울이 아니고 시골 대학이기 때문에 좀 창피해서 저간의 소식을 삼촌한테 자세히 알리지 않았지? 그것은 덜된 자존심이다.

정치 경제 문화 중심지인 서울에서 대학 과정을 보내는 것은 어느 면에서 도움이 되겠지. 그러나 역사학을 배우는데 지방 대학이 불리하다는 이유는 성립되지 않는다. 물론 교수 수준 문제가 있지만 그것보다는 네 노력이 더욱 중요하다. 요즈음 일부 대학생 특히 여대생 일부는 대학에 학적만을 두고 결혼 간판격인 졸업장만을 얻기 위해서 그럭저럭 알맹이 없이 대학 과정을 마친다는 말을 들었다. 너는 너 스스로 선택한 역사를 배우기 위해서 대학에 진학했으니까 열심히 배워라. 철저히 배워라. 인류가 어떻게 살아왔고 세계사 속에서 우리 민족이 어떻게 살았으며 또 지금 어떻게 살고 있는가를. 사람은 실로 고귀한 존재다. 네 삶을 값있고 아름답게 꾸려라. 생활을 창조하면서 역사에 이바지하여라.

역사든 민족사든 개인사든 과거와 현재와 미래가 연결되어 있다. 과거는 현재를 낳았고, 현재는 또 미래를 배태하고 있는 것이다. 과거, 현재, 미래 중에서 현재가 더욱 중요하다. 그것은 현재의 시간 속에서 살아 움직이는 인간의 구체적인 실천 활동이 있고 새로운 물질문화를 창조하고 있으며 그 토대 위에서 미래가 전개되기 때문이다.

그런데 인간은 역사 밖에서는 존재할 수가 없다. 싫든 좋든 인간 개개인은 거대한 역사의 흐름 속에서 생존하는 것이다. 그러기에 미래를 바라보면서 오늘을 바르고 보람 있게 살아가기 위해서는 역사적 현실을 정확하게 파악해야 한다. 오늘을 알기 위해서는 오늘을 낳은 과거 역사를 알아야 한다. 많이 배워라. 역사적인 사실은 역사에 대한 관점(학자에 따라서는 역사의식이라고 표현한다)이 바로 서 있어야 옳게 이해할 수 있다.

의정아, 책 한 권을 소개하마. 책명은 《인간의 역사》, 저자는 미하일 일린이다. 내용은 수백만 년 전의 인류 조상으로부터 고대 사회까지를 담고 있다. 동물과 같은 상태에서 어떻게 직립보행을 하고 정신적인 발전을 가져왔으며 구석기, 신석기 시대를 거쳐서 역사 시대로 발전해 왔는지 그 발전의 근본 요인을 밝히고 일리인의 풍부한 지식을 동원, 여러 가지 실례를 들면서 아주 쉽게 예술적으로 서술해 놓았다. 학자들의 진리를 탐구하기 위한 피나는 노력과 불굴의 투지 그리고 진실이 담겨 있기 때문에 감동을 준다. 그 책을 읽어가노라면 인류학, 고 고학, 동식물학, 지질학, 역사 현존하는 원시인들의 풍습 등 광범한 분야에 접하게 된다. 네 시야를 넓혀줄 것이다.

그제 어제 내린 비로 높은 담 밑에 개나리가 곱게 피었다. 복숭아꽃, 살구꽃, 산에는 진달래가 피겠구나. 봄이라 몸도 가볍고 삼촌은 건강하다. 안심하여라.

오빠가 대학원에 다니고 있느냐? 아빠 엄마께서 안녕하시고 오빠 동생들이 튼튼하기를 바라면서 이만 줄인다. 의정아, 안녕.

(의숙이와 일경이한테 편지 보내라고 해라. 그리고 삼촌 편지를 받으면 받았다고 다음 편지에 적어 보내라. 홍규삼촌한테 여러 번 편지를 띄웠는데 받아보았는지 통 소식이 없어서 궁금하다. 기회가 있거든 전해라.)

1980. 4. 14. 삼촌 씀.

삼촌께 올립니다

작열하는 태양 아래서의 활발한 움직임은 몹시도 쾌적한 기분을 자아내어 줍니다. 열심히 뛰고 난 뒤의 피곤함도 잊은 채 귀가하는 저의 모습은 과연 어떠했을까요? 풍요로운 대자연을 한눈으로 바라보며 파릇파릇 솟아오른 새싹들과 더불어 조그만 손을 불끈 쥐어봅니다. 알찬 생활을 꾸려보자는 제 자신의 다짐을 받으면서 말입니다.

허나 지쳤던 모양입니다. 고단한 육신을 이끌고 겨우 대문을 들어서는 저에게 가장 반가운 소식을 전하는 할머님께서는 인자하신 모습으로 전해주셨습니다. 언제 보아도 정겨운 삼촌의 회답. 어떤 이가 저에게 하루 중에 가장 소중한 때가 언제냐고 묻는다면 저는 서슴없이 동봉된 삼촌의 서신을 뜯어보는 것이라고 대답할 것입니다. 그렇듯 고맙고 귀중한 것입니다. 첫 회답을 받던 날 할머님께서 당도하셨습니다. 무척이나 피로해 보이셨지만 지금은 아주 좋아지셨습니다. 어려움을 달관하고 괴로움을 잊으시려고 노력하시는 우리의 할머님입니다. 너무 염려하지 마시고 삼촌께서나 건강하셨으면 좋겠군요.

삼촌, 언제나 하염없는 조언을 해주시고 잘되라 있는 힘껏 밀어주시고 이끌어주시는 삼촌을 생각하매 목이 메어옵니다. 자유롭게 대면할 수 없는 상황들이 야속하고 저주스럽기까지 합니다. 하지만 참고 기다리는 수밖에요.

언젠가는 진정한 미소를 띠고 쾌활하게 생활할 수 있다는 자신감에 오늘도 밝은 내일을 계획하며 꾸밈없는 생활을 위해 열심히 노력하고 있습니다. 옛 성인들의 참다운 말씀에 귀를 기울이고 모든 일에 적극성을 띠며 생활하고 있습니다. 저 높고 높은 고지를 정복하고자 오르고 또 오르고 있습니다. 수많은 삼촌의 격려와 갈채를 받으며 뿌듯한 마음으로 조카는 열성을 다하며 향해갑니다. 삼촌, 웃으면서 만날 날을 간곡히 기대하며. 건강하세요.

(담뿍 정이 담긴 삼촌의 서신 모두 받았습니다. 제 앞으로 온 것과 일경이 앞으로 온 것 두 통이요.)

1980. 4. 28. 조카 의정 올림.

삼촌 읽어보셔요

삼촌, 그동안 안녕하셨어요? 답장이 늦어서 죄송해요. 편지를 계속 쓴다고 했는데 약속을 못 지켰어요. 하지만 화내시지 않으리라고 생각해요.

삼촌께서 어떻게 지내고 계신지 참 궁금해요. 아빠 엄마 우리 식구 모두 잘 있어요. 참 할머님께서도 잘 지내고 계셔요. 삼촌께서 아침저녁으로 하라고 했던 줄넘기는 학교에서 열심히 하고 있어요. 키가 커진 것 같은 기분까지 들어요. 저는 삼촌이 몹시 보고 싶어요. 삼촌께서도 제가 보고 싶으실 거예요.

참 삼촌, 저는 어린이날 참 좋은 선물을 받았어요. 그것은 책상이에요. 일경이와 제 것을 말이에요. 너무너무 기뻤어요. 저는 어린이날 그토록 큰 선물을 받았는데 어버이날 부모님께 무엇을 선물할지 걱정이에요. 하지만 저는 돈이 없으니까 선물은 못 해 드리고 대신 부모님 말씀을 항상 잘 듣겠어요.

그럼, 몸 건강하시길 바라며 이만 줄이겠어요. 삼촌 안녕. 답장을 기다리겠어요.

1980. 5. 6. 의숙 올림.

삼촌께 올립니다

삼촌, 그동안 안녕하셨어요? 답장이 늦었지요. 죄송해요.

삼촌, 요즘 어떻게 지내고 계셔요? 저는 삼촌 얼굴이 보고 싶어요. 저는 몸 건강이 잘 있는데 삼촌은 어떻게 지내시는지 궁금해요. 삼촌이 일기 잘 쓰라고 하셨지요. 저는 그래서 일기를 잘 쓰고 있어요. 그런데 의숙이 언니는 요즘에 일기를 잘 쓰지 않아요. 하지만 의숙이 언니도 날마다 일기를 쓰게 될 거예요.

우리 식구들 모두 건강히 잘 지내고 있어요. 삼촌도 물론 잘 지내고 계시겠죠.

삼촌, 저희들은 열심히 공부하고 뛰어놀고 있으니까 저희들 걱정은 하시지 말고 삼촌께서 건강하세요. 편지는 이제부터 자주 보내겠어요. 삼촌, 답장 꼭 보내주셔요.

삼촌, 그럼 이만 줄이겠어요. 삼촌 안녕.

1980. 5. 6. 일경 올림.

의정아 보아라

의정아, 오월이 왔다. 녹음이 짙어지는 오월, 담 밖에 포플러는 하루가 다르구나. 성장기를 맞이한 풀나무는 뿌리에서 수분과 질소 등 무기물을 흡수하고 탄

수화물을 합성, 체내의 각 조직에 배분하고 찌꺼기는 버리는 활발한 신진대사를 통해서 자기를 키워가고 있다.

사람도 신진대사를 통해서 성장하고 생명이 존속되고 있다. 육체뿐만 아니라 인간의 정신도 새것을 받아들이고 낡은 것을 버리는 대사 작용을 통해서 발전하는 것으로 본다. 육체의 발전은 약 30년의 상한선이 있지만 정신적인 발전은 노력하면 죽을 때까지 지속되는 것이다. 8, 90세까지 자기 시대의 첨단에서 정신활동을 하며 빛나는 업적을 남긴 역사상의 많은 인물들이 이를 증명하고 있다. 인체 생리학이나 심리학 연구 결과 사람은 거의 다 그 시대의 최고 수준에 도달할 수 있는 가능성이 갖추어 있다는 결론을 내리고 있다. 다만 노력과 조건이 문제가 된다. 너는 지금 대학이라는 외적 조건이 이미 갖추어져 있다. 노력만 하면 너 자신을 급속도로 발전시킬 수가 있다.

의정아, 정열을 쏟아라. 정신은 육체와 불가분리하게 연결되어 있다. 외부의 제 현상은 육체의 감각기관을 통해서만 인식할 수 있다. 감각은 외적 자극의 에너지를 의식, 사실에 전화하기 때문이다. 의식 내부의 사유 활동도 뇌수 물질의 운동 현상에 불과한 것이다. 따라서 뇌체 중 일부가 파괴되면 그 분야의 사유 작용은 불가능하다. 뇌일혈 환자가 그를 보여주고 있다. 만일 대뇌피질의 활동이 전반적으로 마비되면 기억이나 사유 작용은 물론 보고 들을 수도 없다.

의정아, 언제나 건강하도록 유의해라. 정신적인 발전은 지식의 축적만을 의미하는 것은 아니다. 사람다운 품성 곧 인격을 내포하고 있다. 사람의 사람다운 품성은 오직 사람과의 관계를 통해서만 이룩되는 것이다. 사람과의 관계는 예술적으로 이루어져야 한다. 사람과 사람과의 관계, 그것은 모든 일의 근본으로 되는 것이다. 사람을 진실로 사랑해야지.

삼촌은 낮과 밤의 기온이 이곳 생활에 알맞은 오월을 맞이하여 너한테 뒤지지 않도록 책도 더 보고 생각도 더 하고 있다. 네가 언제나 염려해 주어서 건강하다. 안심하여라.

할머님과 부모님께서 안녕하시고 오빠와 누이들이 건강하다니 반갑다. 네 편지를 잘 받았다. 기쁨이 있고 집안이 무사하기를 바라면서 이만 줄인다. 다음에 또 쓰마. 의정아 안녕.

(홍규삼촌한테 약과 책을 부탁했는데 약만 오고 책은 안 왔다. 국내 지리나 외국 지리, 세계 경제 지리 등 아무 책이라도 좋다. 네가 구해서 가지고 오너라.)

1980. 5. 7. 삼촌 씀.

삼촌께 올립니다

팔목까지 덮인 옷조차 거추장스러움을 느낄 정도로 높은 기온이 유지되고 있습니다. 얼굴에는 굵은 땀방울이 빗물 흘러내리듯 주르륵 쏟아지고 후끈하게 젖어 드는 몸은 가누기가 힘들군요. 이렇듯 지쳐버릴 듯이 강렬히 퍼붓는 햇살도 묵살하고 같은 반 학생들과 함께 그야말로 활동적인 운동을 했습니다. 탁 튀는 공을 강타하는 기쁨이야말로 형언할 수가 없답니다. 군을 제대하고 복학한 분께 어설픈 몸놀림으로 배운 탁구 실력도 이제는 꽤 늘었습니다. 그리 좋은 실력도 아니지만요.

삼촌, 천진스러운 꼬마들의 아우성으로 메워졌던 거리가 지금은 판단력과 주의력으로 조성된 두뇌들의 움직임으로 까르르 웃어젖히는 꼬마들은 찾아보기가 힘든 요즘의 경기인 것 같습니다. 식을 줄 모르고 불타오르는 학생들의 열의는 억누를 수가 없을 뿐만 아니라 꺼질 줄도 모릅니다. 질서 정연하게 질서 유지를 외치며 활보하는 이들에게 차츰차츰 동요되는 것을 느낍니다.

그 사이 건강하신지요? 삼촌의 염려로 이곳의 모든 분들은 편안하십니다. 며칠 전, 할머님께서는 건강을 되찾으시고 서울로 올라가셨으니 너무 신경 쓰지 마세요.

싱그러운 5월. 밝은 내일을 기약할 수 있을 것만 같은 환각 속에 미련하나마 젊음을 발산할 수 있도록 자유의 미래를 설계해야겠습니다. 건강하시길 바라며, 안녕.

(책은 곧 구입해서 보내드리겠습니다.)

1980. 5. 16. 조카 의정 올림.

삼촌께 올립니다

그동안 안녕하셨어요? 편지 잘 받았어요. 이제부터라도 삼촌이 보낸 편지는 오래도록 간수하겠어요.

삼촌, 요즘은 어떻게 지내고 계서요? 저는 부모님 속을 썩어서 꾸중 들은 일이 많아요. 다음부터는 부모님 속을 썩어서는 안 되겠어요. 그리고 삼촌 얼굴이 보고 싶어서 삼촌한테 가려고 해도 학교에 다니기 때문에 가지 못해요. 이번 여름방학에는 꼭 삼촌을 보러 가겠어요. 저 오기를 기다려 주서요. 그리고 꼭 답장 보내주서요. 그럼, 이만 줄이겠어요.

1980. 6. 1. 일경 올림.

오빠께 올립니다

오빠, 그간 안녕하셨어요? 무더운 날씨에 고생이 많으시지요. 이번에 꼭 가려고 했는데 언니가 7월에 애들이 방학이나 하면 가자고 전화를 해서 그만 못 가게 되었어요. 어머님과 홍규는 며칠 전부터 우리 집에 와 있습니다.

오빠, 몸조심하세요. 만 원을 부칩니다. 적지만 잘 써주세요. 급히 부치는 것입니다. 가려고 준비하고 있었는데 못 가게 되어서 서운합니다만 다음에 꼭 가겠습니다.

순이 동생 씀.

보고픈 형님께

형님, 그동안 몸 건강히 안녕하셨습니까? 이번에 집에 갔다가 형님의 편지를 봤어요. 형님, 편지가 늦어서 죄송해요. 마음은 항상 형님의 곁에 있었지만 미루고 미루다 보니까 이제서야 편지하게 됐어요. 저의 편지 많이 기다리고 기다리셨지요.

이곳에 계신 아버님 어머님께서는 모두 몸 건강히 안녕하십니다. 저도 누님의 따스한 보살핌으로 항상 불편 없이 공부하는 데 지장 없이 즐겁게 지내고 있어요. 한 달 전에 서울 큰어머님께서 전주에 오셨다가 아버님 생신 때 시골에 내려가셨다가 다음 날 정숙이누나하고 같이 올라가셨어요.

형님, 이곳 가족들은 모두 잘 있어요. 그러니 형님께서는 아무런 걱정하지 마시고 형님 건강 관리에 힘쓰서요. 뭐니 뭐니 해도 건강이 최고니까요.

이번 형님 생신 때, 아버님과 어머님께서 형님에게 가려고 하시다가 못 갈 것 같다고, 저한테 형님께 돈을 부쳐달라고 하시더군요. 그래서 1만 원을 동봉하오니 부담 없이 받아두서요.

이제는 봄철도 시들어가고 여름이 돌아오나 봐요. 그새 더위가 기승을 부리고 있어요. 한낮에는 30도를 오르내리는 더위가 며칠 전부터 계속되고 있어요. 지금 시골에는 모내기가 한창이랍니다. 올해는 다른 해와 달리 모내기 전에 비가 많이 와서 모내는 데 편리한가 봐요.

형님, 저는 신흥고등학교에 다니고 있어요. 우리 학교는 전주에서 전고 다음

가는 학교로 알려져 있어요.

형님의 그 인자하시던 모습, 저를 안으시고 턱수염으로 저의 볼을 문지르던 일들이 눈에 선합니다. 형님과 빨리 다시 만나서 장난도 하고 이야기도 하고 즐겁게 보내고 싶은 날이 빨리 오길 빌면서 이만 줄이겠어요. 그럼, 건강에 유의하시고 몸 건강히 안녕히 계셔요.

1980년 6월 1일. 형님의 사랑스러운 동생 정완이* 올림.

* 임방규 작은아버지의 아들. 작은아버지의 자녀로는 애자, 영민, 정자, 봉규, 정숙, 정완이가 있다.

어머님께 올립니다

어머님, 안녕하셔요? 어머님께 올리는 글월이 늦었습니다. 어머님 요사이 기력은 어떠하신지요. 진지랑 잘 드시는지요?

아들은 요 며칠 사이 어머님을 하루에도 몇 시간씩 생각하였습니다. 누룽지를 쥐여주시던 어린 시절의 기억으로부터 아들이 구속되기 얼마 전 시외에 나가서서 뜯어다 두었던 쑥으로 송편을 빚어주시던 어머님의 사랑에 이르기까지. 아니, 지난 4월에 이곳에 오셔서 아들의 손을 쥐어주시던 어머님의 모습에 이르기까지 아들의 기억에 남아있는 어머님. 어머님의 그 갖가지 사랑을 회상하였습니다. 지난날을 회상하면서 어머님이 정정하시고 오래오래 계시옵기를 간절히 바랐습니다. 그리고 어머님과 함께 세상의 어머니들도 생각하였습니다. 새롭게 느낀 바 많습니다만 이곳에 다 쓸 수가 없고 이제 어머님을 모시고 차근차근 실을까 합니다.

아들은 춥지도 덥지도 않은 요즈음 건강하고 든든하게 살아가고 있습니다. 안심하셔요. 아들을 너무 걱정하지 마시고 어머님의 존체 살펴주셔요. 어머님께서 진지 잘 드시고 정정하시옵기를 거듭 바라면서 이만 줄입니다.

어머님 아들 올림.

홍규야 보아라

홍규야, 어머님이 어떠신지, 너는 잘 있느냐?

의정이 편지에는 어머님이 완쾌되셨다고 하던데 어머님 건강이 어떠신가? 너한테 물어야 대답이 뻔하다만 거짓말이라도 좀 보내라.

그리고 계약했던 일은 잘되고 있느냐? 네 일도 궁금하다. 네 아픈 허리는 어떠냐? 누나는? 누나 결혼 10주년을 앞두고 편지를 띄웠는데 받았느냐? 얘야, 두 달에 한 번이라도 편지를 보내라. 네 건강이 여의치 못하니까 매사에 무리하지 말아라. 조심하여라. 네가 건강하기를 간절히 바라면서 홍규야, 이만 줄인다.

1980. 6. 13. 형 씀.

어머님께 올립니다

어머님 안녕하신가요? 요즈음 통 소식이 없어서 어머님이 진지랑 잘 드시고 기력이 좋으신지 궁금합니다.

어머님, 막둥이가 말을 안 듣고 고집을 부리거나 떼를 쓰면 사정을 두지 마시고 회초리로 종아리를 때리세요. 어머님 오늘은 막둥이가 회사에서 돌아오거든 불문곡직하고 종아리를 때려주세요. "얘야, 그렇게 착한 아들을 왜 때리라고 하느냐?" 하시며 막둥이 역성을 드시겠지요. 그런데 어머님, 형 말을 덥석덥석 먹어버리고 편지를 쓰지 않으니, 어머님이 때려주셔야지요. 어머님 매를 제일 무서워합니다. 곰보놈 그놈 사정없이 종아리를 때려주세요.

어머님, 이곳 아들은 건강하고 든든하게 살아가고 있습니다. 안심하시지요.

어머님이 편치 않으신데, 여름에 구미가 떨어지지 않으실지 걱정이 됩니다. 돈을 아끼지 마시고, 드시고 싶은 것을 사서 자셔요. 어머님이 정정하시기를 거듭 간절히 바라오며 이만 줄입니다. 어머님!

　　아들 방규 올림.

홍규야 보아라

　홍규야, 잘 있니? 여름날인데 안개가 끼고 좀 서늘하다가 무덥고 찝찝한 날씨에 습기가 차서 신경통에도 아주 좋지 않다. 네 허리가 더 아프지야? 신경통에는 특별한 약이 없다. 침을 맞거나 아픈 부위를 수시로 주무르고 비벼서 혈액순환을 원활히 해주어라.

　어머님이 회초리로 종아리를 때릴 때는 젊으셨다. 젊은 어머님을 생각하면서 어머님께 글월을 올렸다. 효자인 너에게 별로 할 말이 있을까마는 설혹 밖에서 덜 좋은 일이 있었더라도 집에 와서는 티 없이 어머님께 이것저것 들려드려라. 네 다정한 이야기에 어머님은 흐뭇하게 여기실 것이다. 홍규야, 건강에 유의해라. 소식 보내라. 안녕.

　1980. 6. 28. 형 씀.

삼촌 읽어보십시오

　억수같이 퍼붓던 장마가 뒷걸음질하고 난 뒤의 창공은 너무도 눈부시답니다. 끈적끈적한 땀방울로 온몸을 적셔가며 나른한 육체를 이끌어갈 엄두조차 내지 못할 강렬한 태양이 온누리를 비추고 있는 지금 조카는 창 사이로 스며드는 태양을 맞으며 차분하게 흘러나오는 음악을 들으며 삼촌께 소식 전합니다.

　그간의 생활은 어떻게 하셨는지요? 언제나 반복되는 것이 생활이겠지만 그

가운데에서도 변화라는 것이 있을 것이라 생각하며 뒤늦은 글을 올립니다. 삼촌께 찾아뵐 계획 때문에 미루었던 글이 너무나 늦어져 죄송스러운 마음 억누를 길이 없습니다.

삼촌께 다녀온 지도 벌써 10여 일이나 지났습니다. 산업 시찰*이라는 주제 아래 일주일간 외출하셨다는 소식을 듣고 모처럼 바깥바람을 쐬게 되어 기쁘기도 했지만 먼 걸음을 해서 삼촌을 뵙지 못해 무척이나 서운했답니다. 구체적인 말씀 들려주시길 바라요. 어쨌거나 빠른 시일 내에 다시 한번 찾아뵙기로 하겠습니다. 몸조리를 어떻게 하시는지 무척 염려스럽습니다.

전주를 다녀가신 뒤로 할머님께서는 많이 좋아지셨으니 너무 걱정하지 마세요. 집안 식구들도 모두 무고하시며 의숙이 일경이도 좋은 성적 받아와 즐거운 여름방학에 들어갔습니다. 저 또한 개학 날만을 기다리며 허구한 날을 보내고 있고요. 제일 한심스러운 생활을 하고 있습니다. 마음먹은 대로 행해지지 않은 자신을 너무 나무랄 수만도 없는 실정입니다. 여자라는 굴레 때문에 어디 마음대로 여행할 수도 없는 처지이고 보면 딱하기도 합니다. 구질구질한 것을 훌훌 털어버리고 산뜻한 자연을 찾아 떠나도 보고 싶지만, 너무도 망설여집니다. 집 구석구석을 뒹굴고 다니면서 틈틈이 책을 보곤 합니다. 자신의 폭을 넓히기 위해서라면 끊임없이 책과 접하고 싶지만 그렇게 되지 않는군요. 하지만 열심히 보아야겠다고 생각하며 생각한 만큼은 아니지만 더러 보고 있으니 너무 걱정하지 마세요.

차분하게 빗어 님긴 백발이 보고 싶어 몸살이 날 정도입니다. 인자하신 얼굴 위에 멋진 백발이 넘실거리는 모습을 생각하오면 굉장히 재미있습니다.

충실한 삶이 되기 위해 노력하길 약속드리면서 이만 줄이겠습니다. 삼촌, 건강하셔야 돼요.

1980년 7월 24일. 조카 의정 드림.

어머님 보시옵소서

어머님, 건강이 어떠하신지요? 지난번에 누이로부터 어머님이 많이 앓으셨다는 소식을 듣고도 바로 편지를 올리지 못했습니다. 용서하셔요.

어머님, 지금은 어떠신가요? 우선하시면 바깥바람도 쐬시고 나들이도 하셔요. 친구분들과 가까운 산에 가셔서 더위도 식히시고 답답하신 마음도 푸셔요. 지루했던 장마가 멎었으니 이제 불더위가 몰려오겠지요. 홍규가 쉬는 날에 홍규를 데리고 한강 변 모래밭에 가셔서 모래찜도 하시고 한강 물에 발을 담그시고 잠시나마 한을 강물에 던져버리셔요. 석양에 서늘바람을 받으며 홍규 손을 잡고 집에 돌아오시면 마음이 조금은 후련하실 것입니다.

아들은 구미도 있고 든든하게 살아가고 있으니 걱정 마시고 부디 어머님의 옥체 살펴주셔요. 어머님이 정정하시기를 간절히 바라오면서 줄입니다.

어머님 아들 올림.

홍규야 보아라

어머님 건강이 어떠시니? 근년에 어머님이 자주 앓으셔서 걱정이 된다. 기력이 약하시고 입맛을 잃으실 때는 네가 보내준 바 있는 주푸렉스를 구해드려라. 식욕 증진에 효과가 좋다.

네 일이 순조롭지 못하고 꾀는 모양이구나. 누나한테 소식 들었다. 네가 있는데 굶기사 하랴마는 그래도 걱정이 된다. 일이 안 되면 더 바쁘지? 바쁘지만 틈을 내어 간단하게 몇 마디 소식을 보내라.

형은 식욕도 회복되고 있다. 걱정할 것이 없다. 작은누나가 보내준 편지와 돈을 잘 받았다. 긴요하게 쓰고 있다. 편지봉투에 기재 내용을 빠뜨리지 않도록 일러라.

이만 줄인다. 홍규야, 항상 건강에 주의해라.

1980. 7. 31. 형 씀.

의정아 보아라

의정아, 네가 이곳까지 왔다가 삼촌을 못 보고 갔다지? 네 편지를 잘 받았다. 네가 보고 싶고 너에게 하고 싶은 말이 많은데 먼 길을 왔다가 그만 못 보고 갔구나.

의정아, 지난날에 엄마로부터, 마음에 차지 않는 지방 대학을 그만두고 또다시 재수를 하겠다고 네가 고집을 세우면서 서울에 머물러 있다는 소식을 듣고 삼촌은 적이 걱정을 했다. 왜 그럴까? 사리에 밝은 네가 집안 형편을 알면서 왜 그럴까? 허영? 아니면 특별한 이유라도 있는 것일까? 여러모로 생각해 보았지만 납득이 가지 않았다. 그런데 네가 집에 왔구나. 잘했다.

의정아, 너는 나의 조카요 다정한 나의 벗이다. 벗으로서 몇 마디 쓰겠다.

너에게 갈등이 있었던 모양이지? 의정아, 사람마다 크고 작은 갈등이 있는 법이다. 갈등이 깊어지고 격화되면 감정에 흐르기 쉽고 감정에 치우치면 자칫 자신을 망칠 수도 있다. 그렇기 때문에 갈등이 생기면 먼저 마음의 갈등을 객관화해서 스스로 냉정하게 네 마음을 들여다보고 갈등의 근본 원인을 밝혀야 한다. 그리고 갈등을 극복하기 위한 방법을 강구하여 되도록 빨리 올바로 해결해야 한다. 사람은 갈등을 어떻게 극복하느냐에 따라서 발전도 하고 후퇴도 하는 것이다. 갈등은 생활의 반영에서 오는 것이고 이미 형성된 마음의 갈등은 또한 생활 즉 실천을 통해서 극복되는 것이다. 네 마음을 순화시키고 아름답게 가꾸는 것도 네 언행을 통해서만이 가능하다. 그런가 하면 네 언행은 또한 네 생각의 지시를 받는다. 의식 작용과 육체적인 활동은 불가분리 하게 연결되어 있으며 의식 작용 즉 생각만으로는 발전할 수가 없다.

의정아, 네 자신의 문제까지도 네 뜻대로 잘 안되지야? 하물며 세상일이야 뜻대로 되겠니. 그러나 어떠한 제약 속에서도 발전할 수 있는 가능성은 항상 존재하는 것이다. 그런데 그 가능성 말이다. 가능성은 인간이 실천 활동을 통해서 현실성으로 전환시키지 않는 한 가능성만으로 있는 것이지 현실성으로는 되지 않는다. 다시 말해서 네가 발전할 수 있는 내적 외적인 가능성이 풍부할지라도 네 실천이 없이는 네 발전은 없다.

의정아, 대학에 다니는 기본 목적이 어데 있니? 전문 지식을 배우고 인격을 향상시키는 데 있지 않느냐. 물론 지방대학은 교수진이나 시설이 미비하겠지만 네 노력 여하에 따라서 그 두 가지 목적을 달성할 수 있다고 본다. 네가 발전함에 있어서 외적 조건이 지극히 중요하지만 보다 중요한 것은 너 자신임을 똑똑히 알아야 한다.

의정아, 착실하게 끊임없이 전진해라. 자유와 제약에 관한 것 등 오늘따라 너에게 하고 싶은 말이 퍽이나 많은데 못다 하고 이만 줄인다.

삼촌은 든든하게 살아가고 있다. 식욕도 건강도 회복되고 있다. 안심하여라.

그럼 의정아, 안녕. 네가 보고 싶다. 의숙이와 일경이도 보고 싶다. 그러나 고정된 수입에 지출이 많으면 생활에 지장을 주기 때문에 꼭 오라고는 못 하겠다. 사정이 허락하면 오너라. 전에 부탁한 지리책도 가지고 오너라.

1980. 8. 4. 삼촌 씀.

삼촌 읽어보십시오

8월이라 한가위 달도 밝으니, 바쁜 몸짓으로 조상님들을 뵈려고 서두르는 수많은 사람들의 어떠한 행동도 오늘은 정겹게만 느껴집니다. 덜컹거리는 버스 속에 밀집되어 땀 냄새로 범벅된 냄새에 눈살을 찌푸리면서도 정성 들여 만든 음식을 가슴에 안고 바쁜 걸음을 옮겨놓는 우리의 이웃들이 말입니다.

포장된 도로를 버스에 몸을 싣고 달리게 되면 기분 전환도 되고 답답한 마음을 탁 트이게 하는 듯한 상쾌함을 맛볼 수 있겠지만, 우리네 시골 비포장도로는 비록 먼지를 불러일으키나 양 길가에 줄을 지은 코스모스가 한들한들 바람에 춤을 추고 노래 부르며 자갈이 깔린 도로는 오히려 오랜만에 고향을 찾아나서는 우리네 가슴들을 듬뿍 메워줍니다.

삼촌, 할머님 산소에 5년 만에 찾아뵈었는데도 아무런 대화도 나누지 못하고 막막한 감정뿐 느낌이 없었던 까닭은 왜일까요? 저는 그렇게 생각했습니다. 적어도 할머니께 무언가는 잘못을 빌어야 한다고 말입니다. 그러나 엄두가 나지 않았던 모양입니다. 애써 그것이 무엇인지 생각해 내려 해도 종잡을 수가 없었지요. 두루 거쳐서 친척들을 만나 뵙고 무사히 귀가하여 저희 집안 소식을 기다리고 계실 것 같아 하루의 시달림도 나중에 생각하기로 접어두고 이렇게 글을 써봅니다.

소박한 마음으로 따뜻하게 끓여 내온 추어탕은 별미였답니다. 냄새도 싫어하던 제가 한 그릇을 다 비워놓고 저 자신도 놀랐습니다. 인정이 깃든 어른들의 정성에서 정이 듬뿍 안겨 와 닿는 것 같았기에 아주 맛있게 해치울 수 있었던 것 같습니다. 삼촌, 좀 더 무언가를 골똘히 생각할 것이 있는 것 같은데 자꾸만 희미해지는군요. 어느새 두뇌의 회전이 녹이 슬고 있는 것일까요? "인마, 철없는 소리 하고" 금방 꾸중 내리실 것 같기에 그만두겠습니다. 힘차게 재빠른 두뇌 회전을 노력해야겠지요.

모두 무사하십니다. 어머니께서도 모처럼 동행하셔서 아주 기분이 좋은 날이랍니다. 지금은 동양화를 펼쳐놓고 집안 식구들이 열을 올리고 있습니다. 아버님과 어머니께서 육백을 치시는데 의숙, 일경이의 응원 소리가 제 귓가에 빙빙 돌며 자꾸만 유혹하고 있습니다. 모처럼의 놀음이라 오빠도 구경하고 있나 보죠.

삼촌, 우리의 고유 명절 한가위를 어떻게 보내셨나요? 스쳐 가는 수많은 추억들, 생각들을 놓치시지 않으려고 열중하셨습니까? 아니면 잡념을 없애려고 독서를 하셨습니까? 1년에 한 번 차지할 수 있는 조상님들의 하루, 좀 더 기쁘게 해드릴 수 있는 생각을 모색하며 건강하시길 바랍니다. 아무쪼록 같이 계시는 분들도 건강하시길 바라요.

서울에 계신 할머님, 삼촌, 이모님께 소식이 가끔 오고 있으며 조금 일이 풀리고 있다는 소식이 있으니 염려하지 마십시오. 모두 건강하십니다. 삼촌 안녕. 보내주신 편지 잘 받아보았습니다.

1980년 8월 15일. 조카 의정 올림.

어머님 보시옵소서

어머님 안녕하신가요? 어머님, 어떠세요? 진지를 잘 드셔요?

이제 여름도 가고 아침저녁으로 선선합니다. 웬만하시면 홍규 손을 잡고 시외에 나가셔서 이삭 나온 벼며 콩밭, 바람에 하늘거리는 수수 등 밭 구경, 들 구경을 하셔요. 농촌에서 나서 농촌에서 살아오신 어머님은 각별한 느낌이 있을 것입니다. 도시, 갑갑할 정도로 비좁고 복잡한 곳, 탁한 공기며 시끄러운 곳을 떠나서 탁 트인 들을 거닐면 몸도 마음도 가벼울 것입니다.

아들은 건강하오니 걱정 마시옵고 아무쪼록 어머님의 옥체 살펴주셔요. 어머님 곁에 아들딸이 항상 있으니, 어머님이 어머님을 살펴주셔야 합니다. 어머님은 아프서도 자식들이 걱정할까 봐 말씀을 통 안 하시고 혼자 앓으시는데 그러면 병이 깊어 갑니다. 병은 초기에 약을 쓰고 조리하면 쉽게 낫지만, 시일이 지나면 어렵습니다. 어머님 어데가 불편하시면 바로 아들이나 딸한테 말씀하셔요. 어머님이 아프시다는 소식을 듣고도 달려가지 못하고 약 한 첩도 달여드리지 못하는 이 아들입니다만, 어머님의 모습을 그려보면서 늘 어머님을 생각하고 마음만은 어머님 곁에 있습니다. 오늘도 두 손으로 어머님 손을 쥐어보는 듯 글 속에 정을 담아 어머님께 올립니다.

어머님, 아들이 지금은 곁에 없지만 살아있지 않습니까? 어머님, 마음을 크게 자시고 진지 잘 드셔요. 어머님이 강녕하시기를 거듭 바라오며 줄입니다. 어머님!

아들 방규 올림.

홍규야 보아라

홍규야, 잘 있니? 어머님과 너를 본 지도 넉 달이 지났구나. 지금도 월급을 못 받고 있느냐? 네가 알아서 하겠지만 사장이 웬만한 사람이면 회사가 어려운 때 그만두지 말고 어려움을 이겨갔으면 한다. 형한테는 용돈이나 좀 보내주고 추석에도 오지 말아라. 형은 든든하게 살아가고 있다. 몸도 많이 회복되었다. 지금은 운동도 좀 하고 책도 보고 있다. 안심하여라.

그리고 망설이다가 부탁한다. 신경통으로 계절과 관계없이 주야로 입기 때문에 속내의가 다 헤졌다. 화학 섬유보다는 면제품이 건강에 좋을 것 같다. 런닝처럼 얇은 면내의를 한 벌 구해서 보내라. 몸조신해라.

1980. 8. 25. 형 씀.

의정아 보아라

의정아, 아버님과 어머님이 안녕하시고 오빠와 동생들이 잘 있니? 너도 잘 있고? 월초에 보낸 삼촌 편지를 받았느냐? 네 소식을 기다리다가 펜을 들었다.

웬 날이 이렇게도 구질구질한지 모르겠다. 여름 내내 비가 오고도 부족한 것인지 흐리고 거의 매일 비가 오는구나.

의정아, 다 큰 큰애기가 어린 소녀처럼 쏘다닐 수도 없고, 긴 여름을 집에서 지내기에 지겨웠지야? 지금 학교에 나가고 있느냐? 의정아, '내가 다 알아서 하는데 삼촌은 자잘한 것까지 말한다'고 짜증을 낼지도 모르지만, 너를 아끼는 마음에서 생각한 것을 몇 마디씩 적어 보낸다. 삼촌의 그 마음을 너그럽게 받아주기 바란다.

사람을 정확하게 파악하는 것이 쉬운 일이 아니다. 속마음은 언어와 행동을 통해서 밖으로 나타나는 것이고 같은 마음도 시간과 장소, 조건 여하에 따라서 여러 가지 모양으로 표현되는 것이다. 그래서 시간을 두고 그 사람의 언행을 잘 관찰하고 종합할 때 비로소 감추어진 속마음을 알 수 있다. 학교 강의실이나 기타 활동을 통해서 남녀 학생들을 관찰하고 참된 벗과 네가 사랑할 만한 남자를 선택해야 한다.

특히 이성일 경우 감정이 앞서서 정확한 판단을 흐리게 할 수 있다. 마음에 드는 대상은 그 말이 달콤하고 행동 모두가 좋게 보이는 것이다. 너에게 적극성을 가지고 접근해 오는 남자가 있을지라도 들뜨지 말고, 네 스스로 너를 잡도리하면서 한 발짝 뒤로 물러서서 냉정하게 시간을 두고 급하고 평온할 때, 성질이 났을 때, 힘들고 어려울 때 어떻게 나오는가를 관찰해야 한다.

과거와 현재와 미래를 연결시켜서 생각해라. 왜냐하면 과거는 현재를 나았고, 현재는 또한 미래를 배태하고 있기 때문이다. 그래서 네 마음에도 들고 장래성이 있는 남자로 여겨지면 내년부터 사랑해도 되겠지야. 바쁠 것은 없다. 급하게 서두르면 무엇이나 빠지는 게 있다.

그리고 학교생활에서 전문 분야 이외에 네 소질과 취미를 살리기 위해서 써클 활동에 참가하는 것도 좋겠다. 사람은 많은 사람과의 접촉 과정에서 견문이 넓어지고 성격도 다듬어질 뿐만 아니라 인격 향상을 가져오는 것이며 표현 능력도 길러지는 것이다. 자기 생각을 언어 형식을 통해서 다른 사람에게 정확하게 전달하는 것이 쉬운 일은 아니다. 처음에는 얼떨떨하고 잘 안되지야? 그러나 자주 발언하면 나아진다. 기회 있을 때마다 네 생각을 발표해 보아라. 다만 발표하기 전에 머릿속에서 그 중심과 체계를 세워보는 습관을 들여라.

남자들과 한자리에서 학술 문제, 기타 문제 토의에 적극 참가하고 행동을 같이할 때 여자라고 무시당하지 않고 남자와 동등한 권리를 확보할 수 있다.

방학이 끝나서 의숙이와 일경이가 학교에 다니겠구나. 작은삼촌도 시골에서 왔겠지. 할머님이 요즈음 어떠신지 궁금하다. 소식을 보내라. 가볍게 쓴다는 것이 오늘도 딱딱하게 되었다. 삼촌은 책도 많이 보고 사색도 하고 철창 밖의 하늘을 바라보면서 마음도 키워가고 있다. 안심하여라. 그럼 의정아, 안녕.

1980. 8. 28. 삼촌 씀.

삼촌께

방망이 소리가 어둠을 꿰뚫어 울려 퍼지고 개 짖는 소리가 요란하게 들리는 아주 쾌적한 밤입니다. 신뜻한 바람이 온몸을 적시고요, 귀뚜라미도 목이 터져라 울어댑니다. 그동안 건강하시고 충분한 시간을 값지게 활용하셨다니 무엇보다도 기쁩니다. 주위에 계시는 분들도 건강하시고 알뜰하게 생활하고 계십니다.

며칠 전 서울에 다녀왔습니다. 할머님께서 불편 없이 활동하시고 삼촌께서도 하시는 일이 잘되고 있으니 너무 염려 마십시오. 삼촌, 삼촌께서 보내주신 편지를 읽다가 갑자기 읽는 것을 멈추고 폭소를 터뜨렸습니다. 다름이 아니라 '내년에 사랑을 해도 괜찮지야' 하는 부분에서 도저히 그냥은 넘길 수가 없었기 때문이었습니다. 언제나 삼촌께서 해주시는 조언은 귀담아듣고 있으며 몇 번이나 되새기고 행동에 옮겨보려고 많은 노력을 합니다. 그다지 경험을 하지 못한 처지와 경험을 토대로 충고하시는 분들의 말씀도 아주 고맙게 듣고 있습니다.

이제 개학해서 모처럼 학교에 나가보니 썰렁했던 캠퍼스가 반짝이는 눈망울로 가득 차 활기 있게 움직이고 있기에 다시금 학생의 위치로 돌아오게 되었어요. 하나의 핑계, 자기합리화가 되어버리겠지만 어느 대학에서든 그간의 생활이 중요한 것이란 말을 나 자신의 마음속에 받아들이고 싶습니다. 그래야 마음이 한결 부드러워질 테니까요.

아직 어느 분야인지도 모르실 거예요. 사범대학에 나가고 있으며 앞으로 과 선택은 역사 공부를 하고 싶어 국사교육과를 택할 것입니다. 살고 있는 의의를 찾도록 부지런하고 힘 있게 뛰어가겠습니다. 삼촌께서 달려가시는 그만큼은 못 되어도 바짝 뒤따라 자신을 키워가겠습니다. '제발 허물어지지만 말게 해주십시오.' 하는 기대와 함께 말입니다. 몸조리 잘하세요. 다음 소식 드릴 때까지 안녕.

1980년 9월. 조카 의정 드림.

어머님 보시옵소서

어머님 안녕하신가요? 보름 전에 어머님께 올린 글월을 받아보셨습니까? 요즈음 어머님 건강이 어떠하신지 궁금합니다. 벌써 새벽으로는 한기를 느끼네요.

어머님, 추석도 다가옵니다. 추석은 누구보다도 농민들의 큰 명절이 아닌가요. 추석이 오면 봄과 여름 내내 비지땀을 흘려서 가꾸어온 곡식, 영근 햇곡식을 베어다가 술을 빚고, 송편이며 시루떡을 하고, 고기와 과일을 사다가 제사상을 차려놓고 새 옷으로 갈아입은 가족들이 마치도 조상들의 혼이 와 계시는 듯, '올해도 살펴주어서 농사도 잘되고 집안이 무사하와 감사하옵니다. 정성이 부족하오나 많이 드시옵소서.' 마음속으로 권하면서 큰절을 올리고 생전에 주신 극진한 사랑에 뭉클하여 때로는 눈물을 글썽이며 술잔을 올리는 소박한 사람들. 방안 제사가 끝나면 석작에 떡이며 과일을 담아서 한 손에 들고 또 한 손에 술병을 들고 곡식이 익어가는 들을 바라보면서 가족들이 앞서거니 뒤서거니 조상의 무덤을 찾아가는 그분들. 성묘가 끝나면 허리띠를 늦추고 먹고 마시고 춤추며 윷놀이에 밤도 깊어 가는 농촌. 그 농촌에서 나서 농촌에서 자란 저는 추석이 오면 갖가지 추억이 떠오릅니다. 그렇게도 사랑이 지극하시고 항상 바른 가르침을 주시던 할아버님, 할머님, 아버님과 형님이 지금은 가셨사오나 함께 성묘 다니던 일이며 당복산 바위 위에서 윷 놀고, 술래잡기(숨바꼭질), 씨름 하던 일들이 떠오릅니다.

오는 추석에도 조용히 어머님을 생각하옵고 옛일을 회상하겠나이다. 다행히 밤에 구름 없이 보름달이 떠오르면, 어머님과 온 친척 친구들이 볼 둥근달을 저도 이곳에서 창문을 열고 바라보겠습니다.

추석에 더욱 아들을 생각하실 어머님, 너무 상심 마시옵소서. 슬퍼 마시옵소서. 지금은 아들이 산에 가서 심신을 닦고 있노라 여기시옵소서. 이곳은 옆에 숲이 있어 산새들이 날아오고 울어댑니다. 고요한 밤에 눈을 감고 누워 있으면 심산인가 착각하는 때도 있습니다. 비록 어려운 곳이오나 아들은 책을 보고 생각에 잠기고 오로지 마음을 닦고 마음을 키워가고 있습니다. 어머님 쓰라림을 덜어주시옵소서. 어려운 일이 있을지라도 힘을 내서서 아들이 어머니 옆으로 갈 때까지 정정하시옵소서.

올리고 싶은 말씀 더욱 많사오나 이만 줄이옵니다. 어머님 강녕하시옵소서.

아들 올림.

홍규야 보아라

홍규야, 잘 있느냐? 형의 편지를 받아보았는지? 어머님과 네 건강, 집안 소식, 직장 일들이 궁금하다.

추석에는 서울에 계시는 당숙, 당숙모, 형수씨, 매부와 누나, 사촌 형제들이며 조카들이 모이겠구나. 모두에게 안부를 전해라. 추석에 종수(조카)가 올라오는지 모르겠다. 외롭게 고생하는 어머니와 할머님을 와서 뵈어야 할 텐데. 종수가 오거든 차를 몰 때는 절대로 과속으로 달리지 말고, 돈도 좋지만 휴식을 충분히 취하도록 일러라. 그리고 출발 전에 언제나 정비 상태를 철저히 점검하도록 일러라. 사람은 거짓이 있어도 기계는 거짓이 없다. 홍규야 안녕.

(저번 편지에 얇은 속내의 한 벌을 부탁했다. 형은 다 회복되었다. 건강하다. 안심하여라.)

1980. 9. 11. 형 씀.

의정아 보아라

의정아, 네 편지를 잘 받았다. 모두 잘 있다니 반갑다.

사학과를 선택하겠다고? 그래라. 우리 조상들이 이 땅에서 어떻게 살아왔는가를 자세히 알아야 한다. 후손인 우리들은 나쁜 것은 버리고 좋은 것은 계승 발전시켜야지야. 경험 많은 분들의 이야기에 귀를 기울인다지? 그 점도 좋다. 나 이 많은 분들은 세상을 너보다 더 살았기 때문에 특히 인생담에 있어서는 배울 점이 많을 것이다. 자기 말만을 앞세우지 말고 남의 말을 신중하게 들을 뿐만 아니라 좋은 것은 바로 받아들여서 자기 것으로 삼는 그런 태도야말로 자기 발전에 극히 중요하다.

삼촌은 이곳에 온 후로 네가 줄곧 보내준 편지를 한 장도 버리지 않고 쌓아놓았다. 네 편지를 통해서 삼촌은 집안 소식을 듣고 위로를 받고 그 글 속에서 네 목소리를 듣고 또 네가 커가는 모습을 보고 느끼면서 기뻐하고 있다. 여고 시절의 너와 지금의 너를 비교하면 여러 면에서 많이 발전했다.

의정아, 벌써 가을이구나, 새벽에는 제법 춥다. 바다처럼 파란 하늘이 높기만 하고 유유히 흘러가는 구름도 운치롭다. 뒷창문을 통해서 뽀욕뽀욕 기어들던 햇볕이 드디어 문턱을 넘어섰다. 삼촌 방안에 들어온 것이다. 반가워서 햇볕을 쥐어보고 이리저리 손을 비춰보았다. 하얀 손. 손에 시선을 주고 마음은 마구 꿈틀거렸다. 그 속에서 시 한 수가 불쑥 튀어나올 것 같은데 끝내 출산을 못했구나. 문학 수업이 부족한 탓이다.

험준한 산악을 오르내리면서 경험을 쌓고 다리 힘을 길러온 등산가는 산이 높고 험할지라도 거침없이 타고 오르는 것이다. 이곳에서 긴 세월을 살아온 삼촌은 어려운 곳이지만 거뜬하게 살아가고 있다. 안심하여라.

의정아, 사람도 환경의 영향을 받는 것이다. 그래서 환경이 변하거나 어수선하면 마음이 흐트러지기 쉽다. 마음이 흩어지면 지체없이 마음을 모으고 마음을 바로잡아라. 사람은 몸도 마음도 부단히 변하고 있다. 좋아지거나 나빠지고 있는 것이다. 잠시도 방심하지 말고, 네 자신을 경계하면서 네가 지향하는 방향에서 어긋나거든 가차 없이 채찍질을 해라.

그리고 마음을 곱고 고상하게 지니도록 힘써라. 사람이 세상을 살아가는 데 정도의 차이는 있어도 어려움이 따르는 것이다. 사람이라 할지라도 기쁨과 괴로움이 그 속에 자리를 같이히고 있다. 그렇다고 사랑을 않겠느냐.

학문을 함에 있어서도 허다한 어려움이 있을 것이다. 결심을 굳게 하고 어려움을 극복하면서 전진하기 바란다. 네가 선택한 역사를 깊이 탐구하고 역사의 불모지를 개척하는 일에 생애를 걸고 전진해라. 대학을 그럭저럭 다니다가 시집만 가면 책을 던져버리는 그런 나약한 여자는 되지 말아라. 역사를 통해서 사회에 이바지해라. 이만 줄인다. 의정아 안녕.

　1980. 9. 16. 삼촌 씀.

의숙아, 일경아, 잘 있느냐?

"큰삼촌은 언니한테만 편지를 보내주고 우리한테는 안 보내준다. 삼촌 밉다."
너희들의 주고받는 말소리가 삼촌 귀에 들리는 것 같다.

　의숙아, 일경아, 언니한테 편지를 더 보내고 너희들한테 덜 보낸다고 언니를
더 사랑하고 너희들을 덜 사랑하는 것은 아니다. 너희들을 언니와 같이, 아니
언니보다 더 사랑하고 있다. 장차 훌륭한 사람이 되기를 바라면서 말이다.

　의숙아, 일경아, 추석이 다가오는구나. 고운 옷을 입고 추석에 마음껏 뛰어놀
아라. 할아버님 할머님 산소에도 가겠지? 추석에 재미있었던 일들을 써서 보내
라. 그럼 의숙아, 일경아, 안녕.

뵙고 싶은 오빠께

　오빠, 요즈음 아침저녁으로 제법 쌀쌀합니다. 환절기에 건강하신지 뵙고 싶지
만 서신으로 대신합니다.

　오빠, 어머님은 건강하셔요. 추석 쇠고 내려오실 것입니다. 음력 9월 19일이
어머님 생신이신데 그 전날이 준회오빠 회갑이래요. 어머님 생신은 외가에서
맞을 것 같네요. 그때 오셨다가 올라가실 때 오빠한테 들르든지 내려오실 때 들
르든지 할 것입니다.

　오빠, 집에서 떠나신 지 3년. 생각할수록 가슴이 아픕니다. 추석이 돌아오면
더 뵙고 싶네요. 오빠, 동생은 오빠를 생각하지 않는 날이 거의 없습니다. "오
빠" 몇 번이고 불러보고 싶고요. 오빠, 홍규가 조금 걱정이지만 이달만 지나가

면 무엇인가 될 것 같습니다. 이번에 부안까지 다녀갔습니다. 아버님 산소에도 들르고요, 걱정하지 마세요. 순이도 잘 있고요. 선주가 방학 동안에 전주에 와 있다가 갔습니다. 의정이도 선주 데려다주고 왔어요. 오빠, 오늘 의숙이와 일경이가 운동회를 한데요. 그래서 두서없이 몇 자 적었습니다.

만 원을 송금합니다. 오빠, 이만 줄입니다. 건강하세요, 오빠!

1980년 9월. 순덕 올림.

누이에게

어제 누이 편지를 받았어. 반가웠네. 매부도 잘 있겠지?

우애가 넘치는 누이 글을 읽어가면서 형제의 정을 뜨겁게 느꼈네. 오빠는 누이 편지를 세 번 읽고 팔짱을 끼고는 눈을 감았지. 우리 형제는 우애가 깊어 어려서도 언제 싸운 적이 있었던가? 다른 집 자매들은 시집을 가면 형제의 사랑이 2, 3년은 그런대로 유지되지만 10년이 못 가서 식어가는데 우리는 나이가 들어갈수록 깊어 가고 있지.

그것은 훌륭한 부모님과 우애 있는 집안에서 나서 키워졌기 때문이야. 그리고 누이가 정겹고 너그럽기 때문이지. 누이의 그 큰 품에서 커가는 아이들은 모두 우애가 두터울 거야. 누이에 대해서 많은 것이 기억에 남아있네. 누이 음성도 남아있지. "오빠!" 그렇게도 반겨주는 누이. 시외 전화라고 해서 긴장하고 "여보세요" 하니까 "오빠, 나여." 순간 오빠의 얼굴에는 웃음이 피어나고 "웬일이나?" "오빠 목소리가 듣고 싶어서" "그래 하하." 서울과 전주, 거리는 멀지만 누이가 앞에 있는 듯 수화기에 대고 한바탕 웃었지. 그때의 누이 목소리가 지금도 들리는 것 같아. 모두가 오빠와 함께 머리에 남아있을 거야.

환절기에 건강은 어떤지. 어느 책을 보니까 들깨를 날것으로 물에 씻어서 음지에 말렸다가 수시로 먹으면 혈압이 내려간다고 했대. 들깨는 몸에 좋으니까 5, 6개월 먹어봐.

오빠는 건강하네. 너무 걱정하지 마. 보내준 돈은 잘 받았어. 홍규도 추석 전날 왔다가 갔지? 많은 말 못다 하고 이만 줄이네. 잘 있어. 아이들과 정완이한테도 안부 전하고.

오빠 씀.

의정아 보아라

의정아, 추석에 보내준 네 편지도 잘 받았다. 할머님 산소에 다녀왔다지. 다정하시던 할머님 모습이 떠오른다. 삼촌도 추석날 책을 덮고 추억에 잠겨보고 생각은 서울, 전주, 고향으로, 산소로 찾아다녔다. 의숙이와 일경이 사진을 보면서 너희들도 생각했다.

날은 오늘도 좋구나. 높고 푸른 하늘이 곱다. 삼촌은 이따금 먼 하늘을 바라보고 책을 보면서 든든히 살아가고 있다. 겉보기에 지금의 삼촌은 삭발에 승복을 걸친 영락없는 중이다. 그러나 목탁을 두드리며 하루해를 보내는 중은 아니지. 삼촌의 주위와 삼촌의 모습을 삼촌 스스로 바라보면서 빙긋이 웃고 있다.

작은 냇물은 밑이 보이고 돌에 부딪히고 굽이칠 때마다 소리가 요란하다. 그러나 대하는 깊고 소리도 없이 그대로 있는 듯하면서도 큰 힘으로 흘러가는 것이다. 바람이 아래쪽에서 불어오면 물결이 위로 밀려가기 때문에 마치 물이 위로 흘러가는 듯이 보이지만 위에서 아래로 흐르는 물의 법칙은 변할 수가 없다. 사람은 물에서 많은 점을 배우지야. 삼촌이 자고자대하여 대하에 비유한 것 같아서 안 되었다. 다만 자연과 인간사가 그렇다는 것을 말했을 뿐이다.

오늘은 이만 줄인다. 다음에 또 쓰마. 의정아 안녕. 네 모습을 그려보면서.

　1980. 9. 30. 삼촌 씀.

어머님 보시옵소서

어머님, 요즈음 기력이 어떠신가요? 한동안 소식이 없어서 걱정하고 있었습니다. 그런데 찾아온 동생을 보니까 그런대로 건강한 것 같고 어머님이 좋아지셨다는 소식에 기뻤습니다. 어머님! 어머님이 건강하셔야지요.

늦가을도 아닌데 날씨가 쌀쌀하네요. 이르다 생각 마시고 두꺼운 옷으로 몸을 따숩게 하시지요. 어머님이 감기를 자주 앓으신다는 말을 들었습니다. 감기는 만병의 근원이라고도 하지요. 동생한테도 말했습니다만 아침에 일어나셔서 밖으로 나가시기 전에 목뒤를 6, 70번 문지르세요. 한 손으로 문지르면 힘이 드시니까 양손으로 번갈아 가면서 좀 세게 문지르세요. 밤에도 잠자리에 드시기 전에 한 번 더 문지르세요. 감기 예방에 아주 좋습니다.

아들은 거르지 않고 목도 문지르고 물수건으로 마찰도 하고 건강하오니 아들 걱정을 너무 마시옵고 어머님의 존체 살펴주시옵소서. 그리고 무엇보다도 진지를 잘 드셔야 합니다. '늙으면 밥심으로 산다'는 옛말이 있지 않은가요. 밥보다 더한 보약이 없습니다. 끼니때마다 천천히 많이 드시옵소서. 아들은 잘 간수해 둔 어머님 사진을 자주 봅니다. 어머님이 계셔서 얼마나 흐뭇한지 모릅니다.

산 사람은 만나는 것이 세상 이치가 아닌가요. 마음을 크고 너그럽게 자셔요. 건강하시옵소서. 어머님의 그 크신 마음이야 누가 감히 흉내도 낼 수 없음을 알고 있습니다만 이곳에 있는 아들이 그 말 외에 드릴 말씀이 또 있겠습니까? 아들의 이 심정을 살펴주셔요.

누이 편지에 어머님이 준회형님 회갑 때 외가에 가시게 되고 그곳에서 어머님 생신을 맞이하게 된다는 소식을 들었습니다. 어머님 생신날 아들이 모실 수 없으나 어머님을 생각하옵고 정정하시고 오래오래 계시기를 축원하겠습니다. 그럼, 어머님 편히 다녀오셔요.

(외숙님과 준회형님께 따로 글월을 올릴까 합니다.)

아들 올림.

홍규야 보아라

홍규야, 면회하고 떠나갈 때 퍽이나 걱정하는 네 마음을 네 모습에서 보았다. 몸은 건강하다. 지금은 건강하다.

높은 산바람 발밑에 서 있는 나무는 뿌리가 튼튼하고 긴 법이다. 대지에 깊이 뿌리를 박지 않으면 강풍에 뽑혀서 죽어버리기 때문이지야. 수십 년, 수백 년을 그런 곳에서 살아온 나무들은 땅속 깊이 뿌리를 박고 있다. 식물도 그런데 사람이야 말해서 무엇하랴. 형은 든든하게 살아가고 있다. 마음을 놓아라.

전번에 미쳐 못 물어봤구나. 고향 간 이야기, 선을 본 이야기를 들려다오. 큰 애기가 마음에 들더냐? 고향의 정취가 어떻더냐? 네 소식을 기다리고 있다.

1980. 10. 13. 형 씀.

삼촌 읽어보십시오

제법 사납게 몰아치는 바람으로 인하여 거친 손이 풀어진 옷깃을 여미게 하는 기온입니다. 모처럼의 울적한 마음을 둘둘 몰아 던져버릴 수 있는 계기가 되어 망설임 속에 미진한 선택을 했습니다. 어둠의 그림자가 살아 움직이는 몸뚱이와 고정된 물체를 통째로 삼켜버린 지금의 분위기는 고귀함을 찾아 떠나는 아름다운 사람들의 마음과 거의 흡사하다고 느끼고 있습니다. 은은히 비추는 별님과 열기를 토하는 모닥불의 조화는 지상의 낙원을 이루고 있답니다.

삼촌, 인간은 역시 같이 어울려 호흡하고 솔직해져야 하는 것 같습니다. 가증스러운 행위는 타인에게 불쾌감을 주고, 헛된 욕망은 모자란 두뇌를 갉아 먹고, 악한 마음의 소유자는 어느 누구에게나 인정받을 수 없음을 절실히 느끼게 하는 소중한 밤입니다.

1박 2일의 여행에서 좀 더 확고한 자신을 만들고 훈훈한 온기를 발할 수 있도록 노력하겠습니다. 삼촌께서 바라는 조카의 행로를 조금이나마 따르고 싶은 마음에서 말입니다.

1980년 10월 30일. 조카 의정 올림.

형님 받아 보셔요

어김없이 또 한 해가 저물어 가는군요. 요즘 기후가 고르지 못하여 형님의 건강이 염려되옵니다.

이곳은 어머님 기력 강령하시오며 형수님과 매형, 누나를 비롯하여 조카들도 잘 있습니다. 개구쟁이 혁신이 생각이 문득문득 떠오를 것입니다. 혁신이는 엄마한테 안경 삼촌한테 가자고 자주 조르곤 한답니다. 준회형님 회갑연은 농번기에다 자웅이가 예비고사 출제위원으로 서울에 올라와 있어 다음으로 미뤘습니다.

그래서 어머님 생신일에 전주 누나와 온 가족이 한데 모여 하루를 보냈습니다. 어머님 생신일 따라 날씨가 갑자기 영하로 떨어져 누나가 형님께 들른다는 것을 그냥 내려가라고 했습니다. 형님을 뵙고 온 후 걱정이 돼서 담요를 갖고 청주에 다녀오려고 했으나 형편이 여의치 못하여 형님께 가지 못하고 필을 잡았습니다.

얼마 전부터 어머님께서 봉투 붙이는 데 나가서서 일을 한다고 하시기에 일을 하시다 건강이 악화되면 약값도 문제지만 아들이 밖에 나가 어머님 걱정 때문에 하루 종일 침울한 시간을 보내니 제발 그만두라고 하면, "그만두겠다."고 하시고서 제가 밖에만 나가면 봉투 붙이는 집으로 달려가시곤 했지요.

그런데 며칠 전에 어머님께서 하시는 말씀이 "아들이 덮고 잘 이불이니 그것만은 내가 번 돈으로 구입해야겠다."며 저에게 돈을 주시더군요. 어머님의 말씀을 들을 때 저의 눈시울이 뜨거워지더군요. 형님과 제가 어머님의 정성에 조금이라도 보답하기 위해서는 형님께서 건강하신 몸으로 출소하여 저와 같이 노력하여 어머님의 여생을 평안히 마치시도록 하는 길이라고 생각합니다. 언제나 당부하는 말이지만 건강에 유의하시길 바라옵니다.

그리고 큰당숙 딸 영신이가 11월 16일에 결혼하게 됐습니다. 대상자는 근면 성실하며 생활력도 강한 편이며 영신이를 잘 보살펴줄 것 같습니다.

그리고 제가 산소에 들렀다가, 정읍에 사람이 하나 있다고 해서 들렀더니 사람은 참하고 부모님께나 집안 어른들께 대하는 것이 공손하며 발전성도 보이는 여성인데 약혼식을 올리고 곧 결혼한다고 하기에 점심만 먹고 왔습니다.

"집 주소가 약간 변경됐습니다." 두서없는 난필 이만 줄이옵니다. 담요와 돈 5천 원 보냅니다.

1980. 11. 5. 아침. 홍규 올림.

의정아 보아라

계룡산 산사에서 보내준 네 글을 잘 받았다. 1박 2일의 바쁜 틈에서 삼촌을 생각하며 펜을 든 네 그 정에 삼촌은 흐뭇했다.

산은 말이 없지만 산마다 느낌이 다르고 많은 가르침을 준다. 계곡을 따라 흐르는 맑은 냇물은 때 묻은 마음을 씻어주고 우뚝 솟은 바위, 어두움에 잠겨가는 우람한 자태, 그 부동의 자세로 한없이 안정감을 준다. 그래서 산을 더 좋아하나 보다.

지금은 늦가을, 낙엽이 지는 때라 산에 가면 갖가지 느낌과 함께 쓸쓸하겠지야. 먼 옛날 우리 조상들이 산에서 살 때 가을이 오면 다가올 추위와 먹을 것을 걱정하면서 가을 풍경을 쓸쓸히 느꼈을 것이다. 그런 감정이 가난한 후손들에 의하여 이어왔기에 찬바람에 우수수 낙엽이 지면 우리도 더욱 쓸쓸하게 느끼는지도 모른다. 민족마다 상이한 성격과 감정은 생활 양식과 환경이 다른 데 있다. 잎은 지고 앙상한 나무, 보기에는 죽어가는 것 같지만 새봄에 피울 잎과 꽃망울을 그 속에서 준비하고 있다. 나무, 살아있는 나무. 쓸쓸하게 여길 것이 없다.

산은 우리 조상들이 살아온 곳이기에 더 가고 싶고 그리워지나 보다. 산에 갈 수 없는 삼촌은 다만 추억 속의 산을 음미하면서 이 글을 쓰고 있다. 원시 시대에 조상들이 그 속에서 살았고, 우리에게 많은 것을 주고 우리 역사와 관계가 깊은 산. 큰 산에 가서 역사학도인 너는 겉모습만을 보지는 않았을 거야.

모든 것에서 배우고 네 자신을 키워가면서 학업에 정진하기 바란다. 삼촌은 바위처럼 살아가고 있다. 건강하다. 안심하여라. 집안이 무사하고 모두가 건강하기를 거듭 바라면서 줄인다. 의정아, 그럼 안녕. 귀여운 두 꼬마 의숙이와 일경! 꼭 안아보는 듯 삼촌의 정을 보낸다.

1980. 11. 11. 삼촌 씀.

어머님 보시옵소서

어머님, 어제 동생 편지를 받았네요. 어머님 절대로 무리를 해서는 안 됩니다. 어머님, 아들은 어머님을 생각하면 그만 어려집니다. 어젯밤에도 어머님이 마련하신 모포, 어머님의 지극하신 사랑이 담긴 모포를 속에 덮고 어머님을 생각하다가 초저녁잠을 설쳤으나 어머님의 품에 안긴 듯 포근하게 잠들었습니다.

일찍이 아버지는, "너희들에게 부끄럽지 않게 살 것이고 너희들도 또한 아버지에게 부끄럽지 않게 살아야 한다."고 말씀하셨습니다. 아들은 비록 이곳에 있지만 시간을 허비하지 않고 아버님뿐만 아니라 어머님께도 부끄럽지 않은 아들이 되기 위하여 책을 보면서 끊임없이 마음을 닦고 마음을 키워가고 있습니다. 어려움을 잘도 이겨갑니다. 눈바람이 불어와도 태연하게 든든하게 살아갈 것입니다.

날이 춥다고 아들 걱정을 너무 마셔요. 저는 어머님 마음을 조금은 알고 있습니다. 아버님이 병원에 입원하고 계실 때 어머님은 찬방에서 주무셨어요. 행여나 아들을 생각하시며 차게 거처하실지 걱정이 됩니다. 어머님, 항상 방과 몸을 따숩게 하셔요. 때로는 아들이 입던 옷가지를 만져보시고 아들의 사진을 보시면서 마음 아파하실 어머님. 아들이 살아있지 않습니까? 너무 상심 마시고 건강에 유의하셔요. 이만 줄입니다. 어머님!

아들 올림.

홍규야 보아라

홍규야, 네 편지를 몇 번이고 읽어보았다. 살을 째는 듯한 아픔. 고결한 사랑에 잠겨 있었다. 네 결혼이 늦어지는구나. 착한 처녀를……. 섭섭하다.

개구쟁이 혁신이가 삼촌을 기억하고 있을까? 옷을 하루에도 두세 번씩 망쳐온다고 야단을 쳤더니 옷을 더럽힐까 봐 벗어서 개어놓고 뜀박질을 했다는 개구쟁이 그놈. 생각하면 저절로 웃음이 나온다. 약간 찡그린 그 애 사진이 있기에 어머님을 뵈올 때마다 모두와 함께 보고 있다.

네 일이 뜻대로 안 되는 모양이지. 어려울수록 초조해하지 말고 건강해야 한다. 시집가는 영신이한테 큰오빠가 축하한다고 전해라. 홍규야, 건강 건강해라.

(형 걱정을 말아라. 네가 왔을 때보다 더 건강하다. 준회형님 회갑 때 외숙님과 형님께 각각 글월을 올렸다. 보내준 담요와 돈을 잘 받았다.)

1980. 11. 11. 형 씀.

어머님 보시옵소서

어머님 안녕하셔요? 날씨가 추워졌네요. 겨울이 오면 털신을 신으시고 부엌 일을 하시던 어머님. 벌건 어머님의 손이 아들을 아프게 하던 지난 일들이 떠오릅니다.

어머님, 추워서 거동하기가 불편하시지요. 어머님을 생각하면 어쩔 수 없이 마음 한켠이 아파오고 한편으로는 흐뭇합니다. 어머님이 계신다고 생각하면 그렇게도 흐뭇할 수가 없습니다. 지극히 자애로우신 어머님은 아들에게 많은 것을 가르쳐주십니다. 어머님을 생각하오면 마음도 커지는 것 같습니다.

죽을 고비를 수없이 넘긴 아들이 지금도 의연히 살아있기에, 생각하면 그 또한 흐뭇한 일입니다. 아들은 올해에도 마음을 닦기 위해서 끊임없이 힘썼습니다. 자로 잴 수는 없지만 얼마쯤은 컸을 것입니다. 아들은 또한 건강하고 추위를 이겨가면서 든든하게 살아가고 있습니다. 안심하셔요.

추위에 감기 드시지 않도록 유의하셔요. 전번에도 글월을 올렸습니다만 아침 저녁으로 목뒤를 문지르셔요. 감기기가 있으면 푹 쉬세요. 좀 우선할지라도 무리 마시고 완쾌될 때까지 목을 따숩게 하셔요. 그렇지 않으면 거듭 재발이 되어 오래 고생하십니다.

겨울에 어머님께서 건강하시기를 거듭 바라면서 이만 줄입니다.

아들 올림.

홍규야 보아라

홍규야 잘 있느냐? 또 한 해가 저물어간다. 세월은 빠르구나. 겨울도 봉지를 뜯었으니까 춥다, 춥다라고 몇 번 하면 또 얼른 가버릴 것이다. 사정을 돌보지 않고 마구 달려가는 세월의 허리춤을 튼튼히 틀어쥐고 형도 달리고 있다.

이곳에서 스물네 번째의 겨울을 맞았다. 형은 빙긋이 웃으면서 사반세기의 이곳 생활과 반세기가 지난 생애를 돌아보고 앞을 바라보면서 한 준령을 넘고 있다. 안심하여라. 건강하다. 추운 때는 사고도 잦고 고생스럽다. 면회를 오지 말고 어머님과 집안 소식이나 기다리지 않도록 간간이 보내라. 네가 고생하는 모양이다. 홍규야, 건강해라. 건강해야지야. 집안이 무사하기를 바라면서.

1980. 12. 11. 형 씀.

삼촌께

온 세상이 하얗게 물들여졌을 것만 같은 착각 속에서 아름다운 대자연을 바라봅니다. '인간의 마음도 저렇듯 정결하고 꾸밈이 없다면……' 하고 어리석은 공상을 하면서 말입니다. 지면에 쌓인 눈만 해도 대단한데, 잿빛 하늘의 욕심은 포기할 줄을 모르고 재롱 피우는 꼬마들의 마음을 흡족하게 하려는 듯 하염없이 퍼부어댑니다.

삼촌, 의젓하지도 못한 조카는 완전한 동심의 세계로 돌아가 꼬리를 흔들고 좋아하는 분별없는 개들의 모습과 흡사하게 거리를 이리저리 뛰어다니며 넘어지기도 하고, 또는 동료들에게 눈을 뒤집어씌우고 도망가기도 했습니다. 모든 걸 잊을 수 있었던 그 순간만큼은 참신한 모습을 되찾을 수 있었던 것 같습니다.

기온이 차가울세라 두텁게 껴입고 다니는 저희로서는 차디찬 마룻바닥에서 생활하시는 삼촌을 감히 생각하지 못하고 있습니다. 참으로 모순되어진 생활을 하고 있는 자신을 수시로 발견하며 고정된 관념을 바꿔야 된다는 의식만으로 아무런 변화를 가져오지 못합니다. 건강하신 삼촌을 뵙고 싶습니다. 지면으로조차도 자주 찾아뵙지 못하는 무능한 조카를 꾸짖어 주십시오.

삼촌, 부모님들은 모두 평안하시고 오빠와 동생들 또한 잘 지내고 있습니다. 김장도 끝마쳐서 엄마의 부담감이 조금은 덜어졌습니다. 할머님 댁도, 이모님 댁도 김장을 끝마쳤다는 소식이 있었답니다.

삼촌, 기말고사를 치르기 위해 책 좀 보고 있습니다. 1년 동안의 생활이 자신을 어떻게 변화시켰는지를 회상하면서 답답한 마음을 억누르지 못합니다. 손에 쥐어지는 확실한 결실도 없는 가운데 다시 한 학년을 준비해야 한다는 것이 참으로 우습게만 느껴집니다. 그래도 유종의 미를 거두기 위해서는 마지막까지 최선을 다해야 되겠지요.

삼촌께 수많은 조언을 듣고 싶습니다. 시험이 끝나고 방학을 하면 찾아뵙겠습니다. 서울에서 방학을 보내야 될 것 같아서요. 그때 뵙겠습니다. 몸조리 잘하세요.

1980년 12월 13일. 조카 의정 드림.

<u>의정아 보아라</u>

의정아, 네 편지를 잘 받았다. 집안이 무사하다는 소식 반가웠다.

하얀 눈은 늙으나 젊으나 동심으로 끌어들이는 힘이 있나 보다. 전번에 소복이 눈이 내릴 때 네가 천진한 아이처럼 눈 속을 뛰어다니며 놀 즈음, 삼촌은 어린 시절을 회상하고 있었다. 눈 속에 얼굴을 박아놓고 좋아하고 눈싸움을 하던 일 등등……

너만한 때 삼촌은 꿩 잡는 데 몰두했다. 높은 곳이며 낭떠러지 너덜경(돌이 많이 흩어져 깔려있는 비탈)을 안중에 두지 않고 눈 덮인 산야를 달려 다녔다. 여러 날 눈이 와서 수북이 눈이 쌓이면 천여 명의 학생들이 몽둥이를 들고 토끼사냥에 나섰다. 큰 산을 에워싸고는 산 위와 양 능선에 그물을 치고 나팔 소리를 신호로 산천이 떠나갈 듯이 일제히 함성을 지르면서 더투어 나갔다. 포위망은 좁혀지고 안에 든 산토끼, 너구리, 여우, 노루들이 이리 뛰고, 저리 뛰고, 쫓고, 넘어지는 한바탕 난장판에 결국은 망에 걸려서 잡히곤 했다. 석양에 노획한 산짐승을 어깨에 걸머지고 노래를 부르면서 돌아올 때는 기개가 대단했다. 젊음이 넘치고 있었다.

의정아, 삼촌은 지금도 몸이 따숩다. 더운 피가 온몸을 흐르고 있기 때문에 얼어버리지 않고 냉방에서 혹한을 이겨가고 있다. 춥다고 걱정 말아라. 삼촌에게는 어릴 적 눈이 퍼붓던 밤의 기억이 있다. 섬진강 상류, 혼자 건너기에도 위태롭게 휘청이던 나무다리 위에서 그 눈과 추위를 견디며, 강이 펑펑 쏟아지는 눈을 그대로 삼키는 모습을 본 적이 있다.

의정아, 네 안에 따뜻한 마음이 자리하고 있으면 눈이 사납게 내릴지라도 그대로 녹아서 흔적도 없을 것이다. 부모님과 형제들 그리고 타인과의 관계에서 또는 일을 할 때 성의를 다해라. 그래야 얽힌 문제들이 풀려나간다.

또한 물욕을 적게 가져라. 물질은 사람이 살아가는데 필요불가결한 절대적인 것이다. 그러나 그걸 너무 탐하면 잘못을 범하게 된다. 지금은 사람이 이룬 재화가 왕자처럼 행세하며 그 앞에 사람들이 무릎을 꿇고 그 노예로 전락하고 있지만, 마음 자유로이 물질을 다루어야 하고 물질은 사람을 위해서 값있게 쓰여야 한다.

고등 교육을 받은 사람 중에 흔히 있는 일인데 아는 체하거나 자기를 높이고 남을 얕보는 경향이 없도록 허영에 휩쓸리지 않도록 유의해라. 일상생활에 있어서 문화적이며 특히 소박하고 겸손해라. 사람은 누구나가 종류와 정도의 차이는 있어도 결함과 장점을 가지고 있는 것이다. 의정아, 결함을 시정하기 위해서 단호하게 싸우고 장점을 키워 기꺼이 열의를 가지고 밀고 나가거라. 학문은 일, 즉 삶을 위해서 필요한 것이다. 정신을 포함한 일체의 인간 활동은 아름답고 바른 인간의 삶을 위해서 이루어져야 한다.

많은 말을 했구나. 연말이라 삼촌 스스로를 돌아보고 너를 생각하면서 썼다. 그리 알고 너에게 해당되는 부분만 취해라.

네가 오겠다고? 그래라. 너를 본 지도 1년이 되었다. 의정아, 그럼 너를 기다리고 있겠다. 안녕.

(의숙이와 일경이는 공부를 잘했지야? 귀여운 그 애들이 많이 컸겠다. 의숙이와 일경이한테 삼촌의 정을 보낸다. 그리고 올 때 책을 두어 권 가지고 오너라.)

1980. 12. 19. 삼촌 씀.

2

1981~1982

작은 것이라도

생애에 관계되는 것은

가볍게 넘기지

말아라

안경 쓴 삼촌께 올립니다

삼촌, 새해 복 많이 받으세요. 큰삼촌이 보고 싶어요. 새해를 맞이하여 온 가족이 삼촌 댁으로 가기를 바라고 있어요.

요즈음 혁신이가 미워졌어요. 왜냐하면 매일매일 먼저 시비를 걸고 있어서예요. 혁성이는 좋아요. 혁신이보다 혁성이가 좋은 것은 혁성이와는 어쩌다 말다툼을 했어요.

삼촌은 이 선주가 편지를 먼저 해야 답장을 주시나요? 하하하. 그건 농담이에요. 삼촌, 새해는 정말 좋을 것만 같아요. 1981년 새해 첫날부터 눈이 오니까요. 삼촌, 오늘 홍규삼촌이 와서 혁신이한테 편지 쓰는 법을 가르쳤어요. 혁신이가 쓴 편지는 다 거짓말이래요. 삼촌, 이만 연필을 놓겠어요. 삼촌, 안녕히 계세요. 삼촌, 내가 사진 석 장 보내드리니까 잘 보아주세요.

1981. 1. 1. 3학년 11반. 선주 올림.

안경 쓴 삼촌께

안경 쓴 삼촌 보고 싶습니다. 새해 복 많이 받으세요. 저는 방학을 해서 집에서 숙제도 하고 놀고 있어요. 작은엄마가 사준 롤러스케이트를 선주누나와 혁성이와 함께 타고 놀아요. 혁신이는 자전거도 두 손 놓고 잘 탑니다.

어저께는 더워서 옷을 벗어놓고 축구를 하다가 잊어버리고 그냥 집으로 왔는데, 가보니까 옷이 없데요. 엄마가 8천 원을 주고 사준 옷이에요. 엄마한테 야단맞았습니다. 학교에서는 장호하고 싸웠어요. 혁신이가 박치기를 했어요. 엄마한테 개구쟁이라고 야단맞았어요. 다음부터는 싸움 안 하기로 했어요.

안경 쓴 삼촌이 보고 싶어요. 편지 쓰는데 팔이 아파요. 답장 주세요.

1981. 1. 1. 혁신이 올림.

어머님 보시옵소서

어머님, 이곳은 간밤에도 찬바람에 눈이 많이 왔습니다. 창밖에는 눈이 수북이 쌓였네요. 효자 동생이 집에 있어서 집안일은 모두 잊고 제 일에만 전념하다가도 문득문득 어머님이 떠오릅니다. 어머님 추위에 강녕하셔요? 추위가 보통 추위가 아니라 아들 걱정을 많이 하셨지요? 어머님 아들은 이렇게 글도 쓰고 건강합니다. 안심하셔요.

봄이 온다는 입춘도 이제 20여 일 남고 큰 추위는 거의 간 듯합니다. '입춘에 장독 깬다'는 옛말이 있습니다만 가면 제가 얼마나 가겠습니까? 추위는 날이 가면 사라지는 것이 이치가 아닌가요. 어머님 아들 걱정을 너무 마시고 마음을 놓으셔요. 어머님이 정정하시기를 거듭 바라오며 줄입니다. 어머님!

　아들 올림.

홍규야 보아라

홍규야, 잘 있느냐? 이 추위에 고생이 많지야? 형은 추위에 부대껴서 그런지 열이 좀 있었다. 십여 일 앓았다만 끝내 눕지 않고 배겨냈다. 지금은 우선하다. 2, 3일 후에 편지를 쓰려다가 날이 추워서 어머님이 형의 편지를 하루같이 기다리고 계실 것 같기에 펜을 잡았다. 형은 몸이 좀 불편했다만 마음만은 여유를 갖고 살았다. 또 살아가고 있다.

아침에 날이 밝아오면 먼저 철창에 눈이 가지야? 유리에 긴 성에의 두께로 간밤의 추위를 어림짐작하고는 여러 가지 모양의 무늬를 본다. 한 유리판에도 갖가지 다른 모양들. 극히 미세한 차이가 저런 결과를 가져왔을 것이라고 생각하면서 자세히 살펴본다. 그러다가 아름다운 무늬를 보면 '야, 네 재간도 보통이 아니구나.' 마치도 동장군이 눈앞에 있기나 한 듯이 독백을 하곤 한다. 그리고 때로 눈바람이 후려치면 철창은 떨고 동장군이 마룻방의 형을 협박하는 것 같아서 '너 이놈, 지금은 네 기세가 등등하다만 이제 곧 봄이 온다. 태양은 이미 남회귀선에 닿았다가 북상하고 있다. 알고나 있느냐? 멋도 모르고 설치지 말라.' 고 해대고는 의연하다. 형의 걱정을 말아라.

의정이가 보내준 5,000원을 잘 받았다. 주소 때문인지 내용 탓인지 편지는 불허되고 돈만 받았다. 섭섭했다. 의정이가 지금도 서울에 있느냐? 그 애가 보고 싶다. 고향에 내려갈 때 들렀으면 한다. 어제 선주와 혁신이 편지를 받았다. 그 애들의 글을 읽어 가면서 혼자 여러 번 웃었다. 지난 12월 29일에 선주, 혁신, 혁성 그리고 누나한테 한 장에 빡빡하게 써서 보낸 편지를 못 보고 썼더구나. 사진을 아직 못 받았다. 수일 새에 주겠지야. 그 애들한테 화답은 다음에 미루고 이만 줄인다. 홍규야, 추위에 몸조심해라.

1981. 1. 15. 형 씀.

의정아 보아라

엄마 편지를 받았다. 네 마음이 서울에만 있다 보니 방학 때 쉬지도 않고 예년에 없는 추위에 시험공부하느라고 애썼다. 네 뜻이 이루어지기를 바란다. 배움에 보다 좋은 조건을 마련하기 위한 네 끈질긴 노력과 열의. 그것만으로도 흐뭇한 일이다. 더욱이 그동안의 노력으로 네 학문적 토대가 튼튼히 다져졌을 것이다. 혹 어긋나는 일이 있을지라도 실망하지 말아라.

사람의 발전은 시간, 장소, 조건에 의존하는 바 크지만, 같은 환경 속에서도 노력 여하에 따라서 발전의 정도는 각기 상이한 것이다. 주어진 환경을 최대한으로 활용, 네 발전을 가져오기 위해서 힘써라. 지방대학에서 대학 과정을 마치고 후에 좋은 대학 대학원에 가서 네 전문 분야를 배우고 열중하면 되지 않느냐.

의정아, 엄마도 어려서 똑똑하고 공부를 잘했다. 그러니까 엄마 나이 열세 살 때 (지금의 의숙이 나이와 같다) 겨울이었다. 전주에서 학교를 다니던 삼촌이 고향에 갔는데 엄마가 삐쩍 야위어 있었다. 어찌나 야위었던지 엄마 목이 삼촌 팔 만큼이나 작아 보였다. 놀란 삼촌은 어데 아프냐고 물었으나 아니라고 고개를 저을 뿐 말이 없어서 작은할머님께 여쭈었지야. "글쎄 쟤가 제 친구들은 중학교에 간다고 모두 입학 원서를 내는데 저만 못 하게 되니까 애가 타서 먹지도 못하고 저렇게 야위어만 간다. 저러다가 ……." 할머님은 목이 메셨고, 삼촌은 눈물을 흘렸다. 엄마도 울었다. 그 당시 외가집은 어려웠다. 외할아버님은 입원 중에 계셨고, 삼촌은 학비를 스스로 해결하면서 학업을 계속하고 있었다.

얼마를 생각에 잠겼던 삼촌은 나가서 조용히 작은할아버님을 뵙고, 엄마 입학금만 마련해 주시도록 그 뒤의 엄마 학비는 삼촌이 학교를 그만두고 벌어서 대겠다고 말씀을 드렸고 할아버님은 승낙을 하셨다. 그날 밤에 원서 마감일이 얼마 남지 않아서 내일 입학원서를 내도록 이르고는 엄마를 위로했다.

그런데 뜻밖에도 엄마는 완강히 거부했다. 밤이 깊도록. "오빠는 이제 기초가 닦아져서 능히 독학을 할 수 있으니까 네가 중학교에 가야 한다."고 삼촌은 타이르고 엄마는 오빠가 학교를 그만두면 절대로 죽었으면 죽었지, 중학교에 안 가겠다고 밥은 어떻게든지 먹겠다고 했다.

의정아, 그때 일을 생각하면 지금도 가슴이 뭉클하다. 엄마의 어렸을 때와 지금의 너희들과 견주어보면 비교가 안 될 정도로 너희들에게는 배움에 좋은 조건이 보장되어 있다. 위에서 말했지만 주어진 그 속에서 최선을 다해라. 그랬을 때 네 자신의 발전뿐만 아니라 조건 자체도 변하는 것이다. 오늘은 더욱 하고 싶은 말이 많다만 이만 줄인다. 내려갈 때 들러라. 네가 보고 싶다. 의정아 안녕.

(너희들의 말을 그대로 믿을 수가 없어서 항상 할머님 걱정이 되었는데 엄마 편지에 할머님이 고향에 다녀가셨다는 소식. 할머님을 뵌 거나 다름없이 반가웠다. 추위에 멀리 여행하셨으니까 그것으로 미루어서 할머님의 건강을 어림할 수 있었기 때문이다. 삼촌

은 든든하게 살아가고 있다. 설에는 색다른 음식도 사고 할머님과 너희들을 생각하면서 보냈다. 건강하다. 날씨도 풀리고 염려 말아라. 작은삼촌은 일이 꾀나보다. 풀려야 할 텐데 고생이 많지야? 네가 올 때 새로 구입할 것은 없고 네가 보던 지리책과 대수 참고서를 가지고 오너라. 엄마가 보내준 만 원과 천호동 송금(전신환) 만 원을 잘 받았다.)

1981. 2. 9. 삼촌 씀.

누이에게

누이한테 편지 띄운 지도 여러 달이 되었네. 잘 있는지? 매부도 건강하고, 아이들 모두가 튼튼한가?

아직 방안은 찬 기운이 감돌고 있지만 이제 봄이 왔나 봐. 오늘 운동시간에 나가보니까 엊그제 촉촉이 내린 비로 작은 살구나무에 살구꽃이 몇 송이 곱게 피었네. 청각과 시각이 극히 제한받고 있는 곳이라서 그런지 그렇게도 곱고 반가울 수가 없어. 방긋이 벌어진 봉우리 활짝 핀 꽃송이 하나하나를 들여다보다가 짧은 시간이 다 되어서 섭섭하게 돌아왔네. 그 추운 겨울에 얼어 죽지 않고 배겨낸 봄꽃이라 그리도 대견하고 곱게 보이는 것인지.

오빠는 건강하고 여유 있게 든든하게 살아가고 있네. 아직은 찬기를 느끼지만, 잔뜩 웅크리고 지내던 겨울과는 달리 어깨를 떡 펴고 책을 보면서 나날을 보내고 있네. 마치도 심산의 절간처럼 조용한 방이라 책보기에는 좋지만 좀 아쉬움이 있지. 오빠가 가지고 있는 책들은 몇 번씩 본 것이라 다른 책이 보고 싶어도 워낙 책값이 비싸서 사볼 수는 없고. 볼만한 책이 있거든 두세 권 보내주지.

의정이가 학교에 잘 다니고 있는가? 그 애 편지를 작년 말에 받아보고는 아직 못 받았네. 편지를 보냈는데 내가 못 받은 것인지? 별일이야 없겠지만 궁금하네. 의정이 사정을 알 수 없어서 그 애 앞으로 글을 쓰지 않고 누이한테 썼네.

서울 소식도 궁금하네. 소식 보내주지. 글을 쓰면서도 누이 모습이 자꾸만 떠오르네. 할 말이 많으면 쓸 말이 적은 것인지, 아무쪼록 집안이 무사하고 모두가 건강하기를 바라면서 이만 줄이네.

(설에 보내준 편지와 돈을 잘 받았네. 2월에 의숙이와 일경이 앞으로 보낸 편지를 받았는지? 의숙이는 여자중학교에 다니고 있겠지? 아이들한테 정을 보내네.)

1981. 4. 11. 오빠 씀.

어머님 보시옵소서

어머님, 오늘은 비 온 뒤라 하늘이 맑습니다. 어머님 안녕하신가요?

밖에는 복숭아꽃이 활짝 피었어요. 나비도 훨훨 날아다니고~ 봄이 왔나 봅니다. 어머님 아들은 건강합니다. 나가서 한바탕씩 뛰기도 하고 책도 더 보고 있습니다. 요즈음은 물이 차지 않아서 방 안 청소를 하다가 걸레를 똘똘 말아 가지고 물을 축여서 마룻방에 글씨도 써봅니다. 잘못되면 지우고 또 쓰고 쓰다가 마음에 들면 말라서 없어질 때까지 바라보곤 합니다.

어머님, 아들 걱정을 마시고 마음을 놓으셔요. 지난달에 어머님께 올린 글월을 받아보셨습니까? 그리고 선주와 혁신이한테 편지를 갖다주셨어요? 그 애들이 좋아하던가요? 누이는 어떻게 살아가고 있어요? 전에는 의정이가 소식을 보내주었는데 요새는 편지가 없어서 모두 궁금합니다. 어머님께서 강녕하시기를 간절히 바라면서 이만 줄입니다. 어머님!

아들 올림.

홍규야 보아라

홍규야, 건강하니? 어떻게 지내고 있느냐? 무척 어려운 모양이다. 두서너 달을 거르지 않던 네가 반년이 넘도록 오지 못하는구나. 경제 사정은 그렇다 하고 몸이나 건강해야 할 텐데 어떠냐?

홍규야, 어머님이 정정하시니? 소식을 보내라. 형이야 알아도 별수가 없다만 그래도 궁금하다. 형은 든든하게 살아가고 있다. 형 걱정은 말고 너나 건강에 힘써라. 홍규야 안녕.

(의정이가 어데 있느냐? 통 편지가 없다.)

1981. 4. 20. 형 씀.

어머님께 올립니다

어머님이 전주에서 오셨을 것 같아서 펜을 들었습니다. 어머님, 안녕하셔요? 전주누이는 잘 있던가요? 아이들도 충실하고요?

전번에 어머님을 뵈었을 때 퍽이나 마음 아팠습니다. "애야, 나하고 같이 살자." 하시던 어머님의 말씀, 그래야지요. 어머님과 같이 살아야지요. 아들과 함께 사셔야지요.

어머님. 그날 넘치는 눈물을 참아가면서 어머님을 바라보던 아들은 크나큰 아픔과 어머님이 계시와 어머님을 뵙는 흐뭇한 정이 얽혀 있었습니다. 누가 무어라 해도 아이들을 낳아서 키우시고 이날까지 지켜보신 어머님은 아들을 아실 줄 믿습니다. 아들 또한 어머님의 아픔을 느끼고 있습니다. 어머님과 아들의 가슴에 맺힌 기막힌 아픔을 더 다치지 않도록 하겠습니다.

어머님 정정하시옵소서. 아들은 건강하며 든든하게 살아가고 있습니다. 안심하셔요. 어머님께서 오래오래 계시기를 거듭 간절히 바라오며 줄이나이다.

어머님!

아들 올림.

홍규야 보아라

홍규야, 잘 있었니? 요즈음 아침에는 꾀꼴새와 뻐꾹새가 울고, 밤에도 뻐꾹새와 소쩍새가 운다. 부근에 숲이 있어서 산새들이 모여드나 보다. 때로는 귀에선 산새 소리도 들려온다. 밤이 이슥한 때 가까운 곳 먼 곳에서 들려오는 산새 소리는 특별한 정서를 일으킨다. 고향 산에도 초여름이 되면 소쩍새가 밤이 깊도록 울곤 했다. 옛일들이 생생하다. 슬플 때 죄를 토하는 듯한 소쩍새의 울음소리는 형의 가슴에 파고들었다. 30년이 넘었는데 엊그제 같구나. 파란 잎사귀도 하루가 다르게 피어나고 있다. 몸과는 달리 마음만은 자유롭게 활동하면서 추억도 하고 어머님과 너도 생각하곤 한다.

홍규야, 어머님이 약해지신 것 같다. 전에 없이 눈물을 흘리시니……. 팔순에 가까운 어머님이시라 당연한 일이다. 생각하면 뼈를 깎는 것 같다. 홍규야, 어머님을 위로해 드려라. 너는 잔정도 있고 효자라 달리 할 말이 없다만 형 몫을 더해서 어머님을 지극히 모셔라. 형은 든든하게 살아가고 있다. 어려운 때 마음이 아플 때는 온 정력을 한곳으로 집중시키고 의지로 그를 극복하면서 평온을 회복하곤 한다. 많은 시간 책을 보고 지식을 쌓아가는 데 다 활용할 수 없음이 안타깝다. 책에 치중하면 몸에 장애가 오기 때문이다. 그래서 나날의 계획을 여유 있게 세우고 건강에 알맞도록 생활을 꾸려가고 있다. 진척은 보잘것없다만 정으로 바위를 뚫는 듯한 자세로 학문과 생활에 임하고 있다. 형 걱정을 말아라.

네가 넣어준 20,000원을 잘 받았다. 영양제도 사고 책 두 권을 신청했다. 누나와 매부가 결혼한 날이 다가오는구나. 축하한다고 전해라. 모두의 건강을 바라면서 줄인다. 안녕.

1981. 5. 18. 형 씀.

의정아 보아라

의정아, 어떠냐? 잘 있니? 전번에 작은삼촌한테 네 소식을 들었다. 미더운 너야 별일이 없을 테지 생각하면서도 여러 날 네 편지가 없어서 좀 걱정을 했다. 네가 학교에 잘 다니고 있다는 소식에 마음을 놓았다.

의정아, 오늘도 "인간과의 관계"란 문제를 가지고 너와 함께 의견을 나누고 싶다만 네가 곁에 없구나. 그래서 일방적으로 삼촌 생각만을 이곳에 쓴다.

의정아, 사람은 자연과의 관계, 사회 즉 인간과의 관계를 떠나서는 인간 개개인은 존재할 수 없다. 햇볕이 없이, 공기를 호흡하지 않고 살 수 없는 것과 같이 의식주가 없이는 살아갈 수가 없다. 부모 없이 이 세상에 태어난 사람은 없다. 육체뿐만 아니라 지금의 네 의식도 네가 자라난 주위 환경과 네가 받은 교육에 의해서 형성된 것이다.

네가 지금으로부터 2, 3천 년 전에 이 땅에 태어났다고 하자. 그렇다면 지금의 네 생각과는 완전히 다른 것, 비교도 안 될 것이다. 당시의 사회적 환경과 낮은 문화의 영향으로 말미암아 너는 원시적인 상태를 벗어나지 못하고 있었을 것이다. 따라서 네 자신은 타에 의해서 존재하고 형성된 것이다.

그러나 생명을 가지고 있는 너는 타와의 불가분리의 관계 속에서 타에 적극적으로 작용하면서 장성 발전하고 있다. 발전은 내적 요인과 외적 요인이 구비되었을 때 가능하다. 어렸을 때는 외적 요인이 보다 적극적으로 작용하지만 대학 2년에 21세인 너는 내적 요인 즉 네 자신이 더욱 중요한 역할을 한다. 그렇기 때문에 앞으로 너와 관련된 일체의 일에서 너에게 더 많은 원인이 있음을 자각해야 한다.

말이 좀 빗나갔다. 다시 돌아오자. 위에서 언급한 바와 같이 인간은 타인과의 관계를 떠나서는 존재할 수가 없다. 다시 말해서 타인과 완전히 차단된 너란 있을 수가 없다. 네가 있을 수 없는데 네 일이며 활동이 있겠느냐. 너 혼자만의 일은 없는 것이며 네가 기도하는 일이 너 혼자만으로도 이루어질 수 없다. 네 참된 행복도 타인과의 관계 속에서만 가능한 것이다. 그렇기 때문에 인간과의 관계를 어떻게 맺고 유지 발전시키느냐 하는 문제는 극히 중요하고 근본적인 것으로 본다.

인간과의 관계 중에서 가장 직접적이며 밀접한 관계는 부모와 형제, 그리고 부부간의 관계다. 그 가장 가까운 가족과 바르고 원만한 관계가 이루어져야 한다. 가정은 단순한 휴식처가 아니다. 배우고 익혀가는 곳이고 사람이 커가는 중요한 삶의 장소다. 집에서도 성실하고 사랑이 충만해야 한다. 가족과의 사이에 걸리는 문제가 생기면 허심하게 털어놓고 서로가 의논해서 해결해야 한다.

앞으로 사회활동은 물론 가정을 이끌어가야 할 네가 아니냐. 매듭을 잘 풀어가는 명수가 되어라. 네가 있는 곳은 언제 어디서나 발전이 있고 바르고 화기애애한 인간관계가 이루어지기를 바란다.

가지는 치고 본 줄기만 다룬다고 했는데 길어졌다. 써놓고 보니까 불충분하다. 부족한 점은 접어가면서 읽어라. 지식은 깨쳐야 한다. 행동이 수반하지 않는 지식은 네 것이 아니다. 생각과 행동이 하나같이 자연스럽게 나타나야 한다. 몸에 배어 습관화되어야 한다. 습관은 거듭되는 과정을 통해서 형성되는 것이다. 의정아, 이만 줄인다. 안녕.

1981. 5. 25. 삼촌 씀.

어머님께 올리옵니다

어머님 진지 잘 드셔요? 안녕하신가요? 돋보기를 쓰시고 한 자, 한 자 읽어가실 어머님의 모습을 그려보면서 아들은 지금 글을 쓰고 있습니다. 어머님, 어머님은 이 아들을 흠 없이 낳아서 바르고 착하게, 몸도 튼튼하게 키워주셨습니다. 자애로우신 할아버님과 할머님, 아버님과 어머님은 늘상 바른 가르침을 주셨고, 잘못하면 사랑이 깊으신 어머님은 때로 회초리를 들기도 하셨습니다. 온 정성과 열을 다하여 키워주셨습니다. 아들의 생일이 다가오기 때문에 더욱 아파하실 어머님을 생각하오며 지난 생애를 돌아봅니다.

어머님, 아버님과 어머님이 몸도, 마음도 튼튼하게 키워주시지 않았다면 지난날에 그 형언할 수도 없는 어려움을 이겨내지 못하고 아마 벌써 죽었을 것입니다. 그러나 아들은 지금도 의연하게 살아있고, 실로 부모님의 은혜가 크시옵니다. 산 사람이 만나는 것은 세상 이치가 아닌가요? 어머님 정정하셔요. 마음을 크게 지니시고요. 아들은 건강하며 배움에 열중하는 학생처럼 책을 보며 또 마음을 닦아가면서 든든하게 살아가고 있습니다.

어머님, 안심하셔요. 올리고 싶은 말씀 많으오나 어머님께서 오래오래 계시기를 간절히 바라오며 줄입니다. 어머님 강령하시옵소서.

아들 올림.

흥규야 보아라

흥규야, 건강하니? 네 일이 잘 되어가고 있느냐? 날이 무척 가물구나. 모낼 땐데…… . 물길이 안 닿는 밭곡식은 배배 꼬이겠다. 작물과 풀, 나무뿐만이 아니라 사람도 가뭄을 타나 보다. 낮과 밤의 기온 차이도 심하고 몸이 적응을 못 하는 것인지 아침에 자고 나면 그렇게도 무거운지 모르겠다. 그러나 까딱하기 싫은 몸을 움직이고 피부가 벌겋게 전신 마찰을 하고 나면 회복된다. 나날을 예정대로 거뜬히 메꿔가고 있다.

신경통이 있는 너는 나와 증세가 비슷하겠지야. 아무쪼록 건강에 유의해라. 건강을 파괴하기는 쉬워도 튼튼하게 보존하기는 힘이 든다. 건강뿐만이 아니다. 나쁜 짓은 하기 쉽고, 좋은 일은 힘든 것이 세상사가 아니냐. 자연도 그렇다.

산불은 삽시간에 많은 초목을 태워버린다. 타버린 곳에 뿌리가 죽지 않은 나무는 움이 트고, 재 위에 날아온 나무씨, 풀씨들은 그 밑에 뿌리를 내리고 자란다. 여러 해가 지나야 숲을 이룬다. 그러나 전보다 무성한 숲을 이루는 법이다. 그것이 법칙이며 옛 분들은 천리 또는 도라고 한 듯하다.

그건 그렇고, 홍규야! 어느 책을 보니까 자연적인 인간의 생명은 백 세를 넘고, 그 전에 죽는 것은 병에 기인하는 것이기 때문에 고통을 수반한다는 내용이었다. 늙어도 적당히 활동해야 하고, 무엇보다도 진지를 잘 드는 것이 장수의 큰 비결이란다. 어머님을 모심에 있어서 그 점 유의하기 바란다. 모두 건강하고 집안이 무사하기를 바라면서 이만 줄인다. 안녕.

(지난달에 보낸 편지를 받았느냐? 새 한국 지리 《국토 지리 연구》라는 책이 도서 목록에 쓰여 있기에 청구했더니 시중 품절이라고 안 사 왔다. 네가 서점에 가서 훑어보고 나은 것으로 한 권만 사서 보내라. 지리부도 말고 최신판 지리책을 사서 보내라.)

1981. 6. 8. 형 씀.

삼촌, 읽어보십시오

강렬하게 내리퍼붓는 태양 아래 가뭄으로 사람들의 표정은 울상이 되어 일그러져 있습니다. 모내기가 한창인 시기에 물이 귀하여 고초를 겪고 있는 지금 각 가정에서는 수돗물 한 방울을 알뜰하게 쓰며 풍족하게 쓰던 지난날을 그리워하고 있습니다.

무척 오랜만에 글월을 올리는 조카를 많이 꾸짖어 주십시오. 변명 같지 않은 변명은 그만두기로 했습니다. 몸조리는 잘하고 계시리라 믿습니다. 언제나 건강 관리에 유념하실 테니까요. 집안 식구는 모두 정신적 또는 육체적으로 건강하게 일과를 끝마치고 다음 날을 위해 아름다운 꿈속에 나래를 펴고 깊이 빠져듭니다.

삼촌, 몇 번이나 펜을 들고 지면 위에 굴려보았지만 제대로 써지지 않더군요. 왕복 2시간 소요되는 거리를 통학하면서 마음의 편지를 띄웠습니다. 아마도 창공을 헤매다가 삼촌 방문을 노크했을 것입니다.

그리고 삼촌께서 보내주신 편지를 잘 받아보았습니다. 인간과의 관계에 대해 다루셨더군요. 자꾸만 메말라가는 인정, 기회주의적인 관념만이 두뇌 속을 비집고 들어서는 사고방식을 많이 느낍니다. 나 자신도 이미 그 속 깊이 파묻혀 버렸는지도 모르겠습니다. 가정, 학교, 사회 어느 곳에서든 나 자신보다는 타인을 위한 생을 꾸려가려고 노력하고는 있지만 순조롭게 진행되지는 않습니다. 이 모두가 부족하고 미숙한 자아 탓이겠지요. 무능함을 느끼게 되고 철부지 같은 행동이 서슴없이 선수를 치는 요즈음의 생활 태도는 참으로 어리석기만 합니다.

삼촌께서 말씀하셨지요. 네 나이대는 사소한 것에도 고민거리를 만들고 항상 문제가 생겨 그것을 해결하려 발버둥 치는 가운데 성장하며 발전한다고 말입니다. 흘려버릴 것이 하나도 없는 삼촌의 따뜻한 조언 속에서 제가 성장하는 것 같습니다.

삼촌, 3월 말에 고적 답사를 다녀왔습니다. 경상북도 이곳저곳을 돌아보았지요. 과거와 현재 그리고 미래를 연결해 주는 우리 역사를 배우고 내 나름의 방향과 위치를 설정하여 쭉 뻗은 대로 위를 거침 없이 달려가고 싶어 국사교육과를 지망하였습니다. 졸업할 때까지 6번의 답사를 하게 됩니다. 첫 번째의 답사를 통해 섬세하고 부드러운 선인들의 손길 속에서 숨결을 느꼈고, 우정을 찾았으며 가장 중요한 나 자신을 어렴풋이 깨달은 것 같습니다.

가장 인상 깊었던 곳은 안동의 하회마을입니다. 지방 문화재로 지정된 이곳은 탈로 유명할뿐더러 《징비록》을 쓴 유성룡(서애)의 생가가 있는 곳입니다. 흠잡을 곳 없는 고고한 조선시대의 건물을 보고 감탄만을 연발하며 돌려지지 않는 발길을 돌려 아쉬운 석별을 한 마을 하회. 갑자기 이름있는 가문의 규수가 된 것 같은 착각에 슬그머니 미소를 지었습니다. 아름다운 고가, 다시 보고 싶은 고가. 다음 학기에는 좀 더 성실히 답사를 할 겁니다.

삼촌, 아무쪼록 건강하시기를 바랍니다. 못난 조카의 글을 기다리시는 줄 알면서도 이제야 보내는군요. 죄송합니다. 그리고 6월 13일에나 엄마가 들르실 것입니다. 14일 삼촌 생신을 축하합니다.

1981. 6. 8. 의정 올림.

의정아 보아라

의정아, 네 편지를 잘 받았다. 오랜만에 받은 편지라서 그런지, 글 속에서 많이 큰 네 모습을 보아서 그런 것인지 너를 본 것만큼이나 반가웠다. 여러 번 읽어 보았다.

의정아, 일전에 하얀 벽에 통통한 배를 늘어뜨리고 태연하게 벽에 붙어있는 모기를 보고 파리채를 들고는 막 치려다가 잠깐 멈춘 일이 있었다. 생명을 지닌 것이다. 안쓰러운 정이 스쳤기 때문이다. 살아있는 것은 수억 년 동안 그 생명이 이어져 왔다. 얼마나 경이롭고 대견하냐. 그래서 사람은 물론 미물에 이르기까지 초목까지도 사랑하고 살생하지 말라는 한 불타의 뜻을 알 수 있다.

그러나 사람이 살생을 하지 않고 살 수 있을까? 살생을 금하라고 한 불타(부처) 자신도 수많은 살생을 했다. 그도 팔십 평생을 먹고살았으니까. 벼 보리 콩알 속에는 생명이 들어있지 않느냐. 작물을 가꾸기 위해서는 해충을 잡고 잡초를 뽑아야 한다. 한 중이 자기는 곡식을 얻어다 먹기 때문에 농민보다 죄를 덜 짓고 있다고 자위한다면 그것이야말로 우스운 일이 아니냐.

밭 가에 천진한 아이가 놀고 있는데 커다란 구렁이 또는 맹수가 아기를 덮치기 위해서 접근하는 것을 보았다고 하자. 총을 가지고 있으면 쏠 것이고 칼이 있으면 단칼에 자를 것이다. 그 행위를 악이라고 할 수 있을까? 여기 죽어가는 환자가 있다고 하자. 의사가 투약을 해서 수억의 미생물을 박멸함으로써 목숨을 건졌다면 의사의 그 행위를 잘못이라고 규탄하겠느냐. 모두가 고귀한 인간의 생명을 죽음에서 구했기 때문에 높이 평가하고 찬양할 것이다.

따라서 사람의 피를 빨고 밤잠을 괴롭히는 모기를 잡는 것은 당연한 것이다. 한 그루의 나무, 한 폭의 꽃이라도 사랑해야 하지만 해가 될 때는 제거하는 것이 의당한 일이다. 우리도 인간인 이상 인간이 중심이 되어야 한다. 인간에게 도움이 되는가 해가 되는가가 기준이 되어야 한다.

인간 내부 문제에 있어서도 기본적으로 같다고 본다. 보고 듣고 느끼고 말하고 행동하는 일체가 인간을 위해서 이루어져야 한다. 그 수준에까지 높여야 된다. '인생의 문제', 민족사를 배우고 연구하는 사학도인 너는 우리 민족의 과거와 현재를 바로 알고 미래를 바라보면서 전진하기 바란다. 인간 개개인의 수명은 길어야 백 년에 불과하지만 민족의 생명은, 우리들 생명의 일단은 영원한 것이다.

예를 들어 보자. 외할아버지와 외할머니의 생명 일부가 삼촌이나 엄마에게 전승되었고 아빠 엄마의 생명 일부가 너에게 전승되었다. 우리의 혈관에 조상의 피가 흐르고 있다. 우리 또한 후대의 혈관에 흐를 것이다. 영원히 흐를 것이다. 문화도 전승되고 전승되어 간다. 영원히. 여기서 인생의 순간과 영원을 본다.

우리 민족을 사랑해라. 그 속에서 나서 성장한 우리가 아니냐. 편협한 민족애를 말하는 것은 아니다. 민족 속의 나, 인류 속의 우리 민족, 이 삼자를 연결시켜서 생각하고 사랑하고 이바지해야 한다. 그것이야말로 참되게 너를 사랑하고 너를 위하는 것이다.

좁은 엽서 한 장에 제한된 글*이라 도대체가 무리다. 비가 갠 뒤 시원한 바람이 살갗을 스쳐 간다. 못다 한 말은 바람에 실어 보낸다. 의정아, 안녕.

의정이엄마가 몸이 더 불어나지 않도록 운동을 했으면 좋겠다. 갱년기에 오는 현상인데 비대하면 여러 가지 병에 걸린다. 매일과 같이 거르지 않고 집안에서 하도록 요가 몇 가지를 가르쳐 드려라. 국어 문법책이 있으면 보내라.

1981. 6. 22. 삼촌 씀.

추신 : 누이에게. 두 누이가 와주어서 퍽이나 반가웠네. 그 정을 그대로 펜 끝에 옮길 수도 없지만 어느 정도 쓰려면 아마 몇 장은 필요하겠지. 모두 머릿속에 담아두겠어. 면회 시에 소식을 들었기에 안부는 생략하겠네. 더운 여름이라 대진이가 고생하겠네. 모두 건강하기를 바라면서.

* 수감자에게는 편지를 제한하는 규정을 두어, 한 달에 세 통만을 쓸 수 있게 지급했다.

어머님께 올립니다

어머님 안녕하셔요? 요즈음 어떻게 지내세요? 이웃에 친구분들이 계시는가요? 이사한 집을 모르기 때문에 어머님이 생활하시는 것을 자세히 그려볼 수는 없고 다만 전에 살던 집 방에서 부엌으로, 뜰로 다니시던 어머님 모습만이 선하게 떠오릅니다.

어머님, 동생이 밖에 나가면 적적하시지요? 할머니는 어린 손자가 있어야 하는데 이제 손자들이 다 커서 우는 놈을 달래고 어를 수도 없으시고 동생이 장가가서 어머님께 손자를 안겨드려야 할 텐데 동생은 장가갈 생각을 않고 있으니……. 착한 동생이라 연애도 않는 것인지 아니면 남몰래 애인을 두고 있는지 적이 궁금합니다. 어머님 가만히 물어보시지요.

이곳 아들은 건강하오며 든든하게 살아가고 있습니다. 아들 걱정을 마시고 어머님의 존체 유의하시와 정정하셔요. 진지 잘 드시고요.

　아들 방규 올림.

홍규야 보아라

　홍규야, 잘 있느냐? 누나들한테서 네 이야기를 들었다. 고생한다.

　이곳은 비가 흡족하게 와서 시들어가는 나뭇잎들이 싱싱하다. 형은 비가 안 오는 날은 운동시간 동안 밖에 나가서 넓은 공간, 푸른 하늘, 푸른 산에 눈을 빼앗기곤 한다.

　홍규야, 전번에 도서 목록을 훑어보다가 《전북 민담》이란 책명이 있기에 사서 보았다. 불교 설화 등 허황한 것들이 많았지만 그래도 내 고장 말이며 해학이 있고 조상들의 생각과 정이 담겨있어서 좋았다. 특히 읽어가다가 어려서 할머님이 들려주신 이야기가 나올 때는 그렇게도 반가웠다. 형은 어리고 할머님은 계시는 듯……. "할머니, 이야기해 줘. 응?" 할머님의 치맛자락을 잡고 조르던 어린 시절이 떠오르곤 했다. 최내옥씨 저서로 형설출판사에서 낸 문고판인데 값은 850원이다. 한 권 사다가 네가 어머님께 드려라. 낮에 읽으시도록. 그리고 밤에는 한두 자리 네가 읽어드려라.

　아버님은 어려서 한문 공부를 하실 때 여름날 밤 마당에 모깃불을 피워놓고 관솔불 밑에서 시경을 낭랑하게 읽으면 그 초성이 어찌나 좋았던지 마을 부인들이 모여들었다고 한다. 아버님은 밤이 이슥하도록 글을 읽으시고, 아낙네들은 방해되지 않도록 조용히 들었고, 때때로 글 풀이를 해주시면 더욱 좋아들 하셨다고 할머님이 여러 번 들려주셨다.

　지금의 진한씨댁이라고 한다. 마을의 높은 곳이라 낭랑한 목소리는 멀리 퍼졌으리라. 이야기나 시는 감정을 섞어가면서 읽어 나가면 한 맛이 난다. 어머니께 읽어드리면 옛날 회상도 하시고 흐뭇하게 여기실 것이다.

형은 이런 곳에 있지만 마음에 여유를 가지고 살아가고 있다. 염려 말아라. 형님이 보시던 5권으로 된 야사집하고 전에 부탁한 지리책을 보내주길 바란다. 작은누나가 너무 야위었더라. 어데가 아픈 것인지 안부를 전해라. 면회 와서 넣어준 2만 원을 잘 받았다. 모두 건강하기를 바라면서 줄인다.

　1981. 6. 29. 형 씀.

삼촌께 올립니다

어두움을 뚫고 질주하는 버스 속에서 차창을 간지럽히는 비님의 율동을 바라보며 생각했습니다. '어디 한번 극한 상황에 부딪쳐보자.' 아무런 거리낌 없이 아주 태연하게 말입니다. 그러나 그뿐이라는 사실을 이내 깨닫게 되지요. 자꾸만 자신에 대한 오류를 범하는 것 같습니다. 더욱이 타인에게 있어서도 예외일 수는 없겠지요.

1학기를 알게 모르게 까먹어버리고 마무리 단계인 기말고사를 치르는 중입니다. 학점 따기 위주의 시험공부를 위하여 저는 책상을 바로 하고 있습니다. 학생으로서의 신분을 망각하는 생활이 내부에 침입하려 하는 것을 막기 위해 공사하는 어려운 고비에 놓여있고요. 하지만 항상 표정을 밝게 만듭니다. 만인에게 불쾌감을 주지 않음이지요. 재잘거리며 웃고 떠들고 농담으로 장사진을 이루는 일을 되풀이하면서도 결코 흐트러진 모습을 보이지는 않아요. 그렇지 않으면 서로가 어색한 감정으로 맞서게 될 것이 뻔하니까요. 그런 하루를 엮어 놓고 보면 가슴에 대문짝만한 글자가 새겨집니다. 그것은 바로 無. 백지상태에서 다시 시도할 수 있는 절호의 기회로 간주하고 내일을 설계합니다. 자기합리화일 수도 있겠지만 나 스스로 가볍게 털고 일어설 수 있는 기회를 가슴속의 無에서 찾으렵니다.

건강하세요. 보내주신 편지 가슴 뿌듯이 읽었습니다.

(방학하면 들르겠습니다. 그리고 의숙이 졸업식 때 사진과 부안할머님 회갑 때 아이들끼리 찍은 사진을 동봉합니다.)

1981. 6. 29. 조카 의정 올립니다.

의정아 보아라

의정아, 네 편지를 잘 받았다. 보내준 사진도 잘 받았다. 의숙이와 일경이가 더 예뻐지고 많이 컸더구나. 의숙이는 튼튼하고 옷을 그렇게 입어서 그런 것인지 머슴애처럼 활달하게 보였다.

그동안 삼촌은 좀 늙었다만 너희들이 부쩍 커서 빼기, 보태기 하면 손해 볼 것이 없다고 너희들의 사진을 보면서 혼자 웃었다. 그리고 흐뭇했다.

네가 차 안에서 느낀 한 토막을 적어주어서 기차 통학을 한 바 있는 삼촌은 차 속의 너를 상상해 보았다. 아침에 맑은 공기를 가르고 질주하는 차 안에서 하루를 계획하고 책도 보고 오후 집에 올 때는 벌건 태양이 서쪽 하늘에 곱게 색칠을 하고 쓰러져 갈 때 어두움이 짙어갈 때 창밖에 눈을 주고. 하루 생활을 정리하면서 흐지부지한 것은 버리고 알맹이만 네 속 깊은 보따리에 차곡차곡 쟁이고 또 다른 생각에 잠기곤 할 네 차 안의 모습을 그려보았다.

의정아, 사람이 세상을 바르고 아름답게 살아가기 위해서는 지식뿐만이 아니라 성품을 갖춰야 하지 않느냐. 그러나 사람은 불완전한 것이라 누구나가 장단점이 있고 앞서고 뒤진 부분이 있는 것이다. 너는 스스로를 돌아보면서 단점을 인정하고 그를 시정하기 위해서 노력하는 것은 좋지만 단점만을 들추어 가지고 지나치게 매질할 것은 없다. 그보다는 장점을 키우기 위해서 더욱 힘쓰는 것이 좋다. 그를 통해서 단점도 보충되기 때문이다.

사람이 살아가는 데 어떠한 환경에서나 발전할 수 있다고 본다. 설령 중병에 걸려 있는 환자라 할지라도 병과 맞서서 집요하게 투병하면 병이 나아 있을 때는 의지가 아주 강한 사람이 될 것이다. 그러나 그와는 반대의 경우도 있다. 비관에 젖어서 날마다 찔찔 눈물이나 짜고 있다면, 병이 나은 후 그는 하찮은 것에도 덜덜 떨고, 작은 부스럼에도 겁을 집어먹는 나약한 인간이 될 것이다. 모든 경우 내용과 노력 여하에 따라서 정도의 차이는 있을지라도 전자 아니면 후자의 현상이 나타나는 것이다.

때로는 피곤하고 싫은 차 안에서의 두 시간을 어떻게 값있게 쓸 것이냐 하는 것은 생각할 문제다. 사색을 하고 때로는 마음 가볍게 계절마다 느끼는 자연을 감상하면서 네 감정을 풍부하게 가꾸어 가는 것도 좋고, 네 전문 이외의 분야, 즉 국사와 관계가 깊은 한문이나 중국어, 이미 토대를 닦아놓은 영어, 러시아어, 일어도 좋겠지. 지금은 로켓이 대기권을 뚫고 우주를 달리고 있지만 40여 년 전에는 상상도 못 한 것이고, 고작 프로펠러 잠자리비행기가 하늘을 날고 있었다. 앞으로 4, 50년 후, 그러니까 네 생전에 공중을 나는 수송 수단은 광속에 접근할 것이고, 세계는 좁아질 것이다. 자주 외지에 나가게 되고 여러 지역 사람들과 접촉하게 될 것이다. 외국어도 필요하다. 네 정도의 머리로 매일과 같이 차 속에서의 그 두 시간을 한곳에 집중시킨다면 대학 졸업할 무렵에는 상당한 수준에 달하게 될 것이다. 그렇게 되면 장거리 통학이야말로 너에게 커다란 도움이 될 것이다. 의정아, 환경이 불리하면 불리한 대로 방치할 것이 아니라 도움이 되는 방향으로 힘써야 할 것이다. 언제나 어디서나 말이다.

삼촌은 의연하게 살아가고 있다. 염려 말아라. 아빠 엄마에게 안부 전해라. 너희들이 온다니 기다려진다. 의정아, 안녕.

1981. 7. 13. 삼촌 씀.

어머님 보시옵소서

어머님, 날씨가 덥습니다. 어머님, 더위를 이겨가는 데 힘이 드시지요. 이 더위에 어떻게 지내시는지 더위를 조금도 덜어드리지 못하는 아들은 아플 뿐입니다. 일전에 동생이 면회 왔을 때에도 두 아들이 어머님 말씀을 하면서 아파하였습니다. "어머님이 전에 비해서 어떠시냐?"는 저의 물음에 동생은 "전과는 다르셔요. 어머님이요." 그만 동생의 눈에 눈물이 흥건하게 고이고 그 눈물은 저의 가슴에 파고들었습니다.

어머님, 이곳에 아들을 두고 어찌 섭섭지 않겠어요? 그러나 너무 상심하시면 몸에 해가 됩니다. 어머님이 정정하셔야지요. 살아있는 아들이라 이제 내 곁에 오려니 생각하시며 마음을 항상 굳게 지니셔요. 방학 때라 손자 손녀들이 오면 그놈들을 데리고 먼 곳은 몰라도 가까운 산이나 냇가에 가서서 더운 몸을 식히시고, 그 애들과 이것저것 이야기하시면서 근심도 털어버리고 가볍게 오셔요.

아들은 건강합니다. 더위가 제아무리 기승을 부려도 더위쯤은 문제도 안 됩니다. 아들 걱정을 마시고 부디 어머님의 존체 살펴주셔요. 진지를 잘 드시고요. 어머님 이만 줄입니다.

어머님 아들 올림.

흥규야 보아라

흥규야, 잘 있느냐? 너야 더위에 고생이 많겠지. 노쇠하면 추위는 물론 더위도 참지 못하는 것인데 어머님이 힘겨워하시지야? 더위가 고비에 접어드는 모양이다. 한낮을 피해라. 땀을 많이 흘리면 물을 켜게 되고, 물을 많이 마시면 식욕이 떨어진다. 큰 더위야 길어서 한 달쯤 가겠지. 그동안 건강을 해치지 않도록 힘써라. 너는 집안을 짊어지고 있지 않느냐. 어머님과 형을 위해서라도 건강에 특히 유의하기 바란다.

네가 차입시킨 만 원과 지리책을 잘 받았다. 사정이 나을 때나 어려울 때나 성의를 다하는 네 정. 형의 느낌을 어떻게 쓸거나. 홍규야, 흐뭇하다. 형은 요즈음 네가 넣어준 책을 보고 있다. 독서 시간을 줄였는데 보다 보면 지나치곤 한다. 독서삼매라고 할까? 그러나 가다가 일제시대 통계가 그대로 나온 것을 보면 눈살이 찌푸려지곤 한다.

형은 건강하다. 건강 위주로 독서와 생각하는 시간을 조절하면서 여유 있게 살아가고 있다. 형 걱정을 말아라. 더위에 어머님 모시고 건강하기를 간절히 바라면서 이만 줄인다.

(매부와 누나에게 안부 전해라. 아이들한테도. 의정이가 서울에 왔느냐?)

1981. 7. 28. 형 씀.

어머님 보시옵소서

때아닌 비가 여러 날 계속되다가 오늘은 활짝 개었습니다. 파란 하늘은 구름 한 점 없이 높게만 보입니다. 가을빛이 완연하네요. 어머님, 그사이 안녕하신가요? 어머님께 글월을 올리려고 펜을 들었사오나 무슨 말을 써야 할지 망설여집니다.

어머님, 또 추석이 다가오네요. 추석에 떠난 아들이라 추석이 오면 더욱 아들 생각을 하시지요. "내 아들이 올 추석에는 올 테지. 2년을 살고 또 2년을 살았으니까 설마 올해는 오겠지." 아들을 하루같이 기다리고 계셨지요. 어머님 추석은 와도 오지 않는 아들을 생각하시며 슬퍼하고 계시지요? 그러나 아픔을 삭여주서요. 지금은 갈 수 없지만 아들이 살아있지 않은가요.

아들이 쓴 글을 지금 읽고 계시지요? 어머님, 살아있는 아들이라 이제 어머님 곁으로 갑니다. 먼 곳에서 수양하고 있는 아들이 이제 불쑥 내 곁에 오려니 생각하시고 아픈 마음을 달래주서요. 사람이 큰 슬픔에 젖으면 음식을 넘길 수가 없고, 억지로 넘기면 체합니다. 슬픔이 오래가면 몸 어디인가 고장이 납니다. 몸은 마음에, 마음은 몸에 도움도 주고 해도 줍니다. 어머님 마음을 굳게 지녀주서요. 결코 눈물을 흘려서는 안 됩니다. "애야, 그러마. 그렇게 하마." 그런 답을 주서요. 아들은 뼈를 깎는 아픔이 있을지라도 그를 꾹 누르고 묵묵하게 든든하게 살아가고 있습니다. 안심하서요. 추석에도 아들 걱정을 마시고 아이들과 기쁘게 지내서요.

어머님, 어머님께서 강령하시기를 거듭 간절히 바라면서 이만 줄입니다.

아들 올림.

홍규야 보아라

홍규야, 잘 있니? 추석이 다가오는구나. 너와 나는 나이가 있지만 어머님을 생각하면 가슴이 저려온다. 어머님이 너와 함께 계실 때는 몰라도 낮에 홀로 눈물을 흘리지 않으실까 걱정이 된다. 마음이 약해지면 몸에 해가 되는 것이다. 그 점에 관심을 두어라. 매사에 자세한 너야 어머님을 모심에 있어서도 빈틈이 없겠지만 몇 마디 썼다. 형은 어려움이나 아픔이 있을 때는 온 마음을 한곳으로 형 생활에 집중시킨다. 그를 통해서 극복하지야. 든든하게 살아가고 있다. 서늘바람이 일면서 식욕이 좋아지고 신경통 말고는 괜찮다. 염려 말아라.

지난달 25일에 쓴 형 편지를 받았느냐? 헌 것이라도 두터운 담요를 보내라고 했는데……. 작년에 보낸 정도면 된다. 담요를 곧 보내라. 아무쪼록 건강에 유의해라. 집안이 무사하기를 바라며 줄인다.

추석에 당숙, 당숙모, 형수씨 매부와 누나, 동생들, 조카들에게 안부 전해라. 선주가 보낸 편지를 받아보고 전주로 회답을 보냈는데, 보았는지…….

1981. 9. 4. 형 씀.

의정아, 9월 13일 그날이 추석이었다. 그러니까 그저께 삼촌은 할머님과 친척들, 커가는 너희들을 생각하면서 하루를 보냈다. 특히 너를 많이 생각했다. 그것은 네 나이대의 삼촌이 회상되었기 때문이다. 당시의 삼촌은 깊이 있는 생각을 했고, 배우고 싶은 욕망에 불타고 있었다. 그러나 이날까지 삼촌에게는 배움의 조건이 여의치 않았다.

너는 지금 대학에 다니고 있지? 의정아, 네가 삼촌 나이에 가서는 여러 분야에서 삼촌을 훨씬 앞서야 한다. 여기 컴퍼스의 한 끝을 삼촌 나이에 대고, 또 한 끝은 네 나이에 대보자. 그랬다가 그대로 네 쪽 끝을 삼촌 나이에 옮겨보면 그때쯤 삼촌은 이미 땅속에서 백골이 되어 있거나 아니면 하얀 백발노인이 되어 있을 것이다. 너 또한 지금의 엄마 나이보다 많아서 스물이 넘는 아들딸이 있을 것이다. 그때는 반드시 온다. 움직일 수 없는 그 사실을 알면서도 절감하지 못한 채 일부 젊은이들은 귀한 시간을 낭비하고 있다.

의정아, 시간을 값있게 쓰고 배움에 힘써라. 큰일이나 큰 인물은 하루아침에 되는 것이 아니지. 삼촌 나이 때의 네가 얼마만 한 무게를 지닌 능력이 있는 여성으로 성장할 것이냐 하는 것은 물론 환경의 영향도 있겠지만, 그보다도 일상적인 네 생활 태도와 노력에 달려있다고 본다. 그러나 너무 달릴 것은 없다. 인생의 여정은 멀다. 먼 길이라 세게 달려가다가는 지쳐서 도중에 쓰러지고 만다. 황소걸음으로 뚜벅뚜벅 전진해라. 쉬지 말고 말이다. 그것이야말로 미덥고 확실한 것이다.

실현 가능한 목표를 세우고 3, 40년을 노력하면 무엇인들 안 되겠니? 한 예술가가 거대한 대리석을 갖고 불후의 대작을 만들기 위해서 한 손에 정을 쥐고 망치로 쪼아간다고 하자. 수십 년에 걸쳐서 완성시킬 수 있는 작품이라면 그야말로 힘들지 않겠느냐. 매일과같이 단단한 돌을 쪼아가는 그 노력, 비지땀이 흐

르고 힘들지 않겠느냐. 그러나 석양에 일손을 놓고 뒤로 물러서서 아름다움이
만들어져가는 자기 작품을 바라볼 때 흐뭇하지 않을까? 얼굴을 씻고 더운 몸
을 식혀가면서 천천히 집으로 돌아갈 때 예술가의 머릿속에는 구상한 작품과
미가 대리석에 표현되는 작업 과정이 떠오를 뿐, 마음은 맑고 기쁘지 않을까?
그 기쁨이 있기 때문에 수년을, 아니 수십 년을 돌을 쪼아가는 그 힘겨운 일을
해낼 수 있을 것이다.

의정아, 학문을 하는 데 어려움이 많겠지만 그 속에서 기쁨을 찾고 즐거움을
느껴야 한다. 그래야 지치지 않고 또 보람과 행복이 그로부터 우러날 것이다.
날로 더해가는 지식, 새로운 깨침, 실천과 연결이 되고, 그를 통해서 성장하는
너. 네 모습을 바라볼 때 기쁠 것이다. 의정아, 네 현재와 장래를 생각하면서 썼
다만 삼촌 뜻이 제대로 옮겨졌는지 모르겠다. 읽고 새겨 보아라.

삼촌은 여전하다. 든든하게 살아가고 있다. 염려 말아라. 아빠와 엄마께서 안
녕하시고 너희들이 튼튼하고 충실하게 자라기를 바라면서 이만 줄인다. 의정
아, 안녕.

1981. 9. 15. 삼촌 씀.

추신 : 편지를 쓴 후에 홍규삼촌이 와서 면회했다. 소식 잘 들었다. 엄마가 오기로 했
다는데 추석 후의 교통난으로 못 온 것 같구나. 삼촌 혈압 때문에 걱정하는 모양인데 정
상으로 회복되었다. 염려 말아라. 그리고 의정아, 편지 보내라. 의숙이와 일경이는 추석
이 토요일이라 일요일까지 양 이틀 동안 재미나게 놀았겠다. 삼촌은 사진을 보면서 뛰놀
너희들의 모습을 그려보았다. 8월에 의숙, 일경, 선주가 보내준 편지를 받고 회답을 보냈
는데 받았느냐? 의숙이와 일경이한테 정을 보낸다. 오빠는 훈련을 마쳤는지도 궁금하다.

어머님께 올립니다

어머님, 안녕하신가요? 어머니께 글월을 올리려고 펜을 들면 언제나 마음이 그만 어려집니다. 일전에 비가 와서 그래서 그런지 날씨가 좀 쌀쌀하네요. 제비들이 높게 낮게 날아다니고 있습니다. 제비도 때를 아는가 보지요. 떠날 준비를 하는 것 같습니다. 저 큰 바다를 건너갈 생각을 하면서 어미는 금년에 깐 새끼를 호되게 훈련시키는 것만 같습니다. 할딱거리는 새끼 사정을 보다가는 쉴 곳이 없는 망망한 바다에서 떨어져 죽을 것이기 때문에 새끼를 사랑하면서도 사정없이 몰아치는 것 같습니다. 날짐승도 올 것에 저리도 예비하고 있지 않은가요. 어머님, 아들도 앞으로 올 일에 준비하고 있습니다. 가을로 접어들면서 운동도 더하고 몸을 따숩게 건사하여 겨울을 앞에 두고 신경통이나 감기로 몸을 축내지 않도록 세심한 주의를 하고 색다른 음식을 사서 영양 보충을 하고 있네요. 안심하시지요.

어머님 전에도 말씀을 드렸습니다만 아침에 목뒤를 손바닥으로 여러 번 문지르세요. 감기 예방에 좋습니다. 가을에 나는 음식으로 몸을 튼튼하게 하셔야 겨울을 수월하게 나시고 내년 봄도 거뜬하게 보낼 수 있습니다. 항상 몸을 따숩게 하시지요. 어머님께서 진지를 잘 드시고 정정하시기를 간절히 바라면서 이만 줄입니다.

아들 올림.

홍규야 보아라

추석에 네가 와서 차입시킨 한일합섬 왕표 밍크 담요와 내의, 운동화, 양말 두 켤레, 돈 만 원을 모두 잘 받았다. 네 부담이 컸겠다. 홍규야, 항상 어머님과 너희들의 따뜻한 사랑을 느끼고 있다. 몸을 따숩게 해야 신경통과 혈압에 도움이 많다. 특히 금년 들어서 나타난 증세들은 이곳 생활 햇수가 길고 나이 탓인 것 같다. 나이 따라 건강도 고비가 있는 듯하다. 어려우면 그럴수록 더욱더 자체 보존을 위해서 노력하지야. 이제 한고비를 넘긴 모양이다. 서서히 나아지고 있다. 안심하여라.

홍규야, 너는 어려운 때 낳았다만 어머님은 막내가 아들이라 기뻐하셨다. 그러니까 너를 갓 낳았을 때다. 온통 솜털로 뒤덮인 작은 네 얼굴이 그래도 윤곽이 뚜렷해서 찬찬히 들여다보고 있는데, "애야 그 애가 꼭 너를 닮았다. 너 태어났을 때와 영락없이 닮았다." 네가 형을 닮았다고 어머님은 말씀하셨다. 어머니들은 자식을 낳을 때의 인상이 박혀있나 보다.

네가 겨우 세이레를 지났을 때다. 날씨는 아직 찬데 어머님은 병원 입원 중에 계시던 아버님을 찾아뵙겠다고 하셨다. 걱정스러웠던 형은 좀 있다가 가시자고 했지만 괜찮다고 너를 업고 나서셨다. 어머님을 모시고 병원에 갔을 때 어머님은 말없이 몸을 옆으로 너를 아버님께 보여드렸고, 아버님은 가만히 웃으셨다. 그 후에 아버님은 너를 안아주셨고 또 형은 떠났다. 아~ 그때를 회상하면, 네가 이제 30이 넘고 어머니께 효도하면서 형을 돌보고 있으니 생각하면 그렇게 흐뭇할 수가 없다.

참 홍규야! 작은누나가 건강하냐? 먼저 면회 왔을 때 야위었기에 어디가 아픈 것인지 물어본다는 것이 이 정신머리가 또 깜빡 잊었다. 건강해야 할 텐데 모두의 건강을 바라면서 이만 줄인다.

(전주누나가 추석 후의 교통난으로 못 온 것인지 아니면 어디가 아픈지 궁금하다. 전주에서 소식이 없다.)

1981. 9. 28. 형 씀.

어머님 보시옵소서

어머님 안녕하신가요? 어머님 생신이 다가오네요. 어머님 생신을 맞이하면서 어머님께서 정정하시옵고 장수하시기를 간절히 축원합니다. 어머님 생신날 어머님과 함께 즐길 수 없어서 섭섭하오나 다른 것은 다 제쳐놓고 나에게는 어머님이 계시다는 기쁨만을 생각하면서 이제 어머님을 모실 일들을 그려보며 되도록 흐뭇하게 보내겠습니다. 어머님께서도 이 아들이 살아 있고 그런대로 건강하오니 잠시 잊으시고 막내와 딸, 손자들과 즐겁게 지내시옵소서.

돌이켜 보면 다른 것은 고사하고 어머님은, 저는 물론 제가 없을 때 오직 어머니 힘만으로 그 어려운 때 두 누이와 동생을 부족함이 없이 키워주셨으니 생각하면 지금도 눈물이 글썽거립니다. 어머님 오래오래 계셔요.

아들이 나가서 동생으로부터 어렸을 때의 저와 어머님 이야기를 듣고 커다란 감동을 받았습니다. 집에 하나밖에 없는 아들, 막내를 때로는 사정없이 매도 대시고 엄하게 키워주신 데 대하여 대단하시다고 했더니 "애야 그 어린 것이 애비 없는 호로자식 소리를 안 듣도록 그랬다." 어머님의 그때의 말씀을 잊을 수가 없습니다. 어머님께서 동생의 먼 장래를 생각하시며 철저히 가정 교육을 시키지 않으셨다면 오늘의 홍규는 있을 수 없겠지요. 아마도 십중팔구는 삐뚤어진 제멋대로의 동생이 되었을 것입니다.

물론 제가 커서는 스스로의 노력이 있었지만, 어렸을 때 어머님에 의해서 값진 바탕이 마련되었다고 여겨집니다. 저도 어린 시절을 돌아보면 아버님의 가르침이 계셨지만, 할머님과 어머님의 품에서 늘상 하시던 일, 하신 말씀을 보고 듣고 그 크신 사랑과 가르침을 받아 사람 됨됨의 본이 만들어졌다고 절실하게 느끼나이다.

어머님이 키우신 두 누이도 어머님이 주신 그 모든 것을 이어받아 저희 아들딸을 하나도 그릇됨이 없이 키우고 있습니다. 모두가 어머님의 크신 은혜이옵니다. 그 어머니에 그 자식이란 말이 있습니다. 세상에 어머니 없는 자식이 있습니까? 특히 어렸을 때 어머니가 자식에게 주는 영향은 비할 바 없이 큰가 봅니다. 어머님 생신을 맞이하면서 어머님께 올리고 싶은 말씀 가슴에 가득하오나 어찌 이곳에 다 쓸 수 있사오리까.

끝으로 어머님께서 진지 잘 드시와 정정하시기를 바라옵고 또 바라오며 줄이나이다. 어머님, 강녕하시옵소서. 오래오래 계시옵소서.

아들 올림.

홍규야 보아라

홍규야, 건강하니? 어떠냐? 네 일이 잘 되니? 가을이 깊어 가는구나. 온통 가을빛이다. 가을이 가면 겨울이 오고 또 한 살을 더하게 된다고 생각하면 마음이 조급해진다. 네가 장가를 가야지. 형이 나가면 오죽이나 좋을까만 시간이 늦어지니까 너는 너대로 장가를 가야 한다. 너무 늦었다. 그러나 배우자 선택에 있어서 신중을 기해야 한다. 네 앞날은 말할 나위도 없거니와 후예를 위해서도 극히 중요하기 때문이다. 결혼은 일생일대의 대사다. 무엇보다도 마음의 바탕이 고와야 한다. 그 외에는 좀 부족해도 괜찮다. 네가 수준을 높이고 끌어갈 수 있지 않느냐. 이 가을에 너에게 합당한 착한 처녀를 만났으면 한다. 간절히 바란다. 형은 건강하다. 염려 말아라. 아무쪼록 건강에 유의해라.

1981. 10. 8. 형 씀.

삼촌께

삼촌, 안녕하서요? 날씨가 쌀쌀하지요? 여기 학생들은 동복을 입었어요. 삼촌은 춥지 않으세요? 감기 조심하세요.

집안 식구들은 모두 건강해요. 참, 할머님 생신이 16일인데 엄마가 서울에 가시려고 했지만 일경이가 다음날 연주회에 참가하고 언니의 시험이 중복되어 엄마가 22일에 가기로 하셨어요. 삼촌을 뵌 지가 벌써 2년이 되었어요. 제가 국민학교 5학년 때 삼촌을 뵈었는데 그 후에는 뵙지 못했어요. 너무너무 뵙고 싶어요.

삼촌, 저도 이제는 화이트칼라의 깔끔한 중학생으로 삼촌이 보서도 손색없는 어엿한 여학생이랍니다. 가을의 하늘처럼 높고 그리고 맑게 제 마음을 잘 가꿔서 착한 딸, 착한 동생, 착한 친구, 착한 언니로서 언제나 행동하겠어요. 그리고 언제나 공부를 열심히 할 것을 삼촌께 약속하겠어요. 제가 이 약속을 지킬 수 있게 삼촌이 잘 지도해 주세요.

그럼, 이만 펜을 놓겠습니다. 삼촌, 건강에 유의하셔요.

1981. 10. 13. 조카 의숙 올림.

삼촌께

삼촌, 그동안 안녕하셨어요? 삼촌 편지 잘 받았어요. 편지를 쓰려고 했는데 이렇게 늦었어요. 삼촌, 약속을 어겼지요? 정말 죄송해요. 다음에는 편지 자주 쓰겠어요.

삼촌, 요즈음 어떻게 지내고 계시는지 궁금하네요. 오빠는 방위 끝났고 언니는 답사 갔다가 잘 돌아왔어요. 저번에 언니가 답사 가기 전에 쓴 편지를 부치라고 했는데 깜빡 잊어서 늦게야 부쳤어요. 그런데 언니가 답사 가서 편지를 또 써서 일찍 쓴 게 늦게 들어가고 늦게 쓴 게 일찍 들어갔는지 모르겠어요.

삼촌께 엄마와 같이 가보고 싶어요. 제가 어렸을 때 엄마에게 업혀서 삼촌께 가서 재롱을 피웠는지 모르지만 전 생각이 안 나요. 너무 어렸을 때 일인가 보죠. 그때 시절이 지금은 까마득해요. 삼촌, 삼촌이 보고 싶어요. 수염이 나 있는 삼촌 얼굴에 뽀뽀해 드렸으면 좋겠어요. 다음에 꼭 해드릴게요. 그럼, 이만 펜을 놓을게요. 삼촌 안녕.

1981. 10. 13. 조카 일경 올림.

어머님 보시옵소서

어머님, 날씨가 추워지네요. 안녕하세요? 김장이랑 하셨어요? 의정이가 면회 와서 서울 갔다가 바로 소식 보낸다고 했기에 그 애 편지를 기다리다가 글월이 늦었습니다.

어머님, 추운 날은 아들 걱정을 더 하시지요? 걱정을 하다 보면 꿈자리가 사나워지는 것인데, 꿈만 어지러워도 어머님은 동생이 나가기가 바쁘게 가위에 끈을 매서 행여 아들이 어떤지 아들 소식을 가위한테 묻곤 하시지요. 제가 밖에 나갔을 때도 몇 번인가 가위에 실이 매여 있는 것을 보았으니까요. 그때마다 두 아들은 어머님이 또 가위점을 치셨다고 웃었고, 아들 오기 전에 실 푸는 것을 깜빡 잊으신 어머님도 그저 웃기만 하셨지요. 어머님, 어머님이 바라시는 대로 가위가 흔들어주면 안심을 하시고, 그와 반대의 경우에는 "수백 리 떨어져 있는 아들 소식을 어찌 이 쇳조각에 알 것이냐?" 한마디하시고는 던져 버리세요. 꿈이야 몸이 불편하거나 근심을 하면 어수선한 것이 아닌가요. 너무 마음을 쓰지 마세요.

아들은 겨울 날 준비를 다 했습니다. 아침에는 마찰도 하고 건강합니다. 상심 마셔요. 어머님, 추운 때는 언제나 방을 뜨뜻하게 하세요. 그래야 어머님 건강에 좋으시고, 동생한테도 피로가 풀려서 좋습니다. 옷도 따숩게 입으세요. 추위에 어머님께서 강녕하시기를 거듭 바라오며 줄이나이다.

어머님 아들 올림.

흥규야 보아라

흥규야, 어떠니? 건강하냐? 네가 무엇을 하고 있는지 너에게 물어도 알려주지 않고, 전번에 의정이한테 물어도 모른다고 하는구나. 아마도 네가 사이클을 타는 모양이다. 형이 알면 걱정을 한다고 네가 함구령을 내렸지? 흥규야, 아무쪼록 몸조심해라.

형은 건강하다. 추워진다고 너무 걱정을 하지 말아라. 어려우면 더욱 다부지게 살아간다. 이곳에서 겨울을 스물여섯 번째 맞았다. 경험이 많지 않느냐. 춥다 춥다 몇 번 하면 겨울이 간다. 걱정하지 말아라. 형은 너와 멀리 떨어져 있다만 마음만은 어머님과 너희들을 가깝게 느끼고 있다. 네 곁에 있다.

흥규야, 이 해도 기울어지는데 기쁜 소식을 보내라. 네 배필이 생겼다는 희소식 말이다. 위에서도 말했다만 각별히 몸조심해라. 모두 건강하기를 바라면서 줄인다.

1981. 11. 23. 형 씀.

의정아 보아라

의정아, 잘 있느냐? 집안이 무사하고? 그런데 의정아, 어쩐 일이냐? 네가 서울에 갔다가 할머님 소식을 곧 알려주마고 했는데, 네 편지를 기다리다가 펜을 들었다. 너는 편지를 띄웠는데 삼촌이 못 받은 것인지…….

의정아, 전번에 면회실에서 너를 보고 방에 돌아온 삼촌은 눈물이 글썽거리는 네 모습이 자꾸만 떠오르곤 했다. 그날 밤에도 네 생각을 했다. 마음이 청순하고 야무지던 너. 이제 몇 개월이 지나면 대학 3년생이 될 너는 매사에 신중하고 생각이 깊겠지…….

의정아, 젊어서 단단하던 사람도 살아가다가 병드는 수가 허다하다. 그래서 너와 하고 싶은 이야기가 있다. 우리의 감정은 바람과 구름처럼 변하고 마음이 항상 움직이지 않느냐. 움직이는 마음이라서 마음 한복판에 산이 있어야 하지 않을까? 센 바람이 나뭇가지를 꺾고 돌멩이를 날릴지라도 흔들 수 없는 산, 속이 돌로 된 산 말이다. 그 산이 마음 가운데 자리 잡고 있어야 마음이 항상 바르지 않을까? 또한 마음을 병들게 하는 균의 침입을 막기 위해서 철벽을 구축해야지. 그래도 뚫고 들어오는 균이 있을 때는 놓치지 않고 제때에 집어서 던져야 한다. 마음 한구석에 자리를 잡으면 제거하는데 여간 힘든 게 아니다.

그렇다고 해서 마음을 꽁꽁 묶어서 가둬두자는 것은 아니다. 자연과 사회 및 인류 역사와의 광범위한 접촉을 통해서 마음의 성장에 필요한 자양을 끊임없이 흡수해야지. 우리의 몸은 자체의 성장, 보존 활동에 필요한 양분을 외부로부터 섭취하고 찌꺼기는 버리고 병균이 체내에 침입하면 백혈구를 통해서 잡아버리지. 만일에 단기전 또는 장기전에서 병균이 이기면 죽지 않느냐. 그래서 몸의 저항력을 키우고 유해한 병균의 번식처를 없애고 살균제를 뿌리는 등 예방 조처를 취하지. 이러한 원리는 마음에도 그대로 적용된다고 본다.

의정아, 네 마음을 곱고 풍부하게 가꾸기 위한 자양은 밖에 있고 네 스스로 가려서 섭취해야 한다. 정신적인 창조도 그 토대 위에서 이루어지지 않느냐. 그리고 네 주위에 우글거리는 병균(마음을 병들게 하는 균)이 너에게 접근하면 네 날카로운 예지와 강인한 의지로 그를 잘라야 한다. 사회적인 활동과 학문적인 활동도 중요하지만, 자기를 키우고 자기를 지키는 작업도 중요하다. 그 작업, 자기를 지키는 작업을 소홀히 할 때, 자기도 모르는 시이에 마음이 썩어간다. 방심할 수가 없다. 끊임없이 죽을 때까지 그 작업을 지속해야 한다. 소녀 시절의 너를 곁에서 지켜본 삼촌은 네 마음이 단단한 것을 알고 있지만, 마음이 강하고 약하고 간에 누구나가 병균의 침해를 받을 수 있는 가능성이 있기 때문에 그 점을 강조하고, 네가 너를 지키는 일에서 눈을 팔지 않도록 몇 마디 썼다. 다음에 또 쓰마. 그럼, 의정아 안녕.

(삼촌은 건강하다. 든든하게 살아가고 있다. 내의도 그만하면 되고, 겨울 준비를 다 했다. 장갑은 그만두고, 양말도 목 긴 것으로 두세 켤레 사서 보내라. 뜨지 말아라. 시험공부에 한창 바쁘겠구나. 시간을 낭비하지 말아라. 다음 달에 의숙이와 일경이한테 편지를 보내마. 네 편지는 집안 소식과 네 주변 일만을 써라. 모두 건강하길 바라면서.)

　1981. 11. 26. 삼촌 씀.

삼촌께

　삼촌, 이번 철학 시간에 '진실과 허위에 대한 판단 기준을 논하라'는 주제 아래 주어진 시험지의 공백을 메꾸는 기회가 부여되어 짧은 시간이었지만 값지게 처리하였습니다. 우리에게 부딪치는 모든 사건들이 진실과 허위의 복합인데도 불구하고 그러한 주제로 토론할 계기를 만들어보지 못한 것이 얼마나 어리석었는가를 깨닫게 되었습니다. 언제나 사고하며 문제의식을 찾아 해결하고 긍정에 의한 부정을 하면서 자신의 논리를 세워나감으로써 발전이 있는 것 같습니다. 곤란한 문제나 위기에 처했을 때 메시아를 기다리며 멍청하게 빈 하늘만 바라보고 있을 것이 아니라 메시아를 스스로 창조해 나가야 될 것 같습니다. 빠르게 두뇌를 회전시켜야 함이 무엇보다도 급선무겠지요.

　삼촌 기대에 어긋나지 않는 조카가 되기 위해 열심히 그리고 꾸준히 노력하겠습니다. 그동안 그렇게 행동하지 못한 점을 죄송스럽게 생각하며 귓전에 맴도는 시곗바늘의 둔탁함을 잠시나마 탈출해야 될 것 같기에 그만 줄입니다. 인자하시고 다정하신 모습에 금이 가지 않도록 건강에 유의해 주세요. 그럼, 안녕.

　1981. 11. 26. 조카 의정 올림.

어머님 보시옵소서

요즘 날씨가 갑자기 추워졌다가는 누그러지고 변동이 심하네요. 어머님, 안녕하세요? 일전에 저를 담당하고 있는 담당관이 어머님을 찾아뵙고 왔다고 저를 불러서 어머님 소식, 집안 소식을 자세히 들려주었습니다. 어머니께서 정정하시다는 소식은 기뻤사오나, 홍규가 4, 5일 만에 한 번씩 집에 온다는 말에는 가슴이 아팠습니다.

어머님! 큰아들, 작은아들 걱정에 겨울밤이 길지요. 동생이 없는 날에도 방을 따뜻하게 하시고 진지를 제때에 드시옵소서. 어머님이 홍규를 낳으신 직후 그때 아버님은 입원 중에 계셨지요. 방이 차다고 걱정을 하면, "얘야, 아버님은 병석에 계시는데 우리만 따숩게 지낼 수가 있느냐?" 하시던 어머님이시라 더욱 걱정이 되옵니다.

어머님, 어머님께서 진지를 잘 드시옵고 방을 따숩게 하셔서 건강에 힘쓰심이 이 아들을 위한 것입니다. 효자요, 자상한 동생이라 알아서 조처를 취했을 줄 믿사오나 이웃에서 어머님 친구분들이 어머니께서 때를 거르지 않으시나, 방이 차지 않나 관심을 가져주셨으면 합니다. 겨울에는 방이 따뜻해야 친구분들이 놀러 오시고 또 주무실 수도 있지 않은가요.

어머님, 아들은 건강합니다. 아픔을 참아가면서 굳게 살아가고 있습니다. 살아있는 아들이라 이제 세월이 가노라면 아들을 만날 수 있사오니 어머님, 마음을 크게 급하지 않고 넉넉하게 지내주셔요. 추위에 어머니께서 강녕하시기를 거듭 간절히 바라오며 줄이나이다. 아들이 만진 엽서를 어루만지시면서 한 자 한 자 아들이 쓴 글을 읽어가실 어머니 모습이 떠오릅니다.

어머님 아들 올림.

홍규야 보아라

홍규야, 추위에 고생한다. 네 소식을 자세히 들었다. 직장 관계로 어머님을 늘 상 모시지 못하는 네 마음이 오죽이나 아플까. 홀로 밤을 새우시는 어머님. 그리고 너. 아, 이만 쓴다.

건강해라. 사이클을 탈 때는 급할수록 천천히 몰아라. 추운 날 두 번 나를지라도 짐은 가볍게 빙판을 조심해라. (형 걱정은 말아라.)

1981. 12. 14. 형 씀.

어머님 보시옵소서

어머님, 동지가 지나서 한창 추울 땐데, 요 며칠은 겨울 날씨 같지 않게 포근합니다.

그동안 안녕하셨어요? 어머님, 손자들이 방학 때라 할머니한테 왔나요? 혁신이 그놈은 이제 다루기가 좀 억세지요? 손녀들은 할머니를 돕는다고 부엌일을 할 테고. 그놈들이 보고 싶습니다.

어머님, 세상일이랑 모두 잊으시고 꼬마들과 벗이 되셔서 그놈들 이야기도 듣고, 옛이야기, 지나온 이야기를 들려주시면서 한겨울을 보내시지요. 이곳 아들은 추운 날에도 거르지 않고 마찰을 하네요. 밖에 나가면 뛰고 건강합니다. 든든하게 살아가고 있습니다. 머리는 깎고 회색 옷에 겉보기에는 영락없는 중입니다만 그렇다고 공염불을 하면서 세월을 허송하고 있지는 않습니다. 날마다 책을 보지요. 생각에 잠기기도 하고 마음을 닦아가고 있습니다. 어머님, 상심 마시옵소서. 손자들이 할머니한테 몰려갈 것이기에 마음이 조금은 놓입니다. 어머님, 진지 잘 드시옵소서. 추위에 부디 강녕하시옵소서.

아들 올림.

홍규야 보아라

홍규야, 몸 건강하니? 어떠냐? 보나 마나 고생하겠지…….

이 해도 사라져 가는구나. 형은 한 해 결산을 했다. 금년에 건강이 좀 좋지 않았는데 1년 중에서 제일 나은 건강 상태로 연말을 맞았다. 어머님 사랑과 너희들의 우애에 힘입은 바 컸다.

그리고 흡족하지는 못해도 수확이 있었다. 새해 계획도 세웠다. 겨울에 창문은 얼어붙어도 마음이야 여유 있고 훈훈하다. 형 걱정을 말아라.

홍규야, 네 혼담이 있었다는데 어찌 되었니? 올해 못다 한 일은 내년에 이루도록. 새해가 여명을 던지고 있다. 1982년 새해를 기쁘게 맞이하자. 해를 보내고 또 한해를 맞이하면서 이런 곳에 있어서인가 생각도 많으려니와 하고 싶은 말이 많다만 정작 쓸 말은 적다. 새해에 기쁨이 있기를. 어머니께서 강녕하시옵고 너희들 모두가 건강하기를 간절히 바라면서 줄인다.

1981. 12. 28. 형 씀.

어머님 보시옵소서

어머님, 오늘이 소한인데 해동하는 날씨 같네요. 지내기가 좀 낫습니다. 일전에 동생이 면회 와서 어머님 건강이 아주 좋으시다고 하기에 기뻤습니다. 어머님, 정정하세요.

손자들이 법석을 떨지요. 그놈들이 찾아주어서 얼마나 반가웠는지 모릅니다. 지금도 그놈들의 귀여운 모습이 선합니다. 아이 없는 집에 꼬마들이 와서 떠들고 뛰고 북새질을 쳐서 사람 사는 것 같지요?

언젠가 제가 중학교에 다닐 때의 일입니다. 집에 가서 할머님과 어머님하고 또 아주머니하고 장난도 하고 아이들을 몰아다가 마당에서 떠들고 놀고는 다음 날 떠나려는데 "야 야, 한 이틀 더 놀다 가면 어떠냐? 네가 있으니까 사람 사는 것 같다." 절간처럼 조용한 집에 아들이 와서 한동안 시름을 잊으시다가 학교가 무엇인지 말려도 간다는 아들을 서낭당으로 해서 멀리멀리 바래다주시던 어머님의 그때 모습이 떠오릅니다.

어머님, 모두를 잊으시고 손자들하고 즐겁게 지내시옵소서. 세월이 가면 이 아들도 어머님 곁으로 가옵니다. 그때까지 정정하시옵소서.

아들 올림.

홍규야 보아라

홍규야, 먼저 새해를 축하한다. 새해에는 네 바라는 바가 모두 이루어지기를 바란다. 장가도 가고 손자를 어머님께 안겨 드려라. 너를 본 지가 열흘도 채 안 되었지만, 그 사이에 해가 바뀌어서 작년이라 길게 느껴지는구나. 관념 탓인지 시간은 같건만 길게도 짧게도 느껴진다. 우리 느낌과는 아랑곳없이 분초도 어김없는 시간. 식욕이 왕성한 아가가 달떡을 베어 먹듯이 앉아서 덥석덥석 세월을 베어 먹는 형은 쪼개고 쪼개서 살이 되도록 힘쓰고 있다. 그래도 건강하다. 염려 말아라.

홍규야. 면회 시에 잠깐 말한 것이 엉뚱하게 되어갈까 봐 엽서 나오기가 바쁘게 펜을 들었다. 네 조카* 말이다. 어머님이 적적하셔서 데려다 키우는 것이 좋고, 어머님이 키우셔야 아이가 바르게 커서 아이 장래에 좋다. 한 번 가서 말해 보아라.

너도 정이 넘쳐서 때론 일을 복잡하게 만들 우려가 있다. 일은 어느 일이나 질서를 세우고 경중에 따라야 한다. 먼저 네 생활을 꾸려라. 갈 때는 연락을 하고 일경이, 선주, 의숙이랑 데리고 가는 것이 좋겠지. 그 애들도 동생이 보고 싶을 테니까 옆에 파고다 공원이 있어서 나무마다 잎은 지고 쓸쓸하겠지만 구경도 하고~. 아이들이 일기를 쓸 수 있게 형 대신 일기장을 한 권씩 사주어라.

새해에 모두 건강해라. 우리 일경, 의숙, 의정이도 외갓집이 구차하지만 즐겁게 놀다가 가거라.

(차입시킨 2만 원과 두툼한 양말 두 켤레를 잘 받았다. 일경아, 의숙아, 너희 집에 가거든 바로 편지를 보내라.)

1982. 1. 6. 형 씀.

* 임방규의 딸 임청희를 가리킴.

삼촌께

삼촌, 몸 건강히 안녕하셔요? 저는 지금 전주에 와 있어요. 그래서 부모님들이 건강하신지 잘 모르지만 아마도 잘 계실 거예요. 저도 잘 있어요.

삼촌, 일경이는 삼촌을 뵈었다는데 저는 삼촌을 못 뵈어서 어쩌지요? 엄마께 가시자고 졸라도 가시지 않는데요. 왜냐하면 일이 바쁘기 때문이랍니다.

삼촌, 그리고 우리 수영장 가요. 그런데 일경이와 나랑만 가요. 추운데 수영장은 왜 가냐고요? 실내 수영장이 있거든요. 일경이네 학교에서 4학년 여자아이만 수영장 가기로 하는 데 따라가려고요. 1월 20일에 갈 거예요. 그러면 오늘이 1월 18일이니까 2일 남았어요.

삼촌, 그럼 몸 건강하세요. 삼촌, 그만 연필을 놓겠어요.

1982. 1. 18. 선주 올림.

삼촌께

삼촌, 그동안 안녕하셨어요? 편지가 너무 늦어서 죄송해요. 전주에 오자마자 쓴다는 게 너무 늦었어요. 정말 죄송해요.

삼촌, 저흰 서울에 가서 잘 놀다가 돌아왔어요. 역시 집이 제일 좋은 것 같아요. 삼촌, 저희들이 찾아갈 때처럼 건강하신 모습과 활짝 웃으시던 삼촌의 얼굴을 그리며 지금 편지를 쓰고 있어요.

참, 오늘은 눈이 와서 너무 추워요. 삼촌은 어떠셔요? 물론 괜찮으시겠죠? 삼촌, 그런데 혁신이는 너무 말썽꾸러기예요. 남자아이는 그런다죠? 하지만 전 남자들을 이해하지 못하겠어요. 삼촌, 선주언니와 저는 쌍둥이라 불릴 만큼 똑같은가 봐요. 키는 제가 더 컸었는데 이젠 선주언니가 0.5cm가 더 크지 뭐예요. 어젠 아빠께서 제 얼굴이 너무 길다고 제 얼굴과 선주언니 얼굴을 재어보았는데 얼굴의 길이가 똑같지 뭐예요. 얼굴의 길이가 똑같다는 걸 알고 전 놀랐어요.

참, 삼촌, 선주언니는 삼촌을 무척 뵙고 싶대요. 저도 그때 삼촌을 뵈었지만 지금 또 뵙고 싶은걸요.

삼촌, 쓸 말은 너무도 많아요. 하지만 이번에 하고 싶었던 말을 다음 편지로 꼭 써 보내드릴 걸 약속 하면서 이만 줄일게요. 삼촌 안녕.

1982. 1. 18. 월. 삼촌의 조카 일경 올림.

삼촌 보셔요

삼촌, 편지 늦게 보내서 죄송해요. 편지 쓴다는 것을 잊어버렸어요. 정말 죄송해요. 삼촌께서 저희 편지 오기만을 기다리고 계시는 모습을 머릿속에 그려보며 이 편지를 써요.

삼촌, 건강은 어떠세요? 물론 건강하시겠지요. 건강하셔야 돼요. 건강이 최고예요.

삼촌, 지금 집은 난리예요. 선주, 일경이, 혁신이 그리고 저 이렇게 넷이서 떠드는 것을 삼촌 한번 상상해 보서요. 정말 난리 난 집 같아요. 방을 깨끗하게 청소해 놓아도 30분이 못 되어서 구질구질한 것이 방안에 널려있어요. 아마 삼촌이 그런 우리 방을 보시면 놀라서 기절하실지도 모르겠어요. 아니, 기절은 너무 심한 것 같고요. 저희는 방학을 보람 있고 재미있게 보내고 있어요.

참, 너무 집 이야기만 한 것 같아요. 그럼, 서울 식구들의 이야기를 하겠어요. 할머님, 이모, 이모부님, 홍규삼촌 모두가 건강하십니다. 할머님은 심심풀이로 봉투 끈을 끼우고 계세요. 할머님 말씀이 봉투 끈을 끼우는 일을 하면서부터 밥맛이 좋아진대요. 이모도 당연히 일이 잘되나 봐요.

참, 1월 2일에 정주이모의 결혼식이 있었어요. 그런데 정주이모부가 너무 작아요. 저는 키도 크고 얼굴도 잘생긴 아주 멋진 남자와 결혼할 거예요. 삼촌, 이 말은 농담이었어요. 삼촌이 일기를 쓰라고 하셨지요? 쓰고 있어요.

삼촌, 생활하는 것과 건강이 어떠신지 답장에 써주세요. 삼촌, 건강하세요.

1982. 1. 18. 조카 의숙 올림.

어머님 보시옵소서

어머님, 설이 다가오네요. 설 명절을 맞이하면서 어머님께 세배 올립니다. 어머님 만수무강하시옵소서. 새해에 어머님과 집안에 큰 기쁨이 있기를 바랍니다. 이웃 어머님의 친구분들께도 새해 인사를 드립니다.

명절이 다가오면 어버이들은 객지에 나가 있는 아들딸 생각에 밤잠도 설친다는 말을 들었습니다. 특히 어머님은 마음에 온통 아들 생각뿐 손에 잡히는 것이 건성일 줄 압니다. 어머님 너무 상심 마셔요. 아들은 지금도 살아있고 건강합니다. 설에 찾아오는 친척, 그리고 손자들과 즐겨주서요. 아들도 기막힌 아픔을 누르고 담담하게 보내겠습니다. 오늘도 어머님 사진을 보다가 펜을 들었습니다. 어머님 정정하시고요. 추위에 옥체 살펴주시옵소서. 어머님!

　아들 올림.

흥규야 보아라

　날씨가 차구나. 네가 고생하겠다. 이제 어머님이 추위를 많이 타시지야. 이렇게 추운데~

　흥규야, 설에 어머님이 이야기를 많이 하시도록 해라. 어머니께 짬을 드리지 말아라. 놀이도 어머님 중심으로 하고, 너희들이 노는 그 속에 형이 없어서 문득문득 형 생각을 하실 것이다. 너나 형은 아무리 헤아려도 어머님의 아픈 마음을 다 알지 못할 것이다. 너는 효자지만 어머님을 모심에 더욱 관심을 돌려라.

　추위가 대단하구나. 차면 이미 속은 무너지고 있는 법이다. 달도 차면 기울고, 추위도 극심하면 내리막길로 접어드는 것이다. 가면 제가 몇 날이나 가겠느냐? 형은 이 추위에도 마찰을 하고 있다. 마찰이라고 해야 찬물을 끼얹는 것이 아니고, 물에 적신 수건을 꼭 짜서 손에 비벼서, 찬기를 없앤 다음 전신을 문지르는 것이다. 마찰치고는 시원치 않지. 그래도 그만한 건강이 어디냐. 마음의 여유도 있다. 든든하게 살아가고 있다. 형 걱정은 말아라.

　설을 맞이하면서 두 분 당숙, 당숙모, 형수씨께 인사를 드린다. 그리고 매부와 누나, 사촌, 형제들, 조카들에게 정을 보낸다. 모두가 건강하고 보다 나아지기를 거듭 바라면서 이만 줄인다.

(1월 6일에 보낸 편지를 받았다. 꼬마들은 갔겠지? 소식 보내라.)

　1982. 1. 20. 형 씀.

생질 임방규에게

생질 임방규의 서신 받고 바로 답을 쓰려고 집필하니 정신, 필봉이 제대로 능치 않고 정신도 글씨도 술로 만취하온지 단지 거친 마음으로 우주만 갔다 왔다 하는구나.

월전에 어머님께서 오셨소. 87세, 86세, 77세 상산사호 세 늙은이가 숙모 86번째 생신에 다 모였으니, 이 경사며, 이 반가움이 다른 사람도 있을까. 이 희열은 구곡간장이 흔들리네. 외숙이 천신만고로 3월 14일까지 연명케 되면 다시 만나기로 하고 갈 때, 피눈물은 탱자 울타리에 아롱져 꽃송이 되고.

잘 가소, 잘 있소, 작별의 이별 소리 만화동 앞산 메아리 소리 길 가던 손님 잠깐 멈추네. 각설내의 현실 변소는 하루 한 번씩 갔다 오면 20분 동안은 숨이 잡혀서 사경이네. 그동안은 화투패 떼기로 위안을 삼는다. 또 정신이 흐리기 시작으로 그만.

1982. 2. 5. 외숙 구병서* 씀.

> * 임방규의 母 구성애의 오빠

어머님 보시옵소서

어머님, 추위에 안녕하셨습니까? 동생도 잘 있는가요? 웬 놈의 추위가, 오늘이 양력 2월 9일인데 앞뒤 창문이 꽁꽁 얼었네요. 그래두 오늘은 좀 낫습니다, 아침에 눈이 한가롭게 날리다가 지금은 그쳤습니다. 곧 풀리겠지요. 추위도 사양 길이라 얼마나 가겠습니까.

지난겨울에는 발과 귀가 얼었는데, 이번 겨울은 두툼한 양말을 신고 단속을 해서 얼지 않았습니다. 아침에 일어나서는 마찰을 하고 운동 시간에 밖에 나가면 뛰고 건강합니다. 어머님, 아들 걱정은 마셔요.

손녀들의 편지에 어머니께서 건강하시고 심심풀이로 봉투 끈을 꿰신다고 하던데, 어머님 그것은 어디까지나 건강을 위해서 또 적적함을 메꾸는 데 중점을 두셔야 합니다. 무리는 마세요. 피로하면 쉬셔요. 진지 자시고 바로 그런 것을 하신다고 구부리고 계시면 해가 됩니다. 드신 것이 훨씬 내려간 뒤에 친구분들과 이야기를 나누시면서 그저 하루 조금씩만 하세요. 그런 거라도 어머님께 소일거리가 있어서 괜찮다고 여기면서도 한편으론 마음이 아픕니다.

어머님 강녕하시옵소서, 부디 정정하시옵소서. 선주*가 전주에서 편지를 보내 아마도 서울에 갔을 것 같아서 서울로 회답을 띄웁니다. 이만 줄이옵니다. 어머님!

아들 올림.

* 송계채와 임순이의 딸. 감옥생활을 함께 했던 송계채는 임방규의 막내 여동생과 결혼해 딸 선주, 아들 혁신과 혁성을 두었다.

선주야 보아라

전주에서 보내준 편지와 그림을 잘 받았다. 글씨도 곱게 쓰고, 그림도 깜찍하게 그렸더구나. 선주야, 너와 혁신이, 혁성이가 많이 컸지? 너희들의 모습이 선하다. 모두 한 살씩 더 먹고 이제 방학이 끝나고 개학을 했겠다. 좀 있으면 한 학년 더 올라가고.

선주야, 올해는 공부를 더욱 열심히 하고 착한 일도 많이 해라. 네 편지에 엄마가 항상 바쁘시다고 했는데, 집에서 잔일은 네가 하고 때로는 밥도 해라. 너만한 나이면 밥을 지을 수가 있다. 엄마는 바빠서 부산한데 딸은 공부합네 하고 손 하나 까딱 않는 인정머리 없는 아이가 되지 말아라. 그런 아이는 커서도 쌀쌀하고 매정한 사람이 되는 것이다. 그럴 바에는 공부를 안 함만 같지 못하다.

설령 엄마를 돕다가 성적이 좀 낮아지는 한이 있더라도 엄마를 도와라. 그런 정이 있고 마음이 고운 사람을 삼촌은 높고 귀하게 여긴다. 너야 착하니까 잘할 줄 알지만, 장차 훌륭한 여성이 되도록 너를 사랑하는 마음에서 몇 마디 썼다.

오늘은 이만 줄인다. 선주야, 안녕.

혁신아 보아라

개구쟁이 이놈, 혁신아. 전주에서 재미있게 놀고 왔니? 누나들은 편지를 보냈는데 왜 너는 편지를 안 보내느냐? 삼촌은 네 글이 보고 싶은데 누나들 앞에서 글쓰기가 부끄럽더냐? 일경이누나가 너는 너무 말썽꾸러기라고 했는데 그러면 되니? 삼촌은 네 마음을 좀 알 것 같다만 머스마는 너뿐이고, 네 누나가 별것도 아닌 것을 가지고 나무라고. 때로는 외톨이가 되어서 심술이 난 거지?

혁신아! 투정을 부리면 혁신이는 못된 놈이라고 소문이 나고 '아빠, 엄마가 잘못 가르쳐서 애가 저렇게 되었다고 말을 듣게 된다.'는 소리를 들을 수도 있다. 야무져야 하지만 잘못을 버젓이 알면서도 버티는 것은 잘못되었다. 잘못은 잘못했다고 하고, 잘한 것은 누가 무어라 해도 굽히지 말아라. 그러나 잘못했을 때는 대들거나 그래서는 못쓴다. 형제간에는 항상 다정해야지. 올해 혁성이가 학교에 들어가게 되니 다음 편지에 네가 자세한 소식을 보내라.

그럼 혁신아, 안녕.

1982. 2. 9. 삼촌 씀.

의정아 보아라

의정아, 봄이 왔는가 했더니 요 며칠은 좀 차구나. 멀리 사라져가던 동장군이 돌아서서 발악하나 보다. 심산유곡에 몰아붙인 눈은 봄이 오면 녹지만 단번에 녹아버리는 것은 아니다. 쌓인 눈은 서서히 녹아간다. 녹아가면서 안으로 굳어지기 때문에 시간이 필요하다. 삼촌 방에도 겨울의 찌꺼기가 흩어져 있어서 마음을 놓치지 않고 단단하게 살아가고 있다. 삼촌 걱정은 말아라.

네가 대학 3년생이 되었지. 학창에 몸을 담고 있을 시간도, 아빠 엄마 슬하에서 형제들과 정겹게 지낼 기간도 얼마 남지 않았구나. 이제 너는 사회인으로 가정도 꾸릴 것이고, 그곳에서 떠나가겠지. 놓인 자리가 달라지면 생활 양식, 구체적인 운동 형태도 변하는 법이다. 그러기에 앞날을 예견하면서 준비를 착실히 해야 하지만, 지금의 네 위치에서의 생활도 더 값지고 아름답게 꾸며야 한다. 한 번 가면 두 번 다시 지금과 똑같은 자리에 돌아올 수 없다.

학업에 힘쓰면서 아빠와 엄마와 형제들과 더욱 가깝게 다정하게 지내야지. 너는 여자니까 엄마한테서 많은 것을 배워라. 엄마는 고등 교육을 받지 못해서 지적 수준은 너에게 미치지 못하지만 엄마로부터 배울 것은 실로 많을 것이다. 너야 깊은 애정을 가지고 엄마를 대하기 때문에 특별히 배우기 위해서 관심을 갖지 않더라도 엄마의 좋은 점이 네 머릿속에 옮겨질 것이고, 또 네 성품이 만들어지겠지만~ 정과 함께하는 인식은 머리에 큰 자국을 남기는 것이어서 좀처럼 가셔지는 것이 아니다. 의정아, 엄마한테서 귀한 보물을 전해 받아라, 그것을 더욱 빛내라, 오늘따라 하고 싶은 말이 더욱 많구나.

의정아, 작은 것도 생애를 좌우하는 중요한 계기가 될 수 있다. 성냥불을 놓고 보자. 어떤 것은 담배에 불을 붙일 것이고, 어떤 것은 화력발전소의 석탄에 불을 붙여서 유용한 전력을 얻게 하고, 그런가 하면 그 불이 석유 탱크에 옮겨지면 순식간에 거대한 탱크가 무섭게 폭발하고 전 시가가 불바다로 변할 수도 있다. 아주 가냘픈 성냥 까치의 한 점 불인데 결과는 엄청나게 크지 않더냐. (같은 것이라도 어떻게 쓰이느냐에 따라서 결과가 아주 달라지는 것도 생각할 문제다.) 작은 것이라도 생애에 관계되는 것은 가볍게 넘기지 말아라. 아주 작은, 감지하기조차 힘든, 그러면서도 중대한(좋고 나쁜) 계기가 왔다가는 가곤 한다.

　네 앞으로의 결혼 문제만 보아도 배우자 선택은 작은(이렇게도 저렇게도 될 수 있는 그 것은 분명히) 우연인데 그 우연을 통해서 접촉되고 실현되는 것이다. 물론 네 자신의 성장이 전제되어야 하고 보다 결정적인 것이지만, 그래서 때로는 작은 것이 큰 비중을 차지하게 된다. 그 점을 새겨두어라. 그리고 작든 크든 이것을 중하게 여길 것인가, 가볍게 여길 것인가, 버릴 것인가, 취할 것인가, 취한다면 어떻게 실현시킬 것인가를 생각하게 되는데, 그 생각 즉 사고가 잘못되지 않도록 철저히 해야 하고, 구체적인 사실에 근거를 두어야 한다.

　그러나 생각은 좋을지라도 생각만으로 이루어지는 것은 아무것도 없다. 오직 실천을 통해서만이 실현되는 것이다. 이 양자는 결합되어 있고, 살아가는 데 이로부터 떠날 수가 없다. 항상 관심을 갖고 연구하면서 네 생활을 향상시켜라. 생활에서 잘못이 없을 수 없지만 잘못은 적어야 하고, 잘못이 있을 때는 제때 바로잡아야 한다. 잘못 중에는 다시는 회복할 수 없는 잘못이 있다. 생애와 관계되는 것은 작을지라도 신중을 기해라. 그 점을 거듭 강조하면서 이만 줄인다. 너도 이미 파악하고 있겠지만 너를 사랑하는 마음에서 썼다. 의정아 안녕.

　1982. 3. 9. 삼촌 씀.

　추신 : 전번에 보고 싶은 할머님과 엄마가 와서 퍽 반가웠다. 그러나 한편 마음이 아파서 할머님과 이야기하느라고, 엄마를 오랜만에 봤는데 엄마하고는 몇 마디 나누지 못했구나. 엄마 얼굴이 부었더라. 몸이 붓는 것은 일반적으로 심장이나 신장이 나쁜 데 있다. 원인 없이 붓겠느냐. 소홀하게 여기지 말고, 진찰을 받아서 병소를 정확히 알아내고 약물 요법과 식이 요법을 겸해야 할 것이다. 붓는 데는 물이나 국물을 적게 마시고, 특히 염분을 적게 취해야 한다. 적이 걱정이 되는구나. 그리고 네가 입시 준비하면서 보던 국어 문법책과 고1, 2, 3년 합본으로 된 수학 참고서가 있거든 보내라. 모두 안녕.

어머님 보시옵소서

지난달에 어머님을 뵈어서 무척 기뻤습니다. 퍽 기뻤습니다. 지금도 건강하신가요? 먼 길에 어머님이 오신 것을 어머니 손도 만져보지 못하고 어머님과 마주한 시간도 짧아서 섭섭했고, 또한 마음이 아팠사오나 뵙고 싶던 어머님을 뵈어서 기뻤고, 한편 마음이 놓였습니다.

방에 돌아온 아들은 온통 어머님 모습만이 어렸습니다. '지금쯤 차를 타고 가시겠지? 철창 사이로 본 아들의 모습이 자꾸만 차창 밖에 어려서 아파하고 계시겠지?' 그런 생각을 하면서 어머님께서 너무 상심 마시고 무사히 가시기를 간절히 바랐나이다. 해가 서쪽으로 기울 때 아마 어머님이 집에 닿으셨을 것이라고, 누이가 모시고 갔기에 잘 가셨을 것이라고 스스로 마음을 달래면서 책을 보기 시작했습니다.

어머님, 부디 정정하시옵소서. 무엇보다도 진지를 잘 드셔야 합니다. 봄에는 햇나물을 넉넉하게 자시고 질긴 음식은 푹푹 고아서 국물을 드시옵소서. 바람이 없고 따뜻한 날은 친구분들하고 들에 나가셔서 봄 구경도 하시고 지내시는 게 좋습니다.

아들은 건강합니다. 아직은 겨울옷을 입고 있습니다만 날씨가 풀려서 책을 더 보고 있습니다. 안심하시옵소서. 어머님이 오신 바로 다음 날 외숙님께 글월을 올렸사옵고 어제 외숙님의 회답을 받았습니다. 기동이 아주 어려우신 것 같네요.

어머님, 외숙님과 숙부님이 보내주신 돈으로 두 분의 정을 길이 남기기 위해서 큰 옥편(값 15,000원)을 샀습니다. 제 곁에 두고 보고 있습니다.

어머님, 쌀쌀한 날은 방에 계시고, 구름 없이 맑고 따사로운 날은 밖에 계시옵소서. 어머니께서 강녕하시기를 거듭 바라오며 줄이나이다.

아들 올림.

홍규야 보아라

홍규야, 잘 있느냐? 네 일이 어떻게 되어가고 있니? 누나한테서 좀 들었다만, 누나가 서울에 갔다가 곧 소식을 보내마고 했는데 아직도 편지가 없다.

형은 여전하다. 든든하게 살아가고 있다. 시간이 있고 고서도 보고 싶어서 요즘은 한문 공부를 좀 하고 있다. 건강 문제도 있고, 또 한문에만 매달릴 수가 없어서 고서를 볼 수 있게 되기까지는 시간이 걸릴 것이다. 그러나 고서점에서 쓸 만한 책이 눈에 띄거든 구해서 보내라. 옥편을 펼쳐가면서 조금씩 읽어보겠다. 그 방법이 한문을 익히는 데 나을 것 같다. 한문 문법은 책을 구입해서 지금 보고 있다.

밖에 네가 있고, 네가 어머님을 모시고 있기 때문에 되도록 집안일을 잊고 형 생활에만 주력하려고 힘쓰고 있지만 문득문득 어머님 모습이, 네 일이 떠오르곤 한다. 그동안의 어머님 소식, 네 일, 누나 집안 소식을 알려라.

외숙님 편지에 3월 14일까지 천신만고로 연명이 되면 다시 만나자고 어머님과 약속하셨다는 내용이 있던데, 3월 14일이 외숙님 생신이냐? 알려 달라. 외숙님 생신이면 외숙님께 글월을 올려야겠다. 변소에 갔다 오시면 숨이 차서 20여 분 동안은 사경이라고 하신 대목에서는 눈물이 글썽거렸다. 어머님 건강이 허락하신다면 그때 가시도록 여비를 마련해 드려라. 가실 때는 외숙님이 단것을 좋아하시니까 고급 사탕을 넉넉하게 사서 드려라. 어머님이 오라버님께 드리는 마지막 정이 될는지도 모르겠다. 외숙님의 필력을 보니 회춘할 희망이 있지만 말이다. 숙부님의 생신도 3월 22일이 아니냐. 어머님이 고향에 가셔서 푹 쉬시고 오셨으면 한다.

사이클을 탈 때는 항상 조심하고 네 건강에 유의하기를 바라면서 줄인다. 모두 안녕.

1982. 3. 18. 형 씀.

어머님 보시옵소서

어머님, 더운 날씨에 안녕하세요? 어머님이 외가에서 집으로 오셨는지 알지 못해서 마음이 서울로 외가로 왔다 갔다 하네요. 외숙님 병안은 우선(병이 호전되다)하신가요? 두 분 숙부님과 숙모님께서도 안녕하시고요? 모두 궁금합니다.

아들은 건강하고 든든하게 살아가고 있어요. 아들 걱정을 마시고 어머님, 어디 계시거나 건강에 유의하셔요. 어머님의 소식을 듣사오면 곧 글월을 올리겠습니다. 더위에 어머니께서 강녕하시기를 거듭 바라오며 줄입니다.

흥규야 보아라

흥규야, 어떠냐? 사업은 그런대로 되어 가니? 네 결혼 문제는 아마 낙착이 되었겠지. 모두가 여의치 않아서 처음은 어려움이 많을 것이다. 어렵게 두 사람이 출발하겠지만 달과 해가 거듭할수록 사랑은 더욱 두터워지고 생활도 나아질 것이다. 네가 한마디로 말해서 무던하니까. 끈기도 있고. 또 네가 택한 여성이라면 좋은 점이 많을 거야. 형은 두 사람의 행복을 확신하고 있다.

그런데 흥규야, 사람은 저절로 커가는 것은 아니다. 큰누나가 결혼할 때 "시집가는 누이동생 손에 작은 선물 하나도 쥐여주지 못한 오빠는 초라하게 떠나갈 누이의 모습을 그려보면서 지금은 어려울지라도 부디 행복하라."고 누이의 행복을 간절히 바라면서 (그때는 엽서였다) 작은 엽서에 깨알처럼 글을 써서 보냈다. 25년이 지났건만 주된 내용은 기억에 남아 있다. 여기에 옮긴다.

"꽃을 사랑하는 사람은 북 주고, 물 주고, 거름을 주고, 꽃을 해치는 뭇벌레 잡아 없애고, 벌레 먹은 꽃잎은 떼어버린다. 찬 바람을 막아주고. 한 포기 꽃도 사랑할 때 그토록 정성을 들여야 하는데, 하물며 사람을 사랑함에 있어서랴. 사랑은 모두가 같다. 부부간의 사랑은 가꿀수록 곱고 크게 자라는 것이다. 끊임없이 관심을 갖고 지극한 정성과 노력을 기울여라. 사랑의 꽃을 탐스럽게 키워라."

결혼식을 며칠 앞두고 보낸 편지라 앞부분은 축하를 했고, 끝에는 '이 엽서를 네 보퉁이 속에 넣어 가지고 가서 오빠가 보고 싶을 때 읽어보라'고 했다.

옛일을 회상하면서 이렇게 쓴 것은 결혼을 앞둔 너에게도 똑같은 말을 하고 싶어서다. 너야 알고 있는 내용이지만 아는 것과 실천과는 다른 것이고, 네가 꼭 실현하도록 네 부부의 행복을 간절히 바라는 마음에서 썼다. 가정을 휴식처일 뿐만 아니라 서로의 인격을 높여가는 장소로, 서로가 배우는 학교로, 미를 창조하는 곳으로 만들어라.

'생활의 예술성' 예술은 예술가만의 전용물이 아니다. 고운 마음이 밖으로 나타날 때 얼마나 아름다우냐. 높은 이상을 세우고 꾸준히 힘써라. 3, 40년 후에 알찬 결실을 거두도록. 제수씨 될 큰애기라고 할거나, 아가씨라고 할까, 안부를 전해라. 모두 건강하기를 바라면서 줄인다.

(지난달 18일에 보낸 편지를 받았느냐? 의숙이와 일경이한테는 지난달에, 의정이한테는 이달에 편지를 보냈는데 회답이 없다.)

1982. 7. 15. 형 씀.

삼촌께

기나긴 공백기를 만들었던 무심한 조카가 드디어 어설픈 손놀림으로 비록 지면이기는 하나 삼촌께 인사드립니다. 변명을 위한 변명은 하고 싶지 않으나 나태한 생활이 이론과 행동의 불일치를 드러내어 자신에 대한 불신감을 초래했기 때문에 면목이 서지 않는 생활을 전개한 까닭으로 이렇게 늦어졌습니다. 모순 속에서 모순된 행동을 반복하고 엉뚱한 사고만이 두뇌를 점령하여 바람직한 생활이 되지 않았습니다. 이렇듯 곪아가고 있는 자신의 구조를 해부하여 분석 파악할 필요성을 절실히 느끼고는 있으면서도 이해하지 못합니다. 좀 더 신중하기를 요하는 것이겠지요.

삼촌, 얼마 전에는 메말랐던 대지 위에 굵은 빗방울이 떨어져서 촉촉이 적셔 주었습니다. 가뭄에 녹초가 되었던 사람들은 사막에서 오아시스를 만난 것처럼 함박만 한 입을 다물지 못하고 기뻐들하였습니다. 돼지머리를 상 위에 얹어 놓고 기우제를 지내던 농부들께는 더없는 축복이었고 생명수였답니다.

삼촌, 그동안 소식이 두절되어 집안 소식이 궁금하실 줄 압니다. 그러나 언제나 그렇듯 파도칠 날 없이 잔잔합니다. 다만 심한 풍랑을 한 번 맞았습니다. 그것은 자웅이오빠의 장남인 본승이가 세상을 등진 것이지요. 겨우 일곱 살인데 안타깝습니다. 아무것도 알지 못하고 천진난만함을 그대로 간직한 채 고귀한 생명은 가버렸습니다. 갑작스러운 일이었어요. 병명도 확실치 않았고요. 하지만 오빠와 언니는 믿음으로 극복하고 있고요.

또 아버님께서 수술을 하셨습니다. 전에 맹장 수술 한 자리에 혹이 생겨서 그 혹을 떼어내는 수술이었으니 걱정하지 않으셔도 됩니다. 지금은 회사에 출근하고 계시니까요. 덕분에 약주는 하시지 않게 되었으니 너무나 다행스런 일입니다. 당분간이지만요. 그래서 삼촌 생신 때 엄마가 삼촌한테 들르지 못하셨습니다. 과히 섭섭하게 여기지 마세요.

그리고 할머니께서는 지금도 만화동에서 오라버니를 모시고 계시는데 정신적인 고통을 좀 받으시는 듯 좀 여위셨습니다. 그러나 항상 여유 있게 보내시는 할머님께서는 잘도 견디십니다. 단 한 분의 오라버니시기 때문이겠지요.

또 서울은 일손이 모자랄 정도로 주문이 들어온답니다. 기계가 부족하여 냅킨을 찍어내지 못할 정도라니 모든 분들이 합심하여 열심인 모양입니다. 작은 숙모님이 될 분이라 하셨는데 아직 그것은 확실치 않습니다. 작은삼촌께서 구체적으로 말씀하지 않으셨거든요. 다만 이모부님께서 성사시키려고 애쓰고 계시는 것을 알 수 있을 뿐이지요. 그분이 동월이언니*인데 지금 공장에서 일을 도와주고 있습니다. 이상입니다. 장황한 집안 소식이었군요.

삼촌, 그럼 다음에 소식 전할 것을 약속드리며 이만 줄이겠습니다. 방학이 끝나기 전에 한 번 찾아뵐게요. 언제가 될지는 모르겠으나 꼭 찾아뵐게요. 불볕더위에 건강 유의하시고요, 그럼 안녕.

1982. 7. 19. 조카 의정 올림.

> * 장차 임방규의 제수이자, 임흥규의 아내가 될 사람이다.

삼촌께

방안의 침묵을 깨뜨린 전화벨 소리에 습관적으로 수화기를 들었습니다. 교환수의 시외 전화라는 소리에 준회삼촌의 목소리가 들려왔는데 할아버님께서 작고하셨다는 것입니다. 그 시각은 오후 4시였습니다. 남달리 삶에 애착이 강한 분이셨는데 명이 다하셨나 봅니다. 삼촌께서 상심하시는 모습이 눈에 선하고 백발이 더욱 희고 구슬피 보이는 어두운 밤입니다.

수면에 취할 시간이지요. 가끔 더위를 식히고자 온몸에 물을 끼얹는 시원스런 물소리도 들려오고 둔탁한 선풍기의 인위적인 바람을 위해 열심히 돌아가는 소리도 들립니다. 하지만 짜증스럽군요. 할머님께서 무척 서운해하실 겁니다. 삼촌께서 위로해 드리세요. 삼촌도 너무 상심하지 마십시오. 내일 부모님께서 만화동에 가시어 비어 있는 삼촌의 자리까지 메꾸어주실 것입니다.

삼촌, 어제 3장을 써놓은 편지 한 통을 보냈는데 이 소식이 빠져있어요. 그것은 오늘 소식을 받았기 때문이지요. 하여 짤막하게나마 연락드리는 것입니다.

명복을 빌어드려야지요.

그럼, 삼촌 건강하세요. 무엇보다도 마음이 건강하셔야 합니다. 안녕.

1982. 7. 20. 조카 의정 올림.

삼촌 읽어보십시오

그동안 안녕하셨어요? 편지 늦게 보내서 죄송해요. 시험 기간이어서 편지 쓸 시간이 없었어요. 하지만 이것은 변명이에요. 편지 쓸 때마다 편지 자주 보낸다고 하면서도 실천해 본 적이 없어서 정말 죄송스럽게 생각해요. 이제부턴 삼촌과 약속한 것을 꼭 지키겠어요.

참, 저 수학여행 다녀왔어요. 참 재미있었답니다. 삼촌, 저는 수학여행 가는 날 너무 기뻐서 잠도 설치고 아침 일찍 일어나 준비를 하였습니다. 삼촌도 수학여행 가셨을 때 저같이 이랬었나요? 이렇게 하루가 시작되었어요. 2학년 학생 전부를 실은 버스는 학교에서 출발하여 현충사에 도착했습니다. 우리들은 모두 충무공 이순신 장군의 영령 앞에 경건한 마음으로 묵념을 올렸어요. 이렇게 묵념을 올리고 있을 때 이순신 장군께서 제 머리를 쓰다듬어 주시는 것 같았어요. 삼촌, 삼촌께서도 현충사에 가보셨죠? 저는 이번이 처음이었기 때문에 정말 감동했답니다.

이렇게 현충사를 돌아보고 난 다음 속리산의 정이품 소나무를 보고 속리산의 여관에 투숙했어요. 저녁 식사를 마친 우리 학교 2학년 학생들은 저녁에 모닥불을 피워놓고 쭉 둘러앉아서 노래도 부르고 또 디스코도 추었어요. 삼촌이 생각하시기에도 재미있었을 것 같죠? 이날 밤은 우리 반에서 잠자는 아이들이 하나도 없었어요. 너무 재미있었거든요.

이튿날은 먼저 포항종합제철 공장에 들렀어요. 포항제철 공장 정문에 다다랐을 때 저는 어안이 벙벙했어요. 왜냐고요? 그건, 공장이 어마어마하게 컸거든요. 포항제철 공장은 규모가 커서 자동차를 타지 않고는 공장을 다 돌아볼 수 없었기 때문에 하는 수 없이 차를 타고 공장을 한 바퀴 돌았어요. 삼촌, 저는 공장을 견학할 때 이런 생각을 했었답니다. '열심히 공부해서 우리나라 발전에 도움을 줄 수 있는 사람이 되어야겠다' 하고 말이에요.

이렇게 포항종합제철 공장을 돌아보고 난 다음 경주의 고적지인 천마총, 첨성대 그리고 토함산의 석굴암, 불국사 등을 돌아보았어요. 그런데 동해 일출을 보지 못해 여간 섭섭하지 않았어요. 언니는 고등학교 수학여행 때 새벽 4시에 일어나서 토함산에 올라 동해 일출을 보았다는데 정말 멋있었대요.

삼촌, 이렇게 또 하루가 가고 수학여행 마지막 날에는 남해안을 돌았습니다. 이렇게 해서 2박 3일을 마쳤는데 단체 여행은 처음인지라 섭섭했어요. 더 많이 돌아다녔으면 하는 생각이 간절합니다.

삼촌, 삼촌이 너무너무 보고 싶어요. 삼촌도 제가 보고 싶으시지요? 삼촌, 제가 보고 싶으실 때에는 여기 보내는 사진을 봐 주세요. 삼촌, 그럼 몸 건강에 안녕히 계셔요. 다음에 편지 드릴게요.

1982. 7. 22. 조카 의숙 올림.

어머님 보시옵소서

어머님 안녕하셔요? 외숙님 병구완(아픈 사람을 돌보는 일) 하시느라고 고생이 많으셨죠? 여러 달을 두고 '노령이신 어머님이 이승 저승을 오가는 오라버님 곁에서 얼마나 애를 태우고 계실까? 급할 때는 밤낮으로 곁을 떠나지 않으실 것이고~' 그런 생각에 외숙님도 외숙님이지만 어머님이 몸과 마음에 피로가 너무 겹쳐서 큰 병 나시지 않을까 퍽이나 걱정을 하였습니다.

외숙님은 못 뵈온 채 애달프게도 가셨사오나 어머님은 그 큰일을 치르시고 몸이 야위셨지만 전주에 오셨다는 소식을 듣고 마음이 좀 놓였습니다. 어머님, 이제 푹 쉬셔요. 어머님이 서울에 계시는지 전주에 계시는지 알 수 없어서 긴 말씀 줄입니다.

아들은 여전하오니 마음을 놓으시고 언제나 어머님 건강에 유의하셔요. 어머님께서 정정하시어 오래오래 계시기를 거듭 간절히 바라오며 줄이나이다. 어머님!

홍규야 보아라

홍규야, 일전에 의정이한테서 네 일이며 집안 소식을 들었다. 애쓰더구나.

벌써 밤에는 귀뚜라미 풀벌레가 울어대고~ 가을이 오나 보다. 열매가 익어가는 가을! 사람도 나이 들어가면서 익어가는 게 있어야지. 사람이 살아가는데 사업 능력이라든가 기술이나 지식이 필요하지만 사람답게 살아가기 위해서는 무엇보다도 마음이 고와야 한다. 바르고 고운 마음을 키워라.

여기까지 읽은 너는 형이 학생들에게나 하는 그런 말을 하고 있다고 빙긋이 웃을지 모른다. 어머님을 모심에 있어서 지극하고 생활에서 성실한 너는 "그런 것은 이미 알고 있습니다." 하는 뜻도 담아서 말이다.

그런데 홍규야, 전에 형이 방을 닦으면서 방과 마음이 닮은 데가 있다고 생각했다. 혼자 살아가는 작은 방인데 날마다 씻고 닦아도 웬 먼지가 그리도 나오는지 밖에 먼지가 틈 사이로 끊임없이 파고들어서 바닥에 내려앉는다. 깨끗한 방일수록 조금만 어지러워져도 곧 눈에 띄게 된다. 마음도 그렇지 않을까. 닦고 닦아서 때 묻지 않는 마음, 고운 마음을 지녀야지. 형은 시간이 많다만 너야 삶에 바쁜 몸이라 조용히 자신을 돌아보는 시간을 갖기란 힘들 것이다.

홍규야, 너도 밥숟갈만 놓으면 거의 어김없이 담배를 태우지? 내뿜는 연기 속에 너를 그려보면서 한 까치의 담배가 다 타는 그 시간에 생각에 잠겨보렴. 처음에는 관심을 가져야 하겠지만, 몇 달이고 몇 년이고 거듭하면 몸에 배어서 식후에 한 대 태울 때면 의례히 자신을 돌아보게 되고 그 짧은 시간이 네 마음을 키워가는 데 큰 역할을 할 것이다.

형은 매일같이 마찰을 하는데, 마찰을 시작해서 5개월쯤 되면 수건에 구멍이 생긴다. 아직 쓸 만하니까 바늘을 얻어서 꿰매지야. 며칠 후에 또 구멍이 난다. 꿰매고 또 꿰매고 그만 바탕이 낡은 것이라 여러 곳에 구멍이 생기지. 못쓰게 되어 버린다.

한번은 걸레라며 때 묻은 헝겊을 넣어주었다. 비누로 빨았더니 본색이 드러나고 바탕이 성해서 좋았다. 두 번, 세 번 빨아서 햇볕에 말려서 걸레가 아닌 행주로 썼다. 마찰 수건에 대해서는 좀 더 쓰겠다. 마찰을 하고는 비누를 아끼느라고 맹물로 빨고, 4, 5일 만에 한 번씩 비누로 빨아 쓰면 서너 달 후에는 지방이 수건에 쩔어서 누렇게 된다. 때가 한번 쩔어버리면 비누칠을 해서 아무리 빨아도 때가 지지 않는다. (특수한 화학적인 방법을 쓰면 되지만) 그러나 매일 비누를 조금씩 칠해서 빨았으면 수건이 구실을 할 때까지 깨끗하게 사용할 수 있다.

이 모두는 마음과 닮았지만, 마음은 이들과는 본질적으로 다른 특성을 가지고 있다. 마음만은 바탕이 새로워질 수 있고 길게, 넓고, 높고, 곱게 키울 수가 있다. 마음의 성장은 끝이 없다. 생각하는 것은 자기의 잘잘못을 가려내고 앞으로의 계획을 세울 뿐, 마음의 성장은 실생활을 통해서 이루어지는 것이다. 부단히 힘써라. 고운 마음의 길이 있는 사람이 되어라.

네 사랑하는 아가씨가 이정이와 함께 전주 가는 길에 이곳에 온 것을 못 보았구나. 보고 싶은데 이제 보겠지. 안부 전해라. 모두 건강하기를 바라면서 줄인다.

추신 : 어머님이 지금도 혈압이 낮고 빈혈이 심하시냐? 빈혈에는 닭고기, 계란 노른자, 콩 종류가 좋다. 콩을 물에 불린 후 믹서기에 갈아서 자주 콩죽을 쑤어 드려라. 어머님

기억력이 전에 비해서 어떠시냐? 기억이 흐려지시면 옥판씨(비타민C)를 사다 드려라. 과일 맛이 나서 자시기에 좋다. 하루에 한 알씩 입안에 넣어서 녹여 자시도록 해라. 기억력이 극도로 쇠퇴하면 누구나 망령 현상이 나타나는 법이다. 비타민C가 기억력 쇠퇴를 방지한다는 사실을 현대과학은 알아냈다. 비타민 C와 비타민 B군이 듬뿍 들어 있는 콩 종류는 특히 노년기 건강에 좋다. 식품에 관심을 가져라.

1982. 8. 23. 형 씀.

삼촌 읽어보셔요

삼촌, 그동안 몸 건강히 안녕히 계셨어요? 여기 식구들은 모두 잘 있어요. 삼촌 죄송해요. 삼촌께서 저희 편지를 기다리실 것을 생각하면서도 편지를 이렇게 늦게 보내서 정말 죄송해요. 미루고 미루고 하다가 이제서야 편지를 쓰게 됐어요. 이제부터는 편지 자주 보내겠습니다.

참, 할머님께서는 건강이 좋아지셔서서 서울에서 내려온 동월이언니와 선주가 할머니 모시고 서울로 올라갔어요.

삼촌, 저는 삼촌이 뵙고 싶어요. 삼촌께서도 제가 보고 싶으시죠? 언제 뵐지 모르지만 그날이 빨리 왔으면 좋겠어요. 삼촌과 나란히 앉아서 못 한 이야기도 모두 하는 날이 빨리 왔으면 좋겠어요.

삼촌, 이제 가을이에요. 가을은 독서의 계절이라고 말하지요. 그래서 공부하기에 제일 좋은 계절인 것 같아요. 그래서 정신 차리고 공부하기로 제 마음속으로 굳게 다짐했답니다. 삼촌, 공부는 어떻게 해야 잘할 수 있는지 알려주셔요. 저는 공부에 흥미를 가지고 하면 될 것 같아요. 그래서 흥미를 가지고 열심히 공부할 거예요. 삼촌, 그럼 만나 뵐 날을 그리면서 이제 그만 쓰겠어요. 몸 건강히 안녕히 계세요.

1982. 8. 27. 의숙 올림.

삼촌께

삼촌 그동안 안녕하셨어요? 편지가 늦어서 죄송해요.

삼촌, 삼촌의 편지엔 변산해수욕장에서 놀았던 이야기를 써달라고 하셨더군요. 지금부터 그 이야기를 쓰겠어요.

맨 처음 변산해수욕장에 가서 물속에 안 들어가고 싶었어요. 처음 가보는 해수욕장이었기 때문이죠. 저희는 튜브를 빌려서 여러 명이 튜브에 걸터앉아 이리저리 기울어졌지요. 전 수영을 하고 싶어 물속으로 들어갔어요. 하다가 잘못하여 그 더러운 물을 먹었지 뭐예요. 그런데 너무 짰어요. 소금물이라 그런가 보죠.

물속에서 오랫동안 논 뒤, 밖으로 나와 복숭아와 수박을 먹었어요. 참 맛있었죠. 그다음에 의숙이언니, 선주언니, 저, 이렇게 셋이서 돌아다니면서 조개와 게를 잡았어요. 모래를 쳐다보니 구멍이 뚫렸더군요. 전 그게 왜 뚫려 있는지 몰라서 언니에게 물어봤더니 글쎄 그 속에 게가 들어있다지 뭐예요? 전 게가 그속에 들어 있다는 것이 신기해서 구멍을 파보았더니 진짜 게가 나오질 않겠어요. 언니들과 전 봉투에 물을 담아 그 속에 있는 게와 조개를 잡아서 놓았어요. 한편으론 좀 불쌍하기도 하였지만 게가 그렇게 왔다 갔다 하는 것을 보니 재미있었어요.

삼촌, 변산해수욕상에서 있었던 일은 이게 전부예요. 전 변산해수욕장이 아주 좋은 줄만 알았었는데 물이 굉장히 더러웠어요. 삼촌, 삼촌께서도 변산해수욕장에 많이 가보셨겠죠? 그때도 이처럼 더러웠나요? 전 알 수 없어요. 이번이 처음이었으니까요.

그리고 삼촌, 동월이언니가 왔었어요. 동월이언니 덕분에 아빠가 돈을 주셔서 영화도 보았어요. 이 영화는 굉장히 무서웠지요. 그래서 의숙이언니는 영화를 보는데, 무서워서 소리까지 지르지 뭐예요.(삼촌과 함께도 영화 보러 다닐 수 있겠지요?)

삼촌, 저의 이번 여름방학은 너무너무 즐거웠어요. 이런 여름방학은 처음이에요. 그리고 삼촌, 방학 때 삼촌 보러 간다고 하고선 삼촌께 못 가서 죄송해요. 다음엔 이런 거짓말하지 않을게요. 그럼, 이만 줄일게요. 삼촌 안녕.

8. 27. 금. 삼촌을 좋아하는 일경 올림.

오빠 읽어보세요

몇 번이나 펜을 들었다 놓곤 했습니다. 괴로운 때는 오빠가 더 뵙고 싶어요. 오빠가 나오실까 하고 무척이나 기다린 달입니다. 어머님께는 오빠 석방이 늦어질지 모른다고 여러 번 말씀을 드렸습니다.

오빠, 추석이나 쇠고 오빠한테 가렵니다. 당장 가고 싶지만 모든 것이 허락하지 않는군요. 오빠, 어머님께서는 그런대로 건강하십니다. 의정이가 오빠한테 편지를 보낸 줄 알았더니 안 했군요. 홍규 허리가 아주 불편하대요. 그래서 오빠한테 들렀다가 전주에 와서 10여 일 치료를 받고 갔는데 좀 나아졌답니다. 순이가 장사를 한답니다. 모든 것이 마음에 걸려서 올라가고 싶지만 못 가고 전화로 연락을 주고받습니다.

오빠, 집안에 대해서 걱정 마시고 오직 오빠한테만 신경을 쓰세요. 갇혀계시는 오빠보다는 다들 나아요. 몸조심하서요. 오늘 오빠 편지를 받고 두서없이 몇 자 적었습니다.

1982. 9. 8. 동생 순덕 올림.

의정아 보아라

의정아, 아빠 엄마께서 안녕하시냐? 너희들도 모두 잘 있고?

네가 여름에 이곳에 왔는데 벌써 가을이 되었구나. 밖에는 비가 오고 비록 철창 사이로 마주 보고 이야기를 나누었지만 반가움에 흐뭇했다. 네가 지난 해 겨울에 왔을 때보다 커 보여서 그동안 그렇게 큰 것인지, 아니면 굽 높은 구두를 신은 것인지, 너는 가고 삼촌은 빈방에 돌아와서야 '네 신발을 볼 것인데 그랬다' 하고 아쉬워했다.

이제 여름은 흔적도 없다. 모기장도 뜯어버리고 부채만이 방 한쪽에 자리를 차지하고 있다. 햇볕이 막 문턱을 넘고 있다. 서늘한 바람과 함께 찾아드는 햇볕, 뽀욕뽀욕 방안에 기어드는 햇볕은 겨울 한동안 삼촌의 다정한 벗이란다. 점심 후 등을 쬐고 앞으로 돌리고 찬 몸을 녹이면서 책을 손에 들고는 볕을 따라 옮기다가 서너 시가 되면 섭섭하게 헤어지지. 그래서 찾아든 햇볕이 오랜만에 다시 만난 벗처럼 반갑다.

벼 베기가 시작되었다는 소식을 들었다. 이곳에서는 논밭의 풍성한 오곡을 볼 수가 없지만, 운동 시간에 밖에 나가면 화단의 화초는 볼 수 있다. 지금 코스모스가 피어서 한참 화사하고, 작지만 끈질기게 피는 채송화가 곱게 피었을 뿐, 여름꽃은 모두 시들어가고 씨앗이 영글고 있다. 성급한 것은 씨 보자기를 터뜨리고 껍데기는 말라서 오그라졌다. 일년생은 씨앗 속에 생명을 옮겨놓고 가고, 다년생은 열매만이 아니라 겨울 준비를 서두르고 있나 보다. 잎사귀 빛깔이 옅어 보인다.

가을은 미물에 이르기까지 일체의 생명체가 겨울에 살아남기 위해서 준비해 바쁜 계절이 아니냐. 꿀 따러 다니는 벌도 한층 바빠 보인다. 삼촌도 몸 밖에 물질적인 면은 수동적이지만 몸은 추위를 막기 위해서 피부와 피하조직을 치밀하게 구축하고 있을 것이다. 더운 때 물질이 팽창하는 것과 같이 마음도 여름에 조금은 부푸는 것 같다. 긴장이 말이다. 그래서 꼭꼭 다져가고 있다. 운동도 더 하고 든든하게 살아가고 있다. 삼촌 걱정을 말아라.

의정아, 이 가을에 네 장래 준비 작업에 알찬 전진이 있기를 바란다. 겨울 준비는 겨울 뿐만 아니라 봄에 꽃과 잎을 피게 하는 것이다. 학업이나 독서 모두가 네 자신을 늘 깊이 있고 풍부한 인간으로 키워가는 데 직결되어야 한다. 면회실에서 본 네 모습이 떠오르는구나.

그럼, 의정아 안녕.

1982. 9. 24. 삼촌 씀.

의숙아 보아라

의숙아, 너와 일경이가 보내준 편지를 잘 받았다. 삼촌은 톨스토이의 《전쟁과 평화》를 한 달에 걸쳐서 읽었다. 방대한 양에 뜯어보느라고 시간이 걸렸고, 너희들에게 편지도 늦었다. 20여 년 전에 읽은 바 있지만 희미해서 처음 읽은 듯 즐겼고, 일대 역사적인 사건을 배경으로 쓰인 작품이며, 대문호 톨스토이의 높은 지성과 깊고 열렬하고 순결한 사랑, 조국애, 풍부한 감정과 고상한 인격이 예술 형식을 통해서 아름답게 표현된 글에서 많은 것을 느끼고 얻었다.

그러나 시대적인 제약을 염두에 두면서도 번역의 탓인가 아쉬움이 있었다. 그리고 여주인공 나타샤가 너만한 때 사랑에 눈뜨고 사랑을 속삭이는 대목을 읽으면서 삼촌은 너를 생각했다. 서양 여자라 조숙한 것이 아닌가 하고 생각하다가 그 생각을 고쳤다. 우리나라에서도 전에는 그만한 때 결혼을 했으니까.(작은할머니도 15세에 시집오셨다고 들었다.)

엄마 일이 한 가지 더 늘었다. 경험이 없는 세계라 동경하면서 아직은 위험한데 그저 틈만 있으면 그쪽으로 빠져나가려는 너를 지키는 일 말이다. 예를 들어서 올챙이는 물속이 안전함에도 뭍을 동경하면서 뭍으로만 나가려고 한다. 물

밖에 나가면 바로 위험한데, 그래도 나가려고 보채면 엄마나 언니가 데리고 가야지. 네가 꼭 남자 친구를 사귀고 싶으면 엄마나 언니가 있을 때 집에서 놀다가 헤어지곤 해라. 단둘이서 만나는 것은 안 된다. 언니는 개구리가 되었으니까 마음대로 뭍에 나가도 되지만 너는 발이 나오고 개구리 모습으로 바뀌고 있으나 아직은 꼬리가 달린 올챙이다. 올챙이가 뭍을 동경하는 것은 자연 현상이라 나쁜 것은 아니다. 뭍이 그립거든 명작을 읽어라. 책 속에서 인생과 사랑을 배우고 간접적인 경험을 쌓아라. 네가 곱게 자라기를 바라면서 이만 줄인다. 의숙아, 안녕. (추석에 너희들 모두 즐겁게 보내라.)

일경아 보아라

일경아, 네 편지를 재미있게 읽었다. 변산해수욕장에서 게랑 조개를 잡고 재미있었다는 네 글 속에서 티 없이 맑은 네 마음을 삼촌은 보았다. 너는 피아노도 치고 예술적인 소질이 풍부한 것 같다. 글공부도 했으면 좋겠다.

일경아, 사물을 자세히 관찰하며 애정을 가지고 대해라. 너에게 부담이 안 되도록. 책은 좋고 재미있는 것을 읽고, 글 연습은 삼촌과 선주언니에게 편지를 자주 보내고 일기 쓰는 정도면 되겠지. 보고 듣고 느낀 것, 생각한 내용, 말하고 행동한 것을 일기장에 네 마음껏 써 보아라. 쓸 곳이 없구나. 다음에 또 쓰마. 일경아, 안녕.

오빠, 뵙고 싶습니다

오빠를 잊은 적이 없습니다. "오빠" 몇 번이고 불러보고 싶네요. 오늘 오빠한테 편지를 쓰려는데 오빠 서신이 문틈에 끼어있데요. 오빠, 죄송합니다. 애들한테 미루다가 펜을 드니, 글씨도 엉망이고 모든 것이 서투네요. 제 편지보다 애들 글을 읽는 것이 한결 반가우리라 여겨집니다.

오빠, 서울에 어머님이 안녕하시고 홍규 하는 일이 이제는 자리가 잡힐 것 같습니다. 오빠, 홍규한테 신경 쓰는 게 보통이 아닙니다. 홍규만 일으키면 더 이상 바랄 것이 없을 것 같습니다. 집안에 대해서 너무 걱정 마셔요. 이제는 자신이 생깁니다. 우리들이 건강하고 무엇인가 하는 일이 잘되어야 오빠 뒷바라지를 하지 않겠어요? 공장이 그런대로 잘 되는 것 같은데 너무 힘이 드나 봐요. 추석 쇠고 어머님 생신 때 올라가게 되면 오빠에게 들르겠어요. 20,000원을 송금합니다. 이만 줄입니다. 오빠.

1982. 9. 29. 순덕 올림.

다정한 누이에게

파란 하늘에 한 점 구름이 유유히 흘러가고 있네. 누이 앞으로 글을 쓰려고 펜을 잡으니, 마음이 먼저 누이한테 가네. 누이 편지를 반가이 받았지. 모두가 잘 있다니 다행한 일이야.

추석에 오빠는 사진을 내어놓고 어머님과 형제들, 조카들을 생각하면서 마음은 서울, 전주, 고향으로, 아버님 산소로 다녔고, 누이 집은 오빠가 구석구석 알고 있는 터라 자세히 그려보면서 몇 번인가 찾았지. '지금쯤 차례를 지내겠다. 아마 아침밥을 드는 둥 마는 둥, 상을 대충 치우고는 진한 산소에 성묘차 떠나겠지. 바쁜 중에서도 언제나 마음에 걸리는 오빠를 누이도 생각하고 있었을 거야.' 누이는 오빠를, 오빠는 누이를 생각하는 마음과 마음이 어느 한 시각에 딱 부딪히는지도 몰라. 의정이 할아버님, 할머님 산소도 그려보았네. 특히 할머님 모습과 묘소가 훤하게 떠올랐지. 양지바른 곳에 묘소가 있고, 묘 부근에는 도토리나무, 잔솔이 빽빽한데 칡넝쿨이 얽히고 위 능선에는 갈이 우거지고 있었지. 길 속에서 일경이를 안고 사진 한 장을 찍었는데 아마 집에 있을 거야. 할머님이 돌아가신 지 1년 후에 산소를 찾았을 때는 대진이와 둘이서 큰 산을 둘러보기도 하고. 엊그제인 듯 하나하나가 모두 기억에 남아 있네. 해가 설풋할 때는 '이제 집에 돌아왔겠다. 차멀미가 심한데~' 곰티재 높은 고개를 오르내리고 구불구불한 길에 흔들려서 지쳐버렸을 누이의 모습이 떠올랐네. 누이 집은 알고 있어서 때때로 방에서 부엌으로, 뜰로 돌아다닐 노인 모습이며 안방 건넌방에서 공부하고 있을 아이들을 그려보곤 하지. 허나 어머님은 그렇지가 않아. 지금 계시는 집을 알 수 없어서 말이야.

그런데 또 무슨 돈을 보냈지? 아들딸 둘이나 대학에 보내느라고 오죽 쪼들릴까. 때로는 책이 보고 싶고 약값이 필요해서 누이에게 부탁을 할까 하다가도 그만두곤 했지. 내년에 대진이가 대학원을 나오니까 그 후에나 오빠를 돕고 편지나 보내.

의정이도 어려운지라 내가 부탁한 책을 사 보내지 못해서 편지를 못하나 봐. 이번에 보내준 돈으로 보고 싶은 책 두어 권 사 보겠어. 책을 안 보내도 되니까 부담감을 갖지 말고 편지를 보내도록 일러주지.

매부는 어떤가? 건강 관리를 어련히 알아서 할까 하다가도 술에 생각이 미치면 걱정이 되네. 책에서 '술은 백약의 왕인데 폭음하면 몸을 해치는 독약이 된다'는 내용을 읽은 적이 있지. 술을 안 마실 수도 없고, 술을 마시다가 적당한 선에서 멎기도 어려운 모양인데. 그것은 몰라도 술을 마실 때는 반드시 안주를 넉넉하게 드는 습관만은 몸에 붙이도록 부탁하고 싶네.

그리고 누이도 갱년기에 접어들고 있으니까 건강에 유의해야 해. 갱년기에는 몸이 무겁고 피로하고 아픈 곳이 많아. 몸 전체에 새로운 변화가 오기 때문이야. 갱년기를 건강하게 보내야 늙어서 병 없이 지낼 수 있다네. 한약도 쓰고 매사에 무리 않도록.

오빠는 다리가 좀 말썽을 부릴 뿐 괜찮아. 든든하게 살아가고 있지. 겨울이 오고 있지만 이곳에서 한두 해 살았는가? 내의도 그만하면 되고 걱정하지 마. 아이들이 모두 충실하게 크고 집안이 무사하기를 바라면서 이만 줄이네. 잘 있어.

1982. 10. 12. 오빠 씀.

추신 : 의정아 보아라. 엄마 편지와 돈 2만 원을 10월 4일에 받았다. 추석 후에 너희들의 편지가 있을 것 같아서 기다리다가 이제야 답을 썼다. 의정아, 4학년에 올라가서는 분초를 아껴가면서 학업에 주력하기 바란다. 유종의 미를 거둬야지. 삼촌한테 쓰는 글도 동생들에게 부탁하고 너는 쓰지 말아라. 그러나 새 학년이 되기 전에는 편지를 자주 보내라.

어머님 보시옵소서

어머님, 날씨가 갑자기 추워집니다. 안녕하신가요? 어머님 생신이 다가오네요. 어머님, 만수무강하시옵소서.

어머님 생신을 맞이하면서 기억에 남아 있는 어머니 모습을 모두 그려보았습니다. 서너 살 때의 기억도 납니다. 전소매통(소변만 따로 거름에 쓰려고 땅에 묻어놓은 항아리를 일컫는 전라도 방언)에 빠졌던 일이며, 떼쓰다가 어머님께 종아리를 맞는데 갓 시집오신 숙모님이 저를 얼른 업고는 집 모퉁이에 가서서 달래주시는데도 버둥대며 마구 떼를 쓰던 일들이 떠오릅니다. 그러나 그때의 어머님 모습은 뚜렷하지가 않습니다.

제가 댓 살 되었을 때 어느 날 어머님은 저를 데리고 외갓집에 가셨습니다. 집에서 돈지에 가자면 큰 다리가 있지요. 다리를 지나면 갯땅이 나오고 갯땅에는 게가 까맣게 나와 있지 않은가요. 조그마한 것이 두 눈을 세우고 기어다니는 게 신기해서 잡겠다고 쫓곤 했습니다. 다가가면 깜짝할 사이에 그놈들은 구 멍 속으로 숨어버리고 모두 놓치고는 구멍을 후비기도 했지요. 큰길에서 갯가 로 난 소로길로 갈라져 갈 때도 게에 마음을 빼앗긴 저는 몇 번인가 그놈들을 쫓았습니다. 그때마다 어머님은 따라오셔서 갈 길은 잊고 게만 잡겠다는 저를 어루만지며 달래시곤 했지요. 그때의 어머님 모습이 뚜렷합니다. 어머님은 흰 옷을 입으시고 어린 눈에도 예쁘게 보였습니다. 배가 불러 있었으니까 순덕이 누이가 아직 세상에 태어나기 전입니다. 삼십쯤 되셨을 때의 어머님 모습이지 요. 눈에 선합니다. 맨 먼저 떠오르는 어머니 모습입니다. 그날은 제가 낳아서 처음으로 먼 길을 걸은 것 같습니다. 돈지 20리 길이 어찌 그리도 멀었던지. 돈 지에 미처 못 가서 고개가 있지요. 지치고 다리는 아픈데 오르막길이어서 땀을 흘리며 가까스로 올라갔습니다. 고개 위에는 커다란 정자나무가 서 있고, 고개 를 빨딱 오르자 아~ 넓고 넓은 바다, 파란 황해 바다가 눈 아래 보였습니다. 돛 단배가 떠 있고 돈지 마을가 몇 집도 보였습니다. "이제 다 왔다." 하시는 어머님 말씀에 뛸 듯이 기뻤던 저는 어서 가고 싶은 외갓집 외할머님 생각에 깡충깡충 촐랑대며 내려가던 기억이 납니다. 그 후나 집에서 떠날 때의 기억은 없습니다.

그리고 어머님, 한동안 줄포에서 살 때의 일이지요. 제 나이 여섯 살쯤 되었을 것입니다. 어머님이 저를 데리고 고향에 가시는데 그때는 부안 줄포 간에 자동 차가 구불구불한 옛 신작로로 다닐 때입니다. 군자동 옆을 지날 때 어머님은 진 외갓집이 보인다고 말씀하셨죠. 저는 자세히 알려고 어느 집이냐고 물었고, 어 머님은 손으로 알려 주시는데 그만 제 누이 찾기도 전에 차는 솔밭 속으로 들어 가 버렸습니다. 어머님은 제가 앞 의자에 다치지 않도록 꼭 안고 계셨어요. 어머 님이 안아주신 기억은 그때가 처음입니다. 지금도 안아주시는 듯 어머님의 손길 이 느껴집니다. 나이가 들어가도 어머님을 생각하면 마음은 그만 어려지네요.

어머님이 읽어보시고 만져보실 이 엽서에 볼을 대어 봅니다. 어머님! 오래오래 계시옵소서. 그 많은 어머님 기억을 이곳에 다 쓸 수도 없고 깊이 간직하겠습니다. 어머님 생신날 저도 색다른 음식을 사서 먹을 것입니다. 아들딸, 손자들과 생신을 즐겨 주시옵소서. 아들은 건강하오니 걱정을 마시고요. 올리고 싶은 말씀 끝이 없사오나 자애로우신 어머님의 모습을 그려보면서 이만 줄이나이다. 어머님! 부디 강녕하시옵소서.

　아들 올림.

　추신 : 홍규야 보아라. 담 밖에 소나무가 위는 푸른데 아래로 누릇누릇 단풍이 들었다. 흔들면 우수수 쏟아질 것 같다. 가마니에 새끼줄로 멜빵을 메고 어깨에 둘러메고는 당복산에 오르던 어릴 때가 떠오른다. 가을, 소나무 깊은 곳에 추억이 많구나. 소식은 만나서 듣기로 하고 줄인다. 모두 건강을 바라면서.

　1982. 10. 26. 형 씀.

숙부님께

　지금 서울은 비가 내리고 있습니다. 내일부터는 추워지는가 봅니다. 서울의 가족들은 모두 다 잘 지내고 있습니다.

　막냇삼촌께서 아마도 내년 봄에는 장가를 들게 될 것 같습니다. 어제 동월언니와 저는 1시간가량 이런저런 이야기를 했습니다. 고집이 센 편이지만 주관이 뚜렷하고 또한 검소하게 지내며 스포츠를 아주 좋아한답니다. 프로야구 선수들에 대해선 모르는 것이 없어요. 운동이란 운동은 모두 좋아하는 것 같아요.

　어젠 제가 그랬죠. 결혼 전에 고집부리고 싶은 거 다 부리고 하고 싶은 행동을 다 하라고요. 그럼, 제가 다 받아주고 이해한다고 그랬어요. 걱정이 되는 것이 있다면 자기가 고집이 세고 또 상냥하지 못해서 걱정이래요. 그래서 "변함

없는 맘만 갖고 와주십시오" 했어요. 숙부님께서는 어떻게 생각하셔요? 사실은 이 말들은 숙부님께만 알려드리는 거랍니다.

그리고 또 한 가지는 할머님을 잘 모셔야 되는데 어떻게 해야 될지 모르겠대요. 그래서 그랬죠. 걱정할 거 없다고요. 그냥 소외감 갖지 않게끔 서로 노력하자고요. 저희 어머님께서도 삼촌이 결혼하시면 가까운 곳으로 이사를 해서 동서지간의 우애를 갖고 싶어 하신답니다. 그동안 우리를 키우시느라 소외감을 느끼며 살아오셨지만, 노후엔 정겹게 살기를 원하십니다. 저의 소망 또한 우리 가족이 흩어짐 없이 사랑이 오가는 가족이 되길 바란답니다. 오빠도 이제 장가를 갈 때가 되었답니다. 이해가 가면 서른하고도 한 살이 되어요.

세월은 참으로 빠른 것 같습니다. 외할머니께서 중매 서시느라고 바쁘신 것 같아요.

오빠가 엄마에게 잘해줘서 저로선 매우 고맙답니다. 저는 건강하게 엄마에게 보이길 노력한답니다. 우리 엄만 늙을 줄 몰랐는데 할머니가 되어가요. 벌써 외손주가 넷이나 돼요. 몽땅 아들이라고요.

의정이가 방학이 되어 서울에 오면 같이 삼촌을 찾아뵐 생각입니다. 앞으로 되도록 한 주일에 한 번씩 소식을 전해드리겠습니다. 궁금한 점이 있으면 항상 말씀해 주셔요. 또한 보고 싶은 책들을 말씀해 주시기 바랍니다. 왜냐하면 책을 구입할 수 있는 길이 저에게 주어진 것이 있거든요. 숙부님께서 보시고자 하는 책을 보내드리는 것이 유익할 것 같아서요. 늦으나마 숙부님과 글을 자주 왕래하고 싶은 마음입니다.

숙부님, 전 왠지 숙녀보다는 꼬맹이 같아요. 마음은 항상 어린아이처럼 굴어요. 막내여서 그런지 나이 먹은 기분이 전혀 들지 않아요. 다른 사람들이 '시집가야지' 하면 전혀 생소하게 들려요. 전혀 제 일 같지가 않아요. 그래서 제일 큰 일이라곤 하지만 전 그렇지 않아요. 숙부님께 어리광 부릴 날을 또 기대하면서 여기서 줄입니다. 다음엔 더 재미있는 글을 보내드릴게요. 글을 읽고 숙부님 입가에 웃음이 터지도록요.

항상 건강에 유의하시기 바랍니다. 안녕히 계십시오.

1982. 12. 11. 막내 조카 귀선* 올림.

* 임방규의 조카 임귀선은 옥사한 형 임창규의 막내딸.

의정아 보아라

의정아, 아빠 엄마께서 안녕하시냐? 너희들도 잘 있니? 소식을 알려라.

동장군이 드디어 왔구나. 그놈은 오자마자 기세 좋게 도전하고 있다. 철창 너머로 삼촌 방을 넘어다보면서 으르렁댄다. 그래도 책만 보는 삼촌한테 화가 난 것인지 창문을 잡아 흔들고 찬 기운을 마구 방 안에 쏟아붓는다. 밤에는 유리창마다 꽃무늬가 피고……. 동장군이 설치면 삼촌은 도리어 느긋해진다. 방한 태세를 단단히 갖추고 힘을 아껴가면서 시간을 버는 것이다. 너희들은 혈관에 뜨거운 피가 흘러서 뜨거운 물이 관 속에 흐르는 방은 훈훈해서 그와 같이 몸이 따숩지만 삼촌이야 미적지근해서 찬기를 철저히 막아주지 않으면 곧 얼어버린다. 옷을 두툼하게 끼어 입었다. 옷을 입었다기보다는 몸을 싸고 있다는 표현이 나을 게다. 술독처럼 싸고 있다. 그렇게 언 귀와 발이 작년에도 얼었는데 올해는 재발하지 않도록 잘 단속을 하고 있다. 옷을 많이 입으니까 갑갑하고 무겁고 어깨가 아파온다. 기계가 오래된 것이라 펌프 힘이 약하고 노폐물을 제대로 걸러내지 못하나 보다. 어려움은 있어도 동장군과의 싸움 경력이 풍부한 삼촌은 명수가 되었다. 그놈의 난타를 받아 가면서 집요하게 싸워가지. 지구전을 하는 것이다. 시간이 가면 동장군은 날뛰다가 도망치고 삼촌이 이긴다. 너희들은 삼촌이 이 추위에 어떻게 지내고 있을지 너희들 나름대로 삼촌 방을 상상하면서 걱정하겠지만 잘 이겨간다.

잎이 다 떨어진 나목은 앙상한 것이 찬바람에 떨고 보기에 죽어버린 것 같지만, 그 안에 생명이 있고 숨을 쉬면서 의연하게 살아가고 있지 않니? 삼촌은 책을 보고 운동도 하면서 할 것은 조금도 늦추지 않는다. 든든하게 살아가고 있다. 때로는 눈이 오고 눈이 쌓여서 소나무 위에 소복한 설경, 그리고 동장군이 유리창에 그려놓은 잎사귀며 갖가지 꽃잎을 즐기기도 하지. 청주는 분지에 습기가 많은지 가다가 동틀 때 하늘이 온통 붉어지는데 잠깐이지만 물드는 꽃잎은 여간 고운 게 아니다.

의정아, 오늘이 12월 16일, 이해도 저물어 가는구나. 가는 해를 잘 마무리하면서 새해 계획을 세워야지. 새해에 오빠는 졸업하고, 너도 대학 4학년, 의숙이는 중3, 일경이는 국민학교 6학년. 다 같은 졸업반이구나. 모두 한층 분발을 해라. 실력을 쌓아가면서 유종의 미를 거두어라. 너는 겨울방학을 했겠지. 의숙이와 일경이는 내일모레 할 것이고.

지금 밖에는 잔잔하게 눈이 내리고 있다. 귀여운 너희들의 모습을 그려보면서 이 겨울에도 너희들이 오려나 기대해 본다. 의정아 안녕.

1982. 12. 16. 삼촌 씀.

숙부님께

겨울답지 않은 포근한 날씨 같습니다. 그간 안녕하셨는지요. 여기 식구들은 모두 바쁜 나날들을 보내고 있습니다. 공장 일은 점점 잘되어 가는 것 같아요. 도심은 지금 성탄 축일을 맞이해서 시끄러운 듯합니다.

어느덧 82년도 이제 가버리는가 봅니다. 세월의 흐름 속에서 그냥 스쳐 가는 모르는 공간들을 그저 보내야 되는가 봅니다. 동월언니와 삼촌 사이는 좋은 쪽으로 기울어짐을 감사드리고 있습니다. 삼촌도 언니도 모두 잘되어지는 것을 좋아하는 눈치입니다. 모든 것이 순조롭게 되어가고 있습니다.

공장에 일이 밀려서 손이 모자라고 있습니다. 정환이삼촌이 겨울방학을 맞이하여 공장에서 열심히 도와주고 있습니다. 어렸을 때 생활하고 지금 같이 생활하고 있으니 이젠 다 자란 청년이 되어 버렸어요. 늠름하게 자라고 성격도 매우 활달해서 같이 일하는 데 매우 도움이 되고 있습니다.

숙부님, 아무런 걱정일랑 하지 마시고 오직 건강에 유의하시기 바랍니다. 아셨죠? 막내 조카가 또 어리광을 부리고 싶지만 이젠 좀 숙녀다워져야겠죠. 숙부님께도 주님의 탄생 때를 맞이하여 숙부님 영혼에 평화가 가득하길 바랍니다. 또 그곳에 계신 모든 분들께도 은총과 사랑이 가득하시길 간구합니다. 안녕히 계십시오.

1982. 12. 21. 막내 귀선 올림.

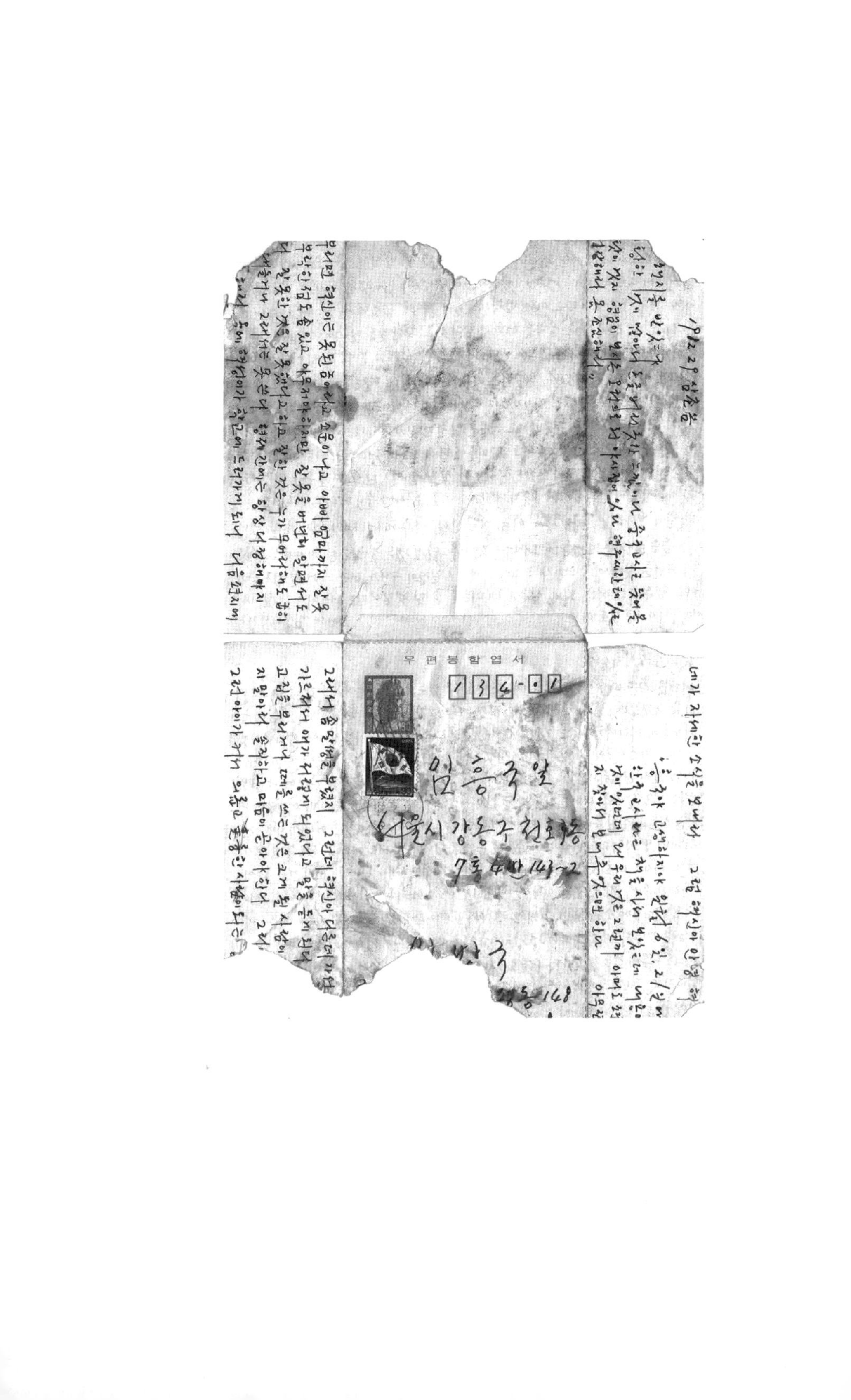

우편봉함엽서

1 3 4 - 0 1

임흥국앞
서울시 강동구 천호9동
7동 4반 143~2

3

1983~1984

겨울의 추위가 있기에

봄은 화사하게

꽃을 피워야

한다고

삼촌께 올립니다

삼촌, 그동안 안녕하셨어요? 여기 식구들은 몸 건강히 잘 지내고 있답니다. 삼촌께서도 물론 예전같이 건강하시겠죠? 건강하시다고 믿겠어요. 삼촌, 지금까지 편지 드리지 못해 죄송해요. 편지를 쓰려고 볼펜만 들면 어떤 말을 써야 할지를 몰라 미루고 미루다가 이제야 쓰게 되었답니다.

참, 삼촌 저 이를 뺐어요. 치과에서 이를 빼는데 얼마나 아팠는지 눈물이 주르륵 흘러나오지 않겠어요. 의사 선생님은 제가 아픈 것은 생각하지도 않고 계속 이를 쑤시지 뭐예요. 삼촌께서도 어렸을 때 저와 같이 충치를 빼셨을 거예요. 그때 무척 아프셨죠? 삼촌께서 아프셨던 것처럼 저도 무척 아팠답니다.

삼촌, 이를 빼고 나니까 아프기도 하지만 저의 마음 한구석이 텅 빈 것처럼 허전해요. 하지만 이 텅 빈 마음이 삼촌을 뵙고 나면 금방이라도 메꿔질 것 같습니다. 삼촌, 뵙고 싶어요. 그리고 삼촌과 함께하고 싶은 이야기도 많고요. 하지만 삼촌 무릎에 앉아 어리광을 부리고 저의 하소연을 하지 못하는 것이 무척 아쉽군요. 그러나, 언젠가는 삼촌을 뵈러 청주에 가게 될 거예요. 지금 당장은 못 가니 그게 슬플 따름입니다. 삼촌, 이번 겨울방학이 다 가기 전에 삼촌께 갈 거예요. 어쩌면 저는 못 가게 될지도 모르지만 엄마는 꼭 가실 거예요. 삼촌 기다려 주세요.

삼촌, 오복 중에서 가장 중요한 것이 건강이라 했어요. 그러니 몸 건강히 지내셔야 돼요. 그럼, 다음에 또 소식 전해드리겠습니다. 안녕.

1983. 1. 9. 조가 의숙 올림.

삼촌께

삼촌, 그동안 안녕하셨어요? 편지를 쓰겠다고 항상 생각은 하면서도 이제서야 쓰게 되었습니다. 죄송해요. 삼촌.

삼촌, 삼촌께서는 이 추운 겨울날 어떻게 지내고 계시는지 궁금하군요. 전 잘 지내고 있지만 너무 쓸쓸해요. 공부를 하려고 해도 잘되지 않고 놀아보려고 해도 놀아줄 사람이 없으니 쓸쓸히 나날을 보낼 수밖에 없답니다.

삼촌, 무척 뵙고 싶어요. 그리고 전에 제가 드린 편지에서 삼촌 볼에 뽀뽀하겠다고 했었지요. 저는 이 말을 잊어본 적이 없어요. 언젠가는 그렇게 되리라고 믿고 있기 때문이죠. 하지만 지금 당장 뛰어가서 삼촌 무릎 위에 앉아 뽀뽀하고 싶은데 어떡하죠? 그리고 저는 그렇게 할 수 없는 것이 한없이 원망스러워요.

참, 삼촌께서 적어주신 말 가운데 귀신에 대한 것이 있었지요. 그런데 정말 귀신은 없는 걸까요? 어렸을 땐 무서움이라는 것을 몰랐었는데 요즘엔 저녁에 화장실도 잘 못 갈 정도예요. 삼촌 말씀대로 귀신이 없다고 하여도 밤이 되면 귀신이 어디에선가 나올 것만 같아요. 전 귀신이 있는 것인지 없는 것인지 모르겠어요. 하지만 삼촌께서 귀신이란 없다고 하셨으니 그 말이 꼭 맞을 거예요.

그리고 삼촌, 의숙이 언니와 저는 한참 들떴었어요. 왜 그랬냐고요? 삼촌께 간다고 했다가 못 가게 되었거든요. 하지만 다음엔 꼭 가게 될 거예요. 기다려주세요.

그리고 건강에 유의하시는 점을 잊으시면 안 돼요. 아셨죠? 그럼, 삼촌 안녕!

1983. 1. 9. 일. 삼촌을 생각하면서 조카 일경 올림.

어머님 보시옵소서

어머님, 추위가 계속되네요. 어머님, 이 추위에 안녕하신가요? 일주일 전에 올린 글월을 받아보셨습니까? 날씨가 추우면 종일 아들 걱정에 마음이 놓이지 않으시지요? 아들은 건강하옵고 요즘도 아침에 일어나서 마찰을 합니다. 든든하게 살아가고 있어요. 어머님, 아들 걱정을 너무 마시지요. 이제 추위가 고비를 넘고 있어서 기승을 부릴지라도 길지 못합니다. 곧 봄이 오지 않는가요.

내일이 양력으로 서자 생일이지요. 그놈이 여섯 살.

제가 집을 떠날 때 순이가 여섯 살이었지요. 어머니께 마지막 인사를 드리고 어머님 등에 업혀 있던 홍규를 얼러보고는 "순이야, 잘 있거라." 순이 머리를 쓰다듬고 떠나가는데 영문을 모르는 순이는 둘째 손가락을 입에 문 채 멍하니 바라만 보고 있었습니다. "오빠한테 안녕해야지." 어머님 말씀에 그제서야 "오빠 안녕." 하는 순이. 그때의 순이는 말을 조랑조랑 제법 잘했고 아주 예뻤습니다.

제가 집을 떠나기 전에 아버님이 입원 중에 계셔서 항상 마음이 괴로웠던 저는 시간이 나면 이따금 신흥사 너머 정릉 쪽으로 산책을 가곤 했지요. 그때는 의례히 순이를 세수시켜서 머리를 빗기고 어머님이 쓰시던 크림이며 분을 바르고 연지도 찍고 곱게 화장을 시켰습니다. 얌전하게 앉아서 오빠가 하는 대로 맡기고 있던 순이는 화장이 끝나면 거울을 손에 들고 들여다보면서 제 보기에도 예뻤던 것인지 좋아했고, 저는 순이 손을 잡고 순이와 함께 산책길을 떠나곤 했습니다. 갈 때는 순이와 천천히 걸었고, 정릉의 노송과 맑은 물, 새소리가 좋아서 여기저기 오솔길을 거닐다가 석양이 되면 골짜기를 덮어가는 그림자에 쫓겨서 걸음이 더딘 순이를 업고는 바쁘게 돌아오곤 했습니다.

하루는 너무 늦어서 그만 어두워 버렸는데 저녁을 지어놓고 기다리고 계실 어머님을 생각하면서 신흥사 아래 내리막길을 뛰기도 했네요. 떨어질까 봐 등에 꼭 달라붙은 순이는 무서워하면서도 좋아했습니다. 그때는 어머님과 저, 순이, 나중에는 홍규까지 넷이서 어렵게 살았습니다만 그래도 아버님이 계셨지요. 병원에 가면 아버님을 뵐 수가 있었고요. 아버님이 집에 오셨을 때는 그렇게 더없이 기뻤습니다. 어머님! 어머님도 선하게 떠오르시지요? "오냐, 암 그렇고 말고." 어머님의 음성이 들리는 것 같습니다. 그때의 일들이 생생하게 되살아 오네요. 여섯 살 때의 순이를 회상하면서 서자가 말귀도 알아듣고 말도 제법 할 것이라고 그 애를 상상해 봅니다. 그 애가 더러 꿈에 보입니다만 그때마다 모습이 다르게 나타납니다. 아들이 살아 있사오니 아들이 이제 나가서 어머님을 기쁘게 해드리고 그 애도 볼 것입니다.

어머님, 오래오래 계시옵소서. 강녕하시옵소서. 추위에 어머님이 따숩게 지내시고 진지를 잘 드시와 정정하시기를 거듭 간절히 바라오며 줄입니다. 어머님!

1983. 1. 14. 아들 올림.

귀선아 보아라

귀선아, 추위에 건강하니? 모두 잘 있느냐? 삼촌 편지를 받아보았는지, 받았다는 소식이 없어서 궁금하다. 지난 12월에 두 통, 금년 1월 7일에 한 통을 보냈는데 받아보았느냐? 네 편지는 1월에는 없고 12월에 보내준 세 통은 받았다. 네 편지가 올 무렵이 되어서 기다려진다. 삼촌은 시간도 있고 너희들에게 자주 편지를 쓰고 싶다만 제한되어 있어서 그럴 수가 없다. 그 점을 너는 이해하기 바란다. 이달분은 다 썼다. 2월에 또 쓰마. 의정이가 서울에 있니? 이 편지를 받으면 받았다고 바로 답을 보내라. 안녕.

숙부님께

안녕하서요. 추운 날씨가 포근해지고 있습니다. 숙부님 글을 몇 번이고 읽어보았습니다. 국민학교 다닐 때 학교 선생님 이야기 같더군요. 모든 것을 감사드립니다. 정말 전 기뻤습니다. 그래요. 앞으로 많은 채찍질을 해주시길 바랍니다.

글을 빨리 전해드리지 못해서 죄송해요. 사실은 조금 바쁘다는 핑계를 좀 해야겠어요. 숙부님께서 보내달라시던 문법 책을 곧 보내드리겠습니다. 추우신데 고생이 많으시겠어요.

멋진 얘기를 좀 해드려야겠어요. 사실 멋진 것도 아니지만요. 어떤 시인이 어떤 소녀를 무척 사랑했습니다. 그러나 그 소녀는 사랑을 전혀 모르는 철부지랍니다. 그 소녀는 이제 철부지가 아니고 숙녀래요. 그 시인은 이제 나이가 너무 들어 구혼을 할 수가 없어서 씁쓸하게 지난 일을 생각하면서 처녀 시집을 그 소녀에게 선물했습니다. 참으로 안타까운 일이라고 해야 될지 모를 일이랍니다.

전 워낙 글씨를 쓰지 못하는 것 같아요. 차분한 성격이 되지 못하는 것 같아요. 앞으론 노력해 봐야겠습니다. 제 숨소리가 들리도록 글을 쓰라고 하셨는데요. 앞으론 노력하겠습니다.

공장 소식을 전해드리지 못했군요. 일이 바빠서 허둥댄다고나 할까요. 잘 되어가고 있습니다. 선주도 나와서 돕고 있어요. 정완이삼촌은 어제 시골에 갔어요. 그동안 저와 함께 일하다 가니 섭섭해요. 함께 생활하는 것은 역시 중요한가 봐요.

숙부님, 할머님께 찾아가지 못해 죄스럽습니다. 거짓말은 못 하겠고 소식만 들어서 글로 옮기고 싶지 않아요. 고모, 동월이언니 모두 잘 있어요. 고모부께서는 요즘 식사 때 밥을 두 그릇을 드신답니다. 건강해 보여서 정말 기쁘답니다. 숙부님, 많은 격려를 막냇삼촌에게 보내주서요. 특히 여자를 사랑하는 법을 강의하셔야겠어요. 숙부님, 이 조카가 좀 못된 것 같죠? 그렇지만 예쁘게 봐주셔야 돼요. 몸 건강에 안녕히 계십시오.

1983. 1. 15. 막내 조카 귀선 올림.

숙부님께

안녕하십니까? 숙부님! 어젯밤은 겨울비가 밤새 내리고요, 오늘 날씨는 영상의 기온으로 아주 포근한 주말이었답니다. 대관령엔 폭설이 내려 교통차단이 되었대요. 너무 대조적인 것 같죠? 숙부님, 너무 편지가 늦음을 용서하십시오. 새로운 마음으로 목련꽃 봉오리를 바라다보니 새로운 생명의 신비를 느껴야 될 듯합니다. 봄이 오는 소리죠.

공장엔 또 기계 한 대를 들여왔습니다. 기계 소리가 왕왕 윙윙 시끄럽게 돌아가고 있습니다. 다시 들어온 기계를 축복해 주시기 바랍니다.

할머님께서는 편지를 갖고 공장에 오셨답니다. 편지를 받아보시지 못한 것 같다며 걱정하셨어요. 할머니 건강은 좋으신 것 같습니다. 숙부님 편지에 막냇삼촌 흉을 많이 보았다며 중얼중얼하시더군요. 그러시면서 다른 것은 다 인정을 하지만 헤픈 것은 숙부님께서도 마찬가지라면서 웃으시더군요. 항상 같이 읽어 본답니다. 이상한 일이지요. 편지는 받으면 즐거우면서도 쓰기엔 어려운 것도 아니면서 잘 쓰지 않으니 말이에요.

의정이가 서울에 놀러 왔는데 전화 연락만 받았어요. 지금 정숙이와 같이 있는 것 같아요. 내일이면 만날 수 있을 것 같아요. 오전에 공장에 온다고 하고선 오지 않아서 혼 좀 내줘야 될 것 같습니다.

동월이언니 이야기 좀 해야겠어요. 숙부님께서 보내신 글을 읽고서 뭐라고 그런 줄 아서요. 세상이 다 자기가 고집 센 줄 알아서 걱정이래요. 제가 너무 고자질을 한 것 같아서 좀 얼굴이 붉어져 버렸지 뭐에요.

숙부님, 작은고모 식구들도 모두 건강하게 보내고 있습니다. 고모부께서는 여전히 건강하시고 식사도 잘 드신답니다. 숙부님께서도 건강하셔야 됩니다.

숙부님, 오늘 집에 작은언니 식구 넷이 왔다 조금 전에 갔습니다. 귀여운 조카들이 재롱만 피우니 조용한 집안이 갑자기 아수라장이 되었습니다. 그 이상은 숙부님께서 잠깐 상상하서요. 숙부님 다음에 다시 만나 뵈어요. 건강하셔야 합니다. 안녕히 계십시오.

1983. 1. 30. 막내 귀선 올림.

숙부님께

안녕하셔요?

대지 위에 어느덧 봄기운이 돌고 여인들의 옷차림은 화사하게 얇아지고 있습니다. 대지의 얼음이 녹고 있습니다.

숙부님께서 보내신 글에는 정이 듬뿍 안겨 있었습니다. 저희 어머님 시집오던 날을 연상해 보면서 엄마에게 이야기를 했더니 웃으시더군요. 막냇삼촌께 건강하시다는 연락을 받았습니다. 그동안 글을 올리지 못해 죄송스럽기만 합니다.

무언가 해야 될 것 같은 나날입니다. 어느덧 이렇게 자라버렸는지 모르겠어요. 벌써 시집갈 때가 되어 놀림을 받고요. 그렇지만 그렇게 중요한 것은 아닌 것 같습니다. 저는 맨 꼴찌로 가야 될 것 같아요. 그래도 늦은 것은 아닐 것 같고요.

숙부님께서는 매일 무엇을 생각하면서 보내십니까? 여기 도심의 거리는 변화 속에서 새로움과 활기를 띠고 있습니다. 공장의 일도 잘되어 가고 있습니다. 순이고모가 정말 억척이랍니다. 어떤 여자가 그리 강할까요. 생활이 너무 강하여 고생을 하시나 봅니다. 그렇지만 매우 건강하게 살아가고 있어요. 숙부님께서 격려의 말씀을 보내주시면 좋겠습니다.

숙부님, 건강하게 보내셔요. 항상 새롭게 보내시길 간구합니다. 안녕히 계십시오.

1983. 2. 28. 막내 조카 귀선 올림.

숙부님께

안녕하십니까? 진눈깨비가 내리는 일요일이었습니다. 겨울의 기운은 아직도 남아 있는 것 같습니다.

어제는 저 먼 우주를 방황하시는 아버님의 제삿날이었습니다. 고모부, 막냇삼촌, 외삼촌께서도 오셨습니다. 어머님, 그리고 우리 삼남매 모두 모였습니다. 흐뭇한 밤을 보냈습니다. 어머님께서는 외삼촌의 방문을 매우 기뻐하셨답니다. 밤새 이야기로 꽃피우다가 돌아가셨습니다.

어느덧 아버님께서 가신 지도 7년째가 되어갑니다. 아버님 영혼에 평화가 깃들어 평온히 잠들어 계시길 소망하는 마음입니다. 숙부님께서는 아버님의 성품을 알고 계시겠죠?

할머님께서는 지금 막내 고모 집에 계세요. 동월이언니가 은비녀를 해드렸더니 흐뭇하신 것 같아요. 밀려오는 엄습이라는 것은 우리 젊은 애들이 노인들과 대화하기를 꺼리는 거랍니다. 그렇다고 꼭 집어 말할 수는 없지만 무슨 말을 해야 하는 건지 그냥 어설퍼요. 왠지 죄스럽고 그러면서도 따뜻하게 못 해 드리고 있어요. 숙부님께서는 글이라도 정이 듬뿍 담기게 하시는데요.

숙부님, 15일에는 할아버님 제사인데 전주고모님께서 올라오셔서 막냇삼촌 결혼을 확정 지어 버릴 모양입니다. 올해는 늙은 삼촌 장가를 가시나 봐요. 항상 삼촌은 숙부님을 생각하시면서 저에게도 이야기해 주신답니다.

너무 바쁜 시간을 쪼개어 지내는 삼촌을 도와드리지 못해, 정말 죄스럽답니다. 숙부님, 언제나 건강에 유의하시기 바랍니다. 세상에서 건강은 정말 소중한 것 같아요. 미흡한 전 언제나 노력하려 하고 있습니다. 공장 일은 계속 발전되고 있습니다. 억척스러운 막내 고모는 아무도 못 따라갈 것 같아요.

선주가 너무 컸죠? 저보다 크려 한다니까요. 환절기인 날씨에 건강에 힘쓰셔요. 언제나 숙부님의 염려로 저희는 잘 지내고 있으니 걱정은 마셔요. 숙부님 안녕히 계십시오.

1983. 3. 13. 막내 조카 귀선 드림.

숙부님께

안녕하십니까? 숙부님께서 보내주신 편지 잘 읽어보았습니다. 이제 봄이 완연히 왔습니다. 새싹이 돋고 목련꽃이 봉오리 졌어요. 봄은 또 우리 집에 새로운 식구를 맞이한답니다. 5월 1일 아니면 5월 5일쯤 드디어 막냇삼촌께서 노총각 신세를 면하는가 봅니다. 매우 기쁘면서도 한편으론 섭섭해요. 누구보다도 저에겐 소중한 분이었습니다. 전 삼촌을 마음속으로 매우 존경하고 있어요. 그래서인지 막상 결혼하신다고 하니까 왠지 모르게 어떤 곳이 비어버린 것 같아요. 이해하시겠죠?

숙부님, 막냇삼촌을 격려해 주십시오. 막냇삼촌은 숙부님을 매우 존경하고 계시는 것 같아요. 숙부님께서도 봄을 맞이하여 새로운 날들이 매일 되길 기원합니다. 정이 듬뿍 담긴 글은 언제나 즐겁습니다. 숙부님 그럼, 건강하셔야 돼요. 안녕히 계십시오.

1983. 3. 25. 막내 조카 귀선 올림.

숙부님께

숙부님 안녕하십니까? 목련이 하얀 눈송이처럼 화사하게 피어 있고, 연분홍 진달래가 햇빛의 따사로움을 받고, 노란 개나리가 가지마다 꽃을 피우고 있는 4월의 날입니다. 봄은 짧은 계절이면서도 인간에게는 많은 것들을 보여주고 있습니다. 대지언의 신비를 느끼면서 봄을 이렇게 맞이해야 된다고 생각합니다.

봄은 우리 집안의 경사를 알려주었습니다. 드디어 노총각 신세를 면하게 되는 막냇삼촌의 결혼식이 있으니까요. 기쁘시죠? 숙부님! 저도 매우 기뻐요. 결혼식은 5월 1일 오후 3시 신촌 현대 예식장에서 예가 올려질 거랍니다. 숙부님께서 참석하지 못하는 안타까움은 있지만 기뻐해 주서요. 기다렸던 날이 오고 있음을요. 결혼 후 숙부님께 두 분이서 방문하실 계획이랍니다.

숙부님, 늦게서야 글을 드려서 죄송합니다. 여기 가족 모두 다 안녕하셔요. 결혼식에는 시골 할아버님, 할머님들께서 모두 오신다고 하셨어요. 오랜만에 친족들을 만날 수 있는 기쁨을 맞이하게 되었습니다.

오래 묵은 펜은 글씨를 엉망으로 만드는 것 같아요. 사실은 제가 워낙 글씨 쓰는 재주라곤 없어서 걱정이에요. 학교 다닐 때 생각이 나요. "임귀선이 원고지에 글 쓰는 것을 반장이 대신 다시 좀 써줘야겠다. 심사위원이 글씨를 좀 잘 읽을 수 있도록~" 그래서 그만 반 모든 아이들이 웃어버리고 말았어요. 국어 선생님께서 좀 짓궂은 선생님이셨거든요.

숙부님, 나날의 생활들을 보람되시게 보내시길 바랍니다. 저도 알차게 보낼 것을 약속하면서 이만 줄입니다. 안녕히 계십시오.

1983. 4. 7. 막내 조카 귀선 올림.

보고 싶은 오빠께

오랫동안 소식 전하지 못해서 죄송합니다. 부족한 제 탓입니다. 오빠, 그러나 동생은 오빠를 잊어본 적은 없습니다. 오빠, 요즈음 오빠가 더 보고 싶네요.

홍규가 결혼 날짜를 5월 1일로 잡았습니다.

오빠가 서울에 계실 때 전화를 주시면 오빠 목소리에 모든 괴로움이 풀리곤 했어요. 이제는 오빠의 전화 목소리를 들을 수가 없고……. 그곳에 가서 오빠를 뵙고 싶은 심정 금할 길이 없습니다. 아버님 제사 때 오빠가 부탁한 책을 가지고 서울에 갔었어요. 오빠에게 다녀오려고요. 그랬는데 제삿날 밤에 연탄가스가 방 틈으로 새어 들어와 온 식구가 하마터면 큰일 날 뻔했습니다. 그래서 오빠한테 가지 못하고 집으로 왔습니다.

오빠, 홍규 결혼식 끝나고 갈게요. 홍규랑 같이 가게 될지는 모르겠네요. 그때 뵙겠습니다. 오빠, 하고 싶은 말이 끝이 없사오나 이만 줄입니다. 오빠! 건강하세요.

4. 15. 순덕 동생 드림.

숙부님께

숙부님, 오랫동안 소식을 드리지 못해서 죄송합니다. 온 가족이 기뻐한 경사를 치른 지가 13일째 되는 날입니다. 작은어머님이 마음에 드시던가요? 무척 기쁘셨지요? 저도 기쁨의 눈물을 흘렸답니다. 신혼여행을 떠난 후 의정이와 저는 고속버스터미널 휴게실에서 차 한 잔씩 나누었어요. 집안 식구 모두가 근심이 사라졌다고 하시데요.

작은어머님은 숙부님을 뵙고 와서 좋은 인상을 받았나 봐요. 자상하신 숙부님 말씀에 감동했다고 하시데요. 저는 아직도 작은어머니란 말이 나오지 않아서 걱정이랍니다. 지금도 "언니야" 하고 전화를 받아요. 할머님과 작은어머님이 어버이날 창경원에 다녀오셨어요. 막내며느리와 함께 첫 나들이를 하셨어요.

이제 가까운 곳에 계셔서 할머니를 뵐 수 있는 날이 많아졌어요. 저의 성의가 부족했던 것을 변명하려는 것은 아닙니다. 사실 천호동이라는 곳은 저에게 좀 벅찬 거리였거든요. 오빠도 가까운 곳에서 근무하기 때문에 자주 들른다고 했습니다. 이제 오빠 결혼만 남았네요. 다들 결혼이 늦어지는 게 집안의 전통이 된 것 같아요. 저도 새언니를 빨리 보고 싶거든요.

숙부님, 변덕스러운 날씨에 건강하셔요? 요즈음 우주를 여행하고 계실 얼굴도 모를 아버님이 무척이나 그립답니다. 사람은 나이가 들어갈수록 부모님에 대한 생각이 깊어지나 봐요. 숙부님께서 아버님 대신 저를 사랑해 주셨으면 하는 마음입니다. 지금 숙부님께 글을 쓰는 것이 아니고 아버님께 글을 쓰는 기분이 들어요. 아버님이 생존해 계시면 감옥이 아닐지라도 편지를 열심히 써서 보낼 텐데요.

숙부님, 꼭 건강하세요. 할머님을 위해서요. 할머님께 우리는 아무런 의미가 없어요. 할머님은 삼촌께서 손을 잡고 어리광을 부릴 그날만을 기다리고 계십니다. 삼촌, 이만 줄입니다.

1983. 5. 14. 조카 귀선 올림.

어머님 보시옵소서

새며느리와 창경원 나들이를 하셨어요? 잘하셨습니다. 어머님, 막내며느리를 맞은 기쁨이 얼마나 크셔요. 저도 보고 싶은 제수씨를 만나보고 흡족했어요. 첫눈에 정이 갔습니다. 동생이 사랑하는 제수씨라 더욱 그랬을 테지만 제가 없을 때 큰 막냇누이를 처음으로 보는 듯한, 그러니까 어머님, 제가 23년 만에 고향을 찾았을 때 듣지도 못했던 23살 난 정자누이를 대했을 때처럼 말입니다. 그래서 처음 만난 제수씨한테 여러 말을 했고, 헤어질 적에는 제수씨 손을 잡고 거듭 반갑다고 했습니다.

"저런 제수 손을 다 잡았니? 그런 법이 아닌데" 어머님이 놀라실지 모릅니다만 동생이 사랑하는 동생의 아내요, 동생을 사랑하는 제수씨가 아닌가요. 어머님을 저와 같이 어머님이라고 부르는 제수씨고요. 그러니 옛 어른들처럼 그렇게 어렵고 어색하고 서먹하게 지낼 것이 없지요.

저는 막내 여동생처럼 대하렵니다.

어머님, 어머님은 같이 계셔서 더욱 딸처럼 정이 가시지요? 딸같이 사랑하시는 어머니, 어머님처럼 모시는 며느리, 그 오붓한 정경을 그려봅니다. 우리들의 어머님, 부디 정정하시옵소서. 오늘도 아들은 건강하고 든든하게 살아가고 있사오니 안심하시고요. 어머님!

아들 올림.

홍규야 보아라

네가 결혼하고 바로 찾아주어서 형의 기다림을 덜어주었다. 기뻤다. 아직은 차분하게 정돈되지 않았겠지. 홍규야, 결혼은 인생에서 한 선을 긋는 중요한 뜻이 있지 않니. 오늘날까지 닦은 네 인격이 새 가정생활에서 충분히 발휘될 것이고, 아름답고 풍부한 삶을 이루리라고 형은 믿고 있다. 너야 먼 일생을 놓고 계획할 것이며 행함의 부족이 없으리라고 여긴다만, 형은 형대로 너와 의논하는 자세로 가정생활에 대해서 몇 가지 적어본다. 네 생각과 합쳐놓고 보아라.

일단 결합한 부부는 일생을 함께함에 있어서 무엇보다도 마음으로부터 우러나오는 애정이 끊임없이 이어져야 한다. 이 점이 부부 생활에서 중심이 되어야겠지. 그리고 가정의 발전이 있어야 한다. 먹지 않으면 죽는 것이라 물질은 절대적으로 필요하지만 물질만으로는 부족하다. 인간 자체의 발전이 있어야 한다.

제수씨한테 너보다 나은 점이 있을 것이고, 너 또한 앞선 부분이 있을 것이다. 서로가 자기 수준으로 끌어올리고 따라가고 배우면서 나아가야 한다. 결함을 고쳐줌에 있어서도 서로 노력해야지. 진실한 벗은 부족한 점을 고쳐주는 데 적극적이다.

부부이면서 벗이 되어라. 바르고 성실한 생활에 자기희생이 있어야 하고, 참을 줄도 알아야지.

또 생활에서 예술성이 발휘되어야 한다. 아이도 낳을 것이고, 앞을 예견하면서 절실한 것부터 계획을 세우고 실천해라. 가정에서 네 무게를 스스로 달아 보아라. 어떤 경우에도 흔들리지 않는 견실한 가정, 흐뭇한 가정을 꾸려라. 사람이 할 수 있는 것을 어찌 네가 못 하겠니. 가을에 탐스러운 과일을 수확하기 위해서는 흙과 과수에 대한 지식과 기술, 그리고 부단한 노력이 있어야 한다.

홍규야, 네 짐이 무겁다. 몇 푼 더 번다고 쭉 늘어지도록 몸을 혹사하지는 말아라. 그것은 사는 것이 아니다. 건강해야 네 사업도 가정생활도 원만하게 이루어진다. 아무쪼록 건강에 유의해라. 이만 줄인다. 네 풍성한 앞날을 그려보면서. 매부와 누나가 애썼지? 안부 전해라.

형 씀.

제수씨에게

제수씨, 면회실에서 뵌 제수씨의 모습이 선하게 떠오르네요. '이제 20일 남았구나. 십 일, 한 주일……' 그렇게 기다리던 4월은 더디게도 가더니 제수씨를 만나본 후로는 달음질을 칩니다. 벌써 뵌 지 보름이 되었네요.

아직은 새로운 환경이라 좀 낯설지요? 그래도 가족이라야 남편 외에 어머님 한 분이시고 어머님은 전에 뵈었기에 덜 서먹하실 것 같습니다. 어머님이란 말 자체가 낳아서 키워주신 어머님이 아니시라서 조금은 어색하실 테지만, 어머님 품에 안기세요. 친어머님처럼 말입니다. 의식적으로 임의롭게 대하시면 몇 달 안 가서 어색한 감정이 사라질 것입니다.

이 나이에도 어머님을 생각하면 어려지고 어머님께 억지를 쓰고 싶은 마음이 들어요. 어머님과 자식 사이에는 허물이란 없지요. 그저 친어머님처럼 대하세요. 지난 이야기랑 들려달라고 조르시고요. 어머님의 기억이 흐려지시기 전에 전부 들으세요.

사람과의 관계를 떠나서는 바라는 바가 이루어질 수 없습니다. 남편과의 관계, 어머님과의 관계를 어떻게 맺어가느냐 하는 것이 가정적인 행복의 고리 즉 기본이 된다고 봅니다. 동생은 바람을 피우거나 타락할 염려는 없으니까, 시간을 어떻게 값있고 유효하게 아껴 쓸 것인가 그 점에 관심을 높이면 될 것 같습니다.

역사상 위대한 사람들은 거의 다 어머님이나 아내, 자매들의 지극한 보살핌이 있었습니다. 여성의 역할이 남성에 못지않고, 특히 가정에서 여성의 역할은 중요하지 않은가요. 제수씨를 만나서도 잔말을 했고, 처음 드리는 글에도 여러 말을 했습니다. 예의에 어그러진 점, 어머님을 모시지 못하는 지금 나의 마음을 살피시고 양해하시지요.

제수씨, 사랑이 충만한 가정에 값진 삶을 이룩하시기 바라면서 줄입니다. 건강하세요.

여동생 같은 제수씨에게 시숙 드림.

(귀선아, 기다리던 네 편지를 어제 반가이 받았다. 네 글을 읽으면서 삼촌은 고개를 몇 번이나 *끄덕*이었다. 여백이 없구나. 며칠 후에 *쓰마*. 안녕.)

1983. 5. 18. 삼촌 씀.

외삼촌께

외삼촌 안녕하셔요? 저는 외삼촌이 보고 싶어요. 외삼촌이 찻길을 건널 때 꼭 앞뒤로 보고 다니시랬죠? 그 말씀대로 꼭 잘 지키고 있어요.

아빠와 엄마는 열심히 일하시고 저를 위해 열심히 일을 하십니다. 할머니는 천호동에서 제가 사는 곳으로 이사 왔어요. 할머니는 몸이 건강하시고 아픈 데도 없습니다. 혁성이는 제 말을 듣지 않고 자기 마음대로 하지만 동생이니까 귀여워합니다.

외삼촌, 서울로 이사 오세요. 청주에는 거리가 복잡하시지 않겠지만 서울로 이사 오면 즐거워요. 홍규삼촌은 결혼을 하셨어요. 그리고 외숙모는 저를 귀여워해 줍니다.

저는 소풍날에, 경기도에 있는 서오릉을 갔습니다. 마침, 웃기는 일이 있었습니다. 친구가 고기를 잡다가 꼬마애가 밀었는데 꼬마랑 친구가 물에 빠졌습니다. 그래서 옷이 흠뻑 젖었는데 동생이 밀었기 때문에 꼬마를 때리지 않았습니다. 그럼 이만하겠습니다. 몸 건강하세요.

1983. 6. 12. 혁신이 올림.

삼촌께 올립니다

삼촌, 그동안 안녕하셨어요? 삼촌, 처음부터 죄송하다는 말부터 해야겠어요. 정말 죄송해요. 삼촌이 엄마께 보낸 편지에 제가 1월에 편지 보내고 지금까지 한 번도 보내지 않았다고 쓰여있는 걸 보고 놀랐어요. 삼촌, 너무나 오랫동안 편지를 보내지 않아 죄송할 뿐입니다. 삼촌, 저는 지금 죄송하다는 말밖에 할 수가 없어요. 삼촌, 너무 죄송해요.

삼촌, 생신이 며칠 전이셨지요. 그날 언니와 엄마께서 가셨지요? 저도 가고 싶었는데 학교에 가야 했기 때문에 못 갔어요. 삼촌, 삼촌이 보고 싶어요. 삼촌을 직접 만나볼 수가 없어서 너무너무 섭섭해요. 하지만 삼촌께서 보내주시는 편지가 있기 때문에 좀 가라앉고 있어요.

삼촌, 지금 어떻게 지내고 계세요? 궁금해요. 저는 학교생활을 열심히 하고 있어요. 아빠, 엄마, 언니, 일경이도 모두 자기 자신이 할 일을 잘 알고 열심히 노력하고 있어요. 삼촌, 자기 자신이 할 일을 잘 알고 노력하는 것은 참 좋은 일이지요? 전 좋은 일이라고 생각해요. 삼촌은 어떻게 생각하세요? 다음 편지에 지금 어떻게 지내고 계시는지, 또 제가 좋은 일이라고 생각한 점에 대해서 삼촌은 어떻게 생각하시는지 꼭 써주세요.

참 삼촌, 편지 보내지 않은 것에 대해 야단 좀 쳐주세요. 그럼, 이만 줄입니다.

삼촌, 건강하게 안녕히 계세요.

의숙 올림.

삼촌께

삼촌, 그동안 안녕하셨어요? 저희가 1월에 편지를 한 번 쓰고 그동안 안 썼다더군요. 엄마께서 알려주셔서 저는 무척 죄송한 마음을 가지고 편지를 쓴답니다. 삼촌, 저를 미워하시나요? 그렇지 않으시겠지요? 제가 그동안 편지를 못 쓴 것은 다른 까닭이 있어서가 아니라 쓰고 싶지만 잘되지 않기 때문이었습니다.

삼촌, 우리 집을 이틀에 걸쳐서 고쳤답니다. 마루를 넓히는 일이었지요. 우리 집 마루가 좁았거든요. 집을 고치고 우리 방도 좀 바꿔보니 아주 딴 집 같은 기분이에요.

삼촌, 삼촌께서는 지금 무엇을 하고 계시나요? 저는 비가 오다 갠 하늘을 보며 삼촌을 생각한답니다. 삼촌께서도 그러시나요? 저는 삼촌이 무척 보고 싶답니다. 지금도 그때와 마찬가지로 활짝 웃으시며 건강한 모습으로 계시겠지요. 제가 한번 찾아뵙고 싶지만 학교 사정 때문에 그만……

그리고 삼촌, 저에겐 아주 나쁜 버릇이 있답니다. 그 버릇이란 바로 언니에게 말대꾸하며 대드는 것이에요. 고치려고는 하지만 잘되지 않는군요. 오늘도 의숙이언니와 몇 번이나 싸웠어요. 삼촌께서 거기에서나마 저의 이 나쁜 버릇이 고쳐질 수 있도록 도와주세요. 그럼 삼촌, 몸 건강에 유의하시고 편안한 마음으로 하루하루를 지내십시오. 이만 줄이겠습니다. 삼촌 안녕.

1983년 6월. 삼촌의 조카 일경 올림.

숙부님께

안녕하십니까? 여름의 실록은 짙어만 가고 무더운 여름은 계속됩니다. 오랫동안 글을 보내드리지 못함을 용서하십시오. 어쩌다가 아니라 마음의 게으름 속에서 시간을 보내버렸던 것 같습니다.

요사이 숙부님께서는 어떤 생활을 영위하고 계시는지요. 할머니께서는 천호동을 좋아하시는 것 같아요. 할머님을 가까운 곳에 모시면서도 못 뵈온 지가 꽤 된 것 같습니다. 한번은 갔을 때 천호동 가시고 계시지 않으셨습니다. 약장수가 와 구경하러 가셨다고 작은어머님께서 그러시더군요.

그런대로 공장 일은 이끌어 나가고 있었습니다. 제가 집에 있게 되어 상황을 자세히 설명해 드리지 못함을 안타깝게 생각합니다. 뭐든지 제 뜻대로만 되는 것이 아닌 것 같습니다. 요사이에는 집에서 집안일을 돌보며 많은 시간을 저 자신과 함께 지내고 있습니다. 뭐라고 할까요. 아무런 방해 없는 것이라고 해야 좋을 것 같습니다.

숙부님께서 여성의 우정을 키우라고 하셨는데 잘 안되는 것 같아요. 허욕이라는 것이 있는 것 같습니다. 그렇다고 허영찬 아이는 아니에요. 누가 봐도 검소한 숙녀라고 할 거예요. 개성이 너무 강해 보여 탈이란 사람들도 있기는 해요. 개성이 있다는 것은 좋은 것이 되겠지만 마이너스가 될 때도 있는 것 같습니다.

며칠 전에 화신백화점에 있는 노처녀 언니와 만나서 이런저런 이야기를 하면서 생활에 있어서 독립이라는 것을 절실하게 느꼈습니다. 전 한 번도 독립적인 경제적 여건을 갖지 못함을 엄마에게 미안하게 생각합니다. 조금은 노력해 봤지만 육체적 기능은 항상 순탄치 못함을 느낀답니다. 요즘은 집에서 보내면서 집안일을 돕는다는 것도 유익한 것 같아요.

숙부님께서 언제나 건강하게 보내시길 저는 기도 중 항상 생각하고 있습니다. 숙부님, 건강하게 보내셔요. 무더운 여름 쇠약해짐을 느낍니다. 아픔에 고통

받으면서 죽음에 이르는 사람들을 볼 때는 정말 건강이라는 것이 얼마나 소중함인가 하고 느껴보기도 하죠.

너무 투정만 한 것 같죠. 오랜만에 드리는 편지가 별로 유쾌한 것 같지는 않습니다. 숙부님께 항상 마음의 평화가 안식하시길 간구합니다. 안녕히 계십시오.

1983. 6. 28. 귀선 올림.

어머님 보시옵소서

어머님, 편안하셔요? 막내며느리와 정을 붙이고 계실 어머님 모습이 떠오릅니다. 벌써 여름이 되었네요. 어머님 더우시지요? 저야 여름에도 덥다고 느끼는 날이 며칠 안 됩니다만 어머님은 조금만 더워도 고생이 되시지요.

전주누이한테서 외삼촌 제사 때 어머님이 외가에 가시게 되고, 외숙모님은 어머님이 시골에 오시기만 하면 보내드리지 않고 함께 사시겠다고 하신다는 이야기를 들었습니다. 외숙모님이 여든아홉의 고령에 크나큰 집에는 딸 하나가 있을 뿐 적적하셔서 어머님이 몹시도 그리우신 모양이네요. 시골은 공기도 맑고 시원해서 여름 한 철은 외가에서 지내셔도 좋을 것 같습니다. 그러나 너무 오래 계시지 마세요. 조금 움직이는 것은 어머님 건강에 좋으신데 아무래도 외가에 오래 계시면 일을 많이 하셔서 해가 되실 것 같습니다. 자식들이 걱정하지 않도록 추석이나 쇠시고 전주로 가셔서 한두 달 계시다가 오셔요. 아들 며느리한테 계셔야 마음이 편하십니다. 어머님, 시골에 가셔서도 아무쪼록 더운 때 무리 마시고 건강에 유의하셔요.

아들은 건강합니다. 든든하게 살아가고 있어요. 아들 걱정을 너무 마시고요. 어머님께서 진지를 잘 드시고 정정하시기를 거듭 바라오며 이만 줄입니다. 어머님!

아들 올림.

귀선아 보아라

귀선아, 별일 없느냐? 큰고모한테 소식을 대충 들었다만, 이달에 네 편지가 없어서 어디가 아픈 것인지 걱정이 된다. 네 편지를 받아보고 글을 쓰려고 기다리다가 월말이 되어서 펜을 들었다. 집으로 편지를 지난달에 두 통, 이달에 한 통을 보냈는데 받았니? 삼촌은 지금 네 모습을 그려보면서 글을 쓰고 있다.

귀선아, 어제는 운동장의 화단 앞을 거닐면서 살펴보았더니 국화가 소복이 자랐더구나. 바싹 말라버린 등걸에서 뾰족뾰족 솟아나는 새싹을 반긴 것이 엊그제 같은데, 벌써 줄기가 한 자 가까이 컸어야. 국화의 그 성질(법칙), 국화 자체를 바로 아는 원예사는 봄에 어린 국화 몇 포기를 분에 옮겨 심고 정성 들여서 키운다. 거름이나 물 주는 것은 물론 벌레를 잡아주고 볕에 내놓았다가는 그늘에 옮기고, 그 받침대를 만들어서 어느 가지는 비끌어('엇갈려'의 방언) 매고 오그리고 순을 집어주면서 자기 구상대로 모양을 만들어간다. 가을이 되면 꽃을 일제히 피우는데 활짝 핀 국화꽃은 우리나라 지도도 되고 꽃탑이 되고, 늘어진 줄기에 빈 곳이나 기복도 없이 가지런한 꽃이 꽃의 곡선을 이루는 등, 분 하나하나가 예술 작품이 된다.

꽃도 곱게 키우려면 그토록 정성을 들여야 하고, 지식과 경험이 필요하지 않니? 승려가 국화 분을 불상 앞에 놓고 꽃을 지도처럼 피워달라고 부처한테 날마다 염불을 해도 되지 않는다. 바라는 마음만으로 기도만으로는 안 되는 것이다.

네 자신도 고결한 인격자, 마음이 곱고 선한 사람이 되고 싶다고 해서 그 마음만으로 되는 것은 아니다. 자신을 정확히 알아야 한다. 네 장점과 단점을 찾아내고 장점을 키워가면서 단점을 고쳐가기를 거듭하는 행위, 즉 실천이 있어야 한다. 실천 활동을 통해서만이 네가 바라는 바 목적을 쟁취할 수 있는 것이다. 사랑하는 네가 네 자신의 성장을 촉진시키도록 국화를 중심으로 말을 했는데, 몇 가지 실례를 더 들고 싶다만 여백이 충분치 못하고 또 그만해도 네가 핵심을 알 것 같아서 줄일까 한다.

귀선아, 의사도 말이다. 환자가 오면 진찰을 통해서 먼저 병을 정확하게 알아내고, 그 토대 위에 병균과 싸우는 병사인 백혈구의 기능을 높여주거나 항생제를 투입해서 균을 섬멸하거나 메스로 째서 병소를 도려낸다. 그것이 법칙에 합치되었을 때 병은 낫는다. 따라서 사물의 법칙을 파악하고 행위가 법칙에 일치되어야 한다. 법칙을 어길 때 무리가 생겨서 국화도 죽이고 병을 악화시키거나 때로는 사람의 생명까지도 끊어버리는 결과를 가져온다.

편지가 딱딱하게 되었다. 귀선아, 네 볼을 꽉 잡아당기고 싶구나. 지금도 네가 15, 6세 소녀로 여겨진다. 여름철 건강에 유의해라. 오늘은 이만 줄인다. 귀선아, 안녕.

《대한국사》 4, 5, 6권을 바로 우송하기 바란다.)

1983. 6. 30. 삼촌 씀.

시아주버님께

오늘은 서울에 비가 많이 내렸습니다. 비 온 뒤라서 그런지 무척 시원하군요. 그동안 안녕하셨어요? 서울은 어머님을 비롯하여 식구들 모두 무고하십니다. 공장도 현상 유지는 하고 있어요. 청주를 떠날 때는 꼭 편지를 드려야겠다고 나심했는데 시금에서야 소식 전하게 된 것을 널리 양해해 주세요. 아무래도 시집 식구 중 제일 어렵다고 의식했기 때문이겠지요. 하지만 이 시간에는 친오빠처럼 생각하고 편지를 쓰려고 합니다. 부족한 점이 있더라도 널리 이해하시고 동생처럼 생각하시면 단점도 장점으로 여겨지리라 믿습니다.

우리 집 앞에 그리 큰 산은 아니지만 조그마한 산이 있거든요. 오늘은 비를 맞아서 그런지 더욱 싱싱하고 푸르게 보이는군요. 그 산을 마주 보면 잠시 모든 것을 잊고 그 싱싱하고 푸른 이파리와 함께 있고픈 생각이 문득문득 들어요. 산을 좋아하는 애착인지도 모르지요. 한때는 청바지에 배낭을 멘 발랄한 시절도 있었거든요. 지금도 가끔 그 시절로 돌아가고 싶지만 어디 그래요? 지금은 어엿한 부인네가 나는 걸요. 나중에 아기와 함께 산을 찾는 것이 꿈이랍니다. 그때는 시아주버님도 함께 동행했으면 하는데요, 가능하겠지요? 그럼, 그날이 빨리 오기를 기다리면서 오늘은 이만 줄이겠습니다. 안녕히 계세요. 건강도 함께 빌겠습니다.

1983년 7월 제수 올림.

홍규야 보아라

홍규야, 집안이 무사하다니 반갑다. 제품 소비처가 계절을 타는 곳이라 여름에 고전하지 않을까 여겼는데 그런대로 현상이 유지된다니 다행한 일이다. 어머님이 외삼촌 기일에 외가에 가셨을 것 같아서 어머니께 글월을 올리지 않는다.

형은 건강하다. 염려 말아라. 6월 30일에 귀선이 앞으로 편지를 보냈는데 받았니? 7월 1일 자 스탬프가 찍힌 귀선이 편지를 받았다. 그 애가 집에서 쉰다고 했던데 어쩐 일인지. 너야 편지도 안 쓰는 동생인데 뭐 길게 쓸 게 있니. 이만 줄인다. 제수씨한테 넘겨라.

제수씨에게

제수씨, 어제 편지를 반갑게 받았습니다. 몇 번이나 읽었네요. 차마 말을 낮출 수는 없지만, 말이야 어때요. 자식한테도 높임말을 쓸 수 있는 것인데 말은 높이면서도 누이동생처럼 정겹고 허물없는 마음입니다. 처음 보는 사람도 사람에 따라서는 수십 년을 사귄 지우처럼 여겨지는 사람도 있습니다. 제수씨를 처음 봤을 때 여동생처럼 느껴진 것은 그에 비할 수 있을까요. 물론 나는 전부터 사랑하는 동생이 장가가면 제수씨와 허물없이 지내야겠다고 마음먹고 있었던 점이 작용했을 테지만, 제수씨의 차분한 모습에서 더욱 정이 갔습니다.

아무래도 아직은 좀 어렵게 여겨질 테지요. 그러나 오빠처럼, 옆에 있는 오빠한테 말하듯이 편지를 쓰세요. 그러면 편지 쓸 때마다 어려움이 한 꺼풀씩 벗겨질 것입니다. 이제는 동생을 생각할 때마다 동생 혼자가 아닌 둘이 나타나고 제수씨와 함께 생각합니다. 동생과 하나가 된 제수씨는 나와 지극히 가까운 사이가 아닌가요. 다정스럽게 허물없이 지내야지요. 그렇게 되기를 바랍니다.

제수씨가 산을 좋아한다지요. 나도 무척이나 산을 좋아합니다. 여름날 깊숙한 산속 작은 개천가에 앉아 있으면 그렇게도 포근할 수가 없습니다. 특히 달 밝은 밤에 나뭇잎 사이로 달빛이 쏟아져서 마른 땅 돌바위 위에 무늬를 놓고 시원한 골바람이 불어올 때, 달빛에 얼굴을 내놓고 벗들과 이야기하던 지난날이 그림처럼 떠오릅니다. 그립네요. 고향의 여름밤이. 여름 산도 좋지만 골짜기 골짜기마다 타오르는 듯 단풍 든 가을 산이 좋고 눈이 덮인 겨울 산도 독특한 맛을 주지요. 산! 어머니 같은 산. 산은 우리 조상들의 고향이지요. 인류의 역사가 백만 년인데, 이 땅에 와서 산 우리 조상들은 삶의 터전을 산으로부터 들에 옮긴 것이 불과 2, 3천 년 됩니다. 거의 대부분을 산에서 살았지요. 그래서 조상의 생명을 이어받은 우리는 고향처럼 그리 산을 좋아하고 산을 찾는가 봅니다. 산은 과거에도 그랬듯이 지금도 우리에게 많은 것을 숩니다. 불실뿐만이 아니라 웅장한 자태, 그 부동의 산은 마음을 비워가는데 여러모로 교훈을 줍니다. 우리의 삶과 떠날 수 없는 산이 몹쓸 패거리들에 의해서 파괴되고 헐벗은 것을 보면 마음이 아픕니다. 이야기를 하다 보니까 흥분이 되네요. 산을 잘 가꿔야 할 텐데.

그것은 그렇고 산을 타는 데는 다리가 시원찮으나 제수씨보다 내가 빠를 것입니다. 제수씨가 여자라고 쉽게 보아서가 아닙니다. 실은 제수씨가 앞설 테지만 마음이 젊어서 그러지요. 제수씨와 동생, 그리고 매부와 누이들이 함께 여름이나 겨울에 산에 가서 조상들이 살던 움집을 지어놓고 사흘도 좋고 한 주일도 좋고 쉬었다 오면 아니 좋을까요. 아이들이랑 데리고 말입니다. 제수씨, 그날이 옵니다.

그리고 어서 어머니가 되세요. 여자도 어머니가 되어야 한 여성으로서의 인품을 갖추게 된다고 들었습니다. 어머니가 되는 것은 생명 존속의 임무를 다하는 것이며, 여성 최대의 영예가 아닌가요. 아이를 낳을 때 의식도 변하는 것이라 어머니와 그렇지 못한 여성과는 어디가 달라도 다르다고 합니다. 어서 어머니의 고귀한 지위를 확보하십시오.

두 누이는 남편이 있었고 거기까지 생각이 미치지 못했습니다. 나는 시간이 없었고 또 조카들은 할 수가 없었습니다. 그러나 앞으로 태어날 조카들은 태안에 있을 때부터 관심과 정은 물론 부족한 지식이지만 보탬을 주고 싶네요.

제수씨, 사람은 누구나가 다 단점을 가지고 있는 법입니다. 단점을 고쳐가면서 끊임없이 자기를 키워가는 사람, 그런 사람이면 족합니다. 노력하시기 바랍니다. 하고 싶은 말이 많은데 못다 할 것 같아서 다음으로 미루고 줄입니다. 제수씨께서 항상 보람 있고 흐뭇한 삶이 되시기를 간절히 바랍니다. 여름철 건강에 유의하시고요.

1983. 7. 13. 시숙 드림.

추신 : 홍규야, 저번 편지에도 부탁했다만 국사책을 빨리 좀 보내라. 그리고 내가 중점을 정리해서 써 보내려다가 한 번 보는 것이 좋을 것 같아서 소개한다. [미국 민간 건강법]이라는 책인데 탐구당 발행 문고판이다. 사다가 제수씨한테 드려라. 볼 것이 있어서

참고가 될 것이다. 너도 보고 매부도 보기 바란다. 매부와 누나한테 안부 전해라. 의숙이와 일경이 편지는 받았는데, 선주도 여름방학을 하거든 편지 보내도록 일러라. 그 애들의 편지를 받아보고 다음 편지를 쓰겠다.

숙부님께

안녕하십니까? 어제부터 본격적인 장마가 시작되었습니다. 장마철에 건강은 어떠하신지요. 숙부님께서 보내주신 글을 잘 받아보았습니다.

숙부님, 전 지금 꼬마 숙녀가 아니라 조금 성숙한 숙녀라고 생각하십시오. 어제는 여름방학을 이용해 서울에 올라온 의정이와 정숙이고모, 이렇게 우리 셋이서 재미있게 시간들을 보냈습니다. 모두 다 부러워하더군요. 우린 친구처럼 그러다가도 좀 질서를 지키는 편이거든요. 작은댁에 가서 밤을 보내고 왔습니다. 모두 건강하게 지내시니까 걱정하지 마십시오.

그리고 책을 보내드립니다. 고모부께서 정성 들여 싸주셨답니다. 의정이에게 혼났어요. 여태까지 보내드리지 못했다고요. 매운 데가 있으면서도 자상하고 유머가 넘쳐 아주 좋은 것 같아요. 유머라는 것은 일상생활에서 습관화되었을 때 즐거운 삶이 있을 것 같아요. 숙부님께서도 유머가 풍부하심을 전 알고 있습니다. 가끔 듣기를 바라는 마음도 있습니다.

숙부님, 건강하게 보내셔야 합니다. 할머니께서도 안부 전하라고 하셨습니다. 이젠 할미님도 많이 늙으신 것 같아요. 숙부님께서 평화로이 보내시길 바라는 마음입니다. 안녕히 계십시오.

1983. 7. 20. 귀선 올림.

어머님 보시옵소서

어머님, 이 더위에 어떻게 지내세요? 예년에 없는 더위인 것 같습니다. 젊은이들도 허덕이는데 어머님 괴로우시지요? 진지는 어떻게 드셔요? 어머님, 구미가 없어도 음식을 입에 넣으시고 백 번이고 이백 번이고 씹어서 넘기세요. 가다가 몸이 불편하셔도 살다 보면 아픈 때가 있는 것이오니 마음을 너무 쓰지 마시지요. 연세가 많으신 어른들은 조금만 아파도 '큰 일을 당하는 것이 아닌가. 이제 못 일어나지.' 그렇게 마음부터 약해져서 몸을 부려버리고 그래서 병을 오래 끄는 수가 허다합니다.

어머님, 어머님 같은 체질은 백 세도 넘게 사실 수 있어요. 사람은 누구나 다 백세 이상 살 수 있도록 되어 있는데, 많은 사람들이 젊어서 과도하게 몸을 써서 명대로 못 사는 것입니다. 마음이 굳은 사람은 어느 정도 병을 이겨내고 수명을 늘리는 것입니다.

어머님, 마음을 단단히 지니세요. 혹시라도 막내아들 장가보내고 마음을 푹 푸시는 거 아니신지. 어머님, 아들이 이곳에 있지 않은가요? 이 아들이 나가기 전에는 아프셔도 안 됩니다. 어머님! 어머니께서 마음을 굳게 지니시도록 거듭 부탁의 말씀을 올립니다. 그리고 낮에는 더워서 집안에 계실지라도 저녁 진지를 드신 후에는 손자들을 데리고 밤거리를 거니세요. 주머닛돈을 너무 아끼지 마시고 과일을 사서 손자랑 자셔요. 과일은 몸에 좋습니다.

아들은 건강합니다. 아들한테 더위쯤은 별것이 아니지요. 운동 시간에 밖에 나가서도 불볕에 몸을 태우고 덥기는 해도 팔다리를 쭉 뻗고 잡니다. 어머님 안심하시옵소서. 어머니께서 극심한 더위에 강건하시기를 간절히 바라오며 줄이나이다. 어머님!

아들 올림.

귀선아 보아라

귀선아 덥구나. 네 건강이 어떻니? 엄마는 어떻게 지내시냐? 요 며칠 더위가 최고로 발악하고 있다만 제가 가봐야 몇 날이나 가겠니? 보름이 못 가서 선들선들한 바람이 조석으로 불어올 것이다. 곧 가을이 온다. 올가을에 오빠가 장가가게 되는지 모르겠다. 엄마야 며느리한테 집안 살림을 맡겨 놓고 앉아서 시어머니 노릇 하시기에는 젊다만 오빠가 늦어서 걱정이 된다. 너도…….

전번에 네 편지를 읽다가 삼촌은 혼자 빙긋이 웃었다. '저를 꼬마 숙녀가 아니라 좀 성숙한 숙녀라고 생각하십시오.' 한 대목에서 말이다. 그야 두말할 여부가 있나. 너는 속도 차고 성숙한 여성이지. 엄마도 네 나이 때 이미 언니와 오빠를 낳았고 갖은 고생을 하면서 어려움을 뚫고 나가셨다. 네가 그 나이에 있음을 삼촌이 모를까? 그러나 팔십 먹은 아버지가 육십 된 아들한테 '물가에 가지 마라고 타이른다는 말을 너도 들었을 것이다. 그것이 어버이 마음이란다.

귀선아, 지난 이야기 하나 할까? 삼촌이 네 나이 때의 일이다. 사형에서 무기로 형이 확정되어서 광주에서 대전 형무소로 이감이 되었는데 그 소식을 알려 드렸더니 할머님이 부랴부랴 오셨다. 면회실에서 삼촌을 확인하신 할머님은 아들을 잃을까 봐 밤낮으로 애태우고 계시던 터라 안도의 긴 숨을 몰아쉬셨고 "애야 일이라도 나가야 할 텐데 배고파서 어쩔거나?" (배가 몹시 고프던 때였다.) 또 걱정을 하셨다.

그 후 6개월 동안 작업한 적이 있는 곳에 취업되고 곧 할머님이 안심하시도록 소식을 편시로 알려드렸다. 다음에 할머님이 면회 오셔서는 삼촌을 보시자마자 "야 야, 높은 데 올라가지 마라. 다칠라." 그러면서도 내가 어딘가 어리게 느껴지는 것인지 또 걱정을 하셨다. 그래서 "어머니 걱정 마세요. 앉아서 성냥갑을 붙이고 있어요." 하고 말씀을 드렸더니 그제서야 안심이 가시는지 "그러냐"고 고개를 끄덕이셨다.

할머님은 면회 오실 때마다 잠깐 삼촌과 이야기하시고 떠나실 때는 의례히 입회 담당한테 "선생님 우리 아들은 아무것도 모릅니다. 좀 잘 봐주세요." 애원하시곤 하셨다. 아마 내 나이 30이 넘어서야 삼촌 성화에 그 말씀을 안 하신 것 같다.

삼촌이 네가 큰 것을 모를 리가 없지. 그러면서도 네가 어딘가 어리게 느껴지는 것은 극히 자연스러운 것이다. 네 생각에 바르고 깊이 있는 것도 있겠지만 잘 익은 것은 아니다. 아직은 시고 떫은 풋것임을 알아야 한다. 책이나 주위에서 끊임없이 배워라. 바르게 살아가기 위해서는 확실한 사실에 기초한 사고, 과학적인 사고가 필요하다.

쓸 곳이 여의치 않아서 뒤로 미룬다. 네가 부디 건강하고 집안이 무사하기를 거듭 바라면서 귀선아, 이만 줄인다. 안녕.

(7월 28일 혁성이 앞으로 편지를 보냈는데 받았니?)

1983. 8. 8. 삼촌 씀.

삼촌께 올립니다

삼촌, 그동안 안녕하셔요? 몸은 좀 어떠신지요?

저는 지금 전주에 있어서 일경이와 의숙이언니, 나 이렇게 3명이 함께 편지를 썼어요. 그동안 편지를 안 써서 정말 죄송합니다. 편지는 써놓고도 보내질 못했어요. 정말 죄송합니다. 삼촌 다음부터 편지 잘 쓰겠어요.

그리고 삼촌, 우리 집 걱정은 하지 마셔요. 공장 일도 잘되고 아버지, 어머니께서도 건강하셔요. 혁신이, 혁성이도 잘 있고 저도 잘 있어요. 그리고 삼촌, 홍규삼촌과 외숙모님께서도 건강하시고 할머니께서도 건강하셔요. 이제 집식구의 안부는 그만하고…….

그런데 요즘 저는 살이 쪄서 정말 걱정이에요. 의숙이언니, 일경이, 나 이렇게 3명 중에서 제일 몸무게가 많다니까요. 그것이 걱정이에요.

삼촌, 요즘 어떻게 지내고 계시는지 참으로 궁금합니다. 저는 여기 와서 숙제와 독서로 지내고 있지만 삼촌은 할 것이 없잖아요. 정말 심심하시겠어요.

삼촌, 그런데요, 요즘 일경이는 학교에서 새벽에 체조를 한다고 아침에 일찍 일어나 학교에 나가요. 그동안 저는 무엇하냐고요? 물론 일경이와 같이 학교에 나가죠. 하지만 저는 체조를 안 해요. 창피해서 못 하겠어요. 어떨 때에는 배드민턴을 가지고 나가서 일경이와 같이하기도 하였어요. 그리고 체조를 다 한 다음 집에 와서 또 잠을 자요. 이러니 더 살이 찌죠.

삼촌, 그리고 8월 3일에 일경이, 저, 의숙이언니, 혁성이 이렇게 4명이 함께 수영장에 갔어요. 참 재미있었어요. 혁성이는 수영을 못해 튜브를 사서 수영을 하였어요. 정말 재미있었어요. 삼촌, 하지만 작년에 이모네 가족과 함께 가는 것보다는 재미없었어요. 작년에 이모부하고 같이 갔었을 때에 얼마나 재미있었는지 모르실 거예요.

삼촌, 그리고 전에 외숙모한테 보낸 편지에서 저한테 보내는 충고 정말 고마웠어요. 그 충고를 일삼아 편지 자주 쓰겠어요. 그리고 전에 본 삼촌의 모습보다 더 건강하신 모습 머릿속에 상상하며 이만 줄이겠어요.

(삼촌, 저의 답장은 되도록이면 서울집으로 보내주세요. 8월 16일에 저 서울 가니까요.)

1983년 8월 11일. 목요일. 전주에서 선주 올림.

삼촌께 올립니다

삼촌, 그동안 몸 건강히 안녕하셨어요? 여기 식구들은 모두 몸 건강히 잘 있어요.

삼촌, 편지 잘 받았어요. 편지 받고 얼마나 기뻤는지 몰라요. '삼촌께서 화나
서서 저에게 편지 안 하면 어떡하나.' 그런 생각 때문에 걱정 많이 했었어요. 하
지만 삼촌 편지 받고 안심했어요.

삼촌, 지금 여름방학은 정말 중요한데 지금까지는 모두 헛되이 보낸 것 같아
요. 3학년이라 걱정이 돼요. 계획표를 짜놓긴 했지만 하루도 제대로 실천해 본
일이 없어요. 그저 동생들과 놀고 있으니 큰일이에요.

삼촌, 선주와 혁성이가 집에 왔어요. 선주가 그러는데 공장 일이 잘된다고 했
어요. 그러니 서울 걱정은 하지 마셔요. 참, 이번에 선주와 혁성이가 와서 수영
장으로 놀러 갔었어요. 참 재미있었어요. 엄마가 정성껏 싸준 김밥도 먹고 과자
도 먹으며 재미있게 놀았어요. 하지만 저는 수영을 하지 못하기 때문에 조금 재
미가 없었어요. 삼촌, 삼촌께서는 수영을 잘하셔요? 저는 수영 잘하는 사람이
부러워요. 제가 수영을 못하기 때문인가 봐요.

삼촌, 지금 덥죠? 이렇게 더운 날 잘 지내시는지 궁금해요. 날씨가 너무 덥기
때문에 집에서는 문이란 문은 다 열어놓고 선풍기 4대가 돌아가고 있어요. 만
약 이런 날씨가 계속된다면 못 살 것 같아요. 삼촌께서는 더위를 잘 참으셔요?
저는 더위를 정말 못 참아요. 제가 열대 지방에 태어났으면 어떨지 생각만 해도
끔찍해요.

삼촌, 더운 날은 더욱더 건강을 조심하셔야 돼요. 그럼, 이만 쓰겠습니다. 몸
건강히 안녕히 계셔요. 또 편지할게요. 안녕.

1983. 8. 11. 삼촌의 꼬마 친구 의숙 올림.

삼촌께

삼촌, 그동안 안녕하셨어요? 삼촌 편지 무척이나 반갑게 받아보았으며, 몸 건강하시다는 글을 보고 저는 안심했어요. 삼촌, 제가 못된 버릇이 있다고 한 글에 대해 삼촌께서 편지에 적어 보내주셨는데 삼촌께서 적어주신 것이 저에겐 무척 도움이 되는 것 같아요. 그래서 지금도 저는 노력하고 있답니다.

그리고 삼촌, 선주언니와 혁성이가 서울에서 내려와 전 지금 무척 기분이 좋아 있어요. 그리고 언니들과 혁성이와 같이 수영장에도 갔었는데 무척 즐거웠답니다. 삼촌께서 저희가 물장구치는 모습을 상상하여 보세요. 저희들이 어떤 모습으로 놀고 있는지 말이에요. 상상만 해도 재미있지 않으셔요?

삼촌, 삼촌께선 제가 이 방학을 어떻게 지내고 있다고 생각하시나요? 전 제가 이 여름방학을 더욱 뜻있고 보람차게 보내고 싶었는데 그런 제 생각이 너무 지나쳤었나 봐요. 왜냐하면 전 그런 제 생각의 100분의 1도 뜻있게 보낸 적이 없기 때문이죠. 그리고 저에겐 더욱 뜻있게 보내고 싶다는 데 대해 이유가 있어요. 그 이유란 이 여름방학은 국민학교 마지막의 여름방학이기 때문이죠. 그러니 삼촌 전 어떻게 해야 할까요? 전 제 자신과 약속한 것도 지키지 못해요. 하지만 자신감을 가지고 이제부터는 이런 일이 없도록 노력하겠어요.

삼촌, 덥지 않으셔요? 전 요즘 더워서 아주 미치겠어요. 이 더운 여름날에는 잘할 수 있는 일도 그리 잘할 수 없잖아요. 물놀이 가는 것도 좋지만 그래도 여름이 빨리 지나갔으면 좋겠어요.

그리고 할머니 소식을 전해주셨으면 하셨지요? 할머니께서는 몸 건강하시고 외숙모님과 좀 더 많은 정을 나누시기 위해 서울에 더 계시다가 후에 시골에 가실 때 삼촌께 들르신다고 하셨어요. 그러니 걱정 마시고 삼촌 건강에 유의하세요. 그럼 삼촌 이만 줄이겠습니다. 삼촌 안녕!

1983. 8. 11. 목. 삼촌을 그리면서 조카 일경 드림.

숙부님께

안녕하십니까? 귀뚜라미 울음소리가 초겨울 밤을 더욱 느끼게 하는 늦은 밤인 것 같습니다. 오랫동안 편지를 드리지 못했어요. 어수선한 마음들로 미루다 보니 이제야 펜을 들었습니다. 어젯밤에는 아버님께서 보내주신 편지들을 읽었습니다. 편지를 안 한다고 호령하던 글도 있었습니다. 문득 숙부님께서 기다리실 거란 생각에 죄책감을 느꼈습니다. 아버님께 사죄하는 마음으로 숙부님께 글을 쓰고 있는 마음입니다. 외롭게 살다 가신 아버님께서 저를 용서해 주실지 모르겠습니다.

9월은 추석, 고유 명절이 있는 달이거든요. 모래내 가족들은 모두 건강하게 보내고 계십니다. 할머니께서 노후하셔서 가끔 앓으시는 것 외엔 별걱정 없다고 생각합니다.

어머님 생신 때에는 할머님과 작은어머니께서 오시고, 막냇삼촌은 늦게 오셔서 함께 식사를 했습니다. 흐뭇한 하룻저녁이었고, 또한 할머니가 된 어머님 모습에 서글픔 또한 담기었습니다. 엄만 복이 많으신지 외손자가 넷이나 되거든요. 큰언니에게는 현이, 훈이, 작은언니에게는 영득, 영선. 모두 귀여운 조카랍니다. 오빠가 장가가면 식구가 더 또 늘어나겠죠.

작은어머님 생신 때 어머님과 제가 모래내에 가서 할머님과 함께 고모 집에서 시간을 보냈습니다. 시집와 처음 맞이하는 작은엄마 생신일이었습니다. 늦게나마 축복 부탁드립니다.

낮과 밤의 기온차가 심해 건강에 유의하셔야 되겠습니다. 벼 이삭이 노랗게 물든 들을 공항에 갈 일이 있어 가는 도중 바라볼 수 있었습니다. 사과도 불그스레한 모습으로 상점에 나타나고 덜 익은 배, 감도 등장했습니다. 풍성한 가을을 바라볼 수 있는 듯합니다. 숙부님께서도 볼 수 있었으면 좋겠습니다.

숙부님, 작은어머니께서 찍어주신 사진을 보내드립니다. 선주와 함께 찍은 거라서 제 모습이 뚜렷하지가 않지만 보내드립니다. 선주가 저보다 더 클 것 같아요.

숙부님 건강하셔야 합니다. 언제나 미숙하기만 한 이 조카는 여기서 펜을 놓을까 봅니다. 안녕히 계십시오. 주님의 사랑과 평화가 임하소서. 아멘.

1983. 9. 6. 막내 귀선 올림.

찬미 예수가 숙부님께

숙부님 안녕하십니까? 초가을 비가 너무 많이 내리는 것 같아요. 휴일인 오늘 역시 비가 내리고 있습니다. 봄은 아침이요 여름은 대낮이라면 가을은 저녁노을 같고 겨울은 어두운 밤인 것 같아요. 사계와 하루의 변화가 어쩌면 동일하다는 생각이 드는 것 같아요.

요즘 어떤 생활을 영위하고 계시는지요? 무위도식하는 것 같아 죄스러운 마음으로 전 보내고 있습니다. 지금 어머님께 한계란 것이 나타나고 계시거든요. 벌써 저도 다 컸다고 볼 수 있는데, 아니 자립을 했어야 했는데 그렇지 못하고 항상 의존하고 있으니 염치없는 것 같아요. 현대 문명 사회는 물질이 정신적으로 매우 큰 영향을 미치는 것 같아요. 저처럼 지낸다는 것은 그저 그런 것 같다는 생각이 들어요. 오늘은 숙부님께 넋두리가 해보고 싶어진 것 같아요.

책도 요즘 머릿속에 들어오지 않아요. 가을은 가을인가 봐요.

명절인 추석 때는 어머니께서도 시골 나들이를 가신다는데 뜻대로 될지 모르겠어요. 항상 간다면서 못 가버린 상태라서 올해는 꼭 가보고 싶으신기 봐요. 저도 아버님 산소에 가보고 싶은 마음이 가득하지만 참았어요. 불효는 불효인가 봐요. 태어나 한 번밖에 가보지 않았으니까요. 정성이 부족한 것이란 말을 들었지만, 사실 마음에 두려움을 없애지 않고서 용기가 나지 않거든요.

숙부님께서는 건강에 유의하셔야 합니다. 아버님처럼 되시는 건 원치 않아요.* 숙부님마저 그리 되신다면 전 아마 마음의 병들을 영원히 고치지 못할 것 같습니다.

가난을 사랑하고 전 또 즐기려 합니다. 허나 마음의 병들을 사랑하고 싶지 않아요. 다 無화되었으면 하지만 천성은 버릴 수가 없는 것 같아요. 가끔 숙부님 계시는 곳을 향하여 무언의 기도를 합니다. 그 순간 숙부님을 만나거든요. 神이 알려주신 방법이죠. 그래서 감사드린답니다.

아마 우리 가족 중 아무도 저의 이런 면을 모를 거라고 생각합니다. 미움은 극도로 치우친 사랑임을 깨우칩니다. 미움이 아니라 사랑이기에 아픔이 크다고요. 저에겐 아버님에 대한 그리움이 너무 컸기에 고통스러웠던 순간들을 참아내었다고 생각해요. 이제 지나간 시간들을 회상 아닌 추억이라 해야겠습니다. 인간은 언제나 혼자임을 인식합니다. 공백을 메우기 위해 사랑한다고 하는 건지요. 사랑의 순간 또한 잠시임을 느낀다고 해야겠습니다. 태어남과 죽음 또한 혼자 걸어가는 것인 것 같아요.

숙부님, 외로운 날들을 보내신다면 숙부님과 또한 마음이 동반됨을 생각해 봐야 될 것 같아요. 조카의 거만한 표현이기도 하죠. 詩(시)가 있는 마음은 참된 삶이 되는 것 같은 느낌이 시를 대할 때마다 느끼거든요. 미안해요. 넋두리 타령인 저를 이해해 주셨으면 합니다. 서정 어린 숙부님의 글들은 항상 맑은 이슬 방울 같다는 느낌이 들면서 저는 왜 그렇게 못하는지 모르겠습니다. 숙부님 건강하셔야 합니다. 안녕히 계십시오.

1983. 9. 11. 귀선 올림.

* 임방규의 형인 임창규(변산유격대 참모장)는 임귀선의 부친으로 1952년 체포되어, 1976년 2월에 광주형무소에서 옥사했다.

어머님 보시옵소서

어머님, 어머님이 여름에 자주 앓으셨다는 소식을 들었습니다. 무엇보다 기력이 부쳐서 그러셔요. 그래도 아짐 생신 때 막내며느리와 아짐 집에 다녀오셨다고 해서 마음이 좀 놓입니다.

귀선이 편지를 받은 순간 긴장했어요. 어머님이 여름에 가신다던 시골에 내려가지 않으셨고, 꿈자리마저 사나워서요. 꿈이야 허망하고 헛된 것인 줄을 번연히 알면서도 꿈이 어지러우면 마음이 울적한 것은 제 마음을 마음대로 다루지 못한 소치입니다. 이곳에서 30년 가까이 살아왔으니, 수양이 됨 직도 한데 거기까지는 아직도 멀리 미치지 못하고 있습니다. 그러나 끈질기게 쉼 없이 힘쓸 것입니다.

어머님, 오늘도 아들은 건강하고 든든하게 살아가고 있어요. 더운 때보다 책도 더 보고요. 너무 상심 마시지요. 이제 서늘바람이 일고 있어서 어머님 기력이 회복되실 것입니다.

전에도 말씀드렸습니다만 어머님, 이 아들이 나가기 전에는 누워버려서도 안 됩니다. 마음을 굳게 지니세요. 추석에도 뼈아픈 생각일랑 적게 하시고요. 아들도 추석에 어머님과 아이들의 사진도 보고 지난 일들을 회상하면서 보낼 것입니다만 아픔이 커가면 눌러버릴 것입니다.

어머님, 곧 회복되셔서 기력 정정하시기를 간절히 바라옵니다. 이만 줄이네요. 어머님!

아들 올림.

흥규야 보아라

극심했던 더위에 너 고생했지? 뜨겁던 그 불볕을 뚫고 달려 다닐 너. 땀에 온통 젖어버린 네 모습을 형은 그려보곤 했다. 이제는 괴롭히던 더위도 사라지는구나.

홍규야, 어머님이 자주 앓으신다고? 눈으로 뵙지 않는 형보다 어머님 곁에 있는 네가 더 애타겠지. 고질병이 없으신 어머님이 앓으시는 것은 더위도 원인이 되었겠지만 기운이 약하신 것이다. 십전대보탕은 기력을 돋우는 데 좋은 보약이다. 여기서 알아봤더니 한 재에 4, 5만 원 한다더라. 5만 원을 집어 들고 구로동 형님한테 갖다드려라. 약재는 하품, 중품, 상품이 있는데, 좋은 재료를 쓰실 것이다.

홍규야, 저번에 말한 《미국 민간 건강법》이라는 책을 사다가 제수씨한테 드렸니? 좀 느린 너라 늦장을 부릴 것 같아서 물어보는 것이다. 실행하지 않았으면 이 편지를 받아본 즉시 사다 드려라. 임산부한테 필요한 내용도 쓰여 있다.

그리고 홍규야, 형이 기다리는 책을 누나가 서울에 갖다 놓은 지가 3월 초인데 7월에야 보내다니 너무한 게 아니니? 매부도 그렇지. 알고 있었을 것이 아니냐. 물론 바쁘기도 하려니와 곧 면회 갈 테니까 가면서 가지고 가리라고 생각했을 네 마음을 모르는 게 아니다. 할 일은 제때에 하고 매듭짓는 습관을 길러라.

형한테 안 와도 좋다. 약을 받는 가을이 오고 있지 않니. 늦추지 말고 어머님께 한약을 지어다가 달여드려라. 너야 알아서 다 잘할 테지만 네가 한약을 잘 모르고 또 마침 보약을 먹는 때라 강조했다.

그리고 말이야. 사이클인가, 그것을 탈 때는 언제나 주의해라. 작은 방심이 문제가 되는 것이다. 어떤 일이 있어도 과속하지 말고 급할 때는 도리어 속도를 늦춰라. 네가 돌아와야지만 마음을 놓는 어머님과 네 아내가 있지 않니? 집에 속히 오고 주의할 것을 거듭 당부한다. 안녕.

제수씨 보십시오

제수씨, 여름에 고생하셨지요? 더위에 어머님 병구완 하시느라고 애쓰셨습니다. 이제 자리가 잡혔지요?

제수씨, 작은 살림을 잘 꾸려나가는 주부는 큰 살림을 맡겨 놓아도 잘 해내는 법입니다. 비록 공장 규모가 작을지라도 일을 배우는 것이 어떨까요? 운영에 관한 것 말입니다. 앞으로 여성의 사회적 진출이 더욱 활발해지고 활동 범위도 넓어집니다. 제수씨가 공장 돈을 쥐고 기계의 상태, 사람과 기계, 제품과 사람, 사람과 사람의 관계, 원료를 구입하고 제품을 판매하는 일, 돈의 회전량뿐만 아니라 회전 속도, 부수적으로 쓰이는 돈, 계획 등 공장이 돌아가는 전모를 조감하면서 운영하면 어떨까 생각됩니다. 과일이 조금씩 달릴지라도 시원치 않은 가지는 희생을 무릅쓰고 잘라버리고 좋은 가지에 햇볕이 잘 들도록 배려하며 새 가지가 잘 자라도록 나무를 가꾸는 것이 전체적으로 볼 때 수익이 높아지지 않을까요? 그런 면에서 창의적인 안을 제기하고 불합리한 점은 시정하도록 촉구한다면 일솜씨를 배우는 것은 물론 기업 발전에 일조를 할 것입니다. 믿을 수 있는 여성은 일반적으로 여성으로서의 자상한 점이 있고 마음이 굳어서 돈을 맡겨 놓으면 안전합니다. 따라서 제수씨나 기업이나 다 같이 좋을 것 같습니다. 한번 착수해 보세요. 단 월급은 받으셔야 합니다.

귀선이와 선주가 찍힌 사진 속의 산이 제수씨가 말씀하신 집 앞의 산인가요? 어머님과 제수씨 시선이 자주 머물 그 산을 저도 두 조카와 함께 이따금 볼 것입니다. 그런데 제수씨, 꼭 하나 물어보고 싶네요. 아시겠지요. 이만 줄입니다. 항상 건강하세요.

1983. 9. 12. 시숙 드림.

어머님 보시옵소서

어머님 3일 전에 올린 글월을 받아보셨어요? 어머님이 불러보고 싶어서 몇 자 쓰네요. 어머님! 추석에 아파하지 마시고 아이들과 어울러서 즐겁게 지내세요. 활짝 걷힌 가을 하늘처럼 어머님의 존체 쉬 완쾌되시기를 거듭 간절히 바라옵니다. 어머님! 선주한테 하고 싶은 말이 많아서 이만 줄입니다.

아들 올림.

선주야 보아라

선주야, 그새 잘 있었니? 아빠, 엄마, 네 두 삼촌, 숙모님 모두 안녕하시냐?

네가 전주에서 보내준 편지와 사진을 잘 받았다. 너희들 셋은 그만그만해서 사진만 보고는 누가 언니인지 모르겠더구나. 몸무게가 셋 중에서 네가 제일 많이 나간다고 걱정을 했던데, 삼촌은 네가 좀 더 살이 쪘으면 좋겠다. 물컹한 살 말고 탄탄한 살 말이다.

선주야, 현대 여성은 활동적이어야 한다. 하늘하늘하고 나약한 여성은 미적인 면에서도 하위에 속한다. 살찌는 것을 걱정하지 말고 몸을 단련시켜라. 그래야 마음도 단단해지고 무슨 일이나 척척 해내는 여성으로 생애를 건강하게 살아갈 수 있다. 농구나 정구도 좋고 그런 방면에 취미가 없거든 집에서 간단한 운동 기구를 이용하거나 줄넘기를 해도 좋다. 배드민턴도 괜찮지. 비교적 좁은 공간에서 즐길 수 있는 운동이 아니냐. 파란 하늘에 치솟았다가는 살포시 떨어지는 공, 공을 맞받아치는 재미에 다 죽어가는 공을 살려내는 스릴도 있고, 어른과 아이들이 같이 칠 수 있어서 좋다. 배드민턴이라면 삼촌이 일류는 못 되어도 수준급이다. 너와 치고 싶구나. 삼촌과 겨루도록 네 실력을 쌓아라. 무슨 운동이든 꾸준히 해야 한다.

선주야! 탄탄한 살, 균형이 잡힌 훤칠한 몸매의 예쁜 얼굴도 보기에 좋지만, 고운 마음, 고운 마음에서 우러나오는 진실한 행위는 정말 아름다운 것이다. 사람의 마음은 좋은 점과 나쁜 점을 골고루 지니고 있는 것인데, 그것은 별난 것이어서 뿌리가 있고 자라난다. 좋은 일을 하면 할수록 좋은 면은 커가고 나쁜 면은 줄어든다. 그에 반해서 나쁜 짓을 자꾸만 하면 좋은 점이 흐려지는 것이다.

선주야, 네 마음을 찬찬히 들여다보아라. 네 마음속에 진실하고 착하고 고운 면이 있고 시기 질투에 허영, 너만 생각하는 이기심이 있을 것이다. 마음은 말과 행동으로 나타나는 것인데, 못된 마음이 밖으로 튀어나오려고 할 때는 꾹 누르고 입을 다문 채 방이나 변소 소제를 하거나, 동생들의 옷을 수돗가에 가지고 가서 빨아라. 비누칠을 해서 문지르고 땟국물을 흘려보내면서 네 못된 마음도 그 속에 던져라. 일을 하고 나면 마음이 차분히 가라앉고 흐뭇해질 것이다. 일은 사람이 먹고사는 데 필요한 것뿐만 아니라 우리 마음을 맑고 곱게 만들어 준다. 일을 즐겨 하고 어려움이 있을지라도 네 좋은 점을 꾸준히 키워가거라. 공부도 열심히 하고. 네가 마음이 고운 소녀로 커서 진실하고 자랑스러운 여성이 되기를 삼촌은 간절히 바란다.

많은 말 뒤로 미루고 이만 줄인다. 선주야, 안녕.

혁신아 보아라

혁신아, 학교에 잘 다니고 있니? 너도 많이 컸겠다. 추석이 다가오는데 네 기분이 어떻니? 삼촌은 너만한 때 추석에는 새 옷을 입고 떡이며 과일 등 먹을 것이 많아서 꼬박꼬박 추석을 기다렸다만, 지금의 너희들이야 다르겠지.

혁신아, 추석에 할머님 집에서 차례를 지낼 때 이 삼촌 대신으로 네가 외할아버님께 술잔을 올려라. 너도 따로 올리고. 외할아버님, 외할머님 없이 엄마가 태어날 수 있었겠니? 아빠도 그렇지만 엄마가 없었다면 너희들이 어디서 태어났을 것이냐. 할머님은 엄마를 낳으신 엄마의 엄마이시다.

그뿐인가. 너희들이 세상에 태어날 때 맨 먼저 할머님이 안아주셨고, 너희들을 귀여워해 주셨다. 그러니 혁신아, 할머님한테 잘해야지. 할머님이 누워 계실 때는 팔다리도 주물러 드리고 심부름을 해드려라. 착한 너희들을 보시면 할머님이 기뻐하실 것이다.

공부도 열심히 해라. 조금 덜 놀고 공부하면 되는 것을 날마다 아이들하고 놀다가 그만 뒤에 처지면 부끄럽지 않겠니? 모르는 것은 아빠, 엄마, 누나한테 물어라. 완전히 알 때까지 거듭 물어라. 그래야 머리가 깨쳐서 공부에 취미가 붙고 공부를 잘하게 된다. 삼촌이 말하지 않아도 너는 공부에 힘쓰고 착하게 살아갈 거야. 그렇지? 삼촌은 믿고 있다. 그럼 혁신아 안녕.

혁성아 보아라

혁성아, 네 사진을 보고 삼촌은 퍽이나 기뻤다. 너는 몸이 작고 약했는데 이번 사진을 보니까 훌쩍 크고 반반한 얼굴에 코와 눈이 빼어나게 잘생겨서 흐뭇했다. 거기다가 너는 재주도 있고.

그런데 부끄럼을 타는 모양이지? 삼촌한테 편지를 안 보내는 것이, 아마도 잘못 쓴 글을 삼촌이 보면 어떻게 생각하실까, 걱정하는 모양이다만 괜찮다. 삐뚤빼뚤 쓴 네 글씨를 보면 삼촌이 좋아할 것이다. 언니도 1학년 때 편지를 보내주었다. 그 편지를 삼촌은 없애지 않고 지금도 가지고 있다.

지난달에 너한테 삼촌이 긴 편지를 보냈는데 읽어보았니? 재미있든? 혁성아, 다음에 누나랑 언니랑 편지를 쓸 때 너도 써서 보내라. 학교에서는 선생님, 집에 와서는 아빠, 엄마, 누나, 형의 말을 잘 들어라. 어려서 잘해야, 어려서 착해야 커서 훌륭한 사람이 되는 것이다. 어려서부터 싹수가 있어야지. 오늘은 이만 줄인다. 혁성아 안녕.

1983. 9. 15. 삼촌 씀.

추신 : 선주야, 네가 눈이 나빠서 안경을 썼는데 눈은 24, 5세까지 나빠지는 것이다. 책 제목《눈이 좋아지는 책》이 있다. 아빠가 사서 보시고 네 눈이 더 나빠지지 않도록 너를 돕고 아빠 자신의 눈도 보호했으면 좋겠다. 9월 11일 자 귀선이언니 편지를 잘 받았다. 지금 쓰고 싶다만 엽서가 제한되어 있어서 다음 달에 회답을 보내마고 전해라.

뵙고 싶은 오빠께 올립니다

오빠의 집념으로 별고 없으리라 믿고 몇 자 적어 올립니다. 기세를 부리던 더위도 물러갔군요. 금년 같은 더위에 감옥에서 무척이나 고생하셨을 줄 알고 있습니다.

오빠, 동생은 별일 없이 잘 있습니다. 어머님 생신 때 들르겠습니다. "오빠" 몇 번이고 불러보고 싶습니다. 추석이 올 때마다 오빠가 더 그리워지고 뵙고 싶을 때는 당장이라도 가고 싶지만, 뜻대로 되지 않는군요.

서울 식구들은 어머님을 비롯해서 열심히 일을 하고 있답니다. 집안 걱정을 마시고 오빠 몸 유의하시기 바랍니다. 오빠, 너무나도 긴 세월을 이렇게 보낸 것을 생각하면 가슴이 찢어지는 것 같습니다. 오빠, 다시 한번 기회를 가져 주세요.* 동생으로서 부탁드립니다. 오빠, 이제는 어머님이 너무 가엾게 보이십니다. 오빠를 못 뵙고 마실 것 같군요. 어느덧 7년이란 긴 세월이 흘렀습니다. 너무도 허무합니다. 오빠 나이 51세, 30년이란 세월을 감옥에서 보내시는 오빠의 마음은 오죽이나 하겠습니까만 옆에서 지켜보는 식구들도 생살을 저미는 것 같습니다. 저는 오빠를 잊어본 적이 없습니다. 괴로울 때는 더 뵙고 싶고요.

언젠가 제가 편지에 그랬지요? 괴로울 때 오빠의 전화 목소리만 들어도 그날 하루 기분이 좋았다고요. 오빠, 다시 한번 만나서 오순도순 살고 싶군요. 저도 열심히 살겠어요. 오빠, 희망을 갖고 감옥 생활에 허가 없도록 노력하시기를 부탁드립니다. 20,000원을 송금합니다. 오빠 안녕히 계십시오.

1983. 9. 17. 동생 순덕 올림.

삼촌께

안녕하세요? 이 무더운 해 어떻게 지내셨는지요? 삼촌, 추석이 왔지요. 삼촌은 추석에 어떻게 지내실 거예요? 저는요, 시골에 가요. 아빠의 고향 전라북도에 가요.

방학 때 의정이누나가 와서 공장 일도 도와주고 우리가 모르는 것도 가르쳐 주었어요. 그리고 할머니 몸도 건강합니다. 공장 일도 잘되고요. 혁성이와 선주누나는 의정이누나와 같이 전주에 갔는데 나는 전주에 못 갔습니다. 의정이누나가 가면서 천 원을 줬는데 나는 바로 적금을 하였습니다.

아빠가 보물섬을 사줬습니다. 그 속에 어린이회관 수영장 표가 있어서 나는 어린이회관에 놀러 갔는데 갔다 오니까 얼굴이 까맣게 되었습니다. 삼촌이 건널목을 건널 때는 꼭 잘 살펴보고 가라고 하셨죠? 나는 그렇게 하면서 잘 지켰어요. 삼촌, 삼촌도 추석이 오면 즐겁겠지요? 추석을 잘 지내시고 몸도 건강하셔요. 이만 줄이겠습니다.

1983. 9. 19. 화요일. 혁신이 올림.

삼촌께

삼촌, 그동안 몸 건강하셨어요? 여기 모두 잘 계서요.

할머니는 요즘 엄마가 공장에 나가시니 우리 집에 와서 우리들 뒷바라지하시느라고 고생 좀 하시지만 할머니는 우리들 뒷바라지하시는 것이 즐거우신가 봐요. 몸은 건강하서요.

그리고 삼촌, 홍규삼촌은 어떠하신 줄 아서요? 외숙모를 위하느라고 안절부절못하서요. 어제는 또 외숙모가 감이 먹고 싶다고 했더니 감을 사서 오시고, 우리들이 보아도 하나도 안 주시는 정도이어요. 그러니 요즘 홍규삼촌이 미울 정도예요.

그리고 공장 일도 잘 돌아가고 있어요. 그러니 우리 집 걱정은 하시지 마서요. 삼촌, 아버지 어떻게 지내시는지 궁금하시죠? 아버지께서는 언제나 웃으셔요. 어머니께서도 마찬가지로 언제나 웃으시니 걱정하실 것 없어요. 그리고 혁성이는 키도 크고 살도 쪘어요.

삼촌, 이제 곧 추석인데 무엇을 하고 계셔요? 저는 올 추석에 전라북도에 갑니다. 온 집안 식구 전부 다 갑니다. 삼촌은 정말 쓸쓸하겠군요. 혼자 거기에 계시니까요.

그런데 올 추석에는 무척 더워서 긴 옷은 못 입겠어요. 그쪽 날씨는 일기 예보를 보니까 서울보다 좀 덜 덥게 생겼어요. 삼촌, 그렇게 더운 데다가 요즘 운동회 연습하느라고 죽을 지경이어요. 뭐 고전무용, 부채춤을 한다나요? 정말 죽을 지경이에요. 그리고 또 기기에디 한복끼지 입고 하니, 정말 힘들어 죽겠어요. 우리 운동회날은 27일이어요. 그러니 삼촌 27일 저의 사진을 보며 저의 운동하는 모습을 생각하서요. 그러면 한층 즐거우실 거예요.

아 참 삼촌, 전에 쓴 편지 잘 읽었는지 모르겠어요. 맞춤법이 많이 틀렸을 거예요. 벌써 6학년인데 맞춤법 하나도 모르니 장래 제가 어떻게 되겠어요? 저의 꼴이 말이 아니겠어요.

삼촌, 그런데 저한테 삼촌의 답장은 안 왔는데요. 어쩐 일인지 모르겠어요. 혹시 전주에다 보내신 것 아니신지요. 다음엔 꼭 답장을 서울로 보내주셔요. 그럼, 이만 줄이겠어요.

(사진 1매, 일금 2만 원을 부송합니다.)

1983. 9. 19. 조카 선주 올림.

숙부님께

안녕하십니까? 밤하늘의 달은 점점 둥글어 가 추석을 알리고 있습니다. 어렸을 때 생각이 납니다. 밀가루에 쑥을 버무려 송편을 빚었고, 보리떡에 팥을 넣어 먹던 일이에요. 전 지금도 보리떡에 미련을 버릴 수가 없답니다. 보리떡 타령에 엄마가 해주셨는데 맛이 있었어요. 그러나 밀가루 송편만은 그런 것 같아서 구미에 맞지 않는 것 같아요.

지금은 먹는 것들이 너무도 흔하기 때문에 웬만한 것은 뒤치다꺼리에서 쓰레기만 만들어요. 그만큼 식생활이 많은 변화를 보이는 것 같아요. 언제부터인지는 모르지만 커피를 안 마시면 이상한 것 같고요. 밥보다는 간식을 즐기거든요. 요즘은 밥은 공깃밥도 많은 거예요. 저 자신부터도 공깃밥을 다 못 먹는 형편이거든요. 시래기죽, 고구마밥, 조밥들은 이제 어떤 때 보면 별미인 것 같아요. 시래기죽은 이미 사라진 거죠. 신부님께서 가난한 이웃을 도와주려고 쌀을 갖고 가셨는데, 할머니 말씀이 "요즘 굶어 죽는 사람이 어디 있어요?" 하시더래요. 그만큼 배고픔은 사라지고 있답니다. 사라지는 것은 정이지요. 서양에서는 사랑이라고 하지만 우리에겐 그래도 정인 것 같아요.

현실의 문명 속에서 퍼지는 것은 정신에 주어지는 신경병이래요. 일종 현대병 또한 사치한 병이라고들 한답니다. 이런 생활들은 더욱 복잡하게 만들어질 것 같아요.

숙부님, 건강하게 보내십시오. 이곳의 사람들은 모두 다 안녕하십니다. 안녕히 계십시오.

1983. 9. 19. 귀선 올림.

어머님 보시지요

어머님, 안녕하세요? 일주일 전에 올린 글월을 받아보셨어요?

어머님, 양지쪽에 국화 봉우리가 방긋이 열렸어요. 어머님 생신은 햇곡식이 풍성하고 국화가 피는, 단풍에 산은 붉고 좋은 때인데 아들은 이날까지 어머니 모시고 산에도 가고 흐뭇한 자리를 가져보지 못했네요. 그 점도 또한 한이 되옵니다. 어머님 오래오래 계셔요.

그리고 어머님, 장차 태어날 손자가 있지 않은가요? 그놈이 크는 것을 지켜보셔야지요. 아이 키우는 일이야 어머님보다 나은 분이 얼마나 있을까요. 어머님은 자식을 어려서 날린 일이 없으시고, 특히 순이와 홍규는 할머님과 어머님이 키우셨지요. 어머님이 낳아서 키우신 자식들. 순덕이, 순이, 홍규는 어디다 내놓아도 자랑스러운 동생들입니다. 제 동생들이라서 그런 게 아니라 지금 세상에 보기 드문 성품들을 지니고 있어요. 물론 그렇게 되기까지는 저희들의 피나는 노력이 있었겠지만, 어머님이 어려서 사람 됨됨이의 바탕을 튼튼히 다져주지 않으셨다면 어림도 없습니다. 어머님이 아기 옆에 계시면 그놈 장래를 내다볼 수 있고 아무런 걱정을 안 해도 되지요. 다른 사람은 몰라도 저는 그런 생각이 듭니다.

어머님, 아이를 키우는 것은 사람의 숭고한 일 중의 하나가 아닌가요? 어머님이 정정하셔서 손자가 태어나면 그놈을 어르고 돌보시고 크신 사랑을 듬뿍 안겨주세요.

아들은 건강합니다. 안심하시지요. 어머님 생신을 맞이하면서 어머니께 올리고 싶은 말씀 더욱 많사오나 이만 줄입니다. 어머님 강녕하시옵소서. 어머님이 만져보실 이 엽서에 볼을 댑니다. 어머님!

아들 올림.

홍규야 보아라

요즘 바쁘니? 먹고 산다고 날이면 날마다 뛰느라고 차분히 앉아서 책도 못 보지?

전번 선주 편지에 "요즘 홍규삼촌이 어떤지 아세요? 외숙모 위하느라고 어쩔 줄을 모른답니다. 어제는 외숙모한테 드리려고 감을 사 왔는데 글쎄 우리들이 옆에 있어도 하나도 안 주시지 않아요. 삼촌이 미워졌어요." 그렇게 썼던데 그놈이 어디선가 애 설 때는 신 것이나 과일을 찾는다는 말을 들었고 눈치를 챈 모양이다. 그 애 글을 읽어가면서 형은 기뻐했다. 재치 있는 그 애 글에 혼자 웃었다.

홍규야, 감도 사고 사과도 사 가지고 가서 선주를 달래라. 고 맹랑한 녀석한테 두고두고 꼬집힐래? 오늘따라 더욱 이것저것 너와 이야기하고 싶구나. 그러나 뚝 끊고 이만 줄인다. 항상 차 조심해라. 안녕.

제수씨 보십시오

제수씨, 건강하십니까? 벌써 가을이 왔네요. 세월이 빠르지요?

동양에서는 태교라고 해서 아이는 태안에서부터 교육을 시켜야 한다고 했습니다. 제수씨는 두 분 어머님이 계셔서 여러 말을 할 필요가 없습니다만 아이를 위해서도 골고루 자셔야 합니다. 엄마가 사과를 먹으면 태아도 사과를 먹는 것입니다. 태아는 스스로 운동을 하고 있으며 엄마가 운동하면 튼튼해집니다. 무리가 안 가도록 가벼운 운동을 하세요. 태안에서 인간의 기본 체력이 형성되기 때문에 영양을 골고루 충분히 공급해야 합니다. 책을 보니까 영양제까지도 약물은 되도록 쓰지 말고 영양분과 양분은 자연식품을 통해서 섭취하는 것이 좋다고 했대요. 그 점 유의하시기 바랍니다.

그리고 취미 있는 것으로 되도록 생활과 관계있는 한 분야를 택해서 계통적으로 책을 보시면 어떨까요? 조금씩 짬을 내서 꾸준히 말입니다. 이제 이 나이에 책을 봐서 무엇 하겠느냐는 생각은 아예 버려야 합니다. 제수씨의 앞으로의 생애는 적어도 50년이 남아 있지 않은가요? 옛날에는 인간의 평균 수명이 50여 세에 불과했습니다. 지금 유치원에 들어가도 늦지 않지요. 하물며 기본 지식이 있는 데야 나는 권하고 싶습니다. 한 계통의 책을 20년이고 30년이고 보아 가면 그 분야에서 정통할 것이며 가정과 사회에 크게 이바지할 것입니다. 뿐만 아니라 시간을 낭비하지 않고 하루하루가 값지고 흐뭇할 것입니다.

제수씨, 40년 전에는 비행기만 떠도 드물게 보는 것이라 아이들이 좋아서 그것도 프로펠러 비행기인데 하늘 저쪽으로 사라질 때까지 보곤 했어요. 2차 대전시에도 공습경보가 나서 방공호에 들어갔다가도 비행기 소리만 나면 아이들은 좀이 쑤셔서 밖에 나가 보곤 했습니다. 그때는 사람이 달에 가리라고는 꿈에도 생각을 못 했어요. 그런데 오늘은 달 정도가 아니라 로켓이 우주를 달리고, 레이저 살인 광선에, 기계가 기계를 다루며 사람처럼 돌아다니면서 일하지요. 지난 40년 동안 지구상 지도도 변했고 정치, 경제, 군사, 과학, 문화 등 모든 분야에서 눈부신 변화가 있었습니다. 앞으로의 변화 속도는 훨씬 클 것이며 엄청난 발전이 있을 것입니다. 제수씨 세대에 말입니다. 4, 50년 후에는 지금은 불가능한 일, 상상할 수조차 없는 일들이 현실적으로 이루어질 것입니다. 역사의 거대한 파도를 타고 나가야 할 개개인들은 역사에 대한 과학적인 인식이 있어야 하고, 자기의 먼 앞을 바라보면서 전진해야 할 것입니다. 코앞만 보고 가다가는 나갈 수 없는 심연이나 벼랑에 맞닥뜨릴 수 있고, 먼 곳만 보고 가다가는 돌부리에 채여서 넘어질 수도 있는 것이라 발부리에서 생애의 마지막 날까지의 먼 곳을 일직선상에, 시계에 두고 나가야 할 것입니다.

하루에 조금씩 몇 페이지를 보아도 되겠지요. 티끌 모아 태산이란 말이 있지 않아요. '여자의 일심은 바위도 뚫는다'라고 합니다. 2천 년을 넘어온 세계 3, 40년 후의 자신을 상상하면서 꾸준히 노력하시기 바랍니다. 낮에 틈틈이 읽은 내용을 밤에 지쳐서 들어온 남편한테 들려주면 남편은 배우고 자신은 정리하고 좋지 않을까요? 지금은 4, 50대 주부도 더러 대학에 간다고 합니다. 제수씨, 배울 기회는 앞으로 얼마든지 있습니다. 제수씨의 발전을 바랍니다. 아무쪼록 건강하시고 사랑이 충만한 가정에 값진 삶이 이루어지시기를 바라면서 줄입니다.

1983. 10. 17. 시숙 드림.

찬미 예수. 숙부님께

안녕하십니까? 지금 창밖에는 83년도 첫눈이 내리고 있습니다. 꼬마들은 "눈이다" 하면서 즐거워하는 함성을 들을 수 있습니다. 숙부님께서도 눈 오는 모습을 보고 계시는지요. 비가 눈이 되어 내리는 날 참으로 묘한 기분이 드는 것 같아요. 소녀적인 감상이라고 할까요. 솔직하게 말하면 따끈한 차 한잔에 낭만이라는 걸 찾고픈 건지도 모르겠습니다. 또 누군가에게 전화라도 와주길 바라는 것 또한 사실인 것 같아요.

건강은 어떠신지요? 전 호전되어 가는 모습에 그저 감사하는 마음으로 보내고 있습니다. 오랫동안 소식을 드리지 못했어요. 첫눈이 내리는 오늘 숙부님을 그리워하면서 이글을 띄우고 싶어집니다.

작은아버님께서 방문하셨을 때 소식을 들어 알고 계시리라 생각됩니다. 구부러진 다리가 곧게 펴지고 있습니다. 완전 치유되어 숙부님께 보여드리고 싶어 함께 가고픈 걸 참았습니다. 앞으로 조금의 시간이 지나면 전 다리 예쁜 숙녀가 될 것 같습니다. 오랜만에 기쁜 소식을 전해드리게 되어 기쁜 마음입니다. 저 하늘에 계신 아버님께서도 알아주셨으면 하는 마음입니다. 막내가 건강한 모습이 되는 것을요.

어머님께서도 매우 기뻐하십니다. 어려운 중에도 치료비를 주시면서 기뻐하시는 모습에 남모를 눈물을 흘렸어요. 기쁨은 어느 것이든지 행복감을 주는 듯합니다. 제 자신의 설렘보다는 어머님께서 기뻐하시는 모습에 전 티 없이 기쁘답니다. 저는 앞으로 무엇으로 보답해야 할 것인가 생각해 보곤 해요. 어머님의 기쁨을 헛되게 하고 싶지는 않으나 실망을 줄 일을 해야 될 것이 있기 때문입니다. 그것에 대해선 찾아뵙고 진지하게 이야기해 보고 싶어요.

숙부님, 글이 영망임을 용서하십시오. 잘 쓰려 노력했는데 다리 운동 덕분에 손이 떨려 잘 써지지 않아요. 아픔이 가시면 전 열심히 살아야겠지요. 숙부님, 저의 모습을 상상하셔야 합니다. 살은 찌지 않았지만 얼굴은 뽀얗게 되었답니다. 건강의 상징이죠.

제 이야기만 한 것 같아요. 그러나 어떤 것보다 중요성을 느끼는 건강에 숙부님께서도 주의하시기 바랍니다. 자주는 못 드리지만 기도 중 숙부님을 생각합니다. 숙부님, 눈 오는 날 우린 멋진 데이트를 한 것입니다.

이제 겨울입니다. 두꺼운 옷을 입어 눈한 계절이죠. 삼기 소심하서요. 안녕히 계십시오. 첫눈의 신성함이 숙부님께 가득 채워지길 바랍니다. 주의 평화와 은총이 가득하소서. 아멘.

1983. 11. 16. 귀선 올림.

어머님 보시옵소서

어머님, 안녕하세요? 날씨가 차네요. 요즘 건강이 어떠신가요?

어머님, 책을 보니까 감기에 잘 걸리는 사람은 추운 날 밖에 나갈 때 목 뒷부분을 따숩게 싸는 것이 좋고, 밤에는 목 앞뒤를 느슨하게 감고 자는 것이 좋다고 합니다. 시골 사람들은 목뒤 살갗이 햇볕을 쬐기 때문에 두터워져서 감기에 잘 걸리지 않지만, 도시 사람들은 그렇지 않아서 감기에 잘 걸린다는 내용이 있었습니다. 새벽에 일어나시면 잊지 마시고 목뒤를 손으로 5, 60번씩 문지르세요. 손을 바꾸어 가면서 열이 나도록 세게 문지르세요. 몇 달 안 가서 살갗이 두터워집니다. 저는 3년 전부터 목을 문지르고 있는데 찬 곳에서도 감기를 모르고 지내네요.

외풍이 직접 머리에 닿지 않도록 머리를 문이 없는 쪽에 두고 주무세요. 날이 추워지고 있습니다만 어머님, 복막염으로 절구통만 한 배에 겨우겨우 벽을 짚고 걸음을 옮기던 때도 마루방에서 살았는데 그때에 비하면 지금은 누워서 떡 먹기나 다름이 없습니다. 밖에 나가면 뛰고 건강합니다. 어머님 염려 마시지요.

추운데 어머니께서 특히 감기에 유의하시고 무엇보다도 진지를 잘 드셔요. 마음을 굳게 지니시고, 어머님 아들이 나갈 때까지는 자리에 누우셔도 안 됩니다. 겨울에 어머님의 존체 강녕하시기를 거듭 간절히 바라오며 줄입니다.

아들 올림.

귀선아 보아라

귀선아, 네 편지를 반갑게 받았다. 네 다리가 정상으로 회복되고 있다니 얼마나 기쁜 일이냐. 완치되거든 오너라. 네 성한 다리를 보고 싶다. 아빠는 네 다리를 고치기 위해서 10년이 넘도록 침술을 익혔으나 네 다리에 침을 놓지 못하고 가셨다만, 아빠의 소원이 이제 이루어지나 보다. 하루하루 나아지는 네 다리를 보는 너, 네 모습을 옆에서 지켜보시는 엄마도 또 얼마나 기뻐하시냐. 소아 마비가 심한 편은 아니어서 천천히 걸으면 나타나지 않지만, 빨리 가면 절던 너를, 네 걷는 것을 볼 때마다 엄마는 아프고 안쓰럽고 그래서 너라면 온통 감싸주시던 엄마. 엄마의 그 자애롭고 깊은 사랑은 네가 지금은 모를 것이다. 아이를 두셋 낳아서 키워봐야 미루어서 헤아릴 수 있을 것이다. 귀선아, 어떠한 일이 있어도 엄마를 실망시켜서는 안 된다. 네 치료비를 마련하기 위해서 오늘도 애쓰고 계실 엄마께 깊이 감사드린다.

그리고 귀선아, 먹지 않으면 배가 고프고 성장한 남녀는 이성이 그리워지는 것이 아니니? 이는 본능적인 것이며, 그 욕구가 강렬하지만 판단의 기준이 있고 인격을 갖춘 사람은 옳지 않다고 생각할 때 단연 거부하고 당연한 것도 절제하는 것이다. 너는 마음이 곱고 굳어서 감정을 충분히 제어할 수 있다고 보는데, 문제는 본능적인 욕구를 느낀다고 해서 죄가 될 수 없음에도 불구하고 죄악시하며 괴로워할까 걱정이 된다. 감정은 때로는 무분별한 것인데, 감각 기관을 가지고 있는 인간이 그 감정을 느낀다고 해서 죄 될 것은 없지 않느냐. 사람인 것을.

물론 감정에 지배되고 이성이나 의지를 넘어서 분별없이 행동한다면 그것은 안 되지. 자신을 망치고 씻을 수 없는 잘못을 범하게 되는 것이니까. 올바른 정신과 감정으로 극복할 수 있는 강력한 의지를 가지고 있으면 그것으로 된다. 솔깃한 것, 달콤한 감정에 쏠리다가도 바로 제 자신으로 돌아와서 의식이나 행동에 큰 잘못을 범하지 않고 인생을 바르고 값있게 살아갈 수가 있다. 산의 개울 물은 흐르면서 씨어느는 오물을 부난히 걸러내기에 항상 물은 맑지 않더냐. 짐승들이 와서 마시는 물, 사람이 마셔도 탈이 없는 맑은 물이면 된다. 증류수는 물이 아니다.

귀선아. 너에게 부탁이 있다. 네 장래를 결정하는 중대한 일은 엄마와 가까이 있는 작은삼촌, 고모부의 의견을 듣고 최종적으로 네가 결단을 내려라. 이미 결정을 해놓고 의견을 묻는 것은 사랑하는 분들에 대한 네 도리가 아니다. 너보다는 거친 세상을 더 살아왔다. 어른들의 의견을 참작해라. 특히 배우자를 선택할 경우 남자는 남자들이 더 잘 아는 것이다. 삼촌 말을 잊지 말아라.

네 다리가 하루속히 완치되고 집안과 너에게 기쁨이 있기를 거듭 바라면서 줄인다. 귀선아, 오빠와 언니들에게도 안부 전해라. 그럼, 안녕.

1983. 11. 29. 삼촌 씀.

홍규야 보아라

홍규야 잘 있니? 비타민 C에 관한 내용이 있어서 보았더니 감기에도 좋다고 했더구나. 감기 증상이 있을 때는 하루에 2,000mg 정도를 사나흘 복용하면 멎는 수가 있고, 진행되더라도 가볍게 앓는다고 한다. 이가 아플 때도 비타민 C를 2,000mg씩 4, 5일 복용하고 효과를 보았다. 참고해라. 유판씨는 한 정에 500mg이다.

제수씨는 건강하시냐? 태아에게 필요한 무기물, 칼슘, 철, 인 등은 일반 식품에서 충분히 섭취할 수 있지만, 칼륨은 부족한데 사과, 고추, 꿀 등에 함량이 많다고 한다. 또 요도는 소량이 극히 필요하지만 일반 식품에는 전혀 없고 해산물 즉 바닷물고기나 패류, 김, 미역 등 해초류에만 있다고 한다. 매일 조금씩 자시도록 해라.

면회 시에 부탁한 과학 잡지는 출판사 명의로 우송될 경우 가족이 아니기 때문에 반송시킨다고 한다. 출판사에 네 이름으로 우송할 수 있는지를 전화로 알아보고 일 년 계약을 해라. 그것이 안 되면 네가 일일이 붙일 수도 없으니 그만두어라.

땅이 얼고 날씨가 차다. 물품 운반할 때 조심해라. 열흘 전에 선주에게 편지를 보냈는데 받았니?

어머님 보시옵소서

어머님 안녕하세요? 요즘 어떻게 지내시는가요? 겨울 날씨치고는 대단치 않습니다만 그래도 바깥바람이 차서 방안에 계시는 날이 많지요? 나가고 싶어도 자칫하다가는 감기에 걸려서 고생하시고 또 나가서서 감기 드셨다고 딸 아들한테 언짢은 소리까지 들으실 테니 나갈까 말까 망설이다가 그대로 계시는 때가 많으시지요?

어머님, 바람이 불고 구름 낀 날은 나가지 마시고, 해가 잘 나는 날은 햇살이 퍼지는 10시나 11시경에 목을 따습게 두르고 나가셨다가 2, 3시에 일찍 돌아오시면 좋습니다. 종일 방안에 계실 때는 방에서 왔다 갔다 거니세요. 걷는 것은 몸에 좋습니다.

아들은 오늘도 건강합니다. 추워도 추위에 아랑곳없이 책을 보네요. 어제는 책을 덮고 어머님을 생각하다가 한 가닥 아픔이 스쳤습니다만 어머님이 계시고 지금도 내가 살아 있다니 거기에 생각이 미치자 흐뭇했습니다. 살아있는 사람은 만나는 법이니까요.

어머님, 추운 때 건강하시고 진지를 잘 드세요. 어머님께서 강녕하시기를 거듭거듭 바라오며 줄입니다.

어머님 아들 올림.

제수씨 보십시오

제수씨, 건강하세요? 빌써 12월 중순, 이 헤도 역시의 뒤안길로 사라지고 있네요. 제수씨는 특히 결혼을 하고 아기를 갖고 생애에서 새 장을 연 이 한 해를 보내면서 감회가 크실 줄 압니다.

그런데 제수씨, 아이를 갖는 어머님들이 더러는 식사를 제대로 못 하고 고생하는 데 음식을 잘 드시는가요? 또 첫애는 경험이 없어서 불안하고 그래서 신경이 날카로운가 하면 때로는 우울하고 감정의 기복이 심하다고 하는데 제수씨는 어떠세요? 아무래도 변화가 있겠지요. 남자는 겪을 수도 없는 산고라는 고통을 겪어야 할 테니까. 그렇다고 크게 우려할 것은 없을 것 같습니다. 어머니들은 누구나가 겪은 것이고, 옛날에는 10대의 어린 나이에 겪지 않았나요. 지금이야 전문 의사의 도움을 받는데……. 마음을 푹 놓아도 될 것 같습니다. 불안이 엄습해 올 때는 "여자면 다 겪는 것을 왜 내가 두려워해?" 하고 스스로를 달래시고 넉넉하게 마음을 지니세요. 마음에 여유가 있는 사람은 무슨 일이나 급해도 당황하지 않고 잘 처리할 수 있습니다. 주위에서도 안정이 되도록 보살펴야 하겠지만, 제수씨 자신이 감정을 부드럽게 마음은 순하게 쓰도록 힘쓰세요. 날카롭거나 격한 감정이나 상심은 신체에 여러 가지 변화를 일으키고, 몸은 얇은 막을 사이로 태아와 닿아 있기 때문에 바로 태아에게 전달될 것이며, 태아는 몸에 전해오는 자극에 의해서 형성 과정에 있는 정신에 반드시 영향을 받을 것입니다. 그래서 예로부터 태교라는 말을 하지 않았을까요?

엄마가 되는 것은 더없는 기쁨이며 자랑이지만 짐이 실로 무거울 것 같습니다. 20여 년을 키워야 할 자식, 아니 일생을 두고 자식을 걱정하는 어머니. 그러기에 훌륭한 자식을 둔 어머니는 그 점만으로도 만인의 존경을 받는 것이 아닌가요? 이제 아기가 태어날 것이고, 제수씨의 꿈은 평생을 몸담고 있을 가정, 가족이 살아가는 사회에서 제수씨의 노력으로 이루어지겠지요. 몸가짐에 극히 조심하고 계실 제수씨를 생각하면서 심신이 건강하시기를 간절히 바랍니다. 이 해를 보내면서 고운 꿈 꾸시고 한 아름 희망을 안고 새해를 맞이하시기 바랍니다.

이만 줄이네요. 제수씨 행복하세요.

시숙 드림.

흥규야 보아라

홍규야, 어머님 모시고 잘 있니? 요즘 바쁘지? 형도 바쁘다. 연말이라고 해서 특별히 할 일도 없지만 그래도 바쁘다. 흥규야, 제수씨와 어머님을 극진히 모실 줄 안다만 미처 생각이 못 미칠까 봐 몇 마디 쓴다.

말벗이 없고 할 일도 없이 방안에 갇혀 있는 사람은 어디에 있든지 징역살이보다 더한 것이다. 어머님을 모시는데 그 점에 관심을 높여라. 그리고 결혼 전에 마음먹었던 일들이 어느 만큼 실현되었는지 점검을 하고 새해 계획을 세워라. 사람은 살아가는 동안 끊임없이 문제에 부딪히는 것이다. 문제를 바르고 슬기롭게 풀고 헤쳐가야 한다.

결혼 후 1년여의 세월이 흐르면 권태기가 온다고 하는데 그것은 그동안의 생활을 통해서 서로의 단점을 알게 되고 기대가 어그러지기 때문이다. 남자와 여자가 다르고 각기 상이한 환경에서 컸으며, 취미와 수준의 차이가 있는데 어찌 서로가 하는 것마다 다 마음에 들 것이냐. 도대체가 있을 수 없는 것이다. 또 사람마다 단점이 있는 것이다. 그 점을 전제한다면 사랑하는 남편이나 아내의 부족을 메꾸기 위한 노력은 있어도 권태는 없을 것이다.

너는 형과 장기를 두어 보았지. 말을 옮길 때마다 미리 생각하고 가다가 얽히면 깊이 생각해서 혈로를 뚫고 그때 즐거움이 있으려니와 수가 높아지지 않더냐. 장기는 끝에 가서 승패로 결말이 나지만, 부부 사이의 문제는 서로가 달라붙어서 하나하나 해결할 때 실질적인 결과가 두 사람에게 안겨지는 것이다. 물질적인 것은 물론 서로의 수준(인격이라고 해도 좋다.)은 높아지고 사랑이 더욱 깊어갈 것이다. 부부 공동의 목표를 설정하고 부단히 힘써라. 노력 없이 이루어지는 것이 있더냐.

자주 대화를 가져야 한다. 허심하게 말하고 서로가 서로의 말을 귀담아들어야 한다. 의견의 차이가 생길 때는 틈을 메꾸기 위해서 최선을 다해라. 부부 사이가 굳게 사랑으로 결합될 때 어머님, 자식, 여타 문제들이 순조롭게 풀려갈 것이다. 네가 알아서 다하고 있을 내용들을 길게 늘어놓은 것 같다. 제수씨한 테도 잔말을 하고~.

그러나 홍규야, 누구 못지않은 부부가 흐뭇한 가정을 꾸리고, 생활을 값지게 보내도록 바라는 마음 간절한 데 기인한 것이다. 그리 알아라. 이 해를 잘 마무리하고 먼동이 터오는 새해를 기쁘게 맞이하길 바라면서 줄인다.

1983. 12. 16. 형 씀.

어머님 보시옵소서

어머님, 어제 제수 편지를 반갑게 받았습니다. 어머님께서 안녕하시고 모두 잘 있다는 소식에 흐뭇했습니다. 어머님, 날씨가 차서 변소 가는 길도 그렇고 불편하시지요? 요즘은 손자들이 방학을 해서 뛰어놀고 수선을 떨었겠네요. 할머님 주머니가 두둑해야 손자 녀석들이 더 따르는 것인데…….

어머님, 어려서 기억이 나네요. 그 시절은 어쩌다가 엿장수가 마을에 왔지요. 돈 아닌 머리카락이나 고무신짝, 쇠붙이를 가지고 엿과 바꾸었어요. 다른 아이들도 그랬습니다만 저도 돈으로 엿이나 사탕을 사 먹거나 돈을 헤프게 쓴 기억이 별로 없네요. 그러나 학용품이 필요할 때 또는 학교에서 극장에 간다든지 돈 쓸 일이 생겼을 때 어머님께 돈을 달라고 하면 더러는 없다고 하셨고, 그런 때는 의례히 할머님한테 가서 돈을 주시라고 떼를 썼어요. 인자하신 할머님은 돈이 있건 없건 "내가 돈이 있다냐?" 하셨고, 한참 만에야 치마 말 속에서 주머니를 꺼내주시며 찾아보라고 하셨습니다. 주머니 끈을 풀고 뒤져보면 1전짜리, 5전짜리, 10전짜리 동전이 나왔고, 그중에서 필요한 한두 닢을 쥐고 좋아서 뛰어가곤 했습니다.

　그런데 한 번은 할머님이 내주신 주머니 속에 돈이 한 푼도, 한 닢도 없었어요. 풀이 죽은 저는 하나도 없다면서 주머니를 드리니까 "이놈아! 찾아봐" 하시지 않겠어요. 또 찾아봐도 없고, 주머니를 홀랑 뒤집어보아도 없는데 할머님은 웃기만 하셨습니다. 어머님, 주머니 옆에 술이 달린 노리개도 있고, 뚜껑이 골무처럼 생긴 딱딱한 것이 있지 않은가요? 바늘 쌈지 말입니다. 나중에는 그 안을 뒤졌더니 꼬작꼬작 꾸긴 1원짜리 지폐가 나오지 않겠어요. 얼마나 좋았던지. 아무도 없을 때 아버님이 할머님께 드린 용돈이겠지요. 그때 1원이면 큰돈이 아닌가요. 그 후 일은 기억이 없고 무엇에 쓰려고 졸랐는지도 떠오르지 않습니다.

　할머님은 돈이 없을 때는 계란 열 개를 짚으로 묶어주시며 팔아서 쓰라고 하셨고, 그런 날은 계란을 들고 읍내로 들어가기가 부끄러워서 읍 입구 장사들에게 돈을 주는 대로 받고 줘버린 기억이 납니다. 그때가 아마 혁신이만 했을까요.

　지금 아이들은 돈을 턱없이 써서 그놈들이 달라는 대로 다 줄 수도 없을 것이고, 백 원 달라고 하면 고작 십 원짜리 몇 닢 주시겠지요. 아무튼 녀석들은 그 재미가 있어야 할머님을 더 따를 것 같습니다. 어머님께서도 그놈들한테 주시는 재미가 있으실 것이고. 어머님, 한겨울을 귀여운 손자들하고 즐겁게 보내세요. 아들 걱정은 마시고요. 유리창이 꽁꽁 얼어붙고 춥습니다만, 요즘은 신경통으로 냉수마찰은 못 하오나 아침에 일어나서 벗어부치고 마른 수건을 틀어쥐고 힘껏 문지릅니다. 어머님, 안심하세요.

　그리고 아이들이 까먹고 난 귤껍질을 버리지 마시고 말려두었다가 감기기가 있을 때는 같은 양의 생강과 함께 물을 붓고 끓인 다음 설탕을 타서 따끈하게 자시면 좋습니다. 어려운 것이 아니오니 해보세요. 추운 겨울철에 어머니께서 강녕하시기를 거듭 간절히 바라며 줄입니다. 어머님!

누이에게

중이 누이동생을 업어갔나? 얼굴을 잊을 지경이다. 순이야! 세 아이의 엄마인 너지만 순이라고 불러야 오빠 직성이 풀린다. 그래, 어떻게 지내니? 너를 본 지가 오래되었구나. 아이들은 커가고 집 한 칸이라도 장만하려고 밥만 먹으면 동으로 서로 뛰고 있을 네 모습이 떠오른다. 순이야, 지나치게 서둘 것이 없다. 몸을 해칠래? 건강이 파괴되면 네 자신이 괴롭고 가족에게 폐를 끼치고 하던 일을 모두 중단해야 되지 않느냐. 물질적인 손실도 있고 말이다. 추운 때 과로하지 말아라. 인체는 사람마다 튼튼한 기관과 약한 기관이 있는 것인데, 피로가 쌓이면 약한 기관에 무리가 가서 고장이 난다. 그렇지 않아도 약한 기관이 병으로 더욱 악화되고 생명까지 단축하게 되는 것이다. 심신의 피로를 제때에 풀어라. 그리고 아이들이 할머님을 좋아하고 가깝게 지내도록 힘써라.

오빠가 어려서 할머님은 가을이 되면 산딸기, 밭딸기를 따다 주셨다. 오빠와 언니는 딸기를 먹으면서 빨간 산딸기 중에 큰 것으로 봉지 속에 노르스름하게 익은 밭딸기 중에서 큰 것은 할머님 입안에 넣어드렸다. 무엇이나 먹을 것이 생기면 먼저 할머니께 드리라고 어머님은 가르쳐 주셨다. 할머님 생각이 많이 나는구나. 할머님을 공경하고 돕고 가까이 있는 것은 아이들의 성장에 크게 도움이 될 것이다. 좋은 성품을 지니게 될 것이다. 어머님을 위해서 네 아이들을 위해서 세심한 관심을 가져라.

오랜만에 쓰는 편지라 하고 싶은 말이 많다만 뒤로 미루고 이만 줄인다. 네 남편에게 안부 전해라. 선주, 혁신이, 혁성이한테 정을 보낸다. 새해 모두 건강하고 바라는 바가 이루어지기를 바라면서 안녕.

(해동하거든 봄에 한 번 오너라. 돈 2만 원을 잘 받았다.)

1983. 12. 28. 오빠 씀.

아침에 눈이 오더니 지금은 볕이 납니다. 요 며칠 추위가 대단했는데 오늘은 좀 풀렸네요.

어머님, 안녕하세요? 어머님이 계시는 집을 안다면 방에 계실 어머님 방에서 마루로 또는 부엌으로, 울 안에서 왔다 갔다 하실 어머님을 자세히 그려볼 수 있을 텐데 아쉽네요. 다만 사진 속 작은 산을 어머님과 가족들의 눈길이 머무를 것 같아서 이따금 봅니다. 지금은 눈에 덮여서 보기에 좋을 것 같네요.

저도 운동 시간에 밖에 나가면 담 너머 저쪽 눈이 쌓인 산이며 언덕을 봅니다. 무릎까지 쌓인 눈, 발자국도 없는 눈길을 걷던 일, 퍼붓던 눈은 멎고 구름 걷힌 하늘에 달이 떠서 온통 하얀 산과 들이 한눈에 들어올 때 넋을 놓고 바라보던 일들이 떠오릅니다. 고향의 겨울밤 설경이 그렇게 아름다울 수가 없었어요. 어려서는 눈도 많이 왔지요. 한번은 어찌나 눈이 왔는지 학교에 갈 수 없어서 숙부님이 업고 간 일이 있었습니다. 눈을 밟으면서 먼 산을 보고 가까운 소나무를 보고 하늘도 보면서 눈과 얽힌 추억들을 더듬어 보았습니다. 점심에 밥을 김치 넣고 끓여서 뜨끈뜨끈하게 갖다주시던 어머님이 떠오릅니다.

어머님 오래오래 계세요. 아들은 추위를 잘 이겨가면서 책을 보고 있습니다. 건강하고요. 안심하시지요. 추운 때 어머님께서 강녕하시고 가족 모두가 건강하기를 거듭거듭 바라면서 줄이옵니다. 어머님!

자애로우신 어머님을 그려보면서 아들 올림.

정숙아 보아라

먼저 새해를 축하한다. 정숙아(사촌 누이동생), 그동안 잘 있었니? 작은오빠나 언니들이 면회 올 때마다 네 소식을 들어서 알고 있다만 너한테 편지를 쓰려니까 갖가지 생각이 한꺼번에 떠오르는구나.

정숙아, 고생한다. 너를 생각할 때마다 마음은 흐뭇하고 네가 자랑스럽게 여겨진다. 어려서는 잔뼈가 휘도록 일해서 아버님 장사 밑천을 마련해 드리고, 커서는 동생 학비를 온전히 네가 대고 있으니, 웬만한 재력으로는 부모라 할지라도 자식을 대학에 보낼 수 없는 것인데, 연약한 네가, 중학교도 못 간 네가 동생을 대학에 보내고 있으니 아~ 세상에 너 같은 처녀가 얼마나 있을 거나.

속없는 여자들은 머리끝에서 발끝까지 남의 나라 모습으로 단장하고 밤에는 춤, 쾌락이 전부인 것처럼 살아가고, 참한 큰애기들도 시집갈 준비에 푼돈을 아껴가면서 저축을 하는데 모두를 외면하고 오직 하나 동생만을 가르치기 위해서 애쓰고 있는 네 마음은 곱고 청순한 누이야. 너는 대학 나온 여성보다 고결하고 인간 자체가 높은 수준에 있다. 앞으로의 네 생애는 값지고 아름답게 펼쳐질 것이다. 네 사랑과 피나는 노력은 네 동생이 뼈에 저리도록 느끼고 있을 것이다. 네가 아니었다면 대학에 다닐 수 있을 것이냐. 평생을 두고 은혜를 잊지 않고 보답해야 할 것이다.

그러나 정숙아, 그런 것은 마음에 둘 필요가 없다. 부모님께 효도하고 동생에게 우애를 베푸는 그 장하고 지극한 행위를 통해서 네 자신이 훌륭하게 성장하고 있는 것이다. 그것으로 족하다.

정숙아, 지난 일들이 떠오르는구나. 오빠가 출옥해서 23년 만에 고향을 찾았을 때 네 나이 열네 살이던가 너는 단발머리 소녀였다. 정작 네 언니와 네가 절을 할 때 너희들이 세상에 태어난 줄도 모르고 있었던 오빠는 흐뭇했다. 너희들과는 이내 다정해졌다. 오빠는 너희들과 곧잘 송이버섯을 따러 다녔구나. 운동도 되고 한 소쿠리씩 따온 버섯은 좋은 찬거리가 되었지만, 그보다는 꿈에도 잊을 수 없던 고향, 어려서 쏘다니던 산 구석구석을 밟아보고 싶었던 것이다. 동심이 된 오빠는 너와 친구가 되었지.

어느 날 밤이었다. 너와 거닐다가 앞서가던 오빠는 쪼그리고 앉아서 손을 뒤로하며 업자고 했다. 다 큰 너라 업히지 않으려고 해서 "이리 와. 오빠가 너를 한 번도 업어주지 못했으니까 조금만 업어주마." 그러자 '좋아'라고 너는 등에 업혔고, 오빠는 너를 업고 얼마 가다가 내려놓았다.

하루는 오빠가 혼자 방에서 무엇인가 찾다가 큰어머님이 간직해 두신 상자 속에서 오빠가 전에 보낸 편지를 발견하고 읽기 시작했다. 할머니께 올린 글월, 할머님은 가셨는데……. 그 글을 읽어가다가 그만 주르륵 눈물이 오빠 볼 아래로 흘러내렸다. 그때 네가 방 안에 들어왔고, 편지를 든 채 눈물을 흘리고 있는 오빠를 본 너는 오빠를 달랬다. 또 오빠가 이곳에 온 일 년 후에 면회 와서 너는 "오빠! 오빠"를 부르며 울었다.

정숙아, 모두 잊히지 않을 추억이구나. 많은 말 나가서 하마. 오빠가 살아 있는데 나갈 날이 없을 것이냐. 설에 집에 가거든 아버님과 어머니께 문안 올리고 서울에 있는 영민이, 정자 언니한테 안부 전해라. 기쁜 일이 있기를 바라면서 정숙아, 안녕.

1984. 1. 9.

어머님 보시옵소서

어머님 안녕하세요? 설 명절이 다가오네요. 어머님, 만강하시옵소서. 어머님 연세가 많아지셔서 그 점을 생각하면 쓰라린 마음 달랠 길이 없사오나 어머님을 뵐 날이 흰 테 당겨졌시아 아픈 마음을 누르고 어머님과 가족들을 생각하면서 설을 보내겠습니다. 설이 와도 돌아오지 않는 아들 생각에 어머님 마음 오죽하실까마는 어머님, 눈물을 비춰서는 안 됩니다. 아들이 나가면 아들과 함께 울어요. 어머님! 어머님 혼자 우셔서는 안 됩니다. 참으세요. 아들은 설에 사과랑 사서 먹을 것입니다. 아픔을 제쳐놓으시고 어머니께서도 손자들과 웃으면서 설을 보내세요.

지난 한 해도 어머님의 사랑과 동생들의 우애로 건강하게 보냈습니다. 전에 얼었던 귀와 발은 푹 싸고 지내서 올해는 더 추웠는데도 얼지 않았어요. 추위가 기세를 올리고 있습니다만 이제 고비에 이르렀어요. 내리막길로 접어듭니다. 제가 얼마나 가겠어요. 대한이 지났으니, 어머님 안심하시옵소서.

설을 맞이하면서 서울에 계시는 두 분 당숙, 당숙모님께 새해 인사를 드립니다. 그리고 매제와 누이, 동생과 제수씨, 사촌 동생들, 조카들에게 새해 인사를 드립니다. 많은 말 줄입니다. 어머님 부디 강녕하시옵소서. 새해에 손자도 보시고 어머님의 소원이 모두 이루어지시기를 바랍니다. 어머님!

아들 올림.

귀선아 보아라

귀선아, 잘 있느냐? 요즘 차도가 어떻니? 날씨가 연일 춥다. 치료받는 데 지장이 없느냐? 벌써 1월이 다 가는구나. 세월이 어찌나 빠른지 뒤쫓기에 틈이 없다.

귀선아, 다리가 완치되거든 곧 기술을 습득하도록 해라. 적당한 것으로 네 취미에 맞는 것이면 더욱 좋겠지. 사람은 생산적인 활동에 참여해야 한다. 남자든 여자든 자기 노력의 정당한 보수로 살아가야 한다. 동물은 미물에 이르기까지 스스로 먹을 것을 구하고 있다. 기생충이 있지만 특수한 것이고. 식물도 양분을 스스로 흡수하고 자체 내에서 만들고 있다. 생존에 필요한 것을 스스로 마련한다는 것은 생명체 전반에 걸친 철칙이다. 이 철칙, 낡은 표현을 빌린다면 천리를 어기고서야 삶을 흐뭇하게 이루어 갈 수 없다. 먹지 않는 사람, 입지 않는 사람은 없지 않느냐. 자기 노력으로 살아가지 않는 사람은 남의 노력에 의존하는 것이며, 그런 사람은 떳떳하지 못하다. 때로는 비열하고 포악하고 남을 속여야 한다. 활동하도록 되어 있는 사람이 이를 거부하고 안일만을 추구한다면 결국 몸과 마음이 병들고 추하게 된다. 타락하게 되는 것이다. 그들은 때때로 더러운 자신, 거짓으로 꽉 찬 자신을 돌아보면서 혐오하고 괴로워한다. 괴로움을 잊기 위해서 술을 마시지만 그것은 일시적일 뿐, 어찌 술이 기억을 씻어버릴 수 있을 것이냐. 자기 자신을 속일 수는 없다.

사랑하는 조카딸아. 일을 익혀라. 너는 늦지 않았다. 삼촌은 40대에 기술을 익히려 힘쓰지 않더냐. 너만한 재주에 무엇인들 못할까. 한 가지 일로 생활을 꾸려가면서 20여 년 노력을 집중시키면 그 일에 정통하게 된다. 그 분야에서 일류가 될 것이다. 20년이라고 해야 네 나이 40대, 그로부터 적어도 30년을 원숙한 너는 사회에 크게 이바지할 수 있을 것이 아니냐. 너는 모든 면에서 늦지 않다. 굳게 결심하고 착수하면 된다. 네가 완치되어서 일에 달라붙는 그날이 어서 오기를 바란다.

새해에 착실한 네 남편감이 나타나면 좋겠다. 이미 정해놓았는데 이런 말을 하는지도 모르겠다. 귀선아, 네가 면사포를 두르고 예식장에 입장할 때 삼촌이 너를 데리고 너와 같이 들어가야 할 텐데. 기대하자.

엄마한테 새해 인사를 드리고 오빠와 두 언니에게 정을 보낸다. 물론 너한테도 보내지. 그리고 외할머님이 안녕하시냐? 문안드려라. 오빠가 장가가고 집안에 기쁜 일이 있기를 바라면서 이만 줄인다. 귀선아, 안녕.

(일전에 정숙이고모한테 편지 보냈는데 받았니?)

1984. 1. 27. 삼촌 씀.

청주에 계신 삼촌에게 편지 올립니다. 삼촌, 그동안 몸 건강하셨어요? 오래간만에 편지를 보내니 삼촌께 편지 보내기가 부끄러워요.

삼촌, 올겨울에 무척 추우셨지요. 여기 계신 분들(할머니, 아버지, 어머니, 외삼촌, 외숙모)은 모두 따뜻하게 겨울을 보내셨는데 삼촌은 무척 추우셨겠지요.

삼촌, 그리고 저번 때부터 삼촌에게 온 편지를 제가 할머니한테 읽어드렸어요. 글 읽기가 좀 서투르지만 그래도 할머니께서는 열심히 들으셨어요. 그런데 삼촌 편지를 읽다가 이상한 글씨를 보면 영 그 글자가 무슨 글자인지 모르겠어요. 흘려 써서 그럴 거예요. 그러니까 삼촌, 우리들에게 보내는 편지에만 글씨 이쁘게 쓰시지 마시고 할머니께 보내는 편지에서도 글씨 이쁘게 쓰셔요. 그래야지 제가 마음 놓고 할머니께 읽어드리죠.

그리고 삼촌, 삼촌은 설날이 구정이에요? 신정이에요? 우리는 구정이에요. 그래서 올 구정에는 다른 데 안 다니고 당숙네 집에만 가지요. 삼촌, 구정 잘 지내셔요.

그리고 삼촌, 요번 1월 24일에 전주 대진오빠가 왔었어요. 또 시험 보러 온 것이어요. 무슨 시험이냐고요. 취직 시험이에요. 취직. 저번에도 취직 시험 쳤는데 떨어져서 또 보는 거예요. 우리 어머니가 그러는데요. 모두 좋지 않은 대학 나와서 그렇대요. 그래서 나는 대진오빠처럼 취직 시험 볼 때 대학 때문에 떨어지지 않게 오빠 몫과 같이 열심히 공부해서 좋은 대학 갈 거예요. 혁신이, 혁성이도 좋은 대학 간다고 그랬어요. 그리고 우리 부모님들을 보아서라도 대학에 꼭 가야 돼요. 우리들을 훌륭히 키우려고 열심히 일을 해서 돈을 버시잖아요. 그러니까 우리들은 열심히 공부해서 부모님 은혜 갚는 거예요.

삼촌, 삼촌도 아시다시피 부모님의 은혜에 보답하는 길은 부모님께 효도하고 공부 열심히 배우고 튼튼하게 자라는 것이지요. 저는 지금까지 공부도 안 하고 부모님께 효도도 하지 않았지만 지금부터라도 열심히 공부해서 부모님께 효도

할래요.

그리고 삼촌은 그 싸늘한 날씨에 구정을 어떻게 지내실 거예요? 우리들은 고운 한복 입고 따뜻한 국에다 따뜻한 밥을 먹지만 삼촌은 우리들처럼 고운 한복 입고 따뜻한 국에다 따뜻한 밥을 못 잡수시잖아요. 그래서 돈 2만 원을 전신 송금으로 보내드리니 그 돈으로 맛있는 거 사 잡수서요. 아마 이 편지가 도착하기 전에 돈은 도착했을 거예요. 그럼, 이만 줄이겠어요.

1984년 2월 1일. 선주 올림.

어머님 보시옵소서

어머님, 설 명절을 잘 쇠셨어요? 어머님께 세배를 올리지 못한 아들은 차례를 지낼 무렵까지 어머님과 가족들을 생각하다가 책을 들었습니다만 자꾸만 어머니 모습이 어렸어요. 어머님의 사진을 보고 또 보았습니다.

어머님, 어머님이 봉투를 붙여서 번 돈으로 사서 넣어주신 수건이 지금 아들의 목에 둘려 있어요. 떨어질까 봐 춥지 않을 때는 보따리 속에 넣어두었다가 겨울에만 꺼내서 목에 두릅니다. 따뜻한 어머님의 사랑을 늘 느끼고 있어요. 양말은 바닥이 닳아서 이제는 신지 않습니다. 잘 간수해 두고 보기만 합니다.

어머님 오래오래 계셔요. 아들은 요즘 국사책에 묻혀서 사네요. 우리 조상들이 살아오신 지난 자취를 더듬어 보면서 시간을 잊습니다. 건강하고요. 어머님 안심하세요. 어머님께서 강녕하시기를 거듭 바라오며 줄입니다. 어머님!

아들 올림.

선주야 보아라

선주야, 먼저 네 졸업을 축하한다. 네 편지를 잘 받았다. 몇 번이나 읽어보았다. 할머님께서 안녕하시고 집안이 무사하다니 반갑다.

네 편지에 삼촌 설은 신정인지 구정인지 물었는데, 삼촌 설은 양력이란다. 그렇지만 할머님이 음력설을 쇠시니까 삼촌은 음력설도 쇤다. 삼촌은 할머님 아들이 아니니. 설에 고운 옷을 입고 할머니께 다소곳이 세배를 올릴 너희들의 모습을 그려보았다.

선주야, 너는 글씨를 곱게 쓰고 문장도 잘 되었더구나. 철이 들어가는 너를 네 글 속에서 찾아볼 수 있었다. 그래야지. 너희들을 위해서 밤낮으로 애쓰고 계시는 아빠와 엄마의 그 크신 은혜에 보답해야지. 부모님께 효도하고 공부를 열심히 하겠다는 네 결심에 삼촌은 여간 기쁘지 않았다.

네가 삼촌 편지를 할머니께 읽어드린다고? 손녀 노릇을 잘하는구나. 삼촌 글씨가 더러 읽기에 어렵다고 했던데 되도록이면 또박또박 쓰마. 그러나 다른 분도 편지를 써야 하니까 때로는 시간이 없어서 흘려 쓸 때가 있을 것이다. 그리 알아라.

선주야, 이제 중학생이 되는 거지? 네가 어려서 답십리 외갓집에 와 있을 때다. 부근에 네 친구가 있어서 네 친구는 집에 왔고, 너도 친구 집에 놀러 다녔다. 그러던 어느 날 귀가 어두우신 할머님이 너에게 무엇인가를 묻자 "할머니는 몰라도 돼." 친구끼리의 일이니까 할머님은 모르셔도 된다는 것이지. 겨우 말을 하는 꼬마 입에서 그런 깜찍한 대답이 나왔을 때 할머님은 기뻐하셨고, 그 말을 들은 삼촌도 웃었다. 그때가 엊그제 같은데 벌써 네가 중학교에 가는구나.

선주야, 중학교에 가서 공부를 열심히 해라. 엄마를 돕고 동생들을 더욱 사랑해라. 마음이 고운 소녀가 되어야지. 이만 줄인다.

선주야, 안녕.

혁신아, 겨울방학을 재미있게 보냈니? 개학을 했느냐? 아직도 유리창이 얼어붙고 춥구나. 얼마 있으면 네가 4학년이 되는구나. 삼촌은 이따금 너희들의 사진을 보면서 너희들 생각을 한다. 삼촌 어린 시절을 돌아보면서 말이다.

삼촌이 너만한 때는 일제가 우리나라를 지배하고 있었는데 어찌나 악독하던지 어린아이들까지 들볶았다. 12월 8일이 되면 제 놈들이 일으킨 전쟁 기념일이라고 해서 방학 중인데도 학교에 나오도록 했고, 점심을 굶겨가면서 단련을 시켰다.

삼촌이 4학년 때다. 그해 12월 8일은 몹시 추웠고 눈이 와서 정강이가 묻히도록 쌓였었다. 교장이 일본놈이고 표독했다. 그날 새끼를 가지고 갔는데 식이 끝나자, 4학년 이상은 장작을 가지러 간다고 했다. 우리는 아무 말 못 하고 열을 지어서 교문을 나섰다. 눈길을 부지런히 걸었다. 쉬지도 않고 걸었는데, 장작 있는 곳까지 35리를 갔더니 점심때가 훨씬 지났고 배가 고팠다. 그곳에서 삼촌은 장작 세 토막을 새끼(짚으로 꼬아 엮은 줄)멜빵에 지고 되돌아서 걸었다. 지치고 배는 고프지, 아이들은 열이고 무엇이고 제멋대로 걸었다. 해가 서쪽으로 기울면서 칼날 같은 바람이 세차게 불어왔고, 허기진 배에 무거운 발을 끌고 터덕터덕 힘겹게 걸었다. 아이들은 길가에 장작을 버렸다. 그러나 삼촌은 장작이 아까워서 버리지 않고 지고 걸었다. 점점 처지던 삼촌은 학교를 10리쯤 남겨놓고 맨 끝에 처지고 말았다. 거기에는 낙오되는 어린이들을 데리고 가기 위해서 상급반 여학생 5, 6명이 걸어오고 있었나. 그중 한 학생이 쫓아오더니 "이건 뭐라고 지고 가니? 무겁게." 장작을 새끼 멜빵 채 길가에 던져버렸다. 말을 못 한 삼촌은 힘들게 먼 길을 지고 온 장작이라서 버리는 것이 아쉬웠지만 더 이상 지고 갈 힘이 없었다. 처진 아이들은 장작을 진작 버린 듯 지쳐 있었으나 삼촌보다는 잘 걸었다.

그로부터 5리쯤 걸었을 것이다. 온몸이 떨리고 자꾸만 처졌다. 아이들은 다 가고 한 여학생과 삼촌만 남았는데 그녀는 삼촌 손을 잡고 길가 오두막집으로 들어갔다. 아궁이 앞에 불을 피우고 오그라진 삼촌 손을 두 손으로 문질러서 펴고 불을 쬐어 주었다. 고구마를 얻어서 바쁜지라 작은 것 두 개를 불 속에 넣었다가 채 익기도 전에 껍질을 벗겨주었다. 우리는 곧 떠났다. 해는 져서 어둡고, 바람은 살을 에는 듯, 그녀에게 의지하고 걸었다. 걷다가 삼촌은 극심한 오한에 사시나무 떨듯이 떨었다. 감자가 얹힌 것인지. 보다 못한 그녀는 앞을 막고 업자고 했다. 삼촌은 마구 뿌리치고 걸었다. 얼마나 걸었을까 그만 삼촌은 늘어졌다. 그녀는 한 손을 치켜들고 삼촌을 들쳐업었다. 세찬 바람을 안고 삼촌을 업고 밤길을 걸어 나가던 누나. 그 누나의 모습이 지금도 선하게 떠오르는구나. 삼촌은 한약방을 하던 할머니 외갓집에 가서 앓았다.

너희들에게 이 이야기를 한 것은 일제의 악독한 점은 물론, 15, 6세의 소녀가 점심 저녁을 굶고 눈길 70리를 걸었으니 오죽 지쳤을까마는 한마디 군소리도 없이 자기보다 어리고 추워하는 아이를 감싸고 가다가 업고 간 소녀의 그 굳세고 미덥고 착한 점들을 들려주기 위해서였다. 혁신아, 혁성아, 선주야, 안녕.

(네 글과 혁성이 글이 없어서 서운했다. 다음에 편지를 보내라.)

 1984. 2. 5. 삼촌 씀.

추신 : 전신환으로 보내준 돈은 못 받았다. 착오로 반송했다고 하는구나. 돈을 받았니? 받았으면 소액환으로 보내라. 그리고 편지봉투에 '보안 감호소'라고 주소 밑에 반드시 써라.

(편지를 다 쓰고 나서 돈 2만 원이 전신환으로 왔다는 고지를 받았습니다.)

삼촌께 올립니다

하루해가 저물 듯 한해가 소리 없이 퇴진하고 기약할 수 없는 새해가 당연지사로 펼쳐져 있습니다. 삼촌, 유난히도 추웠던 겨울 한 철, 사색과 책과의 씨름으로 대신하기에는 무척이나 공허하고 답답한 시간이었을 겁니다. 그럼에도 정성이 부족한 조카는 얼어붙은 삼촌의 마음 가장자리조차도 녹여드리지 못하고 어느덧 입춘을 보냈으며, 이렇게 지면으로만 새해 인사를 드리게 되어 송구스러운 마음뿐입니다.

삼촌, 제일로 삼촌 건강이 염려되는군요. 유별나게 사나운 기온 탓으로 모든 사람들이 양지바른 곳이나 따뜻한 아랫목을 찾아 전전긍긍하고 있는데 삼촌께서는 어떻게 조리를 하고 계시는지 걱정이 됩니다.

하지만 삼촌의 끈끈한 인내심과 대단한 투지심을 믿고 있기에 한편 마음이 놓이기는 합니다. 그런 삼촌을 생각하면서도 저는 계속되는 한파를 빙자하여 극기심을 저버리고 나태함을 드러내고 있으며, 외출이 어떤 불길한 징조로 확대되는 듯한 착각에 사로잡혀 잔뜩 웅크리고만 있습니다.

삼촌, 죄송스럽습니다. 이러한 상태가 졸업을 앞둔 한 실업자의 발작이라 해야 할지, 아니면 뜻 없는 한 젊은이의 실수라고 해야 할지 저도 갈피를 잡을 수가 없습니다. 하지만 요사이 소설책을 뒤적이며 그런대로 시간을 보내고 있습니다. 소설의 형식으로 나열된 역사적 사실들과 인물들을 통하여 인간들의 다양한 모습을 보며 서로 다른 환경 속에서도 하나의 조화를 이루기 위해 또는 어떤 결성체를 창소해 내기 위해 몸부림치는 인간들의 묘한 집합체를 봅니다. 극과 극의 상황에서 이루어지는 하모니, 결코 아름다울 수 없는 화음 속에서 우리는 지혜와 슬기를 배우고 교만과 사기를 배우며 영악스러워지는 것이 아닌가 합니다.

삼촌, 집안 소식을 말씀드려야겠군요. 근심되시고 궁금하시겠지만 만사가 순조롭습니다. 새해의 여명이 우리 집안에 뿌리를 내리라고 기원하면서 출발을 하였으니까요. 할머니께서는 보다 건강하시고 고부간의 정도 두터워 가정에 별 문제는 없습니다. 공장 역시 주문이 꾸준하게 들어와 한가롭지는 않은가 봅니다. 그리고 아버님께서는 1월에 정년 퇴직을 하셨으나 그 회사의 촉탁으로 계속 출근하고 계시며 어머님께서도 불편한 데가 없으시니 다행스러운 일입니다.

삼촌, 동생들의 겨울방학이 시작되었을 때 한번 찾아뵙겠다고 굳게 약속을 드렸었는데 방학이 무르익었을 때도 찾아뵙지 못하고 방학이 마무리된 지금에야 서둘렀으나 의숙이와 일경이의 개학일이 어긋나 또다시 실망을 안겨드리게 되었군요. 허나 의숙이와 일경이가 졸업 후에 삼촌을 찾아뵙고 인사드린다고 하였으니 조금만 더 기다려 주십시오. 2월 중순경에는 무슨 일이 있어도 찾아뵐 것입니다.

아무쪼록 건강에 유의하시기를 부탁드리며 조카 이만 펜을 놓겠습니다. 삼촌, 안녕.

1984. 2. 6. 조카 의정 올림.

어머님 보시옵소서

어머님, 안녕하세요? 춥고 길었던 겨울이 이제는 물러가는 것 같습니다. 한차례 비도 내리고 음지에 얼음이 질펀하게 녹고 있네요. 어머님, 건강이 어떠세요? 날씨가 풀릴 때 한층 조심하셔야 합니다. 바람이 센 날은 나가지 마시고 볕이 좋은 때 나들이를 하세요.

아버님 제삿날이 다가오네요. 불 속에서 절명하신 아버님. 마음 복판에 칼이 박힌 듯 상처는 가시지 않고 아파 옵니다. 숨을 거두실 때 아내와 자식들이 떠오르고 "나 먼저 가네." "세상을 바로 살아라. 너희 어머니를 맡기고 간다. 우애가 있어라." 마지막 남기셨을 말씀이 울려옵니다. 당신은 자식 안에 살아 있어요.

어머님, 봄이 옵니다. 정정하시고 오래도록 계셔요. 이만 줄입니다.

어머님 아들 올림.

귀선아 보아라

귀선아, 엄마가 안녕하시고 너희들이 잘 있니? 지금도 치료를 받고 있느냐? 차도가 어떠니?

날씨가 많이 풀렸다. 운동장에 버드나무가 잔가지 위에 눈이 얹히고, 서리가 하얗게 앉은 아침에는 더 추워 보이던 버드나무가 따사로운 햇볕에 나긋나긋 색감도 다르구나. 아직도 음지에 겨울의 잔해가 흩어져 있지만, 양지에는 언 땅 밑에 겨우 숨 쉬고 있던 봄이 모습을 드러내고 있다. 이름 모를 풀들이 파란 잎사귀를 내놓았다.

귀선아, 이맘때 할아버님과 아버님이 가셨구나. 두 분 다 40대의 젊은 나이에… 생각할수록 아픔이 파고든다. 너는 손녀요 딸이라 아픔이 크겠지. 자식의 아픔이 클지라도 할머님과 엄마 아픔에는 비교가 안 될 것이다. 당해보지 않고서야 엄마의 아픔에는 미치지 못할 거다. 엄마를 위로해 드려라.

지난 일이 떠오르는구나. 형수와 시동생은 가깝고 다정한 사이다만, 삼촌이 공부한다고 객지에 있다가 이따금 집에 가면 그렇게도 반겨주시던 엄마. 어느 해 봄이었다. 작은집 부엌에서 데친 파를 일일이 돌려매는 것을 보고 듬성듬성 썰어서 무치면 될 것을 그렇게 공들이시냐고 했더니 "보기 좋은 떡이 먹기도 좋대요." 하시던 엄마가 떠오른다. 그때의 엄마 나이는 갓 스물이 넘었고 지금 너보다 적었다. 아픈 추억들이 떠오르는구나.

이만 쓰련다. 삼촌은 겨울을 잘 이겨냈다. 건강하고 든든하게 살아가고 있다. 안심해라. 네 다리가 어떤지 소식을 보내라. 하루 사이를 둔 할아버님과 아버님 제일을 맞이하면서.

　1984. 2. 24. 삼촌 씀.

　추신 : 편지를 다 쓰고 나니 의정이가 면회를 왔다. 집안 소식을 잘 들었다. 할머님께서 안녕하시고 엄마, 숙모님께서도 건강하시다니 반갑다. 특히 네 다리가 거의 정상으로 회복되었다는 소식이 기뻤다.

　선주야, 네가 여기까지 온 것을 못 보았구나. 얼마나 서운한지 모르겠다. 2층 창 너머로 철문 밖에 네가 있는지 내려다보았다만, 너를 찾지 못하고 내려왔다. 삼촌이 이토록 서운한데 이곳에 왔다가 삼촌을 못 본 너는 얼마나 아플거나. 밖에서 울먹이고 있을 네가 눈에 어려 온다. 선주야. 방 안에 들어가서 슬프게 떠날 차창 밖의 가고 있을 너를 그려볼 것이다.

어머님 보시옵소서

　어머님, 날씨 변동이 심하네요. 아무쪼록 건강에 유의하세요. 오래도록 계셔요. 할아버님 제일을 맞이하면서 동생에게 할 말이 많아서 줄이네요. 아들은 건강합니다. 안심하세요. 어머님!

흥규야 보아라

　흥규야, 잘 있니? 할아버님 제사가 모레지? 네가 못 뵌 할아버님 이야기를 하마. 형은 너와 5년을 살았다만, 형제간에 차분하게 앉아서 이야기를 주고받을 틈도 적었으려니와 마음의 여유가 없어서 들려주지 못했다. 오랫동안 조용하게 살아서 머리가 맑아진 것인지 더러는 자상하게 할아버님 표정까지도 떠오른다.

　할아버님은 평생을 흙을 일구고 가꾸시고 흙과 더불어 사신 전형적인 농민이시다. 별로 쉬운 일이 없으셨다. 아침 일찍 일어나서 개똥을 주워다가 거름을 장만하셨고, 연세가 60이 넘어서도 농사를 주관하시면서 논과 밭에서 일을 하셨다. 건장한 체구에 힘이 좋으셨고, 불같은 성질은 2, 3분이 안 되어 사그라졌다. 들에서 여러 사람과 일하실 때에 밥이 늦기라도 하면 밥 광주리를 이고 오는 며느리들에게 불호령이 떨어졌다. 국통이고 무엇이고 박살이 날 것 같은……. 그러나 단 서너 마디, 그뿐이었다. 대단한 자제력을 가지고 계셨다.

인정이 많고 덕이 있으셨다. 어려운 처지에 놓여있는 사람을 보면 그대로 계시지 못했다. 한 번은 형이 나무를 하러 가는데 네 큰누나가 갈퀴를 끌고 따라나섰다. 누나 나이 대여섯 되었을 것이다. 마침, 집 앞에 사기그릇을 수북하게 쌓아 올린 바지게가 작대기에 받쳐있고, 옆에 그릇이 가득히 담긴 광주리가 놓여있었다. 그 앞을 지나서 몇 걸음 갔을 때다. 그릇 장수 부부가 쉬다가 한눈을 팔았던 것인지 느닷없이 벼락 치듯 소리가 났다. 확 돌아봤는데 이미 지게는 넘어져서 그 많던 그릇이 산산조각이 났고, 누나는 사색이 되어 있었다. 아주머니는 "아이고, 이걸 어쩌나. 이제 죽었다. 죽었어." 가슴을 치며 통곡을 했다. 그 통에 가족들이 쫓아 나왔고, 할아버님도 나오셨다. 아주머니 말에 의하면 누나가 끌고 가던 갈퀴 끝에 작대기가 걸려서 넘어졌다고 했다. 할아버님은 우는 누나를 안고 달래시면서 그랬느냐고 묻자, 누나는 고개를 끄덕이었다. '장사로 살아가는데 장사 밑천이 날아갔으니, 자식들 데리고 어떻게 살 거냐'고 아주머니는 울면서 호소했다. 측은하게 바라보시던 할아버님은 한참 만에 입을 여셨다. "어린 것이 실수로 빚어진 일이라 물어줄 책임이 없지만, 내 손녀가 저지른 것인데 그대로 있을 수가 있느냐. 원금을 줄 테니 이는 붙이지 말라."고 하셨다. "암만요. 이를 붙이다니요. 그렇게만 해주십시오. 할아버지." 그래서 우리는 깨진 그릇 밑부분만 한 시간쯤 걸려서 큰 것은 큰 것대로, 작은 것은 작은 것대로 짝을 찾아 다 맞추었다. 그릇값이 개수와 크기에 따라서 원가로 매겨졌고, 마침 가을이라 할아버님은 벼로 쳐서 몇 가마니를 주셨다. 두 부부는 얼마나 감격했던지 할아버님께 수없이 절을 했고 '이것은 순전히 주시는 것'이라고 죽을 때까지 은혜를 잊지 않겠다고 말씀을 드렸다. 할아버님이 자랑스러웠다.

그 후 할아버님 연세가 64세 되던 해 봄이었다. 그날도 할아버님은 장암리 보리밭에서 숙부님과 김을 매시다가 갑자기 고열이 나서 숙부님께 업혀 오셨단다. 그러나 할아버님은 곧 미음도 드시고 지팡이에 의지해서 변소 출입을 하시기에 형은 대수롭지 않게 여겼는데 2, 3일 후부터 숨 쉬실 때마다 '가르랑가르랑' 목에서 갑갑한 소리가 들렸다. 어른들은 심상치 않다고 걱정을 하셨고, 아버님은 주야로 할아버님 곁에서 병구완을 하셨다.

자리에 누우신 지 닷새 되던 새벽 한 시경이었다. 아버님이 눈을 좀 붙이시도록 할머님이 할아버님한테 가시려다가 무섭다고 형을 깨워서 데리고 가셨다. 사랑방에 들어서자 할아버님은 "네가 왔냐, 안 자고." 할머님이 좀 주무셨냐고 물으니까 잠이 안 온다고 대답을 하셨다. 할머님과 형은 다리를 주물러 드렸다. 한 20분쯤 지났을까 할아버님이 물으셨다. "방규야" "예" "나 좀 일으켜라." 형은 얼른 양손을 어깨 밑으로 넣어 일으켜 드리자 "옳지." 어린 손자가 귀여웠든지 칭찬을 하셨다. 아랫목 구석에서 할머님은 앉아서 두 무릎을 세우고 할아버님 등을 괴여 드렸다.

잠시 후 할아버님은 고개를 돌리시며 "여보, 몸이 군시럽네" 군시럽다고 하셨다. 할머님은 저고리를 벗겨서 옆에 외양간으로 난 작은 문을 열고 밖에다 세 번 털어서 다시 입혀 드렸다. 할아버님은 그대로 말없이 앉아 계셨고, 형은 앞에서 할아버님을 보고 있었다. 7, 8분 지났을까, 할머님이 무슨 예감이 가시던지 "방규야, 할아버지 좀 불러봐라." "할아버지…… 할아버지!" 윗방에서 튀어오신 아버님도 "아버님!"하고 부르셨다. 할아버님 눈에서 빛이 반짝하더니 입이 열리고 뭐라고 하시는데 알아들을 수는 없었다. 거품만 입안에서 바글바글 약해지다가 그것도 멎어버렸다.

온통 울음바다가 되었다. 할아버님이 돌아가실 때, 그때 슬픔을 어떻게 쓸거나. 엉엉 울었다. 울다가 문을 잡고 통곡하시는 어머님을 보았다. "어머니가 왔어." 모두가 일시에 울음을 그쳐 버렸다. 쌍 초상이 난다고…… 뼈만 남은 전혀 기동을 못 하시는 어머님이 오신 것이다.

그때 어머님은 장질부사에 걸려서 세 번째 재발을 했고, 때때로 의식을 잃은 채 사경을 헤매고 계셨다. 뒤에 들었다만 곡성이 들리자, 어찌어찌 문고리를 잡고 일어서서 정신없이 오셨다고 한다. 큰 방에 모시고 가서 서럽게 우시는 어머님을 '어머님마저 돌아가신다'고 가까스로 말리고도 할머님이 계셔서 형은 또 사랑방에 갔다. 그날 새벽 어른들은 돌아가신 할아버님 곁에서 할아버님 이야기를 했다. 돌아가실 것을 할아버님은 알고 계셨다고…… 초저녁에 종조할아버님, 두 분 숙부님을 오시도록 했는데 계부님이 집에 안 계셔서 오시지 않자, 영호는 큰애비 죽는 것도 못 보겠다고 말씀하셨단다. 농사일이며 여러 가지 유언을 하셨다고 한다. 그러나 정신도 맑고 기력이 좋으셔서 안심하고 11시경에 모두 집에 가셨다고 했다.

심장 이외의 내부 기관이 서서히 굳어질 때 할아버님은 느껴서 죽음을 아셨을 것이다. 죽음을 알고 계시면서도 그토록 태연하신 할아버님. 할아버님은 신을 믿거나 철학을 하시지도 않으셨지만, 철인 이상으로 사리에 통하고 높은 인격을 지니고 계셨다. 그렇지 않고서야 죽음 앞에서 그렇게 초연할 수가 없다. 마지막 순간까지 인자하신 모습 그대로 표정 하나 달라지지 않으셨다. 그때 할아버님은 거목에 견줄 수가 있다. 아~ 할아버님.

어머님은 그날부터 미음을 드시고 병은 차차 나으셨다. 할아버님 상여가 나갈 때 마을 어른들, 남녀 모두가 군자동 아저씨는 덕이 있으셔서 돌아가실 때도 며느리의 병까지 가지고 가신다고 말씀을 하셨다. 미신과 결부되었지만, 그 말은 함께 살아온 이웃분들이 할아버님 생애를 몇 마디로 집약시킨 표현이다. 할아버님의 흔들리지 않는 고귀한 성품을 이어가야지. 이만 줄인다. 홍규야!

할아버님을 그리면서. 1984. 3. 15. 형 씀.

추신 : 홍규야, 어머님을 한번 다시 보아라. 그때 어머님이 돌아가셨으면 어쨌을 것이냐? 생각만 해도 몸이 죄어오고 아슬아슬하다. 어머님은 말할 것이 없고, 큰누나는 여덟 살, 순이누나와 너는 세상에 태어날 수도 없었을 것이고…… 어느 분이 부고를 가지고 외가에 가서 외삼촌께 드렸더니 봉투를 든 채 외삼촌은 덜덜 떠시더란다. 그분은 눈치를 채고 "창규 할아버님이 돌아가셨습니다." 그러자 "에이." 외삼촌은 바삐 봉투에서 부고를 꺼내 보셨다는 일화도 있다. 쓸 곳이 없어서 많이 생략을 했다. 나중에 들려주마.

의정아 보아라

의정아, 그동안 아버님, 어머니께서 안녕하시고 너희들이 모두 잘 있니? 너를 본 지가 한 달이 되었구나. 직장을 구했니? 지금 전주에 있느냐, 서울에 있느냐?

의정아, 네가 다 컸더라. 오래지 않아 시집가야 할 너에게 하고 싶은 말이 많다. 너는 네 장래를 스스로 개척할 수 있는 수준에 있다만 참고삼아 삼촌 말에 귀를 기울여라. 결혼은 중대사가 아니냐. 특히 여성의 경우, 당자인 네 자신이 그 점을 절실히 느끼고 있을 것이다.

여성들은 일반적으로 긴 안목이 부족하고 눈앞의 이익에 밝다고 들었다. 그러나 역사를 전공한 너는 인생을 보는 눈이 있을 것이고, 몇백 년은 몰라도 네 한세대만은 윤곽이나마 바라볼 수 있을 것이다. 인간 개개인은 역사의 흐름 속에서 낳아서 역사의 파도를 타고 오르내리며 역사적 영향을 받을 뿐만 아니라 많든 적든, 옳든 그르든 역사에 영향을 주는 것이 아니냐.

배우자를 선택함에 있어서 바른 안목을 가져야 한다. 무엇보다도 장래성이 있는, 성실하고 믿을 수 있는 청년을 택해라. 전부가 마음에 드는 사람은 없다. 마음 쓰는 것과 사람 됨됨이가 네 마음에 들거든 주저하지 말아라. 똑같은 기회는 반복되지 않는 것이다. 경제 문제며 기타 부족한 점이 있다 할지라도 그런 것은 몇 년 내에 해결될 것이다. 마음에 없으면 말할 것이 없지만, 마음에 들면서도 점괘나 궁합이 좋지 않다고 망설이는 것은 어리석은 짓이다.

지식인이라고 자처하는 사람들도 궁합을 보고 사주팔자를 따지는데 너는 그런 것에 조금도 개의치 말아라. 궁합을 보고 좋아서 시집가고 장가간 우리나라 사람들이 궁합을 안 보고 결혼한 서양 사람들보다 행복해야 할 텐데, 과연 그렇더냐. 생각해 보자.

궁합이나 사주를 볼 때도 생년월일에 낳은 시를 가지고 따지는데, 시를 두 시간으로 구분하니까 우리나라에서만 해도 한날한시에 태어나는 어린이가 몇 명은 있을 것이다. 예를 들어서 오늘 오전 11시에서 1시까지(午時) 사이에 서울, 부산, 전주에서 세 아이가 태어났다고 가정하자. 그렇다면 그 애들의 장래가 모두 같을 것이냐. 말도 안 되는 소리다. 나면서 인간의 장래가 결정된다는 것은 있을 수 없다. 많은 사람들이 어려움에 부딪히면 꾸준한 노력을 통해서 극복할 수 있음에도 불구하고 팔자소관으로 돌리고 체념해 버리는데, 그런 태도야말로 우리 민족이 역사 무대에서 낙오된 주요 원인의 하나라고 본다.

의정아, 네가 좋다고 생각하는 일, 마음에 드는 사람과의 결합을 위해서 만난을 뚫고 나가거라. 이만 줄인다. 의정이 안녕.

1984. 3. 24. 삼촌 씀.

의숙아 보아라

의숙아, 학교에 잘 다니고 있니? 네가 고등학생이 되다니 세월이 빠르구나. 너를 못 봐서 서운했다. 고등학교 입학 기념사진을 찍은 것이 있거든 한 장 보내라.

이제 봄이 왔나 보다. 소나무가 더욱 싱싱하고 먼 산, 가까운 이곳 뜰에도 봄빛이 완연하다. 개나리 가지마다 꽃망울이 툭툭 불거지고 있다. 창밖에 봄은 왔다만 마룻방은 아직도 겨울, 삼촌은 으스스 추워서 움츠리고 있다.

그런데 의숙아, 죽어버린 듯이 꼼짝하지 않던 거미가 방구석에 줄을 치고 활동을 개시했다. 그 작은 미물이 길고도 모질었던 겨울을 어떻게 났을거나. 운동장 주변에도 파랗게 돋아난 새잎들이 몇 차례 된서리에 눈도 오고 사납게 덮치던 늦추위에 끄떡하지 않고 자꾸만 자라고 있다. 가을 잎이었으면 아마 벌써 오그라져서 바람에 날렸을 것이다. 새 생명의 압살할 수 없는 줄기찬 힘을 이름 모를 풀잎에서도 찾아볼 수 있구나.

삼촌은 건강하다. 책을 보면서 시간을 아껴 쓰고 있다. 봄도 오고 걱정하지 말아라.

의숙아, 생각이 한참 많아질 때다. 좋은 생각은 해야 하지만 밑도 끝도 없는 생각에 시간을 낭비하지 말아라. 정신을 바짝 차려야 한다. 네 장래는 네 노력에 달려 있다. 자기 생각을 갖는 시기고, 의식이나 지식 등 고등학교 시절이 중요하다는 것은 너도 알고 있을 것이다. 힘써 몸과 마음을 닦고 학업에 정진하길 바란다. 의숙아, 이만 줄인다. 안녕.

일경아 보아라

일경아 네가 중학생이 되었구나. 많이 컸겠다. 네 모습이 삼삼하다. 너도 사진 한 장 보내라.

삼촌한테 온다고 약속은 해놓고 못 와서 죄스럽게 여길지 모른다만 어찌 네 탓이냐. 형편이 그렇게 된 것을. 미안하게 생각하지 말아라. 큰언니 소식이 궁금하다. 네가 자세히 알려주어라.

그럼, 일경아 안녕. 네 편지를 기다리고 있겠다.

어머님 보시옵소서

어머님, 그동안 안녕하셨어요? 오늘은 맑은 하늘에 봄볕이 따뜻합니다. 모질게 춥던 겨울에 늦추위까지, 겨울을 두 번 난 것 같네요. 파랗게 돋아나던 새잎들이 지난 강추위에 더러는 잎 가장자리가 멍들어서 누렇게 오그라들었습니다만 밑부분은 푸르고 푸른 속잎이 연이어 나오고 있네요. 그 추위에 죽지 않고 산, 살아서 봄을 맞은 이름 모를 풀들이 대견합니다. 창밖에 참새 지저귀는 소리도 한결 맑게 들려옵니다. 문 앞에 다가온 봄. 아직 마룻방은 겨울입니다만 봄이 조금씩 아주 조금씩 밀려들고 있어요. 아들도 웅크린 몸을 활짝 펴봅니다.

어머님, 염려 마세요. 봄도 오고~ 아들은 건강합니다. 어머니께 글월을 올릴 때마다 아픔이 있고 한편으로는 흐뭇합니다. 어머님이 계시고, 비록 글이오나 어머님을 불러볼 수 있어서요. 어머님! 하고 부르면 "오냐. 나 여기 있다." 어머님의 음성이 들려오는 것만 같아요. 어머님 오래 계셔야 합니다. 오래오래 계셔요. 봄철 건강에 유의하시고요. 이만 줄입니다. 어머님!

아들 올림.

제수씨 보십시오

제수씨, 건강하신가요? 의정이가 면회 왔을 때 궁금한 점을 물어서 자세히 들었습니다.

5월이 산월이라지요? 아들딸을 다섯이나 낳아서 기르셨고, 손자와 외손자들을 낳을 때 받으시고 키우셔서 그 방면의 전문가보다도 어느 면에서는 나으실 어머님이 곁에 계시와 안심이 됩니다. 또 요즘은 임산부 건강에 대한 책이 많아서 보고 있을 줄 믿습니다만, 그래도 제수씨와 같이 앉아서 이야기하듯이 몇 말씀 드리고 싶습니다.

집안에서는 아들을 낳았으면 하는 바람이 아마 클 것 같습니다. 거기다가 일반적으로 여성들이 더 아들을 갖고 싶어 하는 것이라 혹시라도 '딸을 낳으면 어쩌나' 하는 걱정이 있을지도 모르겠어요. 또 처음 경험하는 것이라서 순산을 할지 그 점도 우려가 되겠지요. 그러나 아들인지 딸인지는 이미 결정된 것이라 걱정을 한다고 달라질 리가 없고, 딸도 좋지 않은가요? 여자가 없다면 세상이 어떻게 되겠어요. 딸은 아들과 같이 귀하고 귀한 존재임에도 불구하고 딸들이 부당하게 푸대접을 받아온 것은 역사 시대 이후 온전히 못된 남자들에 의한 것입니다. 남존여비의 문화적 영향으로 어머니들까지도 딸을 낳으면 서운하게 여겼고, 심지어 덜된 시어머니는 딸 낳은 것이 마치 며느리 탓인 양 며느리를 미워하고 구박했습니다. 그러나 어머님은 추호도 그러실 리가 없습니다. 우리들이 클 때 어머님은 나보다 저희 동생한테 더욱 관심을 가지셨어요. 나는 이따금 기운 옷을 입고 학교에 갔습니다만, 누이동생은 고운 옷을 입혀서 학교에 보냈습니다.

언젠가 차별에 심술이 난 나는 '쟤는 고운 옷만 주고, 나는 기운 옷을 준다'고 옷을 가지고 어머님께 불평을 했습니다. 그때 어머님은 가만히 웃으시면서 "너는 머슴애라 괜찮다. 쟤는 크면 남의 집 가서 고생할 것이고, 모르는 사람들도 계집애는 눈여겨보는 것이다. 쟤가 뉘 집 딸이냐고 사람들의 입에 오르내린다. 그러니 네가 이해해야지." 타일러 주셨습니다.

옷 문제가 나왔으니까 훨씬 어려서 일입니다만 우스운 이야기를 하나 할까요. 나는 어려서 고향 어른들의 귀여움을 많이 받았습니다. 어른들은 악의 없이 '주워 온 놈'이라고 나를 놀렸습니다. 나는 한사코 아니라고 했고, 그것이 흥미를 끈 것인지 그럴싸하게 이야기를 꾸며대곤 했어요. "너는 할아버지가 외갓집에 갔다 오시다가 큰 다리 밑에서 우는 것을 주워 왔어. 이놈아." "할아버지가 아니라고 하시던데요." "너는 모를 것이다만, 네가 아주 어렸을 때 네 진짜 아버지와 어머니가 두어 달 만에 한 번씩 네가 보고 싶다고 찾아왔는데, 네 어머니는 코뱅뱅이고, 네 아버지는 쩔룩발이 엿장수였다." "에~ 거짓말." "참말이야." 시치미를 딱 떼고 옆 분에게 "자네도 보았지?" "암 보고말고. 너는 주워 온 놈이야." 그래도 아니라고 잡아떼니까 "형은 그렇지 않은데 너는 귀가 크고, 친형제 간이면 왜 형을 안 닮았니?" 형님은 아버님을 더 닮고, 나는 어머님을 더 닮아서 형제 간에 닮은 점이 적었어요. 형님은 뼈가 굵고 나는 작은 편이고, 뒷머리도 형님은 납작한데 나는 불거져서 그 점은 나도 인정하는 터라 반박을 못 했습니다. 그런데 거기다가 "보아라. 너는 주워 온 놈이라 맨날 헌 옷만 주고, 형과 누이동생은 새 옷을 자주 만들어 주지 않니?" 그것도 사실이었어요.

그 말을 듣고부터는 의심이 갔습니다. '나는 정말 주워 온 아인가? 주워 와서 헌 옷만 주는 것인가?' 어린 나는 점점 우울해졌고 고민을 했습니다. 여러 달을 고민하다가 결심을 했어요. 아무에게도 말하지 않고 멀리 떠나기로 결심했습니다. 열 살도 안 된 꼬마가 집을 나가기로 작정을 해놓고, 그토록 사랑해 주신 할아버님, 할머님, 어머님 곁을 떠나야 할 슬픔과 외로움에 혼자 울었습니다. 마지막으로 주워 왔는지를 확실히 알아보고 떠나기로 했어요.

어느 날 집 안에 아무도 없고 할머님만 계셔서 할머님께 말씀을 드렸습니다. 먼저 내 물음에 사실대로 대답해 주시겠다는 다짐을 몇 번이나 받고 나서 나를 주워 왔다고 하는데 그것이 사실인지 물었어요. 심각하게 묻는 나에게 할머니도 정색을 하시고 "너를 귀여워하느라고 어른들이 주워 온 놈이라고 하는 것이지, 절대로 너는 주워 온 아이가 아니다. 형과 너는 눈이며 턱이 닮았다. 형과 누이는 언니가 없어서 크는대로 새 옷을 해줘야 하지만 너는 둘째라 형이 입던 헌 옷을 입게 되는 것이지, 네가 밉거나 주워 와서 그런 것이 아니다." 내 머리를 쓰다듬으며 말씀하셨습니다. 그제야 모든 것이 풀린 나는 눈물을 글썽거리면서 털어놓았어요. 집을 나가기로 작정했다는 말에 할머님은 놀라워하셨습니다.

옷 문제가 나와서 이야기가 옆으로 길어졌네요. 바로 잡읍시다. 여자는 낳으면서부터 교육은 물론 일생동안 남자와 차별을 받았고, 이중 삼중의 억압 속에서 고단하게 괴롭게 살았습니다. 어머니들은 잠자는 것을 제외하고는 어려서부터 거의 부엌에서 살았어요. 밤까지도 부뚜막에서 그것도 바가지에 담은 눌은 밥을 된장 간장을 찍어서 되는대로 먹었습니다. 지금은 많이 달라졌습니다만 그래도 여러 면에서 남녀 차별이 뿌리 깊게 잔존하고 있어요.

고쳐야 합니다. 어머니들 자신이 자식을 낳을 때 아들딸 구별 없이 기뻐하고 부당한 차별은 묵과해서는 안 됩니다. 자식을 키울 때도 전적으로 차별을 없애야지요. 딸을 낳을까 봐 조금도 걱정하실 것이 없습니다.

그리고 어머니들은 누구나가 자식을 낳지 않았는가요? 더욱이 전문의의 도움을 받을 텐데 그 점도 걱정하실 것이 없습니다. 아무쪼록 넓고 넓은 바다와 부동의 산을 그리면서 언제나 마음의 안정을 도모하시기 바랍니다. 제수씨와 가족들의 건강을 거듭 바라면서 이만 줄입니다.

(아버님 제사 때는 귀선이 앞으로, 할아버님 제사 때는 동생한테 편지를 보냈는데 받았는지요.)

1984. 3. 28. 시숙 씀.

종수야 보아라

종수*야, 네 결혼을 축하한다. 어제 두 시 반 결혼식을 올리고 있을 너희와 가족들을 생각하면서 예식에 참석하지 못한 삼촌도 이곳에서 축하했다. 어머님과 할머님, 외할머님께서 얼마나 기뻐하셨니?

종수야, 부부 사이를 헌신적인 사랑과 이해로 굳게 맺어야 한다. 그리고 어머님을 극진히 모셔라. 기쁜 일이 있어도 의례히 그렇다만 어제도 삼촌은 갖가지 생각에 젖어 있었다. 너희들 결혼식에 한 번도 참석하지 못하신 아버님, 그래서 거의 어머님 혼자 너희들을 키우고 가르치지 않으셨니? 그간의 고생과 서러움을 삼촌이나 너희들이 어찌 다 알까. 너희들만을 위해서 살아오신 어머님이 아니시냐. 여성들의 인격을 무시하는 것이 아니라 일반적으로 남편이 부모님을 잘 모시면 아내는 그 본을 받는 것이다. 네가 어머님을 정성껏 모실 때 네 아내도 너를 따르게 되고, 어머님은 아들 사랑에 며느리 정이 더해서 전보다 훨씬 행복하실 것이다.

어머님께 세심한 관심을 가져라. 같은 네 불멘소리도 어머님은 결혼 전과는 다르게 느끼실 것이다. 대수롭지 않은 말에 고까워하시고 서럽게 여기실지 모른다. 왜냐하면 네가 달라지지 않았을지라도 지난날의 네 잘못은 어머님 기억에 없고 좋은 점만 남아있는 데 비해서 현재는 부족한 점도 동시에 보이는 것이며, 그 원인이 결혼에 있다고 여기실 수 있기 때문이다. "하나밖에 없는 아들. 전에는 내 의견에 잘 따랐고 다정했던 아들인데, 장가가서는 어떻게 변할 것인지. 내 아들이 설마하니 못된 자식늘처럼 에미를 구박할 리 없지만" 등등 어머님은 너를 믿고 계시면서도 하도 험한 세태라 걱정이 많으실 것이다.

어머님은 50대, 아직 젊으셔서 며느리를 폭넓게 이해하시고 고부 사이를 원만하게 이끌어가실 줄 안다만, 그래도 세대 차이가 있다. 그 점을 염두에 두고 작은 일이 쌓이지 않도록 힘써라. 아내는 물론 어머님이 너에게 언제나 허심하게 말씀하실 수 있도록 어머님과의 사이를 틈 없이 가깝게 유지하면서 어머님 말씀을 신중히 듣고, 문제가 있을 때는 치우치지 않는 현명한 해결책을 강구해라. 어머님과 아들, 며느리, 남편과 아내, 사람과 사람 사이를 아름답게 이루어가기 위해서는 서로의 지극한 사랑과 성실한 노력이 있어야 한다.

그게 쉬운 일이 아니다. 극히 어렵기 때문에 남도 부러워하고 칭찬하는 것이다. 한 생애를 값있고 아름답게 살아가야지. 종수야, 어머님 모시고 흐뭇한 가정을 꾸려라. 너희 결혼을 거듭 축하하면서 줄인다. (둘이 찍은 사진 한 장 보내라.)

1984. 4. 16. 삼촌 씀.

추신 : 제수씨 편지를 잘 받았습니다. 기쁜 소식. 그제와 어제는 책도 제쳐놓고 흐뭇한 마음에 시간이 어찌 갔는지. 아기 이름은 진작 지어놓았습니다. 林成山(임성산)** 부르기 좋고 뜻이 있지요. 아무쪼록 건강하십시오. 다음에 쓰겠습니다.

홍규야, 면제품 얇은 메리야스 춘추 내의 한 벌을 보내라. 형은 건강하다.

> * 임방규의 형인 임창규의 아들.
> ** 임방규의 동생인 임흥규의 아들.

어머님 보시옵소서

어머님 안녕하세요? 나뭇잎이 하루가 다르게 피어나고 있네요. 손자며느리는 마음에 드시던가요? 제수가 소식을 보내주지 않았으면 종수 장가가는 것도 모르고 넘길 뻔했습니다. 귀선이 편지는 20일에야 받았어요. 늦게나마 그 애 편지가 있었으니 망정이지 저희들이 오기는 고사하고 소식마저 주지 않나 해서 섭섭했습니다.

어머님 곧 손자를 보시지요? 어머님, 기력이 허락하시면 산후 며느리 구완을 어머님이 하시는 게 좋겠어요. 보름쯤 며느리와 손자 곁에서 주무시고 어머님만 그 방에 출입하세요. 동생도 아기 보러 갈 때는 반드시 목욕하고 옷을 깨끗한 것으로 갈아입도록 이르시지요. 병균은 밖에서 옷이나 몸에 묻혀오는 것입니다. 산모와 아기는 병에 걸리기 쉽습니다. 다른 사람은 일을 도울지라도 산모 방에는 들어가지 않도록 단속하시지요.

어머님이 안아주시고 보살펴 주신 아기들은 커서 못되게 삐뚤어진 사람이 없어요. 어머님, 힘에 부치시면 형수한테 맡기시고 곁에서 거들어 주세요.

아들은 건강합니다. 날씨도 따뜻하고 요즘 책을 더 보네요. 어깨를 떡 펴고 앉아서 책을 보다가 고개를 들면 열린 창으로 하늘이 보입니다. 어머님, 안심하세요. 어머니께서 강녕하시고 가족 모두 건강하기를 바라면서 줄입니다. 어머님!

아들 올림.

제수씨 보십시오

보내주신 편지를 잘 받았습니다. 시집오신 지 1년이 되네요. 세월이 빠릅니다. 그새 건강은 어떠신지요? 여성들이 아기 낳는 일, 특히 첫 아이일 때는 일 중에서 또 큰일이라고 봅니다. 큰일을 앞에 두고도 태연하고 침착한 모습은 든든하고, 보기에 아름답지요. 내가 집에 있었으면 제수씨와 이야기도 나누고 지금의 제수씨 모습을 볼 수 있을 것을, 아쉽습니다.

순이가 둘째, 셋째 아들을 낳을 때 가까이에 있었습니다만 그때만 해도 인생을 깊이 있게 뚫어보는 안목이 너무 부족해서 거기까지 생각에 미치지 못했어요. 지금만 같아도 물어볼 것이 많고 많은 이야기를 나누었을 텐데⋯⋯. 이제 달이 다 찬 제수씨는 마음의 준비가 단단히 되었으리라고 믿고 그 점에 대해서 언급을 생략합니다.

제수씨, 어머님은 미신을 믿으셔요. 전에 조상님, 삼신님 또 무어라 하시던가 어머님이 믿는 신에게 치성드리는 것을 보았습니다. 형님이 병중에 계실 때는 매일같이 첫 새벽에 일어나셔서 찬물로 머리 감고 몸을 씻고 흰옷으로 갈아입으시고는 장광(장독대) 옆에 정화수를 떠 놓고 아들의 눈이 낫도록 축원하셨습니다. 동서양을 막론하고 원시시대의 인류 조상들은 자연 현상이나 인간사를 과학적으로 해명할 수 없어서 신을 상상했던 것이지요. 그래서 지역이나 민족마다 신의 성격에 차이가 있었습니다. 우리 어머님들은 높은 곳에서 운무를 내리고 산을 부수고 사람을 죽이는 공포의 신이 아니라 가족을 재앙으로부터 지켜주고, 항상 한집에서 같이 살아가는 다정한 신을 상상했고, 무슨 일이 생기면 찬물 한 그릇을 떠 놓고 임의롭게 이야기하면서 도와달라고 빌었어요. 관념의 소산인 신의 성역에서 우리 민족성의 일부가 나타나고 있지요.

미신은 출산과 여러 형태로 결부되어 있어요. 출산은 원시인들에게 중대하고 신비롭게 여겨졌기 때문입니다. 우리 민족은 아이를 낳으면 집에 쌈줄을 치고 멀리 나갔다 돌아오는 사람이 있을 때는 마당에 불을 피워놓고 불을 넣거나 옷을 벗어서 세 번 두르고 나서 방에 들어가도록 했어요.

미신적인 뜻이 있습니다만 거기에는 경험과 과학이 뒷받침하고 있습니다. 아이 난 집, 누군가가 초상집이나 사람이 많이 모이는 잔칫집에 다녀오면 곧잘 아기나 산모가 앓곤 했습니다. 그 원인이 귀신에 의한 것으로 보았던 것이며, 귀신이 집 안에 들어오지 못하도록 쌈줄을 쳤고, 귀신도 불을 무서워하는 것으로 여겼기에 옷에 붙어오는 귀신을 불로 쫓았습니다.

현대과학은 앓는 것은 귀신 때문이 아니라 병균에 기인하는 것이며, 병균은 사람이 많이 모이는 곳에 많고 사람의 옷이나 몸에 붙어서 운반되며 불에 죽고 산모와 갓난아기는 저항력이 약해서 병균에 감염되기 쉽다는 사실을 밝혀냈습니다. 요는 쌈줄은 외인 출입을 금하는 금줄이며, 남들이 궁금해할까 봐 지혜롭게도 빨간 고추와 숯으로 아들과 딸을 표시했습니다. 불은 일종의 소독이지요.

또 하나 예를 들까요. 내가 어려서 머리가 아프고 열이 심할 때는 어머님은 무당집에 사람을 보내셨고 기다리다가 초조하서서 쌀을 됫박에 가득히 담고 베로 싸서 질끈 쥐시고는 이마에 갖다 대곤 하셨습니다. 미신이라 나는 한사코 마다하곤 했어요. 어머님은 측은하게 내려다보시면서 달래시고 사정을 하셨습니다. 어머니를 위해서 말을 들으라고 어머니 말을 그렇게 거역하면 못쓴다고 하셨어요. 그때마다 내가 졌습니다.

어머님은 됫박을 거꾸로 이마에 댔다가 떼었다가 하시면서 신에게 도와달라고 비셨어요. 그런데 됫박질을 하고 나면 때로는 머리가 시원하고 통증이 멎었습니다. 머리에 열이 있을 때 현대 의학에서 냉찜질을 권하지 않는가요. 쌀은 다른 것에 비해서 찹니다. 냉찜 효과를 본 것이지요. 어머님은 과학 지식이 없으서서 경험에 의한 약간의 효험으로 미신을 믿으셔요.

미신은 엉터리인 것이 많고 위에서 살펴본 바와 같이 경험에 의한 것도 더러는 있습니다. 그래서 지금까지도 일부에서 미신을 믿고 있습니다만 과학이 발전함에 따라 사라질 것입니다.

제수씨, 어머님으로부터 모두를 다 이어받으셔서도 좋지만, 미신만은 제외하셔요. 제수씨는 생활과 사고를 과학적으로, 사실에 기초해야 합니다. 미신을 믿다가는 그르쳐요. 문제가 발생하면 먼저 구체적인 조치를 취하시고 어머님이 미신의 무엇인가를 바라실 때 넌지시 거부해 보세요. 그래도 요구하시거든 그대로 어머님 뜻에 따르는 것이 좋겠지요. 어머님이 안심하시도록.

제수씨, 산후에 병원에서 퇴원하시면 몇 자 써서 보내세요. 기다리고 있겠습니다. 그럼 순산하시기를 거듭 간절히 바라면서 줄입니다.

1984. 5. 3. 시숙 씀.

홍규야 보아라

홍규야, 잘 있니? 제수씨 출산을 앞두고 여러 가지를 생각해 보았다. 조용한 곳에서 혼자 있어서 시간에 여유가 있음인지 아니면 생각이 깊어진 것인지. 태아를 뱃속에서 키웠고, 남자는 체험할 수 없는 산고, 젖을 먹이고, 아기가 웃을 때 웃고, 울 때 괴로워하는 어머니는 아버지 사랑과는 다른 것 같다. 아버지도 자식을 자신의 분신으로 여긴다지만, 어머니는 자식과 하나라는 생각이 더욱 강한 것 같다.

어머님 친구분이 어머니께 남편과 자식 중에 어느 편이냐고 묻자 "자식은 내 오장육부로 낳았는데~ 자식이지."라고 대답하셨다는 어머님 말씀에서 헤아리고도 남음이 있다. 어머님의 지극하신 사랑이 사무쳐오는구나. 미욱한 사내들은 자식한테 정성을 쏟느라고 아내의 관심이 좀 덜하기라도 하면 화를 내고 싫어한다고 하는데, 너야 그럴 리는 없고.

홍규야, 13세기경 말레이시아를 경유한 외국인 기록문에 그곳 주민들은 아내가 자식을 낳으면 산고를 함께 나눈다는 뜻에서 남편은 아기 출산 직후부터 비릿한 냄새를 맡아가며 40일 동안 아기 옆에 누워서 엄마 역할을 했다고. 젖 먹이는 것을 제외하고 말이다. 남자한테도 그런 애정이 있는가 해서 소박한 풍속에 감탄했다. 제수씨를 극진히 위로해 주고 도와드려라. 너는 자상하고 애정이 깊어서 말하지 않아도 되겠지만, 생각이 미처 미치지 못할까 봐 몇 마디 썼다.

우편으로 부쳐준 춘추 내의 한 벌, 런닝 2, 빤스 두 벌, 돈 20,000원을 받았다. 약값이 떨어져 가는데 잘 보냈다. 너희 우애에 감사한다. 지난겨울의 혹독한 추위에 타격을 받은 몸이라 날씨가 풀리면서 어려움이 있었다. 이제 뛰기도 하고 거의 원상으로 회복되었다. 안심해도 된다. 안녕.

(귀선이 편지는 받았다. 안부 전해라. 선주, 혁신이, 혁성이한테도……)

형 씀.

어머님 안녕하세요? 날이 너무 가무네요. 비가 와야 할 텐데. 벌써 밖은 여름입니다. 녹음이 짙어가고 하늘에 떠가는 구름도 여름빛이 납니다.

어머님, 그동안 며느리와 손자를 돌보시느라고 애쓰셨지요. 오지시지요. 손자를 찬찬히 보고 있으면 어딘가 고놈이 크게 될 것 같은 생각이 드시지요. 아직 보지 않은 저도 그렇게 여겨집니다. 제 엄마 아빠의 사랑은 물론 어머님의 자애로우신 품에서 크고 있는 고놈은 크게 될 것입니다. 손자가 방싯거리면 웃으시고, 버릇없는 손자 녀석이 심부름을 시키면 금세 일어났다 앉으시고, 방 밖에 나갔다 들어오시고, 온통 손자한테 마음을 쏟고 계실 어머님이 떠오릅니다. 어머님은 손자를 보셨고, 저는 조카를. 성산이한테 큰 기대를 걸어도 되고.

그뿐인가요? 고놈 때문에 어머님이 더욱 장수하실 것을 생각하며 어느 것 하나 기쁘지 않은 것이 없습니다. 어머님, 기온이 적당해서 좋네요. 해가 나는 날은 뜨거운 볕은 피하시고 11시경에 고놈을 홀랑 벗겨서 밖에 내다가 한 20분 정도 햇볕을 쬐어주세요. 초목처럼 사람도 볕을 쬐어야 몸이 튼튼해집니다.

귀선이는 다리가 어떤가요. 그 애도 시집을 가야 할 텐데 나이가 들어가서 걱정이 되네요. 항상 마음은 그 애한테 가 있습니다만 전번에 편지를 받고도 여분이 없어서 회답을 미루고 있습니다. 순이도 애를 썼지요. 선주, 혁신이, 혁성이가 학교에 잘 다니고 있어요? 전주 애들은 소식이 통 없어서 궁금합니다. 생일 때나 오려는지 모르겠네요.

어머님, 아들은 건강합니다. 꿋꿋하게 살아가고 있어요. 아들 걱정은 마시고 부디 어머님 존체 살펴주시옵소서. 이만 줄입니다. 어머님!

제수씨 보십시오

제수씨, 건강하세요? 성산이가 태어난 지도 한 달이 되어가네요. 그새 많이 컸지요. 제수씨는 어떻습니까? 완전히 회복되었어요? 식사를 잘하시고요? 제수씨가 건강하셔야 아기가 튼튼하게 크지 않겠어요. 많이 드셔야 합니다.

아기는 눈을 굴리고 손발을 제법 놀리지요. 그 애가 지금 보기에는 전혀 생각을 안 하는 것 같지만 낮은 단계의 의식 활동을 하고 있어요. 입안에 들어오는 것이나 몸에 닿는 것은 어느 정도 구분을 합니다. 좀 있으면 누구보다도 엄마를 먼저 알아보고 낯가림을 할 것입니다. 엄마 목소리도 구분하고요.

제수씨, 아기가 깨어 있을 때는 텔레비전을 켜지 말고, 라디오도 잔잔하고 고상한 음악은 몰라도 틀지 않는 것이 좋겠습니다. 나면서부터 텔레비전이나 라디오를 듣고 보면서 자라난 아이와 그렇지 않은 아이는 커서 성격상 어떻게 달라지는 것인지 정서나 정신 건강에 어떤 차이점이 생기는 것인지 나로서는 연구한 바가 없기 때문에 단정할 수 없지만 아무래도 좋지 않을 것 같습니다. 아기들은 뇌수가 여릴 텐데 날카로운 소리, 슬픈 소리 또는 강한 빛의 복잡한 텔레비전 화면의 반영으로 치유할 수 없는 흠집을 머릿속에 남기지 않을까 걱정이 됩니다.

그리고 제수씨, 어머님이 아기를 어떻게 다루시나 잘 보시고 배우세요. 어머님은 아이 키우는 일에 탁월하십니다. 이 땅에서 수천 년을 이어온 우리의 아기 키우는 법을 어머님으로부터 배우시고 거기에 좋은 것을 보태세요. 아기의 지능 개발에 있어서는 제수씨가 어머님보다 나을 것입니다만, 덕성을 키워주는 데는 어머님이 훨씬 나을 것입니다. 사람은 무엇보다도 몸이 튼튼해야 하고 지식도 필요하지만, 지식보다는 사람으로서의 됨됨이가 보다 중요합니다. 어려서 바탕을 바르게 잘 잡아주어야 합니다.

성산이의 세대, 그 애의 장래를 생각하면서 글을 쓰네요. 수풀 임(林)자 성씨에 이름은 이룰 성(成)자, 뫼 산(山)자. 그 애 이름 따라서 숲이 우거진 큰 산을 그려봅니다. 호랑이도 포근하게 잘 수 있는 산, 발전을 하고 들을 적시는 강의 근원지 거목이 들어찬 산, 바위도 있고 아름다운 산을 그려봅니다. 높은 지위라던가 그런 것은 아닙니다. 사람이 바르게 크면 되지요.

성산이가 여남은 살 되면 데리고 그의 이름과 관련이 있는 성수산에 갈렵니다. 내가 처음으로 간 큰 산인데 안에 들어가면 볼 것이 많고 유적이 있습니다. 석굴이 있고 그 앞에는 세 받침돌 위에 커다란 돌이 얹혀 있어요. 어려서는 돌도 참 별나게 놓여 있다고 괴상하게 여겼습니다만 지금 생각하면 분명 그것은 고인돌입니다. 고인돌은 모두 청동기 시대에 만든 것이라 지금으로부터 2천7, 8백 년 전에 그곳에서 우리 조상들이 살았음을 알 수 있습니다. 전적지입니다. 이야기가 많고 가보시면 좋습니다.

제수씨, 특히 아들의 이름과 관계 있는 산이라 보고 싶지요? 그렇지만 나는 성산이한테 약속할 뿐 제수씨나 동생한테는 부러지게 약속을 안 하렵니다. 모르지요. 한턱 톡톡하게 내면 성산이 뒤를 따라오시도록 할지~ 하하… 제수씨 성산이를 잘 키우세요. 많은 말은 남겨둡니다. 줄이네요.

1984. 6. 2. 시숙 드림.

어머님 보시옵소서

어머님, 일견에 누이의 외정이가 면회 와서 저간이 소식을 잘 들었습니다. 그새 안녕하신지요?

지난겨울에 어머님이 넘어져서 팔을 다치셨다지요? 어머님, 얼마나 아프고 불편하셨어요? 젊어서와는 달리 잘 넘어지고 한 번 다치면 낫기도 더딘 것을 어쩌자고 빙판에 발을 대셨어요. 저도 젊어서 오른팔에 상처를 입고 넉 달을 팔을 앞으로 목에다 끈으로 매어놓고 조심한다고 했습니다만 누워 잘 때는 말할 것이 없고, 낮에도 어찌나 아픈 곳만 다치던지. 그때마다 송곳으로 찌르는 듯 애를 먹었는데 어머님 오랫동안 고생하셨습니다. 이제 다 나았다는 말에 마음이 놓입니다만 어머님이 뵙고 싶네요. 가을에 손자와 함께 오시지요. 그리고 어머님 무거운 것을 드시거나 하지 마시고 당초에 무리하지 마세요. 마음과는 다릅니다.

성산이가 아주 건강하고 예쁘고 똘똘하게 생겼다는 자랑에 흐뭇했습니다. 어머님은 고 녀석하고 지내시기에 세월 가는 줄도 모르시지요. 고놈을 눈앞에 그려보네요.

아들은 건강합니다. 더위가 오고 있습니다만 아들에게 더위는 별것이 아니지요. 오히려 더울 때는 신경통이 덜해서 좋고 네 활개를 펴고 잘 수 있어서 좋습니다. 잠도 잘 잡니다. 날이 어둡지도 않아서 자리에 누우면 이내 잠에 듭니다. 다음 날 날이 샐 무렵에야 깨지요. 점심 후에도 졸음이 올 때는 잠깐씩 눈을 붙입니다. 잘 수 있는 한 자기로 방침을 세웠어요. 깨어 있을 때는 책을 보고 생각을 하고 앉아 있으면서도 바쁘답니다. 긴 세월을 이곳에서 살아온 아들은 사는 법을 터득했어요. 든든하게 살아가고 있습니다. 어머님 안심하시지요.

여름철 건강에 유의하세요. 항상 어머니께서 기력 정정하시기를 간절히 바라오며 줄입니다. 두 손으로 다친 어머님의 팔을 만지는 듯이 아릿한 마음입니다. 어머님!

귀선아 보아라

귀선아, 요즘 네 건강이 어떠냐? 어머니께서 안녕하시고 오빠와 언니도 잘 있니? 너한테 편지 쓴 지가 서너 달 되나보다.

삼촌은 이따금 너, 네 일을 생각하곤 한다. 혼기에 접어든 너는 아마도 몇 번인가 선도 보고, 서로를 파악하기 위해서 이야기를 나누어 보았겠지. 네 마음에 들지 않는 남자는 문제가 되지 않지만, 그와는 반대의 경우 상대로부터 이러저러한 이유로 거절을 당했을 때 너는 글쎄다, 삼촌이 여자가 아니라서 다 알 수 없다만 적지 않게 아팠을 것이다. 그래서 때로는 '나는 왜? 아버지, 가난, 공부도 남처럼 못했고' 이 모든 것을 원망하면서 몰래 울었을지도 모르겠구나.

귀선아, 슬플 때는 울어라. 그러나 귀선아! 슬픔을 오래 간직할 것은 없다. 바람직한 것이 아니다. 어려울수록 마음을 더욱 굳게 하고 너를 키워가거라. 사람은 어떤 난관에 처할지라도 자신을 키워갈 수 있고, 삶을 바르게 이끌어 갈 수가 있는 것이다.

삼촌은 전에 베토벤의 전기를 읽었다. 그의 생각은 삼촌과 차이가 있었지만 그의 불굴의 투지, 사랑, 사람 됨됨은 아름다웠다. 악성이라고 불리는 베토벤, 그가 남긴 예술은 음악에 문외한인 삼촌이 평할 수가 없다만 그는 별, 그의 삶은 빛나는 것이었다. 누가 그를 불행했다고 할 것이냐. 하기야 그런 면이 없지도 않지. 그는 생애를 거의 물질적인 가난 속에서 살았다. 두 소녀를 사랑했으나 실패로 끝이 났고, 그에게는 아내도, 자식도 없었다. 20대 후반에 아프기 시작한 귓병이 점점 악화되어 끝내는 귀머거리가 되고 말았다. (말년에 그는 수첩을 지니고 다니면서 의사 교환을 필담으로 했다.) 음악은 음의 예술이 아니냐. 소리를 못 들으면 음악과의 결별이 불가피한 것이고, 삶을 단 하나 음악, 예술에 바치고 있던 베토벤에게 그것은 절벽, 처절한 절망이었다. 허구한 날을 몸부림치며 괴로워하던 베토벤은 이제 살 가치가 없다고 목을 자르기로 했다. 그러다가 막판에 나락을 차고 노도처럼 솟구쳤다. "아니다. 죽어서는 안 돼. 음악을 완성시켜서 나처럼 괴로워하고 고생하는 분들에게 바쳐야 한다. 그들에게 용기를 북돋아 주고 그들의 쓰린 마음을 달래주어야 한다." 그로부터 그는 심혈을 쏟아 작곡에 전념을 했다. 때로는 들리지 않는 피아노 건반을 눌러보고 기억 속의 소리를 더듬어가면서 힘겹게 작곡을 했다. 그때, 그러니까 귀먹은 후에, 베토벤이 남긴 수많은 명곡 중에서도 가장 우수한 작품을 완성했다고 한다. 아, 암흑을 빛으로 전환시킨 베토벤.

그렇다. 귀선아, 불행을 값진 것으로 만들어야 한다. 어찌 베토벤만 가능한 일이냐. 사람마다 특수한 소질이 있고 누구나가 할 수 있다. 자질의 차이로 베토벤처럼 위대한 업적은 남길 수 없을지라도, 불행에 꺾이지 않고 줄기차게 나아가다 보면 값진 삶, 아름다운 열매가 맺어질 것이다. "올바로 정직하게 살아가는 사람은 그것만으로도 능히 불행을 이겨 나갈 수 있다."고 한 베토벤의 말을 끝으로 글을 줄인다.

귀선아! 안녕. "남편감을 선택하는데 외모나 재산을 중시하거나 너와 동떨어진 대상은 염두에 두지 말아라. 다 갖추어진 사람은 도대체가 없는 것이다. 마음에 더 비중을 두어라. 듬직하고 미더운 사람을 골라라."

고모와 의정이와의 면회 시 뒤죽박죽이 되어서 네 이야기가 빠졌다. 편지를 받거든 소식을 보내라.

1984. 6. 19. 삼촌 씀.

의숙아 보아라

의숙아 잘 있니? 여고에 진학한 후 몇 달은 친구며 모두가 바뀌어서 새로운 환경을 제대로 파악하고 네 스스로를 그에 적응시키기 위하여 마음을 썼을 줄 안다. 이제는 선생님과 낯이 익어서 서먹하지 않고 친구하고도 스스럼없이 마음을 주고받겠구나. 아직 소녀티를 벗지 못한 너희들은 애정을 친구한테 쏟고 있겠지.

먼저도 삼촌이 말한 바 있다만 친구는 잘 선택해야 한다. 무엇보다도 성실하고 착하고 미더운 소녀, 마음이 아름다운 소녀를 친구로 삼아라. 덕을 보려고 여유 있는 아이들에게 접근하는 것은 이기심의 발로요 부끄러운 짓이다. 너희들이야 그런 일이 없겠지. 친구로부터 받는 영향은 지대하다. 진실한 친구들은 서로가 돕고 격려하고 부족한 점을 고쳐주기 때문에 성장기에는 물론 세상을 바로 살아가는 데 없어서는 안 될 귀중한 존재다. 그런가 하면 못된 친구로 인해 인생을 망치는 수도 있다. 다정한 친구와는 자연히 가까이 지내게 되고, 시일이 지남에 따라서 서로가 생각하는 것이나 행동하는 것이 비슷하게 닮아가는 것이다. 그러기에 예로부터 벗을 보면 그 사람 됨됨을 알 수 있다고 했다.

의숙아, 지혜로운 사람은 반드시 친구를 골라서 사귀는 것이다. 삼촌 말에 귀를 기울이고 네 생활에 적용시켜라. 그리고 일단 친구를 선택했다 하더라도 친구와의 우정을 두텁게 하기 위해서는 지극한 성의와 인내가 필요하다. 뜰에 꽃나무도 잘 가꿔서 고운 꽃이 피게 하려면 정성을 들여야 하는 것인데, 하물며 우정의 꽃이야 말할 것이 없지. 순수한 마음과 노력이 있어야 한다.

이번에 일경이 편지만 있고 네 글이 없어서 서운했다. 아마도 너는 몇 번이나 편지를 쓰려다가 구겼을 테지. 쓰다 보면 뻔한 것을 변명한 것 같고, 삼촌을 섭섭하게 한 자신이 밉고. 실은 삼촌을 생각하지 않거나 편지를 안 쓰려고 한 것이 아니고, 이 핑계 저 핑계 늦은 것을. 삼촌한테 마음을 그대로 보여줄 수도 없고, 그래서 쓰다가 구겼을 테지. 네가 옆에 있으면 벌로 네 양 볼을 꽉 잡아당길 텐데. 하하~ 의숙아 괜찮다. 네 고운 마음을 삼촌이 조금은 알고 있다. 다음에 편지 보내라.

그동안 니 많이 컸지? 의식이나 지적 수준도 높이졌을 것이고. 네가 보고 싶다. 사진을 보내라. 일경이 것도. 그럼 의숙아! 안녕. "삐뚤어진 아이라 할지라도 절대로 인격을 무시해서는 안 된다. 따뜻하게 대해주고, 특히 공적인 일에 차별이 없어야 한다."

일경아 보아라

일경아, 어제 네 편지를 반가이 받았다. 거듭 읽어보면서 삼촌은 혼자 빙긋이 웃었다.

이제 운동을 하면 땀이 나는구나. 어제는 운동장 주변에 서 있는 버드나무 밑에서 가지를 만져보며 땀을 식혔다. 하얀 서리가 잔가지에 얹혀서 더 차게 보이던 버드나무가 벌써 녹음이 우거져서 밑에 그늘을 만들었다. 몇 달 만에 많이도 변했다. 하기야 변하지 않는 것이 있을까. 너도 많이 컸지?

네 글씨 모양도 달라졌더라. 네 글을 읽을 때마다 느낀다만 너는 감정이 풍부하고 예술적인 소질이 있는 것 같다. 아빠 엄마는 일찍이 그 점을 발견하고 너한테 피아노를 가르쳤나 보다. 삼촌은 음악에 대해서 전혀 모른다고 해도 과언이 아니다. 그런 삼촌이 너에게 음악을 이야기한다는 것은 마치도 학생이 선생님께 음악을 논하는 거와 같겠지.

그러나 예술 일반에 대해서는 삼촌이 좀 말할 수 있다. 음악도 예술에 속하지 않니. 예술이란 사람 안에 있는 것을 예술 형식을 통해서 밖으로 표현한 것이다. 그래서 예술을 지향하는 사람은 지식도 필요하지만, 무엇보다도 먼저 바른 사람이 되어야 하고 감정이 풍부해야 한다. 그런데 그것은 바라는 마음만으로는 이루어지는 것이 아니다. 학교생활이나 가정에서 네가 바르게 살아야 하고, 사람은 물론 한 그루의 나무, 한 포기의 작은 꽃도 사랑할 줄 알고 사람들이 꺼리는 일도 해야 한다.

예를 들어서 너의 집 변소 바닥을 물로 씻어내고 물기를 마른걸레로 훔쳐내면 타일의 본색이 드러나서 깨끗하고 색깔이 고운 타일을 보면 네 마음의 때도 함께 씻어버린 듯 기분이 좋지 않더냐. 그런 과정을 통해서 네가 성장하는 것이다. 예술에 천재적인 소질이 있는 사람도 피나는 노력이 없이는 대성할 수 없다. 일경아, 꾸준히 힘써라.

친구에 대해서 언니에게 쓴 내용은 너에게도 하고 싶은 말이다. 편지는 언니와 따로따로 쓰는 것이 좋겠지. 번갈아서 보내면 서너 달만 써도 되고. 중학교에 가서 삼촌한테 편지 자주 쓰겠다고 한 약속이니까 어디 두고 보자. 그럼, 공부 열심히 해라. 일경아! 안녕.

누이에게

잘 있어? 면회실에서의 누이 모습이 지금도 선하게 남아있네. 오빠를 옥 안에 두고 떠나갈 때 방금 보고 온 오빠가 자꾸만 떠올라서 마음이 아팠을 거야. 오빠도 방에 돌아와서 차 안의 누이를 생각하며 아파했다네. 의정이는 어디 있지? 서울에 갔어? 그 애는 수준이 있어서 취직도 쉽게 될 것이고 좀 있으면 잘 될 거야.

오빠는 건강하네. 참고 살아가고 있지. 오빠가 이곳에서 한 해 두 해 살았나? 걱정하지 마.

1984. 6. 21. 오빠 씀.

어머님 보시지요

조금만 움직여도 땀이 나네요. 더위가 고비에 접어든 듯합니다. 어머님 어떻게 지내세요? 이제 더위를 이기기도 힘이 드시지요? 밤에 잠은 잘 주무세요? 너무 더우면 잠을 설치는 것인데 어머님 신시도 그렇고 잠을 세내로 주무시지 못하면 피로가 겹쳐서 병나기 쉽습니다. 낮에 한잠씩 주무세요. 잠이 안 오더라도 누우셔서 눈을 감고 몸과 마음을 풀고 계시면 자는 것이나 별로 다름없이 피로가 풀립니다. 잊지 마세요.

어머님, 손자가 잘 크고 있어요? 웃고, 제 손을 입에 가져다가 빨지요? 그 애가 보고 싶습니다. 서늘바람이 나야 큰아빠한테 오고 외갓집에도 가고 긴 여행을 할 텐데. 여름이 어서 가기를 바랍니다.

아들은 건강합니다. 아무리 더운 날도 밖에 나가면 벗어부치고 운동을 하네요. 흠뻑 땀에 젖은 몸을 방에 돌아와서 씻고, 방안에서는 거의 움직임이 없이 한자리에 앉아서 책을 보고, 쉬곤 합니다. 여름이나 추운 겨울, 봄, 가을에 달라지는 기후 따라 적절히 대처하지요. 그러기에 20년이 넘도록 뱃병에 신경통을 앓으면서도 꿋꿋이 목숨을 이어가고 있습니다. 어머님이 제가 살아가는 것을 하나하나 보신다면 "내 아들이 저만나 하니까 지금도 살아있지." 하시면서 마음을 놓으실 것입니다.

어머님, 아들 걱정을 마시고 부디 어머님의 존체 살펴주시옵소서. 한더위에 어머님께서 안녕하시고, 가족이 모두 건강하기를 간절히 바라보며 줄입니다. 어머님!

아들 올림.

선주야 보아라

선주야, 오랜만이다. 아빠와 엄마, 두 삼촌, 숙모님, 외삼촌, 외숙모님께서 안녕하시냐? 너희들은 여름방학을 했지? 중학교에 가서 처음 맞는 방학이 즐겁고 보람 있기를 바란다.

선주야, 2월에 네가 이곳에 왔을 때 철문에서 너를 들여보내지 않아 너는 문밖에 있고 의정이 언니와만 면회를 했지. 언니로부터 네가 밖에 있다는 말을 들은 삼촌은 마음이 너한테 가 있었다. 면회를 마치고 사무실(이층)에 나와서는 철문 사이로 담 넘어 공터로 너를 찾았지만, 정적이 있을 뿐 눈에 네 모습이 보이지 않았다. 그때의 아린 감정이 오롯이 남아있다.

그리고 재작년 겨울 작은삼촌을 따라서 네가 이곳에 처음 왔을 때 나는 전혀 너를 못 알아보았다. 선주라고 삼촌이 알려주었고, 나는 순간 네 모습에서 어렸을 때의 너를 찾았다. 영 달라진 너, 예쁜 네 얼굴에서 단 한 곳 입가에 작은 흉터를 발견한 삼촌은 그렇게 반가울 수가 없었다. "예뻐졌구나. 키도 크고 시집가야겠다." 느닷없는 말에 긴장하고 있던 너는 볼을 붉히면서 빙긋이 웃었다. 그때, 네 눈에서 삼촌은 또 어렸을 때의 너를 보았구나. 네가 웃으면 눈이 커지면서 위 눈꺼풀이 활처럼 휘어졌지. 두 갈래로 따서 앞으로 늘어뜨린 긴 머리, 그 끝을 작은 구슬이 달린 끈으로 묶고. 가르마 양쪽에 꽃핀을 꽂았던 귀여운 네 모습이 삼촌 머릿속에 사진처럼 박혀있다.

선주야, 예쁜 네 얼굴보다 네 마음이 더 고와야 한다. 마음이 더욱 중요한 것이다. 얼굴은 타고나는 것이지만 마음은 자기 노력 여하에 따라서 구질구질하게도 되고 아름답게도 되는 것이다. 날마다 마음을 닦아야 한다. 선주야, 조용히 네 마음을 들여다보아라. 욕심 보따리에 샘이 많고 곧잘 토라지는, 네가 바라지도 않고 네가 미워하는 것들이 안에 도사리고 있을 것이다. 잡초가 네 마음에 뿌리를 내리지 않도록 집어내고 또 집어내야 한다. 악은 겉에 사탕을 살짝 발라 놓아서 혀를 대면 단 것인데, 단맛에 맛 들이면 그 수렁 속에 빠져서 인생을 망치게 되는 것이다. 마치도 얼음과자를 달고 차다고 먹어 자치면 설사를 하고 때로는 목숨까지 위험하게 되는 것처럼. 그런가 하면 인삼은 입에 쌉싸름하지만 먹어놓으면 몸에 아주 이롭다. 선한 일은 힘이 들지만, 하면 할수록 마음이 아름다워지는 것이다.

넌서 아빠와 엄마를 위하고 동생들을 생각하는 착한 딸, 사랑스러운 누나가 되어라. 못된 것이 안팎에서 유혹할 때는 꾹 눌러버리고 착한 일을 해라. 거기에 네 인격은 성장하고 참 기쁨이 있을 것이다. 공부를 열심히 하고 엄마의 잔일을 도와드려라. 부지런해야 한다.

선주야, 많은 말을 줄인다. 할머님과 집안일, 성산이, 공장 소식 등을 자세히 써서 보내라. 그럼, 엽서를 혁신이한테 넘겨라.

혁신아

혁신아, 방학을 해서 잘도 놀겠구나. 이번에 좋은 성적을 엄마 아빠께 보여드렸니? 혹시라도 종아리를 맞지 않았느냐? 설마하니 네가 공부를 못해서 종아리야 안 맞았을 테지.

혁신아, 노는 데만 한눈팔지 말고 공부에 힘써라. 전에도 말했다만 의리가 있어야 하고, 돈이나 먹을 것, 장난감 같은 것에 마음을 빼앗겨서는 안 된다. 그런 것은 그저 대수롭지 않게 넘겨버려라. 마음이 커야지. 그래야 커서 훌륭한 사람이 된다.

삼촌은 오늘도 네 사진을 보았다. 너를 좋아하는 삼촌은 너한테 알밤이라도 한 대 주고 싶었구나. 하고 싶은 말은 많은데 쓸 곳이 없다. 혁성이한테 넘겨라. 참, 편지 보내라.

혁성아

혁성아, 너 많이 컸지? 작년 여름에 전주이모 집에서 찍은 사진을 보고 있으면 어딘가 생각이 잠긴 듯한 네 모습에서 얌전하고 어른스러운 느낌을 받는다.

혁성아, 말을 많이 하는 것도 중요하지만, 해야 할 말은 여러 사람 앞에서나 아빠 앞에서 자주 해야 한다. 네가 부끄러움을 너무 타는지 모르겠다. 삐뚤빼뚤한 네 글씨를 삼촌이 보면 웃을까 봐 그게 부끄러워서 편지를 안 쓰는 것이 아니냐? 삼촌이 너를 얼마나 사랑한다고, 그런 것은 괜찮다. 2학년인 네가 글씨를 잘 쓰면 얼마나 잘 쓰겠니. 삐뚤빼뚤한 네 글씨를 삼촌이 보면 퍽이나 기뻐할 것이다. 편지를 보내라. 그럼 기다리고 있겠다. 혁성아 안녕.

1984. 7. 24. 삼촌 씀.

추신 : 순이야, 순이야! 고생하지? 이달 9일에 어머님과 제수씨한테 보낸 편지를 받아 보았니? 의정이가 서울에 있느냐? 궁금하다.

어머님 보시옵소서

어머님, 그새 안녕하셨어요? 찌는 듯한 더위에 풀나무는 무성하게 자라고 있습니다. 사람도 진을 빼고 뼈를 깎는 어려움 속에서 커가는 것 같습니다. 가만히 앉아 있어도 땀이 비어져 나오고. 어머님, 그래도 아들은 건강합니다. 책을 보면서 시간을 값있게 보내고 있어요. 안심하시지요. 이제는 길어야 보름, 더위도 곧 꺾입니다. 가을이 와요.

어머님! 막바지에 이른 더위를 이기시고 아픈 팔이 쉬 나으시기 바랍니다. 거듭 어머님을 불러보면서 줄입니다. 어머님!

제수씨 보십시오

제수씨, 성산이가 세상에 태어난 지도 벌써 백일이 되어오네요. 축하합니다. 제수씨가 보내주신 편지와 사진을 잘 받았어요. 한더위에 어머님께서 안녕하시고 어린 성산이가 탈 없이 큰다니 무엇보다 반갑습니다.

사진을 받아 든 나는 우리 성산이를 안은 듯 흐뭇했습니다. 야무지게 생겼어요. 옷을 입고 찍은 사진에서 꽉 다문 입, 양손을 불끈 쥐고 무엇인가를 응시하고 있는 성산이가 세상을 만만하게 여기는 것 같습니다. 눈자위가 약간 들어간 것 하며 거기서 턱까지는 아빠 어려서와 똑 닮았어요. 귀는 아빠보다 잘생겼고, 시원한 이마가 재주 있어 보이는데 제수씨를 닮은 것 같습니다. 고추를 내놓고 찍은 사진은 혁신이 어려서 같네요. 두 젖 사이가 넓고 가슴통이 커서 건강할 뿐만 아니라 힘도 쓰겠어요. 잘생겼어요.

어머님이 자는 성산이를 곧잘 깨우신다는 대목을 읽으면서 혼자 웃었습니다. 동생은 어려서 머리를 한쪽으로만 누웠어요. 어머님이 바로 잡아주면 그대로 있는 것이 아니라 고집스럽게 곧 머리를 돌렸어요. 그때마다 어머님은 그 반대쪽으로 또는 바로 잡아주셨고, 동생은 울었지요. 그것이 딱하고 안쓰러워서 그냥 두시라고 했더니 "우는 것이야 괜찮지만 뒤통수가 삐뚤어지면 어쩌니?" 머리가 굳기 전에 한쪽으로만 누우면 머리 중량을 받아서 납작해진다고 한 치의 양보도 안 하셨습니다. 나중에는 동생이 버릇을 고치데요. 나도 그렇지만, 동생의 머리를 한 번 만져보세요. 들어간 곳이 없습니다. 성산이가 아빠 닮아서 한쪽으로만 눕나 보지요? 손자 머리가 삐뚤어질까 봐 마음이 쓰이는 어머님은 자는 손자 머리를 바로잡아주시고 또 잡아주시고, 손자는 울지~ 어머님의 그 모습을 보는 것 같아서 웃었습니다. 어느 것 하나 부족이 없는 성산이는 두뇌도 잘 타고났을 것입니다.

사람의 성품에서 선과 악은 태어날 때 타고나는 것이 아니라 누구나가 악한 이 될 수 있고 지고한 성인이 될 수 있습니다. 지능도 수십 년, 수백 년에 한 명씩 나오는 천재를 제외하고는 모두 날 때는 비슷하답니다. 소질에 약간의 차이가 있는 것은 아이들이 성장하면서 관심과 노력 여하에 의하여 달라집니다. 재주가 뒤진 아이도 4, 50년을 한곳으로 노력하면 그 분야에 정통한 전문가가 되고, 어려서 재주 있던 아이도 노력하지 않으면 장년이 되었을 때 중간에도 미치지 못합니다. 끈질긴 의지가 더욱 중요하지요. 어려서부터 의지를 키워주세요.

아기한테 엄마가 져서도 안 되고, 인격적 존재인 아기를 엄마 마음대로 해서도 안 되겠지요. 울 안의 화초와 관상수를 놓고 생각해 볼까요. 내버려두어도 웬만한 땅에서는 그런대로 삐뚤빼뚤 큽니다. 빨리 키우려고 욕심을 부려서 매일 비료를 주고 물을 주어대면 못쓰게 됩니다. 그러나 나무 성질을 잘 아는 사람이 알맞게 거름을 주고 물을 주고 가지를 쳐주면서 정성을 들이면 곱게 꽃이 피고 보기 좋은 관상수가 됩니다. 같은 화초, 같은 관상수라 할지라도 서툰 사람이 키운 것과 원예사가 키운 것과는 커다란 차이가 납니다. 나무와 사람을 비교할 수는 없습니다만 생명체를 가지고 있다는 그 점에 있어서는 같은 법칙이 작용합니다. 생명체는 먹어야 살고 체내의 신진대사를 통해서 성장하는 것이며, 생명을 보존하지 않습니까. 이러한 원리는 특히 수동적인 어린이들의 성품이나 지적 발전에 적용이 될 것입니다.

경험이 풍부하신 어머님에게서 배우시고 육아 서적을 보세요. 성산이 특성을 살려 나가면서 여러 가지 자극을 주어 보고 그에 대한 반응과 변하는 것을 관찰하며 기록하는 것도 좋겠지요. 아이를 전체적으로 파악하는 데 자료가 될 것입니다. 또 다음 아이를 키울 때 참고가 되고 육아 전문가가 될 수도 있습니다. 시숙은 그 안에서 한가한 소리만 하고 있다고 먹고 살기도 바쁜데 어느 세월에 그럴 것이냐고 반문하실지 모릅니다만 어려우면 어려운 대로 가능한 범위 내에서 최선을 다하면 되겠지요.

내가 보내는 편지를 옆에서 읽으면 어머님이 다 이해하실 수 있도록 쓰겠다고 마음은 먹으면서도 잘 안됩니다. 제수씨께서 쉽게 풀어서 설명해 드리세요. 누구에게 보낸 편지든 어머니께서는 아들의 글이라 관심이 깊고 알고 싶어하실 것입니다. 아들의 글 속에서 때때로 당신의 생각과 똑같은 당신의 마음을 보실 것입니다. 나를 어머님이 낳으셨고, 어려서 나한테 어머님은 당신의 마음을 주셨어요. 내 마음 바탕의 한 부분은 어머님 마음입니다. 그 마음이 이따금 행동과 말로, 때로는 글에 나타나지요. 낳임없이 이어지는 생명과 마음, 거기에 영원성이 있지 않을까요?

제수씨, 오늘은 이만 줄입니다. 모두 건강하고 집안에 기쁨이 있기를 바랍니다.

(빠졌네요. 성산이 우는 데서 급한 성질이 나타나는데 자신한테는 그런 점이 도무지 없으니 아빠를 닮은 것 같다고 발뺌을 하셨는데, 아빠는 아니고 엄마 닮았음이 분

명합니다. 하하. 남자가 한 성질이 있어야죠. 만 원을 받았습니다. 선주한테 보낸 편지를 받았나요?)

성산이 백일을 맞이하면서. 1984. 8. 6. 시숙 드림.

어머님 보시옵소서

어머님, 그동안 안녕하셨어요? 어머님 생신이 다가오네요. 어머님 생신날 어머님을 모실 수 없는 아들은 안타까운 마음 그지없습니다만 그러면서도 흐뭇합니다. 어머님 오래오래 계세요. 지극한 동생과 제수씨가 어머님을 모시고 있기에 지금은 생각한들 무엇하나 어머님을 도울 수 없는 저는 되도록이면 잊으려고 해도 어디 그런가요. 나이 들어가면서 어머님에 대한 정이 한층 깊어 가는 것 같습니다.

고생하는 사람이 많기도 하지만 어머님처럼 애를 태우며 살아온 사람은 세상에 흔하지 않습니다. 하늘이 무너지는 듯 정신을 잃은 적이 몇 번이던가요. 그리고 그 긴 세월을 말로는 더할 수 없는 고난 속에서도 자식들을 바르게 키워 주신 어머님을 생각하면 자랑스럽고 크신 은혜 헤아릴 수가 없습니다. 어머님이 낳아서 온 정성을 쏟고 지혜롭게 키워주신 저희 형제들은 하나같이 어머님을 공경하옵고, 그 점에 있어서는 어머님은 누구도 부럽지 않으시지요. 이 아들하고도 한때를 사셔야 합니다. 오래오래 계세요.

어머님이 장수하시면 후손들도 장수합니다. 옛 어른은 명은 하늘에 달려있다고 했습니다만 그것은 틀린 말입니다. 사람은 누구나 백이삼십 세 이상을 살수 있는데, 젊어서 몸과 마음을 너무 급하고 무리하게 써서 일찍 죽는답니다. 어머님이 장수하심은 자시는 것, 일하고 쉬고 주무시고, 마음 씀씀이에 기인한 것입니다. 어머님의 일상생활에 의한 것이지요. 그래서 어머님과 함께 살아가는 자식이나 손자들이 알게 모르게 어머님의 본을 받아 자연히 장수하게 됩니다. 어머님, 오래오래 계세요.

날씨가 차네요. 첫 추위에 주의하시고 어머님은 감기에 약하시니까 전에 말씀 올린 바와 같이 새벽에 일어나시거든 잊지 마시고 뒷목을 문지르세요. 따뜻한 날은 성산이 데리고 햇볕을 쬐시고요. 농촌 사람들이 도시 사람보다 시원찮게 먹지만 들에서 햇볕을 (특히 뒷목) 많이 쬐기 때문에 감기에 덜 걸린다고 합니다. 어머님 생신에 저도 과일이랑 사서 먹을 것입니다. 제 생각을 과히 마시고 즐거이 드세요. 어머님 모습이 선하게 떠오르네요. 어머님을 뵌 지 두 해가 지났습니다. 뵙고 싶어요. 추워지기 전에 오시지요. 올리고 싶은 말씀 끝이 없사오나 어머니께서 강녕하시기를 거듭거듭 바라오며 줄입니다. 어머님!

아들 올림.

홍규야 보아라

홍규야, 잘 있니? 날씨가 제법 쌀쌀하구나. 겨울을 앞둔 옥 안의 형을 그려보면서 쓸쓸한 생각에 잠길지도 모르겠다. 홍규야, 철창이 얼어붙는 겨울이라고 해서 고통스럽고 괴롭고 그런 것만은 아니다. 지금의 형을 마치도 설산 가까이에 가서 정복할 고봉을 지긋이 바라보는 산악인에 비할거나. 험한 산을 눈 안에 집어넣는 만만한 산악인. 나이 탓으로 다리 힘이 조금은 약해지고 하잘것없는 장비를 지니고 있다만 산 타는데 노련하다. 이름있는 큰 산을 30여 개나 오른 경력이 있지 않느냐? 흰머리를 날리며 힘 있게 오를 것이다.

오늘의 산악인들은 현대 장비를 갖추지 않고는 큰 산은 어림도 없다고 하지만 옛날 우리 조상들은 부싯돌을 주머니에 넣고 창 하나만을 손에 들고는 험준한 산을 비호처럼 넘나들었다. 그분들은 어려서부터 산을 탔고 산 타는 것이 생활의 대부분을 차지하고 있었던 터라 잘 단련이 되고 산 타는데 지혜롭고도 능했다.

추위가 온다고 걱정할 것이 없다. 요즘은 편지를 써놓고 몇 번을 읽어보고 주소를 확인하고 또 한 자 한 자 대조한다. 소심한 탓일까. 소심하기보다는 건망증이 심하고 정신 들여서 써도 곧잘 빠뜨리기 때문이다. 형이 이럴 때 어머님이야 말할 것이 있느냐. 기억이 흐려져서 잊으시기 전에 어머님으로부터 살아오신 일들을 많이 자세하게 들어두어라. 성산이랑 중손자들이 커서 보도록 글로 남기고 싶다.

네 일은 잘 되니? 물품을 운반할 때는 안전을 첫째로 조심해라. 집안에 기쁨이 있기를 바라면서 줄인다.

1984. 10. 8. 형 씀.

어머님 보시지요

어머님, 집에 무사히 가셨어요? 동생과 제수가 모시고 갔기에 크게 걱정은 안 했습니다만 옥문을 떠나가실 때 어머님 마음이 오죽하셨을까……. 잠자리에 든 후에도 낮에 뵌 어머님 모습이 번연히 떠올랐어요. 사나흘은 책을 보다가도 밥을 먹다가도 어머님이 어려오곤 했습니다. 어머님 이제는 마음이 가라앉았어요. 줄곧 책을 봅니다.

날씨가 갑자기 추워졌네요. 옷은 따숩게 입으시고 나다니세요. 활동을 하세요. 한겨울에는 밖에 나가기가 어려우실 테고, 얼음이 얼기 전에 힘을 모으세요. 기침 소리가 들려옵니다. 어머님 감기에 조심하세요. 이만 줄이네요. 어머님!

아들 올림.

제수씨 보십시오

제수씨, 찾아주셔서 어찌나 반가웠는지 모릅니다. 그럼에도 이곳에 계시는 분 모친 부음을 들은 뒤라서 여느 때와는 달리 어머니께 말씀을 드리다가 몇 번인가 울먹였고, 어머님과 이야기하느라고 제수씨하고는 몇 마디 나누지 못한 채 아쉽게 헤어졌네요. 묻고 싶은 말, 하고 싶은 말이 쌓인 것을. 다음에 가족끼리 앉아서 이야기하지요.

성산아! 너를 꼭 안았을 때 큰아빠는 더없이 흐뭇했다. 방실거리던 너. 너는 작은 손으로 큰아빠 볼을 만지작거리었고, 큰아빠는 네 손을 가만히 물었다. 한참 동안 큰아빠 품에 있다가 엄마한테 간 너는 큰아빠가 할머님 양손을 잡고 목메어 있을 때 "아~ 아!" 너는 소리를 질렀다. 네 소리에 큰아빠는 젖은 눈을 너에게 돌렸고, 너는 이 없는 합죽한 입을 벌리고 환하게 웃었다. 네 맑은 눈을 산중 호수에 비할 꺼나. 어림도 없지. 파란 가을 하늘은? 그것도 못 미친다. 네 눈과 큰아빠 눈이 하나로 이어졌을 때 서로의 바람을 아는 듯 너는 웃고 큰아빠는 저절로 끄덕였다. 그때의 네 모습은 큰아빠 머릿속에 박혀있다. 언제까지나 흐려지지 않을 것이다. 성산아! 충실하게 커라.

제수씨, 성산이가 이곳에 왔다 가느라고 먼 길을 차에서 시달렸을 텐데 괜찮은가요? 잘 먹고 잘 자는가요? 가족 모두 건강하고 기쁨이 있기를 바라면서 오늘은 이만 줄입니다.

(내의는 보내지 마세요. 더 껴입을 수 없습니다. 겨울을 날 준비가 되었어요. 춥다고 걱정 마세요. 서뜻이 겨울을 이겨낼 깃입니다.)

1984. 10. 22. 시숙 드림.

어머님 보시지요

어머님, 안녕하세요? 어머님이 면회 다녀가신 후 그 기력이 어떠하신지, 성산이가 잘 크고 있는지 궁금합니다. 어머님 동생한테 할 말이 많아서 어머님만 불러보고 줄입니다. 아들은 건강하오니 걱정 마시고, 부디 어머님의 존체 살펴 주시옵소서. 어머님!

　아들 올림.

흥규야 보아라

　흥규야, 잘 있니? 할머님 제사가 다가오는구나. 돌아가신 지 올해로 꼭 스무 해가 되었지. 할머님은 왼쪽 눈가에 검은 사마귀가 나 있고, 평생을 일만 하셔서 당신의 손은 크고 가랑잎처럼 뻣뻣했다. 그 손으로 안아주시고, 사랑해 주시던 할머님. 할머님의 인자하신 모습이 선하게 떠오른다.

　흥규야, 할머님 이야기를 하자. 1952년 12월, 그해가 저물어갈 때 극형을 받고 있던 형은 형의 생애도 마지막으로 여겨졌다. 그래서인지 지난 일들이 자연

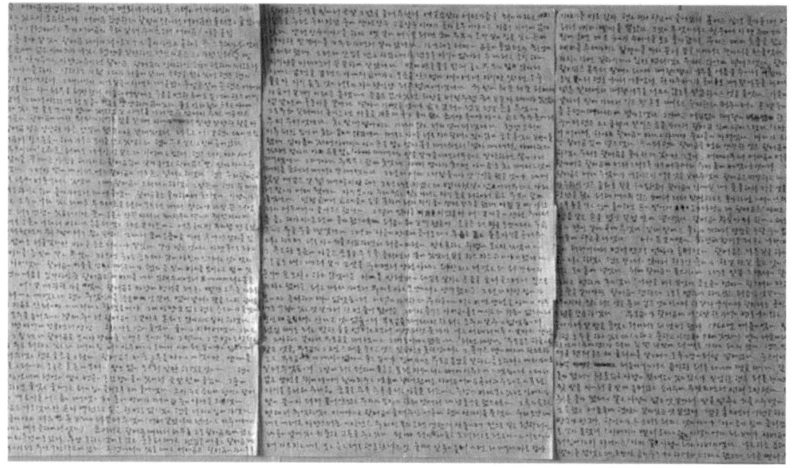

히 떠올랐고, 죽음을 앞에 둔 형은 어려서부터 기억나는 것을 하나하나 전부를 회상했다. 다음 해 연말에도 죽음을 면한 후에도 일 년에 한두 번씩 꼭꼭 회상했다. 그래서 4, 50년 된 일들이 지금도 생생하게 남아 있다. 물론 긴 세월이 흐르는 사이에 더러 흐려진 곳이 있고, 또 글로 쓰니까 당시에 있었던 일 그대로를 나타낼 수 없다만 주된 내용만은 사실임을 밝혀둔다.

할머님에 대한 최초의 기억은 잠을 잘 때, 자다가 깨어서 말랑말랑한 젖을 만지던 일이다. 할머님 젖은 앙상한 가슴 양쪽에 젖꼭지만 달려 있었다.

다음은 어느 날 형이 태어난 집 큰방에서 할머님과 친구분들이 하나 가득히 모시를 삼고 있었는데 형이 무슨 일로 그 방에 들어갔다. 할머님은 형을 부르시더니 "고추 좀" 전에도 그러신 것 같은데 기억에는 없다. 형은 터진 바지 사이로 대롱거리던 잠지를 뚝 떼는 시늉을 해가지고 할머니 입에 갖다드렸고, 할머님은 "또" 받아 자시는 듯 고소하다고 하셨다. 그러자 옆에 계시던 어느 할머님이 "나도 좀" 달라고 하셨다. 형은 우리 할머님이 아니라서 그대로 선 채 머뭇거리고 있었다. 그때 할머님이 드리라고 하셨고, 그 말씀에 형은 뚝 떼어드렸다. "나도, 나도" 하시는 입에 돌아가면서 떼어드렸다. 할머님들은 좋아하시며 웃으셨다. 가랑이가 터진 바지를 입고 고추가 나와 있는데도 부끄러움을 전혀 모르던 때라 잘해야 세 살쯤 되었을 것이다.

또 너도 경험이 있을 테지만 꿈에 오줌이 잔뜩 마려워서 돼지우리 옆에나 뒤엄자리에 싸자치면 그대로 오줌이 나와서 바지나 요를 적셨고, 그런 날 아침에는 어른들의 반 꾸지람 반 놀림이 어찌나 부끄러웠던지 쥐구멍이라도 찾고 싶었지. 그래서 꿈에 오줌을 싸면 후다닥 잠지를 잡곤 했는데 그날 밤에도 서둘렀다만, 바지를 조금 적시고야 말았다. 약간 젖은 것이라 아랫목으로 파고 들어가서 벗은 바지를 등 밑에 깔고 누웠다 마르면 누구도 눈치채지 않게 아침에 입으려는 것이었지. 그런데 늦잠을 자버렸다. 할머님이 이불을 걷고 깨우다가 형의 등 밑에 바지를 보시고는 밤에 있었던 쌀이며, 형의 마음을 짐작하신 듯 할머님은 새 바지를 내다 입혀주시면서 "내 새끼"라고 볼을 비벼주셨다.

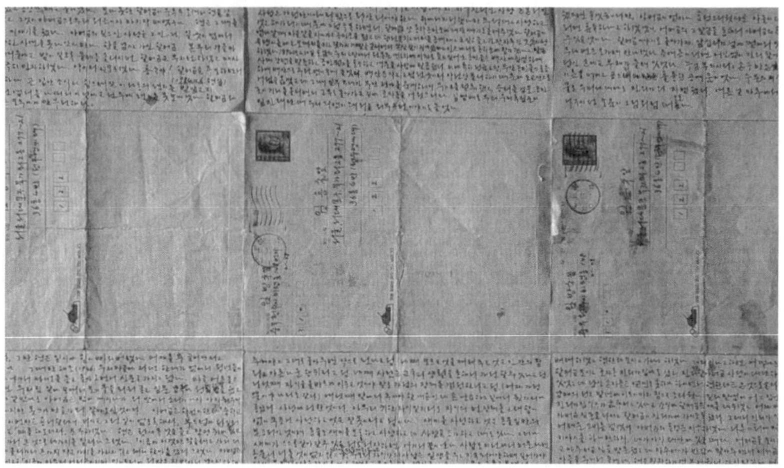

어느 날 따뜻한 가을이었다. 할머님은 마당에 멍석을 펴놓고 빨간 고추를 가위로 타서 씨를 발라내고 계셨는데 형이 무엇인가를 조른 것 같다. 업어달라고 했을 테지. 할머님은 손이 매워서 지금은 안되니까 기다리라고 하셨을 거야. 그에 아랑곳없는 형은 조르다가 울었다. 울면 언제나 모두를 들어주시고 달래주시던 할머님이 그날만은 본 체도 않으시고 일만 하셨다. 심통이 난 형은 땅바닥에 뒹굴면서 엉엉……. 한 시간도 넘게 울었다. 울다가 지쳐버렸다. 조금만 달래도 그칠 텐데, 할머님을 보아도 달래줄 기색은 보이지 않고, 그렇다고 그냥 멎기도 멋쩍고, 쉬다가 울다가 우는 척하고 있는데 때마침 어느 아주머니가 오셔서 이게 웬일이냐고 일으켜서 흙먼지를 털어주셨고, 형은 울음을 그쳤다. 할머님은 매운 고추를 만지고 계셨지만 '생떼를 쓰는 요놈 버릇을 고쳐야지 오늘은 혼 좀 나보라'고 말도 없이 모르는 척 일만 하셨을 것이다.

　형이 어려서는 몇 집 건너에 성건이, 쌀이, 병용이 동갑쟁이들이 있어서 곧잘 함께 놀았다. 그중에 성건이는 툭하면 울었고, 울 때는 우리 집이 들리도록 크게 울어댔다. 손자 우는 소리에 성건이 할머님이 달려오셨고, "내 손자를 어느 놈이 때렸느냐"고 동네방네가 떠나갈 듯이 야단을 치셨다. 그때쯤 할머니도 나오셨다만 손자 역성드는 일은 한 번도 없으셨고, 형을 데리고 집에 가셨다. "동무들하고 잘 놀아야지 다투면 못쓴다"고 타일러 주셨다.(커서 알았다만 성건이는 아주 어려서 어머니가 돌아가시고 계모 슬하에서 컸다.)

좀 커서는 할머님 따라서 제수동 고모할머님 집에 갔고, 마동 뒤 재 넘어 미륵당에도 갔다. 무당 굿하는 곳에도 갔고, 운동회 때에는 점심을 싸 들고 할머님 따라서 형님이 다니시던 부안국민학교에 갔다. 구경거리가 있을 때는 어머님은 할머님이 가시도록 배려하셨고, 형한테 모시고 가라고 하셨다. 더러 싫다고 하면 어떻게든 타이르고 달래곤 하셨다. 할머님 모시고 군자동 진외가집에도 갔고, 진외할아버님 사랑이 대단하셨다. 뜰 앞에 배나무가 있었는데 당신 손자들은 얼씬도 못 하게 하시면서 형한테는 큰 것으로 골라서 따주셨다. 할머님 남매의 정은 만년에 이르기까지 참으로 두터웠다. 일제 말엽에 어느 집인들 식량이 족했을까마는 진외갓집 식구가 굶주리고 있다는 소식에 할머님은 애를 태우셨고, 어찌어찌 양식을 마련하신 아버님은 짐꾼을 데리고 할머님이 진외가에 가시도록 했다. 그래서 진외가 식구들은 부황나지 않고 어려운 고비를 넘겼다.

아버님의 효성은 지극하셨다. 다른 기회에 들려주겠다만 아버님 이야기를 하나만 하자. 네가 아직 태안에 있을 때다. 어머님을 모시고 순이누나와 함께 삼선교 아주머니 집을 방문했는데 아주머니가 반갑게 맞아주면서 어머님 손을 잡고 "동생은 효자 아들을 두어서 좋겠네." 형을 칭찬하는 겸 부러워서 하신 말씀에 어머님은 "제 아버지만 했으면 좋겠습니다." 아버님이 얼마나 효성스러웠으면 아들이 더도 말고 아버님 정도만 되면 흡족하다고 하셨겠니? 어머님의 그 말씀을 통해서 아버님의 효성을 너는 가히 헤아릴 수 있을 것이다.

할머님 이야기로 돌아가자. 30리가 넘게 떨어져 있던 두 남매는 해마다 두세 번은 오가며 만나셨다. 초여름이 되면 어김없이 진외할아버님이 우리 집에 오셨고, 당신 손에는 부채가 들려있었다. 누님 부치시라고 손수 만든 것인데, 글씨를 써넣고 기름을 먹이고 공들인 훌륭한 공예품이었다. 두 분의 지극한 우애에 아버님은 물론 우리 세대에도 진외가와 자별했다. 여름날 마루에서 두 남매가 정담을 나누던 모습이 그림처럼 떠오른다.

할머님은 등잔불 밑에서 곧잘 고담을 들려주셨다. 예닐곱 살의 어린 가슴을 죄이게 하고 감동을 주던 우리 민담 중에 생선 장수, 소금 장수 이야기, 효자 효부 이야기는 지금도 기억에 남아 있다.

생선 장수 이야기를 하마. 옛날에 어느 골 외딴곳에 부부가 오막살이 집을 짓고 손바닥만 한 밭뙈기를 가꾸어가면서 살아갔단다. 가난해도 어찌나 금슬이 좋았던지 원앙이 부러워했대. 그런데 삼십을 넘고 사십 고개가 넘도록 자식이 없어서 두 내외는 오직 하나 자식만을 바라면서 쓸쓸하게 살았단다. 밤에 관솔불을 밝혀놓고 부부가 마주 앉아서 아내는 남편을, 남편은 아내의 늙어가는 모습을 안쓰럽게 여기면서 자식만 있으면 오죽 좋을까. 자식 못 둔 것이 서로가 자기 탓인 양 죄스럽게 여겼단다.

귀밑에 희끗희끗 흰머리가 늘어갈 때 이제는 틀렸다고 조금은 남아 있던 희망을 버릴 무렵 웬일일까. 태기가 있었고 몇 달 만에 옥동자를 낳았다. 얼마나 기뻤을 것이냐. 늙은 남편이 덩실덩실 춤을 추었대. 그로부터 일터에서 돌아오면 아들을 가운데 놓고 좋아했고, 금이야 옥이야 아기는 늙은 부부 품에서 무럭무럭 컸단다. 웃고, 발딱 엎어지고, 기다가 앉고, 서서 걸어 다녔단다. 평생소원이 이루어진 집안에 웃음이 끊이지 않았단다. 때로는 아기를 서로 차지하려고 밉지 않게 눈을 흘겼고, 실랑이를 했대. 엄마 품에 있으면 아버지가 아기 손을 잡고 엄마 볼을 때리면서 "엄마 때려라" 아빠한테 있으면 아빠가 아기 손을 잡고 "아빠 때려라" 말을 알아들으면서부터는 말만 하면 쫓아가서 때렸단다. 그때마다 두 부부는 함께 웃었대. 아빠, 엄마가 웃으면 아이놈도 웃고 때리는 것에 재미를 붙여서 때리고 또 때렸단다.

그런데 어찌 그리될 줄이야 생각인들 했을 것이냐. 대여섯 살, 여남은 살 될 때까지만 해도 그런대로 지냈는데 열다섯 살이 넘고부터는 아파서 참기가 어려웠단다. 자식 보기가 두려웠고, 맞고 나서는 자식 눈을 피해서 늙은 부부가 함께 울었단다.

점점 늙어서 늙은이들이 일을 못 하게 되자 자식 놈이 생선 장수를 했대. 아침 일찍 나갔다가 어두워서야 들어오곤 했단다. 그렇게 얼마를 지냈을까. 어느 날 아들이 생선 두 마리를 들고 해가 지기도 전에 돌아왔더래. 저놈이 왜 일찍 왔을까. 오늘은 더 맞을 모양이라고 두 늙은이는 부들부들 떨었단다. 그런데 아들이 방안에 들어오더니 무릎을 꿇고 불효자식을 용서해 달라고 하더래. 서로 자기 귀를 의심하면서 '저놈이 미쳤나.' 말도 못 하고 두렵게 보고만 있었단다. 그 측은한 모습에 아들은 눈물을 주르륵 흘리면서 낮에 있었던 일을 차근차근 이야기했단다.

"오늘도 여느 때와 같이 고샅을 누비면서 생선 사라고 왜장치고 다녔는데 저 또래의 총각이 좀 보자고 하지 않겠어요. 지게를 받쳤더니 제일로 살찌고 큰 놈을 골라 들으면서 집으로 가자고 했어요. 저는 따라가면서 부자로 사는 모양이라고 생각했지요. 그런데 막상 집에 가보니까 초라하기 짝이 없었습니다. 이렇게 가난한데 부자들이나 먹는 비싼 생선을 사다니 아무래도 곡절이 있는 것 같아서 한번 물어봤어요. 그러자 총각은 아비님이 홀로 계시는데 기운이 없으셔서 보신해 드리려고 산다는 것이었습니다. 부모님을 때리기만 한 저는 도무지 알 수가 없었습니다. 점심때도 되고 밥 한술을 얻어먹으면서 이것저것 묻다가 나는 어려서 이후 이날까지 생선은 고사하고 날마다 부모님을 때렸다고 그대로 이야기했습니다. '저런 세상에. 부모님은 하늘과 같은 것을' 부모님의 그 크신 은혜를 모르는 것은 짐승만도 못한 것이라고 그 총각은 땅이 꺼지게 한탄하고는 부모님이 두 분 다 계시니 얼마나 좋은 일이냐, 집에 가거든 부모님 봉양을 잘하고 효도하라고 여러 가지로 일러주었습니다. 그 말에 저는 천하의 불효요, 못된 자식이라고 뼈에 사무치게 느꼈습니다. 그래서 남은 생선을 뛰어다니며 팔아치우고 단숨에 달려왔어요. 아버님 어머님 용서해 주십시오. 이 못된 자식을 용서해 주세요."

눈물을 주룩주룩 흘리는 아들을 처음에는 두렵게 바라보고 있던 아버지가 말이 끝나자, 와락 끌어안았고 부자가 모자가 한데 엉켜서 대성통곡을 했더란다. 그 후에 효도는 말해서 무엇하겠니?

이 이야기는 할머님이 들려주신 내용에 형이 잔가지를 붙였다. 우리 조상 대대로 내려온 자랑스러운 이 민담은 우리 민족의 오랜 경험의 산물이며, 참으로 깊은 철학적인 내용이 담겨 있고 귀중한 교훈을 주고 있다.

첫째, 천진한 아이들은 도덕적으로 선도 아니고 악도 아니며 가르치는 대로 보고, 듣는 대로 행동한다는 것. 둘째, 잘못이 드러나면 제때 바로잡아 주어야지 그대로 놓아두면 악으로 된다는 점. 셋째, 모르는 것을 깨우쳐주는 것은 인간의 참되고 아름다운 행위라는 점. 넷째, 사람은 교육과 생활을 통해서 개선할 수 있다는 점. 다섯째, 자식을 올바르게 키우는 것이야말로 가정의 장래를 결정한다는 점. (어찌 가정뿐이냐, 나라도 같다.) 여섯째, 앞에다 두어야 할 내용인데 좀 언급하고 싶어서 뒷자리에 놓았다. 사랑에 관한 것이다. 아무리 귀한 자식일지라도 자식의 먼 장래를 고려함이 없이 무조건 사랑하는 것은 잘못이라는 점이다. 새끼를 사랑하는 것은 동물 일반의 본능적인 것이며, 동물도 새끼를 보호하고 사랑하는데 사람을 능가하는 때도 있다. 그러나 새끼가 스스로 살아갈 수 있을 정도로 성장하면 거기서 끝이난다. 사람도 이 선에서 머문다면 동물과 다를 것이 없지 않느냐. 컸으면 부모님께 효도해야지. 부모와 자식 간의 사랑은 일생을 두고 지속되어야 하며 깊어져야 한다. 부모님이 세상을 뜨신 후에도 때로는 묘소를 찾고 당신들의 손때가 묻은 유품을 보면서 부모님을 회상하고 사랑을 느껴야 하며, 또 자식을 사랑해야지. 이 육친적인 사랑, 근본적인 사랑은 가정만이 아니라 밖으로 확산되어야 한다. 위에서 지적했다만 무턱대고 사랑하는 것은 해가 되기 때문에 그 점을 극복하면서.

할머님은 또 동학농민군에 대한 이야기도 들려주셨다. 할머님이 열세 살 때 마을 앞을 지나가는 농민군을 봤는데 행전을 치고 머리를 동여매고, 큰 칼을 들고 긴 창, 자루 긴 낫, 쇠스랑, 곡괭이를 메고 보따리를 지고 갖가지 깃발을 날리면서 쏜살같이 지나갔다고. 인근에서도 동학군에 참가했다고 말씀하셨다. 1894년 4월 30일, 호남의 우리 고장에서 전봉준 영도(領導) 아래 2차로 들고 일어난 농민들은 백산에 집결하여 4대 강령을 발표하고 농민 궐기를 호소하는 격문을 사방에 발송했다. 이에 특히 정읍, 고창, 부안 농민들이 호응하여 백산으로 수천 명이 모여들었다. 백산은 작고 고립된 곳이라 작전상 불리하기 때문에 도교산으로 거점을 옮겼는데, 그때 일부 부대가 부안 관아를 습격하여 무기를 탈취했고, 승리를 거둔 농민군이 기세를 올리면서 고부로 돌아가는 길에 군자동을 거쳤으리라. 김엄배로부터 우리 독립군이, 임진왜란 때 우리 의병이 왜적을 쳐부수던 이야기를 들었다.

이야기를 바로잡자. 형이 커서 학교에 들어갔다. 봄에는 집으로 돌아올 때 언덕에 꼬부라져서 삐비(삘기의 방언, 띠의 어린 꽃이삭)를 뽑았다. 그것이 무엇이라고 윗주머니, 아랫주머니가 불룩해야 일어났다. 집에 오면 내 큰누니가 주머니를 보고 좋아했다. 우리는 삐비 웃춤을 잡고 탈탈 털어서 대삐비를 추려가지고 알맹이를 까서 끝과 끝을 이어서는 또아리를 만들었다. 또아리를 할머니께 가지고 가면 일하시다가 입만 벌리셨고 우리는 입안에 넣어드렸다. 할머님이 좋아하셨다.

할머님은 봄부터 밭 여기저기에 때왈(딸기) 나무를 거름을 주어서 가꾸셨다.

한번은 밭을 매는데 공일이라 형도 나가서 거들었다. 한 아주머니가 호미로 때
왈나무를 파버리려고 하자, 할머님은 얼른 말리면서 때왈나무를 다치지 않도록
말씀하시는 것을 들었다. 가을이 되면 할머님은 날마다 밭에 가서서 익은 팥,
돈보, 때로는 우리한테 쩌주시려고 콩 몇 포기, 영근 수수 두어 개를 옹텡이(멱서
리)에 담아오셨다. 그 안에는 어김없이 때왈이 한 움큼씩 들어있었다. 누나와 형
은 크고 노랗게 잘 익은 놈을 가려서 할머님 입에 넣어드렸다. "그만, 이제 너희
들이나 먹어라." 한사코 할머님이 마다하셔야 우리들이 까먹었다. 까다가 크고
좋은 놈이 나오면 또 할머니 입에 넣어드렸다. 누나와 형이 할머님을 먼저 생각
한 것은 할머님이 우리를 지극히 사랑하셨고, 우리도 할머님을 좋아하는 데 있
지만, 그보다는 어려서부터 어머님이 먹을 것이 생기면 언제나 할아버님 할머님
께 먼저 드리도록 가르쳐주셔서 우리 몸에 배었던 것이다.

밤에 공부하고 있으면 할머님은 어디에 두었다가 내오시는지 먹을 것을 갖다
주셨다. 할머님은 비장하는(남이 모르게 감추는) 데 능하셨다. 할머님이 간수하신 것
은 좀처럼 찾을 수가 없었다. 할머님이 안 계실 때 출출해서 먹을 것을 찾아야
대개는 허탕을 쳤고, 전혀 예기치 않은 곳에서 더러 발견하고는 좋아하던 기억
이 난다. 추운 겨울에 서북풍을 안고 집에 돌아오면 손이 얼어서 오그라졌는데
할머님은 "아이고 내 새끼가 얼었구나" 얼음 같은 손을 당신 앞섶 안에 넣으셨다.
할머님이 차실까 봐 싫다고 해도 막무가내로 끌어다가 당신 살에 녹여주셨다.

일제 말에는 물자가 귀해서 장갑을 구할 수가 없었고, 장갑도 없이 겨울에 학
교를 다녔다. 어느 봄날이었다. 마당에 멍석을 펴놓고 나락(벼)을 말리는데 닭들
이 허덕거려서 멍석 밖으로 얼마간 흩어졌다. 할머님은 다른 일을 하느라고 형
한테 주워 옮기라고 하셨고, 형은 쪼그리고 앉아서 한동안 줍다가 하나하나 줍
는 것이 귀찮아서 비로 쓸어서는 모이통에 넣었다. 뒤에 할머님이 물으시기에
그대로 말씀드렸더니 할머님은 금세 정색을 하시고 엄하게 꾸짖으셨다. "나락

을 비로 쓸었어? 농군들이 얼마나 힘들어서 만든 것이라고. 곡식 귀한 줄을 알아야지." 할머님이 형에게 그토록 엄하게 하신 것은 처음인 것 같다. 한 줌도 안 되는 나락이지만 많고 적은 것을 문제 삼은 것이 아니라 한 알의 곡식이라 할지라도 농민에게는 피요 땀이라는 그 점을 강조하셨다.

부모님이나 할머니께 거짓말한 기억이 별로 나지는 않는 형도 남의 밤밭에 들어가서 알밤을 주웠고, 외서리도 너댓 번 했다. 1946년 여름이었다. 밤에 등불을 켜놓고 시험공부를 하고 있는데, (그해는 중학교 시험이 9월에 있었다.) 당시 서울에서 중학교를 다니던 학건이(춘배형)가 와서 집 옆 외밭에 외 따러가자고 제의했다. 형은 망설이다가 동의했고, 책을 펼쳐놓은 채 울타리를 살그머니 도둑고양이처럼 넘어갔다. 두근거리는 가슴을 억제하면서 더듬어 나가다가 큼직한 외를 서너 개 땄을 때다. 갑작스러운 소리에 휙 돌아봤더니 흰옷 입은 사람이 달려오고 있지 않느냐. 질겁한 형은 외를 팽개치고 튀었다. 단숨에 위 밭을 지나서 솔밭에 들어갔고, 소나무에 부딪히면서 멀리 도망쳤다. 정신없이 도망가다가 뒤를 돌아봤더니 쫓는 사람이 없는 것 같아서 발을 멈추고 귀를 기울였다. 사방은 죽은 듯이 고요하고 어둠 속에 형만이 살아있는 것 같았다. 땀을 훔치면서 걱정을 하고 있는데 그때다. "방규야, 방규야" 학건이가 큰 소리로 외치는 것이 아니냐. "야 이놈아, 집에 들리겠다." 형은 볼멘소리로 쏘아붙였다. "아버지가 빨리 오라고 했다." 이것이 어찌 된 일이냐. 아버님이 오라고 하시다니. 되짚어가자 학건이는 "아까 쫓은 사람이 너희 아버지였다. 나는 하도 급해서 갈 속에 숨었다가 덜미를 잡혔는데 도망간 놈이 누구냐고 하셔서 너라고 했더니 너를 빨리 찾아서 함께 집으로 오라고 하시더라." 그만 형은 일시에 힘이 빠져버렸다. 어깨를 축 늘어뜨리고 죄진 두 놈이 집에 갔구나. 그때만 해도(1946년) 우리 마을에 라디오 한 대가 없어서 청년들이 교대로 매일 읍에 나가서 라디오를 듣고 돌아오면서 신문을 가지고 왔다. 마을 어른들은 낮에 일하고 밤만 되면 우리 집 앞에 모여서 모깃불을 피워놓고 신문 낭독에 정세 전망을 했고, 새로운 소식을 들었다. 그날 밤에도 아버님은 밖에 계시다가 외밭에서 소리가 나자, 아직 원두막도 안 지었는데 남의 밭이지만 못 쓰게 만들까 봐 쫓아오신 것이다. 아버님은 학건이한테 "중학교에 다니는 놈이 무슨 짓이냐. 이번만은 용서할 테니 다시는 그런 일이 없도록 해라." 부드럽게 타일러서 집에 보내고, 형한테는 "매를 해오너라" 분부하셨다. 형은 황새목 낫을 들고 장광 뒤에 있는 플라타너스 나무에 올라가서 큰 것으로 세 가지를 잘라다 드렸다. "이놈아, 이것만 맞으려고? 가서 더 해와." 형은 다시 나무에 올라가서 큰 가지, 작은 가지를 가리지 않고 쳐서 한 다발을 갖다드렸다. 아버님은 바짓가랑이를 걷으라고 하시고는 "이놈아, 아무리 어린놈이지만 익기도 전에 외밭을 짓밟아서 남의 집 한 해 농사를 망쳐놓아? 이놈!" 종아리를 호되게 때렸다. 매가 부러지면 다시 집어서 때렸다. 모진 아픔을 참느라고 형은 신음했고, 동강이 난 매는 불어났다. 보다 못한 할머님이 우르르 오셔서 형을 감싸버렸다. 매는 멎고. 그것이 아버님으로부터 처음이자 마지막 매였구나.

형은 그때를 수없이 회상했고 또 이야기를 했다. 아버님의 깊으신 사랑을 느낀다. 쓸 곳이 없어서 그 이후 할머님의 기막힌 사연을 못다 싣고 만다. 한을 남기고 가신 할머님. 봄부터 가을까지는 밭에서 일하시고, 겨울에는 밤이 깊도록 물레를 돌리시던 할머님은 부지런하셨고 매사에 성실하셨다. 지극히 인자하셨다. 약이라고는 모르셨다, 홍규야!

(모두 무사한지 궁금하다. 곧 집안 소식과 힘들여 쓴 이 세 통의 편지를 받았는지 알려달라. 허용된 엽서를 다 써서 이달에는 전주에 편지를 못 보내겠다. 할머님 제사에 친척들이 오거든 모두에게 안부 전해라.)

할머님을 추모하면서. 1984. 11. 6. 형 씀.

어머님 보시옵소서

어머님, 첫눈이 왔습니다. 때가 되면 올 것은 오네요. 어머님 그동안 안녕하셨어요? 집안에 별일은 없지요? 월초에 어머님께 올린 글월을 받아보셨습니까? 아들은 어머님이 봉투를 붙인 삯으로 사서 넣어주신 담요는 밑에 깔고, 수건은 지난겨울에 쓰고 간수해 두었다가 다시 꺼내서 목에 두르고 있어요. 늘상 어머님 사랑을 몸에 느끼고 있습니다. 건강합니다.

어머님, 상심 마세요. 그리고 추운 때 감기에 조심하세요. 무엇보다도 진지를 꼭꼭 씹어서, 씹기 어려운 것은 찌어서 잘 드세요. 언제나 어머니께서 기력 정정하시기를 간절히 바라오며 이만 줄입니다. 어머님!

아들 올림.

선주야 보아라

선주야, 공부 잘했니? 시험이 끝났지? 이제 곧 겨울방학을 하겠구나. 성적이야 어쨌든 방학을 하면 그렇게도 좋았던 어린 시절이 떠오른다. 방학 동안에 즐겁고 보람 있게 보낼 특별한 계획이라도 있니? 기쁜 일이 있거든 너만 재미를 보지 말고 삼촌한테도 좀 알려달라. 전번에 언급했다만 네가 공부를 열심히 하는 것은 물론 차분하고 착하다고 외숙모님이 편지에 칭찬하셨더라. 학교나 집에서 귀여움을 받을 너를 생각하면서 삼촌은 기뻐했다.

선주야, 여자애들은 사내와는 달리 어려서부터 예쁘게 보이려고 머리와 의복 또는 신발에 각별한 관심을 갖는데, 커가면서도 어른이 된 후에도 그 점은 줄어들지 않는다. 적당하게 몸가축을 하면 좋지만, 정도를 넘어서 지나치면 탈이 생기는 것이다. 사흘이 멀다하고 머리를 지지고, 옷은 요란하게, 볼에는 좋다는 화장품을 다 처바르고, 긴 눈썹을 끼우고, 눈가는 푸르뎅뎅하게, 입술은 붉은색 또는 죽은 살처럼 푸르스름하게, 손톱 발톱까지 물을 들인다. 그리고서야 일을 할 수 없지. 그뿐이냐. 손가락에 여러 개의 반지를 끼고, 팔에는 팔찌, 목에는 목걸이, 심지어 생살을 뚫어서 귀걸이를 달고 유행을 따라야지, 고급을 향하는 욕심은 끝이 없다. 속이 없고 허영심에 가득한 여자들은 그 많은 것을 일하지 않고 얻자니, 갖은 아양을 떨고 교묘하게 사람을 속인다. 부모든 남이든 어떻게 하면 더 울궈낼까 하고 한 곳으로만 머리를 쓰게 된다. 돈이라면 못하는 짓 없이 추하게 타락하는 것이다. 그래서 옛 어른들은 여자에게 가장 심한 욕으로 '노는 계집'이라고 했다.(노는 계집이라는 뜻이 매소부로 바뀌었음.) 그런데 지금은 소위 배웠다는 여자들 대부분이 놀기만 힘쓰고, 놀고 지내면서도 부끄러운 줄을 모르는구나.

선주야, 사람다운 사람은 필요한 것을 일해서 얻는다. 너는 엄마를 도와가면서 일하는 습관을 길러라. 삼촌이 너를 철창 사이로 보기는 했다만, 삼촌 눈이 잘못되지 않은 이상 너는 예쁘다. 그만하면 어디서나 빠지지 않는다. 머리를 가지런히 빗고, 옷은 깨끗한 것을 단정하게 입어야 하지만, 모양내는 데 시간을 낭비하지 말아라. 겉모습을 지나치게 꾸미면 속되게 보이고, 또 마음을 가꾸는 데 소홀하기 쉽다. "저 여자는 예쁜데 마음이 못되고 옹졸해서 틀렸어." "저 여자는 얼굴이 좀 못해도 마음이 참 고와." 그런 말을 듣는 두 여인 중에서 너보고 고르라고 하면 어느 쪽을 택하겠니? 얼른 후자한테 가겠지. 삼촌도 그렇단다. 지각 있는 사람이라면 누구나가 후자를 선택할 것이다.

미모보다는 인품이 훨씬 더 값진 것이다. 고운 마음이 몸에 배어서 꾸밈없이 행동이나 말, 표정으로 나타날 때 그윽한 향기에 아름답고 존경이 가는 법이다. 꽃이 곱지만 어찌 사람의 고운 행실을 따를 것이냐. 선주야, 마음을 곱게 가꾸어라. 학생인 너는 공부도 열심히 하고.

며칠 전에 일경이에게 계획에 관한 것을 써서 보냈다. 전주에 가거든 읽어보고 너도 실천에 옮겨라. 너를 생각하면서 글을 쓰고 있는 삼촌은 문득 알밤 하나를 너한테 주고 싶구나. 삼촌은 별나서 아이들을 귀여워할 때는 말 이전에 손부터 간다. 볼을 잡아당기거나 볼기라도 때려야만 직성이 풀린단다. 옆에 네가 있었으면 한 대 날아갔을 텐데~ 알밤은 간수해 두었다가 만나서 주마.

새해에 우리 민족의 획기적인 발전을, 할머님께서 강녕하시고, 아빠, 엄마, 세 삼촌, 숙모님께서 안녕하시고 너희들 모두가 충실하게 크기를 간절히 바라면서 줄인다. 선주야! 안녕. 여명이 밝아오는 1985년을 쌍수로 환영하면서.

1984. 12. 20. 삼촌 씀.

혁신아 보아라

혁신아, 개구쟁이 이놈. 그동안 많이 컸지? 이제 열두 살이 되니? 외숙모님이 네가 성산이를 어찌나 사랑하는지 다른 사람은 얼씬도 못 하게 한다고 편지에 알려주셨다. 너는 정이 많은 놈이라 그러고도 남을 것이다. 방학 동안에 더 귀여워해 주고, 할머님 곁에서 손자 노릇을 해라.

혁신아, 전번에 물어본다는 것이 그만 빠뜨렸다. 네가 무슨 운동을 잘해서 체육부장이 되었니? 축구? 육상? 아니면 멀리뛰기냐? 너는 겨우 걸어 다닐 때부터 뛰기를 좋아했으니까 멀리뛰기는 한몫할 것이다. 다음 편지에 네가 잘하는 학과와 운동 종목을 알려달라.

혁신아, 어린이 중에는 곧잘 거짓말을 하는 아이들이 있지. 그런 아이들을 너는 어떻게 생각하니? 미덥더냐? 커서 훌륭한 사람이 되리라고 여겨지니? 그렇지 않을 테지. 믿을 수가 없고, 어딘가 친구로 가까이하기조차 싫을 거야. 그렇단다. 어른이나 어린이나 거짓말을 하면 신용이 떨어지고 사람이 못쓰게 된다. 행여나 거짓말을 할래? 거짓말은 해 버릇하면 습관으로 굳어지는 것이다. '세 살 버릇 여든까지 간다'는 속담이 있다. 종아리를 맞을지언정 거짓말은 하지 말아라. 밥 먹듯이 거짓말하는 아이가 커서 무엇이 되겠니. 네 동생도 공부를 않고 노는 것은 보아줄지라도 거짓말을 하면 용서하지 말아라. 거짓말을 하는데 감싸주는 것은 동생을 사랑하는 것이 아니라 동생을 못되게 방조하는 것이다. 알았지?

착하고 믿음직스러운 네가 삐뚤어지지 않도록 너를 사랑하는 삼촌이 이른 것이니까 마음에 새겨라. 그럼, 이만 줄인다. 혁신아! 안녕.

혁성아 보아라

혁성아, 공부 잘했니? 네가 얼마나 컸을까? 지금 삼촌은 너를 생각하고 있다. 이제 너는 글을 읽고 글씨를 쓸 수 있지? 네 편지가 보고 싶다. 누나와 형이 편지를 쓸 때 너도 몇 자 써서 보내라. 혁성아! 안녕.

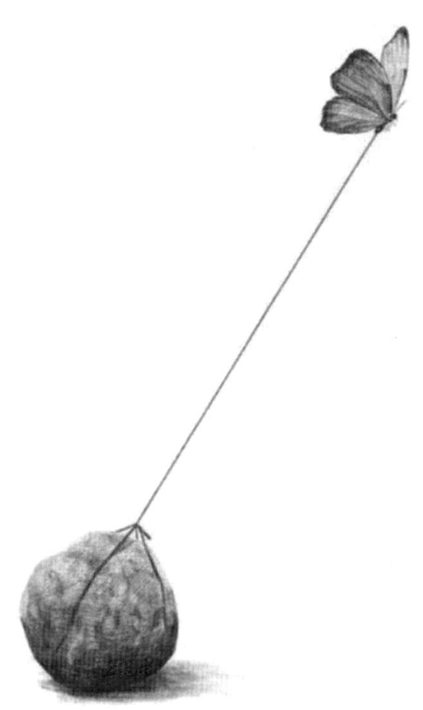

4

역사의 소용돌이 속에서

개개인은 평탄할 수 없다.

그때마다 난관을 뚫고

나가야 한다

어머님 보시옵소서

어머님, 비가 오다가 눈이 오고 이제는 눈이 와도 반나절이 못 가서 녹아버리네요. 봄비에 도랑 속 덩이 얼음이 녹고 국화 등걸에서 새잎이 나왔어요. 아직은 봄이 살갗에 느껴지지는 않습니다만 눈에는 보입니다.

어머님, 며칠 있으면 설이지요. 설날 이곳 아들 생각에 너무 아파하지 마세요. 남들 자식은 멀리 나가 있다가도 설에는 모두 오건만 몇 해를 두고 기다려도 아들은 오지 않고 한쪽이 비어버린 듯 지금의 어머님 마음을 아들이 어찌 다 헤아릴 수 있겠어요. 그러나 조금은 짐작이 가옵니다. 어머님, 서러움이 덮쳐올지라도 눈물을 흘려서는 안 됩니다. 지금은 울 때가 아닙니다. 어쩌다가 그만 눈물이 나오거든 얼른 닦으시고 흔적을 없애야 합니다. 저도 그렇고 어머님도 그렇고 혼자 울어서는 안 됩니다. 아들과 만나서 아들과 함께 우셔요.

어머님, 아들은 건강합니다. 걱정하지 마시고 설에 손자들하고 떠들썩하게 지내세요. 설에 올릴 글월이 늦어질 것 같아서 몇 자 미리 올립니다. 거듭 말씀드립니다만 설에 서러워 마세요. 새해에는 어머님 소원이 이루어집니다. 젊어서와는 달리 추위에 부대낀 몸이시라 날씨가 풀릴 때 더욱 조심하시고 진지 잘 드세요. 그럼, 이만 줄입니다. 어머님 안녕히 계셔요.

　　아들 방규 올림.

선주야 보아라

선주야, 너의 편지를 반갑게 받았다. 읽고 또 읽고 몇 번이나 읽어보았다. 방학이 끝나고 개학을 했겠구나. 방학 동안에 다소 해이했던 마음을 가다듬고 공부에 힘쓰고 있을 테지.

선주야. 네가 이제 열다섯 살에 중학교 2학년생이 되지? 여자 나이 열다섯이면 우리 동양은 물론 서양에서도 옛날에는 시집을 갔다. 결코 적은 나이가 아니다. 사리를 분별할 나이다. 애들처럼 곧잘 토라지고 심통을 부리고 나대서는 안 된다. 누가 시키지 않더라도 네 스스로 공부하고 할 일을 찾아서 해야 한다. 하기는 네 편지에 어른스러운 점이 보이더라. 공부 잘하고 예쁘고 너보다 키도 큰 일경이를 샘은 고사하고 좋다고 했으니 말이다.

너희들을 생각하니 옛일이 떠오른다. 삼촌한테도 할머님 언니 아들에 동갑내기 영호가 있다. 삼촌이 클 때만 해도 여자가 시집가면 친정과는 남이 되고, 그 집 식구라는 낡은 도덕관념에서 친정에 자주 갈 수가 없었다. 언니, 동생 간의 왕래란 극히 드물었다. 삼촌은 이모 집에 한 번 다녀왔고, 영호는 우리 집에 온 기억이 없다. 이종형제이면서도 어려서 단 한 번 만나봤을 뿐, 접촉이 없던 우리는 소학교를 졸업하고 고창중학교에 함께 입학하고부터 다정하게 지냈다. 열다섯 살, 지금 네 나이구나. 아는 사람이라고는 없는 집에서 백 리나 떨어진 객지에서 공부하고 있었으니까 더 가까웠을 것이다. 방학 동안에도 서로가 오고 가면서 다정했다. 키도 덩치도 큰 영호는 삼촌한테 해라를 했고, 작은삼촌은 영호를 형이라고 부르면서 반말을 했다. 그렇게 얼마를 지냈을까. 어느 해 가을날이었다. 학교에서 돌아오자 우리는 아산에 계시던 인종 큰형님 집으로 향했다. 누런 벼가 고개를 숙인 들길을 우리는 노래를 부르면서 걸었다. 불타는 듯 노을 진 하늘, 서쪽으로 기운 태양을 보고 서쪽으로 서쪽으로 걸었다. 저녁연기와 어둠에 초가 마을이 잠겨갈 때 우리는 형님 집에 찾아들었다. 갑자기 들이닥친 두 시동생을 반기기가 바쁘게 형수씨는 저녁을 짓느라 부엌에서 부산했고, 우리는 형님과 호롱불 밑에서 저간의 이야기에 꽃을 피웠다. 얼마 후에 밥상이 들어왔다. 우리들의 밥은 일꾼 밥처럼 흰 사기그릇 위로 수북했다. 먼 길을 걸어서 배가 고픈 때라 밥을 마구 입안에 퍼넣었는데, 그때다. 영호가 형수씨를 부르더니 내일이 내 생일인데 한턱내라고 하지 않겠니? 그 말에 삼촌은 머리를 들고 영호를 보았다. "내일이 생일이여?" "응" "그럼 내가 형이잖아." 영호는 말이 없고 형님이 "네 생일은 언제니?" "음력으로 5월 13일입니다." "그래? 그럼, 네가 형이다." "하하하…" 여태껏 동생은 형, 형이 동생 노릇을 했다고 웃음보가 터졌다. 그때를 생각하면 지금도 웃음이 나온다. 몸은 작았지만 조금은 야무진 삼촌은 그 후로 형 노릇을 단단히 했다. 그렇게 다정했던 이종형제가 지금은 남과 다름없이 되고 말았다. 이종형제도 사촌 형제와 다를 것이 없고, 더 가까이, 더 가까울 수 있는 것을.

선주야, 너희들은 이종형제간의 사랑을 소중히 키워가거라. 사람은 지낼 탓이다. 남남인 벗도 무엇으로도 끊을 수 없는 정과 정으로, 보이지 않는 사슬로 두 사람을 매어놓을 수 있으며, 이종형제뿐만 아니라 친형제나 부부, 부모, 자식 간에도 지내기에 따라서 사랑이 얕아질 수도 있고, 한없이 깊어질 수 있는 것이다. 도타운 벗, 우애 깊은 형제, 한몸 같은 부부, 부모님에 대한 효도, 이 모두를 누구나가 바라면서도 이루지 못하는 것은 순수한 사랑과 지극한 정성이 부족하기 때문이다. 수시로 변하는 감정을 제어하지 못하고 잘못을 범했을 때 그대로 허심하게 잘못을 말하고 이해를 구하면 벌어진 틈이 금세 메꾸어지는 것을 되지 못한 자존심이 그것을 방해하기 때문이다. 너를 살펴보고 부족한 점이 있거든 고치도록 힘써라.

네 편지에 할머님이 파마를 하셨다고 했던데, 할머님이 젊게 보이시니? 한번 뵙고 싶구나. 젊거나 늙거나 모두 파마를 하는 세상인데, 어머님도 하시자고 조르는 딸한테, 네 엄마한테 할머님은 머리를 맡겼을 것이고, 순이는 태어나서 오늘날까지 팔십 평생을 한 번도 자른 적이 없는 할머니 머리를 싸둑 자르고 제 기술로 꼬부리고 다듬고 엄마 모양을 내놓고는 좋아라 했을 테지. 할아버님이 계셨으면 뭐라고 하셨을거나. 아마도 사랑스러운 딸한테 웃으시면서 "에이놈"하고 핀잔을 주셨을 거야. 할머님은 머리 가운데 가르마를 반듯이 타고 곱게 빗은 머리를 뒤로 틀어서 비녀를 꽂고 흰옷에, 아니면 연한 색의 치마저고리에 흰

버선, 흰 고무신을 신어야 잘 어울리시고 돋보인다. 파마를 한 번 해드렸으니까 그것으로 족하다. 다음에는 머리를 자르지 말고 기르시도록. 그동안에도 품위 없이 많이 지지지 말고 약간만 지지도록 엄마한테 일러라.

혁신이와 혁성이한테도 하고 싶은 말이 많다만 여백이 없구나. 이만 줄인다. 선주야, 안녕. 혁신아, 혁성아! 안녕.

성산아, 엄마가 어르고 있니? 그래. 좋아서 입을 벌리고 웃는 거지? 앞니 두 개를 내놓고 웃는 네 사진을 받아 든 큰아빠는 얼른 네 입에 뽀뽀를 했다. 네 사진을 보다가 잠이 들었는데 눈을 뜨니까 네가 웃고 있지 않겠니? 큰아빠도 웃었단다. 성산아, 튼튼하게 충실하게 커라.

(1월 말에 귀선이 언니한테 편지를 보냈는데 받았는지 소식이 궁금하다.)

1985. 2. 11. 삼촌 씀.

어머님 보시옵소서

어머님, 새해에 세배 올립니다. 어머님, 강녕하시와 백수를 넘기옵소서. "그러마. 나는 그럴 것이고, 너도 건강하게 있다가 집에 오너라." 자애로우신 어머니의 음성이 들리는 것 같습니다. 몸은 떼어놓을 수 있어도 어머님과 아들 사이에 오고 가는 마음은 어느 누구도 막을 수가 없습니다. 팔십을 넘기신 어머님을 생각하면 아픕니다만 한편으로는 그지없이 흐뭇합니다. 어머님이 계시와 이렇게 어머님을 부르면서 글월을 올릴 수도 있고, 또 어머님을 모실 수 있사오니 그 점을 생각하면 가슴이 두근거립니다. 어머님, 아들이 나이는 들었어도 놀다가 집에 돌아와서 어머님을 찾던 어렸을 때의 아들과 다름이 없습니다. 어머님을 찾다가 어머님이 안 계시면 울던 그때와 어머님을 그리는 정은 같습니다. 다만 우는 대신에 참아갈 뿐입니다.

어머님 오래오래 계세요. 기운을 잃지 않으셔야 합니다. 이날 이때까지 살아 오신 것처럼 마음을 좋고 넓게 지니시고 매 끼니때마다 진지를 잘 드셔요. 낳아서 놓으면 깨질세라 키워주신 아들은 부모님께 욕된 자식이 되지 않도록 수양에 힘쓰고 있습니다. 때로는 구름이 일고 먹구름이 깔릴지라도 결코 더럽힐 수 없는 저 푸른 하늘처럼 맑게 마음을 닦아가고 있습니다. 아들의 마음은 뜨겁습니다. 재에 덮인 화로가 먼빛으로는 불이라고는 없는 것으로, 그래서 차디차게 보일 테지만 실은 그 안에 꺼지지 않는 불, 이글이글한 불이 담겨 있습니다. 불기운이 허실 되지 않도록 재를 따독따독 부삽으로 눌러주는 불화로는 언제나 따숩습니다. 그래서 추위도 잘 이겨내지요. 눈이 오고 아직도 춥습니다만 봄으로 옮겨가는 때라 추위는 어찌할 수 없이 사라집니다. 철창 사이로 흘러드는 한낮 햇볕에 손을 내놓으면 하얀 손등에 봄이 와닿는 듯 따뜻합니다. 어제는 어머님과 가족사진을 보면서 시간을 보냈습니다. 설이라 색다른 음식도 사서 먹었어요. 술인 양 우유를 마시고 라면으로 떡국을 대신했습니다. 어머님, 아들 걱정을 마세요. 어머님께서 정정하셔서 오래오래 계시기를 간절히 축원하옵고 집안에 기쁨이 가득하기를 바라오며 이만 줄입니다. 어머님!

(당숙, 당숙모님 형수님께 인사드리고 매제와 누이, 동생과 제수씨, 사촌 동생들, 조카들에게 정을 보냅니다.)

1985. 2. 21. (음력 정월 초이틀) 아들 올림.

홍규야 보아라

홍규야 잘 있니? 밖에는 온통 눈에 덮였다. 소나무에 눈이 소복하고 깊은 겨울 같구나.

지난 12월 하순이었다. 얼마나 놀랐을 것이냐. 그것이 꿈이어서, 깨어난 형은 겨우 숨통이 터졌다. 네가 넘어지는 것을 보고 외마디 비명을 질렀다. 정신없이 달려가서 일으키자 다친 곳은 없고, 너는 형을 돌아보았다. 그때 깨었구나. 숨을 몰아쉬며, 천만다행으로 꿈이라 마음을 놓았다만 그래도 갑갑하고 우울했다. 꿈인데 꿈을 꾸고 이렇다니. 형은 스스로를 책하면서도 차를 조심해야 할 너라 불안했다. 추위는 계속되고 눈은 오니 미끄러운 길을 오토바이를 타고 누비고 다닐 네가 걱정이 되었다. 너야 침착하고 조심성이 있지만 그래도 위태롭고 고생하는 네 생각에 다시 잠 못 들었다. 꿈 이야기가 쑥스러워서 말하지 않고 있다가 더 조심하도록 썼다.

홍규야, 백 번 조심해서 해될 것이 없다. '이 정도는 괜찮겠지'하고 마음을 늦추는 그 순간이 위험하다. 오토바이 위에서는 분초를 방심하지 말아라. 기계는 말이 없다. 나가기 전에 철저히 점검해라.

홍규야, 어머님이 팔십이 되셨구나. 우리 집안에 팔십을 넘긴 분이 없다. 얼마나 기쁜 일이냐? 어머님은 마음 씀씀이가 크시고 존체 강건하셔서 오~래 장수하실 것이다. 집에 너와 제수씨, 그리고 재롱을 부리는 성산이가 있어서 마음을 놓고 지낸다. 형은 이 생활에 젖어서 괜찮지만 별로 말할 기회가 없이 살아가는 사람이 얼마나 외롭고 괴로운지 경험하지 않고는 잘 모른다. 어머님과 의논하고 자주 말벗이 되어 드려라.

형은 너희 덕택에 건강하다. 눈이 오고 추위가 발악하고 있다만 얼마나 남았을 것이냐. 우수가 지났는데. 형 걱정을 말아라. 기쁘고 모두가 건강하기를 바라면서 줄인다. 안녕.

형 씀.

의숙아 보아라

의숙아, 일경아, 잘 있니? 너희들이 서울에서 보내준 편지를 잘 받았다. 집에 가서 곧 사진을 보내준다고 했기에 기다리다가 이제야 펜을 들었다.

오늘은 너희들에게 지난 이야기를 하나 하마. 이 안에서도 더러 털어놓았다만 밖에서는 누구에게도 말하지 않은 것이다. 삼촌 비밀이라고 할까. 그렇게 말할 수 있겠지. 삼촌이 연애한 이야기다. "삼촌이 연애했대." 너희들이 소리를 지를지 모르겠구나. 그러나 의숙아, 네가 생각하는 연애와는 거리가 멀다. 그녀의 집도 이름도 모른다. 손은 스쳤지만 잡아본 일이 없고, 그뿐이냐? 말 한마디 주고받은 적이 없다. "삼촌! 그것도 연애예요?" 너는 연애가 아니라고 할 테지. 하기야 싱거운 것을. 45살까지 여자를 모르고 여자와 사랑한다는 말이나 글을 주고받은 일이 없었던 삼촌이 당치않게 연애라고 했는지 까맣게 잊고 있었던 것을, 지난날을 회상하다가 찾아낸 내용이니까 마음에서 미화했는지 모른다. 그러나 그때의 사실과 감정을 간추릴지언정 보태지는 않는다.

그러니까 삼촌이 고창중학교에 다니다가 전주공업학교로 옮긴 때가 지금 네 나이인 열여덟 살이었다. 1년 가까이 동산촌에서 기차 통학을 했다. 그녀는 삼례에서 통학을 했고, 오전 오후로 하루에 두 번씩 같은 기차를 타고 다니면서 만나곤 했다. 전북여고에 다니던 그녀 모습이 지금도 선하다. 언제나 깨끗한 교복에 예뻤다. 눈두덩이가 약간 도톰한 것이 한 성질 있어 보였다. 차 안에서 다른 여학생들보다 말을 더 하는 편이고 활달했다. 처음 몇 달은 삼촌이 그녀에게 가까이하고 싶다넌지 그런 생각을 선혀 하고 있지 않아서 딤딤히 지냈다.

그러던 어느 날, 봄꽃이 만발한 오후였다. 따뜻한 햇볕을 받으며 전주역 앞에 이르렀다. 광장 남쪽에 역원 관사가 있고, 그 앞에 아름드리 벚나무가 있었는데 확~ 핀 벚꽃 밑에 혼자 그녀가 서 있었다. 그녀가 삼촌을 먼저 발견한 듯 두 사람의 시선이 마주쳤다. 그녀의 그리움에 젖은 시선(추파). 그와 같은 시선을 전에 받아본 일이 없다. 피부에 와닿는 그녀의 시선에 마음이 조여든 삼촌은 보고 또 보고 몇 번이나 그녀를 보았다. 그때마다 그녀는 눈을 삼촌한테 주고 있었다. 그로부터 그녀에게 관심이 높아갔다. 차 안에서 책이나 보고 비교적 조용한 삼촌한테 마음이 끌린 듯 그녀는 눈에 띄게 달라졌다. 집에 갈 때는 저만큼 기다리고 있다가 삼촌이 기차에 오른 뒤에 같은 칸에 올라왔다. 삼촌과 나란히 서서 기차가 움직일 때 스치기도 하고, 삼촌이 의자에 앉으면 두어 발 떨어진 곳에서 다소곳이 책을 보곤 했다. 얌전해졌다.

하루는 그녀 동무들이 웃고 떠드니까 조용하라고 하더구나. 그러자 한 여학생이 "야. 네가 얌전을 다 내고 해가 서쪽에서 뜨겠다." 그 말에 그만 어쩔 줄 몰라 하던 그녀. 볼을 붉히던 그녀가 무안하지 않도록 삼촌은 시선을 창밖으로 옮겼다.

한 번은 여름이었다. 개찰구로 빠져나갈 때다. 시간이 늦어서 급하게 달려온 삼촌은 주위를 살필 겨를도 없이 열에 끼어서 밀려가는데 확 등에 가슴을 부딪히는 사람이 있지 않겠니? 돌아보았더니 그녀더라. 아마도 밀리는 힘에 거역하지 않고 그대로 삼촌한테 부딪혀서 나 여기 있다고 알렸을 테지. 반가웠다. 신경이 등에 집중되었다. 그즈음 삼촌 가슴에 애정이 싹터서 동산촌역 내에 기차가 들어오면 눈으로 그녀를 찾았고, 오후에도 전주역 광장이나 대합실에서 어느새 그녀를 찾곤 했다. 혼자 있을 때는 그녀 모습을 그려도 보고 괴로워했다. 외할아버님이 고생하고 계셨고, 집안이 어려운 때 연애를 하다니, 도저히 용납할 수 없었다. 달콤한 감정에 완강히 저항했다. 그래서 삼촌 태도에 이렇다고할 변화가 일어나지 않았다. 그녀를 마음에서 사랑하고 있었으니까, 삼촌의 시선이나 표정에 애정이 조금은 밖으로 나타나서 그녀도 짐작을 했을 테지만, 삼촌 사랑을 불을 보듯이 확인할 수 없었던 그녀는 애를 태운 것 같다.

그날도 전주역에서 기차를 타고 돌아가던 중이다. 무슨 일로 그랬는지 기억이 없다만 수심에 싸였던 삼촌은 밖으로 나왔다. 차에 오르는 계단이 있지 않니? 그 맨 밑에 발을 딛고 두 번째 계단에 앉아서 한 손으로 난간 쇠를 잡고 생각에 잠겨있었다. 기차가 덕진역을 떠난 지 수 분 후였다. 뒤에 무엇인가 스치는 것 같았다. 언뜻 돌아보았더니 그녀가 서 있었다. 양쪽에 굽은 쇠를 두 손으로 쥐고는 몸을 앞으로 숙여서 옷자락으로 삼촌을 건드린 것이다. 얼른 일어났다. 삼촌 가슴이 마구 뛰었다. 말없이 한 계단을 올라섰다. 그런데도 자기 배에 삼촌 얼굴이 거의 닿게 되었는데도 비켜주지 않고 그녀는 양손으로 쇠를 꽉 쥐고 있었다. 세차게 달려가는 기차 중간 계단에서 삼촌은 그녀를 곧바로 올려다보았다. 그때의 그녀 표정, 격정을 참고 있는 듯 애원과 원망이 뒤섞인 듯한 그 표정을 글로 쓸 수가 없다. 그녀는 무엇을, 무슨 말을 하려다가 목에 걸린 것일까. 숨이 가빠오고 이 칸 저 칸으로 오고 가는 어느 학생이 두 사람의 이 광경을 본다면……. 삼촌은 다급했다. 적당한 말도 떠오르지 않았다. 그대로 있을 수도 없고, 드디어 삼촌은 그녀 발 옆에 한 발을 올려놓았다. 그러고는 비켜서 막 올라섰는데, 그때다. 삼촌 몸이 팔에 닿자, 전기에 감전된 듯 그녀의 손이 쇠에서 떨어졌다. 달아오른 볼을 식히기도 전에 삼촌은 차 안으로 들어갔다. 일정한 거리를 두고 온화하게 그녀를 대하다가 얼마 후 삼촌은 전주 아저씨 댁으로 거처를 옮겼다. 이것으로 삼촌 이야기는 끝났다.

의숙아, 때로는 애정이 그립고 가까이하고 싶지? "아니요. 나는 안 그래요." 아무리 네가 잡아떼어도 삼촌은 안다. 일경이도 그럴 텐데. 제 속있는 말을 해서 얼굴이 붉어질 것이다. 일경이를 좀 봐라. 아무튼 사람이 거기면서 남녀 간에 그리워하는 것은 자연스러운 것이다. 다만 가슴에 이는 애정을 어떻게 조절하고 관리하느냐가 중요하다. 삼촌이 만일에 위에서 이야기한 그녀와 열렬히 사랑했다고 하자. 그 후에도 함께 살았을 것이냐? 아물 수 없는 깊은 상처를 그녀 가슴에 남겨주고 말았을 것이다.

의숙아, 너만 한 때의 사랑은 지속될 수 없다. 고등학교를 졸업하고 대학 과정을 밟는 사이에 안목이 넓어지고 많이 변한다. 따라서 어렸을 때 맺은 사랑은 거의 다 수포로 돌아가고 만다. 너희들의 혈관에는 정열이 흐르고 있어서 인화점 이내로 접근하면 불이 붙는다. 일단 사랑에 불이 붙으면 너희들(10대 후반)은 감정이 드세어서 책이고 무엇이고 내던지고 거센 불길에 휘말리고 만다. 그러다가 배신이라도 당하는 날에는 특히 여자의 경우 어쩔 것이냐. 학교도 망쳐놓고 앞이 캄캄한 절망 속에서 괴로워한들 엎질러 놓은 물을 어떻게 할 것이냐.

의숙아, 마음에 드는 남학생이 있을지라도 너무 가까이하지 말아라. 네 나이 때는 남자보다도 오히려 여자 쪽이 성숙하고 적극적이다. 자중해라. 기껏해야 3, 4년, 길어도 5년 후에는 일생의 반려자를 네 스스로 선택할 수 있지 않느냐? 그리고 너희들은 예뻐서 또래의 시답지 않은 사내아이들이 지분거릴 것이다. 극히 경계해라. 지금은 공부에 주력할 때다. 앞으로 4, 50년 후에는 상상도 할 수 없는 세계가 도래한다. 굉장히 발전할 것이다. 급변하는 세대에 뒤지지 않도록 새로운 과학 지식을 제때에 섭취하기 위해서는 무엇보다도 기초가 있어야 한다. 삼촌이 겪는 것이다만 기초 지식이 부족하면, 더 나가지 못하고 그 부근에서 맴돌게 된다. 수학과 물리, 화학 등 기초 과학의 기반을 튼튼히 구축해라. 개인의 안전이 제아무리 보장되었다 할지라도 역사의 소용돌이 속에서 개개인은 평탄할 수만은 없다. 너도 허다한 어려움에 봉착할 것이다. 그때마다 난관을 뚫고 나가야 한다. 그래야 문제를 바로 해결할 수 있고, 그것은 또 네 성장의 밑거름이 된다. 훗날의 아름다운 추억도 되고.

의숙아, 공부나 이성 문제, 기타의 난제들을 잘 이겨가거라. 삼촌은 건강하다. 며칠 동안 늦추위가 한겨울 못지않게 기승을 부리더니 오늘은 많이 풀어졌다. 응달에 잔설이 녹고 상하고 움츠렸던 새싹들이 무럭무럭 하루가 다르게 커서 이제 산야를 덮을 것이다.

의숙아, 삼촌 걱정을 말아라. 그럼, 안녕.

일경아 보아라

일경아, 네 재치 있는 편지에 삼촌은 웃었다. 돼지라고 놀려도 네가 예쁜 것은 누구나가 인정할 것이라 자신하면서 태연하게 너는 스스로 '돼지 일경'이라고 쓴 것 같구나. 그래도 삼촌 앞에서 누가 너한테 돼지라고 하면 혼을 낼 것이다.

다정한 친구야, 삼촌은 너를 언니와 똑같이 염두에 두면서 이 편지를 썼다. 삼촌이 경고한 점을 새겨 두어라. 그리고 네 마음을 돌아보렴. 더도 덜도 말고 그대로 네 마음을 평해 보아라. 나약하지 않니? 이리저리 주견 없이 흔들리지 않고 야무지냐? 마음은 곱고 부드럽고 여유 있으면서 또 바위처럼 단단해야지. 날로 다져가거라. 진실을 사랑해라. 일경아, 안녕.

1985. 2. 27. 삼촌 씀.

어머님 보시옵소서

어머님, 아버님과 형님 제사가 다가오네요. 세월이 가면 모든 것이 흐려진다고 하는데 그것은 빈말인 것 같습니다. 형님이 세상을 뜨신 지는 10년이 지났고, 아버님은 긴 세월이 흘렀는데도 그때의 일들이 희미하지 않고 그대로 남아 있습니다. 형님이 돌아가셨다는 비보에 넋을 잃었고 시신을 부여잡고 통곡을 했습니다. 하지만 아버님의 부음을 받고는 메로 얻어맞은 듯 가슴만이 먹먹할 뿐 눈물 한 방울 안 나왔어요. 아버님이 돌아가시다니 뜬소문도 아니고, 형님 필적이 분명한데… 아버님이 절명하셨다는 대목을 읽고 또 읽었어요. 곡기는 넘어가지 않고 아버님 모습만이 어렸습니다. 간곡히 위로해 주던 벗들이 떠오르네요. 부음을 받던 장소와 타격, 마음을 거머쥐던 생각, 그 모두가 생생합니다.

죽기 전에는 잊혀지지 않을 것입니다. 잊을 수가 있겠어요. 제가 이런데 세상에서 가장 사랑하던 남편과 아들을 잃으신 어머님은 말해서 무엇하겠어요. 어머님이 제물을 차려놓고 아버님과 형님을 생각하고 계실 때, 아들도 이곳에서 두 분을 추모하옵고 되새길 것입니다.

살아있는 아들은 건강합니다. 어머님! 이 아들하고도 한때를 같이 사서야 해요. 그때까지 정정하시옵소서. 이만 줄입니다. 날씨가 풀릴 때 유의하셔요. 힘을 잃지 마세요. 어머님!

아들 올림.

흥규야 보아라

흥규야, 살 수 있는 세월을 많이 남겨놓고 가신 분들은 더 애달픈 일이지만, 생각하면 가신 분이야 무엇인들 알 것이냐? 남은 분이 서럽지. 이날까지 기막히게 살아오신 형수씨를 위로해 드려라. 제삿날 형이 올릴 술잔을 대신 네가 올리고.

흥규야, 이만 쓰련다. 귀선이는 어찌 되었니? 1월에도 편지를 보냈는데 회답이 없구나. 귀례, 종수, 귀순, 귀선이*한테 정을 보낸다.

(대지를 힘 있게 딛고 서서 걸으려고 걸음마를 익히는 성산이한테 곁에서 한 팔을 잡아주지 못하는 큰아빠가 격려를 보낸다.)

1985. 3. 13. 형 씀.

---

* 임방규의 형인 임창규의 아들 임종수와 딸 임귀례, 임귀순, 임귀선을 일컫는다.

의숙아 보아라

의숙아, 엄마한테서 면회 시에 집안 소식을 자세히 들었다. 방학이 끝나자 곧 시험을 치러야 했고, 또 새 학년이 시작되어서 한동안 바빴을 테지.

요새 재미가 어떠냐? 여고 2년이면 달콤한 이야깃거리가 더러 있겠지만, 대학 진학을 목표로 공부에 여념이 없을 너는 재미라야 그렇겠지. 봄 날씨와는 달리 따분한 기분인지도 모르겠다. 네 나이대는 감수성이 예민하고 생각이 많아서 대수롭지 않은 것에도 우울하여 사색에 잠기고, 세계에 대한 시야가 넓어짐에 따라 나약하고 하잘것없는 자신의 모습에 실망하기도 하고 뒤숭숭해서 공부가 잘 안될 때가 있을 것이다.

그럴 때는 책을 덮어놓고 동생을 데리고 기린봉에 올라가서 태양이 수평선에 지는 장관을 보아라. 먼~ 수평선에 눈을 주고 그처럼 양양한 네 장래를 확인하며 노력해서 안 될 것이 없다는 확신을 가지고 마음을 다잡아라. 작은 솔씨에서 나온 가냘픈 새싹이 거목으로 성장하는 것이다. 잡념을 물리치고 일차 목표인 대학 진학을 위하여 매진해라. 옛 어른은 '큰 도적이 마음 안에 있고, 그 도적을 없애기는 산중에 도적을 멸하기보다 어렵다'고 했다. 사람의 마음이란 방심해 두면 잡초가 무성해서 손대기가 난감하게 된다. 그러기에 지각 있는 너는 알아서 다 잘할 줄 알면서도 네 스스로 너에게 채찍을 가하도록 몇 마디씩 쓰곤 한다. 삼촌은 나를 퍽 미덥지 않아 한다고, 삼촌 글을 읽고 행여나 오해할래? 그와는 다른 삼촌 뜻을 헤아리기 바란다.

의숙아, 막 벌어지는 꽃처럼 피어나는데 너라고 하고 싶은 일이 어찌 없을까마는 모두를 제쳐놓고 오직 공부에 힘써라. 오늘은 이만 줄인다. 의숙아, 안녕.

(사진을 보내고 엄마한테 부탁한 책을 전주에서 구하지 못하거든 서울에 알려서 사 보내도록 해라.)

일경아 보아라

일경아, 지금 밖에는 봄비가 축축이 내리고 있다. 이제 완연한 봄, 마룻방에도 봄이 한 자락 스며든 것 같다. 몸도 노곤하고 점심 후에는 졸음이 온다. 저쪽 언덕에 소나무가 싱싱해서 좋고, 담 밑에 새싹이 우북하게 올라오고 있다. 들에는 탐스러운 봄나물이 아낙이나 큰애기들을 기다리고 있겠지.

일경아, 공부에만 매달리지 말고 일요일에 날씨가 따뜻하거든 엄마를 졸라서 바구니를 들고 나물 캐러 가거라. 확 트인 벌판에 나가서 옥죄인 마음을 한껏 넓히고, 네가 모르는 나물 이름을 엄마한테 물어서 익혀라. 엄마는 먹는 나물이라면 모르는 것이 없을 것이다. 모녀가 호젓하게 앉아서 옛날이야기도 하고……. 캔 나물을 무쳐서 밥상에 올려놓으면 아빠와 온 가족이 좋아할 것이다. 쑥일랑 말렸다가 떡 할 때 섞으면 별미라 여러모로 이롭지 않겠니? 엄마는 말은 없어도 네가 잠들어 있을 때나 책상머리에 앉아서 공부하고 있을 때 네 모습에서 문득문득 네 나이대의 어린 시절이 떠오를 것이다.

일경아, 너는 누구 부러울 것이 없는 환경에서 공부하고 있다만, 엄마는 너만 할 때 공부가 다 무엇이냐, 무척이나 고생했다. 집안의 남자라고는 젖먹이 흥규 삼촌이 있었을 뿐, 나어린 엄마가 일꾼 노릇을 했다. 너는 60리를 아니 그냥 20리만 걸어도 다리가 아프다고 할 것이다. 네 나이 때 엄마는 30리나 되는 변산에 가서 나무를 해서는 이고, 또 30리를 걸어서 집에 돌아오곤 했단다. 주린 배에 어린 다리가 오죽 아팠을 것이냐. 고개는 어떻고. 그뿐이냐. 지금 너희들과 같은 환경에서 공부했다면 삼촌보다 머리가 좋고 공부를 열심히 했던 엄마는 적어도 대학 교수쯤 되었을 것이다. 공부를 못해서 한이 된 엄마는 어려서의 꿈을 너희를 통해서 이루려고 너희들의 일이라면 아낌없이 온통 정성을 쏟을 것이다. 엄마의 그 마음을 네가 얼마나 알고 있을거나. 엄마가 고생하신 것을 조금은 간직해라. 그래야 공부에 싫증이 나도 더욱 힘쓸 것이고, 물품을 아낄

줄 알 것 같다.

낭비하는 것은 옳지 않다. 검소하게 살아가는 습관이 어려서부터 몸에 배야 한다. 여유 있다고 해서 흥청망청하게 써버리는 것은 특히 정신을 멍들게 하는 것이다. 유행의 첨단에 있노라고 뽐내는 속 빈 여자들의 본은 아예 받지 말아라. 마음은 고사하고 눈조차 주지 말아라. 엄마한테서 너희들은 나무랄 데가 없다는 말을 듣고 삼촌은 흐뭇했다. 아무쪼록 공부에 힘쓰고 고운 마음에 옹골찬 여자, 진실한 여성이 되기를 거듭 바라면서 줄인다. 그럼 일경아! 안녕.

누이에게

무사히 집에 갔어? 누이를 만나보고 방에 돌아와서 책을 펼쳐 놓았지만, 검은 것과 흰 것만 보였네. 어제 일요일에도 그랬고, 자꾸만 누이 모습이 어려왔어. 그리고 숙부님 생각에 마음이 아팠네. 병세가 위중하셔서, 진작 돌아가셨는데 오빠한테만 숨기고 있을 줄 알았더니 아직 생존해 계셔서 다행이네만 허리까지 부러졌으니, 고통이 얼마나 심하실까. 죽음이야 어쩔 수 없는 일이지만 너무 고생하셔서 마음이 쓰라리네. 우리를 자식처럼 사랑해 주신 숙부님이신데……. 그래도 누이가 소식을 들려주어서 사경에 계시는 숙부님을 생각하며 아파할 수 있으니 고마워. 슬플 때 슬퍼하는 것이 사람 아닌가. 아무래도 생전에 숙부님 모습을 못 뵐 것 같아. 큰일을 당하거든 곧 전보를 쳐주소. 큰일을 당했는데도 모르고 웃고 있어서야 쓰겠어. 오빠가 그런 죄를 짓지 않도록 부탁하네. 숙부님께 글월을 올리려다가 숙부님이 더 피로워하실 것 같아 숙부님을 몇 번이고 불러보면서 그만두었네.

그리고 누이 얼굴이 좀 부은 것 같고 안색이 좋지 않았어. 신장이나 심장이 어떤지. 돈이 들더라도 세밀한 종합 진찰을 받아보고 대책을 세우소. 누이가 아파서 눕기라도 하면 어쩔 것인가. 병은 예고도 없는 것이고, 예방과 조기 발견이 무엇보다도 중요하네. 심상치 않은 증세가 있거든 백사를 제쳐놓고 가족을 위해서도 진찰과 치료를 받아야 해. 그 점을 거듭 강조하면서 이만 줄이네. 면회 시에도 말했지만 오빠 걱정은 마라. 정신적·육체적 건강을 보존하기 위해서 오빠가 할 수 있는 한 최선을 다하고 있으니까. 그럼 잘 있어.

1985. 3. 25. 오빠 씀.

어머님 보시옵소서

어머님, 그새 안녕하세요? 밖에는 개나리꽃이 막 피어나고 있습니다. 예년 같으면 만발했을 텐데 늦추위가 심술을 부려서 좀 늦었네요. 그래도 성급한 봉오리는 확 피었어요. 그리고 꽃망울마다 방긋이 벌리고 바깥 기미를 살피는 것 같습니다. 맵고 얄미운 추위가 방해할지라도 피어나는 꽃을 막을 수 있겠어요. 고작 며칠을 늦출 뿐 오는 세월은 그도 어쩔 수가 없지요.

어머님, 일전에 이곳을 찾아온 누이한테서 저간의 소식을 자세히 들었습니다. 어머님께서 안녕하시고 집안이 무사하며 종수가 아들을 봤다는 소식 반가웠어요. 반면에 숙부님이 허리까지 부러져서 사경에 계신다는 소식은 마음 아프게 했습니다. 달려가서 뵐 수도 없고 글월을 올리려다가 그것도 숙부님이 더 괴로워하실까 봐 그만두었어요. 좀 더 생존해 계셔서 정완이가 대학을 졸업하고 제힘으로 살아가는 모습을 보셨으면 할 텐데 어려울 것 같네요. 가슴 아픈 일입니다.

어머님, 어제(음력 2월 16일)는 할아버님 제사였지요. 할아버님 생각에 시간을 보냈습니다. 할아버님은 지극히 인자하셨지요. 성질이 급하셔서 때로는 벼락 치듯 무섭게 야단을 치셨지만 단 2, 3분이 못 가서 언제 그랬냐는 듯 노기는 씻은 듯이 가셨습니다. 해가 지는 때에도 손자가 보이지 않으면 문밖에 나오셔서 "방규야, 방규야!" 온 동네가 쩌렁쩌렁 울리도록 부르셨어요. 노는데 팔려있던 저는 "예" 대답하고는 모두를 팽개치고 뛰었습니다. 숨이 차서 헐떡이는 손자 손을 인자하게 잡아주셨어요.

할아버님은 곧잘 저를 데리고 마실을 가셨습니다. 그 고모할머니 댁에도 가셨고요. 마동 방죽 둑으로 길이 나 있지 않은가요? 물 위로 파란 줄잎이 뾰족뾰족 솟아 있던 기억으로 보면 초여름인 것 같습니다. 물속에 헤엄치고 다니는 고기를 처음으로 보고는 어찌나 신기했던지 정신을 빼앗겼어요. 할아버님 독촉에 걷다가도 고기가 나타나면 좋아서 소리쳤어요. 제수동 큰길로 무섭게 달려오던 자동차가 쏜살처럼 앞을 지나갈 때 가슴이 오그라지던 기억, 먼지를 날리면서 괴물이 멀리 사라질 때까지 눈으로 좇던 일들이 떠올랐어요.

제가 여덟 살 때 천자를 떼고 책거리(서당에서 학동이 책 한 권을 다 익히면 할아버지나 아버지를 모셔다가 아이의 실력을 보여드리던 행사)하던 날 할아버님은 시루떡을 시루째 통째로 일꾼에게 지우고, 당신은 통닭하고 술병을 들고 서당에 오셨습니다. 저는 선생님 앞에 무릎을 꿇고 앉아서 책을 덮고 천자를 막힘없이 선생님이 부르시는 대로 백지에 붓글씨를 썼습니다. 선생님은 이놈은 크게 될 것이라고 칭찬하셨고, 곁에서 지켜보시던 할아버님은 선생님의 노고와 제 이야기를 하시면서 기뻐하셨는데, 그때 할아버님 모습도 떠올랐어요.

할아버님은 인정이 많으셨죠. 걸식하는 분이나 저녁 나그네가 찾아오면 후하게 대접하셨고, 밥 먹을 때는 아무리 추할지라도 음식을 상에 받쳐서 들이도록 이르셨어요. 그 점에 있어서는 어머니께서도 각별하셨습니다.

일제 말기에 왜놈들이 농사를 지어놓으면 공출로 거의 다 앗아가서 먹을 것을 빼앗긴 농민들은 겨우겨우 겨울을 나고 봄에는 초근목피로 연명을 했지요. 바닷가에 나무재가 돋아나면 먼 곳 가까운 곳 아낙네나 큰애기들이 바구니를 들고 한길을 메웠습니다. 젊은 남자는 없고 5, 60세가 된 노인들이 더러는 달구지를 끌고 갔는데, 그 뒤에는 여러십 명이 떼 지어 따랐습니다. 갈 때는 그래도 발걸음이 가벼워 보였지만 석양에 나무재를 가득히 담은 바구니를 이고 돌아갈 때 여자들의 걸음은 무척 더디었어요. 굶어서 누렇게 뜬 부세부세한 얼굴에 지쳐서 터덕거리던 모습은 처참했습니다. (엽서 손상)

어른의 가르침과 보는 것을 본받는 아이들이라 잘되고 못 되는 것은 어른들에게 달려있죠. 제가 너댓 살 때 일입니다. 할아버님이 사랑에서 친구분과 이야기를 하고 계셨는데, 저는 할아버지 무릎 위에 앉아 있었습니다. 말씀 내용도 모르겠고 심심해서 할아버지 수염을 만지작거리다가 땋기 시작했어요. 하나로 땋다가 풀어서 두 갈래로 세 갈래로 또 풀고 땋고……. 할아버님이 말씀하실 때는 턱이 움직여서 수염을 잡은 채 손을 움직이곤 했어요. 불편하셨을 텐데 그래도 싫어하지 않으시고 긴 동안을 안고 계셨습니다.

지금 성산이가 제 수염을 잡고 있어서 친구와 이야기하는데 거북하면 아마도 엄마를 불러서 데려가라고 할 것 같네요. 할아버님만큼 수양이 덜 된 것 같습니다. 어머님, 더욱 힘쓰겠어요. 할아버님이 세상을 뜨실 때 연세가 예순넷이었고, 제 나이는 열세 살이었어요. 제가 예순넷이 되면 성산이는 열두 살이 되지요. 할아버님과 제 나이 차보다 오히려 한 살이 더 많습니다. 그래서 성산이는 조카이면서 손자처럼 여겨지는 것인지 관심과 사랑이 곱으로 더하네요. 성산이를 업어주고 싶고 저 너른 바다를 그놈한테……(엽서 손상)

1985. 4. 6. 아들 올림.

어머님 보시지요

어머님, 그동안 안녕하셨어요? 봄이라 고단하시지요? 자시는 것이랑 기력이 어떠세요? 긴 겨울이 가고 이제 마룻방에도 봄이 왔습니다. 두터운 내의는 벗어서 빨았어요. 몸이 조금은 가볍고 가슴을 떡 펴고 앉아서 책을 봅니다. 밤에도 이불을 돌돌 말아서 몸 하나 빠듯이 들어가서는 옹색하게 자던 것을 요즘은 활개를 펴고 곤하게 잡니다.

운동 시간에 밖에 나가면 담 밑으로 개나리가 작년 여름에 자른 층 위로 가을까지 한 자 남짓 자란 가지에 파란 잎이 나오고 아래는 새잎에 드문드문 노란 꽃을 달고 있어서 그것도 보기에 좋네요. 모퉁이에 서 있는 버드나무도 찬 바람이 몰아치고 얼어붙던 겨울에는 앙상한 것이 그렇게도 춥게 보이더니만 지금은 늘어진 가지마다 잎이 나오고 버들개지를 주렁주렁 달고 있어서 풍성하게 보입니다. 땅에도 뿌리째 얼어 죽은 듯 흔적이 없더니 잔디며 풀잎이 우북하게 올라오고 있어요.

담 너머 소나무도 더 싱싱하고 화창한 날씨에 봄빛이 가득합니다. 그런데 어머님, 길어가는 아들의 머리칼은 서리가 앉은 듯 희어서 어울리지 않는 것 같습니다. 그렇지만 아닙니다. 훈훈한 봄기운에 하나로 녹아있어요. 푸른 마음. 오늘도 아들은 건강합니다. 어머님 안심하시지요. 웃으세요. 아들이 돌아오기 전에는 눕지도 않겠다고 단단하게 급하지도 않게 마음을 지니시고요. 무엇보다도 진지를 잘 드셔야 합니다. 어머님! 자애로우신 어머님 모습을 그려보면서 이만 줄입니다. 강녕하시옵소서.

아들 올림.

제수씨, 안녕하세요. 세월이 참 빠릅니다. 벌써 성산이 돌이 나가오네요. 태안에서 열 달, 태어나서 1년. 정성을 다 쏟은 엄마라 누구보다도 기쁘고 감회가 크시겠어요. 저도 이곳에서 성산이 생일을 충심으로 축하할 것입니다. 작년에는 성산이 돌을 나가서 맞으려니 했는데 늦어지고 있습니다만 세월은 흐르는 물과 같지요. 물은 여울을 만나면 빠르게 흐르고 낭떠러지는 그대로 떨어져서 폭포를 이루고 평원을 지날 때는 알 듯 모를 듯 유유히 흘러갑니다. 바람이 거슬러서 불어오기라도 하면 물결이 거꾸로 일어서 착각을 일으키지만 강물은 하나같이 바다를 향해서 흘러갑니다. 세월이 가면 이 땅에 평화가 오지요. 어머님의 볼을 비비고 성산이를 업어줄 그날이 옵니다. 사람이 나이가 많아지면 꿈은 사라지고 과거 속에서 산다고들 합니다만 당치않은 말입니다. 우리 후예가 대를 이어가는데 왜 꿈을 잃겠어요. 성산이 돌을 맞이하면서 한껏 꿈이 부풀어 오릅니다. 성산이가 충실하게 튼튼하게 크기를 거듭 바라면서 줄입니다.

제수씨, 안녕히 계세요.

홍규야 보아라

홍규야, 잘 있니? 집안에 별일은 없겠지? 포근한 날씨에 옥살이가 한결 부드럽다. 전번에 녹화한 텔레비전을 봤는데 얼마나 감동을 했는지. 방영 전에 소개말을 듣고부터 흥분하기 시작했다. 너도 보았을 피겨 스케이팅 말이다. 고기가 물에서 헤엄치듯 빙상에서 어쩌면 그렇게도 유연하냐? 쏜살처럼 나가다가 돌고, 팽이처럼 돌다가는 서고, 춤추고, 남녀가 멀어져 가다가 다가와서 잡고는 연출하는 묘기라니. 아름다운 음악에 몸의 율동, 속도감이 있고, 미를 황홀하게 표현한 인간 예술의 극치라고 할까. 완벽해서 문외한인 형도 달리 설명이 필요 없더구나. 숨소리를 죽여가며 보았다. 눈알이 화면에 빨려가는 듯 눈이 아파서 눈물이 다 나왔다. 세계의 정상들. 그때 받은 감동은 일생을 두고 잊혀지지 않을 것이다. 이곳에 온 뒤로 개인적인 것 말고는 고맙다고 말한 적이 없는 형이 그날만은 돌아오면서 고맙다고 인사를 했다.

날씨도 풀리고 형은 여유 있게 살아가고 있다. 형 걱정을 말아라. 사업이나 생활에서 부족이 없도록. 매부와 누나한테 안부 전해라.

"성산아, 품에 안겨서 큰아빠 볼을 다독거리던 네 모습이 삼삼하구나. 네가 벽을 짚고 일어선다는 소식을 들은 지가 두 달이 지났으니까 아마 혼자 서서 발을 떼어 놓겠지. 눈으로 알아보고, 부르면 알아듣고, 너만의 말을 종알거릴 테지. 성산아, 큰아빠는 안아만 보고 업어주지 못했다만, 너만은 업어주마. 돌날 큰아빠는 너를 생각하면서 네가 충실하게 크기를 간절히 축원할 것이다. 뽀뽀를 보낸다."

1985. 4. 25. 형 씀.

의숙아, 일경아, 함께 보아라

그동안 아빠 엄마께서 안녕하시고 너희들이 잘 있니? '보리누름에 설늙은이 얼어 죽는다'고 하더니, 요 며칠 아침저녁으로 쌀쌀하구나. 봄꽃이 피었다가 모두 진 것이라 그런지, 길게 느껴지는 것인지 너희들의 편지를 받은 지가 퍽 오래된 것 같다.

엄마한테 부탁한 책을 기다리고 있었기에 더욱 길게 여겨졌는지도 모르겠다. 부탁한 책마다 곧 보내주지 않은 것을 번연히 알고 있으면서도 기다린 삼촌이 둔한 것 같아서 쓴웃음이 나온다. 다른 것은 안 그런데 전주나 서울이나 책만은 왜 그럴까? 큰언니가 책방을 더투어(더듬어의 방언)보고 전주에 없으면 서울에 알려서 바로 보내주도록 서두를 수 있을 텐데……. 삼촌이야 있으면 있는 대로 없으면 없는 대로 나아가고 있다만 물적 재료가 주어지면 수월하지 않겠니. 앞날이 무한하게 여겨지는 너희들과 끝이 보이는 삼촌과는 시간에 대한 관점이 다르다. 감옥생활도 삼촌 생애의 한 부분이 아니냐. 나가는 그날까지 최선을 다해야지.

긴 세월을 이곳에서 살아온 삼촌은 마음이 좁아지고 때로는 칼날처럼 날카로워져서 자주 하늘을 쳐다보고 바다와 산을 그려보며 마음을 크게 지니려고 애쓰고 있다. 운동시간을 제외하고는 철창과 세면 벽만을 가까이하고 있는 삼촌은 감정도 또한 메마르고 굳어지는 것 같아 여러모로 힘쓰고 있다. 그래도 부족하구나. 살다 보면 생활에 쫓겨서 혹은 잊고 때로는 늦는 것을 그것을 가지고 불평을 했으니 삼촌답지 않게 좁아진 탓으로 돌려라.

사람이 살아가는 이상 끊임없이 풀고 해결해야 할 새로운 문제에 접하게 되는 것이다. 앞을 예견하면서 실력을 양성하는 데 힘써라. 세상은 넓다. 바다와 같은 것이라 어찌 풍파가 없을 것이냐. 철선을 키워가면서 항해술을 익히면 연안뿐만 아니라 대양도 거침없이 넘나들 수 있다. 사람은 정도의 차이는 있지만 환경과 물질적인 영향을 받는 것이다. 철인이라 할지라도 먹지 않으면 배가 고픈 것이다. 그리고 달라지는 생활에서 또 다른 못된 것이 마음에 싹트는 것이라 자주 자신을 있는 그대로 살펴보고 좋은 점은 키워가면서 결함과 싸워야 한다. 일생을 두고 말이다. 그와 같은 피나는 노력을 통해서 자기 모체인 사회에 이바지하고 자신의 성장과 보람 있는 삶을 이룰 수가 있는 것이다.

그렇다고 모든 것을 환경 탓으로 돌려서는 안 된다. 인간은 자연을 지배하고 사회환경 즉 생존 조건을 개선하기 위해서 부단히 싸워왔다. 그것이 바로 역사다. 역사의 방향은 앞으로도 변함이 없다. 역사를 떠나서는 살 수 없는 개개인은 역사의 흐름에 자기 힘을 보태고 거기에서 삶의 꽃을 피워야 한다. 과학이나 예술이나 어느 분야에서 활동하든 민족적인 이익과 자기 이익을 일치시켜야 한다. 민족의 진정한 이익은 인류의 이익과 합치된다. 너희들은 자연과 사회 제 현상(우주 또는 세계)에 대해서 때로는 깊이 생각하고 회의를 느끼기도 하는 나이라 몇 마디 썼다. 해답보다는 '인간이란? 생애를 어떻게 살 것인가?' 너희 스스로 체계 있게 생각해 보도록 문제를 던져주었다.

삼촌은 건강하다. 걱정하지 말아라. 아빠 엄마께서 안녕하시고 너희들이 충실하기를 거듭 바라면서 줄인다. 의숙아, 일경아, 의정아! 안녕.

1985. 4. 29. 삼촌 씀.

어머님 보시옵소서

어머님, 안녕하신가요? 진지랑 잘 드시고요? 어머님 석 달이나 소식 듣지 못해서 답답합니다. 어디가 편치 않으신지, 전화번호만 돌리면 2, 3분 안에 모두 알 수 있는 것을. 옥중 깊은 곳에 있어서 몇천 리나 떨어져 있는 것과 다름없기에, 소식은 없고 애가 타서 날아가는 기러기를 보며 내 마음 전해달라던 수백 년 전과 다를 바가 없네요. 그래도 그때는 괴나리봇짐을 지고 며칠 몇 달을 걸어가면 만 리라도 가닿을 수 있었건만 지금의 아들은 그도 할 수 없사와 소식 오기만을 기다립니다. 지극한 아들과 며느리와 함께 계시고 딸, 사위가 곁에 있는데 잊자고 홀로 마음을 달랩니다만 그래도 소용이 없습니다.

어머님, 혹시 편치 않으실지라도 마음을 굳게 지니세요. 억지로라도 진지를 드세요. 아들이 나오는 것을 보시고 아들과 함께 사셔야지요. 아들은 건강합니다. 아들 걱정을 마세요. 모든 것을 견디며 이겨갑니다. 어머님 올리고 싶은 말씀 많사오나 어머님께서 강녕하시기를 간절히 바라오며 줄입니다. 어머님!

아들 올림.

제수씨 보십시오

제수씨, 안녕하십니까? 성산이가 튼튼히 크고 있어요? 이제 제법 걷지요? 엄마도 부르고요? 성산이가 서 있는 사진을 보고 싶습니다. 돌 때 찍은 사진도 함께 보내주시지요. 갇혀 있으니까 세상 돌아가는 일, 집안일, 특히 어머님과 어린 성산이 소식이 궁금합니다. 다른 것은 허락되지 않지만, 집안 소식은 서신을 통해서 들을 수 있는 것이라 늘 기다려집니다. 편지가 여러 달 끊어지고 보면 걱정이 됩니다. 무슨 일이 있어서 늦은 것인가 잔망스럽게 이것저것 떠오릅니다. 사실상 이곳에 있는 제가 안들 무엇을 하겠습니까. 그런데도 알고 싶답니다. 아마 살아있는 사람의 상정인가 합니다.

제수씨, 성산이가 말로는 표현할 수 없도록 귀엽고 정이 가지요? 아들을 위해서라면 무엇이나, 목숨까지도 아깝지 않은 뜨거운 애정이 갈 것입니다. 그것은 내 자식은 내 분신이요, 그래서 어머니는 지식이 있고 없고를 떠나 예나 지금이나 자식을 위해서 당신들을 희생해 왔지요. 특수한 경우를 제외하고는 말입니다.

옥중에서 기다리는 편지가 두 달이 넘지 않도록 소식 보내주시길 바랍니다. 이만 줄입니다.

1985. 6. 14. 시숙 드림.

추신 : 선주야, 오랜만에 네 글 반가웠다만 어쩐 일이냐? 지난달 의정이 편지에 서울 소식이 없었고, 석 달 만에 서울에서 온 편지에 할머님과 집안 소식이 없으니 도대체 어찌 된 일이냐? 안부를 묻거나 소식은 한마디도 없이 서른두 자로 책과 돈을 부친다고 썼으니 이것저것 소식을 써서 보냈다가 되돌아가서 앞뒤 자르고 뭐가 뭔지 모르겠구나.

시숙님께

신록의 계절 모든 것이 푸르고 싱싱하기만 합니다. 그동안 안녕하셨어요? 여기 서울 식구들도 모두 무고하십니다.

편지가 너무 늦었지요? 성산이하고 매일 싸우고 나면 집안일만 하기도 빠듯해요. 요즈음은 어떻게나 말썽을 부리는지 정신이 없어요. 어머님은 작은아버님 백일 제사 때문에 시골에 내려가셨어요. 아마 오래 계셨다가 오실 것 같아요. 저는 작은아버님이 돌아가셨을 때 가보지도 못했어요. 공장 식구 밥 때문에 꼼짝할 수가 있어야지요.

공장은 그런대로 돌아가고 있어요. 요즈음은 모든 것이 불경기라서 냅킨도 그전 같지가 않아요. 서로 경쟁이 심해서 점점 힘들어지고 있어요. 갈수록 물건들이 좋아지니까 시시하면 쳐다보지도 않아요. 그만큼 눈이 높아져서 큰일입니다.

요즈음 지내기는 어떠하신지요. 무척 덥지요? 우리 집은 지하실이라 더운 줄은 모르고 살아요. 조금 있으면 장마와 더위가 겹친다고들 합니다. 몸조심하시고 건강하세요. 다음에 또 쓸게요. 안녕히 계세요. 성산이 돌사진입니다. 얼굴에 심술이 가득 차 있지요? 동네에서 귀염둥이예요.

1985년 6월 제수 올림.

제수씨 보십시오

제수씨, 어제 보내주신 편지와 사진 두 장을 반가이 받았습니다. 어머님이 고향에 가셨다니 정정하신 것 같아 마음이 놓였습니다. 성산이가 엄마 아빠와 찍은 사진은 모두 건강한 것 같아서 흐뭇했어요. 보고 또 보았습니다. 잘 간수하고 있는 성산이 사진 석 장을 꺼내서 늘어놓고 보았습니다. 그놈이 바쁜 엄마를 놓아주지 않는가 하면 무언가 무엇이나 집어서는 입에 넣고 금세 위험한 곳에 나타나서 엄마를 겁나게 하는 고 녀석이 떠올랐어요. 성산이를 생각하면서 여러 시간을 보냈습니다.

전번에 어린이 두뇌 개발에 대한 책을 보았는데 참고되실 것 같아서 주된 내용을 간추립니다. 인간은 누구나 두뇌가 230억 개의 뇌세포로 되어 있기 때문에 머리가 좋거나 나쁠 수는 없으며, 성장하면서 차이가 생기는 것은 태어난 이후의 환경 및 교육의 결과라고 했다. 즉, 태어난 이후 오관(눈, 귀, 혀, 코, 피부)을 통해서 외적(外的)인 것이 뇌에 기록되는 것이며, 정과 결합될 때 생생한 것으로 오래 기억되고 성격도 또한 후천적인 소산이라고 주장했습니다. 학교에서는 지식 위주로 가르치고 있지만 컴퓨터가 아닌 지, 정, 의(知, 情, 意)를 고루 갖춘 인간으로 교육해야 하며, 학교 교육에서 소홀히 하고 있는 부분에 깊은 관심을 가지고,

특히 엄마와 가족이 그 점을 보충하기 위해서 노력해야 한다고 누누이 강조했습니다.

제 생각은 두뇌도 육체와 마찬가지로 다소의 차이는 있다고 보며 그러나 그 차이는 극히 적은 것으로 누구나가 자기 세대의 높은 의식 수준에 이를 수 있다고 여겨집니다. 태어날 때 미미한 차이의 육체는 섭취하는 영양과 운동, 노동, 휴식, 마음 씀씀이에 의해서 현격하게 달라집니다. 아기는 모두가 튼튼하고 일정한 신장 이상으로 성장할 수 있는 가능성을 가지고 있습니다. 인간뿐만이 아니라 동물과 식물도 상이한 종(種)의 한계 내에서 같습니다. 다만 성장할 때의 환경과 조건에 의해서 달라집니다.

뇌수는 물질로 구성되었으며, 인간의 일부이기 때문에 생물계의 법칙에서 제외될 수는 없습니다. 뇌수도 심장이나 간 등의 기관과 같이 인체 내에서 특수한 기능을 하고 있습니다만, 인간의 뇌수야말로 어느 것과도 비교할 수 없는 무궁한 가능성을 가지고 있습니다. 인류가 지구상에 탄생한 이후 이루어놓은 어떠한 문명이나 문화라 할지라도 어떠한 대악(大惡)이나 지고한 선이라 할지라도 가능성이 있었기 때문에 이룩한 것입니다. 조상이 한 것을 우리가 못할 리는 없습니다. 현대인의 육체와 뇌수 속에는 더 많은 것을 해낼 수 있는 가능성이 내재해 있습니다. 성산이 안에 굉장한 가능성이 이미 주어져 있습니다. 뇌수를 끝없는 대지에 비할까요. 넓은 땅의 일부가 설령 메마르다 할지라도 깊이 갈고 비료를 듬뿍 주면 옥토로 변합니다. 기름진 땅에 씨앗을 뿌려서 가꾸어야 알찬 오곡과 과일을 수확할 수 있고 고운 꽃에 큰 재목을 얻을 수 있습니다. 땅과 식물에 대한 지식이 없으면 거의 자연에 의존하게 되지만 전문 지식이 있는 유능한 일꾼은 자연의 불리한 점을 극복하면서 입체적인 농업 경영을 할 수 있으며 상품(上品)을 양적으로 몇 배나 수확할 것입니다.

사물이 감각기관을 통해서 뇌에 전달되고 뇌에서 종합하는데 때로는 감각기관이 착각을 일으킬 수도 있고, 또 부분만을 반영해서 잘못 알 수 있습니다. 자기의 인식이나 생각이 바른가 그른가는 객관의 사물과 자기 생각이 일치하는가 않는가에 의해서 판별됩니다. 제수씨가 성산이를 교육함에 있어서 예상과 다른 결과가 나타나면 제수씨 생각의 일부에 잘못이 있음을 인정하고 방법을 바꾸어야 합니다. 아이들은 무엇이나 몇 번 거듭하면 곧 습관이 붙습니다. 습관이 굳어지면 고치기 어렵습니다. 습관 자체는 나쁜 것이 아니며, 좋은 습관은 가속도와 같은 것이라 발전에 대단히 유리합니다. 따라서 좋은 습관을 붙여주고 나쁜 습관은 제때에 바로잡아 줘야 하죠.

대개가 맏이는 버릇이 없고 막내는 응석받이가 되는데, 그것은 부모들이 처음에 낳은 아들이요, 늦게 둔 자식이라고 응석과 버릇없는 짓을 모두 받아준 데 원인이 있습니다. 부모 없이 자라는 고아는 응석 부릴 줄을 모른다고 합니다. 할머니 슬하의 아이들은 사랑도 많이 받고 여러 면에서 좋습니다만 한편으로는 경계해야 할 점이 있습니다. 할머님은 손자를 무조건 사랑합니다. 무엇이나 손자 편을 듭니다. 그것은 어쩔 수 없어요. 그러니까 엄마가 사랑을 절제해야 합니다. 뜨겁게 사랑하다가도 지나쳐서 버릇이 나빠지지 않도록 때로는 냉정하게 거리를 두면서 다루어야 합니다. 아무리 크게 될 가능성이 있다고 할지라도 그 가능성을 현실성으로 전환시키지 않는 이상 가능성은 가능성 그대로 남아 있거나 없어집니다.

여기에 솔씨 하나가 있고 비옥한 땅이 있다고 전제합시다. 솔씨를 심어서 가꾸면 백년 후에는 거목이 될 것이며, 큰 집 기둥이나 싱량 재목으로 쓰여질 것입니다. 그러나 심지 않고 놓아두면 백 년 후에도 솔씨 그대로 있거나 아니면 썩어서 거목이 될 가능성은 없어지고 맙니다. 지방의 기후와 토양에 맞는 씨앗을 골라서 심어야 풍성한 수확을 거둘 수 있습니다. 무엇보다도 인간으로서의 바탕을 잘 가꾸는 데 역점을 두시고 성산이의 소질을 발견하여 그를 키워가면서 골고루 교육하시기 바랍니다.

이미 알고 계실 내용일지라도 읽어보시고 성산이 교육에 대해서 다시 한번 숙고하시도록 썼습니다. 그럼, 제수씨! 안녕히 계세요. 수고하시지요.

성산이가 아직 어린데 소질을 어떻게 발견할 것이냐고 반문하실지 모릅니다만 미미한 것에서 찾으세요. 안 보이거든 현미경을 들이대세요. 확대시켜 보세요. 반드시 있을 것입니다. 희미한 기미, 아주 작은 빛이 보일 것입니다.

1985. 6. 27. 시숙 씀.

선주야 보아라

선주야, 아빠, 엄마, 두 삼촌, 숙모님 두 분께서 안녕하시냐? 요즘 엄마 건강이 어떠시니? 너와 혁신이 혁성이도 잘 있고? 너희들의 편지가 있을까 하고 기다리고 있었는데 8월이 가버렸구나. 너는 방학 동안에 무얼 했니? 편지 쓸 거를도 없었어? 네가 편지 쓰기를 좋아하지 않으니까 동생들도 너를 닮나 보다. 편지를 보내도 답이 없으니. 너는 여중학교 2학년생이고, 혁성이는 아직 좀 어리다만 혁성이도 철들 나이다. 삼촌한테 편지를 보내는 것은 삼촌을 기쁘게 하고, 또 너희들의 마음을 곱게 키워가는데 글솜씨를 향상시키는 데 보탬이 된다. 문장력은 대학 입시 때 한몫한다지만, 그보다는 일생을 두고 필요한 것이다. 글은 개인의 의견을 전달할 뿐만 아니라 시공의 제약을 떠나서 인류 문화 전달자로서 중대한 역할을 수행하고 있다. 그래서 너를 사랑하는 삼촌은 편지 쓰라고 이르곤 했다. 네가 삼촌 마음을 알려는지……

너도 수학여행을 다녀왔니? 의숙이언니와 일경이는 방학 전에 수학여행을 갔다 왔다고 자세한 편지에 사진까지 보내주어서 반가웠다. 의숙이언니와 일경이 사진을 보면서 너는 얼마나 컸을까? 너를 생각했다. 엄마가 면회 와서 선주가 나처럼 작을까 봐 걱정이 된다고 하시던데, 의숙이언니를 보렴. 키가 작다고 애를 태우더니만 농구 선수처럼 컸더라. 너도 늘씬하게 클 것이다. 설령 크지 않을지라도 걱정할 것은 없다. 키가 작다고 할 일 못할까. 키보다는 사람이 야무져야 한다. 수월한 일이나 어려운 일이거나 척척 해내야지.

그리고 어려서부터 일이 몸에 배어야 한다. 허다한 엄마들은 자기는 뼈가 휘도록 일을 하면서도 자식들만은 편하게 키우려고 하는데 그것은 잘못된 생각이다. 자식들의 먼 장래를 위해서 일하는 습관이 몸에 배도록 배려해야지. 선주야, 엄마를 도와드리는 것은 여러모로 너에게 도움이 된다. 좀 힘이 들지만 기쁨이 있고, 네 마음이 고와지고 모녀의 정을 두텁게 하며 동생들을 생각하면서 동생들의 옷가지를 빨 때 형제의 우애가 더욱 도타워지는 것이다. 그뿐만이 아니다. 장차 훌륭한 어머니가 되는 수련이며 확실한 길이기도 하다. 선주야, 그 점을 새겨두고 엄마 잔일을 즐겁게 도와드려라. 그렇다고 공부하지 말고 일만 하라는 것은 아니다. 너에게는 공부도 일이다. 아무쪼록 네가 마음이 곱고 성실하고 야무진 여성이 되기를 간절히 바란다. 그럼, 선주야 안녕.

(혁신이, 혁성이한테 정을 보낸다.)

1985. 9. 3. 삼촌 씀.

어머님 보시지요

어머님, 허리가 아프셨어요? 침 맞고 완쾌되셨다고요. 마음 같지 않아서 까딱하면 탈이 나고 고생하시는데 늘상 조심하세요. 어머님, 또 추석이 다가오네요. 추석에 조상의 산소에 못 가는 아들은 마음속에서 찾아뵙고 어머님과 가족, 친척들을 생각하면서 하루를 보낼 것입니다. 아픈 일일랑 제쳐두고요. 어머님이 계셔서 어머님을 부를 수 있는 저는 얼마나 흐뭇한지 모릅니다. 뒤를 이어갈 후

애들이 무럭무럭 크고 있고, 되도록이면 좋은 일들을 생각하면서 명절을 보내겠어요. 어머님께서도 흐뭇한 일, 좋아질 일들만 생각하시고 손자들과 윷놀이랑 하세요. 그렇게 하셔도 아들이 추석 무렵에 잡혀가서 추석이 오면 아들 생각에 서러움이 복받쳐오겠지요. 어머님, 아픔을 누르고 마음을 돌리세요. 그래야 모두 어머님 앞에서 떠들고 웃고 놉니다. 추석날 어머님 곁에 있지 못하는 아들인데 아들에게 아픔이 없겠어요? 그래도 조금만 아파하렵니다. 아들이 좋아하는 떡이랑 사과랑 사서 먹겠습니다. 아들은 건강합니다. 책을 보고 운동도 열심히 하고 있어요. 안심하시지요. 어머님, 거듭 사룁니다만 존체 조심하시고 진지를 잘 드세요. 올리고 싶은 말씀 오늘도 끝이 없사오나 이만 줄입니다. 어머님!

제수씨 보세요

보내주신 편지 반갑게 받았습니다. 성산이가 말은 못 해도 시늉은 다 내고 때로는 혼자 돌아서서 웃는다는 대목을 몇 번이나 되읽으면서 웃었습니다. 제수씨, 성산이가 딴짓을 할 때마다 놀랍지요? 날마다 보고 듣고 느끼는 것을 놓칠세라 머리에 담고 표정과 몸짓으로 제 뜻을 나타내면서 하루가 다르게 성장하는 아들 성산이를 다루기가 조심스러울 줄 믿습니다. 육체와 정신은 분리될 수 없는 인간의 양 측면이라 고루 발전하도록 힘써야 되겠지요. 키나 체격은 유전적인 면이 있지만 영양과 운동에도 관계가 많습니다.

우리가 클 때만 해도 일본 사람들이 덩치와 키가 우리보다 못했는데, 지금의 일본 청소년들은 우리 아이들보다 일반적으로 크고 튼튼하다고 합니다. 그것은 경제적으로 여유가 있는 그들이 성장에 적합한 영양식에 운동을 적당히 시키기 때문이지요. 영양은 뇌에도 관계가 있습니다. 정신 즉 의식은 그가 자란 환경과 교육에 의해서 형성되는 것이며, 특히 가족적인 분위기가 어린이의 성격

형성에 결정적인 역할을 합니다. 가족 중에서도 가장 가깝고 자주 접촉하는 어머니로부터 어린이는 영향을 많이 받습니다. 형제들을 살펴보면 닮은 데가 있습니다. 우리 형제들 각기의 특성이 있지만 성격상 닮은 데가 많습니다. 어머님 품에서 할머님 손에서 모두 컸기 때문이지요.

어린이들은 보는 대로 행하고 어른들이 시키는 대로 잘 듣습니다. 그러나 부모들이 욕심을 부려서 어린이를 전적으로 무시하고 자기들 뜻대로 키워보겠다고 제약하고 모두를 간섭하면 어린이들만 반발합니다. 나중에는 부당한 것뿐만 아니라 옳은 것까지도 반발하게 되고, 그것이 습관이 되어서 성격으로 굳어질 수 있습니다. 어린이라 할지라도 인격을 존중하면서 필요한 것만 간섭하고 그것도 방법을 고려해야 합니다. 원예사는 정원수를 가꿈에 있어서 좋다고 무턱대고 나무 밑에 물과 거름을 많이 주지 않습니다. 관찰해서 부족한 것만 보충해 줍니다. 나무를 잡아주고, 불필요하게 뻗어가는 가지를 쳐주고 벌레를 잡아줍니다. 나무 성질을 알고 그에 맞게 가꾸어갈 때 하나의 작품이 완성되지요. 아무리 우수한 원예사라 할지라도 나무 성질을 도외시하고 자기 멋대로 다루어가면 작품은 고사하고 나무는 부대껴서 배배 틀어지고 말 것입니다.

나무도 그런데 하물며 사람을 키우는 데 있어서야 말할 것이 없지요. 어느 책에서 '아이들의 운명은 오로지 그 어머니가 만든다.' 나폴레옹이 말했다는 글을 보고 부아가 났습니다. 그 말 자체가 잘못되어 있고, 그런 말을 무슨 진리인 양 글로 남긴 자, 또 그런 말을 인용한 자가 꼴사나웠기 때문입니다. 아이들을 어머니 혼자서 키우는가요? 집에서만 기운다고 해도 또 모릅니다. 어린이들은 여러 사람과 접촉하고 집 밖에 나가서 저희들끼리 놀고 사회의 온갖 것, 썩어빠진 구역질 나는 것들을 보고 듣습니다. 그것에 끌려서 아이들이 못되게도 됩니다. 그럼에도 불구하고 아이들이 못되게 된 책임을 어머니 한 분에게 다 지우는 것은 언어도단입니다. 나폴레옹은 청년 시절에 사회 발전을 위해서 역할을 했습니다만, 권력의 노예가 된 그자는 공화제를 왕제로 후퇴시키고 스스로 황제의 자리에 올라 국가 권력을 한 손에 틀어쥐었습니다. 한 나라의 지배만으로 만족하지 못한 그자는 여러 나라를 침략했으며 수백만 명을 살해했습니다. 그런 놈의 입에서 나온 말이라 더욱, 통치를 잘못해서 빚어놓은 사회악이 어린이들을 못되게 만든 것을 제 책임은 감추고 몽땅 어머니한테 덮어씌운 것으로 느껴졌습니다.

위에서도 말했지만, 어머니가 어린이들에게 영향을 많이 주는 것만은 틀림없지요. 애를 태우고 수고도 많이 하시고요. 그래서 사람이 훌륭하게 되면 예외 없이 그 아들을 키운 어머니를 높이 공경하고 찬양하게 됩니다. 자식을 잘 키운 것으로 어머니는 생의 보람을 느끼고 사회를 위해서도 크게 이바지한 것이 됩니다. 짐승도 새끼를 가진 어미는 모성애가 있어서 새끼를 위해서는 물불을 가리지 않고 때로는 목숨까지 버리지요. 집에서 병아리를 품은 암탉이 가까이 얼씬거리는 사나운 개한테 날개를 펴고 무섭게 달려드는 것을 보았습니다. 새끼를 그저 감싸는 짐승과는 달리, 사람의 어머니는 자식을 사람답게 키우기 위해서 동물 일반의 모성애를 절제하며 때에 맞게 쏟고 정성과 온갖 지혜를 동원시킵니다.

제수씨께서도 성산이를 키우시면서 이성과는 또 다른 뜨거운 애정을 체험하시고 사랑을 조절하고 참고, 일찍이 해본 적이 없는 순수하고도 지극한 정성을 성산이한테 쏟으실 줄 압니다. 그와 같은 생활을 통해서 제수씨 내부에 변화가 일고 있을 것입니다. 자신은 아직 잘 못 볼지 모릅니다만 확실히 제수씨 인격이 비약하고 있을 것입니다. 사람은 생을 다할 때까지 성장을 지속해야지요. 성산이를 키워가면서 제수씨 자신의 인격을 높이는 데 관심을 가지세요. 동일 선상에서 한 가지 일로 고결하고 아름다운 두 결과를 가져오고 얼마나 좋습니까? 많은 말 뒤로 미루고 이만 줄이네요. 제수씨 안녕히 계세요.

1985. 9. 21. 시숙 드림.

추신 : 편지를 어머님이 이해하실 수 있도록 쉽게 쓴다는 것이 늘 그렇지 못하고 어려운 말이 끼어들곤 합니다. 제수씨께서 자세히 풀어서 들려드리세요. 아들이 쓴 글이라 관심이 많으시고 모두를 알고 싶어하실 것입니다.

"혁신아, 네 편지를 받았다. 사진은 너를 본 듯 반가웠다. 네가 반장이 되었다고? 하고 싶은 말이 많구나. 다음에 편지를 쓰마. 내가 보내달라는 삼촌 사진 말이다. 지금은 사진도 찍을 수가 없다. 이제 나가서 만나자. 혁신아, 안녕."

의숙아 보아라

의숙아, 잘 있니? 이제 더위는 사라지고 선선하구나. 가을이 온 것이다. 봄에 나갔던 볕이 삼촌 방 문턱을 막 넘고 있다. 자연처럼 사회나 사람의 몸과 마음도 정지 상태에 있는 것이 아니다. 끊임없이 변하는 것이다. 그래서 새로운 해결해야 할 일들이 대두되는 것이며, 그중 절실한 문제를 해결하면서 민족이나 개인이 생존을 지속하는 것이다. 그것이 곧 역사가 아니냐. 일에는 경중과 선후가 있다. 개인 또는 자기 세대가 할 수 있는 문제 중에서 무엇이 가장 중요한가 무엇이 가장 시급한가를 올바로 택해서 문제 해결에 힘을 집중시켜야지.

너 개인을 놓고 생각해 보자. 너는 여자라 결혼이 중요성에 있어서 공부보다 비중을 차지할 것이다. 그러나 인격과 지식, 인생 경험을 쌓은 다음에 결혼하는 것이 좋고, 여고 2년생인 너에게 현시점에서 시급하고도 중요한 과제는 배우는 학과를 익히는 것이다. 그래야 네가 바라는 대학에 입학힐 수 있고, 그것은 네 원대한 희망을 실현하는 첫 단계가 아니냐. 일단 중심 과제가 주어졌으면 기타의 모든 것은 부차적인 것이다. 중심 문제 해결에 네 힘을 집중적으로 투입해야 한다. 힘이 분산되면 해내기 어렵다. 전번 편지에도 말했지만, 네 머리는 좋다. 다만 끈기와 집중력이 부족한 것 같다. 이 두 문제는 네 일생의 성패를 가름할 것이다. 습관상의 결함이니까 훈련을 통해서 시정될 수 있다. 네가 매일 손쉽게 할 수 있는 것으로 하나만이라도 계획을 세워서 실천에 옮겨라. 공부나 일하는 중에 다른 것에 손대지 말고 하기 싫을지라도 하던 것을 끝까지 매듭짓도록 노력해라. 마음은 수시로 움직이는 것이라 공부에 마음을 쏟고 있다가도 외적인 자극이 있으면 그쪽으로 마음이 가는 것인데, 그때마다 즉시 전 상태로 마음을 모아라. 비상한 관심을 갖고 거듭해서 습관이 되도록 힘써라. 결함이 시정되고 네 발전에 크게 도움이 될 것이다.

그리고 아침에는 머리가 맑고, 공부하기에 좋지 않니? 화장실에 있을 때 단어 다섯, 학교까지 걸어갈 때 단어 다섯을 수백 번씩 암기해 보아라. 여고를 마칠 때 생각 밖의 수확이 있을 것이다. 시간을 아끼고 적절하게 사용하는 문제도 극히 중요하다. 밤늦도록 공부에 힘쓰고 있을 너에게 격려를 보내면서 이만 줄인다. 의숙아, 안녕. (지난달에 온 네 편지를 다시 읽어보고 이 글을 썼다.)

일경아 보아라

일경아, 저번에 못다 한 말을 하마.

너는 막내로 태어났고, 예쁜 데다가 재주까지 있어서 아빠 엄마의 사랑을 독차지했으며, 오빠와 언니들의 귀여움을 받으면서 컸다. 집안 형편이 옹색하지 않고 학교에 다니면서도 피아노를 치고, 공부도 잘하겠다, 선생님과 학우들의 사랑을 받았을 것이다. 그와 같은 지난날의 네 생활에서 모르는 사이에 자존심이 강해지고, 너만 못한 학우들이나 이웃 아이들을 무시하거나 멸시하지는 않을지라도 지기 싫어하고 남의 부림을 싫어하는 성격이 만들어지지 않았을까? 그래서 네 주장이 세고 부당한 때 들고나와 때로는 옥신각신하지 않는지. 그런 성격을 다듬고 키워가면 오히려 대성할 수 있다. 물에 물 탄 듯 술에 술 탄 듯 흐리멍덩한 사람, 또는 뭣이나 시키는 대로 고분고분 듣는 사람은 현실 생활에

354

서 별일 없이 살아가지만 발전이 뜨다. 남의 잘못이나 자기 잘못이나 거저 넘겨 버리지 않고 고치려고 애쓰는 사람은 때로 언성이 높아지지만 일을 추리고 잘못을 고쳐가기 때문에 발전이 빠르다.

그런데 일경아. 문제가 생겼을 때 네 의견을 말하거나, 잘못을 지적하고 네 정당성을 주장할 때 되도록 감정을 억제하면서 차근차근 조리 있게 이치에 맞도록 말을 해라. 잘 안될 테지만 꾸준히 힘써라. 네가 커서 사회활동을 할 때도 그와 같은 작풍은 극히 필요하다. 너도 경험했을 테지만 옳은 내용일지라도 감정적으로 쏘아붙이면 상대방의 심정이 상하게 된다. 그러면 문제는 해결하지도 못하고 서로의 관계만 나빠지고 만다. 작은언니와 입씨름을 자주 한다고 했는데, 거기에는 반드시 원인과 결함이 있다. 검토해서 결함을 찾고 결함을 고치기 위한 구체적인 대책을 세워라. 형제간에 입씨름을 자주 하는 것은 악의야 없지만 바람직하지 못하다.

가만히 생각해 보니까 1, 2년 전까지만 해도 작은언니는 너와 키가 엇비슷해서 너를 친구처럼 대해주었는데, 지금은 부쩍 커서 너를 아주 어린이로 취급하고, 언니는 친구들과 놀 때 네가 끼면 싫어하거나 자기들끼리만 소곤거리고 또 언니만의 시간을 가지려고 하는데, 불만이 생긴 네가 때로는 부드럽지 않게 짜가사리처럼 쏘는 것이 아닌지 모르겠다. 언니도 좀 더 사랑스럽게 네가 납득이 가도록 해명해 주고, 너도 언니가 너를 싫어서가 아니라 그 나이가 되면 몰래 영화관에 간다거나 자기들끼리의 이야기, 소설 이야기 등 네가 아는 것을 꺼리는 자기들만의 비밀이 있는 것이니까 그 점을 이해하고 섭섭히 여기지 말아라. 너무 캐지도 말고. 물론 언니에게 잘못이 있을 때는 충고해야지. 또 불만이 있을 때에도 언니한테 말을 부드럽게 해라. 그럼, 언니가 순순히 받아줄 것이다.

그리고 추석에 할머니 묘소에 가거든 살펴보고 편지를 보내라. 지금은 잔디가 자리를 잘 잡았을 테지. 할머님이 가신 지 1년 후에 너희 가족과 그곳을 다시 찾았을 때 성묘를 하고, 삼촌은 네 손을 잡고 위로 올라갔다. 얼마 안 가서 억새밭이 있었다. 흰모래가 물결치고, 뒤로 마이산이 보이고, 거기서 예쁜 너를 안고 사진을 찍었다. 귀로에 오빠와 감회 깊은 곳을 돌아보았다. 그때 일들이 선하게 떠오르는구나. 자, 오늘은 이만 줄인다. 일경아, 안녕.

누이에게

잘 있어? 집안에 별일 없지? 또 추석이 다가오네. 오빠가 옥에 온 지 만 8년이 되어서 일전에 갱신장이 나왔는데 더 살라고 했더구만. 오빠는 감정이 예민하고 한편으로는 무디네. 아이들의 편지만 받아도 몇 번이나 읽어 보고 누이 집 구석구석을 떠올리면서 편지 쓸 때의 아이들의 모습, 그들의 마음까지 상상하며 많은 것을 느끼네. 그런가 하면 때로 큰 충격을 받아도 바다 밑에 바위처럼 지내지. 갱신 결정서를 받았을 때는 생각이야 있었지만 예상했던 일이고 담담했네. 누가 오빠 모습을 보면 무던히도 어리석고 트인 구석이라고는 없이 꽉 막혀버린 사람이라고 여길지 모르지만, 실은 오빠 마음의 문이 활짝 열려있지. 다만 억세고 예리한 문지기가 들고 나는 그것을 선별할 뿐이야.

든든하게 살아가고 있어. 아무튼 누이도 살아있는 오빠니 이제 오려니 생각하면서 너무 아파하지 마. 오빠는 그런대로 건강하네. 오빠 자신의 건강 상태를 어느 정도 알고 있어서 조절하고 무리하지 않으니까 요절하거나 큰 병에 걸리지 않는 이상 목숨을 길게 끌고 갈 것 같아. 유능한 운전기사는 낡은 차라 할지라도 손을 보아가면서 조심스럽게 몰기 때문에 오래 끌고 다니지. '고로롱 팔십'이란 말도 있지 않아. 겨울 내의도 족하니 걱정하지 마. 이만 줄이네. 잘 있어.

1985. 9. 24. 오빠 씀.

어머님 보시옵소서

어머님, 안녕하세요? 추석은 잘 쇠셨어요? 동생은 백산 산소에 다녀왔는가요?

오늘은 하늘이 아주 맑고 보기 드문 가을 날씨네요. 파란 하늘이 좋고 가볍게 떠 있는 구름도 또 보기에 좋습니다. 더위가 갔는가 하면 추위를 느껴서 몸은 가을을 모릅니다만 눈만은 가을에 취합니다. 꽃망울이 커가는 국화도 보고요. 방안은 겨울 초입이라 동 내의를 입고 있습니다. 아직 창문은 열어놓고 책을 보다가 이따금씩 하늘을 보네요. 가을은 생각이 많은 계절이라고 하지만 아들은 바빠서 차분하게 생각에 잠길 짬이 없습니다.

운동 시간, 밥 먹는 시간을 제외하고는 거의 한자리에 앉아서 낮시간을 보내는 아들을 누가 보면 퍽이나 한가롭고 시간이 지천으로 남아돈 줄 알 테지만 꽉 짜인 하루하루가 빠르게 지나갑니다. 아홉 시가 안 된 초저녁, 자리에 누워도 이내 잠들고~ 어쩌다가 밤중에 깨는 일이 있습니다만 날 샐 무렵에야 눈을 뜹니다. 갑작스러운 기후 변동으로 몸이 조금 부대낍니다만 걱정할 정도는 아닙니다. 운동 시간에 밖에 나가면 옷을 벗어부치고 촉촉하게 땀이 날 정도로 운동을 합니다.

어머님, 염려 마시고 마음을 놓으세요. 전에도 말씀드렸습니다만 감기에 약한 어머님은 주무실 때나 밖에 나가실 때 머리 뒷부분을 따숩게 싸세요. 걷는 것은 건강에 좋습니다. 성산이를 데리고 자주 밖에 나가서 거니세요. 이제 고 녀석이 제법 달음질을 치고 무엇이나 신기해서 만져보려고 기를 쓸 테지요. 손에서 빠져나가려는 손자와 안 놓으려는 힐미니의 모습을 떠올리면서 이들은 빙긋이 웃습니다. 환절기에 어머님 존체 강녕하시옵고 가족 모두의 건강을 간절히 바라오며 이만 줄입니다. 어머님!

  1985. 10. 7. 아들 올림.

<h1 style="text-align:center">혁신아 보아라</h1>

혁신아, 잘 있니? 네가 반장이 되었다는 소식을 듣고 삼촌은 무척 기뻤다. 성적표에 전교 1위라고 쓰어 있는 것보다 낫다고 여겼다. 그것은 네가 학우들로부터 사랑과 신뢰를 받고 있기 때문이다. 어른이나 어린이나 여러 사람의 신뢰를 받는 것은 대단히 중요하다. 신임은 하루아침에 이루어지는 것이 아닌데, 오늘날까지 학교생활에서 너는 옳은 일에 적극적이고 의리가 있고 성실하였기에 너희 반 학우들이 너를 자신들의 자랑스러운 대표로 선출했을 것이다.

혁신아, 학우들의 기대에 어그러지지 않도록 힘써라. 너는 언제나 학우들의 입장에 서서 일을 추진해야 한다. 삼촌은 국민학교 시절을 회상하면서 글을 쓰고 있다. 너는 반장이 되었다고 우쭐대거나 너만 못한 어린이들을 깔보아서는 안 된다. 여러 사람 앞에서 겸손하고 매사에 신중을 기해라. 여러 사람이 힘을 합치고 지혜를 모을 때 개인은 그에 미치지 못하는 것이며, 일은 여러 사람이 해내는 것이다. 개인보다도 여러 사람을 위에 놓는 관점이 바로 서 있어야 한다. 삼촌이 그 점을 강조하는 것은 너에게 반장이라는 권한이 주어졌다고 해서 여러 사람을 무시하는 경향이 행여나 네 마음에 생길까 봐 염려되기 때문이다. 예외가 있지만 여러 사람의 의견은 옳다. 그에 따라라. 바르지 않은 것에는 단호하게 맞서서 대결하고 옳은 의견을 받아들여서 실천에 옮겨라.

너는 학급 운영에 있어서 쭉 공부 분위기 조성, 학과에 뒤처지는 어린이들을 돕는 일, (쉬는 시간이나 집에 가서 공부 잘하는 친구들이 책임지고 공부 못하는 친구들을 가르쳐서 따라오도록 하고, 학급 지식수준을 높이는 문제) 점심시간이나 방과 후 운동 경기 및 재미있는 놀이 조직, 어린이들의 싸움이나 알력이 있을 때 그것을 조정하고 해결하는 일, 청소 및 환경 미화, 선생님이나 학교 당국에 건의할 사항들을 학급에서 성실하고 일에 적극적인 벗들과 의논하고 의견이 모아지면 전체 토의에 부쳐서 의결해라. 그래야 잡음 없이 모두 함께 해낼 수 있다.

친구가 아파서 학교에 못 나올 때는 꼭 병문안을 해라. 있는 집 어린이는 병상 옆에 화분이 있을 테니, 그냥 가도 되지만 없는 집 어린이는 앓는다고 꽃 갖다주는 사람이 없을 테니까 너희들이 용돈을 모아서 꽃 한 포기 사서 가는 것이 좋겠지. 작은 화분에 값싼 꽃이라도 좋다. 너희들의 우정이 담긴 꽃을 보고 병석의 친구는 얼마나 기뻐할 것이냐. 회복도 빠를 것이다.

그리고 너희들이 힘으로 해결할 수 없는 문제는 몰라도 너희들 내부의 너희들이 해결할 수 있는 문제를 해결하지 않고 선생님께 알려서 친구들을 혼나게 해서는 안 된다. 너는 6학년 반장이니까 너희 반에만 국한하지 말고, 전교 어린이들을 사랑하고 그들의 어려움을 덜어주는 언니가 되어라. 어린이 중에는 주먹 힘을 믿고 약한 어린이들을 때리거나 괴롭히는 일이 있는데, 깡패 기질의 어린이들을 잘 타일러서 바르게 이끌어라. 여러 차례 일러도 안 듣거든 힘으로 해결해라. 여럿이 의논해서 함부로 약한 어린이들을 때리지 못하도록 압력을 가하는 것이 좋다. 너희 반 학우들은 서로가 돕고 사랑하고 힘을 합해서 모범이 되고, 너희 학교에 아름다운 전통을 세워라. 혁신아, 훌륭한 일꾼이 되어라. 많은 말 뒤로 미루고 이만 줄인다. 안녕.

(선주누나와 혁성이한테 정을 보낸다. 외숙모님이 보내주신 편지와 돈을 잘 받았다.)

어머님께 올립니다

어머님, 안녕하세요. 내일이 아버님 생신이지요. 홍규가 두 살 때 아버님이 세상을 떠나셔서 아버님 이야기를 어른들로부터 토막으로 조금씩 들었을 뿐, 아버님의 모습도 사랑도 모르고 큰 어렸을 때의 홍규를 생각하면 안쓰럽네요. 어머님, 오늘은 동생한테 이야기를 하렵니다. 며칠 후에 어머니께 따로 글월을 올리겠어요. 어머님, 안녕히 계세요. 추워지는데 감기 조심하세요.

홍규야 보아라

홍규야, 아버님 생신을 맞이하면서 아버님과 서울에 계시는 어머님, 순이, 너, 그리고 지난 일들이 떠올라서 펜을 들었다. 1949년에 아버님은 서울에서 사업을 하고 계셨다. 그해 여름방학 때다. 고향에 가 있다가 큰형님을 뵈었는데 서울에 가라고 하셨다. 그렇지 않아도 아버님 어머님과 순이가 보고 싶던 참이라 좋아했다. 형님은 서울집에 다녀왔지만, 주소는 모른다고 종이에 약도를 그리면서 설명을 하셨다.

"서울역에서 종로행 전차를 타고 4가에서 내려라. 을지로 4가에서 다시 돈암동행 전차를 타고 종점에 가서 내려라. 거기서부터 신흥사를 물어서 찾아가거라. 절까지만 가면 된다. 그곳에 영배형(당시 서울대학에 다니고 있었다.)이 있고 영배형은 아버님 계시는 곳을 알고 있으니까 찾기 쉽다." 형은 약도를 머릿속에 담았다.

다음 날 이른 아침, 강목 자루에 쌀 한 말을 붓고 십만 원(지금 돈으로 백만 원 폭은 된다.) 지폐 뭉치를 그 위에 놓고 쌀 두 말을 다시 부었다. 쓰리꾼이 재주를 부려도, 통째로 들고 가면 모를까. 돈은 못 빼도록 만들어 놓았다. 쌀자루를 뤼크샤크(물건을 넣어 등에 지는 등산용 배낭)에 담고 할머님과 작은어머님이 주시는 참깨, 들깨, 고춧가루, 콩, 팥 등 올망졸망한 자루를 또 담았다. 한 짐 되는 뤼크샤크를 지고 산짓동으로 해서 마을을 떠났다. 학생 바지에 남방셔츠를 입고 밀짚모자를 눌러쓰고 뤼크샤크를 맨 형은 학생인지 아니면 장사꾼인지 분간이 안 가는 차림새였다. 부안경찰서 앞 차부에서 신태인 행 자동차를 탔다. 40리 길인데 차가 낡아서 그런지 (열여덟 살 때) 서울이 초행이라 걱정이 되어서 그런 것인지 그 사이가 지루했다. 그날은 더웠지만 날씨가 좋았다. 신태인역, 여기저기 그늘진 곳에 짐을 내려놓고 질펀하게 앉아서 기차를 기다리는 분들 틈에 끼었다. 아마 두어 시간 기다렸을 것이다. 11시경에 한 시간인가 연착한 호남선 완행열차에 올라갔다. 사람들이 의자와 통로에 꽉 차 있고, 선반에도 틈이 없었다. 어렵게 비집고 들어가서 의자와 의자 사이에 짐을 내려놓고 그 위에 앉았다.

기적을 울리면서 기차가 떠나갈 때 겨우 마음이 가라앉았다. 김제, 이리, 논산을 거쳐서 대전, 대전을 지난 다음인지 전인지 기억이 흐리다만 떡을 사서 요기를 했다. 그때는 크고 작은 떡을 막론하고 역에 기차가 서면 멀찍이 대기하고 있던 젊은 아낙네와 소녀들이 제가끔 바구니와 술병, 물병을 이고 들고 창가로 달려왔다. "떡 사세요! 떡. 엿 사세요! 삶은 계란 사세요! 물이요!" 여러 입에서 한꺼번에 터져 나왔다. 차 안의 사람들은 창밖으로 얼굴을 내밀고는 먹을 것을 받고 돈을 주고 값을 확인한 여자들은 돈을 옷 안에 넣고 뛰었다. 검게 탄 그녀들은 기차가 잠깐 멎은 사이에 하나라도 더 팔려고 이리 뛰고 저리 뛰고~ 손발이 어쩌면 그렇게도 빠르냐. 어느 역이던가, 한참 사고팔 때다. "온다!" 여자 고함소리에 모두가 그쪽을 보았다. 순간 여인들은 죽어라 하고 도망쳤다. 잡으면 다 빼앗는 역원이 나타난 것이다.

한 소녀는 물건을 주고 미처 돈을 못 받은 채 달아났다. 기차는 움직이고 저만큼 달아난 소녀가 돌아볼 때다. 먹을 것을 받은 분이 손을 흔들다가 돈을 창밖으로 던졌다. 알았다는 듯, 감사하다는 듯이 소녀는 이쪽을 보고 절을 했다. 그 광경을 지켜보던 형은 긴장과 아픔이 있었지만 또 흐뭇했다.

완행열차는 퍼그나 느렸다. 수원역에 멎었을 때, 해는 벌써 서산에 걸려있었다. 서울이 가까워지면서 걱정이 생겼다. 낮에 도착해야 할 텐데 늦었기 때문이다. 해는 지고 어두움이 깃들 때 서울역에 닿았다. 사람들을 따라서 서울역 광장에 나왔다. 그림에서만 보던 남대문이 보이고, 레일을 따라서 돌아오고 돌아가고, 오고 가는 전차가 인상적이었다.

형님이 가르쳐 주신 대로 왼쪽 인도로 건너갔다. 전차표를 파는 궤짝 집을 찾으면서 걸었다. 그런데 이게 어찌 된 일이냐? 남대문까지 갔는데도 매표소가 있어야지. 걸음을 멈추고 잠깐 생각했다. 혹시 맞은편에 있는지도 모른다고 길을 건넜다. 아무나 붙잡고 물으면 될 것을 촌놈이라고 비웃을까 봐 그대로 유심히 살피면서 걸었다. 서울역 앞까지 걸었는데 매표소는 나타나지 않았다. 또 서서 길 맞은편을 보았다. 차도와 인도 사이에 사람들의 줄이 있고 작은 궤짝 집이 보였다. 저것인 모양이라고 얼른 길을 건넜다. '전차표'라고 빨갛게 쓰인 글씨가 반가웠다. 줄 맨 끝에 가서 섰다. 날이 어두웠다. 긴 줄이 줄어갔다.

그때다. 여학생이 신문 한 장을 주면서 사달라고 했다. 신문 볼 정도로 한가하지 않아서 머리를 좌우로 흔들었다. 몇 번 거절했는데 그래도 가지 않고 붙어오면서 사달라고 사정을 했다. 첫눈에 촌 녀석이라 사정하면 사줄 것 같았던 모양이다. 큰아기와는 말도 못 해 본 형이라 부끄러웠고, 또 더 거절할 수 없어서 백 원짜리 한 장을 내주었다. 그런데 잔돈이 40원밖에 없다고 신문 파는 친구들한테 돈 꾸러 다니더구나. 줄은 끝나가고, 그냥 40원만 달라고 했다. 내 말에 백 원을 도로 내주었더라면 받을 형이 아니니까, 20원짜리 신문을 60원 주고 사면서도 마음이 좋았을 텐데 그렇지 못해서 떨떠름했다.

부피가 큰 뤼크샤크를 지고 종로행 전차에 간신히 올라탔다. 전차는 앞뒷문으로 오르고 가운데 문으로 내리게 되어있어서 안으로 들어가야 하겠는데 어찌나 만원이던지 힘이 들었다. 거기다가 어느 분이 이 비좁은 곳에 짐까지 지고 올라왔다고 퉁생이를 하지 않겠니? 사과하고 다리 밑으로 공간이 좀 있어서 뤼크샤크를 내려놓았다. 발로 밀어가면서 들어갔다. 차장 옆에 가서 체면 차릴 때가 아니라 서울이 처음인데 4가에서 꼭 좀 내려달라고 부탁했다. 기다리는 시간은 왜 그리 기냐? 초조하게 기다리다가 을지로 4가에서 내렸다. 막 굽어 돌자 길 맞은편에 '돈암동'이라고 쓰여있는 전차가 보였다. 끝이고, 출발점이라 사람들이 별로 없어서 이번에는 차장 옆에 짐을 내려놓고 의자에 앉았다. 덜컹거리는 소리를 내면서 전차는 가다가 쉬고 또 쉬고 전깃불이 환한 상가를 지나다가 불 없는 곳을 달리고 올라가는가 했더니 내려가고 쉬고 또 떠났다. 이건 또 어찌 된 일이냐? 끝없이 싣고 가는 것만 같았다. 갑갑한 형은 차장한테 종점이 멀었냐고 물었다. 이제 다 왔다고 "다음 다음"이라는 대답에 마음이 놓였다.

종점에서 내린 형은 신흥사를 물었다. 무거운 짐을 지고 땀을 뻘뻘 흘리면서 걸었다. 가는 길에서 벗어날까 봐 얼마 가다가 묻고 또 묻고 자주 물었다. 북쪽으로 가다가 좌로 굽어서 조금 걸었더니 오르막길이 나오고 앞이 어두웠다. 한 노인이 이 큰길에서 샛길로 빠지지 말고 곧장 큰길로만 가면 신흥사가 나온다고 자세히 가르쳐주었다. 길가에 집이 끊이고 인적 없는 곳을 걸어갔다. 숲이 보이고 길 끝이 보였다. 숲속 어두움이 길을 삼켜버린 것이다. 거기까지 갔더니 저만큼 끝이 보이고 가는 대로 가까워져서 서너 발 앞, 그것도 길은 희미하게 보였다. 하늘을 가려버린 캄캄한 숲속, 왜 또 이리 머냐? 온 신경을 세우고 발소리를 죽여가며 깊숙이 들어갔다. 언뜻 하늘이 보이고 또 지붕이 보였다. 그제서야 숨을 몰아쉬었다.

절에 가서 뜰에 나와 있던 스님에게 여기 영배란 학생이 있느냐고 물었다. 스님은 대뜸 전라도에서 오느냐고 반문했고, 그렇다고 했더니 "가자"고 앞장섰다. 한 모퉁이를 돌면서 "영배 학생, 고향에서 손님 와" "예!" 문을 차고 영배형이 나왔다. 영배형은 문간방에서 자취하고 있었다. 무척 반가워하면서 어서 어머님한테 가자고 영배형은 뤼크샤크를 빼앗아 들러멨다. 온길을 되짚어서 내려갔다.

금방 숲속을 벗어났다. 올라갈 때는 무섭고 지쳐서 멀게 느꼈던 모양이다. 내려가다가 오른쪽으로 비탈을 올라갔다. 앞서가던 영배형이 느닷없이 "순이야, 오빠 온다!" "에이" 어머님 음성이 들리고 거의 동시에 문소리가 났다. 맨발로 뛰어나오신 어머님은 형을 붙들고 반가워서 어쩔 줄 모르셨다. 아버님은 순이를 데리고 바람 쐬러 나가서서 영배형이 모시러 갔고, 형은 어머님이 떠다 주신 놋대야 물에 세수를 하고 방 안으로 들어갔다. 곧 아버님이 오셨고, 형의 절이 끝나기도 전에 형의 손을 잡고 반가워하셨다. 순이는 형한테 안기었다. 보름 남짓 어머님 곁에 있었는데 밤에는 아버님하고 바위 위에서 지냈다. 따라 나온 순이가 잠들면 안아다가 방에 뉘고, 아버님과 형은 바위 위에서 자리를 깔고 이야기도 하고 별을 보다가 잤다.

어느 날 밤이었다. 아버님이 당기는 바람에 어렴풋이 깨었다. 아마 자다가 자리 밖으로 나갔던 모양이다. 아버님은 형을 자리 위로 끌어올리고 가만히 안으셨다. 그때 아버님이 무슨 생각을 하셨을거나? 집에 오시면 땀띠가 나 있던 순이를 안고 부채질을 해주시던 아버님. 네가 태어난 후 너를 안고 계시던 아버님이 얼마 전에 뵌 듯 선하게 떠오르는구나.

쓸 곳이 없으니 더 못 쓰고 이만 줄인다. 홍규야 잘 있거라. 형은 건강하다. 겨울 내의도 족하다.

1985. 10. 19. 형 씀.

어머님 보시옵소서

가을 날씨가 제법 선선합니다. 어머님, 안녕하세요? 어머님 생신이 다가오네요. 아버님과 어머님이 태어나신 (음력) 9월은 일 년 중에서 제일 좋은 때지요. 추울까 더울까, 햇곡식 햇과일로 상을 차려놓고 아들딸, 손자, 손녀들이 방 안 가득히 앉아서 부모님의 은혜를 되새기며 음식을 들고 즐기기에 좋은 계절인데……. 어머님! 생신날 기쁘게 지내세요. 아들도 피맺힌 한은 눌러두고 어머님이 계신다는 큰 기쁨에 어머님의 만수무강을 축원하오며 흐뭇하게 보내겠어요.

어머님은 왕이 다스릴 때 세상에 태어나셨지요. 나라는 거죽만 남아있었어요. 벼슬아치들은 백성을 돌보지 않고 저희들 배만 채우려고 마치도 미친개 설치듯 했습니다. 오죽 백성들을 홀태질해서 빼앗고 못살게 굴었으면 어머님이 태어나신 파산 바로 옆 고부 땅에서 순박한 농군들이 목숨을 걸고 난리를 일으

켰을까요. 갑오년 난리라고 저도 어려서 들었습니다. 그때만 정신을 차렸어도 되었을 것을. 만신창이가 되어버린 이 나라를 외국 놈들은 제가끔 차지하려고 먹이를 놓고 싸우는 이리떼처럼 찢고 물고 피를 흘렸습니다. 그중에서도 일본 놈들이 악착같이 달려들었어요. 청나라와 한판 싸움에서 이기고 러시아와 붙어서 또 이겼습니다. 기세가 등등한 놈들은 힘없는 이 나라 목줄을 쥐고 통감부라는 것을 만들어서 저희 멋대로 요리할 때 어머님이 태어나셨어요.

다섯 살 때 일본 놈들은 이 나라를 아예 통째로 삼키고 말았습니다. 그 후 36년 만에 해방이 되었고, 원통하게도 우리가 원한 바 없는 것을 남북이 갈라져서 또 40년. 그 긴 세월을 살아오시면서 어머님은 고생하셨습니다. 어머님뿐만 아니지요. 백성들은 너나없이 고생을 했어요. 더욱이 여자는 어려서 부모에게 복종하고, 시집가서 남편에게 복종하고, 늙어서는 아들을 따르라는 터무니없는 도덕으로 집안에서마저 남자에게 매어서 사람 대접을 못 받고 곱으로 고생을 했습니다. 여자는 남자에게 그저 복종해야 한다는 법을 누가 만들었어요? 여자들이 만들었는가요? 세상에 없던 법을 옛날에 힘센 남자들이 여자를 노리개로 삼기 위해서 저희들끼리 만든 것입니다.

지금으로부터 2천 년 전에 우리 조상들이 만주 땅에 살면서 부여라는 나라를 세웠는데, 그때 법률을 보면 질투하는 여자는 죽여서 동산에 버렸습니다. 그럴 수가 있어요? 힘센 자들이 나라를 세우고 호의호식하면서 혼자 여러 여자를 데리고 살았기 때문에 여자들 사이에 질투가 생긴 것인데, 질투한다고 죽이다니요. 여자들의 반항과 입을 틀어막고 저희들의 욕심을 채우자는 것이었이요. 여자는 모두 어머니가 되는 것을~ 남자의 한갓 노리개일 수는 없습니다.

원래는 사람 사는 집단을 여자가 다스렸어요. 만 년쯤 전에는 동서양을 막론하고 세상이 어디에서나 사람이 사는 곳에서는 여자가 다스렸습니다. 살림을 맡고, 남자 여자를 다스리던 어른을 큰어머니라고 불렀어요. 사람이 생겨난 이

후 수십만 년을 여자가 다스렸습니다. (그때를 모계사회 또는 모권사회라고 합니다.) 그런데 다스리는 권리를 남자들이 어떻게 빼앗게 되었는지 그 점에 대해서는 길어서 여기에 쓸 수가 없습니다. 남자가 다스리는 권리를 차지하고부터 여자는 사람 대접을 못 받았어요.

특히 우리나라는 정도가 심했습니다. 지금도 구석구석에 남아 있습니다만, 일제시대만 해도 남자 여자 차별이 대단하지 않았어요. 태어나면서 가시내라고 미움을 받고 여자는 천덕꾸러기로 컸습니다. 겨우 걸음마를 익히면 방을 닦고, 불 때고, 커가면서 애기 봐야지, 밥 짓고 빨래하고 밭 매고 바느질하고 삼베, 모시베, 무명베를 짜고 쉬는 날이라고는 없이 일하건만 말소리가 크다고, 웃음소리가 담 밖에 나간다고 야단을 맞았지요. 가시내가 얌전하고 다소곳이 순종하는 것이 아니라 덤성대고 성깔이 있다고 말대꾸를 한다고 구박이지요. 시집은 또~ 사모하는 총각이 있어도 말 못 하고 부모가 정해준 대로 정이 없어도 한평생을 살아야죠. 시집가서는 어떻습니까? 눈 가리고 3년, 귀머거리 3년, 벙어리 3년이라고 했지요. 그것도 사람인가요? 일하는 짐승이지. 아기를 낳은 후에도 몸보신을 제대로 못 하지요. 여름날 진종일 밭에서 일하고 어두워질 무렵 집에 와서 저녁을 짓고 건성으로 한술 뜨고는 밤늦도록 땀을 뻘뻘 흘리며 보리방아 찧던 아주머니들을 저는 어려서 봤습니다. 너댓 살 때 돈지 외가에 가서 외가 뒷집 꼬막네 아주머니가 추운 겨울날 바다에서 오시는 것을 보았는데, 그렇게 기운 누더기 옷이 있을까요? 옛날에 백결 선생이 있었다지만 백 군데도 더 기운 것 같았어요. 아래는 물에 젖고 덜덜 떨면서 오시던 아주머니가 얼마나 측은했는지 모릅니다. 그토록 고생하던 여자들이 끼니나 제대로 먹었던가요? 부뚜막 앞에 서서 바가지나 이 빠진 대접에 눌은밥이나 먹고, 아니면 누룽지가 섞인 보리밥 한술을 국에 말거나 김치 한 가지, 그것도 배추김치가 아닌 무죽 긴 가닥을 밥에 얹어서 게 눈 감추듯 몇 숟갈 넘기고 말았습니다.

그런 시대에 태어나서 살아오신 어머님은 그래도 막내로 부모님의 사랑을 받으셨고, 가난한 집에 시집오셔서 처음에는 고생을 하셨습니다만, 무엇보다도 생각이 트인 남편한테서 사랑을 받고 사람 대접을 받으셨어요. 아버님은 부엌에서 식사를 못 하게 하셨지요. 나중에는 큰 두레상을 사다가 모두 함께 먹었습니다. 아버님은 좋은 점이 많으셨어요. 저희 고장에서 존경을 받으셨고, 어머님께서도 남편으로서 아버님을 흐뭇하게 여기셨어요. 몇 번 어머님이 말씀하시는 것을 제가 들었습니다. "세상에 그만한 남편이 얼마 있어요?"

그리고 어머님이 낳아서 키우신 자식들이 효성스럽고, (저만 효도를 못 하고 있습니다만) 우애가 두터울 뿐만 아니라 성실해서 어디 내놓아도 되고, 어머님을 거쳐서 자식들을 통해서 생명이 이어진 어머님의 손자와 손녀가 13명에, 삐뚤어진 아이가 없고 그 점에서 어머님은 행복하십니다. 저희들도 행복하고요. 어머님이 장수하시고, 허다한 일에 어머님과 저희 형제의 생각이 딱 맞았습니다. 그것은 어머님이 저희에게 몸만을 이어주신 것이 아니라 어머님 마음까지 어렸을 때 넣어주셔서 저희들의 마음 바탕을 이루었기 때문입니다. 그 크신 어머님 은혜 어찌 글로 다 쓸 수 있으오리까.

어머님! 어머님이 낳아서 키워주신 우리 형제들은 세상을 마칠 때까지 우애 있게 지내겠어요. 두 누이와 동생이 지극해서 확실히 어머니께 말씀드릴 수 있습니다. 사람 일이라 만에 하나 의 상할 때가 있을지라도 나이 많은 오빠, 나이 많은 형이 한발 양보하면 되지요. 어머님! 생신을 흐뭇하게 보내세요. 어머니께서 강녕하시옵고 오래오래 계시기를 간절히 축원하오며 줄입니다. 어머님! 엽서에 볼을 비빕니다. 아들은 건강합니다.

1985. 10. 22. 아들 올림.

<h2 align="center">의숙아 보아라</h2>

의숙아, 네가 아파서 병원에 입원까지 했었다고. 얼마나 고생했니? 신장 결석인데 아직 완치되지 않고 약물 치료를 받고 있다는 엄마 말씀을 듣고 걱정을 했다. 그날 밤에도 자다가 깨어서 네 생각을 했다.

의숙아, 이미 아픈 원인을 정확하게 알아냈고, 치료 중에 있으니까 크게 염려 말아라. 약물을 써서 안 되면 수술로 간단히 해결할 수 있는 병이 아니냐. 지금은 의술이 발전해서 힘들이지 않고 고쳐내는 병이다. 안심하고 마음을 굳게 가져라.

병에 걸려서 병과 대결하는 것도 일종의 싸움이다. 먼저 정신적으로 이겨내야 한다. 몸은 정신에, 정신은 몸에 크게 영향을 주는 것이라 정신 자세 여하에 따라서 병의 진도가 달라지는 것이며, 정신 자체의 변화를 가져온다. 그래서 중병을 앓고 난 사람은 겁쟁이가 되거나 특수한 경험을 통해서 보다 굳센 정신적으로 성숙한 인간이 되는 것이다. 앓아 본 사람은 다른 사람의 아픔을 느낄 수 있고, 지난날 병상의 자기를 돌아보면서 좀처럼 하기 어려운 지극한 병간호도 할 수가 있다.

어떠한 경우에도 주어진 조건을 자기 발전에 활용할 줄 알아야 한다. 그런 사람은 어려움을 겁내지 않고 도리어 어려움 속에 뛰어들어서 그것을 해결하며 스스로를 키워가는 것이다. 의숙아, 힘을 내라. 마음을 다부지게 먹고 병을 이겨가거라. 네 병이 하루속히 완치되기를 거듭 간절히 바라면서 이만 줄인다. 의숙아 안녕.

<h2 align="center">일경아 보아라</h2>

일경아, 엄마로부터 너희들의 소식을 들었다. 삼촌 편지를 읽고 너희들은 삼촌한테 종아리를 맞아야겠다고 말을 했다지? 그래 네 종아리를 때렸으면 좋겠

다. 삼촌은 엄마한테 꼭 한 번 꿀밤을 준 일이 있고, 순이이모한테도 한 번 종아리를 때린 일이 있는데 기억에 남아 있어서 추억이 된다. 너한테도 이제 나가서 꿀밤 하나를 줄 것이다. 삼촌 만나거든 조심해라. 오늘은 이만 줄인다. 일경아 안녕.

누이 봐

어머님한테 잘 다녀왔어? 어머님 건강이 어떠시던가? 오빠를 보고 간 누이가 마음 편할 것 같지 않아서 펜을 들었네. 그날은 어머님 생신이라 머리도 감고 내의도 갈아입고, 오전에 어머님 사진을 보는데 어머님이 계신다는 생각만으로 흐뭇하게 보내려고 했지만 어디 그런가? 밥상을 받아 놓고 오빠를 생각하고 계실 어머님. 나타내지 않으실지라도 속으로 울고 계실 어머님이 자꾸만 떠올랐어. 팔순이 되신 어머님. 생명은 한도가 있는 것인데 얼마나 더 계실까 세월은 가고~ 너무 아파서 책을 펼쳤지만, 두 줄이 못 가서 멎곤 했어. 가만히 소리를 내서 읽어봤지만 그것도 허사였어.

그러다가 점심밥을 받았네. 모래알 같은 밥을 두 숟갈째 입에 넣는데 덜커덩 철문을 따면서 면회라고 하지 않아. 뛰는 가슴을 진정시키면서 면회실에 갔지. 아~ 누이. 누이 손을 덥석 잡고는 마주 앉아서 이야기를 하지 않았어. 좀 전에 아팠던 오빠라 누이의 얼굴에서 어머님 모습을 찾아보며 어머님 이야기를 할 때 울컥 눈물이 솟구쳤고, 누이 눈도 눈물이 젖어버렸어. 오빠 손을 꼭 쥐고 누이가 눈물을 글썽거릴 때 오빠 눈에노 눈물이 고여왔어. 선에 없이 오빠 눈에서 눈물을 보았고, 핼쑥한 얼굴, 날씨도 추워지고 신경통은 심하고, 그래서 집에 간 후에도 누이가 걱정할 것 같아 복도에 난로를 피우며 쓰려던 편지를 서둘러서 쓰네.

면회를 마치고 나서 누이가 오빠 팔을 잡고 나란히 계단을 내려올 때 오빠는 형제의 정을 얼마나 따숩게 느꼈는지 몰라. 여기서는 사회와 아주 다르다네. 어떠한 억압에도 굴하지 않는 억센 사나이도 순수한 정에는 그것이 아무리 적은 것일지라도 감동하지.

전에 네루 회상기를 봤는데 인도가 해방되기 전 그러니까 영국 식민지로 있을 때 여러 차례 감옥 생활을 했는데 한 번은 적당한 요구를 들어주지 않아서 단식을 하고 가족 면회도 사절한 채 5개월인가 독방에 있다가 면회를 했대. 그때 어린 조카가 우르르 안겨 와서 마구 볼을 만지고 어깨에 오르려고 해서 그만 울어버렸다고 썼더구먼. 또 한 번은 이감 갈 때 모르는 영국 병사가 그림책 한 권을 주었는데 그것이 어찌나 고맙던지 두고두고 생각을 했고, 그림책을 소중히 간직했다고 썼대. 인종은 달라도 정을 느끼는 점은 같은가 봐. 네루는 매일 딸(얼마 전에 살해된 인도 수상)한테 편지를 보냈는데 그 편지를 나중에 정리해서 책으로 출판했어. 《세계사 편력》이라고 역사를 다룬 것인데 아이들이 볼만한 책이야. 오빠는 《세계사 편력》을 보면서 반세기도 전 옛날에 제한 없이 편지를 쓰고 그것도 지필묵을 방안에 두고 방에서 썼다니~ 한동안 생각에 잠겼어.

누이가 내의 걱정을 했는데 겉옷은 한정이 있잖아. 안에 두둑이 껴입을 내의를 가지고 있네. 돈 들여서 사 보내지 마. 더 있어도 못 입어. 아무리 입어도 추운 곳이 아닌가. 추위를 이겨가야지. 오빠는 다른 것은 몰라도 자타에 틈을 주지 않고, 옥살이만은 다르네. 만일에 누이가 오빠 살아가는 모습을 그대로 전부 볼 수 있다면 세상에 사람이 저렇게 살아가는 것인가 하고 말도 못 할 거야. 그도 그럴 것이, 한 가지 일에 10년을 종사하면 그 계통에 정통한다는 것인데 옥에서 30여 년을 살았으니 오죽하겠어. 추위고 더위고 다 이겨가네. 감옥 생활에 노련한 오빠지. 걱정하지 마. 의숙이가 어서 회복되기를 바라면서 이만 줄이네. 잘 있어. (차입금 2만 원 잘 받았음.)

1985. 11. 5. 오빠 씀.

어머님 보시옵소서

어머님, 생신을 즐겁게 보내셨어요? 작은어머님이 서울에 가셨다고 하던데 지금도 어머님과 함께 계서요? 동서간에 그토록 다정하기란 어려운 것인데 두 분은 평생을 친형제처럼 지내셨어요. 아름다운 일입니다. 자식은 부모를 따르는 것이라 저희도 작은어머니께 깊은 정이 가옵니다.

어머님, 벌써 가을이 저물어가네요. 낙엽이 거의 다 지고 나무 끝 가지에 조금씩 남았어요. 그런데 담 밑에 활짝 핀 국화는 흐드러져서 한참 향기를 뿜고 있네요. 어쩌다가 아침에 이슬 머금은 국화를 보면 잎이고 꽃이고 싱싱한 것이 보기에 더욱 좋습니다. 다른 꽃들이 피었다 지고 열매를 맺을 때에도 꽃은 고사하고 기미도 없이 우죽과 잎만이 무성한데, 여름날 삶아버릴 듯이 내리붓던 불볕을, 잎을 늘어뜨리고 견디다가 꽃망울을 맺고 가을이 다 갈 때 만발하여 향기를 뿜는 국화. 꽃 중에서 맨 뒤에 한해를 장식하는 국화가 사랑스럽네요. 밖에 나가면 국화도 보고, 겨울을 앞둔 아들은 몸 단련하느라고 땀을 흘립니다. 밥맛도 좀 낫습니다. 어머님 안심하세요. 날씨가 추워지는데 어머님 존체 유의하시옵고, 진지를 잘 드세요. 작은어머님께서도 안녕하시고, 가족 모두가 건강하기를 간절히 바라오며 이만 줄입니다. 어머님!

혁성아 보아라

혁성아, 편지를 잘 받았다. 얼마나 반가웠는지 모른다. 몇 년을 기다리던 네 편지냐? 네가 삼촌한테 두 번째로 편지를 썼다고 했는데 삼촌은 처음 받았다. 첫 번째 편지를 못 봐서 서운했다. 삼촌은 네 편지를 읽고 또 읽고 몇 번이나 읽어보았다. 어렸을 때의 너를 떠올리며 개나리가 핀 어느 공원에서 언니와 함께 찍은 네 사진도 꺼내놓고 보았다.

그런데 혁성아, 왜 그렇게 편지를 안 보냈니? 부끄럽더냐? 글도 잘되고 글씨도 잘 썼던데. 삼촌은 네가 학교에 들어갔다는 소식을 듣고부터 누나와 언니에게 편지를 쓸 때마다 거의 너한테도 짤막하게 썼다. 글씨가 삐뚤빼뚤해도 좋고 몇 줄만 써도 된다고. 네 글이 보고 싶으니까 이 편지를 받고는 꼭 회답을 보내라고 수없이 써서 보냈다. 그러나 네 편지가 없었다. 여러 해가 지나도록 말이다. 할머님과 아빠 엄마가 너한테 편지를 쓰라고 했을 텐데 뭔 일일까? 네가 도무지 어른들의 말을 듣지 않고 제멋대로 구는 삐뚤어진 아이란 말인가. 어려서 착했던 넌데. 이모가 오셔서도 네가 말을 잘 듣고 아주 영리하다고 했고, 의정이 누나도 와서 너는 태권도 도장에 다니는데 재주가 있고 그림도 잘 그린다고 했다. 또 선주누나 편지에 언니보다 말을 잘 들어서 네가 더 좋다고 했다. 그런 것으로 보면 분명히 못된 아이가 아닌데, 어째서 편지를 안 보내는 것이냐. 네가 글을 써놓고 보면, 말도 뜻대로 안 되고 글씨까지 삐뚤어서, 이런 것을 삼촌이 보면 어떻게 생각하실지 그 점이 부끄러워 여러 차례 편지를 썼다가 찢어버리고 어른들의 편지 쓰라는 말씀을 안 듣는 것인지 모르겠다고 생각을 했다. 부끄러움을 많이 타는 아이들은 창피한 짓은 안 하려고 하거든.

삼촌도 어려서 부끄러움이 많았다. 너만한 때다. 한번은 외할아버님(삼촌 아버님)께 말씀드릴 일이 있어서 윗방에 갔는데 수줍던 삼촌은 내용이 무엇인지 잊었다만 말을 못 하고 서 있었다. 신문을 보시던 할아버님이 한참 계시다가 "머리만 긁지 말고 할 말이 있으면 어서 하라"고 하셔서야 겨우 말씀을 드렸는데 그때 볼이 화끈거렸던 기억이 난다.

또 1학년 때다. 음악 시간에 여자 반에 가서 노래를 배우게 되었다. (남자반과 여자반이 따로 있었다.) 여선생님은 여자애들이 앉아 있는 의자에 우리들이 같이 앉도록 말씀하셨다. 아이들은 우르르 가서 여자 옆에 앉는데 삼촌은 부끄러워서 몇몇 친구들하고 뒤에 서 있었다. 그때 반장으로 있었던 최정희가(친구 조카) 뒤로 와서는 삼촌 손을 잡고 자기 자리로 가자고 하지 않겠니? 싫다고 해도 마구 끄는 거야. 얼마나 부끄럽던지 얼굴이 달아오르던 기억이 난다.

한번은 석왕산을 넘어서 집에 올 때다. 활달한 정희는 한쪽에는 자기 삼촌을, 또 한쪽에는 나를 끼지 않겠니? 어깨동무를 한 것이다. 그때도 쑥스러워서 삼촌은 몇 발짝 건너다가 가만히 정희 손을 내려놓았다.

삼촌이 처음으로 편지를 쓴 것은 고창중학교에 입학해서 객지 생활을 했을 때다. 할아버님께 매달 편지를 올렸는데 편지 쓸 때마다 봉투를 서너 장씩 버렸고, 편지지는 여러 장을 구겨버렸다. 글자 한 자만 틀리거나 삐뚤어져서 보기 싫어도 없애버리곤 했다. 그런 글을 할아버님께 올리는 것이 부끄러웠기 때문이다. 아마 너도 삼촌 어려서처럼 부끄러움을 많이 타서 삼촌한테 편지를 못 보내는 것이 아닌가 하고 생각을 했다.

혁성아, 삼촌이 네 글을 보고 흉보기는커녕 온통 칭찬하고 싶은 마음뿐이었다. 공부도 잘했더구나. 이번에 이모가 오셔서 선주누나는 공부를 잘하는데 저희 반에서 1등을 했다고 칭찬하시더라. 언니는 반장을 하고 너희들 삼남매가 모두 공부를 잘해서 삼촌은 흐뭇하게 여기고 있다.

그리고 혁성아, 아이들이 너무 뻔뻔스러운 것도 안 되지만 부끄러움을 많이 타는 것도 못난 짓이다. 선생님이나 어른들하고 자주 이야기를 하고 글도 네가 생각한 것을 그대로 조리 있게 쓰면 된다. 어렵거나 부끄럽게 여기지 말아라. 책은 어느 것이나 사람이 쓴 글을 인쇄한 것이 아니냐? 너희들이 커서 책을 펴내기 위해서는 어려서부터 글공부를 해야 한다. 편지는 정과 생각을 깊게 하고, 공부도 되고, 너희들에게 여러모로 이롭다. 자주 편지를 보내라.

네가 4학년이라고 했지. 3학년까지는 놀아도 되지만 4학년부터는 공부를 부지런히 해야 한다. 높은 산도 밑에서부터 올라가지 않니? 세상에 우뚝 솟은 학자나 훌륭한 사람들은 모두 너만한 때부터 차근차근 한눈팔지 않고 꾸준히 힘써서 올라간 분들이다. 혁성아, 열심히 공부해라. 아빠 엄마 말씀 잘 듣고, 형제간에 다정하고 친구들과도 의리있게 지내라. 하고 싶은 말이 많다만 이만 줄인다. 누나와 언니한테도 정을 보낸다. 혁성아, 안녕.

(돈 2만 원 받았다.)

1985. 11. 8. 삼촌 씀.

어머님 보시지요

어머님, 동생한테서 어머님이 기력 좋으시다는 소식을 듣고 무척 기뻤습니다. 저도 건강합니다. 요즘 복용하고 있는 약이 약효를 나타내고 있네요. 거의 종일 책을 봐도 피로하지 않고 눈도 덜 아픕니다. 얼굴도 좀 나아졌어요. 찬 날씨에 어깨와 다리 신경통이 심했는데 잘 이겨냅니다. 운동 시간에 밖에 나가면 언 땅에서 공을 힘껏 찹니다. 어머니, 안심하시지요. 날씨가 추워졌네요. 감기에 조심하세요. 어머님, 어머님이 불러보고 싶어서 몇 자 적었습니다. 아무쪼록 추위에 존체 강녕하시옵소서. 어머님!

아들 올림.

선주야 보아라

선주야, 네가 1등을 했다는 소식을 이모한테서 들었다. 반가웠다. 공부를 열심히 하는 네 본을 받아서 두 동생도 공부를 잘하나 보다. 동생들은 여러 면에서 알게 모르게 네 영향을 받는다.

지혜가 있고 생각이 깊은 부모들은 그래서 큰딸이나 큰아들 가정 교육에 더욱 관심과 정성을 쏟는 법이다.

선주야, 한 달이 못 가서 네가 열여섯 살이 되지. 좀 있으면 여중학교 3학년생이 되고. 네가 벌써 청년기로 발돋움을 하는구나. 아직은 어린 티가 다 가시지 않았을 테지만 생각하는 것이나 행동에 어른스러운 데가 많을 테지. 할머님 생신 때 시골에서 올라오셨던 작은할머님이 계시지 않니? 그 할머님은 열다섯 살 때 시집을 오셨단다. 어렸어도 예의범절이나 바느질, 부엌일에 깔끔하고 허술한 데가 없어서 집안 어른들의 칭찬과 사랑을 받으셨다고 할머님으로부터 전해 들었다. 만일에 네가 지금 시집간다면 너는 어떨까?

삼촌은 작은할머님 새색시 때 기억이 난다. 다섯 살 때다. 떼쓰는 삼촌을 업고 뒤뜰 고욤나무 옆으로 가서 달래주시던 일, 누룽지를 쥐여주셨다. 한동안 줄포에서 살았는데 어느 날 할머님은 삼촌을 데리고 고향에 가셨다. 집이 저만큼 보이자 삼촌은 달려가면서 할머니! 하고 불렀단다. 맨 먼저 뛰어나오신 작은할머님은 삼촌을 번쩍 들어서 볼을 비비고는 업으셨다. 그때 일들이 생생하구나. 이날까지 작은할머님에 대해서 어느 것 하나 언짢게 느껴본 적이 없다. 친척은 물론 삼촌 고향에 가면 어느 누구한테도 작은할머님은 존경을 받으셨다.

그런 작은할머님이 새색시 때 큰일 날 뻔하셨단다. 증조할아버님이(삼촌 할아버님) 한번은 변소에 들어가시려고 기침을 하면서 다가가시자, 안에서 인기척이 있고 담배 연기가 나오더란다. 마루에 앉아서 누군가 하고 보았더니 변소에서 나오는 사람이 글쎄 새며느리였대. 놀랍고도 기가 막힌 증조할아버님! 지금도 아닌 그때 세상에 새며느리가 담배 피우는 것을 목격했으니 시아버지 마음이 오죽했을까. 당장 불호령이 떨어져서 보퉁이를 들고 쫓겨 나갈 며느리는 사색이 들었다. 큰일이 난 것이다. 담배 피우게 된 경위를 증조할아버님과 할머님께, 그대로 작은할머님이 말씀드렸는데 내용은 아래와 같다.

작은할머님이 어렸을 때 할머님이 계셨는데 할머님은 손녀를 무척 사랑하셨고, 손녀도 또한 할머님을 잘 따랐단다. 손녀는 예닐곱 살 때부터 불편하신 할머니 담배 심부름을 해드렸고, 하루에 몇 번씩 담배통에 담배를 담아서 화로나 부엌 불에 담뱃불을 붙이느라고 물뿌리를 빨았단다. 달이 가고 해를 거듭할수록 손녀는 담배 맛을 알게 되었고, 급기야 인이 배겨서 담배를 피웠대. 시집오기 전에 담배를 끊으려고 애를 썼지만 못 끊고 담배 두어 봉을 꾸려 가지고 와서 못 견디게 담배가 피우고 싶을 때 변소에 가서 한 대씩 태웠단다. 그 말을 전해 들은 증조할아버님은 그럴 수도 있는 일이라고 문제 삼지 않으셨단다. 그때 우리 집안에 이 무슨 일이냐고 성질이 불같은 증조할아버님이 묻고 말고 할 것도 없이 "보기도 싫다. 어서 나가거라. 당장에 나가!" 추상같은 호령에 며느리가 쫓겨났다면 어쨌을 것이냐. 평소에 부족함이 없이 얌전했고, 그래서 더욱 귀여웠던 며느리라 증조할아버님은 며느리 허물을 용서하셨다.

선주야, 이 일화에서 네 나름대로 교훈을 찾아라. 삼촌은 너에게 편지를 보낼 때마다 마음이 고운 소녀가 되라고 일렀다. 공부도 중요하지만 마음이 더욱 중요하다. 하루에도 몇 번씩 거울에 네 얼굴을 비춰보듯이, 하루에 한 번만이라도 네 양심에 있는 그대로의 너를 비춰보면서 잘못을 고치고 마음을 곱게 가꾸어 가거라. 선주야, 이만 줄인다. 안녕.

혁신아 보아라

혁신아, 네가 이제 제법 반장 역할을 할 테지. 어려서 여러 사람을 통솔하는 경험은 중요하다.

사람을 따로따로 떼어놓고 보면 우열이 적은 것이며, 사람은 각기 개성과 그 나름의 인격을 지니고 있다. 반 어린이들의 인격을 존중하고, 결코 너만이 잘난 체 우쭐대지 말아라. 여러 사람의 의견에 귀를 기울이고 항상 옳은 의견을 받아들여라. 통솔자는 의견을 하나로 모으는 능력과 지혜, 용기, 일을 밀고 나가는 정열, 끈기 있는 의지가 다 요구되지만, 무엇보다도 성실하고 헌신적이며 그릇이 커야 한다. 그리고 혁신아, 여러 사람 앞에서 말을 함부로 해서는 안 된다. 할 말이 있을 때는 그 골자를 머릿속에 정리한 다음에 명확하고 조리 있게 표현해라. 발언 능력을 높이기 위해서 관심을 갖고 꾸준히 힘써라.

졸업이 얼마 남지 않았구나. 국민학교 시절의 마지막을 아름답게 장식해라. 삼촌도 네가 보고 싶다. 너와 네 동생 편지를 보면 삼촌을 한 번만이라도 보고 싶다고 했지. 겨울방학을 하거든 오너라. 전주 일경이 누나가 온다고 했다. 전화를 해서 같이 오도록 해라. 너를 만난다는 생각만 해도 흥분이 된다. 9년 만이 아니냐. 만나서 이야기하자. 그럼 혁신아. 안녕.

혁성아 보아라

혁성아, 학기말 시험을 앞두고 밤늦도록 공부에 힘쓰고 있을 너희들의 모습을 그려본다. 너는 초저녁잠이 많다고 했지? 네가 외가를 닮았나 보다. 외할머님이 그렇고, 삼촌도 초저녁잠이 많다. 일찍 자고 늦게 일어나는 것은 나쁘지만 일찍 자고 일찍 일어나는 것은 건강에 좋고, 공부하기에도 좋다. 삼촌은 중학교 시절에 시험을 앞두고 친구들과 공부할 때는 초저녁에 졸음이 쏟아져서 친구들에게 잘 때 깨워달라고 부탁하고는 먼저 잤다. 친구들은 한 시쯤 깨웠고, 그때부터 삼촌은 혼자 공부하곤 했다. 혁성아, 초저녁에 잠이 오는데 억지로 공부하려고 해도 잘 안된다. 일찍 푹 자고 새벽에 엄마한테 깨워달라고 해라. 엄마가 깨워주시면 싫어도 군말 말고 벌떡 일어나서 문밖에 나가거라. 금세 잠이 달아나고 머리가 맑아진다. 나중에는 습관이 되어서 그 시간이 되면 자연히 잠이 깬다. 초저녁보다는 새벽에 공부하는 것이 좋다. 누나와 형한테 뒤지지 않도록 공부에 힘써라.

삼촌한테 편지 자주 하겠다고 약속했지? 어디 두고 보자. 방학을 하고도 너희들은 각기 자신 있는 과목과 소질, 그리고 취미가 무엇인지 자세히 알려줘라. 올해도 얼마 남지 않았구나. 연말에 지난날을 돌아보면서 잘한 일, 못한 일을 가려보고 결의를 새롭게 해 희망찬 새해를 맞이하는 것이 좋다. 그럼 혁성아 안녕.

홍규야 보아라

철창이 꽁꽁 얼어붙었구나. 날씨도 차서 걱정할 것 같아 몇 마디 쓴다. 너와 만났을 때는 기온이 갑자기 떨어져서 타격을 받은 것 같다. 기후가 변하면 인체 내에서 자율신경과 호르몬 분비로 외부 변화에 적절히 대처하는 것인데 그 기능이 제대로 작용하지 못하는 것 같다. 갑자기 춥거나 더울 때는 소화기 계통이 이상이 있고 쑤시고 몸살을 한다. 한여름이나 아주 추운 때가 도리어 낫다. 춥다만 통증은 많이 가셨다. 구미도 좀 낫다. 염려 말아라.

그리고 언제 한번 질부를 불러서 이야기하고 성산이 교육 문제를 다룬, 제수씨에게 보낸 형 편지를 보여주어라. 아기 키우는 데도 도움이 될 것이다. 눈이 오거나 추운 날 물품을 운반할 때 한층 조심해라.

1985. 12. 11. 형 씀.

의숙아 보아라

의숙아, 그동안 별일 없겠지? 일경이 편지를 받고도 삼촌은 걱정이 좀 남아있었다. 네 글은 없고, 네 건강에 대해서 한마디도 쓰여있지 않아서 말이다. 거듭 읽어보아도 근심할 만한 내용이나 우울한 감정은 찾아볼 수 없어서 크게 마음이 쓰이지 않았다만, 삼촌이 네 건강을 걱정하고 편지를 보냈으니까, 병이 완치되었는지 단 몇 마디라도 썼어야 했을 텐데~. 삼촌 편지를 받은 지가 한 달이 지나서 일경이는 그 내용을 까맣게 잊고, 또 삼촌이 지금도 걱정하고 있으리라고는 미처 생각지 못했던 모양이다. 일전에 홍규삼촌이 면회 왔을 때 네 소식부터 물었다. 네가 건강하다는 말을 듣고 나서야 마음이 놓였다.

요즘은 학년말 시험을 보느라고 밤이 깊도록 공부하고 있을 너와 일경이 모습이 떠오른다. 대학 입시도 1년 앞으로 다가왔고 부담을 느끼겠다. 언젠가도 말했다만 최선을 다해라. 매사가 뜻대로 다 되는 것은 아니다. 인간은 역사와 사회 및 자연의 제약을 받고 있다. 자기 자신까지도 자기 요구대로 되는 법이 아니다. 사람은 제약에 작용과 반작용을 하는 것이다. 다시 말해서, 환경에 순응하면서 동시에 환경을 인간 생활에 유리하게 개선하는 것이다. 거기에 발전이 있지 않느냐. 인간은 누구나가 그가 놓여있는 곳에서 최선을 다해야 한다. 바른 생각을 실현하기 위해서 적당한 수단과 방법으로 꾸준히 노력해야 한다.

설령 그것이 지내놓고 보았을 때 잘못이었다 할지라도 당시의 자기 생각이 최상의 것이며, 실패했을지라도 최대의 노력을 기울였다면 후회도 없다. 실패는 그것만으로 단순하게 보면 실패임이 틀림없다만, 인생의 전 과정을 놓고 보면 발전과 연결되기 때문에 실패는 결코 실패로 멎지 않는 것이며, 역설적인 주장 같다만 실패는 한 계기를 마련해 주고 힘이 되는 것이다. 인생의 삶은 성공의 연속이지만 한편 실패의 연속이기도 하다. 실패 없는 성공은 거의 없다. 몇 번의 실패에 의해서 하나의 성공이 이룩되는 것이다. 실패했을 때 그 결과를 놓고 실패의 내적, 외적 요인과 방법상의 결함을 객관적으로 철저히 분석, 검토함으로써 많은 것을 새롭게 인식하게 되고, 다음 일의 교훈과 거울로 삼기 때문에 실패 자체가 성공의 바탕이 되는 것이다. 그 이전의 전 과정이 실패까지도 성공에 기여하는 것이다. 실패했을지라도 좌절하지 않고 어려움을 뚫고 줄기차게 진진하는 데 인간으로서의 가치와 아름다움이 있다.

네 대학 입학을 바라는 삼촌이 실패에 대해서 너무 길게 썼다. 너에게는 최선을 다하라고 강조하고, 실패에 대해서는 대학을 나왔으나 알맞은 일자리를 얻지 못하고 집에 있는 언니에게 주로 썼다. 그러나 너희들도 그 문제에 대해서 생각해 보아라.

올해도 보름 남았구나. 하루이틀쯤 조용히 지난날을 회상하고 새해 계획을 세우면서 한 해 갈무리를 잘해라. 희망찬 새해를 뜻있게 즐겁게 맞이해라. 새해에는 우리 민족, 너, 언니 모두가 영광스러운 해, 역사의 획기적인 한 장을 기록하는 해가 되기를 간절히 축원하면서 이만 줄인다. 의숙아! 안녕.

<h3 style="text-align:center">일경아 보아라</h3>

일경아, 네 편지를 잘 받았다. 날씨가 추워졌구나. 아침마다 일어나서 갖가지 꽃무늬를 본다.

유리창에 가득한 무늬는 거의 다 잘 어울리는 한 폭의 그림이다. 아침 햇살이 비스듬히 비칠 때는 붉게 물들어서 더욱 곱다. 자세히 보면 같은 유리의 무늬 모양이 날마다 다르다. 왜 그럴까? 추위와 습도와 바람이 그때그때 다르기 때문이다. 셋 중에서 어느 것 하나라도 지나치게 많거나 적으면 그림은 엉망이 되거나 아예 그려지지 않는다. 인생과 예술에 있어서는 그와 닮은 점이 있지 않을까?

일경아, 삼촌은 네 편지를 보면서 몇 번이나 웃었다. 네가 그렇게 무게가 나가니? 큰언니보다 더 나가? 네 말마따나 거꾸로 되나보다. 시집도 네가 먼저 가겠다고 나서면 어떨까? 하하……. 일경아, 맛있게 먹고 소화를 잘 시키면 좋다. 한참 크는데 잘 먹고 자꾸 커야지. 그런데 키에 비해서 살이 너무 찌면 심장과 순환기 계통에 장애가 와서 나쁘다. 살이 많이 찌는 것은 섭취하는 칼로리보다 배출하는 칼로리가 너무 적기 때문이다. 되도록 지방분을 적게 취하고 채소류를 많이 먹어라. 그리고 겨울방학 동안 아침마다 줄넘기를 한 시간쯤 해보아라. 몸이 균형이 잡히고 탄탄하게 단련이 되어서 건강에 좋다.

지금 너는 시험 보느라고 시간 가는 것이 아쉬울 테지. 삼촌은 너만한 때 평소에는 집에 와서 고작 노트 정리 정도로 학과 공부를 하고 다른 책을 보았다만, 시험 볼 때만은 부리나케 밤에도 네시간 정도 자고는 공부했다. 그와 같은 방법은 점수를 얻을지라도 머리에 남는 것이 적다. 역사나 지리, 생물학 등은 선생님 설명을 귀담아듣고 요점을 노트에 적어두는 것으로 되지만, 물리, 화학, 특히 수학은 기본 공식을 완전히 이해하고 머릿속에 담아야 하며 자유로이 응용할 수 있어야 한다. 문제를 많이 풀어보아라. 외국어는 배우는 대로 문법상의 구조와 새로운 단어를 암기하는 것은 물론, 3학년부터는 교과서의 문장 자체를 줄줄 외도록 노력해라. 그래야 외국어의 틀이 잡힌다. 국어도 교과서에 나와 있는 글은 비교적 문장이 잘된 글이라 여러 번 읽는 것이 좋다. 이해력도 높아지고 글 쓰는 법도 터득할 수 있다. 좋은 글을 많이 읽는 그것이 중요하지만 읽는 것만으로는 부족하다. 스스로 자주 글을 써 봐야 자기만의 좋은 글이 나온다.

겨울방학을 하면 네가 엄마를 졸라서 삼촌한테 오겠다고 했지? 네 영향력이 얼마나 큰지 어디 보자. 가능하거든 오너라. 너희들이 보고 싶다. 혁신이가 "다 삼촌을 보았는데, 저만 못 봤다. 한 번만이라도 삼촌을 보고 싶다"고 해서 오라고 했다. 전화 연락을 해서 혁신이와 함께 오너라.

삼촌은 그런대로 건강하다. 책을 보고 운동 시간에 밖에 나가면 힘차게 운동을 한다. 걱정하지 말아라. 새해에는 이 땅에, 지구상에 평화를 실현하기 위한 우리 민족과 인류의 노력에 빛나는 성과가 있기를 기원한다. 너희 집에도 새해에 아빠 엄마께서 안녕하시고, 큰언니는 당당한 청년을 남편으로 맞고, 언니는 원하는 대학에 들어갈 수 있기를 바란다. 좋은 점수에 오빠와 너도 기쁜 일이 있고 건강하기를 거듭 바라면서 이만 줄인다. 일경아! 안녕.

1985. 12. 16. 삼촌 씀.

삼촌께 올립니다

저물어가는 올 한 해를 바라보며 채 여물지도 못한 가슴에 다시 상처를 냅니다. 참으로 미진했고 어리석었던 생활 앞에 고개를 떨굴 수밖에 없습니다.

삼촌, 을축년의 숱한 요동 속에서 그 파도를 타고 넘실대며 고통과 희열을 함께 맛보았습니다. 그러나 그 맛을 제대로 감지하기란 여간 힘든 게 아니더군요. 모든 정신 상태가 뒤범벅이 되어 혼돈을 초래하고 자기모순 속에 빠져 허우적대고 있을 뿐입니다.

그러나 그 가운데서도 실낱같은 불빛을 잡을 수 있었습니다. 그것은 지나온 세월에 대한 집약이라고도 할 수 있겠습니다. 올 한 해의 부족함과 나태함을 밑거름으로 해서 새해에는 보다 나은 생활 태도를 가져야겠습니다.

삼촌, 새해에는 묵은해의 잔재들을 아름다운 모습들로 승화시키고, 그리고 기쁨으로 충만된 한없는 사랑이 처처에 뿌리를 내렸으면 좋겠군요. 삼촌, 새해에도 역시 힘 있는 모습이시길 바랍니다. (의숙의 건강 상태는 아주 좋습니다.)

1985. 12. 26. 조카 의정 드림.

삼촌!

제가 얼마 만에 이렇게 삼촌을 불러보는지 모르겠군요. 정말 그동안 제가 무엇을 했는지 모르겠어요. 죄송해요, 삼촌. 제 건강에 대해 소식 전하지 못하여 지금도 아픈 것은 아닌지 하시며 제 걱정하시는 삼촌 모습을 떠올려보니 제가 너무 무심했다고 느껴집니다. 지금까지 이렇게 무심했던 제 마음을 이 편지로써 삼촌께 용서받고 싶은데 용서받을 수 있을지 궁금하네요. 하지만 삼촌께서는 저를 사랑하시니까 분명 용서해 주실 거예요. 그렇죠? 이 의숙이를 예쁘게 봐주세요.

삼촌, 저는 제 병에 대해 아무 걱정도 없이 아주 편한 마음을 가지고 아주 건강하게 생활하고 있으니, 제 걱정은 마시고 요즘 유행하고 있는 소련 B형 독감에 걸리지 마시고 삼촌 건강에 유의하세요. 삼촌은 저의 좋은 친구이시니까 언제까지나 제 곁에서 저를 봐주셔야 하니까요.

삼촌, 요사이 계속해서 눈이 내려 지금 밖은 온통 하얗게 되었어요. 겨울이 추워서 싫지만 눈이 내린다는 것 때문에 좋아요.

오늘은 보충수업이 끝나고 학교에 남아서 자율학습을 하기 위해 밖에 나가서 점심을 먹고 들어오는데 꼬마들이 눈을 던지지 않겠어요. 그래서 저와 친구는 그 꼬마들과 눈싸움을 하기로 하고 눈을 뭉쳐 던지기 시작했어요. 정말 신났어요. 하얀 눈을 뭉치면서 뒹굴고 싶은 생각도 들었어요. 그렇게 계속해서 눈을 던지고 또 맞기도 하면서 도망가다 보니 교무실 앞까지 가게 되어 결국은 선생님께 꾸중을 듣긴 했지만 오래간만에 어린아이들과 눈 장난을 하여 즐거운 날이었어요. 어린애 같죠? 삼촌께서는 어렸을 때 빙판에서 썰매도 타고 팽이 놀이도 하셨겠죠? 어릴 때의 좋은 추억이 있으면 다음 편지에 알려주세요. 참 궁금해요.

삼촌, 해가 바뀌어 새해가 바뀌었는데도 저는 아직 실감이 안 나요. 고3이 되는 저에게 1986년은 고통의 해가 되어서인지 한해가 바뀐다는 게 싫어요. 1월 6일부터 보충수업을 하고 있어 공부는 조금 하고 있지만 고3이 되는 입장에서의 공부는 아직 제대로 못 하고 있어요. 그렇지만 좋은 대학에 들어가야겠다는 마음은 있어 앞으로 열심히 할 생각이에요.

특히 오늘같이 대학 원서 마감일에는 더욱더 마음이 급해지고 학력고사라는 시험이 바로 눈앞에 있는 것 같아요. 벌써부터 이렇게 되면 정말 고3이 되면 큰일 나겠죠? 삼촌, 훌륭한 사회인이 되기 위해 열심히 노력하겠습니다. 그럼, 이만 줄이겠습니다. 다음 편지 때까지 안녕!

1986. 1. 9. 조카 의숙 올림.

어머님 보시옵소서

어머님, 한겨울에 어머님께서 근력 좋으시다는 소식 무엇보다 반가웠어요. 아들도 건강합니다. 자고 나서 뛰고 밖에 나가서도 열심히 운동을 합니다. 아들은 어려울수록 더욱 꿋꿋하게 살아갑니다. 안심하세요.

어머님, 눈이 오거나 얼어서 길이 미끄러운 때는 밖에 나가지 마세요. 조심한다고 해도 젊어서와는 달리 다리가 약간씩 떨려서 곧잘 넘어집니다. 늙으면 뼈가 굳어져서 조금만 부딪쳐도 부러지거나 금이 갑니다. 눈을 쓸거나 눈이 녹아서 바닥이 드러난 곳은 딛고 다녀도 되지만 눈 위는 아예 딛지 마세요. 그리고 아이들이 밀감을 먹고 나면 껍질을 버리지 말고 실에 꿰어서 걸어두세요. 밀감 껍질과 생강을 넣고 끓여서 그 물을 숭늉 대신으로 마시세요. 향기가 있고 감기 예방에 좋습니다. 농약을 많이 쓰기 때문에 귤껍질을 쓸 때는 여러 번 씻어야 합니다. 한 번에 많이 장만해서 유리병에 넣어두고 자시고 싶으실 때 한 잔씩 끓여서 설탕도 타고 차처럼 드시면 더욱 좋습니다.

어머님, 마음은 항상 젊습니다만 몸은 그렇지 않습니다. 추위에 조심하시옵소서. 자애로우신 어머님을 그려보면서 이만 줄입니다. 어머니!

아들 올림.

혁신아 보아라

혁신아, 먼저 새해를 축하한다.

너희들이 보내준 편지를 잘 받았다. 반가웠다. 저녁을 먹고 설거지를 하고는 책을 막 들다가 너희들의 편지를 받았다. 단숨에 네 글을 읽고 혁성이 글을 읽고 다정하게 찍은 너희들의 사진을 보고 또 읽고 또 보았다. 한가롭게 내리는 눈이 외등에 비치고 방안은 썰렁한데 너희들의 정에 삼촌은 훈훈했다.

할머니 안부, 성산이 이야기, 집안일들을 자세히 알려주어서 어쩐 일일까 소식이 없어 걱정하던 차에 마음이 놓였다. 네 글이 잘되고 재미가 있어서 읽다가 웃곤 했다. '성산이가 부딪히거나 넘어져도 울지 않고 꼭 어렸을 때의 너를 닮았다'고 쓴 대목에서 '녀석아, 네가 성산이 만한 때의 너를 알아? 삼촌이나 알지.' 마치도 네가 옆에 있는 듯 핀잔을 주고 웃었다.

좀체로 울지 않던 어려서의 네가 떠올랐다. 암사동에서 살 때다. 울지 않는 너를 울려보려고 한번은 삼촌이 네 볼기를 때렸단다. 서너 번을 때려도 너는 끄떡없고 더 때려도 그만. 그래서 두어 번 세게 때렸다. 네 볼기에 벌겋게 삼촌 손자국이 나버렸고 그래도 눈물이 삐죽 나올 뿐 너는 울음을 삼키고 있었다. 삼촌은 덥석 너를 안았다. "우리 혁신이 대장감이다." 할머님과 아빠와 엄마, 작은외삼촌, 너도 웃고 모두 웃었구나.

혁성아 보아라

혁성아, 너도 형 못지않게 글을 잘 썼더라. 문장가가 될 수 있다. 네 글 속에 싹이 보인다.

요사이 계속되는 강추위에 강이 두껍게 얼었지야. 눈 쌓인 산도 좋을 것이고. 그런데 너희들은 텔레비전이나 보고 방 안에 있는지 모르겠다. 삼촌은 너만한 때, 그때는 우리나라가 일제의 식민지 지배하에 있었고 전쟁이 치열했다. 일제는 제 놈들이 일으킨 침략전쟁에서 몰리게 되자 발악적으로 우리 것을 수탈해 갔다. 청장년들을 잡아다가 전쟁터에 총알받이로 내보냈다. 어린아이들까지도 전쟁을 도와야 한다고 볶아댔다. 겨울방학에는 한 사람 앞에 새끼 3,400발, 소리(일본 짚신) 5, 60켤레를 삼아오도록 학년별로 과제를 주었고, 아이들은 날이면 날마다 집일 하느라고 손이 부르텄다.

그래도 방죽이 두껍게 얼거나 눈 오는 날에는 방안에 못 있고 뛰쳐나갔다. 스케이트는 엄두도 못 내는 것이라 그 대용으로 나무토막 밑에 굵은 철삿줄을 대고 앞뒤로 구부려서 고정시킨 것, 토막 양옆에 못을, 못대가리에서 2, 3센티 남게 여러 개를 박은 자기들의 공작품을 가지고 얼음을 탔다. 얼음판에 나가면 왼발을 토막 위에 올려놓고 발과 토막이 각돌지 않도록 양쪽 못에 끈으로 얽어서 단단히 비틀어 맸다. 왼발 밑에 철사를 얼음 위에 대고 오른발로 밀고 다니는 것인데 힘껏 속력을 내다가 왼발에 중심을 잡고 오른발을 살며시 들면 쏜살같이 나간다. 철사 한 줄에 몸을 싣고 미끄러지는 재미에 아이들은 정신이 팔렸고 날이 저물어서야 집으로 돌아갔다.

요즘처럼 눈이 많이 오고 여러 날 눈이 녹지 않고 쌓여 있을 때는 꿩잡이를 했는데 그것 또한 여간 재미있는 것이 아니었다. 마을 아이들은 조를 짜서 작대기들을 들고 당복산 뒷동산을 뒤쪽에서부터 더투었고, 한 패는 앞산을, 또 서너 명은 들 건너 솔밭을 더투었다. 땅에 눈이 덮여있어서 여러 날을 못 먹고 굶주린 꿩들은 다박솔 밑에 몸을 감추었고, 아이들은 눈을 소복이 이고 있는 잔솔을 남김없이 작대기로 한 대씩 멕이면서 나아갔다. 죽은 듯이 행여나 하고 요행을 바라다가 작대기에 설맞고 나는 놈, 아이들이 바짝 가서야 푸르르 솟아오르는 놈, 아이들의 소리만 듣고도 날아가는 놈이 있는데, 꿩이 날면 "꿩 떴다!" 아이들은 목청껏 소리를 질렀다. 높은 곳에서 망보던 아이는 꿩이 내려앉는 곳을 알려주거나 쫓아갔고, 그곳에서 꿩은 또 날았다. 이쪽저쪽으로 두세 번 날다가 그만 지쳐버린 꿩은 아무 데나 눈 속에 대가리를 처박았고 숨차게 달려간 아이들은 몸으로 덮쳤다. 꿩 모가지를 잡고 일어날 때의 기쁨. "꿩 잡았다. 꿩 잡았다!" 함성을 지르던 아이들의 기쁨은 비길 데가 없다. 눈 위에 꿩 꼬리를 끌면서 작대기를 들고 마을로 들어가던 우리는 개선장군처럼 당당했다.

연도 만들어서 날렸다. 마른 대나무를 쪼개서 왼발 뒤꿈치에 헝겊을 감고 그 위에 놓고는 잘 드는 칼로 곧게 다듬었고, 헝겊에 싼 밥풀을 손안에 쥐고 연살에 풀칠을 해서 종이에 정성 들여서 붙여갔다. 연을 하늘 높이 날리는 것도 즐겁지만 연 만드는 재미도 크다. 연이 완성되면 좋아서 흥분한 아이들은 풀도 마르기 전에 방안에서 연줄을 잡고 추슬러 본다.

팽이도 아이들은 제가끔 깎아서 쳤다. 얼음판이나 마른 땅에서 도는 팽이는 크고 작고, 길고 짧고, 색도 가지가지였다. 팽이는 마른나무로 깎지만 생나무로도 깎았다. 톱과 낫을 가지고 산으로 가서 적당한 크기의 나무를 골라서 땅에서 30센티 정도 위를 톱으로 자르고 낫자루와 끝을 양손으로 잡고 치켜서 돌아가며 깎았다. 작업하기가 쉬워서 팽이 밑부분이 곧 만들어졌고, 낫 댄 데로부터 3, 4센티 밑을 톱으로 반듯이 잘랐다. 나무껍질을 벗기고 그러면 벌써 팽이 윤곽이 잡혔고, 집에 가서 칼이나 유리 조각으로 다듬어서 팽이를 완성했다. 작은 쇠구슬이 있으면 뾰쪽한 끝을 후벼서 망치로 박고 크레용으로 둥그렇게 칠해놓으면 잘 돌고, 돌 때 보기에 좋다. 칼이나 낫을 쓰다가 더러 손을 베는데 아이들은 피 좀 나오는 것을 대단하게 여기지 않았다. 벤 곳을 헝겊 쪼가리로 감고 작업을 계속했다. 지금 아이들은 무엇하나 자기 손으로 만드는 경우란 거의 없고 만들어 놓은 것을 사서 노는 게 아쉽다. 그렇다고 삼촌 어려서가 지금보다 낫다는 것은 아니다. 대자연과 자주 접하고 아이들 스스로 만드는 재미를 보도록 하는 게 좋을 것으로 여겨지는 것이다.

어린 시절에 추운 날 산에도 오르고 눈 중에 뛰어다니고 얼음도 타고 사내답게 커야 할 텐데 마음껏 뛰놀 공간도 없이 걸어 다니는 곳은 높은 세면 벽 사이, 텔레비전이나 보고 그래서 간도 마음도 작아지지 않을까? 우람한 산을 보고 끝없는 바다, 하늘과 맞닿은 수평선을 자주 내하는 트인 아이들과는 달리 하찮은 것, 푼돈에 안달하는 좀스런 아이들이 되지 않을까 걱정이 된다.

공부를 해야하지만 방학 때만이라도 낮아도 좋으니까 자주 산에 가서 먼 곳을 보아라. 남산에 올라가서 서울을 한눈에 내려다보는 것도 좋고 한강도 좋다. 언 강 복판에 서서 탁 트인 강줄기를 보아라. 너희들이 몸도 마음도 튼튼하게 성장하기를 거듭 바라면서 이만 줄인다. 혁신아, 혁성아 안녕.

편지는 써서 바로 부치지 말고, 하루나 이틀쯤 두고 여러 번 읽어보아라. 너희들이 하고 싶은 내용이나 정이 제대로 담겨 있는지, 허술하지 않고 잘 짜여있는지, 잘못된 말, 맞춤법, 띄어쓰기에도 관심을 갖고 글을 다듬어라. 부족한 대목은 보충하고, 반복되거나 생략해도 될 곳은 긋고, 빠진 말은 집어넣고, 앞뒤가 어색한 절은 바꾸고, 적합하지 않은 낱말은 지우고 꼭 맞는 말을 써넣어라. 맞춤법이 틀린 글자도 고치고 거듭 손질을 해서 너희들의 마음에 들거든 그때 편지지에 옮겨 쓰고, 쓰고 난 다음에 다시 한번 읽어보고 부쳐라. 그래야 글공부가 된다.

글은 첫째로 내용이 중요하고 내용을 잘 나타내는 것이 다음으로 중요하다. 글에 능한 사람이 쓴 글도 써놓고 다듬지 않으면 좋은 글이 못 되는 것이다. 글 다듬는 것을 추고(퇴고)라고 하는데 내용은 말할 것이 없고 추고에도 공을 들여야 한다. 연이나 팽이처럼 말이다. 대와 나무가 썩어서는 안 되고 좋은 것도 연살을 고르게 잘 다듬지 않으면 연이 한쪽으로 기울어서 하늘 높이 오르지 못한다. 팽이도 같다. 균형이 안 잡힌 것은 돌려도 삐뚤빼뚤하다가 곧 넘어지고 만다. 어떤 글을 쓰든지 내용과 추고에 힘쓰는 습관을 어려서부터 들여라.

1986. 1. 13. 삼촌 씀.

삼촌
||||||

은은한 빛을 내뿜으며 여기저기의 하늘에 여러 가지의 별들이 달려있습니다. 또 달도 있고요. 세상이 모두 까만 베일에 싸여있는, 고요하고 적막한 밤에 별을 생각하며 이렇게 삼촌께 편지를 씁니다.

밤하늘의 수많은 별들을 생각하니 과연 저 많은 별들 중에 '나의 별이 있을까?' 하는 생각이 들어요. 다른 별보다 환히 빛나고 있는 아주 큰 별이 제 별일까요? 아니면 여기저기 흩어져 있는 아주 흔한 별일까요? 아니면 모든 별에 치우쳐 빛을 내지 못하고 있는 아주 희미한 별이 제 별일까요? 삼촌은 제 별을 어떻게 생각하시는지요. 과학적으로나, 이론적으로나 사람 개개인의 별이 있다고는 생각지 않지만 저는 제 별이 있다고 믿고 싶어요. 프로방스 지방의 목동들이 '목동의 별이 있다고 하는 것처럼요. 까만 공단에 수를 놓아 활짝 펴놓은 것처럼 밤하늘도 아름다운 별들로 수놓아져 있어요. 여러 가지 모양을 나타내며 수놓아져 있는 밤하늘은 정말 하나의 훌륭한 예술품이에요. 아무리 과학이 발달할지라도 자연 그대로의 모습만큼의 아름다움을 자아내지는 못하고 있어요. 자연이란 정말 신비하고 아름다운 것이에요.

하지만 화산 폭발, 지진 등의 많은 피해를 가져오기 때문에 언제나 아름답지만은 않아요. 저번의 콜롬비아 화산 폭발과 같은 아주 큰 사건은 정말 무시무시한 재산 피해와 인명 피해를 가져왔으니까요. 이런 큰 사건이 우리나라에서는 일어나지 않고 아주 편안하게 지내고 있다는 것이 얼마나 다행인지 모르겠어요.

우리나라가 이런 좋은 지리적 위치에서 올해에 '86 아시아 경기대회'를 개최하게 되어 참으로 기쁘게 생각하고 있어요. 국민 모두가 힘을 모아 국제 경기에 신경을 써 외국 손님들에게 좋은 인상을 심어줄 수 있도록 노력한다면 훌륭한 경기가 될 수 있겠지요.

삼촌, 제가 삼촌께 언제부터 편지를 쓰기 시작했는지는 생각이 잘 나지 않지만, 언니는 고등학교 시절부터 삼촌과 편지 왕래가 있었다고 들었어요. 제가 이렇게 편지를 쓰니 언니가 삼촌께 보낸 편지글이 궁금해져요. 그러니 언니가 보낸 글 중에서 삼촌 기억 속에 있는 글을 다음 편지에 적어 보내주셨으면 합니다. 그럼, 이만 줄이겠습니다. 다음 편지 때까지 몸 건강히 안녕히 계세요.

1986. 1. 14. 의숙 올림.

어머님 보시옵소서

어머님, 설을 맞이하면서 어머님께 세배 올리옵니다. 어머님! 기체 만강하시옵소서.

설이 와도 오지 않는 아들. 몸은 늙어가고 어찌 아들 생각이 안 나시겠어요. 그러하오나 어머님, 아들이 어머님 품에 갈 때까지 다른 것 다 제쳐두시고 어머님의 존체 보중하시옵소서. 아들도 설날 어머님 사진에 볼을 비비면서 잠깐만 어머님을 생각하렵니다.

아직도 찬 바람이 불고 있어서 움켜쥔 마음을 늦출 수가 없습니다. 아들의 모습이 정이라고는 없는 듯, 언 차돌처럼 차갑게 보일 테지요. 어머님, 눈에 덮이고 겉이 언 땅속에 지열이 있지요. 곳에 따라서는 '물줄기가 깊은 곳에 이르러서 뜨거워진' 온천수가 넘쳐흐르고 불길이 솟는데 그것은 땅속에 불이 있기 때문입니다. 아들한테도 마음 깊은 곳에 불덩이가 있습니다. 재 속에 묻어둔 불씨처럼 허적거리면 이글이글한 불이 나옵니다.

어머님, 춥다고 걱정하지 마세요. 봄도 오고 있어요. 아들은 든든하게 살아갑니다. 건강하고요. 마음을 놓으시고 설에 친척들이 모일 텐데 함께 즐기세요.

어머님, 설을 맞이하면서 어머님께 올리고 싶은 말씀 더욱 많사오나 쓸 말은 도리어 적네요. 어머님께서 강녕하시옵고 집안에 기쁨이 있기를 간절히 축원하오며 이만 줄입니다. 어머님!

당숙, 당숙모, 형수씨께 인사드리고 동생과 제수씨, 누이와 매제, 사촌 동생들, 조카들, 아직 낯 모르는 질부, 그리고 종손에게 정을 보냅니다. 하나하나 이름을 불러봅니다. 의정이한테서 연하장이 왔기에 편지를 보냈는데 그 후 의숙이한테서 거듭 편지가 왔어요. 그래서 그 애한테 회답을 보내느라고 1월에 어머님께 글월을 한 번 올렸어요. 매달 두 번씩 올리던 글월이라 혹시라도 '글도 못 쓰게 아파서 편지가 없나' 하고 걱정하셨을까 봐 글월 올리지 못한 사유를 적었습니다.

1986. 2. 1. 아들 방규 올림.

제수씨, 안녕하세요. 성산이가 많이 컸지요? 말도 제법 하지요? 아직 혀가 잘 돌아가지 않아서 서툴 테지만 그래서 더 웃기고, 재롱을 부릴 테고. 고 녀석이 삼삼하네요.

제가 성산이 만할 때, 아니 한두 살 더 먹었는지 모릅니다. 설이 다가오던 어느 날 밤중에 저를 깨우신 어머님은, 막 바느질을 끝내신 듯 실 달린 바늘이 옷섶에 꽂혀있고 호롱불 앞에서 꼬까옷을 입혔습니다. 앞뒤로 보시고 팔을 벌려 놓고 보셨어요. 저는 아침에 눈 뜨자 "할머니 이제 세 밤 남았지?" 손가락 하나씩을 덜어가면서 설을 확인했습니다. 꼬까가 그리도 좋았던지 설날 아침에 할머님이 새 옷을 입혀주셨을 때 제 마음은 둥둥 떴습니다. 그런데 제수씨, 고운 옷이라는 생각이 날 뿐 색깔이 정확하게 떠오르지 않네요. 어머님이 어떤 색을 택하셨는지, 색을 알고 있으면 어울리게 배색이 잘된 바지저고리를 입고 할아버님, 할머님께 세배 올리던 어린 저를 그려볼 수 있을 텐데요. 버선발이 미끄러워서 여느 때와는 달리 절이 잘 안되던 기억도 납니다.

어머니가 되신 제수씨는 명절이 오면 바쁘고 힘이 드시겠지요. 어머님과 저, 제수씨와 성산이 모자(母子)의 모습을 그려보며 줄입니다. 제수씨, 안녕히 계세요.

어머님, 그새 안녕하세요? 아직은 아침으로 살얼음이 얼긴 하지만, 밤사이에 눈이 와서 수북이 쌓여도 하루가 못 가서 거의 다 녹고 햇볕이 따뜻합니다. 몹시 추웠고 또 길었던 겨울이 이제 물러가는 것 같습니다. 늦도록 추워서 날씨가 갑자기 풀릴 것 같네요.

몸도 풀리고 거기에 마음까지 풀어버리면 병나기 쉽습니다. 추위는 달아나다가 이따금 돌아서서 매섭게 후려치는데 마음을 놓고 있다가는 그때 찬 기운이 속으로 파고들어서 몸을 해칩니다. 어머님 옷이 무겁고 갑갑하셔도 날씨가 풀리는 대로 곧 내의를 벗지 마시고 몸을 따숩게 하세요. 어머님께서 정정하시고, 자주 마실을 가신다는 반가운 소식을 들었습니다. 여느 해 겨울의 두 폭은 되고도 남게 추웠던 겨울을 잘 나셨다니 얼마나 다행인지 모르겠어요.

어머님, 아들도 눈 쌓인 비탈을 기어오르듯이 힘겹게 추위를 이겨냈습니다. 지금 약간 지쳐있습니다만 그래도 험준한 설산, 산상에 오를 힘이 있습니다. 크고 작은 산을 넘고 수천 리 먼 길을 걸어가는 사람이 먹고 쉬는 것을 소홀히 하고 빨리만 가다가는 중도에서 쓰러지고 말지요. 먹는 것이 시원찮은 아들은 잠으로 보충을 합니다. 날이 저물자 이내 자리에 누워서 잠들고 새벽까지 자버립니다. 낮에도 피로하면 몸에 긴장을 풀고, 생각을 끊고 앉은 그대로 한참씩 쉽니다. 느리지도 빠르지도 않게 한결같이 걸어갑니다.

어머님, 마음을 놓으시고 어머님의 존체 살펴주시옵소서. 겨울을 난 몸은 풋것이 필요합니다. 풋나물을 넉넉하게 드세요. 어머님께서 강녕하시기를 간절히 바라오며 이만 줄입니다. 어머님!

아들 올림.

선주야 보아라

선주야, 혁신이 편지에 너는 밤 11시가 되도록 독서실에서 공부한다고 했던데 그토록 공부하는 네가 부럽기도 하고, 안쓰럽고 또 걱정이 된다. 학과 이외에 독서도 하고, 엄마 일을 돕고, 대자연의 품에서 놀고, 사적지를 찾아서 조상들의 숨결을 접하고, 체육 활동과 예능 활동도 하며 골고루 활달하게 커야 할 텐데 온종일 밤까지 학과에만 매달려 있으니 그러고도 커서 사람 구실을 제대로 할 거냐.

선주야, 공부를 열심히 해야 하지만 1, 2위 석차에 기를 쓰고 시험 점수가 좀 떨어지기라도 하면 못 견디게 가슴을 태우는 그런 못난이, 인정도 없고 공부 외에는 무엇 하나 해내지 못하는 반편이가 되어서는 안 된다. 지식은 현대인의 생활에서 중요한 자리를 차지하고 있지만 본이 될 품성은 그보다 몇 곱으로 중요하다. 마음을 가꾸는 작업에 힘쓰고 석차에 너무 집착하지 말아라. 일등만 하려고 욕심을 부리다가는 남을 미워하고, 시기하게 되고, 그러다가 네 마음이 삐뚤어진다. 운동 부족에 밤잠까지 설쳐서 건강을 해친다.

성적은 상위권이면 된다. 건강을 유지하면서 처지지 않게 공부하다가 고2 중반부터 대학 입시에 전력을 다해라. 건강이 파괴되면 정작 중요한 고비에 가서 공부를 못한다. 건강에 관심을 높여라. 수면은 일곱 시간을 보장하고 낮 시간을 아껴서 값있게 써라. 네가 마음이 곱고 견실한 여성, 훌륭한 여성이 되기를 바라면서 줄인다. 선주야, 안녕.

혁신아 보아라

혁신아, 네 편지를 반갑게 받았다.

혁신아, 네 졸업을 축하한다. 얼마 있으면 부푼 꿈을 안고 중학교에 가겠구나. 교복을 입고, 배지를 달고 첫날 중학교 교문을 들어설 때의 감격은 대단한 것인데 너희들은 어떨는지. 고등학교는 몰라도 중학교만은 교복을 입는 것이 좋을 텐데 그랬다. 중학교 교복을 입으니까, 자신이 성숙한 것 같아서 의젓해지고 말과 행동에 조심이 가던 것을.

그건 그렇고 혁신아, 중학교에 가서도 공부를 열심히 해라. 대망을 가지고! 네가 중학교에 갈 때 삼촌은 이곳에서 네 늠름한 모습을 그려보며 축하하겠다. 혁신아, 안녕.

혁성아 보아라

혁성아, 네 편지를 여러 번 읽었다. 형과 네가 할머님 안부, 성산이 이야기, 집안 소식을 자세히 알려주어서 고마웠다.

엄마가 아파서 침을 맞는다고 했던데 어떠시냐? 너희들을 먹이고 입히고 남 못지않게 가르치자니 없는 살림에 오죽할까. 너희들은 아직 어려서 모를 테지만 엄마는 마음에서 너희들로부터 한시도 떠나지 않고 너희들을 사랑하신다. 너희들을 위해서라면 아무리 어렵고 힘든 일일지라도 마다하지 않고 다 하신다.

연약한 몸이 으스러지도록 일하시는 엄마, 그 엄마를 보고도 도우려고 하지 않는 자식이라면 커서 조국과 민족은 물론 어느 한 사람도 진실로 사랑할 수 없다. 육친을 사랑하지 않는 자가 어떻게 남을 사랑할 것이냐. 사랑으로 나타날 때는 자기에게 이익이 있을 때에 한하고 조금이라도 손해를 보면 칼로 자른 듯이 갈라지고 만다. 그런 사람에게 진실한 벗은 없고 겉이 화려할지라도 속마음은 언제나 고독한 것이다.

엄마를 도와드려라. 그로부터 너희들의 인간이 피어난다. 못된 짓을 해서 제 부모를 괴롭히는 어린이들이 있는데 그런 아이들은 부모의 속을 쥐어뜯는 것과 같다. 병은 병균에 의한 것이 있고 괴로움이 쌓여서 일어나는 경우도 있다. 사람이 큰 슬픔을 당했을 때 까무러치거나 못 먹고, 먹은 것이 체하거나 설사를 한다. 정신이 몸에 주는 영향은 크다. 근심이 쌓이면 심장, 위, 장, 순환기 계통, 뇌, 눈에 이상이 오고 직접 간접으로 미치지 않는 곳이 없다. 엄마는 심장이 약하시다. 엄마 속을 썩이지 않도록 각별히 마음을 써라. 모든 못된 짓의 근본은 어려서의 거짓에 있다. 너희들이 부모를 속일 때 그것은 곧 부모를 배신하는 것이며 아빠와 엄마가 몹시 괴로워하신다. 거짓말, 거짓말을 말아라. 공부를 열심히 하고 착하게 살아라. 그래야 너희들의 장래를 기약할 수 있고 아빠 엄마가 기뻐하신다. 혁성아, 오늘은 이만 쓴다. 안녕.

(삼촌은 너희들이 착한 줄 안다. 그러나 더 나아지도록 썼다. 보내준 돈 3만 원을 잘 받았다. 연약한 엄마의 땀도 담겨있을 그 돈으로 좀 갑갑해서, 또 정을 오래 간직하도록 안경을 맞추련다. 신청을 했다.)

1986. 2. 20. 삼촌 씀.

의숙아 보아라

아빠, 엄마께서 안녕하시냐? 너희들도 잘 있고?

의숙아, 네가 드디어 고3이 되었구나. 누가 말하지 않아도 기를 쓰고 공부하겠지? 텔레비전 프로가 괜찮다고 좀 보라고 해도 "엄마, 공부해야 해." 그러고는 숟갈을 놓자마자 네 방으로 달아나는 너를 보는 것 같아서 웃음이 나온다. 그래, 대학에 가야 하고 네 말마따나 눈에 불을 켜겠지. 너에게 공부를 열심히 하라는 말은 빈말이 될 테니 아예 안 하겠다.

의숙아, 공부하다가 지치고 지겨울 때는 잠깐씩 쉬면서 고통스러웠던 일이나 고생하는 사람들을 생각하는 것도 좋다. 어려움을 극복하는 하나의 처방이 될 수 있다. 삼촌도 네 나이 때 어려움을 당할 때마다 병원에 입원하고 계시던 할아버님을 생각하곤 했다. 떠오르는 병실의 할아버님 모습에 삼촌의 어려움은 아주 작은 것으로 짜그라들었다. 할아버님의 고통과 삼촌 고생은 비교도 안 되는 것이었고 하잘것없는 것에 괴로워한 스스로가 부끄러웠다. 주먹을 불끈 쥐었다.

너는 너를 '석두'(물론 웃는 말이지만)라고 했던데 그것은 아니다. 삼촌은 어렸을 때의 너를 안다. 너는 머리가 좋다. 네가 이해 못 할 과목은 없다. 책을 여러 번 읽어라. 암기하는 것도 열 번, 스무 번, 아니 백 번, 이백 번 외워라.

곁에서 엄마가 네 건강을 보살펴 주시지만 네 스스로도 건강에 유의해라. 건강이 파괴되면 대학이고 무엇이고 다 글러버린다. 삼촌은 그런대로 건강하다. 염려 말아라. 공부에 전력하고 있을 너에게 격려를 보낸다. 그럼 의숙아, 안녕.

일경아 보아라

일경아, 왜 네 편지가 없니? 겨울방학을 하면 엄마를 졸라서 삼촌한테 가겠다고 약속을 해놓고 이행하지 않아서 편지까지 못 써? 녀석하고는. 면회 못 온 것이 어디 네 탓이냐. 형편이 허락하지 않은 것이지. 삼촌은 네가 보고 싶어서 기다리기도 했지만, 겨울 날씨가 워낙 추워서 추운 날 네가 밖에서 떨까 봐 차라리 안 왔으면 하고 바랐다. 그런데 방학이 끝나고 20여 일이 지나도록 편지가 없으니 '어쩐 일일까? 네가 어디 아프기라도 한 것인가? 우리 일경이는 튼튼한데 아플 리가 없다.'고 부질없는 생각을 털어버렸다. 그래도 개운치 않구나. 이 엽서를 받거든 곧 회답을 보내라.

일경아, 네가 열여섯 살이지? 올해부터 운동을 하는 것이 어떨까? 공부를 열심히 하면서 말이다. 선수를 목표로 하는 것이 아니라 육체적, 정신적 건강을 위한 것으로 손쉽게 할 수 있는 탁구나 배드민턴 아니면 정구가 좋을 것 같다. 배우고, 마음을 닦고, 몸을 튼튼히 하는데 하나라도 소홀히 말아라. 고층 건물은 굳은 지반 위에 세울 수 있다. 학문에 있어서도 기초는 중요하다. 기초를 단단히 닦아라.

너는 대학에 갈 텐데 대학 시험이 임박해서 허둥대지 않도록 미리부터 지식을 차곡차곡 쌓아가거라. 앞을 예견하면서 여유를 두고 준비를 철저히 하는 것은 일을 성취시키는데 필요불가결한 것이다. 학교에 다니는 너희들이 지식을 얻는 데는 외부로부터의 강제가 상당히 작용하고 있지만 마음을 닦는 것은 외적 압력보다 스스로의 노력이 절대적이다.

사람이 사는 곳에는 찌꺼기가 생기는 것인데 그것을 제때에 처리하지 않으면 쌓인다. 찌꺼기가 쌓이면 썩고 독버섯이 생겨서 사회를 오염시킨다. 탁류가 눈으로, 귀로, 감각기관을 통해서 마음속에 흘러 들어온다. 우리의 마음을 더럽히는 것이다. 일단 공기가 오염되면 더러운 공기를 호흡하지 않을 수 없다. 폐는 걸러서 산소만 취하고 찌꺼기는 밖으로 내보낸다.

우리 마음에서도 정화 작업을 해야 한다. 사람이 거처하는 방에 먼지가 날아들지? 2, 3일 걸레질을 안 하고 놓아두면 온통 지저분하지 않더냐. 아침저녁으로 먼지를 훔쳐내면 방은 언제나 깨끗하고 방처럼 날마다 마음을 닦아야 한다. 게으름을 피우다가는 마음에 때가 끼고 때가 썩어서 악취가 사방으로 퍼져나간다. 다른 사람의 마음까지 오염시킨다. 정화 작업은 관념으로 되는 것이 아니다. 진실과 아름다움을 접하고, 자기를 돌아보고, 바른 행위를 하는 것, 그것이야말로 마음을 맑게 만들고 키워가는 것이다. 마음을 닦는 데 힘써라. 힘은 들지만 맑은 마음, 성장하는 자신을 바라볼 때 여간 흐뭇한 것이 아니다.

그리고 중요한 것은 건강이다. 건강이 파괴되면 고통뿐만 아니라 어떠한 꿈도 실현시킬 수 없다. 육체적인 건강은 정신에도 크게 영향을 준다. 우울한 친구를 보면 어디 아프냐고 묻지 않더냐? 의지나 실천력은 물론 감정에 영향을 주는 것이다. 운동은 몸을 튼튼하게 할 뿐 아니라 할수록 재미가 나서 정신적인 질환을 예방, 또는 치료하는 데 한몫을 한다. 더욱이 너는 식욕이 왕성하고 정열이 넘치는 때라 운동을 안 하고 공부만 하다가는 몸에 살이 불어난다.

일경아, 운동은 너에게 여러모로 이롭다. 새학기부터 무엇이든 한 가지 운동에 힘써라. 지, 덕, 체가 겸비된 장래의 당당한 네 모습을 그려보면서 이만 줄인다. 일경아, 안녕.

1986. 2. 27. 삼촌 씀.

어머님 보시옵소서

어머님, 아버님과 형님 제사가 다가오네요. 두 분 모습이 떠오릅니다. 아버님과 함께 어머님, 형님과 함께 형수씨가 떠오르네요. 세상에서 가장 사랑하던 남편과 아들의 제사, 한 아들은 옥에 있고 서러움이 울컥 넘치겠지요. 어머님! 억제하세요. 아픔을 거두세요. 아들은 아버님을 생각할 때마다 젊어서 가셨기에 아픔이 있습니다만 또 흐뭇합니다. 아버님이 생전에 주신 교훈과 살고 가신 흔적이 아들의 마음속에 있습니다. "아버지는 자식한테 부끄럽지 않게 살고 자식도 아버지한테 부끄럽지 않게 살아야 한다."고 말씀하신 아버님은 아버지로서 부족이 없으셨어요.

저는 이따금 아버님을 꿈에서 뵈옵니다. 아버님은 40대 초반이고 저는 17, 8살 난 학생으로 나타납니다. 아버님과 함께 앉아서 이야기를 하는데 그렇게 다정할 수가 없어요. 어머님은 지금의 어머니보다 젊었을 때의 어머님이 더 보입니다. 30이 좀 넘어 보이는 어머님에 저는 대여섯 살 난 아이로 나타나는데 어머님, 어쩐 일일까요? 마음 깊은 곳에 어린 마음이 있어서 잠든 사이에 꿈으로 나타날까요?

아버님은 지금의 저보다 젊어서 가셨는데 아버님을 생각하면 아버님은 어른이시고 저는 아이처럼 여겨집니다. 면회실에서 뵌 어머니와는 달리, 꿈속에서의 어머님은 아주 크시고 저는 작습니다. 아버님과 어머님 앞에서 저는 영원한 아이인가 봅니다. 아버님은 세상의 아버지 중에서 극히 드문 분이시고 회초리를 대실지언정 욕 한마디 안 하시며 자식을 정성을 다해서 키워주셨습니다. 어머님 또한 세상에서 찾아보기 어려운 어머님이십니다. 저는 아버님과 어머님을 한 번도 원망한 적이 없습니다.

할아버님 그리고 할머님께서도 지극히 인자하셨습니다. 할아버지를 추모하는 것은 사랑을 받은 손자에겐 의당한 일입니다만 할아버님 임종을 지켜본 저는 나이가 들어갈수록 할아버님을 더욱 공경하게 됩니다. 세상을 떠나는 마당에서 할아버님은 그토록 태연하실 수가 없었어요. 남길 말씀을 마치고는 조용히 가신 할아버님. 아버님도 마찬가지로 죽음이 깨끗하셨습니다. 참으로 어려운 일입니다. 자랑스러운 할아버님, 아버님, 할머님과 어머님, 그리고 또 지금 세상에서 드문 형제들이 있고, 더욱이 어머님이 계시오니 그 점에서 저는 어느 누구도 부럽지 않습니다. 생각할수록 훈훈한 정이 가슴에 차옵니다. 한과 아픔이 또한 있습니다.

어머님, 오래오래 계세요. 예년에 없이 늦추위가 기승을 부립니다만 처처에서 녹아가고 있는 지금, 세는 결판이 났습니다. 한낮 햇살이 따사롭습니다. 모든 힘을 써서 발악할지라도 잠깐일 뿐 봄이 문턱에 와 있습니다.

어머님, 아들 걱정을 마세요. 요즈음은 밥맛도 좀 좋고 건강합니다. 든든하게 살아가고 있습니다. 마음을 놓으세요. 젊지 않으시고 혹한을 겪고 난 몸이시라 날씨가 풀릴 때 조심하세요. 어머님께서 정정하시기를 간절히 바라오며 이만 줄이나이다. 어머님!

아들 올림.

홍규야 보이리

홍규야, 잘 있니? 제수씨도 건강하시고? 성산이는 한참 귀여운 짓을 하겠지? 아버님 제사에 형이 올릴 술잔은 성산이한테 들려서 올려라. 영혼이 있다면 얼마나 좋을까? 기뻐하실 텐데……

너는 아버님 기억이 전혀 없을 테지만 아버님은 너를 사랑하셨다. 너는 아버님이 병원에 입원하고 계실 때 태어났다. 형은 곧 달려가서 '남동생을 봤다'고 알려드렸다.

삼칠일 되던 날 어머님은 너를 포대에 싸서 업고 나서셨다. 날씨도 차고 어머님 건강이 염려되어서 좀 있다가 가시자고 했지만 어머님은 너를 어서 아버님께 보여드리고 싶었는지 재촉하셨다. 이른 아침에 산고로 아직 부세부세(부석부석의 전남지역 사투리)한 어머님을 모시고 순이를 데리고 병원에 갔다. 병실에 들어서자 어머님은 말없이 네 머리 위에 씌운 모자를 벗기고 옆으로 너를 아버님께 보여드렸다. 여윈 아버님 얼굴에 방긋이 웃음이 번졌고 '고생했다'는 위로의 말씀을 하셨다. 다소곳이 머리를 숙이고 계시던 어머님. 형은 약간 뒤에 있었기에 어머님을 바로 보지 못했지만 여러 사람이 있던 곳이라 볼이 붉어지지 않으셨나 싶다. 그때의 실내와 아버님 모습이 선하게 떠오르는구나. 홍규야, 병원에서 퇴원하신 날 너를 안고 계시던 아버님 모습도 떠오른다.

성산이의 동생 볼 기미가 없니? 어머님은 성산이가 끈을 가지고 노는 것을 유심히 보시고 또 성산이한테 '큰아빠가 언제 오냐'고 묻곤 하시지? 예로부터 우리 할머니들은 말귀를 좀 알아듣고 말을 아직 잘 못 하는 아이들이 영험하다고 생각했다. 멀리 객지에 나가 있는 남편이나 아들이 돌아오기를 학수고대할 때 어린 손자나 자식에게 언제 오냐고 묻곤 했단다.

지금으로부터 33년 전 형이 죽게 되었을 때다. 어머님이 면회 오셨기에 마지막 같아서 너와 종수가 크거든 전해달라고 유언을 드렸더니 "홍규는 '형이 오는가 보다'고 밥만 먹으면 밖에 나간다. 그런데 너는?" 말을 못 잇고 우셨다. 그날 큰형님한테도 유언을 했다. 너에게 할머님과 어머님은 형이 언제 오느냐고 수백 번, 수천 번 물었기에 그 어린 네가 밖에 나가서 이 형을 기다렸을 테지. 그런데 지금은 어머님이 네 아들 성산이한테 큰아빠가 언제 오냐고 묻고 계시겠구나. 아~ 어머님.

홍규야, 어머님을 잘 모셔라. 네가 효자인 줄 알고 있지만 형은 너에게 거듭 간절히 부탁을 한다. 잘 있거라.

1986. 3. 4. 형 씀.

추신 : 우리나라에서 제사를 지낸 것은 고려말부터의 일이다. 형식에 치우쳐왔다. 제사는 조상이 가신 날 온 가족과 후손이 모여서, 생명을 이어주시고 사랑해 주신 은혜와 살고 가신 지난날을 회상하면서 추모하고, 교훈을 마음에 새기고, 현재의 자신을 돌아보는 데 의의가 있지 않을까? 생존해 계시는 부모님을 더 잘 모시고 바로 살아가는 데 하나의 계기로 삼아야 하지 않을까? 이곳 형도 아버님과 형님 제사를 지내는 너희와 마음은 하나, 함께 있다. 생각할수록 애처로운 우리 형수씨께 안부 전해라. 종수와 귀선이한테도 안부 전하고.

혁신이가 오늘 중학교에 갔지? 축하한다. 누나가 아프다고 하던데 어떠냐? 선주, 혁성이한테 정을 보낸다.

어머님 보시옵소서

어머님, 안녕하세요? 담 밑 양지쪽에 새잎이 탐스럽게 돋아났어요. 그새 성산이도 많이 컸지요? 방 안에서 갑갑한 아이는 할머니 치맛자락을 당기고 손자한테 끌려서 밖에 나가시는 할머니. 총총 걸음, 더딘 걸음, 손자와 할머니가 손잡고 걸어가는 모습이 보이는 듯 떠오릅니다. 그림 솜씨가 있었더라면 따사로운 봄볕을 가르며 걸어가는 성산이와 어머님 모습을 나중에라도 그릴 텐데. 머릿속에 그림처럼 떠오를 뿐 그릴 재간은 없네요.

어머님, 손자가 귀엽기만 하지요. 닭똥 같은 눈물을 뚝뚝 떨어뜨리면서 우는 것까지 안쓰러우면서도 귀엽게 보이시지요.

일전에 어느 할머니가 쓴 글을 읽었습니다. 손자는 보면 볼수록 귀엽고 자기 아들 때보다 더 귀엽다고 썼데요. 젊었을 때 욕심이 있어서 아이를 붙들어놓고 가르치고 있으면 할머니(시어머니)께서는 "크면 저절로 다 아는 것을 그런다"고 손자가 놀 틈이 없는 것을 안쓰러워하셨는데 그런 말씀이 도리어 원망스럽게 들렸다고요. 자신이 할머니가 되고 나서야 그때의 시어머님 심정을 이해했고 며느리가 손자한테 이것저것 시키는 것을 보면 못 견디게 안쓰럽지만 옛날의 자신을 생각해서 말도 못 하고 혼자 애를 태운다고. 간혹 말이 나가다가도 정신이 번쩍 들고. '손자를 예뻐만 하다가 혹시라도 며느리한테 책망을 듣지 않을까' 걱정을 한다고 썼어요. 그러면서도 요새 엄마들처럼 아이들을 판에 박은 듯이 가르치는 것보다는 자기 방법이 나을 것 같다고 자위했데요.

어머님, 작년 가을에 동생과 마주 앉아서 어머님 이야기를 하다가 "성산이가 할머님을 따르냐"고 물었더니 "예, 애가 할머니를 무척 잘 따릅니다. 그런데 어머님이 저 키우실 때와는 아주 다르셔요. 제가 어려서는 어머님이 밖에 나갔다 오실 때 먹을 것을 사 오시거나 그런 일은 전혀 없으셨는데 지금은 무엇이나 성산이가 먹을 것을 손에 들고 오십니다." "그래, 할머님 마음이라 그러실 테지." 아들은 머리를 끄덕이었어요. 어머니 마음과 할머니 마음이 다를 테지요.

엄마는 자식을 무한히 사랑하면서도 야무지게 다루어야 합니다. 아빠와 엄마에게 엄한 구석이 없으면 아이들이 제멋대로 커서 거칠어집니다. 부모 없이 할머니 슬하에서 귀염만 받고 큰 아이들은 거의 다 버릇이 없습니다.

아빠와 엄마가 벌을 줄 때 아이 앞에서 어머님은 말리지 않으실 줄 압니다. 마음이 아프실지라도 모르는 척하고 계시거나 살며시 나가세요. 하고 싶은 말씀이 계시거든 뒤에 어머님이 저와 홍규를 키우시던 지난날을 회상해 보시고 아이 키우는 데 도움이 되는 말씀을 들려주세요. "제 새끼 저희가 알아서 하는 것을 늙은 내가?" 하시며 입 다물지 마시고 손자의 장래를 위해서 말씀을 하세요. 어머님 슬하에서, 동생과 제수씨 품에서 크는 성산이는 크게 될 줄 압니다.

어머님, 봄도 오고 아들 걱정을 마세요. 아들은 건강합니다. 진지 잘 드세요. 봄철 건강에 유의하시고요. 이만 줄입니다. 어머님!

아들 올림.

제수씨 보십시오

제수씨, 안녕하세요? 일에 몸도 바쁘고 성산이는 자꾸만 크지, 마음도 급하시지요? 성산이가 이따금 엉뚱한 짓을 해서 엄마 마음을 놀라게 할 것이고, 이제 제 발로 걸어 다니는 성산이는 어른들을 조르다가 안 되면 혼자 살짝 나갈 텐데 집 밖은 한 길이고 늘상 성산이한테 마음이 쓰이지요? 그렇다고 망아지 새끼처럼 매어둘 수도 없고 말이에요.

동생 면회 시에 성산이 이야기를 들었습니다. 고집이 세다면서요? 고 녀석 고집부리는 것을 보고 싶네요. 아이들은 한 고집 있어야 합니다. 그저 흐리멍덩해서는 싹수가 없지요. 아이들의 고집을 바르게 키워주면 고집이 어려움에 굽히지 않는 강인한 의지로 전환됩니다. 의지가 박약해서야 무슨 일인들 해내겠어요? 기술이나 학문, 예술이든 소질이 있는 한 곳으로 세월을 두고 집요하게 파고들어야 그 분야에서 일가를 이룰 수 있습니다. 사람은 각기 특성과 소질이 있습니다. 소질이 전무한 사람은 없어요. 기억력도 큰 차이는 없다고 합니다. 문제는 만난을 뚫고 끈질기게 밀고 나가는 노력, 즉 의지가 성패를 가름합니다. 성산이한테 의지의 바탕이 되는 고집이 세다니 반가운 일입니다.

그런데 주목할 것이 있습니다. 아이들의 고집이 옳은 방향에서 벗어날 때 발전을 여러모로 제약한다는 점입니다. 타인의 바른 충고나 의견을 묵살하고 고집을 부리기 때문입니다. 그런 억보는 나이 들어갈수록 억세어져서 자신은 물론 이웃까지도 괴롭힙니다. 따라서 아이들의 고집을 바로 잡아주는 것이 중요하지요. 아이가 생고집을 부릴 때 맞바로 고집을 꺾으려고 하기보다는 딴 놀이에 관심을 갖도록 유도하는 것이 좋겠지요. 고집 센 아이를 공포나 고통으로 다스리다가는 자칫 잘못될 수 있습니다. 고통을 자주 주면 기가 죽어서 나중에는 제 생각대로 하지 않고 어른들의 눈치만 살핍니다. 소극적인 아이, 나약한 아이가 되고 맙니다.

자식을 충실하게 키우기 위해서는 건강은 물론 버릇이나 마음, 감정의 움직임까지도 세밀히 관찰하고 참을성 있게 그에 대처해야 하겠지요. 아이가 잘못해서 아빠 엄마한테 꾸지람을 받고 난 후 할머니의 사랑을 흠뻑 받는 것은 교육 효과가 흐려지는 것이 아니라 스트레스도 해소되고 아이의 정신적인 성장에 이롭습니다. 할아버지 할머니 슬하에서 큰 아이들은 일반적으로 폭이 있고 마음 쓰는 것이 다르다고 합니다.

어머님 하시는 것이 서툴고, 성산이 교육에 좋지 않은 점이 조금 있을 것이지만, 해로움보다는 이로움이 훨씬 많음을 저는 압니다. 무슨 일에나 긍정적인 측면과 부정적인 측면이 있지 않나요? 마음에 걸리는 점이 있거든 가만히 어머님께 말씀드리세요. 어머님은 고치실 것입니다. 사람이 살아가는 데 아름다움과 어려움이 따르는 것이며 어려움을 풀어가면서 아름다움을 키워갈 때 생의 보람이 있고 스스로도 성장하지요. 제수씨 이만 줄입니다. 안녕히 계세요.

(이달 초에 어머님과 동생에게 보낸 편지 받았어요?)

1986. 3. 20. 시숙 드림.

삼촌

이번에도 먼저 죄송하다는 글부터 쓰게 되었어요. 정말 죄송해요. 이상하게도 이번엔 너무 오랫동안 소식 드리지 못했어요. 삼촌께 찾아뵙겠다고 해놓고 가 뵙지도 못하고, 정말 죄송해요. 삼촌. 제가 정말 너무했죠? 삼촌께서 너그럽게 봐주셨으면 좋겠어요. 염치없는 얘기지만요.

삼촌, 봄이 되었어요. 이곳저곳 꽃이 피어서 봄의 맛을 한 아름 볼 수 있어요. 정말 좋은 때인 것 같아요. 삼촌께서는 건강하다고 하셨는데 정말 건강하신지 무척 궁금해요. 직접 뵙지 않고서는 알 수가 없으니……

삼촌, 전 중학교 3학년이 되어서 무척 바쁜 하루하루를 보내고 있어요. 늦게 자고 일찍 일어나서 학교에 가 공부하려면 너무도 피곤해요. 형편이 좋지 않아서 배우고 싶어도 배우지 못하는 사람들을 볼 때마다 '난 정말 행복하구나'하는 생각을 하면서도 그때만 지나면 소용이 없으니 이를 어떡하죠?

그리고 우리 학교에서 3월에 월례고사를 보았는데 성적이 엉망으로 나왔지 뭐예요. 삼촌께 저의 성적을 자랑스럽게 알려드리고 싶은데 그러기에는 아직 이른 탓인지 성적이 엉망이지 뭐예요. 창피해서 도저히……. 제 체면 문제이거든요.

삼촌, 황금연휴가 지나갔어요. 속없이 이틀 동안 신나게 놀다가 새벽 3시인 지금 이렇게 편지 쓰고 있어요. 혼자 앉아서 이 글을 쓰고 있는데 좀 무서워서 음악을 듣는데도 몸이 약간 떨려요. 제가 어렸을 적에는 간이 좀 부었던지 무서움이란 것을 몰랐었는데 커가면서 간이 줄어드나 봐요.

삼촌, 삼촌께서는 지금 주무시고 계시겠죠. 삼촌께서 주무실 때 삼촌 옆에 살짝 다가가 삼촌 주무시는 모습을 한 번 보고 싶어요.

삼촌, 내일은 아니 오늘은 월요일. 몇 시간만 지나면 또다시 바쁜 하루가 시작되겠죠. 지겹다는 생각도 많이 했지만 학생인 저의 생활인 걸 어떡하겠어요? 참고 견뎌봐야죠.

그럼 삼촌, 몸조심하시고 항상 웃으시길 바라겠어요. 찡그리는 것보다야 웃는 것이 훨씬 좋겠죠. 그렇죠? 삼촌? 그럼, 다음 편지 때까지 안녕히 계세요. 안녕!

1986. 4. 7. 삼촌을 사랑하는 조카 일경 올림.

추신 : 삼촌, 엄마가 다리가 좀 아프셔서 외할아버지 제사에도 가지 못하셔서 삼촌께 들리지 못하셨어요. 걱정은 마세요. 엄마가 지금도 다리가 약간 아프시긴 하지만 많이 걱정할 정도는 아니에요. 그리고 삼촌 생신날 엄마가 삼촌 뵈러 가신대요.

어머님 보시지요

어머님, 안녕하세요? 뒤뜰에 복숭아꽃이 활짝 피었어요. 하루에도 몇 번씩 돋움 발로 철창 틀에 턱걸이를 하고 훔쳐봅니다. 고운 모습이 또렷이 잡히지 않아서 꽃을 볼 때는 안경을 걸칩니다. 긴 긴 동안 앙상했던 나무, 혹한에도 잔가지에 물길이 통하고 숨 쉬고 있었기에 태양 빛을 받아서 조금씩 예비했기에 봄을 맞아 가지마다 잎이 나오고 꽃이 피고⋯⋯.

봄은 마룻방에도 스며들고 있습니다. 낮에는 창문을 열어놓고 내의도 두 벌 빨았습니다. 어머님, 아들 걱정을 마세요. 밖에 나가면 땀을 흘리며 운동을 합니다. 건강합니다. 마음을 놓으세요.

어머님, 아들이 이곳에 온 지도 10년이 되네요. 그동안 책에서 얻은 지식은 적습니다만 마음을 갈고 닦는 데 힘썼어요. 양심에 부끄럽지 않도록 살려고 심혈을 기울여왔습니다. 얼마나 나아졌는지는 아직 모릅니다. 어머님은 아들한테 한 성질이 있는지 모르시지요? 아들이 화내는 것을 못 보셨으니까요. 동생은 일하다가 두어 번 제가 성질내는 것을 보았지만 누이들은 못 보았어요. 두 누이도 오빠한테 성질이 있는지 모를 것입니다.

그런데 어머님, 저한테 거센 성질이 있어요. 더러 튀어나옵니다. 호랑이도 숲 속을 지나다가 바스락 소리가 나면 발을 멈추고 발톱을 쫙 펴는 것인데 하물며 사람이 위험한 곳에서 위험을 느끼는데, 기미가 다른데 신경이 날카롭지 않겠어요? 칼날처럼 섭니다. 치면 받아칠 태세를 갖추고, 치고……. 본능과도 이어진 것이지요. 웬만한 것은 참고 정도에 맞아야 하는 것을. 생각이나 행동이 도를 넘는 수가 가다가 있습니다. 그런 때 수양이 부족함을 특히 느낍니다. 부동의 산, 광활한 바다를 하루에 몇 번씩 떠올리며 수양에 정진하고 있습니다.

어머님, 아들이 비록 이곳에 있습니다만 시간을 허송하지 않습니다. 그 점 흐뭇하게 여기세요. 많은 말씀 못다 올리고 이만 줄입니다. 요즈음 기온 차가 심한데 감기 조심하세요. 진지 잘 드시고요. 어머님!

아들 올림.

홍규야 보아라

홍규야, 잘 있니? 올 것 같지 않던 봄이 왔구나. 제비도 보았다. 오늘이 4월 23일. 남쪽 산에는 철쭉꽃이 피겠다.

홍규야, 네가 결혼한 지도 3년이 되는구나. 환경이 변하면 마음 쓰는 것도 달라지는 것인데 그동안 네가 집안을 어떻게 꾸려놓았는지 궁금하다. 23살 난 너를 형이 만났을 때 너는 친착하고 나이에 비해서 수양이 앞서있음을 곧 알았다. 함께 살면서 성실한 너, 네 따뜻한 정에 얼마나 흐뭇했는지 모른다.

어머님과 너와 함께 살던 지난날이 삼삼하게 떠오른다. 어머님도 친구, 너도 친구였다. 세대 차이가 있을 법했지만 우리는 간격이 없었고 그렇게 훈훈했구나. 5년 동안 지켜본 너는 동생이라고 해서가 아니라 탓할 것이 별로 없었다.

단 하나 네 마음에 안 찰 때 부드럽게 말해도 되는 것을 서운하게도 어머님께 툭 쏘는 것을 몇 번 보았다. 그 속성이 아내에게 어떻게 나타나는지 모르겠다.

홍규야, 모두가 변하는 것처럼 성격도 변하고 전에 없던 모순이 새롭게 나타나는 법이다. 인간 수양에 한계는 없다. 끊임없이 생이 존재하는 한 마음을 닦는 데 힘써야 한다.

율곡을 알지? 선생은 우리나라 철학사상에 빛나는 업적을 남겼고, 정치활동을 통해서 백성에게 큰 도움을 주었으며, 많은 제자를 가르쳐서 한 학파를 이루었다. 49세라는 아까운 나이에 세상을 떴지만 그가 정치, 경제, 문화 및 이론 분야에서 이룩한 업적은 위대했다. 인격 또한 탁월한 선생은 '성인도 사람이다. 성인이 이룬 것을 나라고 못 이룰 것이냐' 새털 하나만큼만이라도 성인에 미치지 못하는 한, 수양의 속도를 늦추지 않을 것이라고 굳게 결심을 하고 발전을 위한 투쟁을 줄기차게 전개했다. 드디어 동방의 성인으로 불렸다. 장하지 않느냐? 현대에 살아가고 있는 우리는 수양의 목표가 성인이 아니지만 선생의 그 태도, 열의, 끈기를 본받아야 한다.

율곡의 어머님에 대해서 한마디 안 쓸 수가 없다. 선생의 어머님 신사임당, 걸출한 여류 화가이며 서예와 시문에 능했다. 지조가 높고 자애로운 어머니는 아들을 가르치는 데 지극했고 정열을 쏟으셨다. 율곡의 대성은 어머니를 빼어놓고 생각할 수 없다. 훌륭한 어머니 밑에 훌륭한 아들이 있음을 우리는 율곡의 모자에서 역사상 그 전형을 본다.

홍규야, 하고 싶은 말이 많다만 다음으로 미룬다. 네 자신과 집안의 발전을 위하여 부단히 힘쓸 것을 거듭 당부하면서 줄인다. 잘 있거라.

1986. 4. 23. 형 씀.

제수씨, 그동안 안녕하셨어요? 제수씨가 시집오신 지 3년이 되고, 성산이가 태어난 지 두 돌이 되네요. 축하합니다. 결혼 초에는 어딘지 시집 식구들이 서먹하고 어떤 때는 외톨이가 된 것 같아서 혼자만의 외로움이 있었을 테지만 이제는 성산이도 크고 마음으로부터 한 가족이 되었겠지요. 어머님과 남편의 성격, 장단점, 기호들을 알았기에 예상이 빗나가서 당황할 일도 없을 테고, 어머니로서도 익숙하시겠지요. 결혼 후 2, 3년이 권태기라고 하는데 그런 경향이 있었는지 모릅니다만 3년이 다 된 지금 걱정할 일은 없을 것 같네요.

제수씨, 앞을 보면서 걸음을 재촉하세요. 부모는 자신들이 못 이룬 희망을 자식에게 겁니다만 그것은 좋습니다. 그러나 자신의 발전을 소홀히 하면 안 됩니다. 아이들은 끊임없이 엄마한테 묻고 부모의 영향을 절대적으로 받습니다. 엄마의 인격과 지식은 자식들에게 이어집니다. 아들과 발전을 함께할 때와 아들이 장성한 후에도, 며느리를 본 뒤에도 전문 교육을 받은 그들과 깊이 있는 대화를 나눌 수 있고 모자의 관계는 도타울 것입니다.

그뿐인가요? 자신의 재질을 키워놓으면 밖으로 나타나서 반드시 값있게 쓰일 것입니다. 틈틈이 책을 보세요. 책 보는 습관을 들이세요. 모르는 것은 책에서 찾고 알만한 분에게 물으세요. 묻는 것은 수치가 아닙니다. 성산이는 모든 것에 호기심을 갖고 묻고 또 묻고 자꾸만 물어서 날마다 놀라울 정도로 많은 지식을 얻지 않습니까? 그 점 성산이한테 배워야 합니다.

제수씨, 배우는 문제는 그만하고 다른 이야기로 넘어가지요. 제수씨가 결혼 직후에 동생과 이곳을 찾아주셨을 때 나는 제수씨를 막냇누이처럼 여기겠다고 말을 했습니다. 그런데 "순덕아! 순이야! 정숙아!" 누이들의 이름은 수월하게 나오는 데에도 "동월아!" 하고 제수씨 이름은 부를 수가 없네요. 마음속에서도 안 됩니다. 강한 저항을 받습니다. 나에게 오빠라고 부르는 누이들이 있습니다.

나이들이 많아도 반말을 합니다만 제수한테는 반말도 어림없습니다. 못합니다.

어째서 그럴까요? 동생과 같이 살고 어머님을 동생과 나처럼 어머님이라고 부르고 나이 차가 많으니, 누이처럼 못할 이유가 없는데 말입니다. 그런 것을 보면 진보적인 생각을 한다는 나까지도 어느 부분에서는 우리 민족의 전통과 역사적 제약을 전적으로 받는 것 같습니다. 제수씨, 말은 한 치도 낮출 수 없습니다만 마음에서는 가까워요. 가까우니까 배우고 책을 보시라고 이것저것 스스럼없이 쓰지요.

성산이 이야기를 못 하고 마네요. 고 녀석 많이 컸지요? 생일날 고놈이 좋아할 만한 것 하나 나 대신 제수씨가 손에 쥐여주세요. 제수씨, 안녕히 계세요.

어머님 보시옵소서

어머님, 집에 무사히 도착하셨는지요. 누이가 어머님을 모시고 갔기에 안심했습니다만 먼 길을 차에 시달려서 집에 가신 후 괜찮으신지 걱정이 되옵니다.

오실 때는 아들을 본다는 기대에 좀 지루하게만 느껴지던 길이, 가실 때는 아들한테서 멀어져가고 방금 보고 온 옥 안의 아들이 자꾸만 떠올라서 서러운 길. 청주에서 서울까지 어머님의 한 서린 길을 떠올리며 차 속의 어머님을, 누이를, 또 고향으로 가고 있을 작은어머님을 아들은 방에 돌아와서 혼자 생각하고 있었습니다.

면회실에서 어머님과 작은아버님 탈상을 치르고 오신 작은어머님을 뵙고는 그만 눈물을 흘렸고, 어머님과 작은어머님 손을 잡고 누이를 보면서 이것저것 묻고 듣고 또 말하다가 목이 메이던 장면이 떠올라서 오래도록 아픔에 젖어 있었습니다. 아들의 손을 이리저리 만져보시던 어머님! 어머님의 아픔을 아들이 다 알 수는 없습니다. 팔십이나 되어야 알까요. 설령 그때까지 산다고 할지라도 어머님의 마음은 모르겠지요. 30년이나 옥에서 사는 아들이 없을 테니 말입니다.

그러나 어머님, 아들은 어머님의 아픔을 어림하옵니다. 세상에 다른 사람은 몰라도 믿어온 아들, 그 아들이 요지부동으로 이 안에 있음을 어머님 또한 다는 아니지만 어렴풋이 아실 줄 아옵니다. 어머님, 예나 지금이나 어머님께로 가는 아들의 마음은 다름이 없습니다. 아니, 해가 갈수록 더 하옵니다. 어머님, 어머님이 이곳에 오셔서 아들이 살아있음을 확인하셨지요. 지금 아들이 쓴 글을 읽고 계시고요. 아들은 분명히 살아있습니다. 산 사람은 만나는 법입니다.

어머님, 오래오래 계세요. 마음을 굳게 지니세요. 마음에 걸리는 작은 일일랑은 하잘것없는 것이오니 제때에 털어버리시고 항상 마음을 크게 담담하게 지니세요.

성산이가 할머니를 잘 따른다니 제수씨의 덕인 줄 아옵니다. 손자 재롱에 웃으시고 밤에도 성산이를 안고 주무세요. 저도 그만한 때 할머님께 안겨서 잤습니다. 할머님 가슴에 딱 붙은 젖꼭지를 만지던 기억이 나네요. 그런데 어머님, 깜빡 잊었어요. 성산이의 동생 볼 기미를 보이는가요? 고 녀석 노는 데만 팔려 있으면 볼기를 때려주세요.

어머님, 아들 걱정을 마시고 진지를 잘 드세요. 요즈음 날씨가 변덕스럽네요. 감기 조심하세요. 어머님께서 강녕하시기를 간절히 바라오며 이만 줄입니다. 어머님!

순이야 보아라

순이야, 오빠가 이곳에 갇힌 후 너를 만난 중에서 이번이 제일 흡족했다. 입은 것도 그렇고 네 얼굴이 좀 핀 것 같아서. 그리고 네가 배우려고 학원에 다닌다는 말에 오빠는 기뻤다. 배워야지.

순이야. 며칠 있으면 네가 결혼한 날이구나. 축하한다. 결혼 생활 16년, 그동 안에 숱하게 고생했지? 남모르는 괴로움을 안고 사회의 밑바닥에서 버려진 인 생처럼 살아가면서도 미더운 아내요, 어진 어머니로서 피나게 노력한 너. 언젠 가 귀선이는 편지에 세상에서 고모처럼 억척스러운 여성은 처음 보았다고 썼 더라. 어려움을 헤쳐나가기 위해서 네가 얼마나 분투하고 있는가를 오빠는 그 한마디로 알 수 있었다. 저간의 네 노력은 헛되지 않고 서서히 열매를 맺어가 는 것 같다.

네가 낳아서 키운 세 아이들이 다 착하고 공부를 잘하고, 생활 기반도 잡혀가 고 있으니 말이다. 배움에 착수한 너는 장래에 또 다른 결실을 가져올 것이다. 성인은 젊은이에 비해서 암기는 좀 뜨지만, 사회적 경험과 이해력에 있어서 진 도가 빠르다. 전문 지식도 지식이지만 먼저 시야를 넓히는 데 주력해라. 꼭 암기 해야 할 것은 수첩에 적어두고 계획을 세워서 하루에 열이든 스물이든 꾸준히 외워라. 청소나 빨래를 하면서도 떠올리고 하루에 몇백 번씩 외워라. 그래야 좀 남는다. 너는 머리도 좋고 야무져서 발전이 빠를 것이다. 전문 분야 선택은 너 희가 알아서 할 테니 생략한다. 오빠가 집에 가거든 오빠를 깜짝 놀라게 해라. 순이야, 늦게 배움길에 들어선 너에게 격려를 보낸다. 그럼 잘 있거라.

선주야 보아라

오월! 나무마다 잎사귀가 나와서 싱그럽구나. 이때쯤 철새가 날아와서 여린 잎새에 몸을 숨기고 울 텐데 고막이 나간 삼촌은 고운 소리를 들을 수 없으 니……. 새벽에 맑은 공기를 뚫고 청아하게 들려오던 새소리를 추억에서 더듬 고 있다.

선주야, 네 소식은 엄마한테서 들었다. 엄마와 이야기하다가 "선주는 삼촌한 테 편지 안 하기로 작정을 했대?" 작년 1월에 네 편지가 있고는 삼촌이 여러 차레 편지를 보내도 답이 없고 그래서 삼촌이 엄마한테 던진 말이다. "선주가 편지를 썼는데 혁신이가 잊고 안 부쳤어요." 작년 6월에 엄마가 면회 오셔서 하신 말씀을 그대로 되풀이하시더구나. 너를 감싸주시는 엄마 마음을 알기에 빙긋이 웃는데 옆에서 할머님이 "선주는 공부하느라고 잘 틈도 없단다." 너를 좋게만 말씀하셨다. "그래도 놀 짬은 있겠지요." 마음에 차지 않은 삼촌은 한마디 더 했다. "텔레비전도 볼 것이고 아무런들 편지 한 장 쓸 겨를이 없을까? 마음만 있으면 학교에서 오는 길에 생각했다가 집에 와서 잠깐 쓰고 다음 날 아침에 정서해서 보내면 될 텐데……." 물론 너는 삼촌 편지를 받고 곧 회답을 쓰리라고 마음을 먹지만 과제가 밀려서 그것에 정신을 쏟다가 그만 잊곤 했을 것이다. 밤늦도록 공부하고 아침 일찍 학교에 가서 공부 외에는 한눈팔 겨를이 없음을 안다. 그렇다고는 해도 그 긴 동안 삼촌한테 편지를 안 보낸 것은 성의 문제가 아닐까.

선주야, 너는 어떻게 생각하니? 너에게 편지를 보내라고 이르는 것은 삼촌이 네 글을 보고 싶기도 하지만 그보다도 너를 위한 것이다. 점수는 받을 수 없어도 삼촌한테 편지를 쓰는 것은 여러모로 너에게 보탬이 된다. 틈을 내서 이따금 편지를 써라. 전번에도 말했다만 1, 2위 석차에 안달할 것이 없다. 꾸준히 실력을 쌓아가면 된다.

그리고 건강에 유의해라. 건강이 파괴되면 아무것도 못 한다. 시간이 아깝다고 하지 말고 매일 2, 30분씩 운동을 해라. 전신 운동으로 줄넘기가 좋다. 공부를 잘하는 아이들은 마음을 닦고 몸을 튼튼하게 하는 데 소홀하기 쉽고 운동을 좋아하는 아이들은 공부를 등한시하기 쉽다. 치우치지 않게 지, 덕, 체를 고루 갖춘 훌륭한 여성이 되어라. 선주야, 이만 줄인다. 안녕.

1986. 5. 13. 삼촌 씀.

안녕하십니까

참으로 오랜만에 작은아버님께 글을 올립니다.

어느덧 초여름 실록의 푸르름이 짙어지고 아카시아 향내가 가득합니다. 할머님께 건강하게 보내신다는 이야기 들었습니다.

어느덧 저도 노처녀 소리를 듣게 되고 어머님 머리엔 흰머리가 많이 보이더군요. 우리 엄만 언제나 젊고, 아름다우실 것만 같았는데 엄마도 할머니가 되시는가 봐요. 시간은 참으로 빠르게 가는가 봅니다. 철부지가 아닌 지금, 성숙한 여자로서 어머님께 불효하고 있는 것 같아 죄송할 뿐이랍니다.

어느덧 스물하고 여덟 번째 생일을 맞이했습니다. 뭐라고 말해야 좋을지 모르겠어요. 아무것도 보여줄 것도 없고, 건강하지도 못하고, 무엇을 하고 나이만 먹었는지 모르겠어요. 어떻게 생각하면 빈대 같은 삶을 살고 있다고 생각해요. 어머님께서 건강이 좀 불편하시지만 집안 식구들 모두 잘 지내고 있습니다.

누구나 외로운 황혼일지는 모르나 어머님께서는 무척 외로움을 타시는 것 같군요. 친척이 있으나 멀고, 다정한 친구분들도 계시지 않으니 더욱 그러시는 것 같아요. 오직 우리를 위해 희생하셨는데 우린 아무런 보답을 해드리지 못하고 있는 것 같아요. 살아가느라 급급한 현실에서 유대관계란 매우 어려운 것 같아요. 시골에서처럼 이웃집에 사는 것도 아니고, 버스를 타고 시간을 내어 다녀야 하니까요.

사실 저도 거의 1년 만에 작은집에 갔었어요. 나이 먹어 친척 집에 다니는 것은 좀 어색하고 괜스레 미안해지는 것 같아요.

무더운 여름 건강하셔야지요. 사실 수레바퀴처럼 짜인 글을 쓰기가 싫어 편지를 드리지 못했습니다. 저의 일상생활이 변화가 없다 보니 안부의 글을 적는다는 것이 참으로 어색했어요. 작은아버지, 이런 저를 이해해 주셨으면 해요. 물론 기다리신다는 것은 잘 알아요. 알면서도 행동으로 옮기지 못하는 것이 마음 구석에 자리 잡고 있답니다. 정말 죄송합니다. 보고 싶어요.

안녕히 계십시오. 건강하세요.

1986. 5. 26. 조카 귀선 올림.

어머님 보시지요

어머님, 그새 안녕하셨어요? 집안에 별일 없겠지요? 성산이는 보는 것마다 달라고 조르고 수선을 피우지요?

순이가 왕십리 언덕배기 좁은 방에서 살 때입니다. 아마 이때쯤 되지 않나 싶네요. 하루는 홍규와 함께 그곳에 갔는데 공터에서 혁신이가 어느 아이 세발자전거를 빼앗아 제 것인 양 타고 있고 아이는 옆에서 울고 있었습니다. 얼른 홍규가 혁신이를 안아 올렸어요. 그리고 자전거를 우는 주인에게 돌려주자 혁신이는 허공에 팔다리를 버둥대며 떼를 썼습니다. 자전거는 저 애 것이라고 타일렀지만 놀이감을 빼앗긴 혁신이한테 그 말은 의미가 없었습니다. 혁신이가 세 살 때라 그 나이에는 무엇이고 누구의 것이든 갖고 싶으면 차지하지요. 네 것, 내 것의 관념이 없으니까요. 지금 성산이가 그렇겠지요. 천진한 성산이!

제 어렸을 때 일들이 떠오르네요. 할아버님은 하루에도 몇 번씩 저에게 "네 이름이 무엇이냐?" "방규입니다." "성은?" "임씨입니다." "어뎃 임씨냐?" "나주 임씨입니다." "파는?" "정자공 팝니다." "아버지 이름은?" "임병기입니다." 같은 말을 물으시고 저는 대답했습니다. 그때마다 할아버님은 칭찬해 주셨습니다. 아바노 막 말을 배우기 시작하면서부터 할아버님이 가르쳐주셨고 어린 손자의 머릿속에 깊이 새겨지도록 수천, 수만 번을 되풀이하신 것 같습니다. 난리를 수없이 겪어온 우리 조상들은 자식을 낳으면 혹시라도 난리가 나서 난리통에 자식을 잃을지라도 후에 찾을 수 있도록 이름과 성, 파, 아버지 성함을 지성으로 가르쳤어요. 현명했습니다.

오늘날 큰 도시에서 아이를 잃어버리는 부모가 수없이 많고 그중에는 영영 부모와 헤어져서 부모를 모르고 고아로 서럽게 커가는 아이들이 매년 수천 명에 달한다고 합니다. 부모들이 조금만 관심을 갖고 아이들의 옷에 명찰을 달아 놓았더라면 그런 불행을 막을 수 있는 것을……. 자식을 잃은 부모는 어떨까요? 어머님, 순이를 잃어버리고 하루 종일 애간장이 타던 일이며, 외진 구석에서 제 또래와 놀고 있던 혁신이를 잃어버렸다고 정신없이 찾아 헤맸던 기억이 나시지요? 성산이가 제 발로 걸어 다녀서 어느 때 살짝 빠져나가지 않을까 걱정이 되네요. 성산이라고 해서 잃어버리지 않는다는 보장은 없습니다. 성산이의 속옷이든 겉옷에 주소와 이름을 적은 명찰을 달도록 이르세요. 명찰만 달아놓으면 안심할 수 있습니다.

어머님, 아들은 건강합니다. 운동 시간에 밖에 나가면 일광을 쐴 겸 웃통을 벗어부치고 땀을 흘리며 운동을 합니다. 아들 걱정을 마세요. 그리고 어머님, 아무쪼록 다른 생각 다 제쳐놓으시고 동심으로 돌아가서 성산이와 노세요. 진지랑 잘 드시고요. 어머님께서 기력 정정하시기를 간절히 바라오며 이만 줄입니다. 어머님!

아들 올림.

혁신아 보아라

혁신아, 학교생활이 어떠냐? 중학교에 입학한 지 석 달이 지났으니까 새로 만난 학우들과 어느 정도 친숙해지고 처음부터 마음에 든 몇몇 친구들과는 속마음을 주고받고 우의를 두텁게 하고 있겠지.

너한테 글을 쓰니까 삼촌 중학 시절이 떠오르는구나. 삼촌은 열다섯 살 때 중학교에 들어갔다. '고창중학교'. 고향에서 멀리 떨어진 타향인데 그때는 차가 없어서 입학시험을 치르러 갈 때도 자전거를 빌려 타고 80리 길을 갔다. 긴장 속에서 시험을 치른 삼촌은 돌아가지 않고 합격자 발표를 기다렸다.

닷새 후던가, 가슴을 조이며 중학교 교문을 들어섰다. 합격자 번호가 쓰여있는 두루마리를 교사가 벽에 붙여갈 때 가슴이 어찌나 뛰던지, 한순간 숨이 끊겼다. 삼촌 번호! 애타게 기다리던 번호가 눈에 잡히자 뛸 듯이 기뻤다. 왕방울만 하게 눈을 뜨고 몇 번이나 확인하고는 우체국으로 달려갔다. 집으로 합격했다는 지급전보를 쳤다. 흥분이 가시지 않은 삼촌은 천천히 옛 성터에 갔다. 성문이나 성안의 집은 터만 남아있을 뿐 쓸쓸했지만, 돌로 쌓아 올린 성벽이 그대로 남아있어서 독특한 정감을 자아냈다. 삼촌은 성벽 위에서 소도시를 내려다보았다. 높게 솟은 방장산, 그 줄기가 내려오다가 작은 봉우리를 끝으로 뚝 끊긴 곳에 자리 잡은 고창중학교. 3층 본관과 2층 신관의 붉은 벽돌이 아름다웠다. 오른편에 강당이 있고 왼편 뒤쪽 노송이 우거진 곳에 도서관이 아담했다. 이 모두를 바라보면서 어린 가슴에 희망이 부풀었다. 누가 자기를 키워준 모교를 자랑하지 않을까? 고창중학교는 시골에 있었지만, 사립학교로(일제 말에 공립으로 됨.) 애국적이며 실력 있는 선생님들이 많았고 일제 때에도 애국자를 많이 배출한 전통 있는 명문이다.

다음 날 큰외삼촌이 말을 타고 오셨다. 반가웠다. 80리 길을 달려온 말도 반가웠다. 이마와 목을 쓰다듬어 주었더니 어린 주인을 알아보는 듯 머리를 떨어뜨리고 코를 벌름거리며 다정하게 굴었다. 큰외삼촌은 그날로 입학 수속을 끝내고 양복짐에 가서 교복을 맞춰 주시고는 말 엉덩이에 채찍을 기히며 고창을 떠나셨다. 삼촌은 다음 날 자전거를 타고 돌아갔다. 올 때는 처음 길이라 그랬던지 지금도 환히 떠오르는데, 돌아갈 때의 기억은 없다. 다만 어두워서 집에 당도했고, 더 이상 움직일 수 없도록 지쳐있던 기억만이 남아있다. 얼마 후에 할머님이 내의 등 옷을 넣어주신 뤼크샤크를 짊어지고 고향을 떠났다.

그때부터 객지 생활이 시작되었다. 새 교복을 입고 중학교 모자를 쓰고 생전 처음으로 가죽 구두를 신고 중학교 교문을 들어서던 그날의 감격을 어떻게 쓸거나. 촌닭 관청에 간 듯 어리둥절하던 삼촌은 날이 가면서 새로운 환경에 익숙해졌다. 일제 강점기 일제의 식민지 교육정책으로 말미암아 배움의 길이 막혀버렸던 우리나라 청소년들이 해방과 더불어 한꺼번에 학교로 몰려들었다. 삼촌 반에도 스무 살 넘은 청년이 여럿 있었고 그중에는 애 아버지도 있었다. 그래서 때로는 엉뚱한 일이 벌어지곤 했다.

학생들이 교문 밖에서 만나면 어느 곳 어느 때를 막론하고 나이와 관계없이 상급 학생에게 거수경례를 하고, 말은 경어를 쓰도록 학교 규율이 강요하고 있었다. 그래서 어른처럼 큰 청년이 키 작은 2, 3학년 아이들에게 경례하기가 싫어서 길 가다가 상급생이 오면 골목으로 새거나 모르는 척 옆을 보고 가다가 길에서 따귀를 맞는 일이 있었다. 또 그것도 안 되겠다 싶으면 특별한 경우이기는 하지만 상급 학생들이 규율을 잡는다는 구실로 방과 후에 큰 학생을 자기들 교실로 불러서 구타한 일도 있었다.

중학교에서 배우는 과목은 수준이 높고 새로운 것이어서 선생님 말씀을 열심히 듣고 요점을 연습장에 부지런히 갈겨썼다. 집에 와서는 그것을 다시 정리해서 노트에 옮겨쓰고 복습과 예습을 했다. 흐뭇한 나날이었다.

해방 직후의 교내 생활은 민주주의가 철저히 보장되었고 학생자치제를 실시했다. 장소를 옮겨가며 회의를 가졌고 전교 및 각 학급에 자치위원회 위원장이 다수가결에 의해서 선출되었다. 특별한 문제가 제기되면 임시집행위원회를 구성했고 때로는 전교생이 강당에 모여서 열띤 토론을 했다. 선생님도 토론에 참가했다. 회의가 민주 방식에 어긋날 때, 선생님은 손을 들고 긴급동의를 요구했고 발언권을 얻어서 회의를 바로 잡아주시곤 했다. 인원 파악, 개회 선언, 집행부 선출, 의제 채택, 토의, 결정, 폐회 선언. 회의는 언제나 열기를 뿜었지만 질서 정연했다. 삼촌은 고창중학교에서 지식뿐 아니라 형식이 아닌 참된 민주주의를 배웠다.

홀륭했던 선생님과 선배들, 친구들이 떠오르는구나. 삼촌은 처음에 하숙을 하고 있었다. 형편이 어려운 학우들은 기숙사에 있거나 자취를 했다. 기숙사를 몇 번 방문한 삼촌은 고생하시는 할아버님을 생각해서 하숙을 치우고 기숙사에 들어갔다. 기숙사비가 하숙의 반도 안 되는 싼값이라 겨울에는 방이 차고 먹는 것이 적어서 배가 고팠다. 규율이 엄하고 또 하급생은 방 청소에 잔심부름을 도맡아 하기 때문에 자유가 없고 어려움이 많았지만 공부하기에는 좋았다.

기숙사 생활에서 잊혀지지 않는 것은 밥하던 아주머니가 이따금 누룽지를 주셨는데 그렇게 그것이 구수했던지……. 집에 다녀온 벗이 가지고 온 엿이나 찰떡을 가만히 내주던 일, 지금도 회상하면 훈훈하다.

8개월인가 기숙사 생활을 하고는 그곳을 떠났다. 친구와 자취를 시작했다. 추운 겨울에 밥을 해 먹고 설거지하는 것이 고역스러웠지만 재미있었다. 비용이 적게 들었고 배도 곯지 않았다. 숯을 사다가 쇠풍로에 밥을 지었다. 깨소금과 고춧가루는 집에서 가져왔고, 간장은 무장 사는 친구가 가져와서 그것도 살 필요는 없었다. 찬은 한 가지. 뚝배기에 장을 붓고 멸치를 넣고 물을 좀 타서 끓이다가 고춧가루, 깨소금, 가는 파를 종종 썰어서 넣은 것인데 밥에 뜸이 들고 찬이 마련되면 솥(알루미늄)을 들고 방에 들어와서 맛있게 먹었다. 찌개도 아니고 양념장도 아닌 것을 밥에 쳐서 척척 비벼가며 먹었다. 한창 클 때가 아니냐. 무엇이니 맛이 있었다. 어떤 때는 물고기를 잡이다가 생무를 넣고 벌겋게 지져 먹었고, 월말에 예산이 남으면 시장에 가서 생선을 사다가 지지고 굽고 했다. 그런 날이면 친구도 초대했다.

그 무렵이다. 친구들과 1년 넘게 사귀었기 때문에 우정이 두터워졌다. 삼촌 친구들은 주로 큰 학생이었다. 그들은 삼촌 노트를 빌려 가고 함께 토론하고 공부도 했다. 그런데 큰 친구들이 오면 의례히 담배를 피우는 것이었다. 어쩌다가 담배가 떨어지면 꽁초를 찾는 등 보기에 민망스러웠다. 그래서 담배를 사두었다가 친구들이 찾으면 내주곤 했다. 한번은 종이를 구겨 쥐고 변소에 가려는데 친구가 담배에 불을 붙여주었다. 연기를 삼키지는 말고 빨았다가 그대로 뿜으라고. 악취가 안 난다고 했다. 시골 변소는 항아리를 묻어놓은 것인데 여름에는 구더기가 그득하고 냄새가 지독한 곳이다. 삼촌은 담배를 받아 변소에 가서 연기를 내뿜었다. 담배 연기에 악취가 중화되는 것인지 확실히 냄새가 덜했다.

그날부터 변소에 갈 때는 담배에 불을 붙여서 갔는데 어찌 된 일이지, 2, 3개월이 못 가서 담배 맛을 알게 되었다. 처음에는 변 볼 때만 피웠고 다음에는 식후에 한 대씩 태웠다. 뒤에는 책보다가 솔깃한 생각에 담배에 불을 붙였고, 나중에는 아침에 눈 뜨자 담배부터 찾았다. 담배에 인이 배긴 삼촌은 이제 담배를 끊을 수 없게 되어버렸다. 식후에 담배를 안 피우면 속이 답답한 것이 먹은 게 내려가는 것 같지 않고 담배가 떨어지면 꽁초라도 찾아서 한 모금 빨아야지 책이고 무엇이고 손에 잡히지 않았다.

2학년인가 3학년 여름방학 때다. 집에 가면서 공작(담배) 한 갑을 사서 호주머니에 넣어서 갔었다. 큰 방 옷걸이에 교복을 걸어놓고 밖에 나갔다 왔더니 할머님이, "방규야, 너 담배 피우니?"하고 묻지 않으시더냐? 할머님이 옷을 빨려고 주머니에 손을 넣었다가 담배를 발견하신 것이다. 삼촌은 빙긋이 웃고 말았다. 마침, 작은할머님이 오시자 "여소, 여소." 급히 작은할머님을 부르시더니 "아, 글쎄 방규란 놈이 담배 핀다네." 할머님은 흉을 보셨지만 어린아이로만 알아 온 아들이 담배를 피우다니 이제 다 큰 것이라고 어머니가 아들한테서 느끼는 흐뭇한 기쁨이 숨겨져 있었다. 두 할머님은 웃으셨다. 삼촌은 어쩔 것이냐. 할머님이 아신 것을. 담배를 가지고 와서 담배를 피우시는 작은할머님께 담배에 불을 붙여서 올리고 삼촌도 한 대 태웠다.

이런 말을 하면 네가 담배에 어떤 호기심을 가질지 모르겠다만 아예 어려서 담배를 입에 대지 말아라. 여러 번 입에 대면 인이 배기고, 일단 담배에 인이 배기면 누가 무어라 해도 몰래 피우게 되는데 여간 마음 쓰여지는 것이 아니다. 피우고는 싶고 어른들의 눈을 피해야지 꽁초도 찾고, 도대체가 지저분하다. 뿐만 아니라 성장과 뇌에도 덜 좋다. 그래도 담배를 피우려거든 누구 앞에서나 피울 수 있는 나이에 가서 배워라. 담배 때문에 이야기가 한쪽으로만 앞질러 나갔다.

다시 돌아가자. 삼촌이 부모님 슬하를 떠나서 객지에 나간 지 4개월 만에 집에 가는데 전날부터 흥분이 되었다. 겨울방학을 해서 (그때 신학기는 미국식으로 9월이었다.) 상급생 너댓 명과 함께 몇 권의 책과 옷이 들어있는 뤼크샤크를 짊어지고 길을 떠났다. 큰길로 가다가 흥덕을 지나서 샛길로 들어섰다. 눈이 날리고 북풍이 매서웠다. 똘뚝을 타고 가는데 맞바람을 안고 걷는 걸음이라 길은 곧지 않고 몹시 힘들었다. 30리, 40리를 지나 2시가 넘었는데 요기를 못 하니 배는 고프지, 추위까지 뼛속에 스며들었다. 3시 넘어서야 길녘 주막에 찾아들었는데 먹을 것이 없었다. 갈 길이 멀어서 밥을 시킬 수도 없고 생두부 몇 모를 사서 데워달라고 했다. 마루에 걸터앉은 채 찬기만 가신 두부를 김치에 싸서 빈 배에 쓸어 넣고 떠났다. 시간이 갈수록 바람은 세차고 살을 에듯 아리었다. 눈 덮인 산야에 황혼이 짙어갔다. 지친 우리들은 남은 길을 가면서 쉬지 않고 전진했다. 9시경에 집까지 10리를 남겨놓고 친구 집에 들어갔다. 무엇을 먹고 어떻게 잤는지 기억에 없다.

다음 날 아침에 그곳을 떠났다. 고향 마을에 들어서 우리 집이 눈에 들어오자 가슴이 뛰었다. 마음은 집에 다다랐는데 두 다리는 뒤에서 터덜거렸다. 너는 객지에서 살아본 경험이 없기 때문에 어려서 몇 달 만에 처음으로 집에 간 기쁨이 어떤 것인지 모를 것이다. 차가 없을 때 고창중학교를 다니면서 집에 오가며 길에 얽힌 이야기는 그 외에도 많다.

토요일 오전 수업을 마치고 부지런히 50리 길을 걸어서 삼촌 외가에 가서는 거기서부터 말을 타고 집에 갔다. 삼촌은 열네 살 때 말 타는 것을 배웠는데 마상에서 네 굽을 놓고 뛰거나 속보로 뛰거나 제법 능숙하게 말을 다루었다. 일제 말엽에 부안에 주둔하고 있던 일본 침략군대 내에 기마 부대가 있었는데 해방 후에 잘 훈련된 말을 헐값으로 팔았다. 그해 가을에 외할아버님은 6백 원을 주고 말 상인한테서 좋은 승마 한 필을 사셨다. 이름은 니싱인데 성질도 있고 아주 잘 달리는 말이었다. 준배 아저씨 삼촌이 일본군 기마병으로 있다가 해방 후에 돌아왔는데, 그분이 46년에 이리에서 개최되었던 경마대회에 니싱을 타고 출전해서 당당히 2등을 했었다. 그런 말이 집에 있어서 말을 자주 탔고 말타기를 익혔다.

삼촌은 키가 작아서 말 위에 올라타는 것이 문제였다. 어른들이 안아서 올려주거나 아니면 평지보다 높은 데서 타곤 했다. 그러다가 나중에는 말 앞발 무릎 위 패인 곳에 왼발 끝을 대고 한 손으로 안장 앞 고리를 잡고 굴러서 간신히 올라타곤 했다. 말이 네 굽을 놓고 최고 속력을 낼 때는 오히려 말과 사람이 하나처럼 자연스럽게 척척 맞아서 타기 쉽지만, 속보로 달리는 것은 어렵다. 말 등이 올라갈 때 엉덩이도 올라가고 내려갈 때 함께 내려가도록 마상에서 보조를 맞추어야 하기 때문이다. 맞지 않으면 말이 뛰지 못한다. 말은 영리하다. 처음 보는 사람이라도 말 위에 올라타면 탈 줄 아는 사람인지 아닌지를 금방 알아버린다. 1, 2년 전에 가본 집도 어김없이 찾아간다. 니싱은 나쁜 버릇이 있어서 싫어하는 데 가도록 매를 대면 가다가 딱 서서는 머리를 숙이고 뒷발로 땅을 찼다. 엉덩이가 치솟을 때 안장 앞 고리를 단단히 잡고 버티지 않으면 굴러떨어진다. 그뿐만이 아니다. 가로수 가지가 길 안으로 낮게 뻗어서 말 탄 사람이 다칠 만한 것이 있으면 느닷없이 그 밑으로 세게 달려간다. 그 순간에 몸을 엎드리지 않으면 상처를 입고 만다. 또 길가로 가다가 쏜살처럼 가로수에 바짝 스쳐 가는데 그때도 얼른 한 발을 안장 위에 올려놓지 않으면 다친다. 놈은 제 몸 말고 사람 다리만 다치도록 겨냥하는 것이다. 삼촌이 작아서 얕보는데 그런 때는 매질을 했다. 그놈은 큰 것, 작은 것을 구별할 줄 알아서 단단해도 매가 가는 것이면 꾀를 부리지만 옥수숫대라도 굵은 것을 손에 쥐면 겁을 먹고 손만 움직여도 속력을 냈다. 참으로 영리한 동물이었다. 니싱은 자동차나 말을 비키는 일이 없고 말이 바짝 따라오면 뒷발로 냅다 머리나 모가지를 차버렸다.

한번은 부안 줄포 가도를 달리는데 미군 짚차가 가까워왔다. 짚차와 거리가 좁혀질수록 말은 속력을 냈다. 삼촌은 자갈 끈을 왼쪽으로 젖혔지만, 말은 듣지 않고 길 한가운데를 전속력으로 달렸다. 미군들은 자기들 앞에서 무섭게 달리는 말과 작은삼촌이 신기했던지 획획 휘파람을 불면서 차를 몰았다. 일대 위기! 약간 경사진 언덕을 오를 때 그때다. 보리밭과 깊이 잇닿은 곳에서 삼촌은 몸을 뒤로 젖히면서 왼쪽 끈을 힘껏 잡아당겼다. 말은 활처럼 깊게 보리밭으로 휘어져 갔다. 미군들은 속력을 늦추고 깔깔 웃어댔다.

또 한번은 황해에 태양이 잠기면서 온통 바다를 붉게 물들일 때 말 등에 안장을 얹고 배때를 죄고 재갈을 물리고는 말 위에 올라탔다. 태양이 지는 반대 방향으로 말을 몰았다. 곰소를 벗어나서 한 고개를 넘고 급커브를 돌 때다. 광주리를 인 엄마 뒤에 너댓 살 난 아이가 따라가고 있었다. 말은 급커브가 나타나면 길가로 달리다가 안으로 넓게 도는 법이다. 말이 저 있는 길가로 달려오는 것을 보고 겁먹은 아이는 길 안으로 달아나고 말도 이미 방향을 안으로 돌린 때라 그만 아이와 말이 부딪치는데 그 칠나 뚝 말이 떴다기 멀어졌다. 덕덕덕 십여 미터 나가다가 말이 멎었다. 뒤를 돌아보았다. 아이는 울면서 가로로 가고 엄마는 광주리를 팽개치고 쫓아와서 아이를 안았다. 삼촌은 뛰어내렸다. 아이는 다친 곳 없이 온전했다. 얼마나 다행한 일이냐. 오그라들었던 숨통이 터지는 듯 호흡이 가빴다. 그때처럼 니싱이 고마웠던 적은 없다.

말은 삼촌을 태우고 달렸다. 여름밤이라 날파리가 얼굴에 엉겨 붙어서 아예 눈을 감았다. 덩치에 걸맞지 않게 말은 어둠을 무서워한다. 어둠이 들기 시작하면 재촉하지 않아도 제 스스로 속력을 낸다. 어느덧 집에 이르렀다. 네 엄마는 세 살 난 아이였고 모두 식사 중이었다. 50리 길은 30분이면 족했다. (1947년에 집안 형편으로 말을 삼촌의 외삼촌께 드렸다. 그래서 집에 오고 갈 때는 원길에서 10리를 들어갔다 나오기 때문에 50리는 걷고 50리는 말을 탔다.)

48년 6월에 정든 고창중학교를 떠나서 전주공업학교로 부득이 전학을 했다. 역사 깊은 선운사와 문수사에 소풍 가고, 방장산에 가서 밤 따고, 눈이 수북이 내린 어느 겨울날 몽둥이들을 들고 토끼 잡던 일이며 집에서 학비를 타가지고 가던 길에 야바위꾼에게 돈을 털려버린 두 학생에게 돈을 찾아준 이야기, 위험한 소문을 듣고 한동안 매일 밤 학생들이 200명씩 몽둥이를 들고 학교를 지키던 일, 움직이지도 못하도록 늘씬하게 얻어맞은 일 등 다 못 쓰고 만다. 뒤에 들려주마. 중학 시절의 회고담이라 너한테는 특히 흥미가 있을 것이다. 쓸 곳이 적어서 너에게 정작 하고 싶은 말은 못 쓰고 마나보다. 간단히 줄이겠다.

혁신아, '경아리(예전에 서울 사람을 약고 간사하다고 여겨 욕하여 이르던 말)'라는 말이 있다. 옛날에 서울 사람을 깍쟁이라고 이른 말이다. 깍쟁이가 되어서는 안 되지. 사내가 조금은 수더분하고 대범해야 한다. 의리가 있고 착실한 학생을 벗으로 택해라.

일제 때 학교에서 일어 시간이 많았는데 해방 후 미군 정치하에서는 영어 시간이 많아서 '이렇게 외국어를 배워야 하나?' 하고 어린 마음에 고뇌가 생겼다. 1학년 때는 그런대로 영어 공부를 했지만 2학년에 가서는 '내가 장차 그들의 통역관을 할 것이냐?' 생각 끝에 영어를 집어치우고 다른 책에 열중했다.

혁신아, 너희들의 세대는 다르다. 한둘의 외국어에 능통해야 한다. 외국어를 익힐 때는 단어 암기는 물론 교과서의 글 자체를 외우는 것이 좋다. 교과서는 기본이 되는 문장을 다루고 있기 때문이다. 좋은 문장을 많이 읽으면 자기도 모르는 사이에 짜임새 있는 문장 구조가 머릿속에 형성되는 것이다. 따라서 교과서를 외우는 것은 회화, 문법, 작문에 유익하다.

운동에도 힘써라. 너희들이 충실하게 성장하기를 간절히 바라면서 이만 줄인다. 혁신아 안녕.

1986. 6. 11. 삼촌 씀.

누이에게

집에 잘 갔어? 면회 시에 별것 아닌 것을 신장이 나빠진 것 같다고 누이한테 걱정을 안겨주고 방에 돌아온 오빠는 생각 없이 말한 스스로를 탓했네. 오랫동안 위장을 앓았는데 그 밖의 증세가 조금씩 나타나서 신장 장애가 아닌가 생각했을 따름이야. 몸에 이상이 있을 때 관심이 가는 것이지만 신경을 과도하게 쓰는 것은 오히려 해로운 것이라 음식에 주의할 뿐 거의 무시하고 있네.

밖에 나가면 땀을 흘리며 한 시간 내내 운동을 하고 방에서는 책을 보고 오빠 생활에 한가한 시간은 없어. 건강이 허락하기 때문이지. 이곳에서 30년을 살아온 오빠가 이만큼 건강을 유지하는 것도 다행한 일이야. 어머님과 형제들의 은혜가 크네. 정이 메마른 곳이라서 그럴까? 작은 정도 폐부에 파고들어.

누이와 동생과의 면회 정경이며 헤어질 때의 장면이 선하게 떠오르네. 오빠를 한 번이라도 더 만져보려고 계단 밑에 와서도 오빠 팔을 잡던 누이. 지금도 생각하면 가슴이 부풀어오네. 부모 슬하에서 클 때 다정했던 남매라 할지라도 시집가서 자식 낳고 살다 보면 형제의 정이 멀어지는 법인데 누이는 그렇지 않아. 객지에 있다가 집에 가면 "오빠!" 오빠를 부르며 달려오던 누이. 누이는 그때나 지금이나 다름이 없어. 정이 많고 활달한 누이를 예뻐하던 오빠도 또한 변함이 없고. 어려서 다정했던 정을, 바래거나 구김 없이 누이와 오빠는 오롯이 간직하고 있지. 흐뭇하고 아름다워. 아름답고말고. 생각이나 감정을 어찌 다 나타낼까. 이만 줄이네. 잘 있어.

의숙아 보아라

의숙아 얼마나 고달프냐? 새벽에 일어나고 학교에서 온종일 밤까지 공부하고, 12시 넘어서 집에 와서도 또 볼펜을 든다는 네 소식을 엄마한테서 들었다. 입시 지옥이란 말이 실감 난다. 이승의 지옥은 감옥이라고 하는데 지금의 너는 감옥 생활보다 더한 것 같다. 너희들이 그래야만 하는 것인지 삼촌 머릿속에 의문이 자리 잡고 있다.

입시까지 이제 5개월! 마라톤 경주에 참가한 주자들은 백 리 길을 뛰는 데 사력을 다하지만, 끝까지 주파하기 위해서 자기 힘을 적절하고 정확하게 안배하는 법이다. 이상도 이하도 아닌 최적의 상태를 유지해야 기록이 좋다. 자신의 체력을 무시하고 욕심을 부리다가는 중도에서 쓰러지고 만다. 그 점을 염두에 두고 뛰어라. 전력을 다해서 달리는 너에게 열렬한 격려를 보낸다. 의숙아, 안녕.

일경아 보아라

일경아, 너도 밤 열 시가 넘어서 집에 온다지? "삼촌한테 편지 안 해서 어쩌지? 미안하다고 잘 말해주어, 엄마." 면회실에서 엄마가 네 흉내를 내시더라.

뜨르릉 뜨르릉 ……. 전화벨 소리. 공부에 열중하고 있던 일경이는 돌아보다가 다가가서 수화기를 들었다. "여보세요." "아, 일경이니?" "네, 누구세요?" "삼촌이다." 목소리가 굵은 것이 홍규삼촌은 아니고 감이 잡히지 않는 일경이는 머리를 갸우뚱 "모르겠는데요. 자세히 말씀해 주세요." "삼촌 목소리도 잊었니? 큰삼촌이다." "큰삼촌? 삼촌! 나왔어? 거기 어데야?" 부르짖는 소리. 삼촌이란 말에 엄마가 뛰어왔다. "뭐? 삼촌?" "엄마 큰삼촌이야." 일경이 목소리에 울음이 섞여 있고 눈에 눈물이 비친다. 수화기를 잡아챈 엄마는 다급하게 "오빠!" "응" "오빠 거기 어데야?" "어디기는 어디? 오빠 있는 곳이지."

밤중에 깬 삼촌은 너희 생각에 잠겨있었다. 전화번호만 돌리면 금방 네 목소리를 들을 수 있을 텐데. 전화선은 높은 담 안에 들어와 있다. 지척에 전화기가 놓여있다. 그러나 참말로 만 리만큼이나 삼촌한테서 멀다. 가능성과 불가능을 생각하다가 삼촌은 허공에 말하고 너는 수화기를 들고. 어린이 같은 공상을 해보았다. 어느 날 전주터미널이나 택시로 십여 분 내에 너희 집에 닿을 수 있는 곳에서 너희들을 깜짝 놀라게 할 때가 반드시 있고 말 장면이 공상 속에 담겨 있었다. 감격의 그날을 천천히 기다리기로 하고 이야기나 하자.

즐거움에 대해서 말하고 싶다. 노동의 즐거움이나 목적을 달성했을 때의 기쁨, 희열, 인간과 인간 사이에서 이루어지는 훈훈한 정 등은 제쳐놓고 취미와 오락에 한하겠다. 즐거움은 대상과 마음(뇌)이 있어야 하고 상상, 추리, 회상 또는 문학작품을 읽거나 장기, 바둑을 두면서 즐기는 면 즉 주로 뇌에서 흥분을 일으키는 것과 아름다운 것을 보고, 고운 소리를 듣고, 향기를 맡고, 입안에서 맛을 느끼고, 닿거나 손으로 만져서 부드러운, 그래서 기쁨을 느끼는 면, 다시 말해서 대상이 감각기관을 흥분시키고 뇌에 전달해 뇌신경을 흥분시키는 것으로 나눠볼 수 있다.

후자에 일체의 예술활동, 체육활동, 원예활동과 각종 오락이 포함되겠지. 전사와 후사는 모두 객체(대상)와 직접 간접으로 연결되어 있나. 상상이나 공상까지도 사물과 관계없이 관념만으로 되어지는 것은 없다. 대상과 접하는 인간의 감각은 고도로 섬세하고 예민하고 그윽한 것이며 대상에 접할수록 그에 적응하면서 세분화되고 발전하는 것이다.

담배를 처음으로 빨아보면 쓰고 재채기가 나오고 고역스럽지만 자주 태우면

인이 배겨서 구수하다. 일하다가 쉬면서 피우는 담배, 새벽에 태우는 담배 맛이란 애연가에게 그렇게 좋을 수가 없다. 담배 자체는 그대로인데 싫다가 좋아지는 것은 감각의 변화에 기인한 것이다. 맥주도 처음에는 지린내가 나고 찝찝한 것이 비위에 거슬린다. 그런데 맛을 들이면 그 맛이 대단하단다. '시금털털 개살구도 맛들일 탓'이란 속담이 있다. 시원찮은 것도 맛을 들이면 좋아진다는 말이다. 그 점은 아주 중요하다.

우리의 감각은 대상을 광범위하게 받아들일 수 있는 능력이 있으며 취미의 대상을 목적의식적으로 선정해서 맛들일 수 있고 (예외적인 것도 있지만) 즐길 수 있다는 확신을 주기 때문이다.

취미 생활은 삶을 부드럽고 윤택하게 하는 것이라 한두 가지 취미를 가져야 한다. 그러나 도락이 지나쳐서 인간의 중요 활동과 영양 섭취, 수면 등 생의 기본 조건을 결정적으로 침해하면 삶에 보탬이 되는 것이 아니라 정신과 육체가 파괴된다.

술을 예로 들어보자. 식사 때마다 한 잔씩 반주를 들면 최상의 보약이 되지만 술독에 빠지면 주독으로 코가 붉어지고 주정뱅이로, 알콜 중독자로 인간 폐물이 되고 만다. 보약도 되고 독도 되는 술. 그 술을 적당히 마시면 좋단다. 친한 벗끼리 술자리를 벌여놓고 주거니 받거니 호탕하게 즐기는 모습은 곁에서 보기에도 좋다. 술을 못 하는 삼촌은 술을 배우려고 해보았는데 막걸리든 소주든 맥주든 한 잔만 마셔도 얼굴이 붉어지고 골이 아프고 속이 울렁거렸다. 술 마셔서 기분 좋기는커녕 마실 때 고역스럽고 마신 후에 부대껴서 그만두었다.

술과 담배를 다 즐기는 친구한테 '길 가다가 쉬면서 한 대 태우는 담배 맛이 기막히지 않더냐? 그 담배 맛하고 일하다가 쉬면서 술 한 대접을 꿀꺽꿀꺽 마시는 술맛하고 비하면 어떠냐?'고 물었더니 한마디로 술에 담배는 비교가 안 된다고 말하더구나. 너댓 잔만 마실 수 있으면 좋을 텐데. 좋다는 술맛을 모르니 삼촌은 좀 안되었지?

한번은 전주 시내에서 퇴근하는 아빠를 만났는데 술집 앞을 지나다가 술 생각이 간절했던지 말없이 삼촌 소매를 잡고는 술집 문을 밀치고 들어갔다. 소주 두어 잔을 마시고 나왔다. 가다가 다음 술집에 들러서 또 한두 잔을 마셨고, 삼촌은 싱겁게 안주만 입에 넣었다. 나와서 걷다가 또 들어가고……. 7, 8집을 더듬었는데 그때마다 주모가 쫓아와서 귀한 단골 손님인 듯 환대가 이만저만이 아니었다. 가로등이 비치는 도로를 거나하게 취해서 약간 비틀거리며 연신 웃던 아빠가 눈에 선하다. 술 냄새도 나는 것 같다. 아빠는 술로 망칠 리는 없다. 다만 육류에 젓가락이 가지 않고 깡술을 마셔서 건강을 해치지 않을까 걱정이 된다.

전번에 식품공학을 전공한 조선대 교수의 강연을 들었는데 먼저 도수가 낮은 술을 마시고 다음에 독주를 마시면 많이 들어도 좋지만, 독주를 먼저 마시고 도수가 낮은 술을 마시면 몸에 아주 해롭다고 하더라. 인체에 필요한 지방과 단백질은 육류를 통해서 공급받는데 나이 들어가면 육류에 들어있는 콜레스테롤이 혈관 벽에 붙어서 순환기 계통의 질환을 가져오기 때문에 고기만 즐기면 해롭고 고기에 독주(소주 계통)를 곁들이면 중화가 되어서 좋다고 한다. 늙어서는 고기 따로, 술 따로는 해로우며 둘을 함께 들어야 좋다는 내용이었다. 아빠가 그 점에 관심을 가졌으면 한다. 너와 관계없는 술 이야기가 길어졌구나.

문제는 일생동안 즐기고 건강에 좋은 취미의 대상 선택이 중요하다. 성장기에 공부만 하다가는 몸이 약해져서 두고두고 고생한다. 음악에 취미가 있는 너는 한 종목쯤 운동을 익히는 것이 좋지 않을까? 탁구나 배드민턴 아니면 정구를 해보렴. 즐겁고 몸에 좋고 여러모로 이롭다. 쓸 곳이 없구나. 일경아, 안녕.

1986. 6. 26. 삼촌 씀.

하지가 지나서 그런지 날씨가 무척 덥네요. 한바탕 비라도 쏟아질 듯 잔뜩 찌푸린 하늘이라 더 더운 것 같아요. 그동안 안녕하셨어요? 여기 서울 식구들도 모두 무고하십니다.

먼저 사과부터 할게요. 몇 번 편지를 받고도 답장을 못 해 드려서 죄송스럽게 생각해요. 변명 같지만 성산이하고 싸우다 보면 별로 시간이 없어요. 요전에 생신 때도 될 수 있으면 가려고 했는데 일이 묘하게 되어서 가 뵙지 못했어요. 시간 있으면 여름방학 때 갈게요.

성산이에 대해서 좀 쓸게요. 아주 말썽꾸러기예요. 요즈음 엉터리지만 말을 많이 해요. 빨래할 때도 옆에 와서 눈치를 살살 살피다가 층계로 올라가요. 어디 가냐고 물으면 아줌마한테 간대요. 밖에서 세차하는 아줌마들이 저한테 잘 해주니까 무척 따라요. 나가서도 몇 번이나 들어와요. 제가 없는 것 같으면 "엄마 엄마." 대답할 때까지 불러요. 또 공을 얼마나 좋아하는지 몰라요. 집에 공이 네 개나 있어요. 길 가다가 공을 보면 당장 내놓으래요. 달래서 집까지 데리고 오려면 애를 먹어요. 야구, 축구를 어떻게나 좋아하는지 투수 흉내를 멋지게 내요.

요즈음 의정이가 서울에 있거든요. "언니 언니" 하면서 얼마나 따르는지 엄마한테 안 온대요. 지금도 선주네 가서 놀고 있어요. 혁신이가 장난이 심해서 위험해요. 이뻐하기는 해도 가끔 때리기도 해요. 그래서 혁신이보다 혁성이를 더 좋아해요. 선주한테는 워낙 무섭게 하니까 아예 갈 생각도 안 해요. 성산이를 데리러 가야 해요. 다음에 또 쓸게요. 안녕히 계세요.

제수 올림.

어머님, 감기로 고생하셨어요? 저는 감기에 강한데, 어머님은 곧잘 감기를 앓으시네요. 저는 1년에 서너 번 감기로 고생을 했는데 여름에 일광욕을 하고 풍지 지압을 하면서부터는 감기에 걸리지 않습니다. 어머님께서도 한여름에 모래찜을 하시고요, 귀찮다 마시고 풍지 지압을 하세요. 감기기가 있을 때 감기약을 먹어버리면 되는데 어머님은 부작용이 심해서 약 쓰는 것은 곤란하니 침을 맞으세요. 막 시작할 때 효력이 있지, 때를 놓치면 소용이 없습니다. 비타민C를 대량 복용하는 것도 한 처방입니다. 유판씨를 하루에 십여 정씩 사나흘 복용하면 낫거나 앓아도 가볍게 앓습니다. 동생이 기억해 두었으면 좋겠네요.

아들은 여전합니다. 부지런히 책을 봅니다. 기억력이 둔하지만 손재주도 조금은 있고 아버님과 어머님으로부터 이어받은 재질이 없지 않은데 학문도 그렇고 어느 것 하나 흡족하게 키워보지 못했어요. 그러나 아들이 할 수 있는 한 노력하고 있습니다. 지난 5월부터 문학작품을 보고 있네요. 여덟 권째 읽습니다. 관본에 세계문학전집이 50여 권 있는데 작년에 스물댓 권을 읽고 힘에 부쳐서 중지했다가 다시 시작했어요. 사회에 나가서는 시간이 너무 걸려서 볼 수 없는 책이고 다른 목적도 있습니다만 사람의 마음을 더 깊이 알기 위해서 마음먹고 착수했습니다. 잔글씨라 하루에 너댓 시간 보면 눈이 아파서 더 못 보고 활자가 큰 책을 읽네요.

그리고 어머님, 아들은 건강합니다. 가다가 좀 좋지 않은 때도 있습니다만 잘 미워냅니다. 여름도 되고, 걱정하지 마세요. 아들은 여름이 좋습니다만 어머님은 더위 나기가 힘드시겠어요. 아무쪼록 여름철 건강에 유의하세요. 어머님께서 강녕하시기를 간절히 바라오며 줄입니다. 어머님!

제수씨 보십시오

제수씨, 고향에 잘 다녀오셨어요?

성산이 사진을 보니까 고 녀석 본 지가 1년이 되었는데 몰라보게 컸어요. 벌써 ㄱ, ㄴ, 아, 야, 어, 여……를 다 외운다면서요? 이제 세 살인데 재주가 있어요. 입을 꽉 다물고 의젓하게 서 있는 성산이는 한 고집이 있어 보이네요. 그리고 공을 차는 고 녀석 표정에 웃었습니다. 사진을 받은 날 저녁 먹고 취침 시까지 성산이 사진을 보면서 보냈어요.

제수씨, 만일에 사람이 태어나자마자 깊은 산에서 사람과 접촉 없이 짐승의 젖을 먹고 짐승과 함께 컸다면 생각이나 행동에서 사람다운 면을 찾아볼 수 있을까요? 모습은 사람이지만 하는 짓은 짐승과 같겠지요. 우리가 사람답게 살아가는 것은 전적으로 문화의 혜택입니다. 가정과 사회의 가르침에 의한 것이지요. 선도 아니고 악도 아닌 아이들은 엄마 품에서 사람으로서의 틀이 잡혀갑니다.

성산이가 할머니를 잘 따른다는 어머님 말씀에 기뻤습니다. 할머니를 따르는 손자는 노쇠한 할머니를 돕게 되고 그와 같은 행위가 효도로 이어지지요. 자기만을 아는 이기적인 인간과는 다르게 됩니다. 어려서부터 아이의 소질을 키워주는 것은 중요한 일입니다만 보다 중요한 것은 사람다운 마음을 갖도록 키우는 것이지요. 재주가 없고 둔할지라도 마음이 충실하고 고운 사람은 자신과 사회를 해치지 않습니다. 그러나 머리가 좋고 백 가지 재주가 있을지라도 마음이 삐뚤어지고 포악하고 자기만 아는 인간은 일시적인 성공은 이룰지 모릅니다만 결국은 자신을 망치고 사회에 해를 끼치며 자기를 낳아서 키워주신 부모까지도 배반하게 됩니다.

제수씨, 아들을 마음이 곱고 다부지게, 사내답게 키우세요. 재질도 키워주시고요. 이만 줄입니다. 제수씨, 안녕히 계세요.

성산아, 아빠가 네 칭찬을 하셨다. ㄱ, ㄴ, 아, 야, 어, 여……를 다 외운다면서? 네가 글을 읽을 수 있으면 좋겠다. 책도 보고 큰아빠가 너에게 보내는 편지도 읽고. 성산아, 글을 부지런히 배워라. 너는 착해서 할머니와 아빠 엄마 말씀을 잘 들을 거야. 그렇지? 성산아, 너를 업어주고 싶다. 그러나 지금은 안 된다. 큰아빠가 나중에 목마랑 태워주마. 안녕.

홍규야 보아라

홍규야, 형은 생활에서 건강을 우선으로 하고 영양제도 복용하고 또 건강을 위해서 형이 할 수 있는 노력을 다한다. 면회 시에 신장에 대한 이야기를 했는데 약간의 증상이 있었을 뿐 별것이 아니었다. 요즈음 거의 사라지고 있다. 중병은 서서히 진행되는 것인데 수그러드는 것으로 보아 걱정할 만한 것이 아니다. 마음을 놓아라.

운동도 하고 책도 보고 장기간 옥에서 산 것을 생각하면 이만한 건강이 어데냐. 어머님과 너희들의 덕이다. 차입해 준 5만 원과 5천여 원어치의 구매물을 잘 받았다. 너에게 부탁한 책이 올까 하고 기다리다가 월말이라 펜을 들었다. 춘추 내의는 지금 입고 있는 것으로 여름을 날 수 있으니까 가을에 보내도 되지만 책하고 빤스는 곧 부쳐라. 서신계 계원한테 알아보았는데 지난달에 보낸 편지와 이달에 혁신이 앞으로 보낸 두 통의 편지는 틀림없이 발송했다고 한다. 못 받았으면 우체국에 알아봐라.

누나는 좀 어떠냐? 니도 여름에는 몸이 약해지던데 땀을 지나치게 흘리면 덜 좋다. 더운 때 무리하지 말아라. 이만 줄인다. 잘 있거라.

1986. 6. 28. 형 씀.

<u>**어머님 보시지요**</u>

어머님, 여름인데 밤으로는 냉하고 요즈음 날씨가 고르지 않네요. 부대끼시지요? 어머님은 감기에 약하시니까 머리 감을 때는 여름이라 할지라도 뜨뜻한 물을 쓰세요. 머리를 감고 나서 물기를 잘 닦고 마른 수건으로 한동안 머리를 싸고 계세요. 머리 감고 감기에 걸리는 일이 허다합니다. 머리를 말린다고 선풍기 앞에 들이대는 것도 좋지 않습니다. 덥다고 냉수를 마시지 마시고 물은 끓여서 식혔다가 드세요.

어머님, 작년 다르고 올해 다르고 해마다 몸이 다르시지요? 아들과 며느리, 딸, 사위가 어머님께 깊은 관심을 가질 줄 압니다만 어머님 스스로 건강에 늘 상 유의하세요. '다 늙었는데 그래서 무엇하느냐'고 추호라도 그런 생각은 마세요. 아들이 이곳에 있지 않아요. 이 아들과 함께 사셔야지요.

어머님, 어머님 모습이 떠오릅니다. 어린 저를 데리고 외가에 가실 때 어머님은 배가 불렀어요. 순덕이가 태안에 있었으니까 제 나이 네 살 때입니다. 큰 다리를 지나서 갯벌에 게가 기어다니는 것을 보고 얼마나 신기했던지 그만 게에게 정신이 팔린 저는 가려고 하지 않았고 그런 저를 달래시던 어머님.

그리고 줄포에서 살 땝니다. 고향에 갈 때 차 안에서 저를 꼭 안고 군자동 진 외가를 알려 주시던 그때의 어머님 모습이 뚜렷합니다. 흰옷을 입으시고 곱게 빗은 머리에 약간 화장을 하신 어머님이 예쁘셨어요. 제가 어려서 젊고 예쁘고 자랑스러웠던 어머님, 지금은 젊음을 찾아볼 수 없지만 다른 사람이 헤아릴 수도 없는 지난 40년의 가난과 그 처참한 고통 속에서도 자식들을 데리고 꿋꿋하게 살아오신 어머님이 아들에게는 더없이 자랑스럽습니다.

세상에는 돈만 아는 사람이 있고 지혜로운 사람, 술을 좋아하는 사람, 운동을 좋아하는 사람 등등 사람은 각양각색입니다만 마음이 곱고 행실이 바른 사람이 으뜸입니다. 그 점에서 어머님은 특출하셨어요. 공경하옵는 어머님, 자애로우신 어머님. 오래오래 계세요.

제가 어렸을 때 아버님과 어머님은 저에게 희망을 가지셨고 특히 어머님은 아들을 자랑스럽게 여기셨어요. 어머님의 기대에 어그러지지 않도록 아들은 오늘도 마음을 갈고 닦는 데 힘쓰고 있습니다. 건강합니다. 어머님, 마음을 놓으세요. 더운 때 어머님께서 진지 잘 드시고 강녕하시기를 간절히 바랍니다. 이만 줄이네요. 어머님!

제수씨 보세요

보내주신 편지 반갑게 받았습니다. 글월을 읽어가면서 성산이의 예리하고도 싱싱한 감각에 모든 것이 신기하고, 호기심이 가서 만져보고, 흔들어보고, 굴려보고, 뛰어다니고, 그러다가 지쳐서 잠들고, 한잠 자고는 또 설쳐대는 고 녀석. 묻고 조르고 하는 성산이를 보는 것 같아서 웃었습니다.

성산이가 공을 좋아해요? 투수 흉내도 내고요? 엄마가 스포츠를 좋아하나 봅니다. 아이들은 집안 어른들이 좋아하는 것을 좋아하고 일체의 행위를 모방하지요. 외형적인 것을 통해서 어른들의 생각이 자연스럽게 어린이의 마음에 자리를 잡습니다. 동서양을 막론하고 역사에 빛나는 인물들은 어려서 거의 다 어머니나 할머니 또는 누나한테서 깊고도 결정적인 영향을 받았습니다. 그 점을 생각하면 여성이 한 인간으로서 남성과 동등한 사회적 활동과 교육받을 권리는 물론 역사적으로 여성 교육에 등한시한 우리는 후대를 위해서도 전체 여성의 교육 및 교양 수준을 높여야 할 과업의 중요성을 절실히 느낍니다.

제수씨, 자신과 아들의 발전을 위해서 책도 보고 끊임없이 노력하세요. 자식을 바르게 키우는 일이 결코 쉽게 보이지 않습니다. 동물에게도 모성애는 있습니다. 그러나 인간의 어머니는 동물과는 달리 자기희생적인 모성애뿐만 아니라 높은 인격이 요구됩니다. 어머니의 사랑과 한마디의 칭찬이나 꾸지람은 물론 일상적인 언행까지도 자식의 인격 형성에 영향을 주기 때문입니다. 사람은 누구에게나 좋은 점이 있고 질과 양에서 차이가 있습니다만 좋지 않은 점이 또한 있습니다. 우리 내부에 있는 결함을 시정하지 않는 이상 스스로 싫어하고 미워하는 못된 점은 없어지지 않고 언제까지나 안에 있으며 자식에게도 옮겨집니다. 무서운 일이지요. 못된 점은 고쳐야겠다는 마음만으로는 절대로 고쳐지지 않습니다. 행동 즉 실천을 통해서만이 뿌리를 뽑을 수 있습니다.

자기 자신을 알아야 합니다. 어떤 이로운 점이 있고 결함이 있는가를 명확히 알아야 합니다. 그러기 위해서는 냉정하게 자신을 내놓고(객관화시켜서) 보아야지요. 한 꺼풀 한 꺼풀 벗겨가면서 저 속까지 철저히 헤쳐놓고 보아야 합니다. 가감이 없이 있는 그대로의 자신을 놓고 어디서부터 손을 대야 할 것인가, 어느 부분을 키워가면서 어느 가지를 자를 것인가를 숙고한 다음 대상을 정하고 실천을 위한 방법을 강구하며 굳센 의지로 밀고 나가야 합니다. 꾸준히 다음 또 다음으로 부족한 점을 고쳐나갈 때 고결한 인격이 이룩되는 것이며 자식뿐만 아니라 가족과 사회에 이바지하게 됩니다.

감정의 자연스러운 발현은 우리의 삶을 활기차게, 풍부하고 즐겁게 해주지만 때로는 일을 방해하고 제멋대로 한계를 넘습니다. 그때마다 제때에 수습해서 원상태로 회복해야 합니다. 필요한 경우에는 감정을 의지로 강제해야 합니다. 감정에 져서는 아무것도 이룰 수 없습니다. 어려움을 극복하면서 격렬한 감정이라 할지라도 틀어쥐고 뜻을 실현하기 위해서는 강력한 의지가 있어야지요.

오늘도 말을 많이 했네요. 저는 말 많은 사람이 아닙니다. 그런데 제수씨한테는 잔말이 많고 말이 길어지네요. 제수와 시숙 사이는 어려운 것인데, 왜 그럴까요? 전에도 말씀드렸습니다만 마음에서 다정한 누이처럼 여기기 때문입니다. 엄마인 질부에게도 들려주고 싶은 내용입니다. 집에 오거든 보여주시지요. 그럼, 이만 줄입니다. 제수씨, 안녕히 계세요.

(편지봉투에 이곳 주소는 '0~28 감호소'라고 기재해 주세요. 이번에도 편지가 이웃으로 가서 좀 늦었습니다.)

1986. 7. 10. 시숙 드림.

의정아 보아라

의정아! 지금도 네가 서울에 있는지 모르겠다. 전번에 편지를 쓰면서도 너에게 몇 마디 하려다가 어쩌면 빈말이 될 것 같아서 그만두었다. 의정아, 솔직히 말해서 삼촌은 너에게 불만이다. 웬만한 자리는 네 눈에 차지 않니? 대학을 나왔으니까. 그래서 네 지식과 자질을 집에서 썩히는 거냐? 활동하지 않고. 너답지 않다. 차라리 네가 이 글을 안 보았으면 한다. 그렇지 않아도 아픈데 네 상처를 건드린 것 같아서 말이다. 너를 사랑하기에 삼촌이 싫은 말을 했다.

어머님 보시지요

어머님, 더위에 안녕하세요? "아무렴. 나야, 잘 있다. 에미 걱정하지 말고 너나 잘 있다 나오너라." 인자하신 어머님 음성이 들리는 것 같네요.

어머님! 요즈음 어떻게 지내세요? "나 말이냐? 막내나 며늘아기나 딸도 그렇고 사위도 더 바랄 것 없이 잘해주고 있다. 그런데도 마음 한쪽이 텅 빈 것 같다. 네가 없어서 그럴 테지. 그리고 애야, 먹고 살려고 모두 바쁘단다. 낮에 나하고 지낼 짬이라곤 없다. 큰 놈들은 학교에 가고. 요새는 방학을 해서 집에 있다만 집에 있어도 그렇지 공부하거나 저희들 놀이에 팔려서 나와는 멀다. 부근에 친구들이 있어서 이따금 마실을 가지만 늙은이들끼리 탐탁한 것이 있어야지. 일이나 하면 좋으련만 내가 할 일이란 없고 몸도 전과 같지 않다. 저녁에 식구들이 모여서 이야기할 때도 무엇이 들려야지. 너하고 살 때보다도 귀가 더 먹

어버렸다. 남들은 입만 보고도 말뜻을 안 다는데 나는 둔해서 그런지 영 짐작
이 안 간다. 한마디씩 들리는 말을 내 나름으로 이어서 이야기 속에 끼어보려
고 한두 마디 던지면 모두 웃거든. 오고 가는 말과는 번번이 빗나가고 만다. 하
기야 그래서 한바탕 웃기는 한다만 일일이 다 물을 수도 없고 여간 갑갑한 것
이 아니다. 서로가 웃으며 이야기하는 것을 보고 알기도 전에 덩달아 웃으면서
이 먹은 귀를 그쪽으로 기울일 때 틔워주는 말이 그렇게 고마울 수가 없다."
　"애야 기억하고 있니? 언젠가 너희들에게 들려주었는데 네가 집에 없던 때다.
난리를 겪고 난 후 할머님은 갑자기 귀가 멀어져서 지금 내 정도 되셨다. 큰소
리 아니고는 못 알아들으시는 할머님은 다 물으셨다. 중요한 것은 할머님이 들
으시도록 크게 말을 하지만 시틋한 내용은 할머님이 모르셔도 되니까 자연히
말소리가 낮아지는데 할머님은 다 알고 싶어하셨다. 전에는 그렇지 않으시던
시어머님이 지나치게 신경을 쓰시는 것 같고 또 조금은 짜증이 나서 '다른 사람
들은 낌새도 잘 채던데 어머님은 낌새도 못 채서요?' 했더니 할머님은 웃으시면
서 '애야 너도 곧 온다.'고 말씀하시지 않겠니? 할머님 말씀을 그때는 그저 흘려
버렸는데 정말로 몇 해 안 가서 내 귀가 먹어버렸다. 집안에서 주고받는 이야기
가 어디 뜻있는 말뿐이냐? 거의 다 자질구레한 것이지. 말을 못 알아들으니까
알아야 할 것인지 아닌지를 구분할 수 없어서 모두 캐어 묻는 것이다. 그 점을
모르고 있었다. 할머님을 좀 더 위해드릴 수 있었을 텐데."
　"너희들의 이야기를 알아들을 수 없어서 묻곤 하던 어느 날 할머님 이야기를
너희들에게 들려주었다. 그 후부터는 곧잘 너희들이 어미를 놀려주었지. 올 추
석에 저희와 같이 산소에 가서서 할머님께 큰절을 올리고 '어머님 잘못했습니
다. 용서해 주세요.' 하고 빌지 않으면 알려주지 않겠다고 너희들은 떼를 썼고
나는 '그러마, 그러마. 할머님께 빌 테니 들려달라.' 그러고는 함께 웃었다. 너와
한때 흐뭇했구나."

"야~ 야! 성산이에미는 살림을 꾸려갈 줄 알고 나한테도 극진하다. 지금 세상에 흔하지 않은 며느리다. 그런데도 그전 나를 생각해서 자꾸 묻는 데 주저한다. 싫은 내색을 한 적이 없다만 속으로라도 별것을 다 묻는다고 언짢아할까 봐 마음이 쓰인다. 그 애가 아직 젊은데 나를 어찌 다 헤아릴 것이냐? 너는 모르지만, 하기야 너도 80이 넘은 이 에미 마음을 다 알 리가 없지. 나도 모르게 한숨이 나오고 아이들 속에 있으면서도 무인도에 나 혼자 있는 듯 그렇게 외로울 때가 있다. 제 에미도 버리는 세상인데 나야 지내기에 부족이 없건만 어째서 그럴거나. 네 생각이……. 며늘아기한테 때로는 의견이 없는 것도 아닌데 참곤 한다. 서로 살아온 시대가 다르고 나야 옛날 사람이 아니냐. 재산 하나 물려준 것이 없고……."

"어머님! 그것이 어째서 어머님 탓이에요?"

"어서 듣거라. 지금은 자식들에게 짐만 되는 것 같아서 여간 괴롭지 않다."

"어머님, 추호도 그런 생각을 마세요. 어느 자식이 어머님을 짐스럽게 여겨요. 전혀, 꿈에도 그런 일이 없는데 어머님께서 괴로워하시는 것은 부당하옵고 자식들을 위하는 것이 아닙니다. 그리고 '말 많은 집안 장맛도 쓰다'는 말이 있습니다만 '말은 해야 맛'이란 말도 있습니다. 하시고 싶으신 말씀은 하세요. 시어머니와 며느리 사이는 어렵다고 합니다. 우리나라는 고래로 시어머니가 며느리를 구박하고 부려 먹었고 젊어서 사정없이 당한 며느리는 늙어서 시어머니 노릇을 단단히 했습니다. 그런데 근년에 와서는 거꾸로 며느리가 시어머니 알기를 (교육 수준이 높아지고 나쁜 나라의 못된 풍습이 흘러 들어와서 그 영향으로) 무식하고 배울 것이라고는 없는 고리타분한 늙은이로, 말하기조차 싫어하는 지경에 이르렀어요. 고부간의 이와 같은 험한 관계를 고쳐가려면 먼저 시어머니가 며느리를 딸처럼 사랑하고 부족한 것은 부드러운 말로 자세히 가르쳐 주어야지요. 며느리도 친어머니처럼 마음에서부터 애정을 가지고 시어머니를 가깝게 모시고 서로가 의논하고, 하고 싶은 말을 허심하게 해야 합니다."

"그래, 알고 있으면서도 에미가 늘쌍 부족했다."

"어머님, 그렇게 말씀하시면 어머님께 충언한 격이 되네요. 어머님의 덕성에 멀리 미치지 못한 제가 그만……"

"한마디만 더하자. 그지없이 외로울 때도 성산이가 안겨 오면 봄눈 녹듯이 사라져 버린다. 정이 있고 하는 짓이 어쩌면 그렇게도 너희들을 닮았는지. 성산이를 보고 있노라면 어려서의 너희들을 보는 것 같아서 더 귀엽다. 성산이 이야기는 다음에 하마."

"그러세요. 듣고 싶어요."

"밤이 깊었다. 어서 자거라. 덥다고 담요를 차버릴래? 배 단속을 잘해라."

어머님! 꿈꾸다가 밤중에 깨어나서 어머님 생각을 했어요. 글로 옮겨보았습니다. 어머님은 이야기를 하시고 저는 듣고. 앞날의 정경을 그려보네요. 어머님, 오래오래 계세요. 아들은 건강합니다. 더위를 잘 이겨내고 있어요. 마음을 놓으세요. 한더위에 어머님께서 강녕하시옵고 가족이 모두 건강하기를 간절히 바라면서 줄입니다. 어머님!

1986. 7. 26. 아들 올림.

삼촌께
||||||||||

삼촌, 안녕하세요. 저는 지금 강화도 우진 캠프장에 있어요. 학교에서 반장, 부반장, 회장, 부회장 그리고 우애부들이 간부 수련회에 왔어요. 제가 처음에 강화도로 출발하고 있을 때 저의 가슴은 철렁했어요. 제가 2박 3일로 야영을 하는 것은 처음이기 때문이에요.

어제는 밤에 캠프파이어를 했어요. 우리는 11조인데 우리가 제일 늦게 장기자랑을 했어요. 우리의 장기자랑은 노래였는데 3등 안에도 못 들었어요. 1등은 에어로빅을 한 여자들이에요. 3등 안에 못 든 우리 조는 낙심에 그지없었어요.

밤에는 일찍 자지 못하고, 12시 반에 잤는데 아침에 일어나 보니 얼굴은 사인펜이 그려져 있고, 발과 손 다 그려져 있었어요.

삼촌, 삼촌의 몸은 괜찮으셔요? 저는 이만 줄이겠습니다.

1986. 8. 2. 혁신 올림.

삼촌께

삼촌, 그동안 안녕하셨어요? 답장을 이번에도 늦게 보내드려서 정말 죄송해요. 지금은 방학을 해서 그래도 시간이 많이 있지만, 방학 전에는 정말 힘이 들었어요. 밤 9시가 넘어서 집에 들어와 숙제다 뭐다 하다 보면 금방 12시가 넘거든요. 그러면 삼촌께 편지 쓰는 일을 뒤로 미루고 그냥 자버리죠. 그래서 이제야 겨우 삼촌께 편지를 올리는 거예요. 정말 죄송해요. 중 3의 생활이 힘들다는 걸 이제야 알았어요. 고3인 의숙이언니에 비해서는 아무것도 아니겠지만요.

참 삼촌, 우리 학교에서 28일 남원 산내에서 야영을 했어요. 가자마자 선생님 드릴 밥을 짓는다고 야단법석을 떨었죠. 거기에 있는 산내중학교에서 1박을 했는데 밥을 지을 때에는 불 때문에 위험하다고 수돗가 옆에서 밥을 했거든요. 태어나서 처음으로 밖에서 해보는 밥이라 어쩐지 이상하던걸요. 친구들과 함께 찌개도 끓이고 국도 만들고 고기도 굽고 하면서 식사 준비를 했는데, 그때서야 엄마가 얼마나 고마우신지를 다시 한번 느꼈어요. 밥하고 반찬 만드는 일이 그렇게도 힘이 드는 줄은 몰랐거든요. 친구들과 함께 밥과 반찬을 준비하면서 힘이 든다고 투정을 부리고 불평을 했는데 하루 세 끼 꼬박꼬박 챙겨주시는 엄마를 생각하니까 우리가 하는 것은 정말 아무것도 아니라는 것이 느껴졌어요.

중3이 되도록 엄마 한 번 제대로 도와드리지 못한 제 자신이 얼마나 부끄러운지 모르겠어요.

그리고 지금은 보충수업을 받고 있어요. 실컷 놀다가 갑자기 학교에 나가서 공부를 하려니까 잘 되지를 않아요. 날씨도 무더워서 더 짜증이 나고요.

삼촌은 어떠세요? 요즘의 찌는 더위에 어떻게 지내시는지 궁금해요. 저는 물을 끼얹어도 끼얹은 후 돌아서면 또 땀이 나는 형편이라 머리가 어지럽네요.

외할머니께서는 전주에 오신 지 꽤 되셨는데 내일 서울로 올라가신대요. 할머니께서 성산이만 너무 예뻐하시고 보고 싶어 하시니까 샘도 나지만 그 정도는 저도 이해해야죠. 그렇지만 내일 할머니께서 가신다니까 허전하고 서운해요.

삼촌, 방학 동안에 하려 했던 저의 계획이 엉망이 되었어요. 남은 방학 동안에 열심히 공부하도록 노력하겠어요. 꼭 지켜봐 주세요. 그리고 다음번 답장 때에는 빨리빨리 보내드릴 수 있게 하겠어요. 그럼, 삼촌 안녕!

1986. 8. 5. 삼촌을 그리워하면서 조카 일경 올림.

의숙아 보아라

의숙아, 요즈음 네 건강이 어떠냐? 너에게 편지를 쓰려고 펜을 들었다만 망설여진다. 3개월 후에 대학 예비고사가 있고 그래서 온 정력을 공부에 쏟고 있을 너한테 숲이 우거진 골짜기 골바람처럼 시원한 이야기라도 있으면 들려줄 텐데, 워낙 판에 박힌 삼촌 생활이라서 그런 게 있어야지. 딱딱한 내용은 피로할 것이고.

의숙아, 어제부터 새벽 공기가 서늘하다. 덥다 덥다 하더니만 벌써 가을이 오나보다. 가을은 곡식과 과일이 익어가고 익은 열매를 수확하는 계절이 아니냐. 봄에 잎과 새 가지가 나오고, 묵은 가지 새 가지에 꽃이 피고, 열매를 맺고 커가는 것은 (태양과 지력은 전제로) 뿌리에서 잎 하나하나에 이르기까지 전체의 중단없는 활발한 내적 활동에 의한 것이다. 그 점을 배워야 한다. 인간의 생애를 놓고 보면 여러 단계가 있는데 각 단계마다 그동안의 결과를 수확하는 것이며 전 과정의 결실은 노후에 이루어진다. 발전 즉 결실을 지향하는 것은 생명체 전반을 관통하는 철칙이다. (인간은 육체를 포함한 물질적인 면과 정신적인 내용이 있다.) 발전은 노력을 통해서 이루어지는 것이며 일정한 성과는 노력의 결과이다. 따라서 노력 없이 결실을 희구하는 것은 망상에 불과하다. 무엇인가가 굴러들어 와도 그것은 타의 노력의 결정임을 알아야 한다.

올가을에 여러 해 동안 네가 노력한 결과를 수확할 텐데 아무쪼록 향기롭고 풍성한 열매를 거두기 바란다. 건강에 유의해라. 의숙아! 안녕.

일경 아가씨에게

아가씨, 편지를 반갑게 받았고. 너 왜 얼굴이 붉어지니? 아가씨라고 해서? 녀석. 옛날 같으면 시집갈 나이야.

그런데 밥 한번 하면서 쩔쩔매었어? 작은할머님은 열다섯 살에 우리 집안으로 시집을 오셨다. 어렸지만 예의범절에 부족이 없으셨고 바느질이나 부엌일이 어찌나 깔끔하시던지 어른들의 칭찬이 자자하셨다고 들었다. 새색시 때의 작은할머님 모습이 삼촌 기억에 남아있다. 작은할머님은 예뻤고, 끼니때마다 몰캉한 누룽지를 뭉쳐주셨다. 한번은 떼를 쓰다가 할머님한테 종아리를 맞는데 얼른 작은할머님이 오셔서 삼촌을 입고는 "아, 그놈 이리 주소." 하시던 할머님 말씀을 못 들은 척 뒤안으로 고욤나무 옆에 가서서 달래주셨다.

일경아, 네가 열여섯 살이지? 어른들이 계시고 식구가 많은 집안에 네가 시집 갔다면? 바느질은 아예 제쳐두자. 네가 지은 밥이 질거나 설고, 또 찬이나 국은 짜고 맵고, 하는 것마다 엉성해서 일을 저지를 테고……. 그때마다 어른들의 꾸지람에 서러운 너는 구석방에 가서 '어째 일을 배우지 않았던가? 좀 더 닦달을 해서 엄마는 일을 가르치지 않으셨나?' 엄마를 원망하고 자신을 탓하면서 훌쩍훌쩍 울 테지. 아마도 삼촌 상상에 틀림이 없을 것이다. 네 스스로 밥을 해보고 엄마가 얼마나 고생하시는가를 절실히 느꼈다고? 그래. 아는 것과 깨우치는 것은 다르지.

삼촌도 전에는 겨울에 냇가에서 빨래하는 여인들을 보고 안쓰러워했지만, 빨래가 그토록 힘든 줄은 몰랐다. 삼촌이 많은 빨래를 해본 것은 1953년 광주 감옥에서 살 때였다. 담 안에 이가사라는 독립건물이 있었는데 큰 마룻방이 둘, 1방과 2방으로 나누어져 있었다. (가운데는 복도) 삼촌은 1방보다 작은 2방에서 80여 명과 함께 살았다. 그해 초여름부터 차례로 빨래를 했는데 삼촌은 젊고 비교적 건강해서 젊은 친구들하고 도맡아서 빨래를 했다. (빨래에 얽힌 이야기가 길고 다 쓸 수가 없다.) 그런데 그렇게 힘이 들더구나. 팔이 아프고 허리가 아프지, 다리가 아프지, 안 아픈 곳이 없었다. 빨래가 얼마나 힘든 일인가를 그때 비로소 알았다. 장가가서 아내가 빨래하는 날은 고기를 사다가 주어야겠다고 웃으면서 이야기들을 했다.

그 후 겨울이 올 때마다 솜이불 시침을 하고 솜옷 누비질을 하면서 바느질이 힘든 줄을 또 알았다. 손으로 까딱까딱하는 바느질이야 그것도 무슨 일이냐고 시시하게만 알아 왔는데 하루만 바느질을 해도 몸이 아프고 얼굴까지 붓더구나. 땀 흘리며 정성스럽게 가꾼 목화를 가을에 따다가 물레에 물려서 씨를 발라내고 활로 타서 고치를 말고 물레로 실을 뽑고. (겨울밤에 자다가 일어나면 밤은 자정을 넘었는데, 오른손으로 물레를 돌리고 왼손으로 고치를 쥐고는 실올을 길게 뺐다가 꾸리에 도르르 말고 하시던 호롱불 옆의 증조할머님이 지금도 선하게 떠오른다.) 실을 나르고 풀을 먹여서는 도투마리에 감고 손으로 힘들게 베를 짜서 이불이며 옷을 만들고……. 날마다 쉬는 날이라고는 없이 집 안팎에서 일하시던 증조할머님과 할머님. 여자의 고생을 사무치게 느꼈다.

일경아, 직접 체험하고 체험을 살리는 것은 중요하다. 경험 하나하나에서 많은 것을 얻어라. 깨우친 것은 행동에 연결되는 것이다. 지식이 행동으로 옮겨질 때 가치 있고 빛나지 않느냐? 지행일치를 강조하면서 줄인다. 삼촌은 건강하다. 걱정하지 말아라. 일경아! 안녕.

1986. 8. 23. 삼촌 씀.

시숙님께

이제는 아침저녁으로 제법 쌀쌀하군요. 기온 차이가 심해서 그런지 감기 몸살 때문에 병원을 찾는 사람이 많다고 합니다.

시숙님, 그동안 안녕하셨어요? 여기 서울에도 모두 무고하십니다. 공장은 그런대로 유지되고 있습니다. 성산이도 건강하게 잘 자라고 있어요. 요즈음은 말을 제법 해요. 매일 뒤쫓아 다니면서 시중들어주기 바빠요. 성산이가 낮잠 자는 시간밖에는 저의 시간이 없어요. 같이 있을 때는 신문 한 장 읽지를 못해요. 무조건 저하고 놀아야지 뭐 하는 듯싶으면 어느새 밖으로 나가 시간을 주지 않아요.

그리고 어머님이 전주에 가셨다가 한 달 보름 만에 오셨어요. 전주형님하고 같이 시숙님께 면회 가려다가 못 가셨어요. 아마 추석에 갔다 오실 때 들를 것 같아요. 그리고 내의 두 벌을 부쳤어요. 어머님이 용돈으로 사셨대요. 전번에 부탁하신 책은 아직 못 샀나 봐요. 책은 다음에 부칠게요. 이 시간도 성신이가 지고 있어요. 깨기 전에 마무리해야겠어요. 그럼, 다음에 또 쓸게요. 안녕히 계세요.

책명을 다시 적어 보내 주세요. 30,000원을 동봉합니다.

1986년 9월 제수 올림.

어머님 보시지요

어머님, 추석이 다가오네요. 추석을 앞두고 어머님께 글월을 올리려고 펜을 들었습니다만 그만 꽉 막혀옵니다. 어머님!

"오냐. 추석에 성묘하러 갔다가 네가 또 그놈의 곳으로 끌려갔지. 그로부터 열 번째 추석을 맞이하는구나. 오죽하겠니? 에미는 늙고. 애야, 그렇기는 해도 에미 생각을 너무 하지 말아라. 전번에 너는 맑은 냇물에 마음을 비유했지. 거기에 돌을 던지면 소리를 내고 파문을 일으키고. 가라앉은 돌은 맑은 물이라 눈에 보인다. 그런데 깊은 호수는 조약돌뿐만이 아니라 큰 바위가 있어도 물을 가르고. 들어가서 만져볼 수는 있지만 물속은 고요하고 한 색으로 푸르게 보인다. 그런 곳이라야 고기도 많고 큰 고기가 살지."

"애야, 마음이 넓고 깊어야 한다. 네가 이 에미 생각을 안 할까마는 해도, 조금만 해라. 마음을 괴롭히면 먹는 것이 살로 안 간다. 병나기 쉽다. 병이라고는 없어도, 먹으면 삭지 않고 가슴이 답답한 가슴앓이가 있지. 그것은 마음이 상한 데서 오는 것이다. 에미는 잘 있다. 늙은 말년에 만날 아파서 아랫목이나 차지하고 있으면 자식들한테 부담이 되고 그것 참 괴로운 일일 텐데 나는 건강하고 허리도 곧고 다리 힘이 있어서 드나들 때 지팡이 없이 다닌다. 그것만은 천행으로 안다. 명절에는 객지에 나가 있던 자식들이 돌아와서 조상 제사도 지내고 함께 즐기는 것인데 네가 없는 명절에 푸짐한 음식을 앞에 놓고 네 생각을 안 할 것이냐? 그렇지만 성산이와 놀면서 자꾸만 너를 잊을 것이다."

"그새 성산이가 많이 컸다. 말을 제법 한다. 먹을 것이 생기면 할미 입에 먼저 갖다가 넣고. 고놈이 싹수가 있다. 무엇이나 묻고 또 묻고 기운이 팔팔해서 온종일 부산하다. 성산이하고 함께 있으면 고 녀석 동무가 되어서 마음이 어려지고 나까지도 힘이 나는 것 같다. 응석을 부리는 것 하며 우는 것까지도 귀엽지 않은 것이 없다. 오월에 전주 네 누이가 여러 차례 오라고 해서 안 갔더냐? 한동안은 그런대로 지냈는데 성산이가 눈에 선하고 고 녀석이 보고 싶어서 견딜 수가 있어야지. 방도 넓고 서울보다는 나을 테니 여름이나 가거든 가라고 잡아싸는 것을 마다하고 왔다. 얼마 만에 보는 할미가 그리도 좋던지 볼에 제 볼을 비비고 볼을 만지고, 고 녀석이 품에서 떠나지 않더구나."

"나에게 소원이 있다면 단 하나, 네가 성한 몸으로 나오는 것을 보고 며칠 만이라도 너와 함께 살고 싶은 것이다. 애야, 그날까지는 전에도 그랬지만 앞으로도 굳게 살아가마. 날마다 성산이와 웃으며 지낸다. 에미 걱정을 말아라. 속상한 일이 있어도 참고 책 보는 것도 무리하지 말아라."

어머님! 어머님 마음과 아들 마음을 하나로 짧은 글에 옮겨보았습니다. 어머님 음성을 듣습니다. 어머님, 용돈으로 내의를 사서 보내셨어요? 어머님…….

아들도 추석에 색다른 음식을 사서 먹겠어요. 어머님과 가족, 친척들을 생각하면서 서울로, 전주로, 산소로 마음은 떠날 것입니다. 그러다가 생각을 접어두고 책을 보겠어요. 아들은 건강합니다. 든든하게 살아가고 있습니다. 마음을 놓으세요. 올리고 싶은 말씀 끝이 없습니다만 어머님께서 강녕하시옵고 모두 건강하기를 간절히 바라면서 이만 줄입니다. 어머님!

홍규야 보아라

어제 제수씨 편지를 잘 받았다. 또 추석이 다가오는구나. 어머님이 나타내지는 않으실지라도 심히 마음 아파하실 것이다. 형 생각을 덜 하시도록 떠들썩하게 추석을 보내라.

홍규야, 사람의 행동에 한계가 있지만 언제 어디서나 자기 위치에서 최선을 다해야 한다. 너도 제사 지낼 때 조상의 혼이 오셔서 음식을 드신다고는 생각하지 않지? 세월이 가면 다시 오지 않음을 알면서도, 내일에 오늘이 없음을 알고는 있으면서도, 오늘 할 일을 미루고 미루다가 때를 놓치고는 후회하는데, 가

슴을 친들 무엇하랴. 어머님과 아내와 자식한테 성실하게 애정으로 대해라. 그
것은 가정 밖으로 확대되어야 한다. 새삼스럽게 이런 말을 하는 것은 형 자신
이 부족을 느끼기 때문이다. 사랑의 고결함과 아름다움, 사랑의 힘에 대해서
수많은 사람들이 말을 했지만 그 실천은 힘든가보다. 마음에서 우러나오는 사
랑, 한때만이 아닌 언제까지나 어려운 경우에도 이어가는 사랑은 드문가보다.

너는 어머님께 지극한 아들이라 거듭 강조할 것이 없고 범위를 좁혀서 부부
간에 한정시키겠다. 사람은 결함을 가지고 있고 배우고 바른 일을 하고 결함을
고쳐가는 것이 곧 발전이 아니냐? 발전을 지향하는 것은 본질적인 것이며 발전
은 개인을 높이고 개인이 몸담고 있는 가정과 사회에 이바지하는 것이 아니냐?
남편은 아내, 아내는 남편의 발전에 깊은 관심을 갖고 서로가 노력해야 한다. 옳
은 일일지라도 방법이 서툴면 성과는 적다. 역효과를 가져올 수도 있다.

우리 사회는 역사적으로 오랫동안 남존여비 사상의 지배하에 있었기 때문에
지금까지도 우리 머릿속에 그 해독성이 남아있다. 한 예로 너에게 형이 질부 성
씨를 물었을 때 너는 대답을 못 했다. 남자라면 성을 모를 리야 없겠지. 아내가
잘못 했을 때나 하는 것이 마음에 들지 않을 때 툭 쏘거나 퉁생이(퉁명스러운 편잔)
를 하는 것은 여자를 낮게 보는 낡은 생각에 기인하는 것이다. 그런 점이 없도
록 해라. 부부 사이에 가장 확실한 방법은 진실한 사랑이 아닐까? '부족이 없는
가, 마음으로부터 사랑하고 있는가' 때때로 너를 살펴보아라. 항상 자신을 다스
려야 한다. 생각과 감정(정)은 언제나 일치하는 것이 아니다. 감정은 통제되고 조
절되어야 한다.

고운 정이 그대로 나타날 때 꾸밈없이 순수한 것이라 사람의 심금을 울린다.
그때 마음과 마음이 합치는 것이다. 떨어졌다가 합치고, 또 합치고. 거듭되는
과정에서 변화가 오는 것이며 그래서 다정한 부부는 생각이나 행동이 비슷하
게 되어가는 것으로 보인다. 수준 높은 건축가는 작은 집일지라도 아담하게 요

모조모로 쓸모 있고 보기에도 아름다운 하나의 작품으로 완성하는 것이다. 자신들이 일으키는 집을 애정으로 채워라.

홍규야, 벌써 새벽으로는 써늘하구나. 가을인가 보다. 가을은 사색의 계절이라고 하던가? 요즈음 형은 사색할 겨를도 없다. 졸업을 앞둔 의숙이만은 않지만 바쁘다. 책 보는 계획에 욕심을 부렸다. 너댓 시간 책을 보면 눈이 아프고 피로하고 밤잠을 설치기라도 하면 다음 날 징역살이가 힘겨운데 욕심을 부려서 좀 무리하고 있다. 이달로 한 단락을 지으니까 다음 달부터는 넉넉하게 사색이랑 하면서 책을 보겠다.

1986년 판 종로서점 발행 도서 목록 ①② 〈문학편〉, 〈인문과학 및 사회과학편〉을 구해 보내라. 도서 목록이 있어야 형이 보고 싶은 신간 서적을 구입할 수 있다.

추석에 모두 모이거든 안부 전해라. 홍규야, 잘 있거라.

(8월 중부님께 글월을 올리느라고 집으로는 편지를 한 통 보냈다. 성산이도 보고 싶고. 무리하지 말고 형편이 닿거든 오너라.)

1986. 9. 9. 형 씀.

외삼촌께

외삼촌 안녕하셔요. 편지를 늦게 써서 죄송합니다. 삼촌이 쓰신 편지는 잘 읽이보았습니다. 삼촌이 쓰신 편지를 보니까 깨달은 점이 많있습니다. 다음부터는 편지도 자주 쓰겠습니다.

그리고 왜 삼촌은 약속을 안 지켰어요? 제가 저번 편지에 삼촌보고 꼭 오시라고 했는데 왜 안 오셨어요? 할머니도 만나고 공장이 잘되는 것을 보고 가시면 좋을 텐데요.

또 할머니도 건강하시고 아버지도 요즘엔 일찍 들어오셔요. 지금 공장에는 기계 하나가 더 들어와 있어요. 요즘엔 일이 바빠서 어머니께서도 공장에 다니셔요. 그렇게 힘드신 어머니께 이제는 착한 일을 많이 할 것입니다. 그럼 줄이겠습니다.

1986. 10. 1. 조카 혁성 올림.

삼촌께

삼촌, 편지를 한 번도 못 드려서 죄송합니다. 다름이 아니오라 학교생활이 너무 바빠서 못 드렸습니다. 숙제가 너무 많은 데 비해 국민학교 때 버릇이 아직 남아있어 빨리빨리 못 하고 학교에서 한 적도 있으니까요.

저는 몸 건강하게 잘 있어요. 누나도 그렇고 동생, 엄마, 아빠, 할머니 모두 다 건강해요. 혁성이는 몸살감기가 있었지만 지금은 아프지도 않아요. 삼촌은 어때요? 아프지 않으세요? 삼촌이 아프시면 우리 식구 모두 속이 아프답니다.

요즘 저는 도덕 시간에 하는 실기 시험 때문에 사고가 생겼어요. 제 친구 정욱이네 집에 가서 한 적이 있었는데, 그때는 회의가 잘 되었어요. 그런데 부반장네 집에 가서 할 때에는 우리가 여자애들 보고 이렇게 말했어요. '옆에서 보니까 이연수는 못생겼다.' 했더니 이연수가 가방을 가지고 울면서 집에 갔어요. 우리는 사실 그게 아니라, 여자애들이 너무 콧대가 높아서 놀려주려고 했던 것뿐인데, 내일 학교에 가면 어떤 일이 일어날지 모르겠어요. 다만 우리는 콧대를 꺾기 위해서 한 것뿐인데…… 저는 어쩔 줄 모르겠어요.

삼촌, 제가 어렸을 때 어떻게 놀았나 삼촌이 편지로 써주세요. 그리고, 삼촌 몸조리 잘하세요. 저는 거기에서 나오는 날만 기다리겠어요.

1986. 10. 1. 조카 혁신 올림.

삼촌께 드립니다

글을 올린 지가 꽤 오래되어서 편지 쓰기가 죄송스러워요. 그동안 몸 건강히 아무 탈 없으신지요. 요즘 감기가 쉬이 걸리는데 삼촌께서는 감기에 괜찮으신지요.

학교생활에 쫓기다 보니 편지가 늦었어요. 몸무게도 자꾸 빠지고 힘들어서 밤 12시면 정신없이 자요. 학교에서 공부 파하고 돌아오면 밤 8시, 와서 밥을 먹고 도서실에 가서 공부하면 12시가 돼서 어머니가 또 데리러 오시지요. 그리고 세수하고 책가방 챙기면 12시 30분. 내일 학교 가서 공부할 내용 예습하면 새벽 2시. 너무 바빠서 삼촌에게 글을 올리지 못했어요. 제가 삼촌에게 편지 쓰는 것도 만 2년 가까이 되었을 거예요. 이제는 아무리 바빠도 틈나는 대로 편지를 써 보낼게요. 1주일 있으면 모의고사가 시작돼요. 그리고 다시 5일이 지나면 중간고사예요. 그래서 지금, 이 편지도 도서실에서 쓰고 있어요.

그리고 할머니께서는 여전히 동네 친구분들이랑 놀러 다니시고 집에도 안 들어오신 적이 많이 있어요. 친구분과 함께 주무시면 집에 들어오실 수 없잖아요. 안 그래요, 삼촌?

그리고 제가 매년 혁신이와 팔씨름을 하는데 아직은 제가 이기지만 저번에 했을 때에는 어느 때보다 힘들었어요. 그만큼 힘이 세진 거지요. 내년이면 제가 지는 것이 눈앞에서 상상이 돼요. 그럼, 이만 줄이겠어요. 밤바람이 추워요. 몸 조심하셔요.

1986. 10. 1. 신주 올림.

작은아버님 보시옵소서. 가을은 깊어 가고 조금씩 추워지고 있습니다. 계절이 바뀌어 날씨 변동이 유난히도 많은 요즘 어찌 지내시는지요? 언제나 작은아버님과 저의 어머니 아버님을 위해 기도드립니다.

찾아뵙지 못하는 이 몹쓸 조카 딸을 용서하옵소서. 몹시도 그리운 아버님 생각이 더 날 것 같아 동행하지 않는다고 말씀드리면 변명이라고 하시겠지만 전 가족이 느끼지 못할 만큼, 작은아버님께서도 생각 못 할 만큼 저희 아버님을 그리워합니다. 그래서 돌아가셨다는 말보다는 여행하고 계신다고 하지요.

흰머리가 많이 나셨다고 하더군요. 의정이를 통해 소식 들었습니다. 도서 목록을 보고 싶어 하신다기에 의정이와 함께 구해보려 노력했는데 작은아버님이 원하시는 건지 모르겠어요. 번번이 약속을 어기는 제가 때론 미운 때가 있답니다.

우리 집 식구들은 모두 잘 지내고 계십니다. 이제 어머님도 할머니가 되셨어요. 이제 집에 계신답니다. 사실 전 요즘 친척 집을 다니지 않아요. 골칫덩어리거든요. 시집도 안 가고 맨날 아프다고 하니 말이에요. 정말이지 요즘 가족들에게 면목이 없답니다. 할머님하고도 추석날 전화 통화만 했어요. 밖에 계셨으면 호통을 하셨을 텐데 참으로 다행입니다.

전 때로 사람들을 잘 웃겨요. 관상 보는 아저씨가 그러는데, 저를 보면 사람들이 인생이 뭐냐고 물어본대요. 전 인생이 뭔지도 모르고 나이만 먹었는데요. 그래서 웃었어요. 저는 저 나름대로 열심히 살려고 노력하는데 돈하고는 거리가 먼가 봐요. 돈 버는 재주만 없대요. 그리고 건강한 재주도 없고요. 하느님이 제가 너무 건강하면 교만해져 이웃을 모른 척할까 봐 주신 선물인가 봐요.

이제 시집도 가 볼까 해요. 엄마에게 죄송해서 어찌할 바를 모르겠어요. 제가 여자라 낯선 이방인 같아요. 전 제가 여자라고 생각하면서 산 적이 별로 없었거든요. 그저 사람으로 태어나 사는 줄만 알았다고요. 글쎄 제 친구들이 아이 엄마가 되었다는 것이 너무도 신기할 뿐이었어요.

영민이고모가 미국으로 이민 갔어요. 추석 전날 엄마와 전 공항에서 만나 뵐 수 있었어요. 정숙이고모는 제가 보기에 아주 야무진 여자예요. 할머니 약과 먹을 것을 정성으로 해드리고 하루에 두 번씩 전화를 드리거든요. 전 못 하는데 정말 고모가 자랑스러워요. 우리 집안 노처녀 대장이 저지요. 그다음 정숙이고모, 의정이에요. 다 때가 있겠지요. 제가 결혼하게 되면 신랑감이 어떻게 생겼는지 소개할게요.

이 조카의 글들이 재미있으셨는지요. 다른 사람들한테는 열심히 하면서 왜 그리 글을 올리는 것이 어려운지 알았어요. 격식에 얽매이려니 그랬어요. 앞으로 작은아버님을 제 친구처럼 생각하고 인생의 선배로 생각한다면 이렇게 수다스러운 글들을 자꾸 보낼 수 있을 것 같거든요.

두고 봐야 알겠지만요. 날씨가 추워지는데 건강하셔요.

티 없이 깨끗한 작은아버님의 글을 보면 정말이지 아름다워요. 우린 그처럼 아름다운 글을 쓰지 못하거든요. 너무 혼탁해진걸요. 넋두리가 너무 심하죠. 저는 처음엔 얌전을 빼다가 나중엔 이렇게 엉터리 같은 글씨를 쓰게 돼요. 용서하십시오. 몸 건강하셔야 해요. (조카딸 명령이올시다.) 안녕히 계십시오.

1986. 10. 2. 임귀선 올림.

의숙아 보아라

쏜살처럼 달리는 너~ 의숙아! 땀이 흐르는지, 지쳐 있는지 모를 테지만 호흡만은 조절해야 한다. 정신을 차려라. 위급할 때나 극적인 순간에는 긴장하는 것인데 긴장이 지나치면 조여들어서 사고 기능이 마비되고 만다. 급하면 급할수록 심호흡을 하면서 줄을 늦추고 사고의 공간을 마련해야지. 머리가 제대로 움직이지 않으면 사태에 능동적으로 대처하지 못하고 허둥대다가 쓰러지는 법. 침착해라. 시험장에 들어섰을 때 네가 마치도 목표를 눈앞에 두고 용기백배, 사력을 다해서 뛰는 장거리 주자인 양하거라. 삼촌은 아슬아슬한 흥분을 느낀다.

의숙아! 고비를 잘 넘거라. 너에게 영광이 있기를 거듭 축원한다. 시험이 끝나거든 바로 편지를 보내다오. 안녕.

1986. 10. 29. 삼촌 씀

일경아 보아라

일경아, 잘 있니? 아빠랑 엄마랑 안녕하시냐?

너는 '편지를 쓰려고 벼르다가 미루다가 삼촌 편지를 또 받으면 반가움보다는 죄스러움이 앞설 것 같아 그런 편지라면 안 쓸까 했는데 삼촌 편지가 없고 보면 '웬일일까, 오빠가 어디 아픈 것인가?' 하고 엄마가 걱정하실까 봐, 그렇지 않아도 날씨가 쌀쌀해지면서 삼촌 걱정을 할 텐데 괜스레 엄마 걱정을 더해 줄 것 같아서 펜을 들었다.'고 썼더구나. 그래서인지 펜에 무게를 느낀다. 언니야 마음은 있어도 편지 쓸 짬이 없겠지만 너는 그도 아닌데 추석에도 그냥 넘어가고……. 하기야 편지 쓰는 것이 수월하지는 않지. 아침부터 저녁까지 꽉 짜인 일과에 딴 일이 불거지거나 한동안이라도 관심이 딴 곳에 갔다 하면 과제가 밀려서 쩔쩔매게 될 테고, 좀체로 편지 쓸 틈을 내지 못할 줄 안다.

편지도 한 편의 글이라 생각해야 하고 쓰는 데 두세 시간 걸리지. 몇 번 읽고 고칠 데 고쳐야지. (삼촌의 경우 긴 편지를 흘리지 않고 또박또박 쓰자면 쓰는 데만 거의 하루 걸린다.) 편지 쓰는데 시간과 정력이 적지 않게 들어서 편지 쓰기가 쉽지 않음을 번연히 알고 있으면서도 너희들이 편지를 서너 달만 거르기라도 하면 투박을 하는구나. 속 좁은 탓이지. 하기는 너희들을 사랑하니까 너희들의 편지를 기다리지야. 믿다면 편지를 기다리기는 고사하고 받은 편지도 거들떠보지 않는 법이다. 안 그러니? 서설이 길어졌다.

일경아, 벌써 가을이 깊어 가나 보다. 푸르던 은행잎이 버러지도 먹지 않고 제대로 자란 잎들이 하나같이 노랗게 물들었다. 곱게 늙어서 보기에도 고결한 노인처럼 잎 모양도 그렇거니와 색이 짙지도 않고 은은한 것이 고상하게 보인다. 그래서 옛 어른들이 은행나무를 심었던가, 은행나무처럼 되고 싶어서? (지금 글 쓰는 곳에서도 은행나무가 보인다. 어제오늘 갑작스런 서리에 윗가지 잎들이 떨어졌다.) 이야기를 하다보니까 삼촌이 늙은 듯한 느낌이 드는구나. 머리와 수염이 희어서 노인 대접을 받는 때도 있다만 아직 거기에 이르지 못했다. 끊임없이 마음을 닦아서 은행잎처럼 구김이 없고 향긋하게 늙어가야지. 삼촌은 감정이라고는 없는 듯 무딘가 하면 너희들 소녀처럼 나이에 걸맞지 않게 작은 것에도 느낌이 있다. 여린 감정, 그것도 소중한 것이라 화초를 사랑하는 사람이 연한 새싹을 다루듯이 다치지 않도록 간수하고 있다.

삼촌 이야기만 했구나. 일경아, 너는 어떠냐? 가을이 가는데 책에만 갇혀 사는지 모르겠다. 생활에서 감정이 차지하는 부분도 중요하지 않니? 감정을 곱게 가꾸고 감정을 정화하는데 자연이 한몫 담당하는 것을 자연과는 담을 쌓고 가깝게 보는 것이라고는 가로수나 화단의 꽃, 아니면 분의 화초가 고작일 테니 공원화되지 못한 도시의 너희들이 애석하다.

일경아, 일요일 하루만이라도 좋다. 아빠 엄마한테 나가자고 졸라라. 공해투성이의 도시를 벗어나서 자연의 품에 안겨보려무나. 산자락이 온통 붉게 타는 단풍의 명소는 오히려 사람이 많아서 가을을 감상하기에는 덜 좋을 것이다. 그만은 못해도 인적이 드문 산에 가서 낙엽을 밟아보고 만져보고 한껏 자연과 사귀고 오너라. 실개천 맑은 물에 마음의 때도 씻어버리고 아름다운 강산을 마음에 담아서 오너라. 너는 제 또래끼리 어울리고, 부모와 같이 다니는 것을 좋아하지 않을 나이다만 아빠 엄마와 함께 가는 것도 좋다. 낙엽을 깔고 앉아서 아빠께 소주를 따라드리면 술에, 자연에, 딸의 정에 취해서 말이 적은 아빠가 이야기도 많이 하실 것이고 더 좋아하실 것이다.

상상해 보자. 생각만 해도 단풍 든 계곡에서의 아빠가 얼마나 좋으냐? 함께 가신 엄마도 좋아하실 것이고. 돌아오는 길에 아빠는 한턱 내실 테지. 너는 아직 아빠께 여쭙지 못한 어려운 말을 꺼낼 수 있을 테고. 적당한 기회에 아빠를 졸라서 네 욕심을 채우라는 것은 아니다. 딸일지라도 아빠의 이해나 허락이 필요한 것 중에는 선뜻 말씀을 올리지 못하는 내용이 있지 않니? 아빠와 네 사이가 더욱 가까워졌을 때 말하기 수월하고 아빠도 결정을 내리기가 쉬울 것이다. 가을을 그냥 보내기는 아까운 일. 이 가을에 많은 것을 느끼고 배워서 네 성장에 기여하기 바란다.

삼촌은 그런대로 건강하니 든든하게 살아가고 있다. 걱정하지 말아라. 이만 줄인다. 일경아, 삼촌 편지를 받고 부담감일랑 아예 갖지 말아라. 허물없는 친구처럼 여기고 반년이나 넘으면 모를까, 몇 달쯤 네 편지가 없다고 너를 탓하지 않겠다. 틈날 때, 또 삼촌한테 편지를 쓰고 싶을 때 써라. 편지를 쓰려고 벼르다가 때를 놓치고 삼촌 편지 받으면 죄책감에 네 가슴이 따끔하지 않을지, 그런 생각에 너한테 편지 쓰는 삼촌 마음도 가볍지 않다. 껄끄러운 점은 없애고 지내자.

어머님 보시지요

어머님 안녕하세요? 집안에 별일 없지요? 날씨가 추워졌어요. 갑자기 영하로 떨어져서 어머님께서 감기 안 드셨는지 모르겠네요.

노랗게 물든 은행잎이 꽃보다도 보기에 좋더니만 낙엽 쓰는 것이 귀찮다고 힘든 일도 아닌데, 떨어진 잎을 두고두고 보아도 좋을 것을 잔망스럽게 나무를 흔들어서 잎을 다 떨어뜨리고 벌써 가지만 남았어요. 대국은 서리를 맞고도 한참 피어나고 있습니다. 몇 차례 서리가 왔지만 가을에서 겨울로 들어서는 길목이라 추위가 그닥지 않는데 밤으로는 이불속으로 파고드네요. 어깨 신경통이 있어서 잠결에 뒤치락거리다가 틈이 나면 저도 모르게 움츠러듭니다. 자식은 나이 들어도 어리게만 여겨지는 것인지 아들 어깨가 나왔다 싶으면 그때마다 이불을 끌어다가 덮어주시던 어머님이 떠오르네요. 날씨가 추워지면서 아들 걱정을 더 하지요?

어머님, 마음을 놓으세요. 그저 평범한 아들입니다만 어려운 일을 당하거나 어려운 처지에 놓이게 되면 다릅니다. 어려움과 맞서서 견디고, 어려움을 이겨가는데 남다른 점이 있습니다. 어려울수록 강해집니다.

어머님, 아들 걱정을 마세요. 추워지는데 감기 조심하시고요. 아침이나 해거름에 찬 바람을 쐬지 마시고 집 밖에 나가실 때는 점심 후 햇볕이 따뜻한 때를 택하세요. 옷은 방안에 계실 때도 따숩게 입으시고요. 날씨 변덕이 심한 요즈음 어머님께서 강녕하시기를 간절히 바라오며 이만 줄입니다. 어머님! 아들은 건상합니다.

홍규야, 형은 콧물이 나오고 오싹오싹 감기기가 있을 때 풍지를 50번씩 두세 차례 지압하고 나면 말짱하게 가시고 만다. 감기 초기에 너도 해보고 어머님도 해드리고 시험해 보아라. 약간 세게 눌러야 한다.

귀선아 보아라

귀선아, 잘 있니? 엄마도 안녕하시냐? 오빠랑 올케랑 삼촌한테 할아버지라고 부를 어린놈도 잘 있고?

네 편지를 받고 거의 한 달이 되었다. 집으로 편지 두 통을 보낸 뒤에 네 글을 받아서 한 장 남은 엽서를 마저 쓸까 하다가, 매달 전주로 편지 한 장씩 보냈는데 삼촌 편지가 없으면 큰고모가 걱정하실까 봐 그리 쓰기로 하고 너에게 화답은 다음 달로 미루었었다. 펜을 들기 전에 네가 초여름에 보내준 편지와 시월에 보내준 편지를 거듭 읽어 보았다.

귀선아, 엄마가 많이 늙으셨다고? 사진 한 장이 없어서 엄마가 어떻게 달라졌는지 짐작이 안 간다만, 삼촌이 거지반 백발이 되었으니 그새 늙으셨을 테지. 엄마 뵌 지도 10년! 만나면 서로가 10년 세월을 순간에 보는 것 같아서 깜짝 놀랄 것 같다.

다리가 아프시다고 들었는데 어떠시냐? 너는 몸이 어떠니? 귀선아, 자기 몸에 대해서 어느 정도 알고 있어야 한다. 네가 자주 앓는 병이나 신체의 약한 부분에 대해서 관심을 들여서 어느 경우에 탈이 생기면 제때에 조처를 취해라. 신경통이나 두통은 간단한 물리요법이나 침술로 통증을 없앨 수 있다. 언젠가도 너에게 말한 것 같은데 침구책이나 지압책을 보아라. 어렵지 않은 것으로 이침이 있고 수침도 있다. 귀와 손에 전체 혈이 집중되어 있어서 침 하나로 쉽게 치료가 된다. 병을 다 침으로 고칠 수 있는 것은 아니지만 침의 효과를 무시할 수 없다. 네 병과 관계 있는 혈만이라도 알아서 시험해 보아라. 자기 병에 대해서는 자신이 반의사가 되어야 한다. 약한 사람이 무리하지 않고 몸 관리를 잘하면 튼튼한 사람보다 오히려 장수한다. '고로롱팔십'이란 말이 있지 않니? 인체는 병 하나만의 공격으로는 끄떡없다. 여러 가지 병이 동시에 일대 타격을 가할 때 비로소 파괴되는 것이다. 아프면 '곧 어떻게 되지 않나' 하고 두려워하는 수가 있는데 지나친 걱정이나 두려움은 병에 한사코 해롭다. 육체적인 병과 마음 쓰는 것과는 관계가 깊다. 언제나 마음을 맑고 크게 튼튼하게 지니도록 힘써라.

그리고 너는 편지에 '작은아버님 보시옵소서'라고 썼더구나. 읽기에 어색했다. 삼촌이라고 하던가 '님'자를 빼고 작은아버지라고 써라. 응석도 부리고. 하기는 너를 안아주거나 업어준 적이 없는 삼촌인데 정인들 있을까만……

귀선아, 네 오빠 말이다. 결혼 후 오기는 고사하고 편지 한 장이 없어서 여간 서운하지 않았다. 삼촌의 존재가 알려지면 생활에 지장이 있을까 봐 네 새언니한테 삼촌 이야기를 안 한다고 치자. 그렇지만 삼촌한테는 오빠 스스로 언니를 알려주어야지, 삼촌이 몇이나 있다고 없는 사람 취급을 한단 말이냐? 설령 죽었다 할지라도 삼촌이면 산소를 찾을 법하다. 네 오빠가 전에는 어떻게 하든 그렇지 않았는데 결혼하고는 마음에서 멀어진 것 같아 쓰라렸다. 삼촌과 조카 사이는 가까운 혈육이다. 너도 생리학을 배워서 알겠지만 우리의 최초의 생명 세포는 아버지로부터 반, 어머니로부터 반의 결합에 의한 것이다. 옛날 분들은 오로지 아버지가 생명을 이어주고 어머니는 다만 길러준 것으로 알았다만, 그것이 아니다. 인간으로 되는 인자 즉 유전자도 아버지와 어머니로부터 정확히 반반씩 제공받았다. 우리의 생명 세포는 아버지와 어머니로부터 이어받은 것 외에 그 어느 것도 첨가된 것이 없다. 아버지와 두 삼촌. 두 고모의 생명 세포는 똑같이 할아버지 할머니로부터 반반의 결합에 의해서 이루어졌고 할머니 배안에서 컸다. 그러기에 옛 어른들이 부모는 뿌리요, 형제는 한뿌리에서 나온 가지로 부모와 형제는 한 몸과 같다고 했다.

너는 어떠냐? 너도 네 최초의 생명 세포에 엄마가 반, 아빠가 반을 차지하고 있었다. 아빠와 삼촌은 같고 (물로 전자나 원자 얼마 정도의 차이는 있었겠지만) 이렇게 추구해 보면 네 근원의 반과 삼촌은 같다는 결론이 나온다. 아주 가까운 혈육이다. 조카자식도 자식이란 말이 있지 않니? 삼촌과 조카가 정겹게 살아갈 때 친부모

자식처럼 가까워지고, 정 없이 멀리 지내기로 하면 남남처럼 되어버리고 만다. 지별 탓이다.

귀선아, 기회가 있거든 오너라. 편지라도 이따금 보내라. 편지는 격식을 차릴 것이 없다. 허물없는 친구에게 쓰듯 스스럼없이 써라. 삼촌은 그날이 그날이요, 별로 변화가 없고 혼자 살아가고 있어서 때로는 편지 쓰는 데 어려움을 느끼지만, 너야 엄마와 주고받은 이야기도 좋고 네 조카가 재롱부리는 모습, 할머니와 통화한 내용도 좋고 글솜씨도 있어서 편지 쓰기가 수월하지 않니?

이제 가을이 다 가는 모양이다. 날씨가 제법 춥다. 담 너머 솔밭에 소나무들이 누런 잎을 무더기로 달고 있다. 금세 우수수 쏟아질 것 같다. 고향에서 갈퀴나무를 해 봤니? 솔잎이 떨어져서 수북한 곳에 갈퀴를 대고 긁으면 발 위에 쌓이고 재미있었지. 어릴 때 고향이 떠오르는구나. 할머니와 엄마가 시집오신 곳, 아빠 고향, 삼촌 고향, 네 고향! 고향이 얼마나 변했을거나.

생명에 대해서 좀 더 쓰고 싶다. 버드나무 가지를 잘라다가 땅에 꽂아두면 뿌리를 내리고 독립된 개체로 성장한다. 가지가 잘리기 전에는 버드나무의 한 부분이 아니냐. 씨로 번식하는 생물도 방법은 다르지만, 자신의 일부로 생명을 다음 세대에 이어주는 것이다. 생명은 억만년 동안 대대로 이어왔다. 장구한 세월 끊임없이 나에게까지 이어온 생명을 나를 끝으로 끊어버리는 것은 더없이 애석한 일이다. 생명을 뒤에 이어주기 위해서도 결혼을 해야 한다. 혹시라도 네가 독신으로 살아갈까 봐 몇 마디 썼다. 적당한 네 남편감이 나타나기를 간절히 바라면서 줄인다. 귀선아, 안녕.

1986. 11. 5. 삼촌 씀.

삼촌, 그동안 안녕하셨어요? 삼촌 편지 받아보고 얼마나 죄송한 생각을 했는지 몰라요. 시간을 좀 내서 편지를 써도 되는데 그저 시간 핑계만 댔으니……. 죄송해요. 삼촌의 편지는 정말 저에겐 너무도 고마운 편지였는걸요?

오늘은 대입 학력고사가 실시되기 때문에 학교에 가지 않았어요. 의숙이언니도 시험을 봤어요. 이제 의숙이언니도 대입 시험을 끝냈으니 남은 것은 저 하나뿐이에요. 왠지 두렵고 무서워요. 이제 아빠 엄마는 저에게 기대를 하실 텐데, 저는 그게 무서워요. 모든 시선이 저에게 집중될 텐데, 저는 자신이 없어요.

그리고 오늘 많은 생각을 했어요. 의숙이언니가 시험을 보고 나니까 제 머릿속에 혼란이 오더군요. 아빠, 엄마 기대에 어긋나지 않게 하고 싶은데, 마음뿐이지 행동으로 실천을 하지 않는 저는 정말 한심할 뿐이에요. 제가 생각한 것은 제가 할 수 있는 만큼 최선을 다해 저에게 건 아빠 엄마의 기대에 어긋나게 하지 않겠다는 거예요. 이제 남은 사람은 저뿐이라서인지 제 책임이 아주 커진 느낌이에요. 삼촌 도와주세요. 제가 열심히 할 수 있도록…….

오래간만에 삼촌께 쓰는 편지인데 내용이 너무 딱딱하죠? 건강은 어떠세요? 괜찮으시겠죠? 얼마 전까지 쌀쌀하던 날씨가 요즘은 많이 풀렸어요. 연합고사가 앞으로 얼마 남지 않았는데 걱정이에요. 삼촌께서 저를 도와주신다면 저도 잘할 수 있겠죠?

삼촌, 조금 후면 또 날씨가 쌀쌀해져요. 몸조심하셔서 항상 건강하세요. 일경이의 부탁이에요. 그럼 삼촌, 다음 편지 때에는 이런 내용 말고 좀 더 좋은 소식 보낼 수 있기를 바라면서 이만 줄일게요. 그때까지 안녕히 계셔요.

1986. 11. 20. 일경 올림.

낙엽도 다 지고 겨울로 접어들었네요. 어머님, 안녕하세요.

"오냐. 나야 괜찮다만 네 몸이 어떠냐? 춥지? 옷이랑 이부자리랑 어떠니? 너를 잊고 살아가려고 하지만 에미 마음이 어디 그러냐. 특히 바람은 차고 날이 저물어갈 때는 '오늘도 얼마나 떨었을까?' 거기 네 생각에……. 애야, 말로 어찌 다 할거냐."

"어머님, 상심 마세요. 아들은 단단하게 살아가고 있습니다. 내의나 양말이 겨울나기에 부족이 없어요. 일전에는 헌 내의를 잡아서 운동할 때 쓸 아마구(방한모의 방언)도 하나 만들고 양말과 덧버선 바닥을 댔어요. 하루 바느질감이 더 남았는데 시간을 꽉 짜 놓고 살아가고 있어서 틈이 안 나네요. 솜이불을 깔고 덮고 잡니다. 잠자리도 그런대로 괜찮아요. 걱정 마시고 어머님, 이야기나 하세요."

"그러마, 애야 추위도 원수다. 방안에 갇혀 사는 날이 많다. 그래도 지금은 성산이가 말을 조랑조랑하고 말귀도 제법 알아들어서 푸접이 이만저만이 아니다. 고 녀석하고 놀고 있으면 때 가는 줄도 모르고 만사를 다 잊거든. 벌써 셈이 나서 이따금 나를 놀라게 한다. 단것은 몸에 해롭다고 에미는 간식을 영양 있는 것으로 마련해 두었다가 주곤 하지만 아이들이야 단것을 좋아하지 않니? 오늘도 놀다가 할미 치맛자락을 잡고 나가재. 고모 집에 가자고 조르더구나. 그놈 마음 가는 데를 짚어보면서 따라나섰지야. 바삐 가던 성산이는 과자 집 앞에서 머뭇거리다가 할미를 올려다보고 사탕을 가리켰다. 머리를 흔들었더니 바싹 붙어서 조르더라. 가게 쪽으로 발을 옮기자 녀석이 앞서 뛰어가더니만 큰 사탕 봉지를 추켜들고 웃어야. 그걸 가지고 가면 엄마나 고모가 야단치니까 작은 것을 사자고 했더니 알아듣고는 고개를 끄덕이며 작은 봉지로 바꿔 들더구나. 착한 우리 성산이를 좀 보아라. 가게 문을 나오면서 벗긴 사탕을 '할머니, 아' 하더니 입안에 넣어주지 않겠니? 귀여운 녀석. 집에 와서도 호주머니에 넣어둔 사탕을 제 엄마가 없을 때 먹더구나. 시킨 것이 아닌데 할미와 손자가 짜고 어미한테 숨기는 것 같아서 좀 무엇 했다. 주머니에 늘 잔돈푼이 있어서 고 녀석이 조르면 안 사줄 수가 있어야지. 그래서 어떤 때는 며느리 마음을 헤아려본다. 나도 젊었을 적에는 할머님이 너희들을 너무 오냐오냐하셔서 너희들 버릇을 잘못 들여놓는다고 불만스럽게 여긴 적이 있었거든. 말은 안 해도 에미 눈치를 살필 때가 있다. 에미야 할머니가 되기 전에 할미 마음을 모를 테니 말이다. 얘야, 날이 어두웠다. 춥다. 겨울에는 바늘구멍으로 황소바람이 들어온다는 말이 있지 않니. 틈이 없나 단속을 잘해라. 이불을 꼭꼭 싸고 자거라."

"예. 어머님"

어머님이 곁에 계시는 듯 상상한 것을 글로 옮기면서 어머님 음성을 듣습니다. 어머님. 오래오래 게세요. 이만 줄이네요. 어머님. 추위에 존체 보중하시옵소서.

제수씨 보세요

제수씨, 안녕하세요? 엊그제 뵈온 것 같은데 벌써 두 달이 넘었네요. 이 해도 한 달 남짓 남았습니다. 세월 가는 것이 아쉽기도 하고, 어서 가기를 바라는 것이 모순이네요.

집에 별일 없지요? 동생이 차를 몰고 다닌다는 말을 듣고, 침착해서 크게 걱정은 안 했습니다만 그래도 마음이 쓰입니다. 워낙 붐비는 서울이라 어느 때고 차가 돌아와야 제수씨 마음이 놓이지요?

정구를 치면서 경험한 것인데 건강 상태가 좋지 않거나 기분이 언짢을 때는 공이 제대로 맞지 않고 실수를 많이 합니다. 일이 생길 때는 책을 보아도 건성이고 자꾸만 그쪽으로 마음이 갑니다. 실수하면 그게 걸려서 또 실수하고 거듭 실수를 하게 되는데, 재수 없는 날이라고 합니다만 재수가 아니라 긴장에서 오는 것이지요. 기계는 능숙하게 다루는 사람 손에서는 일만 하지만 서툰 사람 앞에서는 말썽을 부립니다. 기계에 의한 불상사를 사전에 막기 위해서는 기술 수준을 높이고 조심하는 것 외에는 딴 길이 없습니다.

　기술을 향상시키는 것은 동생이 할 일이고 제수씨가 할 과제는 남편이 편안한 마음으로 운전대를 잡도록 하는 데 있지요. 정 다툴 일이 있거든 밤을 택하시고 다음 날 아침까지는 완전히 풀어야 합니다. 자기 감정일지라도 마음대로 되는 것이 아니라서 어려워질 줄 압니다만 생명과 관계있는 것이니까 모두를 양보하세요. 그렇다고 그 점을 악용할 동생은 아닙니다. 뒤를 돌아보면서 자기 잘못을 고치는 데 더욱 힘쓸 것입니다.

　그리고 틈나는 대로 운전 기술을 배우시지요. 소형 화물차라 작아서 다루기 쉽고 남편한테서 배우는 것이라 배움 자체가 즐겁지 않을까요? 차는 위험하다고 해 놓고 운전을 배우라는 것은 앞뒤가 맞지 않는다고 생각하실지 모릅니다만 기계란 모두가 손발이나 기관의 연장이요 차이는 있을지라도 위험이 따릅니다. 위험이 있다고 일을 덜어주고 생활을 편리하게 해주는 기계를 마다해서야 문화생활을 포기해야지요. 조건이 주어졌을 때 운전 기술을 익혀두면 쓸 때가 있습니다. 생활이 언제나 선택일 리는 없고 승용차를 가질 수 있지요. 성산이가 크면 운전하는 법을 엄마가 자상하게 가르칠 수도 있고. 그 위험한 것을 아들한테 가르치느냐고 반문하실지 모릅니다만 발전한 사회에서는 남녀 구별 없이 어려서 운전 기술을 익힙니다. 운전 못 하는 사람이 없지 않습니까? 그들이 하는데 우리가 못할 턱이 없지요. 손발처럼 자유자재로 다루면 됩니다.

　면회실에서 떼쓰는 성산이를 업고 달래시던 제수씨가 떠오르네요. 어머니와 자식의 모습은 어디서나 생각만으로도 포근한 감을 줍니다. 이만 줄이네요. 제수씨, 안녕히 계세요.

　1986. 11. 22. 시숙 드림.

홍규야 보아라

홍규야, 그새 잘 있었니? 차 다루는 기술을 높이고 네 차 성능을 정확히 알고 있어야 한다. 기계는 사정이 없지만 정직한 것이 아니냐? 차를 몰고 다닐 때는 언제나 서둘지 말고 정신을 차려라. '설마 이 정도는 괜찮겠지' 하고 마음을 놓을 때 그때가 위험하다. 기분이 상하거나 마음에 떨쳐버릴 수 없이 걸리는 일이 있을 때, 또 아주 기뻐도 마음이 흩어지는 것이니까 운전대를 잡지 말아라. 형이나 너는 좀 늘척지근하지(좀 늘어지고 맞갖지 않게 여기는 듯하다라는 뜻). 차를 가지고 나갔다가 늦어지면 지체없이 전화로 집에 알려라.

형은 그런대로 건강하다. 걱정하지 말아라. 안녕.

(이달 초에 귀선이 앞으로 편지를 보냈는데 받았니? 너한테 6월에 도서 목록을 부탁했지. 책을 사보려고 돈을 아껴놓고 도서 목록을 기다리는데, 그리 바쁘냐? 매부도 나갔다가 종로서점에 들를 틈이 없다냐? 한 번 말한 것을 거듭 독촉하지 않고 기다리는 형 마음을 좀 살펴라. 정성껏 돌보는 너희에게 불평해서 안 되었다만 나오는 대로 썼다. 다른 것은 다 족한데 편지하고 책만은 불만이다. 형 욕심이 과한가?)

어머님 보시지요

어머님, 안녕하세요? 집안에 별일은 없지요? 성산이도 잘 클 것이고. 어머님, 추워서 나들이도 어려우실 텐데 요즈음 어떻게 지내세요? 작은 어깨가 자꾸만 올라가는 어머님 모습이 떠오르네요. 참, 작은어머님이 서울에 계신다고 하던네 십 가까이에 사시는지, 옛날 고향에서처럼 실 하나 사이에 대문을 마주하고 하루에도 몇 번씩 오고 가며 정답게 살아가면 좋으련만. 도시도 아파트가 있어서 웬만하면 될 텐데 그놈의 돈이 뭔지.

어머님, 희망만은 갖고 계세요. 날씨가 추워져서 아들 생각을 더 하시지요? 괜찮습니다. 솜옷도 입고 겨울을 날 준비가 갖추어졌어요. 책을 보다가 어깨가 뻣

뻣하면 몸을 움직여서 풀고 밖에 나가면 한 시간 내내 운동을 합니다. 허술한 점이 없이 살아가고 있어요.

어머님, 마음을 놓으세요. 순이한테 할 말이 많아서 이만 줄입니다. 어머님, 추위에 부디 강녕하시옵소서.

아들 올림.

홍규야, 따로 글을 못 보낸다. 한 해를 보내면서 너와 제수씨께 하고 싶은 말은 누나한테 쓰는 글 속에 남겼다. 뜯어 보아라. 올해도 어머님 사랑과 너희 따뜻한 우애로 건강이 그런대로 현상 유지를 했다. 특히 네가 집안을 꾸려가면서 형까지 돕느라고 애썼다. 새해를 기쁘게 맞이해라. 어머님께서 강녕하시고 집안에 기쁨이 있기를 축원한다.

제수씨, 올해도 어머님 모시고 살림을 해가면서 성산이를 키우고, 또 이따금 편지를 보내주서서 여러모로 고마웠어요. 11월 말에 제수씨 편지를 반갑게 받았습니다. 새해에도 건강하시고 소원이 모두 이루어지기 바랍니다.

순이야, 보아라

순이야, 이 해도 저물어가는구나. 어머님을 생각하다가 글을 쓴다. 어머님 이야기를 하고 싶어서. 지난날의 잘잘못을 가려보는 연말에 세 아이의 엄마인 너에게 어머님 이야기는 도움이 될 것이다. 어머님의 지극하신 사랑에 대해서는 뒤로 미루고 오늘은 어머님의 엄하신 면과 가정 교육에 국한시키겠다. 새로운 것은 적고 오빠가 편지에 토막토막 써 보낸 내용이지만 각별한 가르침을 받을 것이다.

자식을 사랑하지 않는 어머니가 있을까마는 어머님의 사랑은 깊은 생각이 중심을 꿰뚫고 있었다. 불의에 엄하셨다. 자식뿐만 아니다. 오빠가 밖에서 살던 어느 날이었다.

"한 형이 어느 사람의 머리끄덩이를 틀어쥐고 질질 끌고 가는 것을 보았는데 남의 일이지만 치가 떨리더구나. 죽든 살든 결판을 내버리지, 나 같으면 그렇게는 안 살겠더라." 하고 어머님은 대찬 말씀을 하셨다. 순이야, 칠순에 어머님이 하신 말씀이시다.

하루는 어머님이 아무도 모르는 당신만이 간직하고 있는 이야기를 두 아들에게 들려주셨다. "아버지와 있었던 일이다. 한번은 어찌나 분하던지 저녁밥을 지을 때인데 아버지가 들어오는 기척이 나서 부지깽이를 들고 우루루 안 나갔냐? 칠려고. 아버지는 '잘못했으니 맞아야지' 하시며 등을 돌리시더구나. 그래 그만 부지깽이를 뒤로 던지고 말았다."

어머님의 이야기를 재미있게 들은 오빠는 '어머님한테도 그런 때가 다 있었던가?' 하고 생각 밖이라 놀라웠고 또 감명을 받았다. 무엇 때문에 그토록 분하셨는지 어머님은 말씀을 안 하셨고, 오빠도 두 분 사이의 일이라 묻지 않았다. '씨앗을 보면 길가의 돌부처도 돌아앉는다'는 속담이 있는데 아마 모르지, 어머님은 아버님을 사랑하셨다. 존경하셨다.

그러니까 1950년 초 홍규가 태어나기 전이다. 햇살이 부드러운 어느 날 어머님은 오빠와 너를 데리고 삼선교 아주머님 댁에 나들이를 가셨다. 머리를 빗고 흰옷으로 깨끗이 차리고 나서신 어머님은 그새만 해도 고우셨다. 한쪽은 오빠 손을 잡고 또 한 손은 예쁜 네 손을 잡고 만삭이라 천천히 걸으셨다. 대문 안에 들어서자 버선발로 반갑게 맞아주신 아주머님은 (홍규를 받으셨고 미역을 사다가 산후 어머님 구완을 해주시고 동생한테 홍규라는 이름을 지어주신 고마운 분이다.) "어서 와. 동생은 효자 아들을 두어서 좋겠네." "제 아버지만큼만 했으면 좋겠습니다만." 두 분이 만나

자마자 나눈 말씀이었다. 할머님에 대한 아버님 효성이 지극하셔서 효도를 두고 하신 말씀이지만 효성만이 아니라 아들의 됨됨이가 아버님(남편) 정도만 되어주기를 바라고 계셨다. 그토록 존경하던 남편인데 평생 한 번의 일이기는 하지만 부지깽이를 들고 달려가신 것은 대단한 행위이시다. 어머님 같은 분, 열 명이 달려들어도 힘으로는 못 당할 아버님이 노한 아내 앞에서 다소곳이 자신의 잘못을 인정하는 태도, 치켜든 부지깽이를 던져버리는 어머님, 그 극적인 장면이 아름답다. 말로는 쉬워도 실지로 당하면 극히 어려울 줄 안다. 보통의 남편이라면 폭력을 썼을 것이고 보통의 아내라면 거기까지 가서 안 되지만 부지깽이로 치고 말았을 것이다. 그 남편의 그 아내라는 말이 있는데 두 분은 천생배필이시다. 오빠는 한 번도 두 분이 말다툼하시는 것을 들어본 적이 없다.

1946년인가, 어느 날 이른 아침에 건넌방에서 큰오빠가 언니한테 욕하는 소리가 들려왔다. 그 후 어머님은 큰오빠를 앉혀놓고 "네 아내라고 함부로 욕해도 되니? 잘못했으면 타이를 것이지 욕은, 사내답지 못하게. 그리고 자식 앞에서 아내한테 욕하는 것은 자식 교육에 해로운 것이다." 부드러우면서도 엄하게 이르시던 어머님 말씀을 옆에서 들었다. 그런 점으로 미루어보면 오빠가 듣지 못했지만 두 분은 소리를 죽여가며 다툰 적이 있지 않았을까? 수십 년을 함께 살아가면서 속상한 때가 어찌 없었을 것이냐? 어머님이 가족이나 남들과 이야기하면서 아버님을 나쁘게 말씀하시는 것을 들은 일이 없다. 자식한테도 종아리에 회초리는 대셨어도 욕은 안 하셨다.

오빠는 '빌어먹을 놈'이란 말 외에는 욕이라고는 들어본 적이 없다. 그것도 1947년인가, 여름방학 때다. 집에 갔더니 어머님은 오빠를 시원하게 입히시려고 어렵게 구해둔 생명주를 꺼내놓고 오빠 몸 치수를 재어가며 남방셔츠를 재단하셨다. 가위질이 끝나갈 무렵 오빠는 재봉틀 의자에 앉아서 실을 쥐고 빈 재봉틀을 돌려가며 기름을 치고 바늘을 꽂고 실을 풀어가며 여기저기 걸어서는 바늘구멍에 꿰고 북실을 끼우고는 무명을 드르륵 박았다. 고르게 박힌 것을 보고 오빠는 재단한 옷감을 주시라고 했다. "너는 안 된다. 다른 것과는 달라서 생명주는 잘 삐뚤어지고 한 번 잘못 박으면 뜯어도 구멍이 숭숭 뚫려서 못 쓰게 되니까 내가 하마." 하시는데 고집을 세워서 오빠가 박았다. 그런데 잘 나가다가 그만 쭈욱 빗나가고 말았다. 그것을 보시고 "에미 말을 안 듣더니만 어디 쓰겠냐? 그나마 앞섶인 것을, 빌어먹을 놈." 어머님 말씀에 무안하기도 했지만, 어머님한테서 한 번도 욕을 들어보지 않은 오빠는 그 한 말씀이 퍽이나 서운했다. 의자를 가만히 제치고 내려앉아서는 "밥을 해 먹으며 어렵게 공부한 아들이 이집 저집 돌아다니며 빌어먹으면 어머님 마음이 후련하시겠어요?" 말을 하다가 제 말에 서러워진 오빠는 끝에 가서 목이 메었고, 어머님은 울어버렸다. "야~야, 내가 잘못했다." 오빠를 어루만지며 주르륵 눈물을 흘리셨다. 그렇지 않아도 괴로우신 어머님인데 뉘우치며 오빠도 울었다.

이야기가 갈라졌는데 바로잡자. 홍규가 태어난 지 백여 일 만에 집을 떠난 오빠가 감옥 생활을 마치고 집에 갔을 때는 홍규 나이가 스물셋, (여섯 살이던 너는 시집가서 아이 엄마가 되어 있었고) 동생은 다 큰 청년이었다. 함께 3년쯤 산 후, 어느 날 밤이었다. 동생의 좋은 점들을 이야기하면서 모두 어머님이 가정 교육을 잘 시켰기 때문이라고 어머님께 감사의 말씀을 드렸는데 그때 옆에 있던 동생이 제 이야기를 꺼냈다.

"저는 여덟 살 때부터 작은 지게를 지고 산에 다니면서 나무를 했어요" 그 어린 것이 지게를 지다니 첫 말에 가슴을 후비듯 아렸다. "학교에 다니면서 집안의 땔감을 제가 해댔습니다. 하루는 아이들과 놀다가 놀이에 정신이 팔려서 나무할 생각도 잊고 날이 저물도록 놀았어요. 어둑어둑해서 집에 갔는데 장사하러 나가셨던 어머님은 와 계셨고, 저녁 밥상이 기다리고 있었습니다. 어머님은 '너 오늘 나무했니?' '놀다가 그만 못했어요.' 잔뜩 풀이 죽어서 대답했는데 더 이상 추궁하지 않으시고 '어서 밥 먹으라'고 부드럽게 말씀하셨습니다. 저는 속으로 좋아했어요. 그런데 형님, 밥을 다 먹고 나자 어머님이 부르시더니 지금 가서 나무를 해오라고 하셔요. 날은 어두웠고 산이 무서워서 어떻게 갑니까? 다시는 않겠다고, 용서해 주시라고, 내일 두 짐을 할 테니 한 번만 용서해 주시라고 빌었습니다. 그러나 어머님은 '어서 나가라'고 엄하게 재촉하셨습니다. 저는 울면서 지게를 지고 산에 갔어요. 캄캄한 솔밭에서 솔가지를 쳤습니다."

거기서 오빠는 어머님께 "그것은 너무하신 것 같네요." 하고 어렸을 때 동생이 안쓰러워서 말씀을 드렸다. 오빠 말이 떨어지자, 어머님은 정색하시고 오빠를 보시면서 "야~ 야, 애비 없는 자식 소리를 안 듣게 하려고 그랬다." 깊으신 어머님! 맺히고 떨리는 어머님 음성이 폐부를 뚫었다. 무슨 말이 있을 것이야? 홍규도 말이 없고, 오빠는 어머님 앞에 머리를 숙였다.

생각해 보자. 짐승도 제 새끼를 사랑하는 것인데 자식을 사랑하지 않는 부모가 있을 것이냐? 나이 들어서 난 막내는 자식 중에서도 더 귀여운 법. 당시 어머님은 50이 넘으셨다. 집안에 남자라고는 없고 오직 하나 어린 아들이 있었다. 어머님한테 막내아들 홍규는 천하를 주어도 안 바꿀 귀한 자식인데, 귀하고 사랑스러운 그 어린 자식 등에 지게를 지워서 밤에 내보낸 어머님의 마음이 얼마나 아팠을거냐. 너는 세 아이의 엄마요 막내도 있으니까 그때의 어머님 마음을 조금은 헤아릴 수 있을 테지. 순이야, 어머님의 딸인 너는 지금 너의 자식들을 어떻게 키우고 있느냐?

다시 돌아가자. 한참 만에 동생이 숙연한 분위기를 깨고 입을 열었다. "한번은 감자를 가지고 가서 밥하시던 어머님께 구워달라고 했는데 곧 어머님은 알아차리시고 이야기를 이으셨다. "저 애가 다섯 살 땐가, 여섯 살 때다. 부엌에서 불을 때고 있는데 새알만 한 감자가 네댓 개 대롱거리는 것을 우죽(나무나 대의 우두머리 가지)까지 들고 와서 구워달라고 내밀지 않겠니? 그걸 어데서 났느냐고 물었더니 샘집 아주머니가 주었다고 하더구나. 감자 캘 때도 아니고 그럴 리가 없어서 재차 물었는데 대답은 같았다. 그래서 부지깽이를 들고 '바른대로 말하면 용서해 주지만 거짓말하면 이놈, 매 맞을 줄 알아.' 하고 으름장을 놓았는데 얼굴 하나 까딱하지 않고 샘집 아주머니가 주었다고만 하더구나. 그래 부지깽이를 든 채 저놈 손에 감자를 들려서 앞세우고 샘집에 안 갔나? 문 앞에서 다시 한번 물었다. 그래도 딱 잡아떼는 거야."

빙긋이 웃고 있던 동생이 그때 입을 열었다. "마지막으로 거기서 잡아떼면 어머님이 믿고 돌아가실 줄 알았어요." 하고 어렸을 때 제 속마음을 털어놓았다.

"대여섯 살 난 어린놈이 어데서 그런 거짓 꾀가 나왔을거나. 할 수 없이 집 안으로 들어가서 아주머니보고 '야한테 감자를 주었냐'고 물었더니 '그런 일이 없다'고 하지 않겠니? 그때부터 비로소 묻는 대로 바르게 대답을 했다. 야가 캤다는 감자밭에 가 보니까 한 군데 하작거린 자국이 있더라. 그곳을 파고 홍규가 들고 간 감자를 묻어두고 왔다."

순이야, 우리 동생이라고 해서가 아니라 홍규는 효성스럽고 우애가 깊고 착하지 않니? 착하다기보다는 성실하다고 해야 정확하겠지. 어렸을 때 어머님이 그토록 자식의 먼 앞날을 바라보면서 세심하고 엄하게 가정 교육을 시키시지 않았다면 아버님과 형들이 없는 집안에서 제멋대로 컸다면 홍규가 어떻게 되었을거나. 정확하게 추리할 수는 없지만, 동생의 언어 행동이 지금과는 상당히 다를 것이다. 어렸을 때의 동생한테서 보는 바와 같이 아이들은 생활에서 좋고 나쁜 점이 여러 형태로 나타나는 것이며, 아기도 저희 나름으로 어른을 저울질하는 것이다. 억지를 쓰거나 나쁜 짓을 해도 부모가 그저 보아 넘기면 예사로 알고 또 하고, 거듭하게 된다. 그래서 습관이 되고 성격으로 굳어지는 것이다. 가정 교육이 넘을 수 없는 한계가 있지만, 청소년들의 탈선행위는 부모에게 책임이 있다. 어려서부터 좋은 싹은 키워주고 나쁜 싹은 잘라주어야 한다.

순이야, 어머님으로부터 배워라. 어머님은 1906년에 태어나셔서 오늘날까지 처절하고 절실한 경험을 수없이 하셨다. 네가 비록 어머님보다 아는 것이 많을지라도 생각이 깊고 경험이 풍부하신 어머님께 미치지 못하는 부분이 많다. 많은 것을 배워라. 어버이의 좋은 점을 이어가야 한다. 우리를 낳아서 키우실 때 고생하시고 가르치는데 정성을 다 바치신 어머님.

어머님을 어떻게 모시는지 너에게 부족이 없는지를 살펴보아라. 뒤를 돌아보고 앞을 바라보면서 설계도 하고 이 해의 마지막 시간을 값있게 써라. 모두 건강하고 행복하기를 바란다. 일일이 글은 못 쓴다만 희망찬 새해 새 아침에 모두의 모습을 떠올리며 마음에서 축전을 띄울 것이다. 안녕.

1986. 12. 16. 오빠 씀.

추신 : 어머님과 동생 이야기를 하다가 순이는 어려서 그렇게 참하고 순했는데 성질이 좀 급해졌다고 말씀을 드렸더니, "그 애는 병을 앓아싸서 애처롭고 또 남의 집으로 시집가서 고생할 딸이라 놓아 키웠다." 너에 대한 어머님 말씀이었다. 너는 원래 순해서 하는 대로 너에게 맡기셨고, 당신 슬하에 있는 동안 되도록 네가 편안하도록 마음을 쓰신 것 같다. 너는 우리 형제 중에서 성질이 제일 급하다. 생각이나 판단이 옳을지라도 급하게 서두르면 무리가 생기는 법이다. 네 심장도 약하니 성질을 좀 느긋하게 쓰도록 수양에 힘써라. 성격은 고칠 수 없다고들 하지만 고정불변한 것이 어디 있니? 고쳐지는 것이다. 그리고 자식을 가르침에 있어서 지식은 물론 좋은 것을 많이 들려주고 보여주어야 하지만 부모 자신이 일상생활에서 본이 되고 아이들로 하여금 스스로 좋은 일을 하도록 이끌어야 한다. 아이들이 학교나 집에서, 크든 작든 늘 좋은 일을 하면서 행위의 반복 과정을 통해 바르게 큰다. 아이들이 돈 쓰는 문제에 관심을 높이고, 아무리 작아도 숨기거나 거짓말하는 것에 대해서는 엄해라. 선주와 혁신이는 오면 면회가 되는데 겨울방학 중에 보게 될는지. 아이들이 보고 싶다.

순덕 누이에게

누이 잘 있어? 이 해도 다 가네. 집에 별일 없지? 매부도 건강하고?

곧 대학 학력고사 성적 발표가 있을 텐데 의숙이 점수는 어떻게 나왔는지? 이제 와서 점수 가지고 이러쿵저러쿵할 것은 없고 그 애에게 맞는 대학과 과 선택이 남아 있을 뿐이어서 누이는 짐 하나 덜었네. 아직은 한두 해 간섭을 해야 하겠지만 의숙이는 제 일은 제가 알아서 할 테고, 곧 고등학생이 되는 일경이한테 매어서 또 3년을 애써야지. 그러고 보니 애들은 3년이지만, 누이는 계속 9년이 아닌가.

고교생의 어머니가 얼마나 고달픈 것인지는 자세히 모르네만 얼마간 짐작이 가네. 아이들이 공부하는데 잘 수도 없을 것이고. 저녁 설거지를 마치고 나서 아이들이 잠자리에 들 때까지는 적어도 네 시간 이상 지나야 할 텐데, 시틋한 텔레비전 프로나 보고 잡담으로 보낼 것이 아니라 그 시간을 좀 값있게 쓰는 것이 좋지 않을까? 일경이를 격려할 겸 일경이와 겨루어보는 것이 어때? 외국어는 할 것이 없고 국어, 역사, 지리, 물리, 화학, 생물학, 생리학 등에 국한시키면 네 시간 가지고 일경이의 보조를 같이할 수 있을 거야. 학문의 기초도 되고 필요하네. 누이는 머리가 좋아서 능히 해낼 텐데 단단히 작정을 하고 한번 해봐.

50이 넘은 나이에 공부는 해서 무얼 하느냐고 반문할지 모르네만 사람은 앞을 내다볼 줄 알아야 하네. 오빠는 50이 되었을 때 멀리 죽음이 보이는 것 같더구먼, 어머님이 팔순을 넘기는 것으로 보아 누이는 30년 내지 40년은 더 살 것이네. 지금 오빠 나이가 되면 며느리도 있고, 손자와 외손자를 보지 않겠어? 틀림없지. 나이 들어갈수록 한가한 시간은 많아지고 누이가 결혼해서 이날까지 살아온 만큼이나 남은 세월을 누이는 무엇을 하고 어떻게 살 것인가. 손자를 데리고 다니면서 몇 년을 놀고, 신식 며느리와 의가 안 맞아서 볼썽사나운 시어머니 노릇을 좀 하고 살림 권한을 며느리한테 맡기고는 별로 할 일 없이 구석방에서 쓸쓸하게 살다 갈 것인가?

이 시대에 살아가고 있는 많은 노인들이 타인은 물론 자기가 낳아서 키운 자식과도 대화가 끊기고 할 일 없이 서성거리다가 하늘만 쳐다본다는 말을 들었는데 그 이유는 무엇일까? 급변하는 세태를 파악하지 못하고 따라서 그에 능동적으로 대응하지 못하는데 원인이 있네. 사태를 정확하게 알기 위해서는 바로 보는 안목이 갖추어져야 하고 항상 배우려는 태도와 노력, 그에 의한 지식이 필요해.

나무를 보면 큰 뿌리는 몸을 지탱하고 잔뿌리는 몸에 필요한 수분과 영양을 섭취하고 있는데 끝이 성한 잔뿌리가 멀리 사방으로 뻗어나가야 양분을 풍부하게 빨아들이지 않겠어. 우리의 감정도 끝을 세워서 멀리 넓게 살피며 필요한 것을 가려서 적극적으로 흡수해야 우리의 의식을 살찌우지. 나무가 활발한 신진대사를 통해서 성장하는 것처럼 의식도 끊임없이 새것을 받아들이고 낡은 것을 버리는 대사 과정을 통해서 성장하는 것으로 봐. 노인 중에는 청장년들과의 대화뿐만 아니라 선두에서 그들을 이끄는 분들이 있잖아. 그분들은 몸은 늙어가도 정신은 줄기차게 발전하고 있는 거야. 사람의 뇌는 80세까지도 기억력이 쇠퇴하지 않는다는 연구 보고가 나와 있어. 젊어서 잘산 사람이 늙어서 우습게 살다가는 수가 있는데 그래서야 되겠는가. 삶을 풍성하게 하기 위해서는 배워야 하네. 일하지 않고 노는 것이 편하다고 생각하는데 그런 사람들은 이곳 독방에 와서 한 서너 달만 아무것도 않고 놀아보면 노는 것이 얼마나 지긋지긋한가를 알 것이네만. 감옥까지 올 것도 없이 다락방에서 문밖에 나오지 말고, 사흘만 있어 보면 머리를 설설 흔들 거야.

오빠는 누이의 다음 생일쯤 되면 옥에서만 30년을 사는데 놀고 지냈다면 정신과 육체가 파괴되어서 오래전에 죽고 말았을 것이네. 지금도 건재한 것은 정신활동을 하고 수양에 힘썼기 때문이야. 몸이 여의치 않고 조건이 좋지 않아서 하나도 제대로 해놓은 것은 없네만. 벽면 30년에 도통할 법한데 멀었어. 그러나 몇 년이고 말벗 없고 책 한 권 없이도 지내는데 괜찮을 정도는 되었지. 만성복막염(급성이 만성으로 전환되었음)으로 10여 년을 앓으면서 책을 못 보고 산 경험이 있거든. 운동 시간을 제외하고는 거의 종일 한자리에 앉아 있지만 뇌에 일거리를 주고, 의지와 자신의 규율로 완벽하지는 않으나 뇌수 활동을 다스리는 오빠 같은 사람은 말년에 외롭거나 그런 일은 없을 것이네.

눈은 보고, 귀는 듣고, 머리는 생각하고, 손발은 움직이도록 되어 있는데, 이들 기관이 기능을 발휘하지 못하면 갑갑한 법. 도시 노인들이 괴로워하는 것은 다른 이유도 있겠지만 주로 적당한 일거리가 주어지지 않고 스스로 마련하지도 못하는데 원인이 있어. 사람은 육체적인 일이든 정신적인 일이든 일을 해야 결실이 있고, 사는 보람을 느끼는 것이네.

비록 물질적인 여유가 있어서 눈, 귀, 입 등의 중요 감각기관들을 줄곧 달콤하게 해줄지라도 자신을 충실하게 가꾸는 것이 아니면 결국 속은 곯고 껍데기만 남아서 인생을 허무하게 여길 거야. 자식을 키울 때 힘은 들지만 기쁨이 있고 자식이 커서 당당하게 살아가는 것을 보면 흐뭇하지 않겠는가? 공부도 그와 같다고 봐. 늙으면 육체보다 머리를 쓰는 작업이 적합하지. 경험을 쌓은 토대 위에 지식을 갖추면 일에서 성과가 크고 생의 후반을 장식하지 않겠어? 노년기의 보람찬 삶을 위해서 지금부터 준비하는 것이 좋을 성싶네.

이야기 하나 할까. 고향에 효준이가 살고 있지. 그의 증조할아버진가 고조할아버진데 글을 배우지 못했다네. 살아가면서 생활이 나아져서 호박단추(송진이 땅속에 묻히어 굳어진 것으로 만든 광택 있는 장식품 단추)에 좋은 옷을 입고 살았대. 그런데 하루는 어느 마을 심부름꾼이 부고를 가지고 와서 돌아다니다가 깨끗이 차린 오십 대 그 어른 앞에 가서 절을 하고 부고를 내밀었다는구먼. 그러나 글을 알아야지. 그때 크게 각성한 효준이 선대 할아버지는 글을 익히는 데 몰두

했고, 글은 날로 늘어서 몇 년 후에 '오십 대 문장'이란 말을 들었대. 어려서 들은 이야기야.

내년 3월이면 누이가 만 오십. 늦지 않네. 안 늦고말고. 젊어서는 네 아이를 키우느라고 시간이 없었지만, 이제 아이들이 다 커서 일거리도 줄 테니 새해부터 공부에 착수해 봐. 작심삼일이란 말이 있는데 흐릿해서는 못써. 다부지게 달라붙어봐.

벌써 25년이 넘었네만 매부가 병원에서 퇴원한 직후 편지를 보내주었는데 '순덕이는 공부를 열심히 하고 있다'고 장래의 훌륭한 누이를 상상하라고 쓰여 있었어. 그런 매부라 중단한 공부를 다시 시작하면 좋아하고 여러모로 도울 것이네. 새해에 매부와 누이와 아이들이 모두 건강하고 집안에 기쁨이 충만하기를 간절히 바라면서 이만 줄이네. 잘 있어.

1986. 12. 23. 연말연시를 맞이하면서 오빠 씀.

추신 : 의정아! 새해에 시집가야지. 너에게 하고 싶은 많은 말을 뚝 자른다. 의숙이 너는 대학생이 될 텐데 대학에 가거든 시야를 넓히면서 전공 분야에 주력해라. 남녀 교제가 활발한 대학가에서 덤벙대지 말고, 몸가짐에 유의해라. 아직은 감정의 지배를 많이 받는 나이이다. 일경이 너는 새해에 고등학생이 되지? 머리나 옷에 관심이 높아가고 제법 멋을 부리겠지만 대학 관문이 버티고 있어서 눈 팔 짬이 없을 테지. 삼촌은 그런대로 건강하고 든든하게 살아가고 있다. 걱정하지 말아라. 모두 안녕.

삼촌께 올립니다

삼촌을 뵙고 전주에 잘 도착하여 이렇게 글을 올립니다.

차가운 날씨로 삼촌의 건강을 걱정하고 있을 때에 건강하신 삼촌의 모습을 보고 기뻤어요. 저희가 몰라볼 정도로 컸다고 하신 삼촌께서는 제가 몇 년 전에 뵀을 때보다 젊어지신 것처럼 보였어요. 그 전날 면도하시고 또 전날 이발하셔서 그런지 아주 건강해 보였습니다.

하지만 삼촌의 귀 때문에 약간 걱정은 했지만, 한쪽 귀로 듣고 있으니 걱정말라는 삼촌의 말씀대로 걱정하지 않겠습니다. 삼촌과 마주 앉아 얘기하던 때가 얼마 되지 않는 것처럼 느껴지는데 벌써 나흘이 가버렸어요.

삼촌께서는 그동안 어떻게 지내셨는지요? 저는 하는 일 없이 하루하루가 가버렸어요. 시간은 기다려주지 않는다는 것을 알면서도 저는 그 시간을 활용할 줄 몰라요. 이제 클 만큼 큰 제가 제 생각 하나 제대로 실천하지 못하고 시간 낭비를 하는지 모르겠어요. 이제라도 정신 차려, 제 걱정하시는 부모님과 삼촌의 기대에 어긋나지 않게 행동할 수 있도록 노력하겠습니다.

참, 삼촌께서 원하시는 책을 구하려고 했는데, 그 책이 품절되었다고 합니다. 언니가 백방으로 노력해서 도서 목록 2권 인문 사회 과학편을 구했으니 우선 그 책을 참고하세요. 그리고 새 학기가 시작되면 종로서적에서 발행한다고 하니 그때 문학편을 구해보기로 하겠습니다.

삼촌, 이번에는 삼촌을 뵙고 엄마, 일경이, 그리고 제가 집에 잘 도착했다는 소식만 전합니다. 다음 소식 갈 때까지 몸 건깅히 게세요. 다음에는 좋은 소식 전하겠습니다.

(삼촌, 이 편지 보내고 나면 이제 내년에 뵙겠네요. 새해에도 건강하신 모습 뵙게 해주세요. 건강히 게세요. 삼촌,《과학자의 생활 참선기》를 보냅니다.)

1986년 12월 의숙 올림.

외삼촌, 그동안 평안하셨어요. 지금 삼촌의 건강은 어떠십니까? 아주 건강하시지요? 저의 식구들은 모두 건강합니다. 올해 서울의 겨울 날씨는 따뜻한 날씨여요. 거기도 지금은 춥지 않겠죠.

지금은 형, 누나 그리고 저의 방학이에요. 제가 방학이라 청주에 가고 싶지만, 국민학생이라서 못 갈 것 같아요. 누나는 연합고사를 보았어요. 성적이 괜찮더군요. 또 저는 한국일보사에서 주최한 글짓기 대회에서 동상을 탔어요. 삼촌도 기쁘시죠?

이제는 이런 이야기는 그만두고 삼촌께 여쭈어볼 말이 있는데요. 만약에 삼촌이 저 같은 막내라면, 헌 옷만 물려받으면 어찌시겠어요? 불평을 할 거지요? 저도 예전엔 그랬어요. 그렇지만 이제는 안 그럴 거예요. 지금은 부모님의 노고를 알고 있거든요. 부모님께서 피땀 흘려 번 돈으로 형의 옷을 사 입으면 세월이 지나면 작아질 거예요. 그것을 제가 안 입는다면 버릴 거 아니에요. 버리면 돈이 싹 날아가는 것이겠죠. 그래서 이제부터는 헌 옷이건, 새 옷이건 아무거나 입을 거예요.

또 이런 생각도 났어요. 연필이건 지우개건 오래 쓰면 조금 해지잖아요. 조금 해지면 이것을 버릴 때가 있었거든요. 그렇지만 부모님의 피와 땀을 생각하면 그걸 버릴 수가 없어요. 절약하면 더 쓸 수가 있거든요.

저는 삼촌이 좋아요. 삼촌이 언젠간 거기에서 나오시면 꼭 우리 집부터 들러주셨으면 해요. 삼촌이 무척 보고 싶어요. 알았지요?

그동안 몸 건강하세요. 또 편지 보낼게요.

1986. 12. 25. 조카 혁성 올림.

삼촌께 올립니다

삼촌, 그동안 몸 건강하셨는지요. 겨울이 오는데 어떻게 지내시는지 모르겠어요. 날씨가 겨울철 같지 않아서 활동하기에는 별 불편이 없으신 줄 압니다.

할머님께서는 여전하셔요. 몸 생각은 안 하시고 동네 분들과 함께 어울려 다니셔요. 지나칠 정도라니까요. 하지만 병환은 없으시지요. 건강하셔요.

공장 일도 만사 잘되고 부모님께서도 건강하셔요. 삼촌 내외분들도 건강하시고 성산이도 얼마나 많이 자랐는지 모르실 거예요. 어떨 때에는 TV에서 노랫소리만 나면 엉덩이를 흔들어서 모두 웃기도 많이 한답니다.

삼촌, 저 요번에 연합고사를 본 줄 아시죠? 다행히 점수는 그렇게 월등히 좋은 점수는 아니지만 만족할 만한 점수여요. 올라가서 상위 그룹에 속하는 성적이에요. 저 요번에 시험 고사장에서 많이 걱정했어요. 처음으로 제게 닥친 큰 시험이니 잘 못 치지는 않을 것인지……. 시험장을 나와서 마음이 홀가분해야 하는데, 저는 꺼림직했어요. 답을 한 칸씩 밀려 쓰지는 않았는지요. 그러나 (합격 통지서는 1월 23일이지만) 학교에서 맞춘 답안지에는 좋은 성적을 받았지요. 그렇게만 나와준다면 별 탈이 없을 거예요.

저는 내일 전주에 갑니다. 시험 보느라고 요 몇 년 동안 가질 못했어요. 가서 이모부와 이모, 오빠와 언니들, 일경이를 보러 갑니다. 아참, 어제 전화 걸었더니 일경이와 의숙이언니는 벌써 삼촌께 다녀갔다는데……. 제가 가면 같이 가자고 그랬지만 다녀왔으니 저 혼자라도 가보겠습니다.

삼촌, 저 가끔 장래에 내해 생각해 보기도 한답니다. 그러나 특별히 잘하는 것이 없어서 어떻게 해야 할지 모르겠어요. 부모님께서는 약대나 치대에 들어가라고 하시지만 저는 거기에 들어가서 그 일을 잘할 수 있을지 모르겠어요. 저도 이렇게 갈피를 못 잡고 있으니, 삼촌이 한마디해 주시면 큰 도움이 될 것 같습니다. 어떠신지 가르쳐주시기 바랍니다.

요번에 졸업 선물로 아버지께서 안경테를 바꾸어 주셨어요. 학생들이 쓰는 범위에서는 최고로 비싼 것입니다. 우리 집 형편에 그렇게 좋은 걸로 사주신 아버지께 한없는 고마움을 느낍니다. 더욱이 그렇게 쓰고 싶던 금테이기 때문에 정말 고마움을 느낍니다.

삼촌, 저 3학년에 올라와서 친구 한 명을 사귀었어요. 그런데 그 친구가 그렇게 좋을 수 없어요. 성격도 제 성격과 비슷하여 잘 맞아요. (참고로 내성적. 또 한 친구가 있는데 그 친구는 저와 성격이 정반대인 성격이에요. 그러나 그 친구와는 헤어졌어요. 트러블이 많아서요.) 지금까지 친구 중에서 제일 마음에 드는 친구여요. 언제까지나 같이 있고 싶지만 고등학교를 같은 곳으로 떨어질지가 의문이에요.

삼촌은 친구가 많으셔요? 대인 관계는 좋으셨는지요? 아직도 기억에 남는 친구분이 있으신지요? 알려주셔요. 삼촌께 물어볼 두 가지의 답을 손꼽아 기다리겠어요.

한해도 며칠 안 남았어요. 부디 몸 건강하시기를 빌며 이만 줄이겠어요.

1986. 12. 25. 질녀 선주 올림.

삼촌께

삼촌, 안녕하세요? 이번 겨울은 춥지 않지만 그래도 삼촌 건강이 걱정돼요. 저희들은 걱정 안 하셔도 됩니다.

요즈음 아버지가 아프셔요. 속이 나쁘시데요. 아버지가 많이 아프면 걱정이 되어요. 할머님도 절에 다니시는데 걱정이 되어요. 빙판에 넘어져서 다치면 병원에 가야 하기 때문이어요. 누나는요, 저를 청주에 데려가지 않겠대요. 누나는 나빠요. 혁성이는 한국일보가 주최한 전국 글짓기에서 동상을 탔어요. 저는 못 탔어도 동생이 타서 기뻐요. 누나는 이번에 연합고사 시험을 보았는데 잘 보았어요. 누나가 좋은 학교에 합격했으면 좋겠어요.

작은어머님이 할머님 생신날 오셨는데 바로 다음 날이 제 생일날이었어요. 그래서 작은어머님이 중학교 입학 선물로 카세트 라디오를 사주셨어요. 저는 그때 기분이 좋았어요. 평소에 가지고 싶었거든요. 저는 기뻐서 집에 오자마자 건전지를 사서 카세트 라디오에 꽂은 다음 틀어보았습니다. 모양은 조그맣고 검은색입니다. 저는 꼭 훌륭한 사람이 되어 작은어머님께 보답하겠습니다.

그런데 왜 눈이 안 오는지 모르겠어요. 눈이 빨리 와야 눈사람도 만들고 눈싸움도 할 텐데요. 저는 내일 어린이 대공원에 가요. 여자애한테 생일 초대를 받았거든요. 그래서 저는 친구들과 돈을 합쳐서 인형을 생일 선물로 샀어요. 그 애의 표정이 환하게 지을 것인지 나쁘게 지을 것인지. 저는 환하게 짓는 게 좋을 것 같아요.

삼촌이 거기서 빨리 나오시기를 빌겠어요. 삼촌, 그럼 안녕히 계세요. 건강하셔요. 이만 줄이겠습니다.

1986년 12월. 조카 혁신 올림.

5

생의 마지막까지

끊임없이 앞으로

나아가는 사람에겐

절망이 없다

어머님 보시옵소서

설이 다가오네요. 어머님, 세배 올립니다. 존체 만강하시옵소서.

어머님 연세를 생각하면 마음이 아픕니다만 그래도 몇 해 전보다는 낫습니다. 손자와 중손자가 세배를 올릴 것이고 작은어머님이 서울에 계셔서 더욱 좋고 형편도 조금은 나아져서요. 아들은 새해를 맞이한 지 스무날이 되었습니다만 음력 설은 어머님 설이라서 그냥 넘길 수가 없어요. 해마다 설을 두 번씩 쉽니다. 여러 가지 음식을 사 놓고 먹겠습니다. 어머님과 가족, 친척들을 생각합니다. 몸은 어머님 곁에 없사오나, 마음만은 어머님과 함께 있어요. 아들은 건강합니다.

대한이 내일이지요. 추위도 고비를 넘고 어머님, 아들 걱정을 너무 마시고 설날 작은어머님과 아이들이랑 즐겁게 지내세요. 저는 지난 연말에도 십여 일을 두고, 어려서 이후 기억나는 대로 전부를 회상해 보았습니다. 옥에서 산 30년의 세월은 흐릿하고 앞뒤가 헷갈리는 부분이 허다한데 어려서 일들은 생생하게 떠올랐어요.

아버님과 어머님은 아주 젊으시고, 수염을 기르신 할아버님과 이마에 주름은 깊지만 정정하신 할머님, 여남은 살(열 살이 조금 넘은)의 형, 저는 천자를 배우고, 아직 젖을 먹는 누이, 누이가 태어나기 전 일들도 몇 대목은 환하게 떠올랐어요.

최초의 기억은 밑이 터진 바지에 잠지를 내놓고 다니면서도 전혀 부끄러운 줄 모르던 어릴 때니까 아마 세 살쯤 되었을 것입니다. 하루는 제가 태어난 집 큰 방에서 마을 할머님들이 빙 둘러앉아서 사기 대바구니를 옆에 놓고 모시를 삼고 계셨는데 밖에서 놀던 제가 불쑥 방 안에 들어갔어요. 할머님이 저를 보시고는 고추를 달라고 하시데요. 그래서 잠지를 뚝 떼는 듯해서 빈손을 할머님 입에 넣어드렸더니 할머님은 자시는 시늉을 하시며 "고숩다"고 하시고 저는 빙긋이 웃었습니다. 그러자 옆 마을 할머님이 나도 달라고 하셔요. 잠시 줄까 말까 망설이고 있는데 할머님이 좀 드리라고 하셔서 드렸고 "나도, 나도" 하는 바람에 돌아가면서 드렸습니다. 할머님들이 모두 좋다고 하시며 "고숩다"고 하셨습니다. 할머님은 북쪽 문 옆에 계셨어요.

할아버님은 성질이 급하셨지만, 불같은 성질은 2, 3분이 안 갔고 퍽이나 인자하셨습니다. 지극히 자애로우신 할머님. 할머님은 봄에 씨앗을 뿌리시고 초여름 비가 촉촉하게 내리면 저희들을 데리고 남새밭에 나가서서 단수수, 옥수수, 가지 모종을 옮겨 심었습니다. 여름에는 수건을 쓰시고 날마다 밭을 매셨고, 가을에는 목화를 따고 밭곡식을 거둬들이시고 겨울에는 밤늦도록 물레질을 하셨습니다. 노시는 날이라고는 거의 없으셨어요. 왼 눈가에 사마귀가 있고 팔목이 부러져서 약간 삐딱한 왼손, 치마끈에는 언제나 주머니가 달려 있었습니다. 제 손이 들락거린 주머니지요. 할머님 모습은 물론 걸음걸이까지도 환하게 떠오르네요.

아버님은 한두 가지 잘못이 있었습니다만 바로 잡으셨고 마지막까지 참으로 훌륭하게 사시다가 가셨어요. 어머님은 큰집 큰며느리로 시부모님을 모시고 살림을 꾸려가면서 아들딸을 바로 키우시고 두 작은집, 종조모님 댁까지도 살펴시며 집안의 화목을 위해서 힘쓰셨어요. 대대로 우애 있는 집안이었고 우애를 더욱 돈독히 하셨습니다. 인정이 많으시고, 생각이 깊고, 남자 못지않은 도량이 있으셨어요.

아들은 어린 시절을 회상할 때마다 그렇게 흐뭇할 수가 없습니다. 세상에 흔치 않은 그런 할아버님, 할머님, 아버님과 어머님 품에서 큰 어린 시절의 저를 돌아보면서 우리 집 아이들은 어떻게 크고 있는지 한동안 생각에 잠겨보았습니다. 어린 것들이 6, 70년 후에 어린 시절을 돌아보면서 '아! 우리 아버님, 우리 어머님'하고 어버이를 추모하며 그 나이에도 생시의 부모님 생활에서 가르침을 받는 부모란 쉽지 않은 것인데 아버님과 어머님은 자식들에게 자랑스럽고 흐뭇한 부모님이 되어주셨습니다. 그래서 어머님의 아들딸들은 어른을 공경할 줄 알고 형제간에 우애가 깊지요. 사촌 형제들까지 저희 세대는 우애 있게 살 것입니다.

그러나 우리 후대는 확실치 않네요. 하지만 어머님, 아버님과 어머님의 후손인데 어찌 불충하고 번창하지 않겠습니까? 손자, 외손자들 그리고 증손자가 세배를 올릴 때 그 애들의 원대한 장래를 내다보시면서 설을 즐겁게 지내세요.

오래전에 형님 편지를 통해서 아버님이 어려운 때 "아버지는 너희들에게 부끄럽지 않게 살고 너희들도 아버지한테 부끄럽지 않게 살아야 한다."고 하신 아버님 말씀을 전해 듣고 마음 깊이 새겨 두었어요. 동생들, 조카들에게 들려주고 싶네요. 그 아버님 말씀을 전해주시지요.

새해에 어머님께서 강녕하시옵고 모두 건강하고 집안에 기쁨이 가득하기를 간절히 축원하오며 이만 줄이옵니다. 어머님.

1987. 1. 19.

작은어머님 보시지요

작은어머님, 안녕하셔요? 세배 올립니다. 새해에 기력 정정하세요. 서울에 가신지가 반년 가까이 되셔서 처음보다는 나으실 테지만 말도 그렇고, 눈에 선 것뿐이어서 여러 가지로 불편하셨지요?

그런데 작은어머님, 영민이를 떠나보내고 얼마나 섭섭하셨어요? 공항에서 딸과 사위, 어린 손자들을 태운 비행기가 하늘 저 멀리 사라질 때 '내 생전에 저것들을 다시 볼 것인가?' 하고 눈물인들 얼마나 흘리셨어요. 저도 그 애들의 소식을 듣고 픽이나 아팠습니다. 영원한 이별은 아닐지라도 수십만 리 떨어진 이국 땅에 가버렸으니 오고 가기가 쉬운가요. 살아있다는 것만으로 저 자신을 위로했습니다. 하기야 비행기로 이틀 길이요, 연락 두절이라서 돈만이 문제가 되지요. 옛날 우리 고향에서 오백 리 길은 서울 가기보다 쉽습니다. 작은어머님, 저 어려서만 해도 서울 가기가 어디 그리 쉬웠던가요? 철길이 나기 전에는 더했고 여러 날이 걸렸답니다. 그런데 지금은 이웃 마을 다니듯 하루에도 다녀가지 않습니까? 세월이 가면 비행기 속도도 빨라지고 왕래가 더욱 잦을 것입니다. 그 애들이 올 것입니다. 너무 상심 마시고 기다리세요.

작은어머님, 어머님과 이웃에 계셨으면 좋았을 것을 거리가 수월찮이 떨어졌다면서요? 어머님이 자주 가신다는 소식을 들었습니다. 이제 차 타는 것도 아실 텐데 작은어머님께서도 종종 들르세요.

정숙이는 잘 있지요? 효성이 지극하고 우애가 깊은 자랑스러운 누이 모습이 떠오르네요. 누이에게 정을 보냅니다. 봉규, 정완이, 정자 누이에게도 정을 보냅니다. 새해에 작은어머님께서 건강하시고 바라시는 일마다 모두 이루어지기를 간절히 바라오며 이만 줄입니다. 작은어머님, 안녕히 계세요. 설을 맞이하면서 당숙과 당숙모, 형수씨께 새해 인사를 드리고 동생과 제수씨 서울에 있는 누이들 매제, 조카, 생질, 아이들, 또 나한테 할아버지라고 부를 어린놈에게 따뜻한 정을 보냅니다.

(선주야, 너희들의 편지와 돈 만 삼천 원과 만 원도 잘 받았다. 이모 집에서 재미있게 놀고 갔니? 네 시험 점수는 예상대로 좋게 나왔니? 내 달에 너희들에게 편지를 보내마. 지난 12월에 엄마한테 편지 두 통을 보냈는데 받았니?)

삼촌께 올립니다

어제오늘 계속해서 따뜻한 봄을 연상하게 하는 그런 좋은 날씨였습니다. 입춘이 지나서인지는 몰라도 겨울이 멀리 가버린 것 같아요.

삼촌, 그동안 몸 건강히 계셨는지요? 여기 식구들은 모두 건강히 지내고 있답니다.

삼촌, 저는 요즘 아주 편한 생활을 하고 있어요. 그동안 대입으로 인해 구속되었던 제 생활에서 이제야 제대로 방향을 찾은 것 같은 기분이 들어요. 아침에 일어나서 학교에 가면 교과서 진도가 다 끝났기 때문에 아이들과 얘기하는 것이 학교생활의 전부예요. 1년 동안 한 교실에서 생활하면서도 제대로 못 했던 이야기들을 하느라 교실은 조용한 시간이 없어요. 역시 여학생이라서 그런지 접시 깨지는 듯한 소리가 여기저기서 들려요. 선생님께서도 교실에 들어오시지 않기 때문에 시간을 마음껏 즐기고 있는 중이랍니다.

삼촌, 제가 어떻게 되었는지 궁금하시죠? 죄송해요. 합격자 발표한 후에 바로 편지 드렸어야 하는데 이렇게 늦어버렸습니다. 저는 전북대학교 공과대학 건축공학과에 합격하였습니다. '여자가 무슨 건축공학과냐' 하시겠지만, 제가 바라던 과라 저는 만족하고 있어요. 삼촌, 저는 건축공학과를 나와 훌륭한 설계사가 되고 싶어요. 여자가 책상에 앉아 설계에 열중하는 모습을 생각하면 멋있다고 느껴져요. 물론 아무나 설계사가 되는 것은 아니므로 열심히 공부해야겠죠.

고3 때 제대로 못 했던 공부를 이제 대학교에 가서 하려고 생각하고 있어요. 시험을 보기 전까지만 해도 대학교만 들어가면 마음껏 놀아야겠다고 마음먹었었는데, 막상 대학에 합격하고 나니 지금보다 더 열심히 공부해서 좋은 성적을 얻고 싶어요. 저는 대학을 놀기 위해 가는 곳이라 생각하지 않고 제 미래를 위해서 학문에 전념하겠습니다. 앞으로 4년 동안의 대학 생활에 도움이 될 만한 글을 적어 보내주세요. 그러면 그 글을 통해 다시 한번 저를 반성해 가며 알찬 생활을 할 수 있도록 하겠습니다.

삼촌, 그럼 이만 줄이겠습니다. 몸 건강히 계세요.

1987. 2. 8. 의숙 올림.

봄 날씨 같은 날씨가 계속되어지고 있습니다. 복받쳐 오신 가슴은 누그러지셨는지요. 웃으려고 했습니다. 그저 철부지 소녀처럼. 엇갈리는 것들이 아무래도 저희들을 울게 했는가 봅니다.

그래도 만나 뵈어서 마음은 평온해졌습니다. 건강이 빨리 회복되시기만을 기원합니다.

잔잔하고 언제나 동화 속에서의 작은아버님으로 생각했습니다. 보내시는 글 구절구절이 너무도 맑고 감정어린 것이기에 전 이 시대의 그 어떤 시보다도 아름다움을 간직한 글을 읽는 기쁨을 누리는 동시에 아픔을 느끼곤 했습니다. 그곳에서 기다리는 것은 편지라는 것을 알면서 불우한 이웃을 생각한 저는 위선이었습니다.

저는 저 나름대로 저의 주변에 존경을 받고 있다고 생각하니 가슴이 무거웠습니다. 할아버님, 아버님, 작은아버님을 생각하고 우리 가족을 생각하면 할수록 전 올바르고 정말 성실하게 살려 노력하면서 행동하고자 했습니다. 그러나 사회에서 고통과 병에 시달리는 사람들은 모두 저와 하나의 삶을 갖고 있다고 생각합니다. 그들은 그 어느 누구보다 저를 사랑하고 아껴주거든요. 때론 가난도, 환경도 저에겐 무거운 십자가로 생각했던 어리석음의 시절도 있었습니다. 그러나 잠시였습니다. 저 나름대로의 주관 속에서 선함을 잊지 않고 행동했기에 비록 육신은 나약하지만 신뢰받고 있습니다. 자만하기에는 너무도 미흡하지만 앞으로도 더욱더 겸손한 마음으로 게으름을 물리치면서 열심히 살고자 합니다.

오빠는 이제야 비로소 안정된 삶이 시작되고 있고, 어머님께서는 연로하시면서도 아직까지도 의지로서 일터에서 일하고 계십니다. 존경스러운 어머님입니다. 의지가 강하신 것을 본받으려 하나 저는 약하다는 핑계로 게을러지는 것을 죄스럽게 생각합니다. 함께 생활하는 시간, 우리 가족은 이제 조금씩 평화를 가져오고 있습니다.

조카 성일이는 재롱꾼이죠. 노래를 무척이나 좋아해요. 조카라서 그런지 정말 사랑스러워요. 올케도 어머님께 순종하면서 우리 가족에게 아낌없는 사랑을 받고 또 저희를 위해주고 있습니다. 우리 가족은 걱정일랑 하지 마셔요.

작은아버님께서 힘을 주십시오. 새롭게 일을 시작하려고 하고 있어서 앞으론 힘을 조금 키울 것 같습니다. 성산이는 할머니를 따르고 할머님께서는 여전히 마실 나들이에 바쁘셔요. 작은아버님 소식 전해드렸더니 조금은 편안한 모습이셨습니다.

오직 건강하라고 당부하신 말씀과 그동안 소홀한 부분 앞으론 더욱더 노력함을 약속드립니다.

우리 사진을 동봉하지 않은 이유는 저의 좁은 소견이지만, 보면 그리움이 더욱더 커질 것 같아서였습니다. 저의 경험에 의해 고집했습니다. 아버님에 대한 그리움, 사진을 보면 볼수록 커졌거든요. 이런 저의 뜻을 이해해 주실는지요.

할머님은 건강하셔요. 그러니 걱정하지 마시고 건강하셔요. 단식을 하셨으니 식이요법에 신경 많이 쓰시고요. 이제 자주 글을 올리겠습니다. 다들 미루다 보니 소식을 드리지 못해서 죄송합니다. 앞으로 집안 소식 자주 드릴게요.

작은할머님은 정숙이고모가 잘 보살피고 계셔요. 때론 정숙이고모가 장하고 정말 아름다울 때가 많아요. 욕심도 있지만 정도 많거든요. 저에겐 다시없이 길해주고 이려울 땐 언제나 힘이 되어 준답니다. 작은어머님께서는 저와 친구처럼 지내고 있습니다. 모르는 것이 있으나 변함없는 무던함이 개성이랍니다.

모두들 부끄럽지 않게 가난을 원망하지 않으며 성실하게 살아가고 있습니다. 언제나 자상한 글을 읽는 기쁨이 많기보다는 함께 지낼 수 있는 시기가 빨리 오길 기도합니다. 안녕히 계십시오. 주안에 사랑과 평화가 임하소서.

(작은어머님께서는 혁신이 졸업하면 함께 가시겠다고 말씀드리랬어요. 곧 가실 겁니다. 성산이도 함께요.)

1987. 2. 13. 임귀선 올림.

삼촌께 올립니다

겨울이라는 단어를 멀리 달아나게 하는 봄바람이 불고 있는 아주 따뜻한 날이 계속되는 2월입니다. 2월은 새 학기를 맞이하기 위한 달이라고 생각합니다. 아무 준비도 없는 상태에서 갑작스런 일이 일어났을 때, 어떤 행동도 취하지 못하고 당황하며 누군가가 도와주기만을 바라는 것이 일반적인 현상인 것 같습니다. 이런 상태로는 자신의 미래를 계획한다는 것이 어리석은 일이겠지요. 그러니 준비를 철저히 해야 할 것 같다는 생각이 듭니다.

그래서 2월은 학생으로서는 새 학기를 설계하는 중요한 달이라고 생각합니다. 설계를 잘해야 그다음 기초 공사를 하고, 그런 다음 훌륭한 건물이 세워지게 되겠죠.

삼촌께서는 2월을 어떻게 보내고 계신지요? 저는 많이 모자라는 영어 공부에 치중하고 있습니다. 대학에 가서 영어를 못하면 제 자리를 확보할 수 없기 때문에 지금 조금씩 실력을 쌓아가고 있어요.

삼촌, 제 대학 생활에서 문제점은 영어뿐만 아니라 제 상식에도 있어요. 어렸을 때부터 책 읽기를 싫어했던 저라 지금까지 읽은 책이 얼마 되지 않아서 글 쓰는 거나, 얘기하는 면에서 다른 학생들에게 많이 뒤지게 될 거예요. 그래서 지금 책을 읽고 있지만 짧은 시간 동안 많은 책을 읽으려 하니, 책 읽는 속도도 느리고 또 꾸준함도 없기에 무척 힘이 들어요. 언니도 많은 책을 읽고 대학에 가야 한다고 독서를 권하고 있지만 제 생각만큼 실천되고 있지 않아요. 그러나 저는 이제부터라도 욕심내지 않고 조금씩이라도 꾸준히 읽어가도록 노력할 겁니다. 또한 책을 읽고 난 후에는 제가 읽은 책에 대해서 훗날에도 기억할 수 있는 독후감을 써 보겠습니다.

그럼 다음 소식 전할 때까지 몸 건강하세요. 참 삼촌, 전에 써놓고 보내지 못했던 편지와 이 편지를 같이 보냅니다. 같이 읽어보세요.

1987. 2. 16. 의숙 올림.

어머님께 올립니다

어머님, 아버님과 형님 제사가 다가오네요. 해마다 이맘때가 되면 잊고 있다가도 그 옛날 일들이 되살아나서 상처를 건드린 듯 아픔이 파고들 줄 압니다. 세월은 가도 머릿속에 박힌 기억들은 스러지지 않고 또렷또렷하시지요. '아버님과 형님.' 저도 같습니다.

어머님, 정초에 아버님을 꿈에서 뵈었어요. 아버님하고 나란히 앉아서 제가 썼다는 편지를 함께 들여다보았는데, 그만 글자가 하나하나 살아서 움직이더니 섞어버려요. 그래서 읽지 못했습니다만 아버님이 "글씨를 잘 썼다."고 칭찬하시데요. 그 말씀 끝에 깼습니다. 저는 아버님 모습이 흐려질까 봐 얼른 눈을 감고 꿈에서 뵌 아버님을 떠올렸어요. 턱밑에 검은 수염이 더부룩하시데요.

40대 초반 아버님은 젊었습니다. 아버님 곁에 저도 중학생이고요. 꿈은 그리도 매정한 것인지. 오랜만에 뵌 아버님이신데 반가워하지도 않고 인사도 안 드리고 늘 집에서 함께 살아온 듯 덤덤했습니다. 전에는 꿈에서도 부자가 마주 앉으면 곧잘 세상 이야기를 했고 그런 날 밤이면 꿈을 깬 후에도 흐뭇했습니다. 하지만 잠깐 아버님을 뵙고 자발없이 깨버려서 아쉬웠어요. 꿈속에서 아버님은 언제나 젊습니다. 아버님과 함께 있는 저도 어리고요.

꿈에서뿐만이 아닙니다. 평상시에도 아버님을 생각하면 저는 어려요. 저보다 10년도 더 젊어서 가신 아버님이시지만 지금도 여러 면에서 저에게 가르침을 주십니다. 아버님 제사상에 절을 올리지 못하오나, 마음에서 추모하옵고 특히 어머님과 형수씨와 아픔을 함께 나눌 것입니다.

하루 사이를 두고 남편과 자식의 제사상 앞에 앉으실 어머님……. 이만 줄이렵니다. 어머님, 오래오래 계셔요.

(아들은 건강합니다. 고난을 타고 넘고, 아픔을 이겨가면서 살고 있습니다. 봄도 오고 있고. 어머님, 아들 걱정을 마세요. 눈물이 나오려고 하거든 한사코 눌러버리세요. 어머님께서 강녕하시기를 거듭 간절히 바라옵니다. 어머님!)

1987. 2. 18. 아들 드림.

추신 : 홍규야, 잘 있니? 집안에 별일 없겠지? 어머니 기력은 어떠시냐? 길게 안 쓴다. 차를 몰고 다닐 때 늘 조심해라. 마음이 아파서 그렇지 건강은 괜찮다. 시간이 가면 아물 테지야. 걱정하지 말아라.

의숙아 보아라

의숙아, 기쁘다. 네 대학 입학을 축하한다. 전북대학에 합격했다는 네 편지를 받고 바로 글을 쓰고 싶었다만, 2월에 한정된 엽서 석 장을 다 쓴 뒤라 이제야 펜을 들었다. 삼촌은 달포를 두고 네 소식을 기다리고 있었다. 삼촌이 나가면 눈물이 쏙 나오게 너한테 꿀밤을 줄 것이다. 대학 합격 소식을 늦게 보낸 벌로 말이다.

네 편지를 읽어가면서 문장도 그렇고 대학생이라고 생각하니 네가 갑자기 큰 것 같은 감이 들었다. '건축공학과', 삼촌도 마음에 든다. 과 선택을 잘했다. 너희

세대에 조국의 도시와 농촌은 완전히 변할 것이다. 37, 8년 전의 전주는 가장 번화한 남문동에 2, 3층 건물이 몇 채, 도폭은 좁고 보잘것없는 도시였다. 너희 집 터는 밭이고, 좀 아래는 바닥이 깊은 방죽이었다. 너희 집 옥상에서 북쪽을 보면 언덕배기에 작은 집들이 다닥다닥 붙어있지? 지금은 낮아졌다만 잔목이 우거지고 낭떠러지 밑에 파란 물이 함께 어울려서 제법 운치가 있었다.

옛 추억이 새롭구나. 그곳 중턱에 집 두 채가 있었는데 한 집에 삼촌 친구가 하숙하고 있었다. 공업학교 동급 반, 고향이 진안인 친구는 집에 다녀올 때 곶감 두세 접씩 가져왔고 의례히 다정한 친구들을 초대했다. 하교 후에 우리들 네 친구는 정담을 나누면서 그곳에 갔고 친구는 곶감을 덤턱스럽게 내놓았다. 고팠던 참에 각자 곶감 꼬챙이를 들고 부산하게 빼먹었다. 감을 깎아서 싸릿대에 꿰기는 꿰었는데 곶감도 아니고 감도 아니고. 그냥 곶감이라고 해두자. 빠득빠득한 곶감을 친구는 한 아름이나 내놓았다. 겉은 쫄깃쫄깃하고 속은 물컹한 것이 꿀보다 달았다. 삼촌 고향은 감이 나는 고장이 아니라서 곶감은 제사 때나 두어 개 먹어볼 수 있는 귀물이고 반 마른 곶감은 그때 처음으로 먹어보았다.

또 다른 이야기가 있다. 그 친구 얼굴도 잘생기고 마음이 고와서 하숙집 아주머니는 사윗감으로 점찍은 모양이었다. 세 학생을 하숙 치고 있다가 두 학생은 내보내고 독방에 친구만을 두고는 벗어놓은 옷을 빨아주는 것은 물론, 밤늦게 공부하고 있을 때 간식을 가져다주었고 때로는 딸에게 들려서 보내기도 했단다. 자세한 내용을 듣고 친구를 놀렸다만 딸 가진 어머니는 총각을 예사로 안 보는 것 같다. 엄마도 너희들이 있어서 뉘 집 아늘이는 총각들을 볼 때마나 요모조모로 살펴보실 테지. 그 집 딸은 당시 전북여중 2학년생인데 삼촌 눈에는 젖내 나는 소녀로 보이더라. 후에 친구랑 어떻게 되었는지…….

방죽은 메워지고 주택가의 너희 집 부근에서는 옛 흔적을 찾아볼 수가 없다. 삼촌이 한별당 옆 작은집에서 공업사 할머님이 해주시는 밥을 먹고 학교에 다닐 때는 전북여고 밑에서 공업학교 근처까지 개천가 좁은 길로 가고 오곤 했다. 비 오는 날이면 길이 질퍽거렸고, 하수가 흐르는 개천은 퍽이나 지저분했다. 역 아래로는 두 사람이 겨우 비켜 갈 정도로 길이 좁았는데 그 길에서 어느 날 아침 삼촌은 가고 한 여학생이 오고 있었다. 학창 시절의 삼촌은 숫기가 없어서 여학생이 앞에서 오면 머리를 약간 숙이고 걸었다. 그날도 예외는 아니었다. 여학생도 그랬을 테지. 두 사람 사이가 바짝 가까워져서 길을 비켜주느라 삼촌이 한쪽으로 몸을 옮겼는데 여학생도 비키려고 옮긴 것이 삼촌과 같은 방향이었다. 걷는 중이라 맞바로 부딪칠 뻔해서 얼른 다른 쪽으로 옮겼다. 당황한 여학생도 삼촌과 똑같이 옮겼고 또 함께 옮기고 그래서 그만 삼촌은 발을 멈추고 서서 빙긋이 웃었다. 여학생도 잠깐 마주 섰다가 홍당무가 되어서 달아났다. 공업학교는 북쪽에 전북여고는 남쪽에 있지 않니? 아침마다 등교 때 거의 같은 장소에서 두 사람이 스쳐 가는데 관심이 없던 여학생이 그 일 이후로는 살펴지더라. 약간 주근깨가 있는 얼굴은 보통이고, 걷는 것이며 머리와 의복, 신발, 가방에 이르기까지 빈 구석이 없이 얌전하고 착실하게 보였다. '겉볼안'(겉을 보면 속은 안 보아도 짐작할 수 있다는 말)이라 마음이 고왔을 것이다.

개천은 복개 공사로 가려지고 위에 큰길이 났다. 개천 양쪽에 허름한 집들은 헐리고 그 자리에 상점이 즐비하다가 전혀 다른 모습으로 바뀌었다. 공업학교 주변은 논밭이고 구형무소 밑에서 검암동까지는 논이고 거기서 덕진 사이가 모두 뽕나무 밭이었다. 지금은 대학과 공설운동장이 있고 일대에 크고 작은 건물이 꽉 차 있다만, 여러 공장이 들어선 팔복동은 번번한 들이었다. 37, 8년 사이에 네 고장 전주는 몰라보게 변했다. (삼촌이 이곳에 온 지 10년이 되었으니까 정확하게는 27, 8년 사이에 변한 것이다.)

전주만이 아니다. 허허벌판에 도시가 생기고, 발전은 날로 속도를 더해가고 있다. 지난 수십 년을 회고하면서 앞을 내다보자. 37년 후 너는 삼촌 나이가 되는데 그때쯤 전주는 어떻게 달라질까? 관성의 법칙은 물질계뿐만이 아니라 의식의 영역에도 작용해서 급변하고 있음에도 불구하고 현 상태가 지속될 것으로 생각하기 쉽다만 도시 전체가 엄청나게 전혀 다른 모습으로 변할 것이다. 갖가지 공해 문제를 해결하고 주위 경관과 조화를 이룬 정비된 도시로 바뀔 것이다. 공장지대와 주거지역이 분리되고 수목이 들어찬 숲속의 도시, 공원화된 도시로 변모할 것이다. '그 일이 쉬울까'하고 의아스럽게 여길지 모른다만 조립 공법을 쓰고 작업 과정을 기계가 담당하면 도시라 할지라도 기존 건물을 헐고 건설하는 데 그렇게 힘이 들거나 어렵지 않을 것이다. 농업이 기계화되고 따라서 농촌은 지금처럼 여기저기에 흩어진 취락으로서가 아니라 오천에서 만 명 정도가 모여 사는 현대 시설이 갖추어진 소도시로 바뀔 것이다. 논밭이 10리, 20리 떨어져 있다고 할지라도 차를 이용하면 10분 이내에 도달할 수 있고, 농민의 생활 수준이 높아져서 도시 못지않은 문화생활을 바라기 때문이다.

도시와 농촌이 전면적으로 변하는 시대에 건축 분야에서 일할 너는 일에 묻힐 것이다. 세상이 보다 평화롭고 자유로워져서 동서양을 돌아다니며 이상적인 도시와 농촌을 살펴보고 좋은 점을 살려서 우리 실정에 맞게 개개의 건물뿐만이 아니라 도시 설계도 하고, 짓고······.

의숙아, 너는 앞으로 60년 이상 살 것이 아니냐? 너희들이 건설한 쾌적하고 아름다운 도시에서 너희들의 손자가 클 것이다. 원대한 꿈을 안고 배움에 힘써라. 훌륭한 기사가 되어라. 공부나 일이나 중심을 놓쳐서는 안 된다. 대학생인 너한테 주(主)는 전공과목이고 기타는 모두가 부수적인 것이다. 딴 것에 마음을 빼앗기지 말아라. 한곳으로 줄기차게 나가거라. 네 대학 입학을 거듭 축하하면서 이만 줄인다. 의숙아, 안녕.

맨날 공부만 하라는 것은 아니다. 휴식도 필요하다. 인간 생활에서 감정 분야를 소홀히 할 수가 없다. 대학 생활을 즐겁게 꾸려가거라. 활동적이면서도 마음이 곱고 부드럽고 너그러운 여성이 되어야지. 의지도 강하고. 건축은 예술의 범주에 속한다. 미적 안목이 필요하다. 문학작품을 읽되 그림에도 관심을 갖고 또 미에 대한 이론을 추구하는 것이 좋을 것이다.

일경아 보아라

일경아, 고등학생이 된 너. 학우들이 바뀌고 학교 분위기가 사뭇 다르겠지? 공부에 전력함은 물론, 사람과 사람은 어울리는 법, 벗을 사귀는데 신중을 기해라. '삼밭에 쑥'이라는 말이 있다. 굽어지는 쑥도 삼 사이에서 같이 크면 곧아진다는 뜻이다. 끌끌한 벗들과 함께 지내면 모르는 사이에 벗의 본을 받아서 마음이 바르게 된다는 내용이 담겨있다. 벗의 영향이 지대한 것이라 예로부터 현명한 부모는 자식들의 친구에 큰 관심을 가져왔다. 무엇보다도 성실하고 미덥고 고운 성품의 소유자를 벗으로 택해라. 진실한 벗은 인생에 있어서 대단히 귀중한 것이다. 돈독한 우정을 이어가는 것은 쉬운 일이 아니다. 참된 사람이 아니고는 진실한 벗을 가질 수가 없다. 네 자신이 먼저 진실한 벗이 되어라.

봄이 보일락말락 할 때 동장군이 후려쳐서 지금 온통 얼어붙고 가시 돋친 몸은 행여 '봄이 상했을까? 봄은 못 오는 것인가?' 하고 오돌오돌 떨고 있다만 봄은 살짝 피했을 뿐이다. 명이 다 찬 동장군이 모든 힘을 써서 치고는 제풀에 넘어졌다. 맥이 스러지고 있다. 이제 곧 거구는 봄볕에 해체되고 흔적도 없이 사라진다. 새싹은 무성하게 자라고. 개나리, 진달래, 봄꽃이 피고, 삼촌도 몸을 옥죈 동 내의를 벗을 것이다. 걱정하지 말아라. 일경아, 안녕.

1987. 3. 2. 삼촌 씀.

"어머님, 오랜만에 구름 한 점 없이 날이 좋네요. 안녕하세요?"

"오냐, 나는 괜찮다만 너는 어떠냐?"

"건강합니다."

"변덕스러운 봄 날씨에 네 신경통이 심할 텐데."

"아닙니다, 어머님. 신경통이 전보다 덜하고 밥맛도 좋아졌어요."

"그게 참말이냐? 나 듣기 좋게 하는 말이지?"

"어머님도, 정말입니다. 마음이 아픕니다만 몸은 건강합니다. 아침에 일어나서 뛰고 낮에 밖에 나가서 한 시간 동안 운동하고 밥 먹고는 발바닥을 이천 번씩 하루에 육천 번을 때리네요. 그 운동을 작년 가을부터 하고 있는데 효험이 있어요."

"그러냐? 그럼 거르지 말고, 꾸준히 해라."

"예 어머님."

"너 지금도 책을 많이 읽지?"

"어데요. 나이 탓인지 책을 서너 시간만 봐도 눈이 아프고 또 정신 들여서 볼 만한 책도 없어요. 그저 대충 보고 책장을 넘깁니다."

"눈을 아껴야지 책 보는데 무리하지 말아라. 용돈은 어떠냐?"

"옹색하지 않게 쓰고 있어요. 걱정하지 마세요. 어머님, 요즈음도 절에 자주 가세요?"

"이따금 간다. 부처님 앞에 꿇어앉아서 기원을 올리고 눈을 뜨면 에미 마음을 모두 아시는 듯 부처님의 자애로운 모습에 근심을 사라지고 마음이 편해진다."

"그래요, 어머님. 숲속은 공기가 맑고 걸으셔서 운동도 되고 마음까지 편하시다니 모두 좋습니다. 절에 자주 가시지요."

"그러마. 다행한 것은 이웃에 내 또래의 늙은이들이 있어서 벗 삼아 함께 다닌다. 작은어머니도 서울에 와 있고, 에미 걱정을 하지 말아라. 야~야. 그만 자거라."

"예 어머님. 어서 주무세요. 오래오래 계세요."

어머님! 저 혼자 써놓고 어머님 음성을 듣습니다.

아들 올림.

혁신아 보아라

혁신아, 아빠랑 엄마랑 안녕하시냐? 너희들도 잘 있고? 네가 중학교 2학년생이 되었지? 많이 컸겠다. 작년 10월 1일 자, 네 편지에 "제가 어렸을 때 어떻게 놀았나 삼촌이 편지에 써 주세요." 하고 부탁한 것을 삼촌은 회답에서 지금은 안 되고, 엽서에 여유가 생기는 대로 써 보내마고 했다. 그 약속을 지키려고 펜을 들었다.

혁신아, 너는 암사동 대문도 없는 집 셋방에서 태어났다. 엄마가 산통으로 신음하기에 병원에 가서 아이를 낳는 것이 좋겠다고 권했다만 엄마는 거절했다. '어머님은 우리 형제들을 집에서 낳았는데 나라고 자식들을 집에서 못 낳을 것이냐'고, 돈 들여서 병원에 갈 것이 없다고 딱 잘랐다. 엄마는 모진 고통을 참고 너희들 삼남매를 다 집에서 낳았다.

엄마 신음소리를 들으면서 삼촌은 큰외숙모댁으로 떠났다. 차 안에서도 엄마의 신음소리가 들리는 듯 마음이 조였고 서둘렀다만, 상계동에 가서 외숙모님을 모시고 집에 돌아왔을 때는 오후 네시간 이상이 걸렸다. 날은 맑고 바람끝이 찼다. 길가 방이라 내리막을 뛰어가면서 "형수씨, 오셔요." 했더니 "낳았다. 아들 낳았다." 삼촌 말끝에 할머님 말씀이 들려왔다. 할머님이 너를 받으셨다. 네가 태어나서 모두 기뻐했고. 가난한 방안에 기쁨이 가득했다. 너는 탈 없이 무럭무럭 컸다. 돌도 되기 전에 걸었다. 좀체로 울지도 않고.

어느 날 할머님과 아빠, 엄마, 나, 작은삼촌이 빙 둘러앉아서 너를 가운데 세워놓고는 울려보려고 네 볼기를 때렸다. 약간 세게 때렸는데 너는 안색 하나 변

498

하지 않고 버티고 서있었다. 또 좀 더 세게 때렸다만 끄떡하지 않았다. 세 번째
는 아주 세게 때렸다. 네 눈에 눈물이 고여서 금방 떨어질 듯 입을 삐죽거리고.
그래도 울음을 삼키며 이겨냈다. '와락' 너를 끌어안고 "우리 혁신이 대장감"이라
고 좋아했다. 네 볼기에 삼촌 손자국이 벌겋게 나 있었지. 삼촌이 집에 있었으
면 성산이 고 놈도 볼기를 맞았을 텐데……:

　너는 먹을 것이 생기면 먼저 할머님께 드렸다. 한번은 사탕을 사가지고 가서
네가 어떻게 하나 보려고 너에게 한 아름이나 되는 사탕을 봉지째 안겨주었는
데 좋아서 입이 떡 벌어진 너는 할머님, 아빠, 엄마, 두 삼촌 그리고 누나에게 한
움큼씩 나눠주었다. 받은 사탕을 감추어 놓기에 또 달라고 손을 내밀었더니 냉
큼 집어주었다. 여기저기서 내미는 손에 아낌없이 사탕을 집어주었다. 사탕이
바닥날 무렵에는 주면서도 자꾸만 봉지 안을 들여다보았다. 봉지에 사탕이 두
알인가 세 알 남았을 때 그때에야 달라고 해도 주지 않고 망설이며 서 있었다.
덥석 너를 안아주었다.

　우리는 뚝섬으로 이사를 갔다. 너희가 살던 방은 컸지만 한 구석이 쑥 불거져
나가서 균형이 잡히지 않았고, 동쪽으로 작은 창 하나에 남의 부엌으로 드나드
는 방이라 낮에도 좀 어두웠다. 어느 날 너희 방에서 저녁을 먹고 할머님이랑
가족이 모두 모여서 노는데 느닷없이 작은삼촌이 너를 부르더니 "아빠가 좋으
냐, 삼촌이 좋으냐?" 하고 묻지 않겠니? 너는 아빠를 보고 작은삼촌을 보고 또
아빠를 보면서 대답을 못 하고 있었다. "이놈 아빠가 좋아, 삼촌이 좋아?" 털보
삼촌이 쥐어박을 듯이 눈을 무릅뜨자 그제야 "삼촌이" 하고 대답을 했다. 옆에
있던 내가 "아빠가 좋지, 이놈 삼촌이 좋아?" 했더니 "헤" 하고 웃더라. 모두 함
께 웃었다. 뒤에 "장난일지라도 아이들을 위협해서 마음에 없는 말을 하게 해서
는 안 된다"고 작은삼촌한테 충고했다.

　답십리 공장 사택에서 살 때는 뒤얽힌 일에 마음의 여유가 없었던 것인지 너

에 대한 특별한 기억이 없다. 또 한 번의 어려움을 겪고 너희 집이 왕십리 남쪽 언덕배기 작은 집으로 이사했다. 너희 네 식구가 누우면 가득해서 양옆 벽에 손이 닿던 그 작은 방에서 엄마는 혁성이를 낳았다.

혁성이가 태어난 지 사흘 후인가 네 동생을 보려고 너희 집에 갔는데 엄마 말씀이 혁신이 고놈이 별놈이라고 하더라. 나가 놀다가도 금세 들어와서 제 동생 볼과 이마에 뽀뽀를 한다고 하시지 않겠니? 삼촌이 앉아 있는 사이에도 밖에서 들어온 너는 혁성이한테 뽀뽀를 했다. 동생이 예쁘냐고 물었더니 너는 "예" 하고 대답을 하더구나. 어린아이가 저리도 정이 있는가 감동을 했고 지금도 그때의 네 모습이 선하게 떠오른다.

할머님이 너희 집에 다녀오시더니 엄마 젖이 적다고 걱정을 하셨다. 가물치를 고아 먹으면 산모 젖이 많이 나온다는 말을 전에 들어서 알고 있었기에 있는 돈 오천 원을 가지고 시장에 나갔다. 이리저리 살피고 다니다가 어물전 옆에서 물속에 살아있는 가물치를 보았다. 한 마리는 너무 작고 두 마리는 약으로 쓸만한데 그중 한 마리는 팔천 원 또 한 마리는 칠천 원을 달라고 했다. 오천 원에 팔라고 여러 번 사정을 했다만 밑지고는 안 판단다. 돈은 없고 그래서 돼지 족을 샀다. 가물치 아닌 돼지족을 들고 언덕배기를 올라가던 삼촌은 마음이 아팠다. 엄마는 오빠가 사 온 것이라고 좋아하셨다만.

하루는 삼촌하고 너희 집에 갔는데 너희 집 부근에서 너는 세발자전거를 타고 한 아이는 옆에서 울고 있었다. 먼빛으로 그 광경을 보고는 알아차린 작은삼촌이 뛰어갔다. 힘이 좋은 네가 아이를 밀어붙이고 아이 자전거를 빼앗아서 네 것인 양 탔던 것이다. 작은삼촌이 얼른 너를 안아 올리고 자전거를 아이한테 돌려주자 너는 바둥대며 떼를 썼다. "자전거는 네 것이 아니고 이 애 것이다."라고 타일렀지만 그만한 때 네 것 내 것이 어데 있니? 재미있게 타는 자전거를 빼앗겼으니 부아가 날 수밖에. 너를 달래느라고 애먹었다.

언젠가 초여름인지 초가을인지 확실치 않다만 그날도 작은삼촌하고 함께 너희 집에 갔다. 너희 집에서 오류십 미터 떨어진 곳에 터만 닦아놓고 집을 짓지 않은 너른 공터가 있었는데 아이들의 좋은 놀이터였다. 해는 기울고 붉게 타고 있었다. 백 명도 넘게 보이는 아이들 속에서 한눈에 너를 찾아낸 작은삼촌이 너를 안고 오더니만 "형님, 이 많은 아이들 중에 우리 혁신이 만한 놈이 없어요." 했고 그것은 빈말이 아니었다. 아이들을 둘러보았더니 너만큼 잘생긴 아이가 없었다. 삼촌은 너를 업고 삼촌 등에서 좋아라하는 너와, 너를 무척 사랑하던 작은삼촌이 장난을 하면서 너희 집에 갔다만 네 기억에는 없을 테지.

네가 서너 살 나면서부터는 누나나 네가 외가에 와서 한두 달씩 할머님이랑 두 삼촌이랑 함께 살았다. 답십리에서 비닐 비료포 탈색을 해서 살아가던 때다. 여름에 네가 와 있었다. 집 앞 공터에 집을 지으려고 모래를 실어다가 쌓아놓았는데 모랫더미는 아이들의 좋은 놀이 상대였다. 날마다 꼬마들이 뛰고 어울려서 뒹굴었다. 너도 거기 가서 놀았는데 나가서는 금세 옷을 더럽혔고, 할머님은 하루에도 너댓 번씩 네 빨래를 하셨다.

그래서 하루는 "조심하지 않고 옷을 네가 마구 더럽혀서 할머님이 고생하신다"고 했더니 그 말을 새겨들은 모양이었다. 작은삼촌이 집에 가면서 보니까 네가 홀랑 벗고 뜀박질을 하더라란다. (길은 높고 모랫더미는 낮은 곳에 있었는데 어린 네가 겁도 없이 높은 길에서 뛰어내리는 것을 삼촌도 보았다.) 너를 불러서 "왜 옷을 안 입었느냐"고 묻자 너는 한 구석을 손가락으로 가리키더란다. 그곳 마른 땅 위에 네 옷이 개어 있었난다. 삼시를 내놓고도 부끄러운 줄 모르는 어린 네가 할머님이 힘들어하신다고 옷을 벗어놓고 놀았으니 얼마나 착하냐.

하루는 오후 세 시쯤 할머님이 작업장에 오셔서 "혁신이가 없어졌다. 아무리 찾아도 없다." 주름이 가득한 얼굴에 핏기가 없고 할머님 음성이 떨렸다. "어디서 놀고 있겠지요. 어머님. 너무 걱정하지 마세요." 할머님을 안심시켜 드리고 두 삼촌이 너를 찾아 나섰다. 집 부근을 샅샅이 찾고 시장 바닥과 고물상 구석구석을 찾아보았다. 정아네 집에도 가보고 감직한 곳은 다 가보았다만 네가 있어야지야. 다급했다. 혹시 네가 올지 몰라서 할머님은 집 근처에 계시도록 하고 작은삼촌은 북쪽 길, 나는 서남쪽 길을 잡고 멀리 나가서 너를 찾기로 했다. 가다가 갈라진 샛길도 한참 가서 찾아보고, 여기저기 가게에 들러서 "울며 지나가는 아이를 못 보았느냐"고 묻고, 오는 사람 아무나 붙잡고 물어보았다. 아이들이 노는 것을 보고는 뛰어갔고 네가 없어서 맥이 빠지곤 했다. '너는 어디 있을까, 울면서 어느 길을 가고 있을까? 영영 잃어버리는 것은 아닌가?' (네 엄마가 어렸을 때 돈암동에서 엄마를 잃고 온종일 미친 듯이 찾아 헤맸다만 못 찾고 앞이 캄캄했었다. 땅이 무너진 듯 절망의 나락에 떨어진 그때 엄마를 찾았다. 어두움이 깃드는 길을 엄마를 안고 엄마 볼을 비비면서 집으로 가던 삼촌은 더는 아무것도 바랄 것이 없이 기쁨으로 꽉 차 있었다.)

그때 엄마처럼 너도 찾았으면 하고 바라면서 고샅고샅을(시골의 좁은 골목길) 헤매는데 뒤에서 할머님 음성이 들려왔다. 얼른 돌아보았다. "혁신이 찾았다." "예, 어디서 찾았어요?" "아, 그놈이 집 근처에 있었어야." 어느 집 대문 안에서 두 꼬마가 장난감을 가지고 노는데 정신이 팔려서 시간 가는 줄도 모르고 꼬부라져 있었단다. 할머님 말씀에 맥이 확 풀렸다.

돌아가신 둘째당숙한테 어려서 들은 이야기다. 삼촌 큰당숙인데 너에게는 할아버지뻘 된다만 그 어른이 어렸을 때 대낮에 없어져서 집안이 벌컥 뒤집혔단다. 큰 집, 작은 집, 동네 집집마다 뒤지고 산에 가서 샅샅이 찾아보고 데리고 다니던 밭, 먼 들에까지 나가보았지만 종적이 없었대. 어른들은 물에 빠져 죽은 것이라고 간짓대(대나무로 된 긴 장대)를 가지고 똘물을 헤치고 다니면서 울었단다. 방죽가에서 물 위로 떠 오르나 지켜보기도 하고. 그런데 해가 기울 무렵 아이가 벽장에서 부스스 나오더란다. 다 찾아보았는데 하필이면 방에 붙어있는 벽장을 빼놓았을까. 아이는 벽장에 올라가서 놀다가 자버린 것이다. 등잔 밑이 어뜹다는 말처럼 바로 곁에 손을 뻗으면 닿을 곳에 있어도 못 보고 못 찾는 경우가 있다.

집에 갔더니 네가 방 가운데 의젓이 앉아 있더라. 무슨 말을 할 것이냐. 그런 때 말은 없어도 되지야. 웃으면서 네 머리를 쓰다듬었다. 엄마와 너를 잠시 잃어버렸던 삼촌은 자식을 잃은 부모 마음을 얼마간 헤아릴 수 있다.

생때같은 자식을 잃어버리고 종일 밤늦도록 헤매다가 돌아가면 사람은 있어도 텅 빈 집, 자식 소리만 같아서 문을 박차고 나가 보지만 인적이 없고, 허공에 보이는 자식. 아이는 울면서 엄마 아빠를 부르다가 쓰러지고 또 울고~~, 잠깐 사이에 일어나는 것이지만 너무도 큰 비극이다. 서울에서만 1년에 미아가 수천 명씩 발생한다는 글을 읽은 적이 있었다. 그중 태반이 부모 품에 못 가고 고아로 큰다는구나. 자식을 잃은 부모는 더러 미치고, 죽지 못해서 살아갈지라도 가슴에 박힌 대못은 남아있을 테지. 그 엄청난 비극은 주소를 적은 명찰을 내의나 겉옷에 달아놓으면 쉽게 막을 것을.

성산이가 삼촌이 이곳에 오기 전의 네 나이와 같다. 걱정이 된다. 네 이야기 하나가 더 남아있다만 쓸 곳도 없고, 아껴두었다가 삼촌이 나가서 들려주마. 어려서 정이 많고 착했던 너. 지금도 네 편지를 보면 어려서 마음이 오롯이 남아있는 것 같다.

혁신아, 충실한 사람이 되어라. 의리가 있고 마음이 넓고 의지도 강한. 또 바람이 많다. 10대 중반에 접어든 너는 공부는 물론 운동에도 힘써라. 성장기에 골격과 근육을 든든하게 만들어놓아야 일생동안 건강하게 지낼 수가 있다. 혁신아, 안녕.

(네 이야기 줄거리는 정확하다. 다만 부분적으로 기억이 좀 흐린 곳은 그때를 회상하면서 상상으로 메꾸었다. 너희들이 크는 모습을 쭉 지켜보았더라면 좋았을 것을. 생활이 나아졌다고 해서 지난날을 잊어서는 안 된다. 예로부터 돈 쓰기가 어렵다는 것이다. 적은 돈이라도 값있게 쓰는 습관을 들여라.)

선주야, 네 고등학교 입학을 축하한다. 여고생이 되었다고 생각하니 네가 갑자기 큰 것 같은 느낌이 든다. 안녕.

혁성아, 너는 국민학교 6학년생이 되었지? 국민학교 마지막 학년을 빛내라. 안녕.

1987. 3. 11. 삼촌 씀.

추신 : 홍규야, 어머님 기력이 어떠시냐? 석 달째 어머님 안부를 못 들어서 여간 궁금하지 않다. 전주누님이 오십회 생일을 맞이한다. 선물을 보내라. 작고 헐한 것이면 어떠냐? 정과 진실이 담겨있으면 그것으로 족한 것이다. 그제가 네 생일이었지? 네 건강은 어떠냐? 제수씨는? 성산이는 어떠니? 소식을 보내라.

순덕 누이에게

잘 있어? 누이 오십회 생일을 축하하네. 얼마 전 내가 그 고개를 넘은 듯싶은데 누이가 또 넘는구면. 무엇 하려고 그리 바쁘게 쫓아오는가. 오빠는 오십 고개를 넘으면서 온 길 돌아보고 앞을 바라보았네. 가물가물 흐리기는 했지만 생의 끝이 보이는 것만 같았어. 할 일은 많고 한정된 시간을 어떻게 쓸지 거기에 초점이 모아졌네.

어머님과 아버님 형제분들이 장수하시는 것으로 보아 아버님과 어머님으로부터 생을 이어받은 우리 형제들은 장수할 수 있는 체질이 분명하네. 여러 차례 상하고 중병을 앓은 오빠를 제외하고는 마음 쓰는 것도 넉넉하니 모두 장수할 거야. 누이 앞에 40여 년의 세월이 남아있네.

시집가서 집안을 일으키고 자식들을 키우며 가르치느라고 틈이 별로 없었지만 아이들 교육도 거지반 끝나가고 이제부터는 누이 자신의 수준을 높이는데 좀 더 힘써봐. 삶에서 정지는 없고 나아가는 것 아니면 후퇴가 있을 뿐이야. 발전은 만물의 철칙인 것 같아. 법칙에 합치되는 삶은 어려움이 있을지라도 그 자체가 아름답고 결실이 있는 것이라 의식 있는 사람이라면 그 길을 택하지 않을 수가 없지. 생의 마지막까지 자신을 높이는 노력을 해야 하네. 끊임없이 앞으로 나아가는 사람, 그런 사람에게 허무나 절망은 없어.

저 노인은 말과 행동이 고리타분하고 늙은이 냄새가 풀풀 난다고 젊은이들이 외면하는 것은 그들의 잘못이지만 나이 든 분들에게도 책임이 있지. 변하는 사회를 알려고 하지 않고 젊은이와 보조를 같이하는 노력이 부족하기 때문이야. 일생 경험이 풍부하겠다, 과거와 현재와 미래를 연결시키면서 실정에 맞게 그들이 올바로 나아가도록 직간접적으로 도움을 준다면 어느 며느리가, 어느 자식 어느 손자가 어머니와 할머니를 마다할 것이며 남인들 존경하지 않을 것인가.

누이는 어려서 효녀요 형제간에 우애가 두터웠고 결혼 후에는 아내요, 어머니, 이웃으로서 그만하면 손색이 없지. 문제는 지적 수준인데, 그래서 오빠가 몇 차례 그 점을 언급했네.

어려서 다정했던 남매라 할지라도 시집가고 각각 살아가면 형제의 정은 흐려지는 것인데 우리는 그렇지가 않아. 오빠가 열아홉 살, 누이가 열네 살 때 헤어졌는데(23년 만에 만나서 5년 동안 왕래가 있었지만) 그때 어려서의 정이 어느 한 곳도 구겨짐이 없이 그대로 남아있어. 아니, 더 깊어 가고 있네. 누이를 생각하면 생각만으로도 언제나 흐뭇하지.

말을 하자면 끝이 없네만 매부와 누이와 아이들이 건강하고 집안에 기쁨이 있기를 기원하며 이만 줄이네. 누이 모습을 떠올리면서.

1987. 4. 1. 오빠 씀.

추신 : 옥에서 살아온 세월이 만 30년. 지금 영마루를 막 넘고 있네. 이 감회를 어찌다 쓸 것인가. 어제는 수염을 깎으면서 면경에 비친 오빠 모습을 뜯어보았더니 흰머리에

주름이 더덕더덕, 피부도 영락없는 늙은이고……. 조금은 아쉬웠어. '겉은 쪼그라져도 속마음에 크는 것이 있으니까' 하고 끄덕거렸지. 오빠 걱정을 하지 마. 하고 싶은 말이 많으면 쓸 말은 도리어 적은가 봐. 오빠 생각, 옥바라지 30년에 누이도 눈가에 잔주름이 늘었지? 잘 있어.

어머님 보시지요

어머님, 안녕하세요? 날씨가 아주 화창하네요. 그제도 밖에 나갔다가 왔네요. 옹색하지만 차창에 눈을 대고 스쳐 가는 정경을 살펴보았습니다. 변두리 논둑에 싱싱하고 파란 풀이 인상 깊게 보이데요. 청주 시내를, 차를 타고 몇 번 다녔습니다만 그때마다 계절 탓인지 느낌이 달랐습니다. 개나리꽃도 남아있고, 무심천가 벚나무는 가지마다 만발한 꽃이 흐드러져서 미풍에 웃고 따사로운 봄날이 화사했습니다. 강 양쪽은 꽃나무를 심고 그런대로 가꾸어 놓았는데 강 가운데를 흐르는 물은 거무죽죽하고 더러운 모습을 드러내고 있어서 거슬리데요. 길에 다니는 사람들은 손수레에 채소를 싣고 끌고 가고 아주머니며 삶에 바쁜 분들도 보였으나 태반이 산뜻한 봄옷 차림이었고, 남자나 여자나 양장 일색인데 그래도 어색하지 않고 어울렸지만, 우리 옷을 입은 여인 한 사람도 못 보아서 떨떠름했습니다. 청년 몇 사람은 긴 머리를 볶아놓아서 꼴사나웠고, 성산이만 한 아이들도 나와서 놀고 있었습니다. 달리는 차에서 촬영한 필름을 돌리는 듯 그제 본 풍물이 선하게 떠오르네요.

어머님, 날씨가 따뜻하니까 성산이 데리고 자주 나들이를 하세요. 사람은 어려서 먹던 토박이 맛을 잊을 수가 없는 것인데 우리 된장에 무친 씀바귀나물도 좋고 미역에 생합을 넣고 끓인 국이나 죽, 미나리나물도 좋고 자시고 싶은 것이 있거든 만들어 달라고 하세요. 자시고 싶은데 말씀 안 하시는 것은 효자, 효부

506

에 대한 도리가 아닙니다. 생각이 계셔도 별로 말씀하시지 않으실 어머님이시라 몇 마디 올렸네요. 어머님께서 늘 진지 잘 드시고 기력 좋아지시기를 간절히 바라오며 많은 말 줄이옵니다. 어머님!

홍규야 보아라

홍규야, 잘 있니? 어머님은 편안하시냐? 너는 차를 몰고 다니고 어머님은 고령이시라 잊고 지낸다고 해도 걱정이 된다.

형은 4월 12일 밤에 다섯 번이나 토했다. 열이 있고 변이 검붉어서 다음 날 청주병원 내과 전문의 진찰을 받았다. 소변 검사와 위 촬영을 했는데 식도에서 십이지장까지 30여 장을 찍었다. 그 정도 사진이면 작은 병소라 할지라도 다 찾아내겠더라. 결과는 소변에 이상이 없고 위는 위염에 위궤양, 치료 기간 2개월로 진단이 나왔다. 좀 중증인 것 같다.

그러나 괜히 걱정하지 말아라. 형 체질은 생명력이 대단히 질기다. 내 기억에는 없다만 어머님 말씀에 의하면 두 살 때 다 죽었다가 살아났고, 사망률이 높은 장질부사를 두 번이나 앓았는데 살아났다. 한 번은 학질로 몸이 대쪽처럼 마른 데다가 나중에는 날마다 오한이 들었고, 아버지를 찾으며 헛소리까지 했다는데 그때도 위험했다. 구속 초기에 급성 대장염이 악화되어 피똥을 줄줄 쏟았는데 많은 사람들이 그 병으로 죽었다만 형은 살았다. 복막염으로 (급성에서 만성으로 전환됨) 십여 년을 앓고도 또 살아났다.

서양딕이 상한 체질이라 위염, 위궤양으로 뀌일 형이 아니다. 병 자체도 복막염에 비하면 아주 가벼운 것이고. 병을 치료함에 있어서는 다 같지만, 특히 위장병은 투약과 식이요법과 안정이 필요한 것인데 약은 내과 전문의의 처방에 따라 이곳 의무과에서 지급하고 있고, 식이요법에 약간의 문제점이 있다만 죽은 주니까 부족한 무기물, 비타민류는 종합비타민으로 보충할 수 있어서 2개월 정도는 몸에 큰 지장이 없다. 안정은 장기간의 투병 경험이 있고 수양에 힘써온 형이라 먹고 싶은 것 안 먹고 누워 지내니까 고통이 따르겠지만 거뜬히 해낼 것이다. 생각을 끊고 마음을 비우는 것으로 나날을 보내면서 투병에 힘쓰겠다. 2개월 뒤에는 회복될 테니 걱정하지 말아라.

이 내용을 안 쓰려다가 어머님이 오시면 어쩔 것이냐? 삐쩍 마른 형을 보시면 그 충격이 얼마나 크실 것이냐? 어머님이 못 오시도록, 불편한데 서둘러서 썼다. 어머님은 가을에 모시고 오고 너희들도 돈이나 얼마 보내주고는 두 달 후에 오너라. 지금은 죽물만 마시고 있는데 뱃속이 편하고 정신 또한 맑다. 어떠한 경우에도 마음에 여유를 가질 것이다. 걱정하지 말아라.

홍규야, 차 조심하고 잘 있거라. 집안이 무사하기를 바라면서.

(돈은 5만 원 정도면 된다. 병이 나을 때까지 형 편지를 받으면 곧바로 어머님 앞에서 읽지 말아라. 네가 먼저 읽어보고 난 다음에 형 편지는 어머님께 보여드리되 병에 관한 부분은 네가 알아서 잘 말씀드려라.)

1987. 4. 16. 형 씀.

시숙님께

그동안 안녕하셨어요? 편지가 늦어서 죄송합니다. 바쁜 일도 별로 없는데 이렇게 되었어요. 자주 편지 못 드리고 그나마 간간이 전해드리던 소식도 없어서 웬일인가 하고 궁금하셨지요? 아무 일은 없었어요. 정신적으로 조금 복잡했던 것 같아요.

서울 식구들은 모두 무고하십니다. 성산이도 잘 크고 있어요. 공장도 그런대로 유지되고 있고요. 벌써부터 편치 않으시다는 소식을 듣고 찾아가 뵙고 싶었으나 시간적인 여유가 없었어요. 성산이 아빠가 말일쯤 가려고 했는데 아마 못

갈 것 같아요. 다음에 시간을 내서 제가 갈게요. 돈 오만 원을 동봉합니다. 건강하시고 안녕히 계세요.

제수 올림.

외삼촌께

외삼촌 안녕하세요. 그동안 고생이 많으셨지요? 거기에 계시니까 심심도 하시지요? 삼촌이 보고 싶어요. 얼굴 생각도 잘 안 나고요.

삼촌 이번에는요. 3월 달 시험 본 것은 평균 93점으로 3등을 하였고요. 4월 달 시험은 96점으로 2등을 하였어요. 그리고 이번 5월 4일 날은 표창장을 받아요. 삼촌도 기쁘시죠. 다음에는 1등을 한 번 해보겠어요.

삼촌 건강은 좀 어떠서요. 건강은 아주 좋으시죠? 저희 식구 모두 건강한데 아버지만 아프셔요. 그래서 조금 걱정이어요.

삼촌 죄송해요. 저번에 글짓기 때 상을 탄 것을 적으려고 했는데, 다 잃어버려서 못 적었어요. 삼촌 거기에서 식사는 제대로 하시지요? 또 우리 개구쟁이 성산이는 혼자서 먼 데까지 돌아다녀요. 그리고 노래도 잘 부르고요.

저는 삼촌이 아주 보고 싶어요. 빨리 오시기를 기다리며 이만 줄이겠습니다.

1987. 5. 3. 혁성 올림.

어머님 보시지요

어머님, 요즈음 건강이 어떠세요?

"괜찮다, 야~야, 너는 어떠냐? 어제 낮에는 양지에 자리를 깔고 앉아서 볕을 쬐는데 고양이처럼 발걸음 소리도 없이 살금살금 뒤로 다가온 성산이가 그 작은 손으로 양 눈을 가리지 않겠니? 고놈 손을 만지면서 이게 옆집 철이냐? 아니면 정아? 낄낄낄……. 할머니가 저를 못 알아본다고 그것이 우스워서, 소리를 죽이려고 입을 등에 꼭 누르더구나.

지난날까지도 늦추위가 갔는가 하면 오고 또 오고 늙은 몸을 괴롭혀서 좀 쇠약해졌다. 따뜻한 볕 속에 앉아 음지에서만 사는 너는 어떨까? 아직도 마룻방은 찰 테지. 추위에 야위었을 너. 작년 오월 면회실에서 본 네 모습. 작은어머니 손을 잡고 돌아가신 작은아버지 이야기를 하면서 눈물을 흘리던 네가 자꾸만 눈앞에 어렸다. 그때 성산이가 와서 눈을 가렸다. 한 팔을 끌어당기며 '우리 새끼로구나' 하며 덥석 안았다. 녀석의 해맑은 웃음, 빛나는 눈, 천진난만한 재롱이 어쩌면 어려서 너희와 그리 같냐? 네 생각은 싹 가셨다.

성산이가 끄는 대로 싸목싸목 뒷동산에 갔다. 산기슭 여기저기를 거닐면서 청아한 새소리도 듣고, 새잎을 단 나무들 늘푸른 소나무는 언제 보아도 좋았다. 그중에서도 노송은 더덕더덕 붙은 두꺼운 껍질에 잘리고 구멍이 아물어 꼬부라지고 뻗어나간 가지 하나하나에 힘이 뭉친 것만 같아서 좋고. 갖은 풍상을 이겨가며 긴 세월을 살아온 노송은 하나같이 고고하고 운치가 있어서 좋다.

내 비록 저 늙은 소나무처럼 청청하지 못하다만 노송으로부터 얻은 바가 많다. 팔십이 넘은 늙은이가 무던히도 살고 싶은 모양이라고 남들이야 흉을 보던 말던 그런 것은 내 안중에 없다. 목숨을 이어가기 위해서 끊임없이 노력하고 있다. 네가 그곳에서 나오는 것을 보기 위해서다. 너를 옥에 두고 어찌 눈을 감을 것이냐. 원통하게도 그렇게 되면 네 가슴에 영원히 아물지 않을 상처를 낼 텐데 그 노릇을 어찌하랴. 마음이 약하고 몸을 함부로 써서 사람들이 천수를 못 누리는 것인데 노송처럼 굳고 의젓하게 아픔을 안으로 삭이면서 수를 다할 것이며 이 눈으로 옥에서 나오는 너를 기어코 볼 것이다. 에미 품에 너를 안아봐야지 야~야, 내 걱정 말고 몸조심하고 있다가 나오너라.

애들한테 편지 쓰라고 자주 이른다만 그때마다 막둥이처럼 대답은 잘해도 뒤에 물으면 이것저것 핑계가 많다. 올해 들어서 편지를 한 장도 안 보냈으니 오죽 궁금할까? 내라도 편지를 쓰려고 연필을 잡아보지만 꼬불꼬불 어디 글씨가 되어야지야. 그저 허공에 몇 마디 띄워 보낸다. 에미 마음을 헤아리는 너라 귀를 기울이고 내 음성을 들을 테지."

"어머님! 듣습니다. 이렇게 글을 쓰면서 어머님 음성을 듣습니다. 어머님, 오래오래 계세요. 아들은 몸이 차츰 나아지고 있어요. 아직 겨울 내의를 입고 있습니다만 창문을 열어놓고 지내는 날이 많습니다. 어머님, 마음을 놓으세요. 어머님께서 늘 정정하시기를 간절히 기원하오며 이만 줄입니다. 어머님!"

아들 올림.

제수씨 보세요

제수씨, 안녕하세요? 제가 거처하는 방 바로 밖에 복숭아나무 한 그루가 외롭게 서 있는데 꽃은 지고 잎이 하루가 다르게 넓어지고 있습니다. 꽃 따로, 잎 따로 나오는 바탕이 그리 흰 벚꽃보다 뾰족이 돋아나온 푸른 잎 옆에 발그스름한 꽃이 더 곱고, 열매도 좋은 복숭아나무를 벚나무 대신에 가로수로 심으면 좋겠다는 생각을 합니다. 사과나무, 배나무, 감나무, 은행나무도 좋고, 길마다 온통 꽃, 익어가는 과일이 흐드러져서 얼마나 좋을까요?

이야기가 옆으로 나갔네요. 아침마다 일어나서 철창 밖에 복숭아나무를 보는 것이 버릇이 되었어요. 이슬에 흠뻑 젖은 연한 잎사귀에 아침 햇살이 비치면 막 생동하는 것 같습니다.

성산이 세 번째 생일이 지났지요? 글을 배울 나이네요. 나무 한 그루, 꽃 한 포기를 잘 가꾸려면 자주 살피고 수없이 손이 가는 것인데 자식을 사람답게 키우자면 여간한 정성이 아니고는 안 되겠지요. 자식을 키워보지 못한 저라 깊이 있는 이야기를 할 수 없습니다만 어린 시절을 거쳐왔고 두 누이가 크는 것을 보았고 조부모님, 부모님의 가르침을 받았으며 조금은 책을 읽었기에 아이들의 교육 문제에 대해서 얼마간 말할 수 있습니다.

여섯 살의 어린 나이에 이미 인격의 틀이 잡힌다고 합니다. 대단히 중요한 시기입니다. 세상을 살아가자면 알아야 하니까 글을 가르쳐야지요. 그러나 인격 향상에 더욱 힘을 기울여야 합니다. 사람은 수백만 명을 무참하게 살해한 히틀러와 그의 도당들처럼 극악한 인간이 될 수도 있고 지고한 인격의 소유자도 될 수 있는 요소를 다 지니고 있습니다. 어느 쪽에 치중해서 가르치고 스스로 노력하느냐에 따라 사람이 달라집니다. 삐뚤어지고 덜된 인간이 머리에 많은 지식을 쌓고 지혜로워지면 자기 이익을 위해서 끝없는 욕망을 충족시키기 위해서 갖가지 수단과 방법을 구사하며 수많은 사람들을 속이고 괴롭힙니다. 아는 것은 적을지라도 덕성스러운 사람은 남을 괴롭히는 일이 없고, 성실하게 살아가지요. 삶 자체가 아름답고 끝이 좋습니다. 아이들 품성을 향상시킴에 있어서 가장 확실한 방법은 어버이들의 일상적인 생활 태도라고 여겨집니다. 자식들은 엄마 아빠의 언행 하나하나에서 배우고 본을 받기 때문입니다. 자식한테 착해지라고 가르치면서 자신들이 착하지 않게 산다면 자식들은 부모로부터 거짓을 배우게 되고 부모는 또 어린 자식에게 부끄러운 일이 아닙니까?

부모 노릇을 제대로 하는 어버이들은 부단히 자기 부족을 고치기에 힘쓸 것이고 피나는 노력을 통해서 인격을 높일 것입니다. 자식의 마음에 어려서만이 아니라 장년 이후에도 공경스럽고 흐뭇한 어버이상이 자리 잡고 있음은 부모로서 더없는 보람일 줄 압니다. 그런 부모와 자식 사이는 그 어떤 것으로도 틈을 벌어지게 할 수가 없어요. 양지바르고 기름진 땅에 심어진 나무는 무럭무럭 큽니다. 역량 있는 정원사는 나무를 보고 곧 무엇이 부족한가를 압니다. 알맞게 거름을 주거나 물을 주고 나무가 구부러지려고 할 때 바로잡아 주고 병든 가지는 잘라줍니다. 실하고 볼품 있게 키우지요. 아이들도 가정의 도덕적, 문화적 분위기와 주위 환경이 좋고 올바로 이끌어주고 규제하는 적절한 교육이 있을 때 훌륭하게 큽니다. 부모의 의도대로 강요하는 것도 아이들의 자유로운 성장을 저해하기 때문에 해롭고 아이들이 제멋대로 하게 놓아두어도 또한 참을성이 적고 자기만 아는 자기중심의 이기적인 인간이 되기 때문에 좋지 않습니다. 아이의 현실을 정확하게 파악하고 그에 알맞게 다루면서 교육을 시켜야 소기의 목적을 달성할 수 있습니다. 참고하세요.

끊임없이 연구하고 힘써야 할 내용이라 같은 문제를 거듭 다루었네요. 부족한 점이나 혹 언짢은 대목이 있을지라도 오빠의 글처럼 여기시고 너그럽게 보세요. 이만 줄입니다. 제수씨, 안녕히 계세요.

홍규야, 4월 16일에 쓴 형 편지를 못 받았니? 못 보았으면 차라리 잘되었다. 형은 운동도 하고 건강이 많이 회복되었다. 자세한 내용은 다음 면회 시에 들려주마. 형 걱정을 하지 말아라. 차 조심하고. 기분이 좋지 않을 때는 차를 몰지 말아라. 집안이 무사하기를 바라면서.

1987. 5. 13. 형 씀.

삼촌께 올립니다

녹음은 더욱 싶어지고, 바다는 그 푸드름을 너하고, 울창한 숲을 이루고 있는 산은 제 장엄한 모습을 한껏 과시하는 아름다운 계절입니다. 스쳐 지나가는 바람처럼, 세찬 물살처럼, 그렇게 겨울이, 봄이 지나갔기에 이렇듯 강렬한 빛과 색의 계절에 접어든 것이겠지요.

삼촌, 시간의 흐름은 어느새 저에게 노처녀라는 레테르를 달아 놓았습니다.

해서인지 결혼, 시집, 출가 모두 같은 의미를 지닌 말들은 언제나 저의 귓가를 맴돌고, 측은하고 안쓰러운 눈길은 항시 저를 향하고 있습니다. 질책의 소리 또한 드높고요. 결국은 반 야유와 반 충고가 날카로운 화살이 되어 저의 가슴을 목표물로 하고 있는 셈이지요. 삼촌께서는 아실 겁니다. 제가 결코 눈이 높다거나, 제 분수를 모르고 겁 없이 날뛴다거나, 신기루를 잡으려는 망상에 사로잡혀 있는 것이 아니라는 것을 말입니다.

요즈음 많이 생각합니다. 연애가 아닌 중매를 전제로 한 결혼이 얼마나 어렵고 엄청난 도박인가를. 물론 진정한 만남의 자리를 주선하기 위해 아낌없는 노력을 하시는 분들이 더 많으시겠지만요.

삼촌, 결혼이라는 인륜지대사를 신중하게 한 번 생각해 보기도 전에 결혼이 성립되기까지의 과정 — 중매인과의 맞선, 구비 조건의 해당 사항 유무(학벌, 재산, 가문, 신장, 용모 등등), 궁합, 궁합이 맞는 한에서만 당사자를 위시한 양가의 맞선, 합격, 불합격의 판정 — 에 미리 지쳐버렸습니다.

인격과 인격의 만남이기 이전에 조건과 조건의 불꽃 튀기는 대결이고 대면에 충실하기보다는 외모를 더 중시하는 만남, 다는 그렇지 않겠지만 인격체를 선택하는 것이 아니라 진열대 위에 즐비하게 늘어서 있는 상품 중에서 보다 값지고 반지르르한 상품 하나를 선택하는 식이 되어버린 그런 만남의 자리가 이루어지고 있는 것입니다.

더욱 기가 막히는 것은 끝에 '사'자 들어가는 신랑감 후보에게는 막대한 대가를 치러야 할 뿐만 아니라 중매인에게 프리미엄까지 얹어줘야 한다니 진정 금전만능의 시대를 실감 나게 합니다. 모든 것이 갖추어져 있어서 별 불편을 느끼지 못하는 공간에서의 생활이 물론 편안하고 여유가 있어 보이기는 하겠지만 과연 무슨 의미가 있을까요. 벽돌을 한 장 한 장 쌓아 올려야 집이 완성되듯이 성실함을 밑천으로 노력에 노력을 쌓고 쌓아 물질적인 화려함보다는 착실하고 진지한 삶을 영위해 나가는 것이 더 값지고 빛이 발하는 것이 아닌가 합니다.

삼촌, 서두르고 싶지 않습니다. 아버님 회갑 때 며느리, 사위가 손수 술이라도 한잔 따라드린다면 더 바랄 것이 없겠으나 설령 그렇게 안 된다고 해도 어쩔 수 없는 일입니다. 저도 답답하고 힘이 듭니다. 해서 어떤 때에는 결혼을 하나의 돌파구나 도피처로까지 생각하기도 합니다. 옛날에는 선도 보지 않고 부모님이 정해주신 대로 가서도 아무런 불평 없이 잘들 살았다고 하니까요. 하지만 이러한 생각들이 꼬리에 꼬리를 물고 늘어지면 괜히 서럽고 한심하기까지 합니다.

삼촌, 평생을 함께 희로애락 하면서 살 사람이라면 어느 정도 가능성이 있어야 하는 것이 아닙니까. 물론 서로 양보하고 맞추어 가면서 살면 얼마나 큰 마찰이야 생기겠습니까마는 그렇게 되면 오로지 미덕을 위해서만 사는 삶이 될 것 같습니다. 기다려 보렵니다. 조급한 판단이나 섣부른 결정으로 되물릴 수 없는 일을 감행하기보다는 좀 시일이 걸리더라도 차라리 신중론을 펴겠습니다. 그것은 제가 보낸 날들보다는 앞으로 남아있는 날들이 한없이 기대되고 또 미지의 것이기 때문입니다.

죄송합니다. 삼촌께 아주 오랜만에 글을 올리면서 어설픈 푸념으로만 지면을 잔뜩 어지럽히고 말았군요. 삼촌, 건강 상태가 많이 악화되셨었다는 소식 듣고 걱정했었는데 차도가 좀 있으셨다니 참으로 다행스런 일입니다.

집안은 두루 평안합니다. 벌써 기온은 30도를 웃돌고, 땀은 비가 되어 등줄기를 적시고, 불쾌지수는 갈수록 높아져 한여름의 땡볕을 한몸에 모두 안고 있는 듯한 기분입니다. 몸소리 살하세요. 모든 병의 근원은 마음자리에서 비롯된다는데, 설마 삼촌께서 정신적인 혼란으로 인한 육체적인 질병을 얻으신 것은 절대 아니실 테죠. 언제나 삼촌을 신뢰하며 존경합니다. 꿋꿋하세요. 그럼 안녕히.

　1987. 5. 26. 조카 의정 올림.

의정아 보아라

의정아, 네 편지를 여러 번 읽어보았다. 너처럼 미덥고 마음이 고운 처녀가 시집을 못 가고 나이를 먹고 있다니 도무지 모를 일이다. 네 글을 읽어보면 전에도 그랬지만 지금도 마음이 허황되거나 물욕이 많은 것은 아니며 찬찬하고 착한 것을.

의정아, 결혼 문제를 놓고 이야기를 좀 해보자. 삼촌이야 마흔다섯에 여자를 처음 알았고 마흔여섯에 결혼해서 고작 5개월 동안 부부 생활을 한 경험밖에는 없어서 남녀 문제를 깊이 다루기에는 부족한 점이 없지 않다만 사선을 넘나들었고, 옥에서 31년째 살아가는 삼촌은 뼈를 깎는 처절한 고통과 괴로움을 겪어가며 나름대로 인생을 사색했기에 얼마간 말할 수 있다고 본다.

결혼관은 인생관에 속하고 인생관은 세계관 안에 있으며 세계관은 철학이 담당하기 때문에 철학에 대해서 잠깐 이야기하고 넘어가겠다. 철학은 철학을 전공한 학자나 철학 교수만의 전유물이 아니다. 자세히 뜯어보면 어디서나 인간의 생활 속에 철학적인 사유와 생활 철학이 담겨있음을 본다. 철학이란 개념 자체까지도 기존 철학자들은 어렵게, 각기 다르게 말했다만 까다롭고 현학적인 철학은 삼촌이 잘 모른다. 철학의 윤곽과 핵심을 알고 있을 뿐이다.

쉽게 이야기하자. 자연과 사회 제 현상의 중심을 법칙이 관통하고 있다. 그 반영으로써의 의식 현상, 즉 계통적인 사유, 사유를 거친 정리된 내용을 글로 나타낸 전체에 적용된 체계적인 이론을 철학이라고 할 수 있다. 따라서 줄거리가 잡혀있는 생각이면 부분적인 것일지라도 철학의 범주에 속한다. 누구나 철학을 할 수 있다.

제기된 문제들을 타와 연관시키면서 체계를 잡아보고 자기 생각이 객관성을 띠고 있는지 검증을 통해서 확인하며 마음의 지주를 튼튼히 구축해야 한다. 서론을 길게 끌고 온 것은 대학을 나온 너와 결혼 문제를 좀 더 진지하게 이야기하고 싶어서다.

30년이 훨씬 지난 옛날에 삼촌은 벗과 사랑이란 주제로 열띤 토론을 한 적이 있다. 지금도 생생하다. 벗은 머리가 좋고 영어사전을 한 장씩 뜯어가며 모조리 암기하던 노력파요, 삼촌도 노력하는 편이지만 머리나 노력이 벗에게 미치지 못했다. 다만 문제를 깊게 파고드는 면과 실천에서 벗보다 나았다. 우연한 기회에 벗이 쓴 책을 보고 대학교수로 있음을 알았다.

그 전날 젊은 시절처럼 사랑이나 결혼 문제를 놓고 너와 언성도 높여가면서 토론하고 싶다만 삼촌이 밖에 나가서 5년 동안 살았으나 그보다는 처음 감옥에 끌려오던 21살 때 정열과 감성이 상당히 남아 있다. 나가면 또 배우자를 구해야 할 것 같아서 흥미도 있고, 20대의 젊은 마음으로 열띤 토론이 가능할 텐데……. 아쉽다. 글로 쓴다지만 여기에 이 좁은 곳에 하고 싶은 말을 어찌 다 쓰랴.

개나리나 버들가지를 꺾어서 땅에 꽂아놓으면 독립된 개체로 성장한다. 새로운 개체는 개나리나 버드나무의 한 부분일 뿐 그 어떤 것도 첨가된 것이 없다. 미세한 동물에서도 모체 분열에 의해서 종족을 번식시키는 것이 있다. 그들과 마찬가지로 자웅의 결합 방식을 통해서 자기 종족을 존속시키는 모든 동식물 또한 새 생명은 모체의 부분 이외의 것이 아니다. 생명체는 탄생 이후 악조건하에서도 죽지 않고 돌연변이를 거듭하면서 끊김 없이 이어져 왔다. (각 세대마다 후대에 전승되는 유전자에, 지극히 미세할지라도 얼마간 변화를 주는 것 같다.) 수억 년을 거쳐서 우리에게까지 온 생명을, 우리를 끝으로 끊이버려서는 안 된다. 이 내용은 처녀들이더러 머리를 깎고 중이 되거나 수녀가 되거나 독신녀로 살아가는 일이 있어서 너야 그럴 리가 없겠지만 조금은 걱정되기에 썼다.

자웅의 결합에 의해서 생명이 이어지는 동물은 하나같이 서로 끌어당기는 본질적인 작용이 있다. 인간도 예외가 아니다. 남녀가 함께 살아가면 정이 두터워지는 것이다. 그러기에 네가 배우자 선택을 못 할 경우 네 결혼 문제를 아빠 엄마가 책임지고 강행하는 것이 현명한 일이라고 지난달 편지에 썼다. 수준 있는 아빠 엄마가 속을 리도 없고 가볍게 네 남편을 택할 리가 없으며 아빠 엄마가 고른 남자라면 인간으로서의 기본 바탕과 인격 및 지적 수준이 너와 엇비슷할 테고.

결혼하면 네가 우려하는 점들이 사라진다. 너는 삶과 물질에 대한 관점이 바로 서 있다. 네 편지에 "모든 것이 갖추어진 공간에서의 삶이 편리하겠지만 과연 무슨 의미가 있을까요? 성실함을 밑천으로 노력에 노력을 쌓아가는, 착실하고 진실한 삶이 값지고 빛나는 것이 아닙니까?"라고 쓰어 있고 그 외에 또 인격과 인격의 만남, 외모보다는 충실한 내면을 더 중시하는 내용들이 쓰여있었다.

그것으로 보아 물질적인 면은 생활을 할 수 있으면 되고 문제는 인격인데 의정아, 인격이 다 갖춰진 사람은 없다. 더욱이 20대, 30대 초반의 인간 인격이란 걸출한 사람을 제외하고는 여러 면에서 미숙하고 거칠 수밖에 없다. 인격은 일생동안 갈고 닦고 높여야 하지 않느냐? 너는 웬만한 남자와 만나도 급속한 발전과 탄탄하고 행복한 가정을 이룩할 수 있다고 삼촌은 확신한다.

의정아, 하루에도 수십만 마리의 균이 호흡기와 음식물 또 피부를 통해서 우리 체내에 침투하고 있다. 유해한 균은 어느 것이나 뇌까지 침범해서 인간을 주검으로 몰고 갈 수 있는 가능성을 다 가지고 있다. 그러나 인체 내에 식균 세포인 백혈구가 도처에서 침입자를 섬멸한다. 자연적인 치유뿐만이 아니라 몸이 타격을 받으면 의사와 약의 도움으로 병균을 소탕한다. 스스로 어려움을 극복하고 있다.

결혼 생활에 어려움이 예상되고 또 실제로 많든 적든 모순이 있는 것이지만 만약에 그것이 두려워서 시집을 못 간다면 밖에 나가도 어려움이 있으니까 감옥 안에 있겠다는 터무니없는 행위와 다를 바가 없다. 앞으로 나아가야 한다.

난관에 봉착할 때마다 그를 올바로 뚫고 나가는 실천을 통해서 발전하고 인격 또한 향상되는 것이다. 그것은 움직일 수 없는 법칙이다.

결혼을 해라. 결혼하면 결혼 전의 생각과 달라진다. 결혼은 일생일대의 대사이며 섣부른 결정으로 되물릴 수 없는 일을 감행하기보다는 신중을 기하겠다는 네 뜻대로 아직 시간이 있다. 1년쯤, 네가 남편감을 찾아보고 안되거든 아빠 엄마께 맡겨라. 일에는 때가 있는 것이다. 때를 다 놓치고 나면 부모도 손을 쓸 수가 없다.

머리를 식힐 겸 다른 이야기를 하나 하마.

삼촌보다 여덟 살 위지만 고향 벗처럼 막역하게 지낸 분의 이야기이다. 옛날에 들었다. 동양에서 2차 대전을 도발한 일제는 너도 아는 바와 같이 전쟁 초기에 중국 대륙을 광범위하게 점령했고 동남아시아 전역과 태평양 도서들을 수중에 넣었다. 그러나 일제 침략군은 특히 중국 5억 인민들의 가열찬 반일 항전으로 말미암아 중국 전선에서 일대 타격을 받았으며 태평양에서 우세한 미 해군 반격 작전으로 무너지기 시작했다. 다급해진 놈들은 전세를 만회하려고 소위 조선 징병령을 포고하고 만 20세에 달하는 우리나라 징병 해당자(불구자를 제외) 전원을 끌어다가 각 전선에 대포밥으로 배치시켰다.

그때 '묻지마라 갑자생'이란 말이 생겨났는데 '징병 연령인 갑자생은 물어볼 것 없이 끌려가고 전쟁터에 가서 죽을 것이고 살아 있어도 산 것이 아니다'라는 기가 막힌 뜻이 담겨있던 말이다. 그분도 갑자생이라 끌려가서 관동군에 배속되었다. 날마다 수없이 죽어 넘어지는 최전방이 아니라 다행이었지만 중국 동삼성(당시 만주) 벌판에서 겨울을 나는 고생이란 이만저만한 것이 아니었단다. 그 해 추위가 대단했고 얼어서 떼죽음을 당한다는 소문이 파다하게 국내에 퍼졌대. 군대에 보내놓고 근심 속에 묻혀서 사는 어머니와 새댁들은 소문에 겁을 먹고 밤새워 속옷을 만들어서 부쳤단다. 새댁들이 보낸 속옷 속에는 의례히 솜을 두툼하게 한 개짐(여자들이 생리할 때 사용하던 헝겊)이 들어 있어서 모두 웃었대.

어느 추운 날 면회라고 해서 정문 초소 옆 면회실에 나가보니까 아 글쎄, 생각지도 않았던 어머니와 아내가 와 있었단다. 아들을 보자 어머니는 아들을 끌어안고는 울어버리고 아내는 뒷전에서 말없이 눈물을 흘렸다는구나. 자리에 앉아서 아들의 머리와 손을 만지며 어머니는 어떻게 지내냐고, 동상은 안 걸렸는지, 배는 또 얼마나 고프냐고 단숨에 물으시고 아들은 안심하시도록 대답하고. 고향 소식이며 이것저것 한 식경 이야기를 했는데 당신하고만 말하는 아들이 너무도 야속했던지 "야~ 야. 네 아내한테도 말을 좀 해야지." 그 말씀에 벙어리가 되어버린 듯 입을 다물자 "이놈아, 너를 보자고 그 먼 길을 왔는데 말 한마디도 안 해?" 어머니는 꾸중하시고 어머님 말씀에 서러움이 복받친 새댁은 흐느껴 울었단다. 거기까지 들은 삼촌은 그만해도 너무했다고 주먹으로 쥐어박았다.

이야기 앞뒤가 바뀌었다만 그분은 열일곱, 열여덟 살 때 마을 큰애기와 연애를 했대. 중선을 부리는 갯마을 부잣집 딸과 연애를 했대. 깊은 밤에 처녀는 대문 고리를 끌러 놓고 총각은 소리 없이 집 안으로 잠입해서 컴컴한 모퉁이에서, 헛간에서 사랑을 속삭이고 뜨겁게 불태웠단다. 그러다가 꼬리를 잡혔대. 양가에서 두 사람 사이를 알게 되고 결혼 문제가 논의되었지만, 어머니는 '여자애가 덜렁거리고 부잣집 딸이라 며느리로 들여올 수 없다'고 하셨고 여자 집에서도 '총각은 괜찮지만 가난해서 딸을 줄 수 없다'고 소문날까 봐 서울에서 딸을 시집보냈단다.

사랑하던 애인이 남의 아내가 되어 버린 후, 그분은 날마다 밭에 나갔지만 일이 잘 되지도 않았고 집에서는 말이 줄어 버렸대. 남편을 일찍 여의고 아들만을 바라보며 살아오신 어머니는 애가 타셨단다. 아들에게 즐거움을 찾아 주고 또 손자가 보고 싶어서 어머니는 아들을 장가보내기로 작정하고 사방에 착한 며느릿감이 있는가를 수소문했단다. 그때 고모 되시는 분이 시가 이웃집 큰애기가 얌전하고 인물 좋고 솜씨가 좋아서 며느릿감으로 손색이 없다고 하며 먼 길에 오셔서는 가자는 바람에 모자가 함께 따라나섰다 한다.

작은 초가집에서 평소에 입던 그대로의 머리를 길게 딴 처녀를 잠깐 보았는데 어머니는 한눈에 마음에 드셔서 좋아하셨지만, 총각은 마음의 상처가 컸고 마지막 헤어질 때 눈물을 흘리던 애인의 모습이 떠오를 뿐 결혼하고 싶은 생각이 없어서 묵묵부답이었단다. 어머니와 고모가 묻고 조르니, 거절할 만한 이유도 내세울 수 없어서 그저 그렇다고 대답을 했는데 그 말을 승낙으로 받아들이고 곧 택일해서 예식을 올렸단다.

상처받은 마음은 쉬 아물지 않은 것인가, 한번 준 정은 거두어들이기 어려운 것인가. 첫날 밤부터 아내와 한방에 자면서도 남남으로 지냈단다. 잘못도 없이 남편으로부터 소박을 맞은 새댁은 아픔을 이기려고 일에 매달렸대. 어머니를 지성으로 모시고 시누, 시동생을 보살피면서 들에 나가서는 억척스럽게 일만을 했고, 겨울에도 자정이 넘도록 베틀을 찧었단다. 동쪽 서쪽에 따로 마련한 잠자리에 들면 지쳐버린 몸이라 곧 곯아떨어졌단다. 말이 부부지, 소 닭 보듯 닭 소 보듯 그렇게 달이 가고 해가 갔단다.

어머니, 할아버지, 큰아버지, 큰어머니, 고모, 누님들이 "인물로 보나 솜씨로 보나, 마음도 다시 없고 이 마을에 네 아내만 한 처녀나 새색시가 있으면 말해 보라"고 때로는 좋은 말로 타이르고 때로는 "저렇게 착한 아내를 소박하다니 벌받을 놈"이라고 꾸짖곤 했지만 끝내 마음의 문은 열리지 않았대. 새댁은 일에 열중하면서도 젊은 부부가 나란히 친정에 가는 것을 보면 그렇게 부러울 수가 없고 자신이 불쌍해서 울곤 했단다. 명절에 집안 여자들이 모여서 이런저런 이야기 끝에 "남편이 말만이라도 해주면 더없이 기쁘겠다"고 눈물을 글썽거리며 말했다는 이야기를 고모로부터 듣고는 아내가 측은했고, 마음을 고쳐야겠다고 생각했지만 잠자리에 들어가서는 차디차게 식어버렸단다.

그렇게 2년이 지난 어느 날 영장을 받은 것이다. '이제 전쟁터에 끌려 나가면 죽지, 다시는 고향에 돌아오지 못할 거야.' 그런 생각에 잠을 못 이룰 때 자신도 그렇지만 어머니가 불쌍했고 아내가 너무나도 불쌍했대. 감정은 마음대로 안 되는지 끌려갈 날이 다가오는데도 밤마다 남남으로 밤을 보냈단다. 마지막 날 밤 친구들과 이별주를 마시고 늦게 집에 돌아온 그 분은 아내를 으스러지게 안았단다. 새댁은 남편의 가슴에 얼굴을 묻고 한없이 울었단다. 서로가 울다가 밤을 지새웠대. 그리고 떠났단다.

군대 생활을 하면서 지난날의 자신을 많이도 뉘우쳤건만 이국땅 머나먼 길을 추위를 무릅쓰고 찾아온 아내한테 말 한마디도 하지 않고 병사에 돌아온 그분은 '내가 이렇게도 인정 없는 사람인가?' 스스로도 모를 자기, 그 자기가 미워서 가슴을 쥐어뜯었다는구나. 말없이 내의와 떡이 든 보퉁이를 주고 눈물을 흘리며 돌아서던 아내, 가다가 보고 저만큼 가다가 또 돌아보던 어머니와 아내 모습이 떠올라서 뜬눈으로 밤을 새웠다는구나. 어머니도 그렇고 밤차를 타고 돌아오던 차 안의 새댁은 얼마나 슬펐을거나. '어머님 모시고 고생한다'고 말 한마디만 들었어도 되었을 것을.

겨울이 가고 봄도 가고 여름도 막바지에 접어든 1945년 8월 9일 관동군이 수비하고 있던 소만 국경 전선을 소비에트 군대가 순식간에 돌파하고 노도처럼 진격을 했다. 악명높은 관동군은 전투다운 전투도 못 하고 처처에서 부서졌다. 하루 전까지도 서슬이 시퍼렇던 지휘관들이 견장을 뜯어버리고 도망쳤고, 그들처럼 비겁분자는 달리 없었다고 한다. 백 명, 이백 명씩 무리를 지어 패주하던 일본군 내에 지휘관과 사병 구분 없이 가다가 마을을 습격했단다. 말 그대로 도적의 무리였지. 그들과 함께 주야로 도망치다가 감격의 8.15 해방을 맞이했단다. 그래서 못 갈 줄만 알았던 꿈에도 그리던 고향에 간 것이다. 간악한 일제는 물러가고, 공출은 없겠다 해방된 조국 품에서 가을 곡식을 거둬들여 떡도 하고 술도 빚고 먹고 마시면서 놀았고 또 청년들은 모여서 토론도 하고 일을 열성적으로 했단다. 봄이 와서 씨앗을 뿌리고…….

그런데 말이다. 그때까지도 아내하고는 말문도 트지 못했대. '그런 쑥맥이 어디 또 있을 것이냐'고 지난날의 자신을 책하면서 이야기하다가 쓸쓸하게 웃더구나. 군대에 가기 전에도 그랬지만 집에 돌아와서도 부부는 조심스럽게 서로를 대했고 어쩌다가 시선이 부딪칠 때는 부끄러웠다고 한다.

밀이 누렇게 익은 유월의 어느 날, 다른 일 때문에 늦어서 비가 내리는데도 그냥 밀을 베었단다. 이튿째 부부가 밭에 나가서 밀을 벨 때의 일이래. 밀을 베면서도 두 사람은 따로따로 떨어져서 베었고, 밭이 2킬로미터쯤 떨어져 있어서 도시락을 싸서 다녔는데 점심을 먹을 때도 때가 되면 밭머리에 놓아두었던 보자기를 아내가 가지고 와서 도시락 둘 중 하나를 주면 말없이 받아먹고 아내는 아내대로 저만큼 옆으로 앉아서 먹곤 했단다.

그날 점심 무렵에는 밭 한 뙈기 밀을 거의 다 베어가던 참이라 부부가 가까이에서 일을 했대. 그러니 굽힐 때마다 아내를 볼 수밖에. 머리에서 치마까지 흠뻑 젖어버린 아내가 안쓰러웠대. 묵묵히 일만 하는 우중의 아내. 지난날의 아내 생각에 연민의 정이 아픔으로 가슴이 저렸다는구나. 아내가 도시락을 가지러 간 사이, 그분은 밀 다발로 밥자리를 만들었단다. 아내가 도시락을 주고 가려는 것을 "여기서 같이 먹읍시다." 했대. 남편의 말, 그 말에 그만 석상처럼 굳어버린 아내. 넋 나간 사람인 양 남편을 보던 눈에 눈물이 고이더니 뚝뚝 볼을 타고 흘러내렸단다. 함께 나란히 앉아서 점심을 먹었단다.

다음 날은 비 온 뒤라 날이 맑았고 밀을 다 벨 작정으로 서둘렀단다. 점심때, 전날처럼 남편이 만든 자리에서 아내가 도시락 보자기를 끌렀는데 도시락이 하나, 한 그릇에 두 사람 밥을 담아왔고 고추장에 자반 구운 것이 반찬이었대.

그래서 빙긋이 웃었단다. 아내와 함께 밥을 들면서 아내가 떼어 주는 살코기를 고추장에 찍어 먹었고, 어둑어둑할 무렵 집으로 돌아가던 그 분은 아내의 따뜻한 사랑에 발걸음이 가벼웠대.

그날 밤, 말만이 아닌 부부가 되었단다. 그로부터 마음의 성벽은 흔적도 없이 사라지고 부부 사이에 실오라기 하나도 가로놓인 것 없이 온전히 한마음이 되었대. 아들도 낳고 살림도 넉넉하게 불어나고 읍에 직장을 갖게 되었단다. 촌에서만이 아니라 아내가 읍에 나올 때 보아도 빠지지 않았고, 정이 들어서 볼수록 흐뭇했대. 이따금 부부는 함께 외식도 하고 극장에도 갔고 행복한 나날이었다고 한다.

이 이야기에서 끈기 있고 성실하고 부지런하고 마음이 넓고 고운 우리나라 여성의 전형을 본다. 그와 같은 점들은 할머님한테도, 엄마한테도, 너한테도 있다. 좋은 점을 키워 가야지. 여성의 무조건 복종을 찬양하는 낡아빠진 삼촌이 아니다. 미덕을 갖춘 여성이 결혼 생활에서 실패하는 것은 예외적인 것이고 극히 드문 일이다. 너와 같은 처녀들은 설령 남자가 좀 부족해도 사람다운 사람으로 만들어놓고 자식도 잘 키우고 과욕을 부리지 않기 때문에 바라는 바를 성취한다.

의정아, 열렬히 사랑하던 연인들도 결혼 후 파경에 이르는 경우가 허다하다. 네가 남자를 정확하게 알 것 같니? 어림없다. 차를 능숙하게 다루는 사람은 소리를 들어보고 조금 굴려보면 분해하지 않고도 어디에 이상이 있는지, 어느 정도 기계가 낡았는지를 안다. 농사를 짓는 농민, 기계를 다루는 노동자, 기술자, 과학자 중에서 자기 분야에 정통한 사람들은 대상을 살펴보고 내부를 안다. 개개의 대상뿐만이 아니라 종합적인 방법으로 기계를, 생물계의 보편성을 파악하는 것이다. 단순한 것에서 그와 연결된 복잡한 내용들을 알게 되는 것이다.

그러나 사람을 보는 안목이 있고 경험이 풍부한 사람일지라도 사람만은 알기가 여간 어려운 것이 아니다. 사람에게 겹겹으로 싸고 있는 돈, 지위, 배경 등 판단을 흐리게 하는 외피를 거의 벗겨놓은 곳이 감옥인데 감옥 안에서도 인간의 내부에 숨기려는 면이 있기 때문에 한방에서 24시간을 함께, 적어도 6개월을 살아야 사람을 그런대로 알 수가 있다. 사람은 배고플 때, 괴롭고 고통스러운 때를 함께 겪으면서 언행으로 그 사람의 됨됨을, 보이지 않는 속마음을 알게 되는 것이다.

남자는 남자가 더 잘 아는 것이다. 오빠의 오랜 친구나 아빠가 믿는 분이 보증할 수 있는 총각이라면 거의 틀림없다. 키가 작거나 좀 울퉁불퉁한 것은 흠이 아니다. 결혼 전에 따지는 것이지 결혼하고 나면 문제가 안 된다. 몸이 튼튼하고 성실하고 단단하면서도 부드러운 마음에 진취성이 있는 청년이면 된다. 학력은 낮아도 좋다. 네가 사랑할 만한 남자라면 그것으로 된다. 경제적인 사정이 어려워서 배울 기회를 일차 놓쳤을지라도 앞으로 배울 수 있지 않니?

너나 네 남편 될 청년은 인생의 초년생이다. 이미 이루어 놓은 것보다 앞으로 이룰 수 있는 가능성에 주목해라. 거듭 강조하지만 인간의 바탕, 즉 기본 토대가 잘 다져졌는가에 일차적인 비중을 두어라. 앞을 보고.(이상이라고 해도 좋다) 현실에 급급한 사람은 좌충우돌해서 상처를 입고, 앞만 보고 현실을 못 보는 사람은 실패를 거듭해서 이루는 것이 없다. 자기가 사는 환경을 선택할 수 있는 여지는 한정되어 있다. 환경을 마음대로 선택할 수는 없는 것이다. 자기가 위치한 구체적인 환경 속에서 가능성을 찾고 추구하면서 보람 있게 살아야 한다.

의정아, 가까운 장래에 내 마음에 드는 남자와 보금자리를 꾸리고 값진 생애 행복한 삶이 되기를 간절히 바라면서 이만 줄인다. 안녕.

엄마가 어제 면회하고 가서서 삼촌의 저간 소식을 자세히 들었을 테니 생략한다. 삼촌은 어떤 경우에도 마음에 여유를 가질 것이다. 걱정하지 말아라.

1987. 6. 10. 삼촌 씀.

누이! 누이의 흐뭇한 우애에 어제 밤잠을 설쳤어. 오늘 낮에 잠깐 눈을 붙이고 글을 썼네. 누이와 마주 앉아서 손을 잡고 이야기할 때는 눈으로 보고 귀로 들으면서 정을 느끼고 방에 들어와서는 지난 정이 합쳐서 강인 양 흘렀네.

　오빠 씀.

어머님 보세요

　어머님, 밖에서는 덥다고 하지요? 요즈음 어머님 건강이 어떠세요? 진지를 잘 드시는지 모르겠네요. 제수씨한테서 제 소식을 자세히 들으셨을 줄 압니다만 아들 걱정을 안 하셔도 됩니다. 밥맛이 조금씩 좋아지고 있고 밖에 나가면 땀을 뻘뻘 흘리며 운동을 합니다. 주변에 숲이 좋아서 녹음이 우거진 뒤로는 산새들이 떼를 지어 깃든 것인지 밤낮없이 우네요. 이른 새벽에 이따금 들려오는 청아한 산새 소리는 옥을 굴리는 듯 뱃속까지 맑아 옵니다. 어느 산중 외딴집에 누워있는 듯 착각을 합니다.

　열이렛날 달밤에 소쩍새 우는 소리는 저를 옛날로 데려갔습니다. 팔팔한 때 추억들이 꼬리를 물고 얼마 전 일처럼 선하게 떠올랐어요. 꿈도 아니요, 깬 것도 아니고, 지난 세월 속에 흠뻑 젖었습니다. 눈을 뜨고 현실로 돌아온 저는 철창 안의 백발이었지만 어려서 제가 제 안에 있음을 보고 흐뭇했습니다. '젊은이 같은 늙은이'

　어머님, 좋지요? 사진을 보면 집 부근 동산에 숲이 있던데 집에서도 새소리가 들리는가요? 아침을 드신 후 성산이 손을 잡고 천천히 동산에 가세요. 이슬이 가시기 전 숲속은 생기가 넘쳐서 마음이 한결 젊어질 것입니다. 운동도 되고요.

　엄마 따라서 면회 온 성산이를 안고 "할머니 집에 계시냐?" "예" "할머니가 좋으니?" "예" "할머니하고 노니?" "예" "아빠가 좋냐?" "예" 어린놈 머릿속에 할머니와 아빠가 떠오르는지 묻는 말에 방긋이 웃으면서 대답하데요. 성산이한테도 갖가지 풀, 나무를 보고 새소리를 듣고 맑은 물에 손발을 씻고 하는 것은 심성에 여간 좋지가 않습니다. 자연까지도 사랑하는 고운 마음을 어머님이 키워 주세요. 거침새가 많은 집안이 아니라 동산에 가면 울안에 갇혀 있다가 놓여나온 강아지처럼 뛰어다닐 텐데……. 그러다 보면 배가 꺼져서 음식을 달게 먹을 것입니다. 건강에도 좋습니다. 어머님께 좋고, 손자한테도 또 좋은 동산길을 날마다 아침나절 일로 아시고 다녀오세요.

지금은 어머님 존체를 살펴주시는 것이 자식들을 위한 가장 큰일이옵니다. 어머님께서 정정하시기를 거듭 간절히 기원하오며 이만 줄입니다.

어머님, 어머님께 글월을 올릴 때마다 어머님 곁에 없사와 아프고, 어머님이 계셔서 흐뭇하고. 두 마음입니다. 자애로우신 어머님이 떠오르네요.

아들 올림.

제수씨 보세요

제수씨, 엊그제 뵈온 것 같은데 벌써 보름이 되어가네요. 제수씨가 면회 오시면 여러 가지 여쭈어보려고 미리 생각을 해두었는데, 성산이한테서 할머니가 계시다는 말을 듣고는 마음 한구석에 떠나지 않던 근심이 다 사라졌고 그만 좋아서 다른 것은 잊었습니다. 그래서 어머님의 자세한 근황이며, 차를 자유롭게 다루시는지, 요즈음 무슨 책을 보시는지 등을 묻지 못하고 방에 돌아와서야 아쉬워했습니다.

제수씨, 제수씨를 생각할 때마다 마음에서는 막냇누이처럼 여기면서도 정작 자리를 같이하면 우애가 목쯤에서 인습의 망에 걸리는 것인지 굳어버립니다. 금세기 초까지도 우리 풍습에 시숙과 제수는 마주 볼 수도 없고, 예를 갖출 때는 한 사람은 동쪽으로, 한 사람은 서쪽으로 틀고 절을 했답니다.

아버님은 일찍이 가정의 민주화를 실천하셨어요. 낡은 습관을 배제했습니다. 남녀 차이 없이 둥근 상에 가족이 둘러앉아서 함께 식사하도록 하셨고 자리가 좁아서 딴 상을 차릴지라도 밥과 찬에 구별이 없도록 이르셨어요. 제가 어려서만 해도 여자들은 거의 부엌에서 바가지에다 밥 한술, 아니면 눌은밥을 담아서 짠지 하나에 맨 간장을 먹었지요. 고깃국을 끓여도 찌꺼기를 뚝배기에 담아놓고 누가 볼세라 우물우물 넘겼는데 그 시절에 보기 드문 일입니다.

그런 어른도 여름날 대청마루에서 런닝셔츠만 입고 부채질을 하시다가 문간에 작은어머님이 언뜻 보이면 저고리를 입기에 부산하셨어요. 작은어머님은 시숙 앞에서 어쩔 줄 모르시고요. 정은 마음 안에 있을 뿐 시숙과 제수 사이는 여간 옹색하지 않았습니다. 동생의 아내요, 자기를 낳아주신 부모님을 공경하고 아버님, 어머님이라고 부르는 제수한테 어렵게 대할 이치나 까닭이 없어요. 인습 탓입니다. 생활을 불편하고 부자유스럽게 구속하는 폐습을 누구 못지않게 배격하는 제가 제수씨를 누이처럼 대하지 못하는 것을 보고, 제 의식에 구습이 생각보다 뿌리 깊게 자리하고 있음을 알았습니다. 그 문제(인습)를 놓고 생각해 보았지요. 시간이 가면 나아질 것입니다만 제수씨, 폐습을 타파하는 데는 나이 든 사람보다는 젊은이들이 적극적이지요. 제수씨도 허물을 트도록 힘써 주세요. 실수나 좀 수세스러운(소극적인) 일이 있어도 오빠는 너그럽지 않나요? 그만한 폭은 지니고 있습니다.

제 생일날 찾아준 누이와 제수씨 그리고 조카가 눈에 삼삼해서 밤잠을 설쳤어요.

"성산아, 큰아빠하고 팔씨름할까? 어디 얼마나 힘이 센가 보자." 큰아빠 말에 손을 잡았다가 놓았다가 얼굴을 붉히던 고 녀석. 넘어지면서 뒤통수로 책장을 받고 쇠끝에 부딪치고는 "앙" 하고 울던 놈. 가죽이 벗겨지고 피가 비치는 무릎을 보면서 "사내가 넘어지기도 하고 피도 흘리고 그렇게 커야지, 괜찮다." 그 말에 뚝 울음을 그치던 대견한 놈. 큰아빠한테 꼭 안겨서 뽀뽀를 하고 떠나던 성산이 "어디로 가는 거야?" "너는 저리 가고 큰아빠는 이쪽으로 간다." 사랑스러운 고 녀석.

손에 과일 하나도 쥐여주지 못해서 서운했습니다. 어른에게 면회 때 1시간은 금세 가버리지만 어린 성산이는 장난감도 없고 어른들 틈에서 여간 지루하고 답답하지 않았을 것입니다. 다시는 큰아빠한테 안 간다고 할지도 모르겠네요. 성산이 나이와 제 나이를 셈해 보면서 '그놈이 스무 살이 되면 나는? 가다가 탈이 없으면 그때까지는 살겠지. 잘하면, 그놈 삼십까지도 지켜볼 테고.' 성산이의 미래를 상상하면서 그날 밤늦게 잠들었어요.

더운철에 아무쪼록 모두 건강하고 보람 있는 나날이 되시기를 바라면서 이만 줄입니다. 제수씨, 안녕히 계세요.

1987. 6. 22. 시숙 드림.

추신 : 홍규야, 날은 덥고 기계를 다루랴, 차를 몰고 다니랴 고생이 많겠다. 집안을 일으키려고 불철주야……. 네 마음이 급한 줄 안다만 무리하지 말아라.

어머님 보시지요

"어머님 날씨가 더워졌어요. 구미는 어떠세요?"

"나야, 성산이에미와 네 누이가 다 알아서 밥상을 차려주니까 밥맛이 덜할 때노 맛으로 넘기곤 한다만 너는 어떠냐?"

"저도 괜찮습니다. 뱃속이 좀 좋지 않아서 마치 갓난아이 다루듯이 조심하네요. 맵거나 짠 반찬은 물에 흔들어서 먹고 밥은 꼭꼭 씹어서 덩이 하나 없이 미음처럼 된 다음에야 입에서 넘깁니다. 운동을 해서 살이 탄탄하고 안색도 좋고 병 없는 사람처럼 회복되었어요. 구미도 나아지고 있습니다. 걱정하지 마세요.

어머님. 더우시지요?"

"무얼, 집에는 선풍기도 있고 서울이라고는 하지만 부근에 숲이 있어서 성산이를 데리고 자주 나무 그늘을 찾곤 한다. 너는 어떠냐? 바람도 통하지 않을 테고 모기 같은 여름 물 것이 있을 텐데 잠이랑 어떻게 자냐?"

"그 점 염려 마세요. 이제 막 좋습니다. 기온이 30도를 오르내려야 신경통이 있는 저는 제철인 양 지내기에 좋습니다. 창틀에 모기장을 고정시켜 놓아서 낮에는 약간 갑갑합니다만 밤에 모기는 없습니다. 간혹 틈새로 들어오는 놈은 파리채로 잡습니다. 집에서와 같이 잠을 잘 잡니다. 특별한 경우가 아니고는 해거름에 잠들면 도중에 깨는 일이 거의 없고 날 샐 무렵에야 눈을 뜹니다. 밖의 분들은 감옥에 살면서도 그토록 태평스럽게 자다니 속이 없는 모양이라고 곱새길지 모릅니다만 일찍이 잠 잘 자는 습관을 들였어요. 잠잘 때는 심신이 쉴 뿐아니라 그 시간만은 감옥살이가 아니지요. 아마도 잠을 잘 잤기에 중병을 앓고이루 다 형언할 수 없는 고초를 겪으면서 30년 넘게 옥에서 살았지만, 정신이온전하고 몸도 이만큼 유지하는 것으로 봅니다."

"어머님, 지금도 절에 다니세요?"

"이따금 간다. 너희들을 위해서 부처님께 지성을 드렸건만 네가 그리되고부터는 부처님이 미워서 여러 해 동안 발을 끊었는데 친구들이 조르는 바람에 또절에 다닌다. 저번에는 신흥사에 안 갔냐? 술집이 절 주변에 들어차고 온통 변했더구나. 전에 살던 산동네도 몰라보게 달라졌어야. 그날은 네 명의 친구들하고 한나절을 신흥사 구내 나무 그늘에 앉아서 한담을 하며 지냈다. 내 친구 중에서 평탄하게 살아온 분이 있는가 하면 평생을 모질게 고생한 분이 있다. 시골에서 살다가 늙어서 서울에 올라온 분도 있고. 그중 한 분이 들려준 이야기에 시간 가는 줄 몰랐다. 고향이 임실 어디라고 하더라, 산 좋고 물 맑은 시골인데 당신이 아니고 위 아랫집에 형, 동생 하며 수십 년을 다정하게 살아왔던 친구분 이야기였어."

"내가 며칠 전에 고향에 갔었제. 그런디 나보단 먼저 마을을 떠났던 성님이 글쎄 옛집에서 혼자 살고 있지 않아. 여든이 넘은 늙은이가 말이여. 까마구 새끼도 늙은 에미 구완을 하는 것인디. 성님은 늘그막에 천행으로 아들 하나를 낳아서 금이야 옥이야 귀엽게 키웠제. 자식은 성질이 좀 까다롭기는 했지만 커가면서 촌아이 같지 않게 훤칠했고 공부를 잘했어. 해마다 상장을 여러 장씩 타왔구만은 성님 내외는 자식 키우는 재미에 세월 가는 줄을 몰랐고. 동네 아낙들은 다 부러워했제. 자식 공부 뒷바라지하느라 두 늙은이는 먹고 싶은 것 안 먹고 잠 덜 자고 참말 고생이 이만저만이 아니었어. 고등학교는 전주서 다녔고 대학은 서울서 일등 대학이라나? 서울대학교. 그려 그 서울대학에 다녔제. 대학 나올 무렵에 논밭은 남의 땅이 되어뿌렸고. 고작 밭 한 뙈기, 논 서 마지기가 남아 있었어. 성님 아들은 대학을 졸업한 뒤에 공부를 더 한다고 미국에 갔는디 집에서는 보태주지 못했제. 남은 것이 있었어야지. 어느 부잣집 딸이 학비를 대어준다는 풍문이 들리더구먼. 그들은 미국에서 결혼을 했대. 미국이 어디라고 돈이 없응깨, 하나밖에 없는 자식 결혼식에도 못 갔어. 여자 편 부모는 부자라 갔겠지만. 그 후 6년 만에 자식 내외는 손자를 데리고 고향에 왔어. 나도 보았제. 차 타고 왔더구먼. 며느리는 귀걸이에 보석 목걸이를 두르고 번쩍번쩍하게 차렸는디 그런 차림은 내 생전에 처음 보았어. 그런디 말이여, 아침나절에 왔던 자식이, 6년 만에 결혼하고 처음 온 자식이, 하룻밤도 안 자고 해지기 전에 자기 집 사식만 차에 태우고는 훌쩍 떠나버렸어. 그날 밤 성님은 나를 붙들고 서럽게 울더구먼. 자식이 대학 다닐 무렵부터 정이 멀어지는 것 같더니 미국 간 뒤로 몰라보게 달라졌다고. 그런디 오늘 봉깨 며느리는 말할 것 없고 자식도 내 자식 같지 않았다고 한없이 울더구먼. 바깥양반은 성질이 곧고 고집 센 노인인디 그날 가슴에 응어리가 생긴 것인지 성님은 아들한테 그래도 몇 번 다녀왔지만, 영감은 아들 집에 한 번도 안 갔어. 적은 땅을 가꾸며 근근히 살다가 몇 해 만에 그만 죽었어. 자식은 혼자된 어머니를 모시겠다는 말을 입 밖에 내본 일이 없고 성님은 쓸쓸하게 살아갔제. 그러니 마을에서 말이 오죽 많겠어. '어떻게 키웠는디 지를 가르치느라 그러콤 고생한 부모를 남 보듯 하다니, 천하의 불효자식!'이라고 그런 말을 들을 때마다 성님은 '사정이 있을 거여. 내 아들 본심은 아녀' 하고 아들을 두둔하더구먼. 어미 마음은 다 같은가 봐. 그런디 성님이 어느 날 느닷없이 병이 나 뿌렀어. 열이 많고 자꾸만 숨차하는 것이 꼭 죽을 것만 같아서 부랴부랴 아들한테 전보를 쳤제. 그날로 아들이 왔더구먼. 논밭하고 집을 먼 친척한테 맡기고는 성님을 차에 싣고 갔어. 그래서 병이 난 뒤에 아들 집에서 산 거여. 성님은 무던하제, 심성이 참 고우서. 그런디도 아들 집에서 3년을 못 넘기고 돌아왔어. 아들은 장인 회사 높은 자리에 있고, 집은 무슨 '아빠또'라나? 부자들만 사는 곳인디 징역살이와 같았대. 며느리 간섭이 어찌나 심하던지 심지어 집 밖에 나가는 것까지도 타박을 하고. 얼굴에 화장을 할까, 땅만 파먹고 살아온 우리네 촌 여자야 젊어서도 그렇지만 늙어서 세기 전에 말라버린 조롱박처럼 쪼골쪼골하면 너나없이 몰골이 말이 아니지 않아. 그 꼬락서니가 남들 앞에 창피하다는 것이제. 밖에 인기척이라도 있으면 얼른 문 열기 전에 구석방에 들어가야 하고. 며느리 친구들이 와서 때도 없이 노는 날이면 진종일 구석방에서 나올 수가 없고. 당신 옷이나 아이들 옷가지를 빨고 있으면 바닥이 젖는다나 그래서 야단…… 사사건건 타박을 했다니 그러고야 어찌 살아. 이웃에 터놓고 이야기할 만한 늙은이도 없고, 한 동에 두셋 늙은이가 있었지만 배운 여자들이라 말벗이 되어야제. 아들은 또 아침에 나갔다가 저녁에 들어와서는 쳐다도 안 보고. 노는 날은 지기 집, 지 자식들만 차에 태우고 나갔대. 그래도 그런 날이라야 집 안에서 마음 놓고 돌아다니며 어지러운 것을 치우기도 하고 숨을 크게 쉬었다는구먼. 일만 하고 살아온 촌사람이 손발을 묶어놓고 방안에 틀어박혀 있었으니 얼마나 갑갑했겠어. 고향의 논밭, 고향의 정이 그렇게 그리울 수가 없었대여. 며느리가 시어미를 지 발밑의 때만큼도 안 알고 가시 돋힌 말만 해댔으니, 손자인들 할미를 할미답게 여길 거여? 미국서 난 큰손자는 열 살이 채 안 되었다고는 하지만 학교 다니는 놈이 할미를 발로 차지 않는가 행패를 부렸고, 지 에미는 그런 것을 번연히 알면서도 모르는 척했다는구면. 둘째 놈은 물정을 몰라서 그런지 할미를 잘 따랐고 곧잘 할미 방에 오군 했는디, 그때마다 늙은이가 아이 버릇을 잘못 들여놓는다고 데려가곤 했대. 한번은 손자가 김치를 먹고 싶어 해서 시골 할머니들처럼 김치를 입에 빨아서 아이 밥술 위에 얹어 주었는디, 지 에미가 보고는 어찌나 영득(사물의 이치를 이해함) 머리 없이 쏘아대던지 그 후로는 며느리 없을 때만 손자를 귀여워하고 여느 때는 남의 아이 보듯 했다는구면. 자식 집에서 딱 한 사람, 가난한 집 딸아이가 식모로 있었는디 그 애만은 할머니처럼 살펴주고 가려운 곳을 긁어주곤 했대. 그것도 며느리가 보고는 심통을 부렸다는구면. 시상에 그년 끄덩이를 쥐어 뜯어주지 놓아주었냐고 했더니 마음씨 좋은 우리 성님은 그 생각을 하기는 했는디 자식새끼 낳고 사는 아들한테 화가 미칠까 봐 못 했대. 밤에만 아이하고 소곤소곤 귓속말을 했다는거여. 그런디 그 아이가 어느 날 가버렸대. 그래서 더 못 있고 내려온 거래. 한밤이 다 가도록 성님은 내 손을 잡고 저간의 기막힌 이야기를 하면서 몇 번이나 목이 메었어. 년놈들도 늙어서 지 자식, 며느리한테 당해야지. 천벌을 받을 거여. 자식놈이 구박은 안 했다고 하지만 책임은 그놈한테 있어. 나도 며느리 노릇을 해보고 님들 사는 깃을 보았지만 자식이 효성스러우면 며느리는 따라가는 거여. 그놈은 배운 데가 없어. 남의 나라 것은 몰라도 우리 것은 안 배운 놈이여. 썩을 놈이여. 나는 중학교밖에 못 가르친 아들한테 와 있지만 애가 일을 하고 있어도 효성이 여간 아니고 그놈 보담야 몇 배나 낫지. 낫지 말고. 어린 새끼 귀엽다고 너무 오냐오냐 키우는 것이 아닌디."

"애야 나는 위 이야기를 들으면서 줄곧 그이와 나를 견주어보았다. 네가 비록 감옥에 있을지라도 예나 지금이나 나와 내 마음에 틈이 없고, 너는 나한테 올 것이고, 성산이 에미 애비는 효성스럽지, 그분에 비하면 얼마나 좋으냐? 말을 많이 했구나. 어서 자거라."

어머님 음성이 들리네요. 어머님! 때가 되면 어머님 곁에 가옵니다. 편히 주무세요. 어머님!

1987. 7. 8. 아들 올림.

추신 : 선주야, 혁신아, 혁성아! 학기말 시험을 앞두고 밤늦도록 책상머리에 앉아서 공부하느라 고꾸라져 있겠구나. 얼마 있으면 여름방학을 할 테지. 방학을 하거든 그때 놀지 못했으니 마음껏 뛰어다니며 놀아라. 삼촌한테 편지도 하고. 너희들이 보고 싶다만 돈이 들어서 오라고는 못 하겠다. 안녕……

어머님 보시지요

어머님, 안녕하세요? 아직도 장마가 멎지 않은 것인지 온통 습하네요. 그리도 퍼붓던 비는 이틀 뜸하더니만 어제 종일 내렸고 오늘도 또 오다 말다 하네요.

홍수로 사람이 죽고 땀 흘려 가꾼 논밭 곡식이 솔찬히 못 쓰게 되었다는 소식을 들었어요. 우중에 나갈 일 없이 주는 밥을 먹고 갇혀 지내는 저이지만 마음이 좋지 않습니다. 집이 무너지고 가족을 잃은 사람은 죽고 싶어도 살아남은 어린 자식들이 옆에 있어서 그도 저도 못하고, 다 지어놓은 농사를 망쳐버린 농민은 장마가 멎어야 물 빠진 땅에 하다못해 남새라도 심을 텐데……. 하늘을 바라보며 땅이 꺼지듯 한숨만 쉬고 있을 그들 모습이 보이는 것만 같습니다.

우리 봉규는 목수 일로 하루하루 살아가는데 일을 못 하고 요즈음 어떻게 지내는지. 작은어머님은 서울에 가셔서 끼니를 거르시진 않을 테지만, 마음은 자식들하고 함께 계셔서 편하시겠지요.

어머님, 오랜 장마에 청명한 날이 영 없을 것 같은 느낌이 드실지 모릅니다만 어디 비가 무한정 오겠어요? 조만간에 구름이 걷혀서 파란 하늘은 드러나고 온 누리에 햇빛이 눈 부실 것입니다. 모두 나가서 무너진 강둑을 고치고 집을 짓고 땅을 일구며 살아갈 것입니다. 달도 차면 기울고 바람도 불다 불다 멎는 법인데, 이는 세상 만물의 이치입니다. 어머님 근심도 씻은 듯 사라질 날이 있어요. 장마는 가고 더위도 길어야 한 달 남짓 남았습니다.

어머님, 아들은 건강합니다. 언제나 든든하게 살아가고 있습니다. 마음을 놓으시고 어머님 존체 보존하시옵소서. 드리고 싶은 말씀 끝이 없사오나 무더위에 어머님께서 정정하시기를 간절히 바라오며 이만 줄입니다. 어머님!

아들 올림.

선주야 보아라

선주야, 아빠 엄마께서 안녕하시고 너희들 다 잘 있니? 방학이 한참이라 즐겁게 놀고 있겠지? 아니, 그놈의 대학이 늘 마음에 걸려서 나가지도 않고 집 안에서 공부하느라 꼬부라져 있는지 모르겠다.

선주야, 줄곧 공부한다고 많이 암기하는 것이 아니다. 머리에 휴식을 주어야지. 먼 여행은 안 될 것이고 전주에 가서 일경이와 흠뻑 놀고 오너라. 지난주 일경이한테 보낸 편지에 《안네의 일기》에서 니희들에게 도움이 됨직한 몇 곳을 인용하며 삼촌 견해를 썼다. 너도 안네와 같은 나이라 일경이와 너를 함께 생각하면서 썼다. 너에게도 준 글이다. 읽어 보아라.

네가 여고생이라고 생각하면 삼촌 생각 자체가 사실 같지 않게 여겨지곤 한다. 국민학교에 가기 전 철없던 너와, 국민학교 6학년 그러니까 4년 전 네가 면회 왔을 때 몰라보게 커버린 너를 보고 삼촌이 "야, 선주 시집가야겠다."고 했더니 너는 몸을 틀고 네 볼은 홍시처럼 붉어졌다. 눈 위 꺼풀이 활인 양 굽어지고 그 눈, 입가에 작은 흉터, 두 곳에 어렸던 네가 남아 있어서 너를 새롭게 발견한 듯 좋아했던 네 모습만이 떠오른다. 삼촌 기억에 남아 있는 너와는 달리 지금 너는 어른이 되고 싶어서 머리 모양을 해보고 색다른 옷도 걸쳐보는지 모르겠다. 스스로 이제는 아이가 아닌 숙녀라고 자처하는지 몰라. 이성을 그리워하고 이성이 그리워서 혹 눈물을 흘렸는지도 모르지. 《안네의 일기》라는 열너댓 난 소녀가 쓴 글에서 전에 모르고 지내던 점들을 알았다. 너를 이해해 주지 않는 어른들, 이성 문제, 그리고 어른스러운 너와 아직 아이 태를 벗지 못한 네가 들쑥날쑥하여서 너는 괴로울 테지. 누구나가 아이와 어른의 중간 지대를 거쳐야 한다. 어려운 시기에 접어들었다. 딱 집어 말할 수는 없지만 왠지 쓸쓸하고 울고 싶을 때도 있을 것이다.

선주야, 공부와 마찬가지로 괴로움을 이겨가면서 자신을 향상시키고 자기 자신을 지키는 것은 남 아닌 네가 할 과제다. 너는 언제나 네 양심과 함께 양심의 편에서 옳지 않은 것과 싸워라.

선주야 안녕.

혁신아 보아라

혁신아, 서울에도 비가 많이 왔니? 이곳은 퍼붓듯 몇 차례 작달비가 쏟아져서 수해를 입었단다.

삼촌이 어렸을 때는 어른들로부터 홍수 이야기를 곧잘 들었다. 큰 강 상류 지방의 폭우로 엄청나게 불어난 물이 강가 마을들을 불시에 덮쳐서 사람과 짐승이 떠내려갔는데 더러는 일가족이 지붕 위에 올라갔다가 집채마저 떠서 떠내려갔단다. 굴 속에 물이 차서 밖에 나온 무수한 뱀이 나무토막을 감고 큰 놈은 기둥이니 절구통, 뒤주를 안은 사람 또는 짐승의 몸을 감고는 떠가고, "사람 살려요! 사람 살려!" 비명에 처절한 강, 가난한 살림살이가 부서진 조각들이 널려진 강, 어른 어린아이들이 죽어가는 공포의 강이었대. 사람들은 발을 구르며 먼 빛으로 보고 있을 뿐 무섭게 치닫는 물속에 뛰어들 수는 없었단다. 그러나 강폭이 넓은 곳에서는 용감한 청년들이 물살이 세지 않은 물속에 들어가서 밧줄이나 장대로 인명을 구했다는구나.

　깊은 물은 인정사정없이 때로는 사람을 삼켜 버린다. 그런 줄 알면서도 더우면 물이 그리워서 강으로, 바다로 사람들이 떼를 지어간다. 하기야 범 무서워 산에 못 갈까? 물에 가서 즐기는 것은 좋다. 다만 몇 가지 알아둘 것이 있다. 물속에서 사고가 나는 것은 뇌출혈이 있긴 하지만 주로 심장마비와 전신이 저리고 마비되는 쥐 나는 것에 원인이 있다. 혼자 가거나 깊은 물에 들어가지 말아라. 물가에 옷을 벗어놓고는 먼저 준비 운동을 하고 심장으로부터 먼 손발을 물에 적신 후 허벅지와 배로, 심장, 머리까지 끼얹은 다음에 물속에 들어가면 심장마비의 위험성이 거의 없다. 쥐 나는 것은 옆에 사람이 있으면 되고 어떤 경우에 친구 심장이 멎을지라도 인공호흡으로 살릴 수 있다. 혀가 말려서 목구멍을 막고 있으면 손가락을 넣어서 혀를 제자리에 잡아놓고 코에 입을 대고는 규칙적으로 공기를 불어 넣어라. 호흡이 되살아나고 맥박이 뛰어도 두어 시간 계속하는 것이 좋다. 물을 많이 먹었을 때는 배 중심을 오그린 네 무릎 위에 걸쳐 놓고 늘썩거려서 빼면 된다.

　혁신아, 무서운 것을 무서운 줄 모르고 덤비는 것은 용감한 행위가 아니라 멍청한 짓이다. 그런 사람은 의례히 슬쩍 맛만 보고도 죽어라 하고 달아난다. 무서운 것을 제대로 알고 대드는 사람은 비겁하지 않다. 수영을 웬만큼 하게 되면 깊은 물에 가고 싶은 것인데 물살을 헤치고 1km 정도 헤엄칠 수 있는 실력이 아니고는 아서라. 깊은 물에 절대로 들어가지 말아라. 장마로 강물이 불어났을 것이고, 들리는 말도 있고 해서 몇 마디 썼다.

혁신아, 안녕.

(혁신아, 그곳 장마 피해는 없니? 궁금하다. 곧 소식을 보내라. 그리고 형편이 우연만 하거든 작은외삼촌을 졸라라. 청주에 가자고 말이다.)

혁성아 보아라

혁성아, 너 공부 잘했지? 요즈음 무얼 하고 노니? 전자오락실? 아니면 만화 가게에 가니? 밤에는 텔레비전 앞에 쪼그리고 있고?

삼촌은 너만한 때 여름에는 물속에서 많이 놀았다. 고기 잡고 헤엄치고, 깊은 물에서 헤엄치다가 외할아버님한테 두 차례나 주의를 받았는데, 그래도 조무래기들하고 땅 짚고 툼벙거리는 얕은 곳에서야 재미가 있어야지. 동무들은 깊은 물에서 곤두박질치고 물 밑으로 헤엄쳐서 몰래 물 위로 솟아서는 동무를 덮치며 웃고 떠드는데 좀이 쑤셔서 견딜 수가 있어야지. 그래서 또 깊은 물에 들어가서 헤엄을 치고 놀았다.

그러다가 며칠 후에 할아버님께 들키고 말았구나. 한길에서 할아버님은 곧 집으로 오라는 말씀을 남기고 가셨다. 힘이 쭉 빠져버린 삼촌은 머리를 떨구고 집에 갔다. 혼이 나도 단단히 날 것 같아 겁도 나고 할아버님 말씀을 두 번이나 어긴 터라 죄스러워서 할아버님 앞에 무릎을 꿇었다. "두 번 주의를 주었는데 안 듣고, 또……. 이놈! 너는 네 자신을 어떻게 생각하니? 말 좀 해봐!" 한참 만에야 다시는 깊은 물에 들어가지 않겠다고 말씀을 드렸다.

할아버님은 무서운 분이신데 좀처럼 매를 대시는 일이 없으셨고 한 번 매를 들으면 종아리에서 피가 날 정도로 대단하셨다. 삼촌은 남의 집 참외를 따 먹고 딱 한 번 매를 맞았는데 그날 매 여남은 개가 넘게 부러졌다. 사람이 빠져 죽은 곳이고 위험해서 못 가게 하는 것이니까 그리 알고, 깊은 물에 들어가지 않도록 하라는 부드러운 주의로 그치셨다. 삼촌은 그 후 아예 동네 방죽에는 가지 않았고, 목에 닿을만한 깊이인 똘(작은 개울, 도랑)이나 검암리 방죽에서 멱을 감았다.

아이들 생각이란 그때뿐 물속에서 놀다 보면 깊은 곳에 가기 쉽다. 너는 물론 형과 함께 물에 가고 형이 혹 혼자 물에 가고 싶어 하거든 꼭 따라가거라. 형제가 같이 노는 것이 안전하다. 학교 다닐 때는 자연과 접할 기회가 적을 텐데 방학 동안에 들로, 산으로 뛰어다니며 좀 놀아라. 그래야 사람이 좀스럽지 않고 마음의 폭이 넓어진다. 많은 말 못다 쓰고 이만 줄인다.

혁성아, 안녕.

1987. 7. 27. 삼촌 씀.

어머님 보시지요

어머님, 아직은 좀 더워도 아침으로는 선선해서 가을 맛이 나네요. 장마로 저는 더위를 모르고 여름을 났습니다만 어머님은 어떻게 지내셨어요? 거처하시는 곳이 지하실이라 습기가 많아서 혹 어머님 건강을 해치지 않으셨는지 걱정이 됩니다.

방학 동안에도 아이들 편지 한 장이 없고. 사진을 보면 동산 부근이라 집이 낮은 곳에 있지 않은 것 같아서 얼마간 안심이 되었습니다만 워낙 많은 비가 쏟아져서 침수되시 않았나 걱정을 했습니다.

작은어머님은 어떠세요? 편안하지만은 않으시겠지요? 두 분이 시름을 달랠 겸 가을 구경도 하시고 볼만한 곳을 두루 다니시면 좋을 텐데. 평생을 두고 틈난 일 없이 정겹게 살아오신 두 분 동서가 나란히 거닐면서 이야기하시도록 제가 모시고 다니면 더욱 좋겠지요.

어머님, 기다리세요. 아들은 건강합니다. 운동을 많이 하고 있어요. 때로는 땀으로 런닝셔츠가 흠뻑 젖어서 지나치지 않나 할 정도로 운동을 합니다. 밥맛도 나아졌어요. 아들 걱정을 마시고 언제나 어머님 옥체 살펴주세요. 마음을 든든하게 가지시고요. 제가 말씀드리지 않아도 어머님은 마음을 늘 크고 넓게 지니실 줄 압니다만 어머님, 조급할수록 마음을 늦추세요. 드리고 싶은 말씀 못다 올리고 이만 줄입니다. 어머님!

1987. 8. 27. 아들 올림.

홍규야 보아라

홍규야, 그새 잘 있었니? 집안에 별일 없고? 여름내 비가 와서 어려움이 많았지? 장마철에 경기도 좋지 않았을 텐데……. 더욱이 형이 거듭 편지를 보낸 터라 아이들 회답이 올 것으로 기다렸다. 소식이 올 만한데 감감한 것을 보면 어쩐 일일까? 집에 무슨 일이라도 있는 것인지 하고 걱정을 한다.

이곳에 있는 형이 걱정해야 몸에 해로울 뿐 한 푼어치도 도움 되는 게 없지만 무소식이 희소식이라고 잊고 지내다가도 문득 살아나곤 한다. 어머님이 계시고 네가 차를 몰고 다녀서. 모든 인연을 끊고 중이 되었다면 모를까 천성이 그렇지 못한 형이 아니냐? 그 점 살펴라. 누가 되든 2개월이 넘지 않도록. 아이들이 편지 쓰기를 싫어하거든 너라도 몇 자 써서 보내렴. 편지는 길지 않아도 된다. 홍규야, 운전하면서 급한 때 하고 차 왕래가 뜸한 한가한 때 특히 조심해라. 어머님께서 강녕하시고 모두 건강하기를 간절히 바라면서 이만 줄인다. 잘 있거라.

제수씨 보세요

제수씨, 안녕하세요? 어느덧 여름이 가고 가을로 접어든 듯합니다. 밤새 귀뚜라미가 울어요. 성산이는 건강하게 크지요? 그 애 눈에는 모두가 다 신기한 것이어서 만져보고 깨놓고 잠시도 가만히 있지 않을 고 녀석을 보는 것 같습니다.

어제 새벽에는 성산이와 제수씨 꿈을 꾸었어요. 꿈 이야기를 하는 것은 어리석은 짓입니다만 알면서도 쓰네요. 더 크지도 작지도 않고 면회실에서 본 그대로의 성산인데 그 조그만 녀석이 웅변을 하데요. 한 번 머뭇거리긴 했습니다만 어찌나 말을 잘하던지. 말재주가 있으니까 키워주면 좋겠다고 제수씨께 말씀을 드렸어요. 꿈은, 낮에 생각한 것이나 무의식 속에 잠재하고 있는 내용이 여러 형태로 변형되어서 잠잘 때 의식에 나타나는 것이라고 하는데 성산이가 말 잘하기를 바란 적은 없고 '성산이한테 어떤 소질이 있을까? 어려서부터 소질을 키워주면 좋을 텐데.' 하고 생각한 적은 있습니다. 아마도 그런 생각이 말 잘하는 성산이 모습으로 꿈에 보인 것 같습니다.

그건 그렇고 몇 달 전에 프랑스 젊은 여성이 서울에서 여러 해 동안 살면서 보고 느낀 점을 쓴 글을 읽었어요. 우리나라 가정과 가족에 대한 글이었습니다. 3대가 한집에서 사는 모습이 퍽 좋아 보였고, 어머니가 아이들을 안고 자는 것도 정이 깊어 보였지만 자식들을 버릇없이 키우는 것 같았다고 지적했데요. 프랑스 어머니들은 자식을 어려서부터 가정 규율에 따르도록 매정하리만큼 철저하게 교육을 시키는데 우리나라 어머니들은 거의 학교에 가기 전까지는 애들이 하는 대로 놓아두어서 손님이 가도 떠들고 울고 조르고, 자기 눈에는 가정 교육이 영 엉망인 것 같았다고 썼어요. 그네들처럼 인생의 황혼기에 들어선 노부모님을 한 분이건 두 분이건 외롭게 따로 살도록 하는 것은 부모님을 버리는 것 같아서 우리 양심은 용시하지 않습니다. 그들처럼 자기들 부부만을 위해서 젖먹이 어린 자식을 큰방에 혼자 뉘어놓고 불을 꺼버리고 돌아 나올 수는 없습니다. 설령 서양 사람들의 흉내를 낼지라도 어린 것이 무서워할까 봐 마음이 쓰여서 잠 못 이룰 것입니다. 정이 많은 우리 조상으로부터 이어받은 그 아름다운 성정을 키워가야지요. 그러나 정에 치우친 나머지 자식 교육을 허술하게 하면 매사를 남에게 의존하는 나약한 인간이 되고 맙니다. 스스로 사고하고 행동하는 독자적인 인격에로의 발전이 어렵습니다. 프랑스 여인의 지적을 생각해 보세요.

이만 줄이네요. 제수씨, 안녕히 계세요.

성산아, 너 큰아빠 생각나니? 사진 속에서 큰아빠를 찾아보아라. 어디 찾나 보자~. 아빠 엄마 말씀 잘 들어라. 안녕.

삼촌께 올립니다

태풍과 장마로 피해가 많았던 여름이 가고 이제는 가을이 오고 있습니다. 비가 많이 오긴 했지만 여기 전주와 서울에는 피해가 없었으니 걱정하지 마셔요.

삼촌, 그동안 몸 건강히 계셨어요? 지금까지 소식 전하지 못한 점 정말 죄송하게 생각합니다.

그동안 대학이란 자유스러운 생활에 흠뻑 빠져 편지 쓸 시간조차 없었다고 변명하면 삼촌께서는 믿으실래요?

삼촌, 저는 아주 잘 지내고 있습니다. 처음 입학하고 나서는 많은 남학생들 사이에 끼어, 어떻게 생활할 것인가 걱정도 많이 했었습니다만 시간이 지나면서 저절로 생활에 익숙하게 되더군요. 지금은 과 전체 학생들과는 아니지만 몇 명의 남학생들과 특별히 친하게 지내고 있어요. 여학생들과는 더 친하게 지내고요.

제가 남학생들과 특별히 친하게 된 이유는 같은 써클에 들어 활동하고 있기 때문이에요. 제가 가입한 써클은 A-scale이라고 하는데, 이것은 건축에 대해 공부하는 학술 써클이에요. 3학년, 2학년 선배님과 1학년에서는 남학생 5명, 여학생 3명으로 구성되었고, 건축에 대한 예비지식을 쌓자는 데 의의를 두고 처음으로 만든 써클입니다. 뜻은 좋게 공부하겠다고 모이지만 막상 모이면 웃고 떠들고 장난치고 놀아요. 그래서인지 거리감이 없이 모두 친해졌어요. 그렇다고 이 써클에서 하는 일 없이 마냥 노는 것만은 아니에요. 공부도 열심히 한답니다. 지금까지는 투시도에 대해 배웠는데 앞으로는 평면 계획에 대해 배울 거예요.

1학년의 수강 과목은 교양 과목으로 고등학교 때 배운 국어, 영어, 수학 등입니다. 그래서 재미도 없고 또 시간이 많이 남는 이 시기에 저의 전공인 건축에 대해 배운다는 것을 보람으로 여기고 열심히 하고 있습니다. 물론 써클 활동에만 열중하고 학과 공부는 미루는 그런 생활을 하고 있지는 않으니 안심하세요.

삼촌. 저는 저 나름대로 이렇게 열심히 살고 있습니다. 저에 대해서는 아무 걱정하지 마세요. 이제 큰대(大)자 대학생이니 제 앞길 제가 개척해 가면서 좋은 생활을 위해 노력하겠습니다. 그럼, 다음 소식 전할 때까지 몸 건강히 계셔요.

1987. 9. 13. 의숙 올림.

어머님 보시지요

어머님, 편안하세요? 진지를 잘 드세요? 벌써 조석으로 서늘합니다. 작달비(장대비)가 쏟아지던 여름이 엊그제 같은데 어느덧 가을이네요. 세월은 늘 그만하게 흐르고 있건만 나이 탓인지 더더욱 빠르게 느껴집니다. 어머님을 생각하면 가는 세월이 그렇게 아쉬울 수가 없습니다만 그래도 오는 세월을 반기며 살아가야지요. 좋은 일이 있을 테니까요.

어머님, 또 추석이 다가오네요. 올 추석에는 작은어머님과 아이들이랑 시름을 잊으시고 아들도 오래지 않아 오려니 생각하시며 즐겁게 지내세요. 태산을 넘으면 평지가 보인답니다. 어머님을 뵌 지가 1년이 지났어요. 어머님, 추워지기 전 추석 무렵에 한 번 오시지요. 아들 손을 만져보시고 아들이 살아있음을 확인하셔야 어머님께서 마음이 놓이실 줄 압니다. 아들도 같습니다. 작은어머님과 함께 오세요. 순이나 홍규가 모시고 오면 좋고, 일에 쫓기거든 두 분만 오시지요.

아들은 건강합니다. 바쁘게 살아가고 있어요. 밥맛도 좀 낫고 운동을 열심히 하고 있습니다. 어머님, 안심하세요. 옥체 살펴주시고요. 추석에 아들을 생각하시며 아파하지 마세요. 어머님! (이달 중부님 생신에 글월을 올리느라고 엽서 한 장을 써버려서 어머님께 편지를 한 차례밖에 못 올리네요.)

작은어머님 잘 지내시는지요

작은어머님, 그사이 안녕하셨어요? 지난날 고향에서 추석에 집안 어른, 아이들이 모두 함께 성묘를 다니면서 벼가 누런 들, 먼 산, 가까운 산, 탁 트인 바다 구경도 하고 산소에 가서는 조상님 표 앞에 음식을 차려놓고 잔에 술을 부어놓고 절을 올리고는 음식을 자시면서 이런저런 이야기를 나누던 정경이 눈앞에 선하시지요? 작은아버님이 계셨고 돌아갈 수 없는 그때가 추석이 오면 더 그리우실 줄 압니다. 작은어머님, 그래도 지금 아들딸하고 또 큰집, 작은집 친척들이 한자리에 모여서 차례를 지내고 정을 나눌 수 있으시니 그것으로 마음을 달래세요. 다음 추석에는 조카랑 산소에 가십시다.

형수씨 보세요

"아짐!" 형수씨라고 부르는 것보다는 어려서 부르던 아짐이란 말이 정다워서 아짐이라고 불러보았네요. "예" 하고 대답하시는 형수씨 음성이 들리는 것만 같습니다. 형수씨 모습도 떠오르고요. 시동생은 거의 백발이 되었어도 어린 마음이 안에 있습니다. "아짐!" 하고 부르니까 그만 아짐한테 떼쓰던 어린 마음으로 돌아가네요.

다리가 아프시다고 들었는데 좀 어떠세요? 손자하고 소일하세요? 막내가 혼기를 넘기고 있어서 걱정이 되시지요? 슬프고 괴롭게 살아오신 형수씨를 생각하면 아파옴을 금할 수가 없습니다. 그래도 종수가 효성스럽지, 특히 착한 며느리와 사서서 얼마나 다행인지 모릅니다. 귀선이라고 배필이 없겠어요? 짚신도 짝이 있다는데. 손자도 커가고 오붓하게 사실 것입니다. 형수씨, 건강하세요.

숙모님 안녕하세요

뵌 지가 벌써 10년이 지났네요. 그새 잔주름이 늘고 더러 흰머리도 보일 테지요. 당숙께서 건강하세요? 성진이는 제가 이곳에 올 때 중학교에 다녔으니까 지금은 다 큰 청년일 것이고. 그런데 당숙이나 숙모님이나 성진이가 떠오르는 것은 10년 전 모습입니다.

숙모님, 아버님이 돌아가셨다면서요? 누이와 동생한테서 비보를 듣고 마음 아파했습니다. 아직 일할 연세인데, 얼마나 괴로워하시다가 가셨어요? 무슨 말씀을 남기셨어요? 이제 다시는 뵐 수가 없고 나가도 묘를 찾아야 하니 안타까운 일입니다. 어머님과 동생들은 서울에서 사는가요? 만나거든 안부 전해주세요. 드리고 싶은 말 뒤로 미룹니다.

순이야 보아라

순이야, 네 나이 사십이 넘고 큰애가 고등학교에 다니는데 달리 쓸까 하다가, 아무래도 정이 덜 가는 것 같아서 그대로 "순이야!" 하고 부른다. 너 건강하니? 매부랑 아이들도 잘 있고? 명절이 와도 즐겁기보다는 아이들 새 옷을 사주랴, 빠듯한 살림에 돈 쓸 데가 많아서 걱정이 되지? 그렇다고 찌푸리지 말아라. 장래성 있는 딸과 두 아들이 커가고 있지 않니? 너야 무슨 큰 떼돈을 바라는 것도 아니고 웬만큼 살기를 바랄 텐데, 네 소원이 이루어지겠지.

순이야, 언제나 마음을 크고 넓게 지녀라. 괴로운 때는 너보다 어려운 처지에 놓여있는 분들을 생각하렴.

홍규야 보아라

홍규야, 올 추석에도 형제가 함께 산소에 못 가는구나. 늦어지고 있다만 그만큼 나갈 날이 다가왔겠지. 돈 드는 일이라 집 사정을 모르면서 이것저것 부탁하는 것이 어렵다만 형편이 웬만하거든 짬을 내서 네가 어머님과 작은어머님을 모시고 오너라.

제수씨, 별일 없으세요?

성산이도 잘 크고요? 먹을 것이 많고 기운 옷을 안 입어서 우리 어릴 때와는 다르겠지만 그래도 성산이는 추석을 손꼽아 기다리지요? 외가에도 갈 테고. 모두 반기며 보듬어주는 외가가 어려서는 여간 좋은 게 아니지요? 외할머님 생각이 나네요. 해마다 요맘때 집에 오시곤 했는데 당신이 가꾼 단수수를 두 마디, 세 마디씩 토막 내서 머리에 이시고는 지팡이를 짚고 꼬부랑 할머님이 이십 리 길을 걸어서 오셨습니다. 제가 성산이 만한 때 외할머님은 통통배 구경을 시켜주셨어요. 큰 배까지(그때는 크게 보였습니다.) 쪽배를 타고 갔는데 퍼런 바다가 무서워서 오금이 저렸습니다만 물결을 가르며 떠가는 배가 신기했어요. 큰 배 운전실이며 방이며 구석구석이 지금도 환하게 떠오릅니다. 어려서 감동을 받은 것은 커서 기억에 남는데 그 점을 교육에 응용하는 것이 좋겠지요. 제수씨, 추석에 친정어머님도 찾아뵙고 즐거우시기 바랍니다.

봉규야 보아라

봉규야, 요즈음 어떻게 지내니? 형이 나갔을 때 네가 고등학교에 다니고 있었지. 그로부터 15년이 지났으니까 네 나이 삼십이 넘었겠다. 그만하면 적지 않은 경험을 쌓았고 또 네 나름으로 세상 물정을 알 것이 아니냐. 결혼도 하고 네 인생의 기반을 닦아가야지. 젊어서 바람을 피우고 막되게 산 사람들까지도 삼십에 마음을 바로잡으면 장래가 있는 법이다. 봉규야, 너보다 몇 배나 어려운 처지에서 일어선 사람이 세상에 허다하지 않느냐. 좌절하지 말고 굳세게 살아가거라. 정완이는 학교에 잘 다니고 있겠지?

정자야 건강하니?

정자야, 너와 네 남편 그리고 아이들이 모두 건강하니? 오빠는 마음이 곱고 워낙 단단한 너라 네가 어디 있어도 마음이 놓인다. 영민이는 자리를 잡았는지, 언니한테 안부 전해라.

정숙아 보아라

정숙아, 동생 대학 보내느라고 시집도 안 가고, 네 아름다운 마음을 뉘라서 알거냐. 너를 온전히 이해하고 그래서 너를 흠뻑 사랑할 수 있는 눈이 똑바로 박힌 남자가 네 남편이 되어야 할 텐데, 어딘가에 있을 것이다. 누이야. 네 행복을 기원하면서 이만 줄인다. 안녕.

1987. 9. 25. 오빠 씀.

누이 보게

누이, 의숙이 편지를 받았어. 다 잘 있다는 소식 반가웠네.

또 추석이 다가오는구먼. 추석은 어린 시절의 추억은 물론 추석 무렵에 입은 큰 상처가 머릿속에 남아있는지라 지난날의 회상 자체가 상처를 건드리는 것이

어서 명절로서의 즐거움보다는 아픔이 앞설 것 같아. 산소에 성묘하러 갔다가 누이 집에서 자고 돌아오는 길에 어머님께 가지 못하고 이곳으로 끌려온 오빠도 그렇지만 그날의 슬픔과 충격은 늙으신 어머님과 형제들에게 지울 수 없는 상처가 되었고, 10년이 지난 지금도 옥 안에 있는 아들, 옥 안의 오빠가 추석에 더 떠올라서 아파할 줄 알아.

사람 목숨이 무척 질긴 것이지만 때로는 맥없이 허물어지는 것이라 옥에서 죽을지도 모른다는 생각에 더러는 좁은 엽서에다 글을 깨알처럼 써서 보냈는데 죽을 가능성이 전혀 없는 것은 아니지만 확률이 극히 희박해졌어. 추석에 오빠 생각을 하거나 오빠 이야기가 나오거든 아파하지 말고 웃게나. 오빠가 살아서 세상을 볼 것이네.

건강이 좋아졌어. 담요며 이불 홑청을 빨아놓고, 내의도 족하지, 겨울을 날 준비가 되었네. 헌법 개정을 한다고 부재자 신고 용지를 가져왔더구먼. 밖에 변화가 있는 것 같은데* 그 영향은 우리에게도 미치겠지. 그러나 조급하게 생각하지는 않아. 유유히 흐르는 강물처럼 한결같이 살아가고 있네. 오빠 걱정을 하지 마.

허다한 사람들이 50을 넘으면 인생의 허무함을 느낀다고 하는데 그 까닭은 삶에 충실하지 못한 데 있지 않을까? 식물을 눈여겨보면 하잘것없는 꽃나무나 풀포기라 할지라도 박토에 뿌리를 내리면 그런대로 버러지가 갉아 먹으면 또 그 상태에서 뿌리가 썩어가고, 가지가 떨어져 나가도 죽는 순간까지 최선을 다하는 것 같아. 그처럼 활동하는 인간도 삶을 충실하게 모두를 바쳐서 마지막까지 최선을 다한다면 나이를 먹는다고 허무하겠어? 사람의 삶은 전체적으로 볼 때 역사의 부분이며 개개인은 어느 곳에 있든 한 번 뿐인 귀중한 생의 한 토막이지. 이런 점을 놓고 보면 절대로 시간을 허비할 수 없다는, 허비해서는 안 된다는 결론이 나와.

오빠가 어느 책에서 '시간은 만들면 있는 것이다.'라고 쓰인 대목을 읽은 적이 있는데 저자는 기억에 없네. 그인들 한정된 시간을 늘리겠어? 일상생활에서 할 일을 부지런히 해놓고 시간이 원수인 듯 지루하게 보내거나 하잘것없는 잡담, 아니면 얼굴이 뜨거울 정도로 흔들어대는 텔레비전 화면에 정신을 파는 시간을 줄이고 3시간 공부를 했다면 그 3시간은 만든 것이 아니겠어. 문제는 시간을 어떻게 쓰느냐에 관한 것인데 할 일 하고 짬을 내서 매일 독서하는 것이 좋아. 독서는 지적 수준을 향상시키고 인격을 높임에 있어서도 도움을 주는 것이니까. '오빠는 그곳에서 한가한 소리를 한다'고 웃을는지도 모르네만 바쁜 중에서도 조금은 틈을 낼 수 있고 일에 따라서는 한꺼번에 두 가지를 해낼 수가 있네.

이야기 하나 할까? 오빠는 특별한 경우 외에는 매일 저녁을 먹고 얼마 후에 일어나서 어림으로 한 시간가량 방안을 왔다 갔다 걸어다니네. 하체가 약해져서 다리 운동을 하는 것이지. 그 시간에 필기도구가 없는 오빠는 귀에 겨우 들릴락말락한 말로 일기를 쓰네. 다음에 그날 본 책 내용을 평하거나 기억할 것을 취급하고 또 다른 내용을 말하고 그러다 보면 어느새 시간이 가버려.

그러니까 한 시간 동안에 다리 운동하고, 하루를 돌아보면서 자신을 검토하고, 책에서 얻은 것을 정리하지. (책을 보면 요점이나 기억할 것을 적어놓고 자주 보아야 하는데 연필 한 자루가 없지. 한 계통의 책을 몇 년이고 꾸준히 보아야 하는데 그것도 안 되지. 정신을 집중시켜서 파고들면 곧 건강을 해치지. 그래서 책 볼 때뿐. 책은 계속 보지만 남는 것이 별로 없어.) 또 오랜 독방 생활에서 어눌해지는 발음 기관의 쇠퇴를 방지하지. 말하고자 하는 내용을 명확하고 줄거리 있게 표현하려고 노력하기 때문에 발표 능력이 향상되지. 몇 가지인가?

누이에게 다소 참고가 될까 해서 오빠 생활의 한 부분을 적어 보았어. 누이의 정신적, 물질적인 생활이 다 윤택하기를 바라네. 매부와 누이가 건강하고 아이들이 충실하기를 바라면서 안녕.

1987. 9. 29. 오빠 씀.

추신 : 의숙아, 네 편지를 반갑게 받았다. 다음 달에 너와 일경이에게 편지를 보내마. 엄마한테 주는 이글 중 두어 곳은 언니와 너희들도 염두에 두고 썼다. 읽어 보아라.

*1987년 6월 항쟁으로 인한 변화를 말한다.

외삼촌께

외삼촌 안녕하셔요. 저는 혁성이입니다.

몸은 평안하시지요. 저희 식구들 모두 잘 지냈는데, 아버지께서 편찮으셔서 입원하셨었는데, 이제는 다 나아서 괜찮으셔요. 퇴원도 하셨고요.

그리고 저는 학교에서 전교 1등까지 한 적이 있었고, 학교 대표로 자연 경시 대회에 참가해 구청에서 시험을 보고 왔어요. 그러나 성적은 좋지 않아서 실망했어요. 또 이번에는 편지쓰기 상도 탔어요. 이런 상도 탔는데 삼촌께 편지 못 써 드린 것 참 죄송해요. 이제는 편지도 자주 쓰겠습니다.

우리 귀염둥이 성산이는 아직도 여전해요. 성산이는 벌써 유치원도 들어갔고요. 형은 점점 성적도 올라가고 누나도 같아요. 할머니께서는 전주에서 오시더니 더 얼굴색이 좋아지고 있습니다. 삼촌 건강히 계십시오. 이만 줄이겠습니다.

1987. 9. 30. 조카 혁성 올림.

삼촌께

삼촌 안녕하세요? 제 편지 많이 기다리셨지요? 편지 늦게 보내서 죄송해요. 막상 편지를 쓰려고 하니 쓸 얘기가 떠오르지 않네요.

요 몇 주일 전에 아버지가 위가 아프셔서 병원에 가서 수술을 하셨어요. 지금은 많이 괜찮아져서 식사도 잘하시고 공장 일도 잘 보곤 해요. 처음에 아버지가 아프실 때 저는 걱정이 무척이나 났었어요. 어머니는 병원에서 아버지 뒷바라지하시느라 고생이 많았어요. 아버지가 퇴원하시고 난 후 아버지는 신경통과 몸살이 나 아프시다가 지금은 어머니가 하시는 일도 열심히 하고 있어요. 할머니께서는 성산이가 보고 싶어 전주에 가셨다가 2개월 만에 돌아오셨어요. 지금은 성산이와 같이 잘 지내시고 있어요.

우리 집에 경사가 났어요. 혁성이가 전교 1등을 2번이나 했어요. 그런데 중학교에 들어가서 어떻게 잘할지 모르겠어요. 자기 실력만 믿고 공부하지 않았다가 큰코다칠까 봐 염려돼요. 선주누나는 밤중에도 열심히 공부하느라 밤 9시에 저희가 데리러 가야 돼요. 공부를 열심히 해서 그런지 어저께는 몸살이 나 일찍 집에 왔어요. 저도 누나와 같이 공부를 인내력 있게 했으면 해요. 그런데 전 그렇게 못해요. 왜 그런지 모르지만 전 누나처럼 공부하고 싶어요.

삼촌, 삼촌은 어떻게 공부를 하셨어요? 답장 쓰실 때 어떻게 공부를 했나 써 주세요. 이만 줄이겠어요. 추석 잘 보내세요. 몸조리 잘하세요. (금 오만 원을 부송 드립니다.)

1987. 10. 1. 조카 혁신 올림.

어머님 보시지요

어머님, 두 누이한테 어머님 소식 자세히 들었습니다. 부산에서 큰당숙이 올라오셨을 때는 가족이 모두 산소에 성묘하러 떠난 뒤라 어머님이 음식을 장만해서 대접하셨다는 이야기를 듣고, 특히 모래내시장에서 찬거리를 사 들고 네 정거장이나 되는 거리를 걸어오셨다는 이야기에 기력 좋으신 어머님을 뵙는 것 같아서 기뻤어요. 그간의 근심이 한꺼번에 사라졌습니다.

요즈음 날씨가 쌀쌀하네요. 감기 조심하세요. 옷을 따숩게 입으시고요. 조반 드시고 두어 시간 후 햇살이 퍼져서 따뜻한 때에 바깥출입을 하세요. 감기에 약하신 어머님은 겨울에 감기로 고생하시는데 조심하면 감기에 덜 걸립니다.

어머님, 늘 옥체 살펴주세요. 어머님 모실 날이 머지않은 것 같은데 어머님께서 정정하셔야지요. 아들은 건강합니다. 날씨가 추워지면서 신경통이 좀 더 합니다만 그답지 않습니다. 내의도 족하고, 이부자리며 겨울을 날 준비가 다 되었어요. 어머님, 걱정하지 마세요. 아들은 어려움을 잘 이겨냅니다. 어머님께서 강령하시기를 간절히 바라오며 이만 줄이네요. 어머님!

1987. 10. 28. 아들 올림.

홍규야, 보아라

홍규야, 작은누나한테 저간의 소식을 들었다. 하마터면 매부가 큰일 날 뻔했더구나. 그래 소처럼 장에 구멍이 뚫릴 때까지 그대로 있었구나. 천공은 단번에 되는 것이 아니고 서서히 뚫리는 것이라 소화도 안 되고 통증이 여간 아니었을 텐데 참고 있었어. 참을 게 따로 있지, 우직하게스리. 그런 점은 매부답지 않다. 의학 상식이 없는 것도 아니고 심상치 않은 증상이 나타나면 병원에 가서 정밀 검사를 받아 봐야지, 병이란 시기를 놓치면 목숨을 잃는 수도 있는데 목숨이 둘 셋 있다더냐. 생각만 해도 아슬아슬하다. 그만하기에 얼마나 다행스러운지 모르겠다. 너도 이번 일을 교훈으로 삼아라.

매부가 위 수술을 했다는 애들의 편지를 여러 번 읽어보았지만 글 속에 아이들의 어두운 기분이 담겨있지 않아서 마음이 놓이면서도 혹 암이 아닌가하고 우려했는데 누나로부터 십이지장궤양이 터져서 급성 복막염으로 번진 것을 빨리 손을 써서 여러 시간에 걸친 수술로 환부를 잘라냈다는 소식에 근심을 다 덜었다.

누나한테 《건강 도인술》이란 책을 구해 보도록 일렀는데, 그 내용이 다 맞아

떨어지는 것은 아니다만 위장병, 혈압, 치질 등 몇 가지는 이곳에서 현저하게 나아졌거나 완치시킨 사실이 있다. 병이 치유되지 않을지라도 운동하는 것이라 건강에 도움이 된다. 허리를 자주 앓는 너도 책을 보고 그대로 자기 전, 기상 후 하루에 두 번씩 규칙적으로 운동을 해라.

형 걱정은 말아라. 네가 무척 바쁘다지? 애쓴다. 홍규야, 바쁠수록 아랫배에 힘을 주고 차를 여유 있게 몰아라. 모두 건강하고 집안이 무사하기를 바라면서.

형 씀.

제수씨 보세요

제수씨, 신장이 약하시다고요? 제수씨께서도 책을 보시고 해당되는 운동을 해보세요. 간단한 운동으로 해묵은 신장병이 일주일이면 낫는다고 호언하고 있습니다만 그렇게는 안 될 것이고 여러 달 아침저녁으로 꾸준히 해보세요. 신장 부근의 혈액 순환을 촉진시키는 것이라 해 될 것이 없고 어쩌면 효험이 있을지 모릅니다. 음식 조심하시고 특히 심신이 피로하지 않도록 유의하세요. 일하실 때도 그냥 일만 하실 것이 아니라 때때로 쉬세요. 모든 병에 과로는 해롭습니다. 성산이가 유치원에 다니는데 얼마나 영리한지 다 잘한다고 고모가 침이 마르도록 자랑하데요. 티 없이 맑은 고 녀석 눈을 보는 것 같습니다. 아무쪼록 건강하세요.

의숙아 보아라

의숙아, 회답이 늦었다. 지난달에 보내준 네 편지를 다시 읽고 펜을 들었다. 그간에도 너는 학업에 충실했을 테지. 서리가 하얗게 내린 아침에 책을 끼고 대학 정문을 향해서 씩씩하게 걸어가는 내 모습을 그려본다. 전북대 건물이 세워지기 전에 삼촌도 터를 닦았다. 23년 만에 가서 보니까 대학 구내에 제법 건물이 서 있더구나. 이제 개교 30년이 넘은 대학이라 대학으로서 면모를 고루 갖추었겠지. 터를 닦아 집을 짓고 집에서 살고, 무슨 일이나 이 셋의 결합에 의해 이루어지는 것인데 인생에 있어서도 그 점은 같지 않을까?

의숙아, 이미 닦아놓은 기초 위에 네 건축물을 튼튼하게 세워라. 전공을 택한 너는 그 분야에서 일생을 마칠 굳은 결의를 가지고 줄기차게 나아가야 한다. 같은 계통의 선후배가 학술 써클을 만들어서 활동을 한다는데 잘한 일로 여겨진다. 각자 가지고 있는 지식을 배우고 토론을 통해서 지적 수준이 높아지는 것은 물론, 우정이 두터워지며 안목 또한 넓어지겠지. 건전한 써클 활동으로 대학 생활에 보람과 윤택을 더해가기 바란다.

너는 편지 말미에 열심히 살아가고 있으며 앞길을 스스로 개척할 것이니 걱정 말라고 했더구나. 그래, 네가 컸으니까. 옳고 그른 것을 판별할 수 있는 수준에 있고. 그렇기는 하다만 의숙아, 너는 아직 너를 잘 모른다. 네가 바라지 않는 감정이나 행동이 나타나곤 하지 않더냐? 생각지도 않았던 네 못난 행동에 부끄러워하며 스스로를 탓하고 괴로워한 적이 더러 있었지? 잘못을 범할 수 있는 가능성이 네 안에 상존하고 있다. 인간은 불완전한 것이다. 아무리 수양을 쌓은 사람일지라도 스스로를 검토하고 채찍을 가하지 않는다면 자기도 모르는 사이에 썩어간다.

의숙아, 너를 돌아보면서 부족한 네가 잘못되지 않도록 늘 경계하며 너를 바르게 다루어라. 곱게 고상하게…… 안녕.

일경아 보아라

일경아, 공부하느라 고달프지? 네 편지가 여러 달 없고 보면 면회 왔을 때나 편지마다 "삼촌, 편지 자주할게요."라고 한 녀석이 말뿐이라고 혼자 불만스럽게 여기다가도 새벽이나 밤중이나 눈만 뜨면 공부하는 네 모습이 떠올라서 "삼촌 편지 못 드려서 죄송해요. 눈코 뜰 새 없이 공부하는데 성적은 별로 나아지지 않고 대학 입시는 2년 앞으로 다가왔지, 요즈음 죽을 지경이에요. 자면서도 수학 공식이 꿈에 보이고 영어 단어가 기어다녀요. 삼촌, 일경이 좀 보아주세요." 네 말소리가 들리는 것 같아서 안쓰럽고 애정이 가곤 한다.

일경아, 건강을 해칠 터, 몇 분씩이라도 틈틈이 운동을 해라. 공부도 그냥 밀고 나가는 것보다 잠깐씩 운동을 하면 더운 머리가 식어서 더 효과가 있다. 일경아, 안녕.

누이에게

누이를 본 지가 열흘 남짓 한데 그 사이 날씨가 갑자기 추워졌고 또 방 이동이 있어서 그런지 오래된 것 같아. 세 남매가 마주 앉아서 손을 잡고 어머님에 대해서, 집안 이야기며 주고받던 한때가 한 폭의 그림처럼 떠오르네. 긴 세월을 갇혀서 살았기에 그런 것인가, 육십을 바라보는 나이인데 열몇 살의 오빠와 누이처럼 어려서의 정이 그대로 남아있어. 서리도 오고 가을이 깊어 가는구먼. 쌀쌀한 바람에 밥맛이 나아지고 겨울 날 준비도 다 됐네. 오빠 걱정을 하지 마. 잘 있어. (누이가 차입시킨 돈 3만 원하고 구매물을 잘 받았네.)

1987. 10. 28. 오빠 씀.

어머님 보시지요

"어머님!" "오냐, 너니?" "예, 어머님" "그렇지 않아도 네 소식 있을 것 같아서 기다리던 참이다. 야~야." "어머님, 날씨가 갑자기 추워졌어요. 건강하세요?" "아무렴. 나야 따순 방에서 괜찮다만 너는 어떠냐? 춥지?" "어머님, 걱정하지 마세요.

그제 솜옷을 받았어요. 솜은 좀 적어도 큼직해서 내의 몇 벌을 껴입어도 넉넉할 것 같습니다. 얼마 전에 2층으로 방을 옮겼는데 창문이 낮아서 햇볕이 많이 들어오고 1층하고는 3, 4도 차이가 있어서 겨울에 좋습니다. 아들은 추위가 오기 전에 벌써 겨울 날 준비를 빈틈없이 했습니다. 추위를 잘 이겨내고 몸도 전보다 좋아졌어요. 어머님, 마음을 푹 놓으세요." "아~야. 그러마. 갑갑한 가슴이 트이는구나." "어머님, 요즈음 어떻게 지내세요?" "나 말이야? 사는 것이 늘 그렇지. 성산이는 유치원에 다닌다. 옛말에 말 새끼는 제주도로 보내고 사람 새끼는 서울로 보내라고 했는데 너희들이 촌에서 클 때 하고는 영 달라야. 고작 네 살난 녀석이 아는 것도 많고 깜찍하기 이를 데 없다. 선생님한테 배운 것은 누에가 명주실을 토해내듯 술술 막히는 데가 없고 노래도 잘하지, 재주가 있다. 착하고. 될성부른 나무는 떡잎부터 알아본다는데 큰 재목이 될 것 같다. 하기야 솜씨에 차이가 있으면 얼마나 있겠니? 박토에 뿌리를 내리는 솜씨는 못 크고, 기름진 땅에 뿌리를 내리는 솜씨는 있는 대로 다 커서 큰 집 대들보가 되는 것이니까 장차 키울 탓이지야. 성산이가 노래를 부르면 누구든 안 웃고는 못 배긴다. 텔레비전을 보아싸서 몸짓, 손짓발짓이 그렇게 구성질 수가 없다. 저녁 먹고는 성산이 노래에 온 식구가 웃고 한동안 다른 것 다 잊는다. 요즈음은 하루에도 몇 장씩 그림을 그리는데 거의 저와 내가 그림 속에 있다. 머리카락이 서너 개 꼬불꼬불하고 눈은 짝짝이에다가 코와 입을 머언 곳에 그려놓고 꼭 할머니 같단다. 저를 내 옆에 작게, 코인지 입인지도 모르게 그려놓고 좋아한다. 하늘은 파란색으로 진하게 칠하고 검은 점 흰점을 찍거나 그어놓고 그것이 새란다. 어미 새, 새끼 새가 둥지를 찾아간대. 검은 연필로 둥글게 그리고 그 밑에 작대기 네 개를 받쳐놓은 것이 돼지도 되고, 소도 되고, 푸른 것은 산, 흰 점은 토끼, 작은 검은 점은 거북이, 고 녀석 설명이 그럴듯하고 재미가 있다. 새처럼 날고 싶고 산짐승들하고 함께 뒹굴고 싶은 그 애 마음이 도화지를 가득 채우나보다. 장난감을 가지고 놀 때도 그렇고 그림을 그릴 때도 그렇고 무엇이나 열심인데 그러다가도 배가 고프면 내 옷소매를 끌고 나간다. 가게에 가서 녀석이 고른 사탕을 사주면 의례히 비닐을 벗겨서 내 입에 먼저 넣어준다. 그럴 때면 할머니와 너희 같고, 성산이와 너희가 하나같아서 내 새끼가 그리 귀여울 수가 없다. 나는 할머니 아닌 아이, 성산이 또래의 그 녀석 친구가 되고 만다. 야~야. 내 걱정을 말아라. 밤이 깊었다. 어서 자거라." "아닙니다. 어머님, 더 말씀하세요." "너 자야지, 다음에 또 하마." "어머님 손을 만지네요." "그래 네 손을 느낀다. 자. 자." "예, 어머님, 편히 주무세요." "오냐 오냐."

어머님 음성이 들립니다. 어머님! 오래오래 계세요. 어머님께서 강녕하시기를 간절히 축원하오며 이만 줄입니다.

아들 올림.

혁신아 보아라

혁신아, 아빠 건강이 어떠시냐? 큰 수술을 한 뒤라 후유증이 아직은 다 가시지 않았을 테지만 경과가 어떤지, 진지랑 어떻게 드시는지 궁금하다. 엄마 건강은 어떠시냐? 지난달 면회 오셨을 때 엄마가 삐쩍 야위었더구나. 누나와 너희 형제는 학교에 잘 다니고 있니?

네 편지에 삼촌은 어려서 어떻게 공부했는지 알려 달라고 해서 전번에 좀 썼고, 공부하는 방법에 특별한 것이 없다만 '다음에 쓰마'라고 약속한 터라 너와의 약속을 시키기 위해서 펜을 들었다.

학교 교육이 지, 덕, 체의 전면적인 육성을 통해서 실력과 인격을 고루 갖춘 인간 양성에 목적이 있다만 여기서는 '지', 즉 지식을 배우는 것에 국한시켜서 생각해보자. 너희들이 학교에 가서 공부하는 것은 모르는 것을 선생님으로부터 배우는 것이 아니냐? 그러니까 선생님이 말씀하시는 요점, 그 핵심을 정확히 이해하는 것이 기본이요, 무엇보다도 중요하다. 선생님이 설명하실 때는 선생님의 표정이나 몸짓까지 네 눈 안에 들어오도록 시선을 똑바로 선생님께 주고 귀를 세우고 주의 깊게 들어라. 중요한 대목은 메모하고 의문이 가거나 이해되지 않는 점도 적어라. 글 쓰다가 이어지는 선생님 말씀을 놓치지 않도록 중요한 것은 선생님이 설명하시는 내용이니까 듣는데 계속 주의를 집중시키고, 글은 갈겨써도 된다.

질문 시간에 이해되지 못한 부분을 물어라. 의문은 네 스스로 풀어보고 애써도 안 풀릴 때 의문을 제기하는 것이 좋다. 모르는 것을 묻는데 부끄러워하지 말아라. 집에 와서는 낮에 배운 것을 반드시 정리해라. 단어, 연대, 지명, 인명, 수학, 물리, 화학 공식 등 암기해야 할 것은 반복하는 것이 좋다. 일단 암기했다고 해서 그칠 것이 아니라 몇백 번씩 써보고 거듭 암기해서 머리에 새겨야 한다.

성산이가 말 배우는 것을 눈여겨보아라. 한 말 또 하고 또 하고 잘못되면 고치고 수도 없이 반복한다. 말의 반복을 통해서 낱말을 익히고 우리의 어법이 성산이 머릿속에 자리를 잡는다. 그래서 어린애가 말을 이해할 뿐 아니라 제 스스로 하고자 하는 내용을 어법에 맞게 말하곤 하는 것이다. 중국어를 말하는 중국 어린이, 일본어를 말하는 일본 어린이나 어느 나라 어린이든 말을 배우는 과정은 같다. 반복을 통해서 말을 배운다. 외국어를 배우는 너희들은 그 점에 주목해라. 중학교 1, 2, 3년에 나와 있는 영어 교과서 글들은 모두 영어의 기본이 되는 문장이며 잘된 글이다. 가능하면 모조리 달달 외는 것이 좋다. 그렇게 하면 어느 결에 영어의 틀이 네 머릿속에 잡혀서 영문 해석, 영작, 또는 영어 회화에 자유로울 것이다. 효과적으로 암기하는 방법이나 시간은 각자 다른 것 같다. 여러모로 시험해 보고 너에게 맞는 네 암기 방법을 강구해라.

그리고 네 소질을 발견하는 것이 중요하다. 다른 아이들에 비해서 특별히 나은 면, 할수록 재미나는 과목은 네가 나아갈 곳이다. 그 방향으로 가야 발전 속도가 빠르고 그 분야에서 일가를 이룰 수가 있다. 혁성이는 전국 어린이 글짓 기대회에서 동상을 탔고 또 편지 쓰기에서 상장을 탄 것으로 보아 분명히 글에 소질이 있다. 성실성과 끈기를 기르며 문필가를 목표로 네 동생의 소질을 키워 가도록 격려해라.

양서를 많이 읽고 글을 많이 써야 한다. 혁성이는 머리도 좋고 지금부터 꾸준 히 노력하면 글로 대성할 것이다. 이따금 학과 이외의 책을 읽는 것이 좋다. (책은 반드시 가려서 보아라.) 책을 읽을 때 감동을 받은 대목이나 잘된 문장은 공책에 옮겨 놓아라. 네 부분적인 견해나 독후감을 적어두는 것이 좋다. 때때로 공책을 들여 다보고. 네 공책이 한 권 두 권 쌓여갈수록 네 인생이 풍부해진다. 사람은 잊어버 리는 특성이 있다. 기록하는 습관을 들여라. 평소에 생각한 것을 짤막하게 썼다.

아빠 엄마께서 안녕하시고 너희들이 충실하기를 거듭 바라면서 이만 줄인다. 혁신아, 안녕. (회답 곧 보내라.)

1987. 11. 9. 삼촌 씀.

어머님 보시지요

어머님 생신이 다가오네요. 어머님 생신에 술잔을 올리지 못하는 아들은 마 음뿐이오나 진정은 있습니다. 어머님, 만수무강하시옵소서. 추수를 갓 끝내고, 그래서 곡식과 과일이 풍성하고 추울까 더울까 좋은 계절에 어머님 생신을 맞 곤 했는데 올해는 윤달이 들어서 겨울이네요.

어머님, 안녕하세요? 어머님 생신을 앞두고 어머님께 글월을 올리는 아들의 마음은 이루 다 형언할 수 없습니다. 한과 정이 사무쳐옵니다. 너무도 긴 세월 을 어머님처럼 괴롭게 살아오신 어머니 같은 여성이 어디 또 있을까요. 있어도 몇 분 안 되겠지요.

1906년, 어머님은 이 나라가 일제에 거의 먹힐 때 태어나셨고 다섯 살부터 나라 없는 소녀로 컸습니다. 일제 통치 36년, 조국 분단의 42년, 그 긴 세월에 어머님은 우리 민족 수난의 역사 속에서 딸이요, 아내요, 어머니로서 그 위에 더 할 수 없는 처절한 고통과 괴로움을 몇 번씩이나 겪으셨고 아픔은 지금도 이어지고 있습니다.

하루아침에 재산이 부서지고 남편을 잃고 하늘이 무너진 듯 캄캄한 속에서도 할머님을 모시며 자식들을 그러안고 모질게 살아오신 어머님은 3년 동안 소식이 없던 아들, 사형받은 아들을 광주 감옥에서 보시고는 충격이 얼마나 크셨던지 그 뒤로 어머님 눈에 백태가 끼었습니다.

처음 어머님과의 면회 장면이 지금도 선하네요. 제 이름을 부르기에 뛰는 가슴을 진정시키며 면회실에 들어갔습니다. 곧 남쪽 문을 열고 들어오시던 어머님은 아들을 보시고 그만 정신을 잃으신 듯 말도 움직임도 없이 그대로 문도 못 닫은 채 서 계셨어요. 아들이 아니냐는 입회자의 말에 "내 아들이요." 하시며 달려오셔서 제 손을 잡고 "야~야, 야~야." 목메어 말을 못 하셨어요. 그사이 그리도 늙고 여위신 어머님 모습이 아들의 머릿속에 새겨져서 그대로 남아 있습니다.

형기가 무기로 확정된 후 면회 오셔서는 "일이라도 나가야 할 텐데, 배고파서 어쩔거나." 또 다른 근심을 하시며 가셨습니다. 출역한다는 제 편지를 받아보시고 면회 오신 어머님은 "야~야, 높은 데 올라갈 때 조심해라." 집 짓는 일에 나가지나 않는가, 연장을 가지고 서툰 일을 하다가 다치지나 않을까 걱정하셨나 봅니다. "어머님, 안심하세요. 앉아서 성냥갑을 붙이고 있습니다." 제 말에 그제야 마음이 놓이시는지 화기가 돌던 어머님이 떠오릅니다.

추운 때, 더운 때, 색다른 음식이 앞에 있을 때, 아니 어느 하룻들 옥 안 아들을 생각하지 않으신 날이 있었던가요? 어머님은 아들을, 아들은 어머님을 그리며 20년 6개월의 긴 기다림 끝에 아들과 어머님은 함께 살았습니다. 칠순에 아들 옷을 빠시고 부엌일을 하시면서도 죄스러워서 몇 말씀 올리면 "야~야, 해주고 싶었던 넌데 고생은 무슨 고생." 다 흐뭇한 일이며 없어도 아들과 함께 사는 그것만으로 더 없는 낙이라고 하셨습니다.

그러나 고작 5년을 살고는 또……. 10년이 넘었는데 지금도 아들은 옥 안에 있고, 아 어머님! 어려서 일이며 어머님의 가르침 하나하나 하고 싶은 이야기가 가슴에 가득합니다. 언젠가 털어놓을 것입니다. 그때는 어머님 옆에 두 아들, 두 딸, 며느리와 손자들이 있겠지요. 어머님도 말씀하시고 동생들이 또 보태서 긴 이야기가 될 것입니다. 거의 살아갈 수 없는 어려움을 헤쳐가면서 자식들을 바르게 키워주신 어머님, 어머님의 지극하신 사랑과 굳세고 올바른 삶이 있으셨기에 지금의 아들딸이 있습니다. 사람으로서 과히 부끄럽지 않게 살아가는 자식들, 형제간에 우애가 돈독하고. 지금 세상에 흔치 않습니다. 모두가 부모님의 크신 은혜이옵니다.

어머님, 오래오래 계세요. 이제 이 민족 앞에 서광이 비쳤습니다. 일제의 야수에 민족이 갈가리 찢기는 것을 어려서 보셨고, 민족과 고난을 함께 하신 어머님은 어떤 일이 있어도 민족 통일의 영광스러운 그날을(아직 몇 년이 걸릴지 확실치는 않습니다만 반드시 올 그날을) 이승에서 눈으로 보셔야 합니다. 눕지도 마시고 정정하시옵소서.

아들은 건강합니다. 든든하게 살아가고 있습니다. 마음을 놓으세요. 어머님께서 만안하시기를 거듭 간절히 축원하오며 이만 줄입니다. 어머님! 아들의 마음속에 늘 어머님이 계십니다.

(아들이 나가는 날은 생각보다 빠를 수도 있고 또 좀 더 늦을 수도 있습니다. 어머님, 초조하게 누군가를 기다리는 날은 하루해가 길지요? 마음을 다스려 주세요. 누이가 와서 어머님은 퍽이나 대범하시다고 하데요. 흡족했습니다. 어머님, 마음을 넉넉하게 지내세요)

1987. 11. 28. 아들 올림.

제수씨 보세요

제수씨, 안녕하세요? 집안에 별일 없어요?

어머님 생신을 앞두고 이것저것 떠오르네요. 어머님을 모시는 제수씨가 무척 고맙고요, 당신들이 낳아서 키운 자식들도 더러는 제 부모 마다하고 버리는 세상에, 어머님 뜻을 받들고 어머님 심중을 헤아리며 더우실가 추우실가 제때에 의복을 챙겨드리시고, 끼니때마다 찬은 어머님 식성에 어떤지 일일이 마음을 쓰실 것을 생각하면 제수씨가 얼마나 고마운지 모릅니다.

어머님은 너무도 많은 고생을 하셨어요. 어머님이 고생하신 것을 생각하면 목부터 메어옵니다. 더러 동서양의 문학 작품을 읽었습니다만 어머님처럼 극에 달하는 고통과 슬픔에 통곡하시고 긴 긴 세월을 피눈물로 살아온 여주인공은 상상으로 써 놓은 소설 속에서도 못 보았어요.

제수씨, 어머님을 잘 모셔 주세요. 새삼스럽게 왜 이런 말씀을 드릴까요? 얼마 전에 이곳에 계시는 분 어머님이 88세로 세상을 뜨셨습니다. 그 충격이 큰 듯합니다. 올해 세 분 어머님이 가셨어요.

제수씨! 제가 나가는 날까지 어머님을 거듭 부탁드리면서 많은 말 이것으로 줄입니다. 안녕히 계세요.

홍규야 보아라

홍규야, 잘 있니? 살아가느라 바쁠 테지. 이달 초 어머님과 혁신이 앞으로 보낸 편지를 받아보았니? 매부 건강이 어떠시냐? 수술 후 경과가 순조로운지 무척 궁금하다. 식이요법을 철저히 시행하고 있으리라 믿고 있다만 음식 절제가 여간 힘든 것이 아니라서 당긴다고 몇 숟갈 더 들지나 않는지 걱정이 된다. 일반적으로 병은 회복기에 들어서서 더치는(병을 덧나게 하는) 것이다. 그 점 유념하기 바란다.

차를 몰고 다닐 때는 항상 조심해라. 백번 조심해서 해될 것이 없다. 네가 고생한다.

그리고 부탁이 있다. 형이 나갔을 때 어머님은 변산의 한 노인이 대칼로 백태를 벗겨 주어서 눈을 보게 되셨다고 말씀하셨다. 백태 벗기는 값은 쌀 한 섬인데, 당시 어머님은 도무지 그런 여유가 없어서 사정을 했더니 정상을 안쓰럽게 여기시고 한 푼 안 받고 백태를 벗겨 주셨단다. 어머님 눈을 보시게 해주신 그 할머님의 은혜가 크시다. 형이 나갔을 때는 이미 할머니가 세상을 뜨신 뒤라 찾아뵙지 못했다. 그때 미처 생각하지 못했다만 할머니의 후손은 있을 것이 아니냐? 어머님께 마을과 집 등 자세히 물어서 적어두어라. 잘 있거라. 모두 건강하기를 바라면서.

형 씀.

어머님 보시지요

어머님, 어제 어머님 생신에 어머님을 모시고 가족과 기쁨을 함께하지 못한 아들은 아픔이 있었습니다만 그보다는 이 나이에도 비록 글이오나 어머님을 불러보고 또 어머님을 모실 수 있어서 기쁨이 컸습니다. 고이 간수해 둔 어머님 사진을 꺼내 보고 색다른 음식도 사서 먹었습니다.

어머님, 어머님께서는 어제의 아들과는 달리 가족과 친척들이 가득한 방안에 이 아들이 없어서 한쪽이 비어버린 듯 아프고 허전한 마음이리라 축하나 위로의 말씀을 들어도 건성이시고 정성껏 차린 음식 또한 맛 모르고 넘기셨지요? 문득문득 떠오르는 아들, 날은 춥고 자다가도 아들의 모습이 떠올라서 아파하실 줄 압니다만 어머님, 지금도 아들이 살아있지 않습니까?

이 글은 분명히 어머님께 드리는 아들의 글이지요. 산 사람은 만나는 법입니다. 아들과 함께 사실 것을 생각하시며 아프신 마음을 달래 주시옵소서. 너른 바다는 탁한 물이 흘러들어도 (그 정도가 심할 때 한구석 조금은 흐리지만) 맑습니다. 어머님, 한사코 마음을 넓게 지니세요.

올해는 연세 많은 분들께만 지급하던 고무 물주머니를 다 주었습니다. 해거름에 끓는 물을 넣어주면 자루에 담고 또 담요를 싸서 이불 속에 넣어 두었다가 밤에 품고 잡니다. 따순 기운이 새벽까지 가고 추워서 잠 설치는 일은 없습니다. 고무주머니의 따뜻한 물로 낮에 발을 닦고 수건도 빱니다. 끼니마다 밥 먹고 나면 난로에 끓인 물을 나누어주는데 따순 물 한 그릇이 여간 도움 되는 게 아닙니다. 뜨끈한 그릇에 손도 녹이고, 마시면 잠시 몸이 녹습니다. 아주 작고 하찮은 이쑤시개 하나가 없어 잇새에 낀 것을 손으로 꺼낼 수는 없지만, 어떻게도 할 수 없는 마룻방에서 추운 날 따순 물 한 그릇, 그 고마움을 밖에서는 모릅니다. 다 사람이 하는 것을.

어떤 자는 사람을 괴롭히려고만 들고, 어떤 분은 되도록 고통을 덜어주려고 마음을 쓰는데 어찌 같겠습니까? 불교에서 만물은 인과법칙의 틀 안에 있고 따라서 선행은 이승 아니면 내세에 반드시 복으로 보답 된다고 합니다만 내세나 (자기 생명과 산 자취가 후손에게 이어지는 것이라 그것을 내세로 본다면 별문제지요.) 종교를 믿지 않는 아들도 긴 안목으로 볼 때 세상에서의 보답은 있는 것으로 확신합니다. 설령 직접적이고 물질적인 보답이 없다 하더라도 심성이 고운 사람은 좋은 영향을 주위 사람들에게 주고, 특히 자기 자손에게 본이 되어서 후손이 바르게 살 테니 그런 집안이 융성하지 않겠습니까? 악한 자는 돈 있고 권세 있을 때는 모르지만 세상에 있는 것 치고 없어지지 않는 것이 있어요? 재산과 권세가 무너지면 그가 한만큼 보복을 받을 것이며 가깝게는 처자식의 냉대를 받습니다. 괴로운 때, 기쁜 때, 감동을 받았을 때의 일들은 누구나가 머리에 새겨져서 잊혀지지 않는 법입니다. 혹 그가 호화로운 집에서 죽는다고 할지라도 죽음 앞에서 생애를 돌아보면 지난날의 치사하고 추악한 자신의 모습이 괴로워 몸부림칠 것입니다. 이야기가 옆으로 길어졌네요.

요 며칠 전에는 모질게 춥더니만 어머님 생신인 어제는 포근해서 겨울날 같지 않았어요. 오후에 성산이만한 귀여운 어린이들이 와서 노래하고 춤추고 놀았는데 박수도 치고 웃곤 했습니다. 아들은 건강합니다. 몸이 많이 좋아졌어요. 운동도 열심히 하고 있습니다. 아들 걱정을 마시고 부디 추운 겨울에 어머님 존체 살펴주세요. 어머님께서 정정하시기를 거듭 간절히 기원하오며 이만 줄입니다. 어머님!

(양력 시월 말에 어머님 생신을 앞두고 어머님께 올린 글월을 받아보셨어요?)

선주야 보아라

선주야, 잘 있니? 아빠 엄마 건강이 어떠시냐? 이 편지를 받을 즈음에는 한참 시험 치르느라 한눈팔 겨를도 없겠지? 너는 공부하는 데 열성과 노력이 대단하다고 들었다. 머리가 좋아야 거기서 거기, 끊임없이 노력하는 사람이 더 낫다. 너처럼 일념으로 공부하는 학생은 중도에 방황하지 않는 한 커서 무엇인가를 이루어 놓고야 만다. 대학 입시까지는 2년이 남아있으니까 삼촌이 나가서 네 성적, 네 취향, 네 소질을 자세히 알아보고 네 의사를 중심으로 아빠 엄마가 보시는 바를 참고로 해서 너한테 중대한 과 선택에 삼촌이 조언할는지 모르겠다. 가능성이 있다. 기다려보자.

선주야, 공부는 지나치리만큼 하고 있으니까 더 말하지 않겠다. 너에게 편지 쓸 때마다 강조했지만 공부 못지않게, 아니 더욱 네 성품을 다듬고 가꾸는 데 힘써라. 덕성스런 여자! 안 좋으냐? '지금 세상에 성품은 좋아서 무엇하게? 삼촌은 낡고 쾌쾌한 말을 하고 있다'고 혹시라도 네 마음에서 반박할까 싶다. 고등교육을 받은 지식인, 예능에 능하거나 얼굴이 예쁘고 몸이 잘빠진 여자들이 행세하고 있는데 속을 들여다보면 사람으로서의 바탕, 도덕적 기반이 약하고 많은 경우 냄새가 풀풀 나게 썩어 있다. 고금을 통해서 덕 있는 여자들이 크게는 사회에, 작게는 자식들을 바로 키우면서 집안에 이바지했다. 물론 인간 생활에 절대적으로 필요한 지식을 부정하거나 경시해서는 안 되지. 어느 한편에만 치우치지 않도록 덕과 지식을 고루 갖추어야 한다. 선주야, 네 장점을 키워가면서 네 결함을 고치는데 끊임없이 힘써라. 안녕.

겨울방학을 하거든 곧 편지 보내라. 네 글을 본 지가 1년이 되었다.

혁신아 보아라

어제가 할머님 생신이니까 오늘이 네 생일이지? 축하한다. 작은엄마가 오셨느냐? 작년에는 네 생일 선물로 카세트 라디오를 사주셨다고 했지? 그것으로 외국어 회화 공부를 많이 했니?

혁신아, 겨울 방학을 하거든 오너라. 너 한번 보자. 네가 보고 싶다. 일에는 일을 해낼 수 있는 사람이 있는 것인데 너를 이곳에 데리고 올 적격자는? 역시 홍규삼촌이지. 삼촌을 졸라라. 공장 일이 바쁘거든 네가 일을 좀 하렴. 면회 다녀와서도 일하겠다고 약속하고. 일하면 일당을 주실 것이다. 큰삼촌도 너만한 때 농사일을 도우려고 휴학을 해서 삼일 동안 어른들하고 겨루며 같은 폭으로 줄모를 심고는 그만 앓았는데 외할아버님이 삯을 주셔서 기뻐했던 기억이 난다. 쌓인 말 만나서 하자. 혁신아, 안녕.

혁성아 보아라

혁성아, 그동안 공부 열심히 했니? 아빠 건강이 어떠시냐? 위가 악화되었을 테니 수술로 일부를 잘라냈다고 해서 곧 나을 리가 없고 수술 후 경과가 어떤지 퍽이나 궁금하다. 방학을 하거든 아빠가 진지를 어떻게 드시는지, 통증이나 쓰린 증세가 아직도 있는지를 자세하게 알려다오. 공부한 자랑도 하고. 네가 그새 많이 컸겠다. 최근에 찍은 사진이 있거든 한 장 보내라.

이해도 저물어간다. 너는 내년에 중학교에 가지? 인생의 한 토막 매듭을 짓는 너. 원대한 희망을 가슴에 품고 다음 단계에 진입하기 바란다. 혁성아, 미덥고 견실한 사람이 되어야지. 안녕. (10월, 11월에 너희들에게 보낸 편지를 받아보았니?)

흥규야 보아라

흥규야, 잘 있니? 성산이랑 잘 크고, 집안에 별일 없느냐?

이곳에 오기 전 주소, 둔촌동에 부재자 신고를 해도 소식이 없지, 지금 네가 사는 주소로 신고를 해도 소식이 없는데 어찌 된 일이냐? 틈이 날 때 알아보는 것이 어떨까? 웬만하면 아이들 데리고 네가 한 번 오너라. 인원 제한에 구애받을 것은 없다. 더 와도 된다.

1987. 12. 10. 형 씀.

삼촌께

그간 안녕하셨어요. 여태껏 한 번도 찾아뵙지 못해 죄송해요. 지난여름 제가 전주에 갔었어요. 그런데 운전기사들이 노사 분규에 휘말려 찾아뵈려고 한 희망마저 잃었어요. 그나마 고속버스 운전기사들은 노사 분규를 하지 않았기에 집에 돌아올 수 있었어요. 이번 겨울방학 때 찾아가 뵐 수 있으면 찾아뵙겠습니다.

저는 밥 잘 먹고 아무거나 있는 것 다 주워 먹고 하기 때문에 몸 건강히 잘 있어요. 할머니께서는 몸이 불편하시기는 하지만 그렇게 염려하실 필요까진 없어요. 저희들이 성심성의껏 잘 보살펴 드리고 있어요. 아버지와 흥규삼촌께서 하시는 일은 잘 되어가고 있어요. 성산이는 유치원에 다니기 시작했는데, 유치원에서 배운 노래를 부르며 많은 재롱을 떨기도 해요. 저희들 걱정은 하지 않으셔도 돼요. 다들 화목하게 지내고 있어요.

하지만 아버지께선 수술 후 많이 수척해지셨어요. 바깥일 보시다가 집에 들어오실 때에 어떻게 보면 얼굴이 많이 상기되어 보일 때가 많아요. 웃는 날로 들어오시는 날이 거의 없어요. 우리들을 위해서 고된 일도 참으며 우리들이 잘되는 것만 바라보고 사시는 아버지와 어머니께서는 항상 우리들을 위해서 열심히 일하고 계시는 것을 알아요.

작은삼촌과 외숙모께서도 성산이가 잘되는 것만 바라보고 열심히 일하시는 것뿐만 아니라 모든 자식의 아버지와 어머니들께서는 자식에 대한 사랑과 애정의 불꽃이야말로 자식들이 모두 다 보답해야 할 것들이에요. 저는 이제야 그것을 느꼈어요. 아버지와 어머니의 진실된 사랑을요……. 저도 참 어리석죠? 이제야 그것을 느끼니 말이에요.

어제 저는 방학식을 했는데, 방학이 왜 이리 빨리 왔는지 모르겠어요. 방학이란 게 없었으면 하는 생각도 하곤 했어요. 어렸을 적에는 방학이 빨리 오기만 기다리곤 했는데 지금은 방학이 없었으면 좋겠다는 생각을 하니 저도 변덕쟁이인가 봐요. 빨리 방학이 끝났으면 좋겠어요.

삼촌, 삼촌은 어렸을 적에 어떻게 지내셨는지 궁금해요. 편지 답장 때 써주세요. 곧 새해가 오는데 새해 잘 보내세요. 삼촌의 건강과 빨리 나오시기를 빌겠어요. 그럼, 다음 또 편지할게요. 안녕히 계세요.

(금 오만 원을 우송하오니 건강에 쓰십시오.)

1987. 12. 22. 조카 혁신 올림.

어머님 보시지요

어머님, 안녕하세요? 아들은 양력, 음력으로 설을 한 해에 두 번 쉽니다. 어머님, 설은 아직 멀어서 세배를 뒤로 미룹니다.

어머님, 연말을 맞은 아들은 바쁘네요. "빌린 돈, 외상값을 갚으랴, 아이들 옷 사주랴, 여유 없는 형편에 더 쪼들리는 그런 괴로움이나 번잡한 일은 없을 텐데 무엇이 그리 바쁘냐"고 물으시겠지요. 한해를 돌아보고 생애를 돌아보고, 새해 설계를 해야지요. 일이 많습니다. 옥에서 살고 있습니다만 아들은 세월을 그냥 먹어버리지 않습니다. 갖가지 어려움을 이겨가면서 수양을 쌓아가고 사색과 책을 통해서 얻는 바가 적지 않습니다. 건강도 좋아졌어요. 어머님, 걱정하지 마세요.

예년 같으면 한참 추울 때인데 연일 포근하네요. 그래도 한겨울이라 한파가 몰아닥칠 것입니다. 감기에 늘 조심하세요. 어머님께서 기력 좋으시기를 간절히 바라오며 이만 줄입니다. 어머님!

아들 올림.

홍규야 보아라

홍규야, 이해도 어느덧 저물었구나. 네가 아이들을 데리고 올 것 같아서 소식 듣고 쓰려고 엽서 한 장을 남겨두었다가 월말, 연말이 되어서 펜을 들었다. 워낙 바쁘게 살아가는 너라 한 해를 돌아보며 연초에 세운 계획과 결심이 얼마만큼 실천에 옮겨졌는가 조용히 검토하는 시간을 갖는지 모르겠다. 연말 결산은 할 텐데……

홍규야, 재정상의 손익 계산뿐만 아니라 네 자신이 얼마나 성장했는지, 결혼 당시의 희망이 어느 정도 이룩했는지를 자세히 살펴보고 생활에서 나타난 우려스러운 결함을 찾아야 한다. 결함은 발생 원인을 규명하고 시정하기 위한 대

책을 세워야 한다.

가정사에 관한 것은 부부가 함께 다루는 것이 좋다. 부족했던 점들을 내놓고 진심으로 진지하게 이야기할 때 마음의 간격이 없어지고 사랑이 더 깊어 간다. 서로가 결함을 고치고 장점을 키워가는 것이다. 여필종부니, 여자는 할 말이 있어도 참고 말이 적어야 한다느니 하는 봉건적이고 낡은 생각은 철저히 버려라. 여성은 남성과 동등한 인간이며 그 인격을 존중해야 한다. 함부로 무시하는 언행은 옳지 않다. 우리에게 구시대의 잔재가 남아있다.

홍규야, 너한테 좋고 나쁜 점이 있지 않니? 네 아내에게도 장단점이 있다. 불완전한 남녀가 가정을 이루고 살아가는데 어찌 얽힘이 없을 것이냐? 얽히거든 제때에 풀고 그를 발전의 계기로 삼아라. 사랑은 물론 지극한 노력과 인내를 바탕으로 발전이 있을 때 가정생활이 흐뭇하지 않을까? 되돌아갈 수 없는 인생을 아름답게 값지게 살아라. 최선을 다할 때 후회가 없다.

너는 어머님 모시고 집안을 잘 꾸려갈 텐데 그래도 연말이라서 여러 말을 썼다. 올해도 여러모로 애쓴 너에게 감사한다. 새해에 부디 어머님께서 강녕하시고 네 일도 잘되고 모두 건강하기를 간절히 기원한다. 새해를 축하하면서.

　1987. 12. 28. 형 씀.

제수씨 보세요

제수씨, 1988년! 새해가 밝아오네요. 어머님 모시고 넉넉하지 못한 살림에, 한 해 동안 어려움이 많으셨지요? 제가 모르는 일이 허다했을 줄 압니다. 사람이 살아가는 한 정도의 차이는 있어도 어려움이 따르는 것이며, 새로운 문제에 직면하게 되지요. 중요한 것은 이들을 어떻게 극복하고 전진하느냐에 있다고 봅니다. 현명하고 경험이 많은 사람들은 곧잘 얽히는 매듭을 슬기롭게 풀면서 삶을 풍부하게 만들어갑니다. 해가 바뀔 때 지난 날을 돌아보는 것은 시비를 가려서 탓하기 위한 것이 아니지요. 역사를 배우는 것도 같습니다. 우리 자신을 있는 그대로 파악하고 더 나은 삶을 위하여 지혜와 교훈을 얻는 데 목적이 있습니다.

제수씨, 뒤를 돌아보고 앞을 바라보면서 새해를 기쁘게 맞이합시다. 올 한 해 어머님을 정성껏 모셔주신 제수씨께 거듭 감사의 말씀을 드립니다. 새해에는 집안과 제수씨 친정에 기쁨이 충만하기를 간절히 축원하면서 이만 줄입니다. 제수씨, 안녕히 계세요.

큰아빠가 성산이한테 편지 쓰네. 너 큰아빠 생각나니? 유치원에서 글이랑 노래랑 배웠어? 이제 그림도 제법 그리겠다. 엄마가 편지할 때 네가 그린 그림에 네 이름을 써서 보내라. 할머니, 아빠, 엄마 말씀 잘 듣고. 공부를 열심히 해서 큰아빠한테 편지랑 써서 보내렴. 네 글을 보면 큰아빠가 얼마나 좋아할까? 성산아, 안녕.

누이 보소

그동안 잘 있었어? "순이야!" 하고 부르면 더 정겹게 느껴지지만, 40대 중반에 접어드는 누이에게 그래서는 안 되겠다 싶어서 말을 좀 높이네.

동생과 제수씨께 쓴 글이 누이에게도 하고 싶은 내용이네. 누이한테 부탁이 있어. 동생과 제수씨께도 하고 싶은 부탁이네만 선주가 도서실에서 돌아올 때까지 안 자지? 그 시간에 시시콜콜한 텔레비전 프로그램이나 보고 있을 것이 아니라 공부하는 것이 어떨까? 하루에 세 시간은 책을 볼 수 있을 텐데. '낮에 고달프게 일하고 밤에나 좀 쉬어야지, 오빠는 그곳에서 한가한 소리를 한다'고 탓할지 모르겠네. 많은 일에 고단한 사람이 책을 본다는 것은 도대체가 무리임을 밖에서 살아본 오빠가 알고 있어. 그런데 누이, 일에 너무 매달리지 마. "일을 줄일 수가 없어요. 세 아이 학비가 얼만데요? 지금도 한 짐인데 곧 대학에 가지요. 오빠!" 누이 음성이 들리는 것 같아.

그러다가 찌부러지면 어떻게 하나. 앞으로 10년에서 15년 어간에 사위를 보고 며느리를 보고 손자들이 태어나지 않겠어? 세상은 급변하는데 책을 멀리하면 점점 처지고 고등 교육을 받은 며느리를 얻을 텐데. '우리 시어머니는, 우리 할머니는 무식하고 낡은 구시대 노인이라 상대가 안 된다'고, 말을 해도 건성이고 말을 하려고도 않지. 늙어갈수록 외롭고 외톨이가 되는 늘그막의 누이 모습을 상상해 보게나. 일전에 의정이한테 쓴 편지에 좀 언급했네만 늙어서도 일이 있고 일할 수 있는 사람은 행복하다네. 아무쪼록 누이 건강을 위해서, 발전을 위해서 일을 좀 줄이고 책을 봐. 사람은 (발전) 나아질 때 삶의 보람을 느끼는 것이 아닐까? 연말에 누이를 생각하면서 생각의 일단을 썼네.

매부 건강이 어떤지 무척 궁금한데 아마 아이들이 편지를 띄웠겠지? 새해 누이 집안에 사랑과 기쁨이 가득하고 매부와 누이, 그리고 아이들, 친척 모두가 건강하기를 간절히 바라네.

1988년이 조국통일의 한 계기가 되었으면.

새해를 축하하면서 오빠 씀.

삼촌께 올립니다

겨울이면서도 봄처럼 따스한 날이 계속되고 있습니다. 겨울이라고 생각하면 참으로 이상할 정도예요. 그동안 건강하셨는지요? 저는 삼촌께서 건강하시다고 믿겠습니다.

삼촌, 이제 1987년도 얼마 남지 않았어요. '제가 1년을 어떻게 보냈는지요?' 저는 다른 사람에게 '저의 1년'을 물어볼 정도로 기억에 남는 것이 없어요. 1년을 반성해 보면 정말 한심하다는 생각밖에 들지 않아요. 왜 세월을 그렇게 보냈는지 물으시겠지만, 저도 잘 모르겠어요. 이번만큼은 잘 보내야지 하면서 노력도 했는데, 왜 그랬을까요?

지금 생각해 보면 저의 생활은 이랬어요. 늦게 일어나 허둥지둥 학교에 가고 학교에서는 친구들과 어울려 시간 보내고, 집에 돌아와서는 TV 좀 보고 이것 저것 하다 잠이 듭니다. 이렇게 시간을 보내니 기억에 남는 것은 무엇이겠으며, 어떻게 저를 채울 수 있었겠습니까? 남보다 뒤진 저이니만큼 두 배로 열심히 살아 그 공백을 채워야 할 텐데, 저는 그 공백을 더 크게 만들고 있으니 정말 걱정입니다.

제가 한 해를 보내면서 조금이나마 기억에 남는 것이 있다면 그것은 A-scale 모임에 참가하였다는 것이에요. A-scale에 대해서는 제가 소식 전해서 알고 계시죠?

삼촌, 왜 저는 말만 앞세우고 실천이 따르지 않을까요? 노력 부족일까요, 아니면 책임감이 없어서일까요. 정말 모르겠어요.

삼촌, 겨울을 상징하는 것은 무엇일까요? 저는 눈이라고 생각하고 있습니다. 온 세상을 하얗게 덮어주는 깨끗한 눈을 좋아하고 있어요. 하지만 해가 뜨고 눈이 녹기 시작했을 때의 지저분함은 좋아하질 않아요. 눈은 겉과 속이 다른 양면성을 가지고 있어요. 저는 단지 눈의 깨끗함과 설경이 좋을 뿐이에요. 제가 기다리고 있는 눈은 12월 1일 처음으로 내린 후로는 소식이 없어요. 겨울답게 좀 아주 많이 내렸으면 하는 게 제 생각입니다.

첫눈 온 날은 정말 기뻤어요. 기다리고 기다리던 눈이 조금씩 내리는 것이 아니라 하얀 눈이 펑펑 쏟아지는 것이 아니겠어요? 저는 아이들과 함께 눈을 맞으며 뛰어다니기도 하고 조금씩 조금씩 쌓여가는 눈을 뭉쳐 눈싸움도 했어요. 정말 애기 같죠?

삼촌, 어젯밤에는 안개가 끼어 있었는데 오늘은 하루 종일 구름이 끼어 있더니 밤에는 비가 한 방울씩 내리고 있어요. 지금 내리고 있는 비가 눈으로 바뀌어 내일 아침 일어나면 하얗게 변해 있으면 좋겠습니다. 지금은 방학이라서 시간도 많으니까 저의 내면을 꽉꽉 눌러서 채워보려 합니다. 그리고 삼촌도 찾아뵙고 싶어요.

참. 잊었군요. 여기 식구들은 몸 건강히 잘 있습니다. 걱정하지 마셔요. 다음 소식 전할 때까지 안녕히 계세요.

1987. 12. 29. 의숙 올림.

오빠 뵙고 싶습니다

날씨가 겨울답지 않게 따스웠는데 어제부터 겨울 날씨로 접어든 것 같군요.

오빠, 아이들 방학하면 같이 오빠한테 다녀오려고 했는데 일경이가 아직 학교에 나가고 있습니다. 오빠, 소식이 늦어 죄송합니다.

금년도 오늘이 마지막 날, 오빠는 옥 생활이 하루가 1년인 것처럼 지루하실 것입니다. 그러나 집에 있는 저는 할 일이 많아서 그런지 굉장히 1년이 빠르군요. 특히 의정이 때문인 것 같습니다.

오빠, 편지에 몸은 좀 좋아지고 있다고 하셨더군요. 오빠의 집념으로 나아지리라 이 동생은 믿고 있습니다. 오빠, 편지를 몇 번이나 썼습니다만 가서 뵈려고 늦었습니다.

오빠, 서울은 어머님을 비롯하여 온 식구들 별고 없습니다. 안심하십시오.

오빠, 올겨울에는 털스웨터를 크게 짜서 보내드리려고 했는데 또 못해 드렸습니다. 조끼를 짜 보내옵고 일금 20,000원을 같이 동봉하오니 부족한 동생의 성의로 받으십시오.

오빠, 어제오늘 날씨에 신경통이 도지시지나 않으셨는지 궁금합니다. 할 말은 많지만 다음으로 미루고 이만 줄이겠습니다.

1987. 12. 31. 동생 임순덕 올림.

기다리는 봄은 더디 오고,

갔는가 싶으면 또 몰아오는

추위, 그것도 이번으로

마지막이 되겠지요.

어머님 보시지요

"대한에도 비가 오고 봄날인가 싶게 따뜻했는데요. 며칠 꽤나 춥네요. 어머님, 요즈음 어떻게 지내세요?"

"야~야. 따순 방에서 나는 잘 지낸다만, 신경통이 심한데 이 추위에 냉방에서 너는 어떠냐? 네 생각을 되도록 안 하려고 한다만 날이 차면 왈칵 네 생각에 마음이 울적하곤 한다."

"어머님, 너무 상심 마세요. 아들은 추워도 꼿꼿하게 앉아서 책을 봅니다. 아무리 추워도 운동 시간에는 밖에 나가서 운동을 하고 거닐곤 합니다. 눈이 온 뒤에는 눈도 치우고요. 어머님, 마음을 놓으세요."

"그러마. 그러마."

"겨울에는 흰 털실로 뜬 둥근 모자를 쓰시고 사위가 사다 준 털신을 신으시고 부엌을 드나드시던 어머님, 움츠리고 연탄불을 가시던 10여 년 전의 어머님 모습이 선하게 떠오르네요. 그래도 그즈음 어머님이 정정하셨어요. 지금은 영 다르시지요?"

"다르고말고. 추운 날은 밖에 얼씬도 못 한다. 그때는 기력도 좋았고, 무엇보다도 20년 만에 풀려나온 너와 함께 있어서 천하를 얻은 듯 너희들을 잘 먹이지 못하는 것 외에는 날마다 흐뭇했다. 그런데 그만……. 야~ 야, 네가 나올 줄 알았는데 선거도 그렇고, 틀린 것 같아서 어데 마음을 붙일 곳이 없다."

"어머님, 역사는 조국통일을 위해서 힘차게 나아가고 있습니다. 오늘의 대세는 어느 누구도 막을 수가 없습니다. 계절도 겨울에서 봄으로 옮겨질 때는 날씨가 풀리다가 갑자기 한파가 몰아오고 또 누그러지고 풀리고 하다가 어느 시점에 가서 추위는 흔적도 없이 사라집니다. 세상사도 그와 같습니다. 남북 관계가 악화되었다 하더라도 그 상태가 계속되는 것은 아닙니다. 남북으로 흩어진 가족들이 있는 것도 아니고 남에 살면서 사상을 가졌다는 이유만으로 긴 세월을 아들이 갇힌 채 헤어져 있는데요, 이는 남북 관계가 풀리는 길목에서 해결이 됩니다. 기다리세요. 외세에 의해서 만들어진 남북 분단의 벽을 우리 민족은 언제까지나 놓아두고 괴로워하지 않습니다. 원한의 벽을 무너뜨리고 자유로운 왕래는 물론 서로가 도와가면서 평화롭고 윤택하게 살날이 옵니다. 어머님, 오래오래 계세요. 정정하세요.”

“암! 그러마. 너도 몸조심하고 추위를 잘 이겨내거라.”

“예, 어머님.”

어머님 음성이 귓가에 들리는 것 같네요. 어머님, 드리고 싶은 말씀 끝이 없사오나 이만 줄입니다. 추위에 부디 감기 조심하시고 진지랑 잘 드세요.

1988. 1. 26. 아들 올림.

제수씨 보세요

제수씨, 안녕하세요? 그새 성산이가 많이 컸지요? 유치원에서 배운 노래를 제법 부른다면서요? 우리 집안에는 노래를 잘 부르는 사람이 없어요.

저는 국민학교 다닐 때부터 어찌나 음치였던지 통신표에 음악은 늘 끝이고 80점을 넘어 본 적이 없었던 듯합니다. 형님은 목소리가 걸걸하고 굵고 남자다웠지만 노래는 못 하셨어요. 두 누이도 노래를 잘한다는 말을 들어본 적이 없습니다. 동생도 형들을 닮았는지 언젠가 물었더니 음치라 음악은 성적표의 끝이었대요.

성산이는 엄마 노래 솜씨를 닮았나 봅니다. 얼굴도 엄마를 닮았어요. 통계상으로 보면 아들은 엄마 편을, 딸은 아빠 편을 더 닮는답니다. 그래서 엄마들이 딸보다 아들을 사랑하는지 모릅니다. 아들이 하나고 보면 아들 사랑이 대단할 텐데요.

제수씨, 형제가 없이 혼자인 경우 소년기를 지나면서 적지 않은 아이들이 문제아로 전락한답니다. 심각한 상태가 아닐지라도 엄마의 무조건적인 무분별한 사랑과 과보호로 인해서 자기만을 알고 자기중심적이며 참을성이 적은 데다가 억지가 세고 양보할 줄 모르는 성격에, 커서도 매사를 남에게 의존하는 나약한 인간이 되고 만답니다.

그럴 수밖에요. 어려서부터 부모가 예의범절을 가르치고 때로는 엄하게 다스려서 언행을 스스로 조심하도록 키워야 하는데 귀엽다고 자식이 갖고 싶어 하는 것이면 다 사주고 터무니없이 떼를 써도 그저 다독거려서 달래고 아이의 뜻을 받아만 주면 제멋대로 하지 않겠어요? 그런 애들이 삐뚤어지는 것은 당연합니다. 부모의 무절제한 사랑은 자식을 망쳐놓고 맙니다. 성산이도 이제 다섯 살이라 지능이 발달해서 어른들이 놀랄 만큼 엉뚱한 짓을 하며 꾀부릴 것이고 때로는 엄마 말을 고분고분 안 듣고 미운 짓을 하겠지요. 제 주장을 고집하는가 하면 말대꾸도 할 테지요. 엄마의 간섭에 불만이 쌓여서 여러 형태로 나타날 것입니다. 그런 때 엄마는 생각하시겠지요.

흠뻑 사랑해서 아들의 불만을 해소시키고 또 냉정하게 다루어가면서 사람답게 키우느라고 애쓰실 줄 믿습니다. 성산이는 할머님이 계셔서 사랑이 부족할 리는 없습니다. 엄마는 되도록 냉정하게 대하는 것이 좋을 듯싶네요. 냉정하지 않고는 자식이 하는 짓 모두가 귀엽게만 보인답니다. 그래서야 자식의 잘못이나 나쁜 버릇을 바로잡아주기는 고사하고 발견조차 할 수가 없을 것입니다. 자식 키우는 것이 쉬운 것 같아도 실은 대단히 어려운 일인가 합니다. 과일나무도 심어놓고 가꾸지 않으면 아무렇게나 부실하게 크고 열매 또한 작습니다. 사랑을 절제하고 과보호를 경계하실 줄 알면서도 여러 말을 썼네요. 어머님 안부, 집안일, 성산이가 커가는 모습 등 알고 싶습니다. 아이들이 편지를 보낼지라도 제수씨께서 이따금씩 소식 주세요. 이만 줄입니다. 제수씨 안녕히 계세요.

홍규야 보아라

홍규야, 어머님과 매부 건강이 어떠시냐? 너도 잘 있니? 이달 초에 형이 보낸 편지를 받아보았어? 어머님이 적적하실 것 같아서 외로움을 덜어드리도록 너한 테 부탁했고 서자 열 번째 생일날 그 애를 찾아서 옷 한 벌 사주라고 썼다. 혁 신이한테는 할머님 연세가 많으시고 아빠 건강이 좋지 않아서 걱정이 되니까 혁성이와 교대로 매달 편지를 보내라고 했다. 너는 서자를 만나 보았니? 그리고 아이들이라 말을 흘려버릴 수 있다. 너도 그렇고 매부와 누이에게도 아이들이 다달이 편지를 보내도록 좀 관심을 가저달라고 부탁한다.

외삼촌께

쌀쌀한 바람이 부는데 그동안 평안하셨는지요. 우리 집 식구들은 모두 다 건 강한데, 어머니께서 일을 많이 하셨는지 자주 몸살이 납니다. 할머니께서는 여 전히 정정하시고요.

저는 어제 졸업을 하였는데, 성적은 좋은 편인데 우등상 하나 못 탄 게 서운 했습니다. 중학교에 가서는 더 노력하여 상을 다 휩쓸어버리겠습니다. 학교 배 정은 누나가 다니는 명지남중이 되었습니다. 학교는 누나하고 다녀서 기쁘지 만, 그 학교가 학생들이 나쁘다는 소문이 들리기도 하여 걱정이 됩니다.

삼촌, 저는 화가 나 있어요. 내 성적표에는 도장을 잘못 찍어 항의도 했는데, 고쳐준다고 했으면서 내가 화가 나 그냥 나왔어요. 그뿐만이 아니에요. 내 성 적 평균이 98.1인데, 우등상 타는 9명에 들지 못해 상을 못 탔으니까 말이에요. 그것도 내가 성적이 좋아서 부모님께도 상을 탄다고 했는데 말이에요. 우등상 못 탄다는 말을 듣고 앞이 캄캄했어요. 그러나 명지중학교에 가서는 열심히 공 부해서 상을 많이 타 볼 거예요. 명지중학교는 교복을 입습니다. 나중에 편지 쓸 때에는 교복 입은 모습도 찍어 보내드리겠습니다.

우리 귀염둥이 성산이는 자기 이름과 아빠 이름, 엄마 이름도 다 쓸 줄 압니다. 요즘에는 텔레비전을 보고 권투 같은 것을 할 때에는 저와 겨루어보기도 합니다. 우리 성산이 사진도 보내드리겠습니다. 삼촌, 만수무강 하십시오

(사진 2장과 돈 5만 원을 보냅니다.)

1988. 2. 17. 조카 혁성 올림.

어머님 보시지요

어머님, 아버님과 형님 제일이 다가오네요. 아버님보다 형님은 25년 뒤에 가셨는데 제사는 하루 사이를 두고 있어서 해마다 이맘때가 되면 아버님과 형님의 옛 모습이 함께 떠오릅니다.

아버님이 돌아가신 지 두 달이 훨씬 지나서야 저는 그 슬픈 소식을 접했습니다. 열 달 만에 아버님과 형님께 글월을 보내놓고 회신을 초조하게 기다리던 1951년 어느 날 오후에 형님 편지를 받았어요. 얼마나 반가웠는지 모릅니다. 눈에 익은 형님 글을 단숨에 읽어 나가다가 그만 캄캄했습니다. 아버님이 돌아가셨다는 사연에 부들부들 떨리고 더 읽을 수가 없었습니다. 얼마나 지났을까요, 잘못 보았나 싶어서 다시 읽었습니다. 허공에 아버님이 떠오르고, 아버님이 살아계시는 것만 같았습니다. 눈물 한 방울 흐르지 않았어요. 그런데도 매로 얻어맞은 듯 가슴은 먹먹했고, 물도 넘어가지 않았습니다. 형님은 아버님이 돌아가셨다는 내용을 간단하게 써서 보내셨어요. 그해 여름 형님이 저 있는 곳에 오셔서 형제는 부둥켜안고 기뻐했습니다. 기쁨은 한동안……. 아버님 이야기를 자세히 들려주시던 형님이나 듣던 저는 목이 메었습니다.

1976년, 소복을 하고 집에 오신 형수씨가 어머님이 놀라실까 봐 가만히 저에

게 보여주신 전보. 아, 벼락 맞은 듯 어머님을 생각할 겨를도 없이 통곡했습니다. 그길로 달려가서 몸을 씻기고 수의를 입히고 입관해서 하루 사이 선산에 형님을 묻었습니다. 산을 떠나올 때 그렇게 허전할 수가 없었습니다.

형수씨는 어떠했을까요? 마흔여섯에 혼자되신 형수씨, 마흔일곱에 혼자되신 어머님, 세상에서 가장 큰 슬픔은 사랑하는 남편을 잃은, 자식을 잃은 슬픔이지요.

어머님! 어머님은 아버님을 잃으시고 모진 고생을 하시면서 자식들을 올바로 키워주셨어요. 어머님 혼자서 아버지와 어머니 역할을 다하셨기에 두 딸과 아들은 비록 고등 교육은 못 받았지만, 마음 쓰는 것이나 사람됨은 어디에 내놓아도 뒤지지 않습니다.

형수씨도 또한 세 딸과 아들을 키우느라고 피눈물 나는 고생을 하셨습니다. 자식들은 크신 어버이 은혜를 얼마나 알고 있는지. 아버님과 형님 제일을 맞이하면서 두 분을 추모하옵고 어머님과 형수씨께 깊이 감사를 드립니다. 끝이 없는 말씀이만 줄이네요. 어머님!

1988. 3. 8. 아들 올림.

추신 : 아침에 펑펑 내리던 눈이 멎었습니다. 기다리는 봄은 더디 오고, 갔는가 싶으면 또 몰아오는 추위, 그것도 이번으로 마지막이 되겠지요. 양지에 파란 싹이 나와 있던데요. 봄눈이라 곧 녹아버립니다. 봄이 옵니다. 어머님 아들은 건강하고 밥도 잘 먹고 있어요. 걱정하지 마세요. 몸의 상처는 아무는 것인데 크고 깊은 마음의 상처는 다 아물지 않나 봅니다. 아버님이 돌아가신 날은 형님 글월에 양력 5월 5일이라고 쓰여있었고, 형님이 가신 날은 2월 28일입니다. 제사는 음력으로 지내기에 아직 오지 않았습니다만 두 분이 가신 날 아들은 아파하면서 자신의 상처를 보았습니다. 어머님과 형수씨는 말할 수도 없겠지요. 어머님! 형수씨! 지나치시면 건강을 해칩니다. 다독거리세요. 존체 보중하세요.

뵙고 싶은 오빠에게 올립니다

오랫동안 소식 전하지 못해 죄송합니다. 오빠 늦추위에 고생 많이 하셨지요? 요즈음 날씨 변덕으로 몸에 변고나 없으신지 걱정만 할 뿐입니다. 모든 것을 오빠의 집념으로 극복하시리라 동생은 믿고 있답니다.

오빠 놀라지 마십시오. 2월 26일에 중부님께서 별세하셨습니다. 갑작스럽게 운명하셨대요.

25일이 작은어머님 생신이기에 딸, 사위 전부 모였답니다. 그날 하루 재미있게 온 식구가 잘 지내고 저녁 식사까지 잘하셨대요. 밤늦게 감기가 들었나 몸이 좀 불편하다고 하시더래요. 먼저 자리에 눕겠다고 하시면서 누우셨대요. 그리고 딸, 사위는 윷놀이를 했대요. 놀다 보니까 12시가 넘었대요. 그때 중부님께서 땀을 흘리시더래요. 그래서 땀을 닦아드리고 그만 자자고 하면서 아이들이 있으니까 작은 불을 켜자고 일어서서 불을 켜는데 갑작스럽게 큰소리로 기지개를 치시면서 숨을 거두었답니다. 한마디 말씀도 못 하시고 세상 하직하셨대요.

오빠, 중부님이 좀 야속하데요. 산 문제 때문에 이러쿵저러쿵할 때 제가 한 말이 있지요. 중부님께서 옥살이하시는 오빠들한테 한 번 가보신 적이 있느냐고요. 엊그제 같은데 끝까지 한 번 못 가보시고 가신 중부님 앞에 가서 한바탕 울었습니다.

오빠, 아버님 삼 형제가 나란히 안치되었습니다. 중부님께서 올해 연세 78세, 나이로는 서운하지 않습니다. 사람은 누구나 한 번은 가기 마련이니까요. 그러나 너무 많은 고생을 하셨습니다. 오빠, 너무 슬퍼하지 마십시오. 바로 소식 전해드리려고 했는데, 부안에서 삼우제를 보고 왔습니다. 그리고 3일 만에 전서방 백내장 수술을 했습니다. 차일피일하다가 늦었습니다.

오빠, 아버님 기일에 설에 갔다가 오빠한테 들르려고 했는데 못 가겠습니다. 오빠가 기다릴까 봐 미리 알려드립니다. 곧 한번 갈게요. 봄에 따뜻하면 어머님

하고 작은어머님과 같이 한 번 다녀오신다고 하셨습니다. 집안에 다른 일은 없습니다. 걱정하지 마십시오.

오빠, 뵐 때까지 안녕히 계십시오.

1988. 3. 11. 동생 대진엄마 올림.

어머님 보시지요

어머님, 환절기에 안녕하세요? 요즈음 날씨가 많이 풀렸어요. 봄이라 그런지 하는 일 없이 책만 보는데도 고단하네요. 며칠 전까지만 해도 말라버린 듯 죽어버린 듯, 살아있다는 기미라곤 전혀 안 보이던 개나리 잔가지에 꽃망울이 부풀고 있습니다.

겨우내 한데에서 벌거벗고 한파를 겨우 숨만을 쉬면서 견뎌낸 개나리. 하찮은 나무에서 생명의 질김을 봅니다. 꽃망울의 작은 움직임을 보고 반가워했습니다. 목숨이 때로는 허망하게 끊어지는 수가 있습니다만 살겠다는 의지로 차 있을 때 그의 질김은 우리의 상상을 넘습니다.

어느 글에서 읽은 것인데요. 생선 장사가 동해의 어촌에서 산고기를 받아 차에 싣고 몇백 리를 달려서 오지의 도시에 팔곤 했는데 고기를 부릴 때는 다 죽어 있었답니다. 그런데 하루는 많은 고기들이 살아있었대요. 웬일인가 하고 살펴보았더니 고기 중에 문어 한 마리가 있었답니다. 저희와는 다른 괴물이 잡아먹지 않을까 겁을 먹고 살려고 기를 썼기 때문에 고기들이 살아 있는 것으로 여겼대요. 그 후로는 문어 한 마리를 챙겨서 싣고 다녔으며 매번 산고기를 팔아서 덕을 보았답니다.

사람도 살려고 집요하게 노력할 때 수명이 길어지는 법입니다. 아들이 나오기 전까지는 어떤 일이 있어도 절대로 눕지도 않겠다고 마음을 차돌처럼 단단히 지니시와 입맛이 없을 때에도 진지를 꼭꼭 씹어서 넘기세요. 어머님께서 정정하시기를 간절히 축원하오며 이만 줄입니다. 어머님! 아들은 건강합니다. 봄이 오고 있어요. 걱정하지 마세요.

　아들 올림.

제수씨 보세요

　제수씨, 안녕하세요? 집안에 별일 없지요? 일전에 전주누이에게 보낸 편지에도 썼습니다만 동생이 면회 온 지가 3년이 넘고 제수씨 편지도 작년 5월에 있고는 없어서 (6월에 면회 오셨습니다만) 어쩐 일인가 걱정이 되기에 자세히 소식을 알려달라고 부탁했습니다. 돈도 보내주고 작년 추석에 두 누이가 왔고 아이들 편지 또한 간간이 있었습니다만 그래도 전에 없던 일이라 별의별 생각이 다 듭니다. 몇 달 거른 적은 있었어도 이번처럼 오랫동안 제수씨가 편지를 안 주신 적은 없었어요.

　사실대로 전하면 안 될 것 같고 거짓으로 쓸 수도 없고 그래서 아예 편지를 끊어버린 것은 아닌가요? 남편이 아침에 일 보러 차를 몰고 시내에 나가서는 밤 아홉 시경에 어김없이 돌아오곤 했는데, 아홉 시 반이 되어도 오지 않으면 오늘은 좀 늦다고 신경이 약간 쓰이다가, 열 시가 되면 덜컥 겁이 나고 문밖에서 차 소리가 나는지, 방안에 전화벨이 울리는지 귀에 온 신경이 모아지겠지요. 열한 시, 열두 시가 지나면 전화가 없는 것으로 보아 사고는 아니라고 일단 안심하면서 또 다른 9만가지 생각이 들 것입니다. 착실한 남편이라 할지라도 예쁜 여자에게 마음이 움직일 수 있는 것이고, '거래처에 여자 상대가 많으니 나 몰래?' 어느 영화 장면, 소설 대목들이 어지럽게 스치고……. 못 견디게 마음이 탄 경험을 제수씨도 혹하셨는지 모릅니다.

　알고 보면 별것도 아닌데 알기까지는 사실과는 딴판으로 다른 상상이라 할지라도 가능성이 있는 것이라 괴로움을 줍니다. 제수씨가 편지를 안 보내준 분이라면 편지가 없다고 이런저런 생각이 꼬리를 물 턱이 없지요. 편지 쓰기 싫어하는 동생은 결혼 후 편지를 제수씨게 떠맡기고 한 번도 보내지 않은 것 같으나 면회는 해마다 한두 번, 늦어도 2년을 넘긴 적이 없었는데, 간다고 하면서도 바빠서 미루다가 그리 겹치게 되었는지 모릅니다만 마음에 걸리고 걱정이 됩니다. 소식 주세요. 이만 줄입니다.

제수씨 안녕히 계세요. 소식만 주시고요. 면회는 시간과 돈이 드는 것이라 6월에나 동생이 어머님 모시고 와주면 좋겠어요.

임성산한테 보낸다

성산아, 그새 잘 있었니? 유치원에서 노래랑 글이랑 많이 배웠어? 할머님, 아빠, 엄마께서 안녕하시고? 내일이 아빠 생일이지?

태어났을 때의 아기적 아빠가 선하게 떠오른다. 할아버님이 한동안 집에 안 계셨고 할머님과 큰아빠와 작은고모 셋이서 살 때, 그러니까 큰아빠는 열아홉 살, 작은고모는 너보다 한 살 위인 여섯 살 때 할머님이 아빠를 낳으셨다. 아기 때 아빠는 눈, 코, 입만 빼놓고는 얼굴에 쪼깐한 털이 잔뜩 나 있었고 아주 예뻤다. 아빠 얼굴에 흉터가 있는 것은 어려서 홍역을 앓은 자국이다. 할머님이 아빠가 똥 싼 것, 오줌 싼 것을 하루에도 여러 번 빠셨고. 젖먹이고, 업어서 키우셨다. 어려운 때 아빠를 키우느라고 할머님이 고생을 많이 하셨단다. 그래서 더 아빠는 엄마인 할머님을 공경하고 잘 모신다.

너도 아빠처럼 너를 낳아서 고생하시며 키워주시는 엄마 아빠께 잘해야지. 또 아빠의 엄마요, 너를 귀여워해 주시는 할머님을 잘 보살펴드려야 한다. 아프실 때 어깨도 주물러드리고 먹을 것이 생기거든 먼저 할머님 입에 넣어드려라. 커서 훌륭하게 될 사람은 어려서부터 착한 것이다.

네가 착한 아이면 큰아빠가 나가서 업어주고 네가 갖고 싶어 하는 장난감도 사주고 기차를 타고 멀리 너를 데리고 가서 좋은 것을 많이 보여주겠지만 말 안 듣고 애먼 짓이나 퉁퉁하는 아이라면 거들떠보지도 않을 것이다. 보나 마나 우리 성산이는 착할 거야. 그렇지?

네 이름은 말할 것이 없고 아빠 엄마 이름도 쓸 줄 안다고 혁성이 형이 자랑을 했던데 네 글씨가 보고 싶다. 너에게 하고 싶은 말이 아주 많다만 쓸 곳이 없구나. 다음에 또 쓰마. 성산아! 안녕.

1988. 3. 26. 큰아빠 씀.

어머님 보시지요

어머님, 밖에는 이제 완연한 봄이네요. 개나리 꽃망울이 나오고 있어요. 해마다 4월 5일경에 이곳 개나리가 만발하곤 했는데 올해는 추위가 늦도록 기승을 부리더니 조금 늦네요. 꽃이 다시는 못 나오도록 짓이기듯 추위가 포악하게 굴더니만 고작 대엿새 늦출 뿐 지금 개나리꽃이 막 나오고 있습니다. 방안에서는 솜옷을 입고 있어도 밖에 나가서 운동을 하면 땀이 죽죽 흐릅니다. 한낮 햇볕은 마치 여름날 같습니다. 이 땅에 찾아온 봄, 음지인 마룻방에도 이제 곧 봄이 오겠지요.

3일 전에 중모님하고 춘자, 정희, 성철*이 내외가 딸을 데리고 전주누이와 함께 왔네요. 반가움보다는 중부님이 돌아가신 뒤라 모두 울먹이며 울었습니다. 중모님은 조카에게 죄를 지었다고……. 작년 겨울에도 중부님이 조카한테 한 번 못 가보고 죽을 것 같다는 말씀을 하셨대요.

누이가 성철이 아내를 소개해서 말만 듣던 제수씨와 인사를 나누었습니다. 마음이 곱고 부모님께 효도한다는 소식을 듣고 퍽이나 흐뭇했으며 성철이는 미덥지 않았는데 "착실한 제수씨가 시집오셔서 우리 대에도 집안 우애가 끊기지 않겠다"고 평소에 생각한 점들을 들려주었습니다. 성철이한테 혼자되신 어머님을 잘 모시라고 간곡히 당부했습니다.

성철이는 "큰어머님이 언제 어떻게 되실지 모르는데 어서 나와서 큰어머님을 모시라"고 하데요. 이곳에서 30년 넘게 산 형이고 형의 아버님 어머님에 대한 생각은 어느 누구 못지않다고 말하면서 어머님 생각에 목에 메었습니다.

중부님이 돌아가신 지 한 달이 넘은 뒤에사 그것도 전주누이가 부음을 보내주어서 다음 날 중부님 영전에 글월을 올렸습니다. 성철이한테도 뒤편에 몇 줄 썼었어요.

"형의 친할아버님 할머님은 네 친할아버님 할머님이시고 아버님들은 친형제이신데 그렇게 가까운 사인데 그래 옥에 있다고 형을 제쳐놓았더냐? 아버님이 돌아가셨는데도 부음을 안 보내고 네가 전에 형에게 대한 것도 그렇지만 여간 섭섭하지 않다. 아직 아픔이 가셔지지 않았을 너라 이만하고 줄인다."라고 끝을 맺었어요.

그 글을 받아보고 크게 느꼈던 것인지 그날로 찾아온 듯했습니다. 좀 더 뼈아픈 말을 하려다가 상중에 있고 장소가 장소라서 삼갔습니다. 춘자와 정희는 많이 울었어요. 중모님으로부터 중부님이 돌아가실 때의 이야기며 고향 소식을 들었고, 상 당했을 때 도와주신 여러분께 감사의 말씀을 전해달라고 부탁했습니다.

누이한테 어머님과 작은어머님, 집안 소식을 들었습니다. 동생이 혹시라도 어디 다치지 않았나 하고 걱정을 했는데 그 걱정은 가셨습니다만 작은사위가 구토를 하고 입원했다는 소식에 놀랐습니다. 지금은 어떤지.

아들은 건강합니다. 날씨가 풀려서 신경통이 가시고 운동도 열심히 합니다. 밥맛이 나아져서 잘 먹고요. 어머님, 아들 걱정을 마세요. 이제는 봄이라 근방의 동산도 좋고 되도록 자주 걸어 다니세요. 어머님께서 기력 정정하시기를 간절히 축원하옵니다. 어머님!

1988. 4. 4. 아들 올림.

혁신아 보아라

아빠가 또 입원하셨다니 어쩔거나. 아빠가 얼마나 괴로워하시냐? 네 편지가 있을까 하고 기다리다가 펜을 들었다. 고모한테서 암이 아닌가 하는 소식을 들은 지 3일이 되었다. 지금쯤 정밀 진찰 결과가 나왔을 텐데……. 구토를 한다고 다 암은 아니다만 만일에 암이란 진단이 나왔거든 (그 정도를 수술이나 치료가 가능한지) 담당 의사가 알려준 그대로 자세하게 적어 보내라. 아빠한테 하고 싶은 말이 있고 마지막으로 써봄 직한 처방이 있다. 제발 암이나 아니었으면. 엄마와 너희들은 또 얼마나 걱정하고 있느냐? 무슨 말을 더 쓰랴. 네 편지를 기다리고 있겠다.

어머님 보세요

"어머님" "오냐, 야~ 야. 잘 있었니?" "예, 어머님 건강이 어떠세요?" "내사 괜찮다. 마음이 울적해서 그렇지." "매부는 병원에 있어요? 암이라고 하던가요?" "송서방 말이지? 입원 중에 있다. 목숨은 위태롭지 않다고 한다. 치료하면 낫는대. 너의 전번 편지를 받고 병세를 아이들이 써서 보냈다." "그래요, 어머님. 아직 못 받았어요." "못 받아? 아이들이 편지 쓴 것을 봤는데, 그날 보낸다고 했다. 요새는 아이들도 건망증이 있어야. 편지는 써 놓고 또 안 부쳤는지 가서 알아보마. 그리고 이달 4일에 쓴 편지와 3월 말에 보내준 편지를 잘 받았다. 네 편지가 오면 의례껏 에미가 읽어 주는데 전 전번 편지 뒤쪽에 성산이 앞으로 안 썼니? 고 녀석이 엄마 앞에서 숨을 죽이고 듣더니만 그렇게 좋아하더라. 형들한테 큰아빠가 편지 보내주었다고 자랑하고, 밤에 제 고모가 오니까 부산하게 편지를 챙겨주면서 읽어 달라고 하더구나. 마침 저녁을 먹고 난 뒤라 자리에 애비도 있었다. 순이가 읽고 나서 '읽어 주는 것을 듣고 좋아만 하지 말고 글을 부지런히 배워서 네가 직접 큰아빠 편지를 읽어 보아라.' 했고, 곁에 있던 에미 애비도 '큰아빠 편지를 읽을 수 있도록 노는 데만 힘쓰지 말고 공부하라'고 이르니까, 고 녀석이 고개를 끄덕끄덕하면서 열심히 공부하겠다고 다짐했다. 어려도 사람 새끼라 옳고 그른 것을 가릴 줄 알고, 웃고 토라지고 아는 것까지 종알거리지 못하는 게 없다. 너도 기억하고 있다. 네 이야기가 나오면 끼어들곤 한다." "고 녀석이 영특한가 보네요. 하기는 제가 다섯 살 때 한 해 동안 줄포에서 살았는데, 어머님, 맞지요? 그때 기억이 솔찬히 납니다. 집은 동쪽으로 향해 있었고 낮은 토방 가로 돌이 길게 박혀 있었어요. 경찰서 앞에서 중부님이 가게를 보셨고요. 점심은 제가 날라다 드렸습니다. 밥, 국, 찬을 담은 양재기 그릇을 포개놓은 도시락 크기가 얼추 제 허리만큼이나 높았어요. 점심을 나르다가 돌에 채어 국물을 엎지르곤 해서 조심스럽게 들고 다닌 기억이 납니다. 하루는 가게 앞 한길가에서 노는데 열예닐곱 되어 보이는 소년이 자전거를 타고 오데요. 서툴게 비틀거리며 다가왔어요. 칠까 봐 무서워서 저는 달아났습니다. 도랑 위 돌다리까지 갔는데 거기서 그만 깔리고 말았습니다. 제 입에서 비명이 터져 나왔고 그 애도 돌바닥에 쓰러졌어요. 그 광경을 보고 뛰어나오신 중부님이 그 애 뺨을 때리며 야단을 치시고는 저를 안고 병원에 가셨습니다. 흰옷을 입은 의사가 여기저기 청진기를 대면서 진찰하던 기억이 납니다. 한번은 길에서 아저씨 한 분을 만났는데 제 손을 잡고 과자점으로 데리고 가셨어요. 튀긴 쌀에 엿을 발라서 만든 튀밥 과자가 있었지요. 여러 개가 붙은 큰 놈 하나를 사서 저에게 안겨 주셨습니다.

작은 팔에 한 아름 튀밥 과자를 안고 저는 좋아했습니다. 그때 아저씨는 큰아 버지라고 불러보래요. 과자는 사주었지만 '어떻게 큰아버지라고 불러?' 저는 입을 꼭 다물고 말았습니다. 그러고 집에 와서 어머님께 조랑조랑 말씀을 드렸더니 듣고 나신 어머님이 웃으시면서 '잘했다. 절대로 큰아버지라고 부르지 말라.' 고 하셨어요. 그 젊었을 적 어머님이 선하게 떠오르네요. 하루는 어머님이 저를 데리고 공중목욕탕에 가셨습니다. 기뻐서 어쩔 줄 몰랐습니다. 그날 날씨가 좋았는데 땅은 녹아서 질퍽거렸던지 신발에 묻은 흙이 작은어머님 옷에 닿을 까 봐 신경이 쓰였어요. 작은어머님은 어머님께 인사를 하시고 저를 뒤로 들쳐 업고는 집 안으로 들어가셨습니다. 어려서 일들이 이어지지 않고 토막으로 기억납니다만 하나같이 생생하게 떠오릅니다. 할머님 기억도 많이 납니다. 성산이가 다섯 살이지요. 고 녀석도 먼 훗날 지금의 엄마, 아빠, 할머니 이야기를 할 것입니다." "그럴 테지야. 야~ 야. 그런데 너는 요즈음 어떠냐?" "운동을 많이 하고 있어요. 밥맛도 전보다 낫고요. 몸은 건강합니다만 이곳도 그렇고 매부가 앓고 있는 것을 생각하면 아픕니다." "야~ 야. 걱정이 병을 낫게 하는 것이 아니다. 걱정은 피를 말릴 뿐 아무짝에도 도움을 못 주는 것이다. 병원에서 괜찮다니 마음을 놓아라." "예, 어머님, 매부한테 가시거든 안부 전해 주세요. 살아야 한다고, 마음 다부지게 지니라고 일러주세요." "그러마." "어머님, 내일모레가 작은아버님 제삿날이지요?" "그래, 가신 지가 벌써 3년이 되었다." "작은어머님께 몇 말씀 올려야겠네요." "암, 그래라." "어머님, 안녕히 계세요. 진지랑 잘 드시고요." "오냐, 사노라면 만날 날이 있나. 너도 몸조심하고 잘 있거라." "예, 이머님."

글을 쓰면서, 제가 쓴 글을 읽어가면서 어머님 음성을 듣습니다.

아들 올림.

작은어머님 보십시오

작은어머님, 그동안 안녕하셨어요?

작은아버님 제사가 다가오네요. 벌써 작은아버님이 가신지가 3년이 되었습니다. 세월이 빠르네요. 작은아버님 제사에 참석하지 못하는 조카는 경건한 마음으로 지난날의 작은아버님을 추모하겠습니다. 조카가 올릴 술잔은 봉규가 올리도록 하세요. 형편은 어떤지, 서울에 사는 일가친척이 모이면 적지 않을 텐데 들어앉을 방이나 있는지 모르겠네요.

작은어머님, 조카는 이곳에서 작은어머님을 생각하면, 칠십을 바라보시는 작은어머님보다 젊어서 새색시 때의 작은어머님이 더 떠오릅니다. 저는 어린아이고요. 왜 그럴까요? 아마도 저를 업어주고 누룽지를 쥐여주고 퍽이나 사랑해 주셨기에 작은어머님의 사랑이 조카 마음에 새겨져서 젊었을 때 작은어머님이 자주 떠오르지 않나 싶습니다.

작은어머님, 작은아버님은 세상을 못 보시고 정완이가 대학 졸업하는 기쁨을 뒤로하고 가셨습니다만 작은어머님은 오래도록 계세요. 다 보셔야지요. 어머님께서도 길이 장수하실 것입니다. 보기 드문 두 분 동서간의 정이 조카에게도 큰 기쁨입니다. 끝간 데 없이 이어가세요.

영민이 소식은 자주 있는가요? 봉규하고 정완이는 일터와 학교를 잘 다녀요? 애자, 정자, 정숙이도 잘 있고요? 동생 학비를 대느라고 자기를 희생시키는 정숙이를 생각하면 늘 장하고 아프고 안쓰럽고 갖가지 정이 얽혀옵니다. 안부 전해주세요.

올리고 싶은 많은 말씀 뒤로 미루옵고 이만 줄입니다. 작은어머님! 부디 건강하세요. 뵙고 싶습니다. 어머님이 면회 오실 때 함께 오세요.

1988. 4. 21. 조카 방규 올림.

오빠 뵙고 싶습니다.

오빠의 근심 어린 글을 보고 놀라움에 몇 자 올립니다.

식구들의 송서방에 대한 지나친 염려가 오빠에게 잘못 전달되었나 봅니다. 송서방의 몸이 좋지 않아서 병원에 진찰을 받으러 갔는데 의사가 송서방을 보고 "혹시 전에 암이라는 진단을 받지 않았느냐"고 묻더랍니다. 그래서 송서방이 아니라고 하니까 의사가 그러면 종합검진 한번 받아보자고 하여 받았는데, 진찰 결과가 나오기까지 모두 불안에 떨었던 것입니다. 한데 아무런 이상이 없답니다. 그 이야기를 아무런 부담 없이 오빠한테 말씀드렸는데, 오빠가 민감하게 받아들이셨나 봅니다. 오빠를 안심시키고자 하는 것이 아니니 괜히 신경 쓰시는 일이 없으시기를 바랍니다. 오빠가 그곳에 계시다 하여 집안의 불행을 감추거나 하지는 않을 것이니 오빠의 건강에 유의하십시오.

오빠, 저번 면회 때 작은어머님 뵙는 동안 땀을 많이 흘리셨는데 무척 걱정이 되었습니다. 그래서 바로 글월 올리려고 하였는데 전서방이 감기가 악화되어 폐렴으로 돌아서는 바람에 입원을 하게 되었습니다. 그날이 4월 3일이었으니 제가 정신이 없었습니다. 상태는 아주 좋아져서 11일 만에 퇴원하였습니다. 전서방 역시 걱정하지 마십시오.

오빠, 요즈음 감기가 기승을 부립니다. 몸조심하십시오. 전서방은 4월 19일부터 출근하고 있습니다. 이번에 순이도 다녀갔습니다. 오빠, 절대로 불행한 일은 없을 것입니다.

홍기 사업 번창하고 어머님을 비롯하여 온 가족들 건강 유지하면 그것으로 족하게 생각하고 며느릿감 고르고, 사윗감 고르기에 힘쓰고 열심히 뛰겠습니다.

다음에는 아이들 좋은 소식 전할게요. 부탁드리고 싶은 것은 오빠의 몸조심하시라는 부탁입니다. 안녕히 계십시오.

1988. 4. 21. 동생 순덕 올림.

큰아버님께

그동안 안녕하셨어요? 너무 오랜만에 펜을 드는 것 같네요. 푸르름이 짙은 5월도 마지막 날이라 아쉬움이 있네요. 그리고 세월이 빠르다는 것도 새삼 느껴지고요.

어제는 전주형님한테서 전화를 받았어요. 편지 한 통 꼭 쓰라고요. 그 순간 미안함에 할 말을 못 했습니다. 하는 것 없이 피곤하고 고단하다면 웃으시겠지요. 전에는 못 느꼈던 것을 점점 발견하게 되니까 매사에 조심스러워요. 제 몸에 신장이 안 좋다는 의사의 말을 듣고부터는 음식도 마음대로 못 먹고 조금 과했다면 피로를 느껴요. 꼭 나이 든 사람처럼 몸을 움직여야 해서 어른한테 미안함을 느낄 때가 한두 번이 아니에요. 그래도 지금은 많이 좋아진 편이에요. 약도 먹고 특히 음식을 조심했더니 효과가 많아요.

여기 인사가 늦었군요. 어머님은 안녕하시고 식구들과 애들도 잘 있고요. 성산이도 잘 크고 있어요. 공장도 그런대로 굴러가고 있고요. 시숙님 생신 때 찾아뵙겠습니다. 안녕히 계세요.

1988년 6월. 제수 올림.

어머님 보세요

어머님, 요즈음 건강이 어떠세요? 감기로 오래 앓으셨다면서요. 감기에 자주 걸리는 것은 감기를 이겨낼 만한 힘이 부족하기 때문입니다. 진지를 꼭꼭 씹어서 넘기세요. 어머님은 만들어다 주는 음식이나 드시는지, 자시고 싶으신 것이 있어도 말씀을 안 하실 것 같은데 효성스러운 아들 내외가 아닌가요? 허물 마시고 말씀하세요. 반대되는 경우도 있지만 보통은 몸에 부족한 것이 먹고 싶답니다. 감기는 몸을 씻거나 머리를 감고 난 후에 잘 걸리는 것인데 따순 물을 쓰시는 것은 물론 씻고 나서 물기를 잘 닦으시고 몸을 따숩게 하세요. 자주 밖에 나가서 걸으시고요.

늙으면 병으로 앓거나 싫어하시는 듯한 눈치가 보이면 "어서 죽어야 할 텐데, 죽지도 않고 이게 무슨 꼴이냐"고 한탄하는 경우가 허다한 것인데요, 어머님! 당초에 그런 생각일랑 하시지 마세요. 아들이 이곳에 있지 않은가요. 아들하고 함께 사셔야지요. 머지않아 아들이 어머님 곁에 갈 듯하옵니다. 어머님, 마음을 단단히 지니세요.

아들은 책도 열심히 보고 운동도 많이 하고 있어요. 아들 걱정을 마세요. 어머님께서 진지 잘 드시고 강녕하시기를 간절히 축원하오며 이만 줄입니다. 어머니!

아들 올림.

홍규야 보아라

홍규야, 돈은 있다가도 없고, 없다가도 있는 것이라 형은 크게 여기질 않는다. 오직 어머님께서 기력 좋으시고 너와 제수씨와 성산이가 건강하기만을 바란다. 어머님이 감기에 약하신데 평상시에 비타민 C를 하루 2, 3정씩 복용하시도록 해라. 비타민 C는 감기 예방에 좋고 또 노년기에 특히 필요하다. 탈 없이 모두 건강하기를 간절히 바란다. 잘 있거라.

선주야 보아라

선주야, 네 편지를 받았다. 얼마 만이냐? 네 글에서 대학 진학을 목표로 하는 고등학교 2, 3학년 학생들의 고된 나날을 엿보았다. 아침부터 새벽 2시까지 공부하고 잠을 네 시간 잔다는 너희들. 영화 한 편 음악 한 곡을 느긋하게 감상할 수 없다는 너. 그런데도 어른들은 학교나 집에서 몰아세우다니 마치도 뼈가 다

여물지 않은 너희 등에 무거운 짐을 지워놓고 그것도 가파른 길을 기어오르는데, 매질하는 것 같아서 마음이 아팠다.

지식이 인생의 전부가 아닌 것을. 건강은 두말할 나위가 없고 의지, 정서, 사람 됨됨이가 더 중요한 것인데, 그 모두를 도외시하고 한 달에 네 번, 다섯 번씩 시험을 보게 하는 시험 위주의 학교 교육이 교육에서 중요 부분을 놓치고 있기 때문에 잘못되어 있다. 학교 교육에서 결여된 점을 네 스스로 보충해야 한다.

공부하다가 잠깐씩 운동을 해라. 사람의 감정이나 의식 활동은 대뇌피질(뇌세포)의 운동 현상인데 무리하면 피로가 쌓여서 탈이 난다. 운동은 건강을 돕고 뇌에 휴식을 주는 것이다. 인간의 삶, 인간이 살아가는 그 어떤 환경(사회 및 자연 현상)일지라도 괴로움만으로 되어 있는 것은 없다. 미 즉 아름다움과 함께하고 있는 것이다. 생명체는 환경의 지배를 받으면서 동시에 그를 개선하는 것이며 인간은 목적의식적으로 노력하고 있다. 어려움을 극복하면서 아름다움을 가꿔가는 작업이야말로 삶의 참된 모습이다.

땀 흘리며 공부하는 것은 삶을 값있고 윤택하고 아름답게 꾸리기 위한 것이다. 지금 너는 학과 공부를 중점적으로 해야 하지만 정서를 소홀히 해서는 안 된다. 조금이라도 부모님을 돕고 동생들을 누나의 따뜻한 애정으로 감싸주고 벗과 우정을 나누고 푸른 나무들, 이슬에 젖은 잎사귀, 먼 산, 하늘에 떠가는 구름에 마음을 주어라.

사람이 한평생을 살아가자면 허다한 난관에 봉착하게 된다. 그때마다 좌절하지 않고 장애물을 바로 뚫고 나가기 위해서는 강인한 의지가 필요하다. 어려움을 이겨낼 때 그 과정에서 의지가 강해지는 것이다. 때로는 싫증이 나는 고된 공부를 통해서 의지를 키워가거라. 무척 힘이 들 때는 보다 더 어려웠던 한때를 회상하거나, 이 삼촌도 좋고, 가난해서 고등학교에 못 간 소녀들, 낮에는 생산 직장에서 힘들게 일하고 밤에 야간 학교에서 쏟아지는 잠을 이기려고 제 살을 꼬집으며 공부하는 네 나이의 소녀들을 생각해 보아라. 그들에 비하며 네 어려움은 큰 것이 아니다.

송선주가 그것쯤을 이겨내지 못한다고 해서야 말도 안 된다. 대학 입학시험에 응시하는 사람은 합격 아니면 불합격이 있을 뿐이다. 나중에 울지 말고 지금 최선을 다해라. 자기 생활에 최선을 다하는 사람은 후회가 없다. 타의에 의해서가 아니고 스스로 공부에 열중하고 있을 너를 떠올리며 이만 줄인다.

아빠 병환이 하루속히 회복되기를 간절히 축원하면서. 선주야, 안녕.

1988. 6. 7. 삼촌 씀.

삼촌께

삼촌, 안녕하세요? 이제껏 편지 못 드려서 죄송해요. 마침, 삼촌 편지가 와서 펜을 들었어요. 삼촌께서 전번 편지에 아버지의 건강에 대해서 물어보셨지요? 아버지는 술 안 드시는 것 말고는 다 전과 같아요. 날씨가 조금씩 더워지는데 거기는 어때요? 물론 덥겠지요. 할머니는 어버이날에 작은할머님과 함께 가까운 서오릉에 가서 놀다 오셨어요. 물론 외숙모님과 성산이와 제가 모시고 갔어요. 서오릉을 한 바퀴 둘러보고 워낙 더워서 3시간 만에 돌아왔어요. 할머니는 변함없이 동네 할머니분들과 함께 잘 지내고 계세요. 어머니는 요즈음 들어 밥맛이 좋다고 하시며 식사도 많이 드셔요. 참 다행이에요.

의정이누나가 전주에서 5일 전에 왔어요. 누나가 언제 시집간지는 모르지만 일찍 시집을 갔으면 해요. 그래야 이모부, 이모, 아버지, 어머니, 할머니, 우리가 다 좋아하지요. 결혼 이야기가 나와서 하는 말인데 대진이형은 왜 장가를 안 가는지 모르겠어요. 삼촌께서 대진이형한테 편지를 보내서 장가를 빨리 가라고 하세요. 그래야 형도 좋고, 저도 좋고, 모두 다 좋지요.

성산이는 무럭무럭 크고 있어요. 성산이가 "빨리 가방을 메고 학교에 갔으면 좋겠다"고 말했어요. 그리고 키 크는 주사 좀 놔주라고 하더라고요. 그렇게 주사를 맞기 싫어하더니 주사를 맞는다고 하니 참 웃기지요? 성산이도 어서 커서 국민학교에 들어가야지, 안 그러면 엄마 아빠 속 썩이고 말을 잘 안 들을 테니까요.

삼촌, 삼촌 건강은 어떠세요? 여름에는 음식에 주의하라고 하던데요. 상한 것을 먹으면 식중독에 걸리고 날것을 그냥 먹으면 디스토마에 걸리나 봐요. 거기 음식이 맛이 없더라도 조금만 참고 기다리세요. 언젠가는 삼촌이 나오실 테니까요. 그날이 빨리 오도록 빌겠어요. 삼촌, 몸조리 잘하세요. 보고 싶어요.

1988년 6월 조카 혁신 올림.

어머님 보세요

어머님, 벌써 덥다는 말이 들려오고 있습니다. 요즈음 낮에 운동장에 나가 보면 나뭇잎 하나 까딱하지 않고 볕은 얼마나 뜨거운지 한여름 같아요.

연세가 많은 분들은 갑작스러운 기후 변화에 부대끼는 것인데요, 어머님 건강이 어떠세요? 삭신이 쑤시고 밥맛이 없고 몸이 말을 잘 안 들을 줄 압니다. 어머님, 병이 있어서가 아니라 기후 탓입니다. 좀 있으면 괜찮을 거예요. 되도록 진지를 다 드세요.

어머님, 아들이 나온다는 말을 이따금 들이시지요. 옥 문이 열립니다. 그러나 바깥 사정을 모르는 아들은 언제쯤 나가게 될지 가늠할 수가 없네요. 빠르면 곧 나갈 수 있고 늦어도 3년은 넘지 않습니다. 이제는 때가 되었어요.

어머님, 아들을 만나기 위해서도 진지를 다 드셔야 합니다. 너무 초조하게 기다리지는 마세요. 아들은 설령 내일모레 나간다고 할지라도 3년 기한을 잡고 넉넉하게 든든하게 살아가고 있습니다. 운동 시간에 밖에 나가면 웃통을 벗어 부치고 맨발로(무좀이 있어서요.) 땀을 뻘뻘 흘리면서 운동을 합니다. 건강합니다. 아들 걱정을 마세요. 어머님께서 정정하시기를 간절히 축원하오며 이만 줄이네요. 어머님!

제수씨 보세요

제수씨, 글월 반갑게 받았습니다. 1년 만입니다. 간간이 보내주시던 편지가 끊어져서 집안에 무슨 일이 있는가 하고 걱정을 했습니다. 소식 주시라고 제수씨께 몇 번 편지를 보내놓고 회답이 없기에 야단을 칠까 하다가 바깥일을 알 수가 있어야지요. 제수씨, 오해는 마세요. 시숙이 어떻게 제수씨한테 야단을 다 쳐요? 제수씨는 시숙과 제수라는 지극히 어려운 관계가 아니라 막냇누이처럼 여기고 있기 때문에 그런 생각까지를 했답니다.

신장이 나쁘세요? 신장이 좋지 않다는 말을 누이한테서 들었습니다만 면회 오셨을 때의 제수씨 모습을 보고 안심을 했는데 그동안 악화되었던 모양이지요. 약의 도움과 식이요법으로 많이 좋아지셨다니 다행한 일입니다. 해를 두고 투병해야 할 병환이라 어려움이 많을 줄 압니다만 고생스럽더라도 꾸준히 힘쓰세요. 약물과 식이요법 이상으로 안정이 극히 필요합니다. 안정을 위해서는 가족의 협조와 환경이 중요합니다. 무엇보다도 제수씨 자신의 마음가짐입니다. 몸이 말을 안 듣고 그런 상태가 길어지면 인간관계에 변화가 오는 것이며 뜻하지 않은 방향으로 옮겨가기 쉽습니다. 눈치가 보이고 섭섭하고 짜증이 나고. 병과 대결하면서 그 모든 심적인 갈등을 사랑과 너그러운 마음으로 극복하세요.

병으로 앓는 기간도 인생의 귀중한 한 토막입니다. 내외의 어려움을 올바로 극복할 때 성장하는 것이며 제수씨는 보다 성숙한 여인이 됩니다. 노력 여하에 따라서 불행한 시기를 아주 값진 생애의 부분으로 전환시킬 수 있습니다. 그것은 또한 병을 정복하는 확실한 길이기도 하지요. 우리 몸은 합병중으로 여러 가지 병이 일시에 공격하면 모를까, 한두 가지 병으로는 끄떡하지 않고 이겨내는 자체 치유 능력을 가지고 있습니다. 병균이 체내에 침입하면 그를 섬멸하기 위해서 식균 세포인 백혈구가 맹렬히 활동을 합니다. 백혈구의 항균 능력과 자체의 치유 능력은 영양에 달려 있습니다. 영양 있는 음식 섭취에도 힘을 기울이세요. 여러모로 꾸준히 노력하셔서 병이 쉬 나으시고 성장이 있기를 간절히 바랍니다. 제수씨, 안녕히 계세요. 제수씨와 성산이가 기다려지네요.

홍규야 보아라

홍규야, 너에 대한 걱정은 아직도 가시지 않았다. 네가 어떤지?

신장병은 전신에 피로가 오고 일에 홍미를 잃고 정신적으로 불안한 상태에 놓이게 된다. 가정에 애정이 없어서가 아니라 병적인 현상이다. 나무를 보면 버러지가 파고 들어가서 속을 파먹고 있어도 잎은 푸르고 전문가가 아닌 사람은 겉으로 보아서 잘 모른다. 그와 마찬가지로 속병을 앓고 있는 사람도 더러는 멀쩡해서 애정이 없는 것으로 또는 꾀병으로 여기기 쉽다. 생각은 반드시 언행으로 나타나는 것이라 환자는 눈치를 살피게 되고 신경이 날카로워진다. 더욱 불안하게 되는 것이다. 사랑으로 감싸주어라. 장병에 효자 없다는 속담이 있다. 그것은 부모에 대한 자식만이 아니라 부부 사이에도 해당되는 말인데 사람이 되고 수양을 쌓은 사람에게 어디 될 법이나 한 말이냐? 아내를 더 지극하게 사랑해라. 병이 쉬 낫도록 돕고 도대체 네가 얼마만한 인간인가를 알아도 보고. 많은 사람들이 타인을 사랑하는 행위는 손해라고 멀리하고 있는데 크게 잘못된 생각이다. 진실한 사랑, 그를 통해서 바르게 성장하는 것이며 사회가 아름다워진다. 많은 말을 줄인다. 홍규야, 잘 있거라. 모두 건강하기를 간절히 바란다.

1988. 6. 15. 형 씀.

어머님 보시지요

어머님, 무더운 날씨에 안녕하세요? 식구들이 다 잘 있어요?

올여름은 긴 장마에 별로 더운 줄 몰랐고 며칠 살을 태우는 듯한 불더위가 있었습니다만 이제 고들목이라 달도 차면 기운다고 열흘 못 가서 꺾일 것입니다. 입맛도 그러시고 더위를 견디기에 힘드실 줄 압니다만 조금만 참고 이겨내세요.

어머님, 8.15가 다가오네요. 일본놈들 등쌀에 그리도 괴롭게 살아왔던 우리 백성이 놈들의 굴레에서 해방된 지 43년, 아직도 나라는 동강나 있고 해방은 무슨, 기가 막합니다. 긴 세월입니다. 그래도 이제는 우리를 갈라놓은 원한의 벽이 밀어붙이는 힘에 금이 갔습니다. 넘어질 기미가 보입니다. 성급한 마음에, 담을 넘어뜨리고 모두 한마당에서 잔치를 베푸는 장면이, 노래하고 춤추고 감격적인 장면이 떠오릅니다. 해방 직후 고향에서 집집마다 술을 빚고 팥죽을 쑤고 바위패(당시 이름난 정읍 농악대) 불러다가 큰 잔치를 했지요. 무너진 담 사이로 오고 가고……. 온전한 해방을, 나라의 통일을 이룩합시다. 어머님 그날을 보셔야지요.

아들은 건강합니다. 걱정마시고 더위에 지치지 않도록 진지를 잘 드세요. 어머님께서 기력 정정하시기를 간절히 축원합니다. 어머님!

혁성아 보아라

혁성아, 아빠 엄마께서 안녕하시냐? 너희들은 어떠니? 방학인데.

삼촌이 너만한 때는 고기 잡고 게 집는데 정신이 팔려서 히루헤기 금에 기곤 했다. 방죽에서 미역 감고 십 리나 되는 바다에 가서 망둥어 낚시질하고. 너른 바다, 하늘에 닿은 수평선, 시원한 바다가 떠오른다.

혁성아, 삼촌이 너와 같은 나이 때 8월 15일에 조국은 일제의 식민지 통치로부터 해방되었다. 43년이 지난 오늘, 이제 옛날이 되었구나. 그래도 생생하게 기억에 남아 있다. 해마다 이맘때가 되면 지난날을 회상하는데 기쁨보다는 절절한 아픔이 살아난다. 아 ~ 긴 세월 ~ 갑자기 벙어리가 되었는가.

개인이나 민족의 고통이 언제까지 이어지는 것은 아니다. 우리 민족 분단의 고통은 막바지에서 바야흐로 통일의 전환기에 접어들고 있다. 너희들은 개성과 자질을 마음껏 키워가며 조국에 이바지하면서 행복하게 살 것이다. 네가 삼촌 나이가 될 때 삼촌은 백 살, 벌써 세상을 떠난 뒤가 될 테지만 조국과 세계는 그야말로 지금 상상할 수도 없는 세계가 오랜 인류의 이상이 여러 면에서 실현 될 것이다. 어찌 너희들이 행복하지 않으랴? 너희들이 장래를 전망하는 삼촌은 속까지 시원하구나. 쓸모 있는 사람, 충실한 사람이 되어라.

많은 말을 줄인다. 혁성아, 안녕.

(지난달 26일에 보낸 편지를 받았느냐? 더위에 참외가 좋다. 한의서에 나와 있다. 더위 먹은 데도 좋고 예방에도 좋단다. 사다 먹어라.)

1988. 8. 8. 삼촌 씀.

어머님 보세요

어머님, 전번에 누이가 면회 와서 어머님이 전주에 계신다고 하던데요. 편히 계시다 오셨어요?

제가 밖에 있을 때 언젠가 "너희들하고 있으면 걸리는 것이 없고 밤에 두 다 리를 쭉 뻗고 자는데, 딸네 집은 좋은 음식에 잠자리가 편해도 그렇지가 않아 야." 하시던 어머님 말씀이 떠오릅니다. 아들이나 딸이나 다 당신들이 낳아서 키운 자식인데 정으로 말하면 어머니와 딸 사이가 더한 것인데 장가보내고 시 집 보내놓고 나면 확연히 달라지는 원인이 어데 있는가. 딸네 집은 주인이 사위 고 아들 집은 주인이 아들이라서 그럴까? 따지고 보면 부부 두 사람이 집주인이지 한 사람이 아닌 것을. 하기야 낡은 인습을 타파하지 못하고 법까지도 남녀를 차별하고 있으니까. '시집을 왔으면 좋든 싫든 이 집귀신이 되어야 한다'고 옛 생각에 젖어 있는 우리 어머니들. '아들 집이 아닌 다른 곳은 늘 조심스럽고 편치 않은 어머니 마음을 이 시대 자식들이 얼마나 헤아리고 있을까?' 그래도 '다른 나라에 비교가 되지 않으리만큼 부모 자식간에 정이 두터운 우리에게 좋은 점, 고쳐야 할 점을 가려가면서 어떻게 하면 달라진 세태를 바로잡고 좋은 점을 키워갈 수 있을까?' 하고 생각해 보았습니다.

어머님 오래오래 계세요. 아들은 건강합니다. 책도 부지런히 보고 있어요. 걱정 마세요.

어머님! 기력 정정하시기를 간절히 축원하오며 이만 줄입니다.

아들 올림.

홍규야 보아라

홍규야, 잘 있니? 매부 건강이 좋아졌다지. 반갑다. 빚이 많다면서 남의 돈으로 일을 하면 나라나 개인이나 죽자 하고 벌어서 이자 물기 바쁜 것인데 애쓴다. 네가 알아서 할 테지만 사업 규모를 줄여서라도 빚을 청산하고 힘에 겹지 않도록 기업을 경영하는 것이 좋을 성싶다.

아이들 여름방학 때 네가 아이들을 데리고 올 줄 알았는데. 부탁도 했고. 추석에 성묘 갔다 오는 길에 들려라. 누나에게 부탁한 것은 어떻게 되었는지. 솔깃한 말을 들을지라도 할 일은 해야 할 텐네. 많은 말 뒤로 미룬다.

제수씨 보세요

제수씨, 누이한테 제수씨 건강 상태를 물었더니 좋아졌다고 해서 안심했습니다.

제수씨, 의학 강의를 하는 텔레비전 프로를 보았는데요. 우리 인체는 자체 치유 능력이 있으며 체내에 침투한 균을 섬멸하는 임무를 T임파구가 담당하고 있는데 T임파구의 기능 즉 병균과 싸워 이길 수 있는 전력은 엔돌핀에 의해서 강화된다고 합니다. 재미있는 것은 엔돌핀이 체내에서 생산이 되는데 기쁠 때 많이 만들어진대요. 그 사실을 최근에 발견했답니다. 마음과 육체는 분리될 수 없는 것이며 서로가 작용 반작용하는 그 점에 관심을 높이세요.

어린 자식들 때로는 말을 잘 안 듣습니다. 자식뿐만 아니라 내 마음까지도 뜻대로 안 됩니다. 그러나 수양을 쌓아가면 높은 수준에서 몸과 마음을 다스릴 수 있습니다. 몸이 아프면 만사가 귀찮은 것입니다만 마음을 넓게 지니시고 되도록 생활을 즐겁게 꾸려가세요. 흐뭇한 삶! 주어지는 것보다는 만들어가는 기쁨이 더하지 않을까요.

제수씨, 완쾌되시기를 간절히 기원하면서 이만 줄입니다.

성산아 읽어보아라

성산아, 잘 있니? 여름방학이 끝나서 너도 유치원에 다니겠지? 큰아빠는 이따금 너를 생각한다. 오늘은 너한테 무슨 말을 할 거나. '될성부른 나무는 떡잎부터 알아본다'는 말이 있다. 무슨 뜻인가 하면 나무는 씨가 싹이 터서 땅에 뿌리를 내리고 점점 커가는 것인데 장차 곧게 큰 나무로 자랄 것인지 아닌지를 작은 떡잎을 보면 알 수 있듯이 커서 훌륭한 사람이 될지 안 될지 어릴 적에 보면 짐작이 간다는 말이다. 어려서 하는 짓이 탐탁하고 착실하면 커서 훌륭한 사람이 되고, 거짓말을 곧잘 하면 못된 아이요 커서도 나쁜 사람이 되고 만다. 거짓말을 말아라. 거짓말이 맨 처음에 나오는 악의 뿌리다. 거짓말을 말아라. 이 말을 네 가슴에 새겨라.

성산아, 안녕. 뽀뽀.

(너한테 좀 어렵게 말한 것 같다. 엄마가 자세하게 풀어서 너에게 들려주시겠지.)

1988. 8. 12. 큰아빠 씀.

누이에게

집에 별일 없지?

면회실에서 누이와 의정이와 일경이를 본 지가 한 달이 되어가는데, 어제인 듯 주고받은 이야기며 표정 하나하나가 선하게 떠오르네. 그때만 해도 여름이 아니던가? 웬 놈의 날이 이리도 더워. 덥다! 하던 수은주가 35°, 37°. 체온보다도 높다고 수십 년 내의 더위라고 법석을 떨던 때가 한 달 남짓 지났는데 아침저녁으로, 홑옷으로는 춥고 귀뚜라미 풀벌레가 밤새 우네. 어느새 가을이 왔어.

조국의 정치 정세도 현실적으로 평화 통일을 수행할 수 있는 급격한 변화가, 일대 전환이 있을 것이네만 복잡한 정세의 진행을 꿰뚫어 볼 수 있는 안목이 부족하고 자료 또한 충분하지 못해서 시기를 정확하게 전망할 수는 없어도 가까이 다가오고 있음을 감지하고 있네. 32년 옥중 생활에서 그 어느 때보다도 석방과 조국 통일의 희망에 차 있네.

그러기에 이곳에서 1, 2년 더 산다고 해도 문제 되지 않고 수월한 일이네만 어머님을 생각하면 마음이 조급해. 추석에 성묘하러 갔다가 돌아오는 길에 이곳으로 끌려왔지. 마지막 밤을 순이 집에서 자고. 또 추석이 다가오네. 그때를 회상하는 어머님 마음이 어떠실까? 북에 있는 아들도 아닌데. 아들을 가두어 놓고. 생각하면 분통이 터질 것 같아.

어머님이 아직 전주에 계시는가? 오빠 생일에 오셨던 어머님은 더 작아 보였고, 허리도 좀 굽으셨데. 감기를 자주 앓으시는데 찬바람은 일고, 요즈음 건강이 어떠신지 누이한테 부탁한 것은 어찌 되었나?

오빠는 여전하네. 건강도 그만하고 온갖 육체적 정신적 고통을 이겨가면서

꿋꿋이 살아가고 있어. 걱정하지 마. 환절기에 매부와 누이, 그리고 아이들의
건강을 간절히 바라면서 줄이네. 오늘따라 의정이에게 많은 말을 하고 싶은데
다 쓸 수도 없어 그만두네. 잘 있어.

　1988. 9. 16. 오빠 씀.

어머님께

　어머님, 안녕하세요? 내일모레가 추석이네요. 객지에 나가 있는 자식들이 부
모님을 뵈러 떠날 시간입니다. 어머님! 성묘하러 갔다가 감옥으로 끌려왔기에
한이 맺힌 날, 추석에 어머님은…….

　어머님, 아들은 꿋꿋하게 살아가고 있습니다. 건강합니다. 아들 걱정 마세요.
오래오래 계세요, 어머님!

　아들 올림.

순이야 보아라

　순이야, 너와 네 남편 건강이 어떠냐? 아이들이 다 잘 있니?

　네 나이 사십을 넘고 세 아이의 어머니라 어머님 마음을 오빠보다는 더 알 성
싶다. 팔순을 넘으신 어머님, 추석에도 오지 않는 감옥의 아들을 생각하시면서
아파하실 어머님 마음을 오빠가 아무리 헤아려도 그 근방엔들 이르랴.

　하루아침에 살림을 몽땅 날려버리고 너희들 세 어린 것을 바로 키워주신 어
머님. 짐승이 왼팔을 떼어 가 버린 남편 시신을 그러안고 통곡한 여인. 사형받
은 아들을 보시고 목메어 우신 어머님, 큰아들을 잃고, 32년의 그 긴 세월을 철
창 안 아들을 생각하시며 아파하신 어머님. 우리 어머님 같은 어머니가 세상에
또 있을거나.

순이야, 어머님을 안아 드려라. 글이 짧은 것은 무슨 일이 있어서가 아니라 못 썼다. 오빠 걱정을 하지 말아라. 순이야, 잘 있거라.

1988. 9. 23. 오빠 씀.

찬미예수

작은아버님, 그동안 안녕하신지요. 정말 오랜만에 글을 올림을 언제나 죄송한 마음으로 생각합니다.

밖의 생활이란 올림픽이 개막된 지 1주일이 되어가고 있고, 축제하는 분위기라고 말할 수 있겠습니다. 소련, 중국 선수들도 참가하여 열심히 경기에 임하고 있습니다.

할머님께서는 전주고모 집에 계시고, 이곳 작은아버님, 어머님, 성산, 고모, 고모부, 선주, 혁신, 혁성 모두 잘 보내고 있습니다. 우리 가족 어머님을 비롯하여 오빠, 언니, 성일도 잘 지내고요. 이 세상에 태어나서 서운함을 버리고 작은 기쁨 어느 하나라도 느낄 수 있음이 행복이 아닐는지요.

그곳에서 기다리는 것은 오직 편지라 생각하면서도 뜻대로 행동이 잘 이루어지지 않아요. 건강은 어떠신지요. 추석 명절을 앞두고 들뜬 거리인 것 같습니다. 함께하지 못함은 우리 가족의 숙명이라 생각한 지 오래이기에 무어라 말한들 소용이 있으리오만 그래도 함께 지내는 날이 오기를 기대해 보고 싶어지는 마음입니다.

찾아뵈어야 도리인데 저 역시 그러지 못하고 있음을 항상 염두에 둔답니다. 그러나 언제나 마음속에서 우주여행을 가신 아버님 그리고 작은아버님을 위해 기도드립니다. 기도 안에서 만나 뵐 때마다 흐르는 눈물을 닦으면서 광명의 빛을 받으시길 기원합니다.

어머님도 이제 할머니가 되시고 저 막내도 이제 30이 되니 철이 조금씩 든 것 같아요. 요즘 작은집에서 경리 업무를 보고 있습니다. 힘은 들어 조금 어려우나 작은아버님, 고모부, 그리고 작은엄마, 고모가 노력하고 열심히 일하고 있으니 점점 발전해 가리라 믿고 또 그렇게 되길 간절히 바랍니다.

따뜻함의 계절도 이제 얼마 남지 않았는데 건강하시옵고, 고모부께서 오만 원을 송금해 드리니 명절 때 쓰시라고요. 건강하시라고 안부 전하시더군요. 다음에 또 소식 전해드리겠습니다.

안녕히 계십시오.

1988. 9. 23. 조카 귀선 올림.

동생에게

홍규야, 네 일이 무척 바쁜가보다. 할 말이 있고 또 너 본 지가 오래되어서 추석에 성묘 갔다가 돌아가는 길에 들르라고 했는데. 사나흘 기다리다가 안 와서 그리도 바쁜가 아니면 무슨 일이라도 있는 것인가 하고 부질없는 걱정에 마음이 어두웠다. 귀선이 편지에는 네가 잘 있다고 했더라만 아프지나 않았으면 좋겠다.

제수씨 보세요

제수씨, 안녕하세요? 건강 상태는 어떠세요? 작년 이후 성산이가 잘 큰다는 소식은 들어왔습니다만 고 녀석이 무엇에 소질이 있고 공부는 어떻게 하는지 성품은 어떤지 몰라서 여간 궁금하지 않습니다.

어린 꽃나무도 정성을 들여서 돌보고 바로 잡아주어야 탐스럽게 커서 꽃을 곱게 피우고, 씨 또한 잘 영그는 것인데 사람이야 말할 것이 없지요. 지금 성산이는 인생을 살아가는 데 있어서 가장 중요한 인격의 기틀이 잡혀가는 시기입니다. 아빠 엄마가 과욕을 부려서 일일이 간섭하고 말로라도 꼼짝 못 하게 해서는 안 되며 그렇다고 애가 하는 대로 방임해서도 안 되겠지요. 사랑과 지혜와 엄한 가르침을 통해서 아이 스스로 언행을 바르게 하도록 이끌어가고 성산이 내부에 잠재하고 있는 자질을 계발하는 데 힘써야 할 줄 압니다.

다 알아서 하시겠지만 아이를 키우면서 어려움이 많으실 텐데요, 저에게도 좀 알려 주세요. 성산이한테 실정에 맞게 몇 마디씩이라도 써서 보내게요. 아이는 아이들하고 놀면서 더러 얻어맞고 울곤 합니다. 자식 몸에 상처가 났을 때 부모 마음이 좋지 않겠지요. 그래도 너무 괘념하지 마세요. 특히 사내아이들은 저희 동무들하고 놀면서 용기와 욕심을 억제하는 자제력이 생기고, 사랑과 인간 생활에 필요한 지혜를 터득하게 됩니다. 인간성이 풍부해지고요. 형제 없는 아이는 아이들과 자주 놀도록 배려해야 합니다.

날씨가 제법 쌀쌀하네요. 환절기에 몸조심하세요.

귀선아 보아라

귀선아, 네 편지를 받았다. 삼촌은 네 글을 읽고 철창 밖 먼 하늘을 바라보면서 네 모습을 떠올렸다. 삼십이 된 너. 마음이 서글서글하고 곱건만······.

어머님이 이제 할머님이 되셨다고? 외손자가 넷에 친손자를 보셨으니까 할머니는 할머니지. '내 머리와 수염이 허연데 나보다 세 살 위신 형수님이야 오죽하실까? 형수씨, 안심!' 어려서 일들이 떠오르는구나. '십십한 짐이 있어도 멀리하거나 탓할 수 없는 형수씨'

귀선아, 어머님께 안부 전해라.

네가 경리사무를 보고 있다니 그래도 좀 마음이 놓인다. 삼촌 풀려날 시기가 가까이 온 듯싶다. 조국의 앞날도 아주 밝게 전망이 된다. 삼촌이 나가도 당장

은 너에게 보탬이 안 되겠지만 너를 도울 때가 있겠지. 희망을 가져라. 미더운
너라 매사에 허튼 구석이 없을 줄 안다만 사람은 불완전한 것이다. 늘 네 자신
을 돌아보면서 부끄럽지 않게 살아라. 귀선아, 안녕.

(그동안 너는 어째서 편지를 안 보냈더냐? 너희 집 주소를 모르는 삼촌은 네가 1년
에 두어 번 작은집에 간다기에 네 앞으로 글을 써봐야 공편지가 될 것 같아서 너에
게 글을 안 쓰고 말았다. 이제는 매일 공장에 출근하고 있으니까 이따금씩 편지를 보
내라. 고모부가 보내주신 돈 5만 원을 잘 받았다. 네가 편지 쓰던 날(9.23.) 삼촌도 펜을
쥐고 마음이 아파서 할머님께 몇 말씀 올리고도 고모한테도 짧게 써서 보냈는데 그
편지를 받았느냐?)

1988. 10. 4. 삼촌 씀.

성산아, 읽어보아라

성산아, 그새 공부 많이 했니? 추석에 할아버지 묘소에 성묘 갔다가 오면서
아빠랑 엄마랑 너랑 큰아빠한테 올 줄 알고 기다리고 있었는데 안 와서 서운했
다. 전주 큰고모 집에 가서 할머님을 뵙고 외갓집에 가서 외할머님을 뵈었니?

어떤 아이들은 집에 손님이 오시거나 남의 집에 가면 더 떠들고 장난치고 하
는데 우리 성산이는 어떤지 모르겠다. 어른들 앞에서 함부로 나대는 것은 버릇
없는 짓이라 좋지 않다. "그 집 애, 성산이라고 하는 아이는 어른도 몰라보고 제
멋대로 굴어서 어디 쓰겠더냐?" 손님이 돌아가서 너에 대한 말을 그렇게 해서
야 되겠니? "성산이는 어려도 인사성이 밝고 침착하더라." 그런 칭찬을 들어야
지. 안 그래? 이만 줄인다. 성산아, 안녕.

큰아빠 씀.

누이 보소

담 너머 솔밭에는 소나무가 위는 푸른데 밑으로 누렇게 물들었어. 담 안에도 나무마다 단풍이 들고. 뜰 한편에 줄지은 화분에는 대국이 실한 줄기 끝에서 꽃봉오리가 막 벌어지고 우리들의 머리와 수염에 흰빛도 더한 듯 온통 가을이네.

겨울옷을 받았네. 이불 한 채, 솜옷 한 벌이 남았네만 겨울 날 준비가 거의 다 됐어. 단단하게 살아가고 있네. 누이가 오빠 곁에서 하루만 지켜본다면 사람이 저렇게도 사는 것인가? 빈틈이 없고 철저한 삶, 건강 관리에 놀라워하며 '저만하니까 30년이 넘게 감옥에서 살았지. 독방에서 꿋꿋하게 살아가고 있지.' 하며 아파하면서도 마음이 놓일 거야.

어려서 어머님이 애지중지하시던 장독대 질그릇 중에 금이 가서 철사로 테를 맨 항아리가 안 있었던가? 들어 옮길 때 곡식을 붓고 퍼낼 때 조심조심 더러 성한 그릇이 깨져서 없어져도 테를 두른 항아리는 언제나 그곳에 있었어. 문뜩 옛집 장독대에 금 간 항아리와 오빠가 닮은 것 같아서 웃었네.

국회의원이 다녀갔어. 세상이 어떻게 되어가는지, 부탁한 것은 어찌 되었는가, 시기를 놓치지 않도록 때가 있는 것인데…….

대진이, 의정이 장가 시집 보내야지. 올해 안에 경사가 있기를 바라네.

바깥일에 목 늘어뜨리지 않고 겨울 날 채비를 했어. 밀린 책이 있어서 짧게 이만 줄이네.

오빠 거정 말고 잘 있어. (누이가 한 번 오소)

1988. 10. 24. 오빠 씀.

어머님 보세요.

어머님, 아침저녁으로 차네요. 요즈음 건강이 어떠세요? 감기에 곤잘 걸려서 고생하시는데 그래도 찬바람이 무섭다고 방안에만 계시지 마시고 낮으로는 자주 나다니세요. 아주 추울 때는 몰라도 볕을 쬐시고 활동하셔야 합니다. 머리 뒤 목 부위를 따숩게 하시고 주무실 때 찬 기운이 이불 안에 새어들지 않도록 단속하세요.

어머님, 허리가 좀 굽으셨어요. 피로하면 누우실지라도 앉아 계실 때나 걸어 다니실 때는 허리를 꼿꼿이 세우도록 마음을 쓰세요. 어머님께는 멸치가 좋고 육류보다는 해물이 좋습니다. 밤에 귀찮으시다고 물을 적게 마시지 마시고 충분히 드세요. 새벽에 냉수 서너 잔을 마시면 건강에 아주 좋다고 들었습니다. 돈암동에서 살 때 아버님은 첫새벽에 샘물을 한 사발씩 드시지 않으셨어요? 추운 겨울 더운 여름 가리지 않으시고 어머님은 지성으로 새벽 두 시가 되면 가파른 돌계단을 오르내리며 석간수 맑은 물을 떠다가 아버님께 드렸습니다. 저도 떠다 드린 기억이 나네요. 1949년 여름은 유난히 가물었어요. 여름 방학을 서울에서 지냈는데 어느 날 밤 제가 물지게를 지고 가서 돌샘 앞 늘어진 줄 끝에 양철통을 내려놓았습니다. 굼벵이 기어가듯 나아가면서 뒤로 물통이 이어지고, 거의 여자들이었어요. 낯모르는 머슴애가 중간에 끼어 있어서 무엇한지 자기들끼리 귓속말을 하데요. 저만큼 켜 있는 전등불 빛이 그리 어둡지 않은 곳에서 한밤에 얼마를 기다렸을까요. 어머님이 오셨습니다. 저에게 무슨 말인가 하시고 나자, 처녀들 아낙들이 순이 오빠냐고 여기저기서 묻데요. 제 나이 열여덟, 그때 일들이 까마득하게 또 때로는 몇 해 전 일처럼 느껴집니다. 아버님 어머님이 젊으셨어요.

어머님, 그때 아버님처럼 새벽 물을 마셔 보세요. 큰 그릇에 수돗물을 하루쯤 담아 두었다가 웃물을 마시면 생수나 다를 바 없습니다. 아들도 새벽에 물을 마신 지가 한 달포 되네요. 낮에도 결명자가 비싸지 않으니까 사다가 볶아서 물 붓고 끓이거나 아이들이 먹고 난 귤껍질을 넣고 끓인 물을 수시로 마시세요. 대사에 좋고 감기에도 좋습니다.

아들은 건강합니다. 걱정 마시고 어머님 존체 늘 살펴주세요. 아들하고 함께 사셔야지요. 환절기에 어머님께서 강녕하시기를 간절히 기원하오며 이만 줄입니다. 어머님!

순이야 보아라

순이야, 네 건강이 어떠냐? 매부랑 아이들이랑 다 잘 있니?

요 며칠 전 꿈에 매부가 오랜만에 보였다. 많이 여위었더라. 꿈 깨고 나서 주고받은 이야기를 되찾으려고 했다만 '술 마시지 말라'고 한 한마디 외에는 지우개로 지워버린 듯 기억에 없었다.

어느 날에나 만나서 정담을 나눌까? 궤양 증세는 어떠냐?

어머님께 글월을 올리다가 어렸을 때의 네 모습이 떠올라서 잠깐 멈추었다. 그때, 네 나이 여섯 살, 아버님은 마흔셋, 어머님은 마흔다섯이셨다. 금년에 네 나이 마흔넷, 당시 아버님과 어머님 사이의 나이구나. 긴 세월이 흘렀다.

매일 거울을 보는 것도 아니고 "아버지, 할아버지" 하고 부르는 아이들이 없고 해서 그런 것인지 혼자 살아가는 오빠는 별로 늙음을 모르고 지낸다. 그러다도 한 주일에 한 번 수염을 깎을 때 거울을 보면 머리가 허연 노인이 오빠를 뚫어지게 본다. 그때, 또는 너희들의 나이를 세어볼 때 순간에 늙는 듯한 착각을 한다. 오늘도 네 나이를 꼽아 보고 "아니 벌써?" 하고는 막 달아나는 세월을 느낀다. 가을이라서 한 줄기 감상이 스치는가, 결실을 거둬들이는 가을, 오빠는? 없다. 칼날인 양 매섭고 길고 긴 겨울이었다.

순이야, 마른 가지는 엄동에 봄꽃을 준비하는 법이다. 겨울이 가면 오빠도 봄꽃을 피우고 부지런히 가꿔서 향기롭고 잘 익은 과일을 수확할 것이다. 그 나이에 너무 늦었다고 말할지 모른다만 생장 촉진제도 있고 옛날에 몇 달씩 걸려서 갔던 이국을 몇 시간 만에 안 가느냐? 속도 다루는 것에 능한 사람은 시간(세월)을 단축할 수 있다.

너는 세 아이들의 어머니가 되었는데……. 아들은 아버지한테 더 책임이 있고 딸의 됨됨이는 어머니에게 보다 더 책임이 있는 것이다. 어머님의 좋은 점들을 온전히 이어받고 네가 보태서 그것을 네 딸에게 넘겨주도록 힘써라. 오빠가 본 네 나이 때의 어머님은 훌륭하셨다. 남편(아버님)을 지극히 사랑하고 공경하셨다. 너는 어떤지? 한 인간, 한 여성으로서 너는 어떤지, 너 스스로를 돌아보면서 가다듬고 이 가을을 값지게 보내라. 순이야, 안녕.

(이달 4일에 귀선이한테 보낸 편지를 받았느냐? 동생과 제수씨 그리고 성산에게 안부 전해라.)

1988. 10. 25. 오빠 씀.

삼촌께 올립니다

그간 별고 없으셨는지요. 급격히 내려간 기온이 무방비 상태의 삼촌께 어떤 영향력을 행사하지나 않았는지 무척 염려가 됩니다. 삼촌, 무심한 조카 이제야 삼촌께 글월 올리게 된 점 넓으신 마음으로 이해해 주시기 바랍니다. 학교 졸업 후부터 지금까지 무위도식한 처지이고 보니, 당당함은 무한정 느껴야 하는 위축감의 그늘에 가려지고 남아있는 형체라곤 무기력함 뿐이었습니다. 이렇듯 저 자신의 마음자리 하나 제대로 잡지 못하고 휘청거린 세월이 야속하고 안타까움에 넋을 잃었는지도 모릅니다.

모든 것 접어두고 삼촌께 비교적 반가운 소식 전해드리고자 그동안 무겁게만 느껴졌던 펜을 오늘에야 들게 되었습니다. 다름이 아니라 삼촌께서 항상 염려해 주시고, 기원해 주신 덕택으로 제가 기대했던 아주 소박한 사람을 만나게 되었다는 것입니다. 그 사람을 둘러싸고 있는 환경이 그리 좋은 편은 아니나 첫인상이 좋았고, 의욕적이며 진지하고, 성격은 강한 면과 부드러운 면이 함께 내재해 있는 듯하고, 삶에 대한 애착이 아주 강한 사람으로 느껴져 마음의 결정을 내리는 데에 별 어려움이 없었습니다.

한편으로 고맙게 생각하고 있습니다. 나이가 꼭 찬 노처녀를 구제했다는 자부심으로 요즘 살고 있다는 그의 말을 빌리자면요. 9월에 이모부가 잘 아시는 분의 소개로 하여 만났음을 알려드립니다. 나중에라도 같이 삼촌을 뵐 기회가 닿을지도 모르겠습니다. 하여튼 수일 내로 날이 정해질 듯한데, 그날 전에 삼촌 찾아뵙고 자세한 말씀 올리겠습니다.

여러 가지 궁금하신 게 많으실 줄 알지만, 지면을 통해 말씀드린다는 것이 조금은 난감한 듯하니 그때 하기로 하겠습니다. 날은 대강 12월 말에서 다음 해 1월 중순 사이가 되지 않을까 합니다. 그럼, 겨울철에 건강 유의하시고 뵐 때까지 내내 편안하십시오. 안녕.

1988. 11. 10. 조카 의정 올림.

어머님 보세요

어머님, 겨울이 왔어요. 추위가 어머님을 방안에 가둬서 아들은 어머님을, 또 어머님은 마룻방에서 혼자 떨고 있을 아들을 걱정하고 아파하는 계절입니다. 어머님, 갑자기 몰아닥친 그래서 더 추웠던 요 며칠 방안에만 계셨지요? 아들 걱정을 하시면서…….

어머님, 도리어 저는 열이 식고 밥맛이 좋아졌습니다. 아들은 어려울수록 강해집니다. 꼭 조인 굳은 마음에 바늘 하나 꽂을 틈이 없습니다. 다른 것은 몰라도 징역살이는 도가 텄어요. 어느 누구에게도 뒤지지 않습니다. 밖에 보다 몇 곱으로 추운 곳입니다만 억센 추위를 이리저리 다스리고 눌러서 잘 이겨냅니다.

어머님, 걱정하지 마세요. 오직 어머님 건강만을 살펴주세요. 어머님 마음을 조금은 아는 아들과 이야기하고 아들 손을 잡고 거리도 거닐고……. 어머님, 함께 사셔야지요. 어머님께 글월을 올릴 때마다 어머님이 웃으시도록 쓰려고 해도 옥중의 아들이고, 어머님은 팔순을 넘으셨지, 마음이 글로 나타나는 것이라 곳곳에 한과 아픔이 서럽니다. 아들의 마음을 읽으시는 어머님은 더 아파하실 줄 압니다.

그래도 달마다 어머님께 글월을 올리는 것은 어머님! 어머님을 불러볼 수 있어서예요. 지금도 살아있는 아들의 목소리를 어머님도 들을 수 있을 것이기에 글을 씁니다. 그뿐인가요? 마음을 다지고 글을 쓰면서 고생이 아직 남아 있어서 나가도 고생스럽게 지낼 테지만 어머님과 함께 살 것을 생각하면 그렇게 흐뭇할 수가 없습니다. 어머님, 오래오래 계세요. 추워도 볕이 좋을 때는 나가서 걸으시고 방에 계실 때는 되도록 활발히 움직이세요.

내일이 아버님 생신이네요. 만 여든. 아직도 외숙님 같으면 한참을 더 사실 연센데, 그만……. 아버님을 생각하면 가슴이 찢어지는 듯합니다. 아버님 팔십회 생신을 맞이하면서 기억나는 대로 아버님을 떠올리며 지난날을 회상해 보았습니다.

그제는 순덕이한테 아버님 이야기를 하면서 어머님 이야기를 더 썼어요. 아버님을 생각하면 항상 함께 어머님이 떠오릅니다. 아버님 기억조차 못 하는 순이와 홍규에게 아버님 이야기를 들려주고 싶네요. 제가 모르는 아버님 어머님 이야기도 듣고 싶고요. 두 아들 두 딸, 우리 사남매가 어머님 모시고 다른 친척도 모여서 이야기꽃이 필 정겹고 흐뭇한 장면을 그려보며 이만 줄입니다. 어머님, 특히 추위에 감기 조심하세요.

(새벽에 마시는 물은 전날 따뜻하게 데워서 보온병에 담아두었다가 드세요. 따순 물

도 효과는 냉수나 다름이 없답니다. 제수씨와 홍규, 매부, 순이도 이른 새벽에 물을 마시면 건강에 좋을 것입니다.)

아들 올림.

귀선아 보아라

귀선아, 잘 있니? 너는 편지를 보냈는데 삼촌이 못 받은 것인지, 또 공장을 작파한 것인지, 좋은 일이 있어서 그만두었으면 두말할 것이 없다만, 공장에 출근하거든 집안 소식을 사실대로 좀 알려라. 집안 소식조차 모르고 지내다 보니 소식이 끊어지고 삼촌 상식에 어긋나면 걱정이 된다. 편지를 안 쓰면 모를까, 소식 보내라고 편지 띄워 놓고 기다려도 감감하면 걱정이 된다. 너희들이야 굶는 일 없을 테고 그래도 괜찮다만 할머님이 계시지 않느냐? 소식이 없으면 편지 쓰는 것도 혹은 아픈 곳, 날카로운 감정을 건드리는 것은 아닌가 하고 조심스럽다.

귀선아, 이따금 소식을 보내라. 모두 건강하고 집안이 무사하기를 바라면서, 안녕.

성산아 보아라

성산아, 동무들하고 선생님, 엄마랑 가을 소풍을 다녀왔니? 산에 단풍이 들었더냐? 너희들이야 산에는 못 오르고 산 근방에 가서 낙엽을 밟으며 한나절 뛰놀다가 왔겠지.

맑은 물, 물속에 고기를 봤니? 본 것을 종이에 그리고 글로 써서 큰아빠한테 보내 주렴. 몇 해 전에 너만한 손자가 여기 할아버지께 보내 준 저만 암직한 요상한 그림, 지렁이 기어가듯 삐뚤빼뚤 쓴 글씨를 얻어보고 웃으며 여간 좋아하지 않았다. 성산아, 누나가 편지 쓰거든 너도 그림 그리고 글을 써서 함께 보내라. 안녕. 잘 못 그리고 잘 못 썼다고 부끄러워할 것은 없다. 그저 네가 그리고 쓴 것이면 좋다. 아직 난롯불이 없는 복도라 추워서 얼른 쓰느라고 갈겼다. 엄마가 읽어주는 것을 들어라.

1988. 11. 14. 큰아빠 씀.

어머님 보세요

어머님, 어머님 생신을 축하합니다. 탄생 82회. 아~ 어머님!

명준이형님과 홍규가 면회 왔을 때 어머님 이야기를 하다가 아픔의 응어리에 한순간 목이 막혔어요. 눈시울이 젖었습니다. 또 감옥에서 어머님 생신을 맞는 아들, 그래도 어머님을 불러보고 어머님을 생각하면 마음이 훈훈합니다. 이곳 벗들의 어머님들이 거의 구십을 넘기고 작년 재작년 요 근래에 여섯 분이 가셨어요. 지금 89세, 88세, 86세. 그리고 어머님 밑으로 두 분이 계십니다. 하나같이 '아들을 감옥에 두고 죽을 수가 없다. 아들을 보지 않고는 눈을 감을 수 없다'고 죽음과 완강히 대결하고 계실 것입니다.

어머님, 조금도 마음에 틈이 생기지 않도록 다잡으세요. 진지 잘 드시고 몸을 자주 움직이세요. 어머님께 드리고 싶은 말과 글로써도 책 한 권으로는 부족할 것입니다.

어머님, 서광이 비치네요. 어머님 생신에 사과, 고기, 별식 등을 사서 먹으렵니다. 아들을 잊으시고 즐겁게 지내세요. 어머님!

아들 올림.

홍규야 보아라

너를 본 순간에 속으로 끓이고 있던 큰 걱정이 사라졌다. 너를 보고 그저 반가워서 네 건강 상태를 자세히 묻는 것조차 잊고 말았다. 방에 돌아와서야 네 모습이 떠올라서 걱정을 했다.

홍규야, 무리하지 말아라. 과로가 쌓이면 건강이 파괴된다. 일단 파괴된 건강은 회복하는데 여간 어려운 것이 아니다. 건강할 때 조심해야 한다. 식사 시간을 지키고 매 끼니 양질을 고르게 취하고 밤잠을 잘 자거라. 너는 형의 앞으로의 생활까지를 염두에 두고 애쓰는 것으로 여겨지는데 그렇게 무리할 것이 없다. 형이 나가면 이전과는 다를 것이다. 누나가 어머님 생신 때 가는 길에 형한테 들르도록 전해라. 그럼 잘 있거라.

제수씨 보세요

제수씨, 마음이 놓였어요. 제 편지를 다 받았다면서 원, 또 그리 편지가 없으면 화낼라요.

그런데 제수씨, 동생 안색이 좋지 않데요. 종합 진찰을 받아보도록 하세요. 생활이나 사업에 몰리면 어쩔 수 없이 여유라고는 없고 피로가 겹치게 되는 법인데 대담하게 손질을 하세요. 때를 놓치지 않도록, 물을 엎지르고 후회하는 어리석음이 없게 미리 손을 대세요.

넉넉하지 못한 살림에 어머님 모시고 남편, 자식 뒷바라지하랴, 공장 일도 거들어야지, 한 짐을 지고 고갯길을 오르는 제수씨만 같아서 안쓰럽네요.

제수씨도 특히 무리하지 않도록 주의하세요. 이만 줄입니다. 안녕히 계세요.

귀선아 보아라

귀선아, 네 소식을 작은아버지한테서 잘 들었다. 어머님이 편찮으시다니 걱정이 된다. 날씨가 추워져서 신경통이 더 심하시겠지.

너는 위로의 말을 많이 들어와서 어떤 때는 너를 위하는 듯한 말 자체에 거부감을 가질지 모르겠다. 성격이 활달한 너일지라도 너를 생각하면 아파옴을 어찌하지 못한다.

귀선아, 괴로울 때 이곳 둘째아버지를 떠올리는 것도 조금은 도움이 될지 모르겠다. 나는 어려서 10대 후반에 몹시 괴로울 때면 법정에 가서 방청을 하곤 했다. 10년, 20년 언도를 받고도 태연한 분들을 보고 너무도 작은 것에 괴로워하는 자신을 부끄럽게 여겼다. 자기보다 더 괴롭고 고통받는 사람들을 생각하면 작은 괴로움은 사라지고 용기가 솟는 것이다.

너에게 기쁜 일이 있기를 간절히 기원하면서 이만 줄인다. 안녕.

성산아 보아라

성산아, 아빠가 큰아빠한테 간다고 하니까 너도 가겠다고 울며 떼를 썼다면서? 떼쓰고도 못 따라왔어? 에이 이놈. 좀 따라오지. 네가 보고 싶은 것을. 네 모습이 삼삼하다. 성산아, 아직 모른다만 큰아빠가 나갈 때 엄마 따라서 오너라. 철문 앞에서 너를 안아 보고 싶다. 전번에 너한테 보낸 편지를 받아보았니? 네 그림 네 글을 보내 달라고 썼는데. 또 말한다만 잘 못 그리고 잘 못 써도 네가 그리고 쓴 것이면 좋다. 다섯 살 난 네가 얼마나 예쁘게 그리고 잘 쓰겠니? 부끄럽다고 생각 말고 보내라. 안녕.

1988. 11. 22. 큰아빠 씀.

어머님!

괜찮습니다. 점심부터 먹습니다. 어머님, 걱정하지 마세요.

홍규야 보아라

홍규야, 우리들의 단식 투쟁이 신문에 보도 되어서 날마다 걱정하고 있을 것 같아 이렇게 서둘러서 글을 쓴다. 점심에 미음을 마셨다. 복식을 한 것이다. 단식 도중에 병이 나서 곱으로 고생을 했다만 많은 분들의 성원과 염려로 동료들과 함께 단식을 무사히 끝냈다. 감사한다.

7일 정오에 병원에 나가서 종합 진찰을 받았는데 그 결과가 어제 나왔다. 두 곳이 약간 좋지 않을 뿐 괜찮단다. 이상하게 여겨지던 증세가 이틀 전부터 없어졌다. 걱정하지 말아라.

(어머님이 모르고 계시거든 이 글을 보여 드리지 말아라. 아들 편지를 기다리고 계실 텐데, 며칠 후에 또 쓰마.)

1988. 12. 10. 형 씀.

어머님 보세요

어머님, 안녕하세요? '어째서 그 애 편지가 없나?' 하고 아들 소식 기다리고 계실 줄 알면서도 의정이가 면회하고 갔기에 게으름을 부렸습니다. 어머님, 지금은 밥을 한 그릇씩 먹고 있어요. 추위도 잘 이겨내고요. 걱정하지 마세요.

"국횐가 무엇인가 그 몹쓸 놈의 법을 없애면 아들이 나온다는데……. 다른 사람들은 나오건만 어째서 죄 없는 내 아들은 못 나오는가, 벼락 맞을 놈의 세상." 양심수들이 석방되는 모습을 텔레비전에서 보시고 아들 생각에 원통하고 분해서 내뱉는 어머님 음성이 들리는 듯했습니다.

어머님, 내년에는 아들도 나갑니다. 아무리 가두어 두고 싶어도 세상이 달라져서 그렇게는 안 됩니다. 새해에는 남북 왕래가 조금은 있을 성싶네요. 한 해 두 해 가노라면 폭이 넓어지고 수년 내에 자유 왕래가 실현될 것입니다. 아들도 40년이 넘는 억압에서 벗어날 것입니다. 통일도 되고요. 어머님, 낙심 마시고 힘을 내세요. 추위에 존체 보중하시고 정정하세요. 어머님!

아들 올림.

선주야 보아라

선주야, 새해를 축하한다.

2차 대전 이후 조국을 갈라놓고 우리를 그리도 괴롭힌 분단의 벽에 각계각층 인민들이 달라붙었다. 쇠메로 치고 밀어붙이고 곡괭이로 뿌리를 캐는 우렁찬 소리가 들려온다. 89년, 90년 또……. 큰 역사(役事)라 시간이 걸리겠지만 벽은 무너지고 지축을 흔드는 굉음을 내면서 부서질 것이다. 남의 것을 빼앗고 남을 지배하려는 추악한 짓과 전쟁을 없앨 것이다. 이 땅에서 너희들은 평화롭고 행복하게 살 것이다. 선주야, 원대한 희망을 가져라. 새해에 정세는 새로운 국면에 접어들고 삼촌도 나가겠지. 너는 대학 시험에 합격할 것이고.

1989년 새해를 함께 축하하자. 아빠 엄마께 새해에 건강하시고 기쁨이 집안에 충만하기를 바란다고 전해라. 안녕.

혁신아 보아라

혁신아, 네가 새해에 열여섯 살이 되니? 고등학교에 가고? 삼촌이 한 살을 더 꼽은 것인지 아닌지 확실치가 않구나.

작년 이때던가? 금년 1월에 삼촌은 너에게 과업을 주었다. 네 동생하고 한 달은 네가, 다음 달은 동생이, 그다음 달은 네가, 그렇게 둘이 두 달에 한 번씩 편지를 쓰면 삼촌이 매달 집안 소식을 알 수 있으니까, 네가 책임지고 편지를 보내라고 일렀다. 그런데 너희들의 편지를 한 통도 못 받았다. 할머님이 연로하시고 아빠 엄마 건강이 안 좋아서 소식이 없으면 몹시 걱정이 되니까 어기지 말라고 신신당부를 했는데, 삼촌 그 편지를 못 받았니? 아니면 받고도 먹어 버렸더냐? 기다려도 여러 달 편지가 없으면 걱정을 하는 곳인 줄을 번연히 알고 있으면서 편지를 보내도록 하지 않는 아빠 엄마에게 싫은 소리를 할까 하다가 그만두었다. 새해에는 철도 더 들었을 텐데 갇혀있는 삼촌이 얼마나 답답하고 소식을 기다리고 있을까 생각도 해보고 이따금씩 편지를 보내라.

혁신아, 네가 보고 싶다. 너하고 이야기를 하고 싶다. 방학 동안에 가능하거든 한번 오너라. 안녕.

혁성아 보아라

혁성아, 겨울방학을 했지? 요새 재미있게 노니? 중학교 1학년생?

삼촌도 너만한 때가 있었는데 객지에서 학교 다니다가 방학하고 집에 가는 것이 여간 재미가 큰 게 아니었다. 촌에서 며칠 놀고 나면 싫증이 나기도 했다만 눈이 와서 다 안 녹고 또 눈이 오면 주린 꿩이 다박솔 밑에 죽은 듯 숨어있는데 그놈들을 찾아서 종일 잔솔밭을 더듬고 다녔다. 힘이 팔팔한 아이들과 나는 꿩을 쫓아다니며 꿩을 잡았다. 멀리 못 나는 꿩은 두세 번 날다가 대가리를 눈 속에 처박고 움직이지 못하는데, 그놈을 덮치는 재미를 너희들은 모를 테지?

혁성아, 눈이 소복소복 소나무 위에 쌓인 겨울 산은 여느 경치와는 다르다. 노송이 우거진 곳이면 선경인 듯 아름답다. 눈에 덮인 산, 달빛이 쏟아지는 달밤의 설경은 또……. 가서 봐야지 글로는 다 표현할 수가 없다. 눈이 쌓이거든 형하고 가까운 산에 가 보렴. 사발면 네 개, 냄비 하나 배낭에 넣고 떠나면 될 것이다. 독특한 경험에 단련도 되고 정서에도 좋다. 큰 산일랑 나중에 삼촌하고 아빠하고 함께 가자. 겨울방학을 재미있게 보내라. 안녕.

1988. 12. 27. 삼촌 씀.

누이에게

먼저 새해를 축하하네. 최근에 내외 정세가 많이 변했더구먼. 새해에는 남북 관계에 돌파구가 생길 것 같아. 기본 문제에 접근이 되면 남북 교류가 소폭일지라도 좋지. 점점 넓어지고 어느 날 분단의 벽이 무너질 테니까. 통일이 되고 워낙 큰일이라 2, 3년 내에는 안 되겠지만 조국 통일은 먼 장래의 문제가 아니라 현실적인 문제로 우리 앞에 다가왔어. 새해를 맞이하는 오빠는 희망에 차 있네. 밥 잘 먹고. 걱정하지 마.

의정이를 시집보내서 시원하겠네. 앓던 이 빠진 것 같다면 의정이가 싫다고 하겠지만 사실일걸? 혼기를 넘기고 2, 3년이 지났으니, 당사자는 그렇다 하더라도 어머니 마음이 얼마나 탔을까? 쓸만한 혼처로 여겨지는데 어느 한쪽이 틀고 그것도 여러 번. 아들과 남편을 원망하다가도 '제 팔자지.' 하고 체념하다가 또 어느새 마음이 타고. 짚신도 짝이 있는 것인데 의정이라고 짝이 없을까? 마음을 느긋하게 먹다가도 말수마저 적어진 딸이 어깨를 늘어뜨리고 종일 방 안에 있는 것을 보고 아파했을 어머니 마음을 오빠가 모르네만. 그래서 더 시원했지? 딸이 마음에 흡족한 청년하고 결합했으니 더없이 기쁠 테고. 그 애가 시집가던 날이 동지인데도 과히 춥지 않고 날씨가 좋아서 다행이었네. 큰일을 잘 치렀어. 딸 혼사를 마친 어머니는 피로에 눕지나 않았는지.

의정이 내외가 연초에 집에 오거든 결혼사진 한 장 보내라고 전해 주소. 의정이 신랑이 보고 싶네. 동훤(東煊)*이는 아내를 잘 얻었어. 의정이도 남자가 제 마음에 들었으니 시집을 잘 간 것이고, 행복하게 살 것이네. 그들의 장래를 간절히 기원하면서 축하했네. 새해에 매부와 누이, 아이들, 의정이 시가 식구들, 모두 건강하고 두 집에 기쁨이 가득하기를 바라면서

1988. 12. 28. 오빠 씀.

* 임방규의 조카 전의정의 남편.

의숙아 보아라

의숙아, 새해에 너는 대학 3학년생. 대학에서도 상급생이 되는구나. 요새 대학생들은 민족적 자각과 이론 수준이 높고 통일 논의 또한 활발하다고 하는데 너는 어떤지? 삼촌은 날마다 신문 보느라고 여념이 없다. 하루해가 어떻게 가는가를 모른다. 책 볼 짬이 거의 없다.

의숙아, 언니 시집갈 때 광주에 갔었니? 얘야, 소식을 알려다오. 예는 구식으로 올렸더냐? 일경이는 그러잖아도 편지를 안 쓰는데 이제 곧 고3이 되니 핑계가 생겼다.

이 녀석아, 네가 편지를 좀 해라. 새해에 비약이 있고 너에게 값진 해가 되기

를 바란다. 안녕.

일경아 보아라

일경아, 잘 있니? 녀석. 방학은 했는데 대학 입학시험을 1년 남겨놓고 있는 너는 공부하느라고 방학 기분이라고는 없겠다. 요즈음 시험에 떨어져서 눈물을 짜는 아이들이 예사로 안 보이겠지. 그렇다고 잔뜩 오그라들 것은 없다. 공부에 대해서는 여러 차례 써서, 썼던 말 또 할 테고 그만두겠다. 1989년, 승리의 해, 너에게 영광이 있기를 간절히 기원하면서 안녕.

동생에게

홍규야, 긴긴밤이 가고 지금은 새벽, 희미하게 동이 트고 있다. 태양이 솟아오를 것이다. 우리 함께 1989년 새해를 축하하자. 비록 옥에 갇혀있어도 한 해를 보내고 새해를 맞이하는 형은 흐뭇하다.

앞으로 이삼 년 안에 (그렇다고 새해를 배제하는 것은 아니다.) 평화의 실마리가 풀려서 일대 전환이 있을 것이다. 최근의 정세는 급변하고 있어서 상상을 초월한다. 빠르면 90년대 초, 늦어도 90년대 말에는 조국이 통일될 것 같다.

요새는 신문 보느라 정신이 없다. 오전 한 시간, 오후 한 시간 운동하고 신문 두세 부를 보고 나면 날이 저문다. 책 볼 시간이 거의 없다. 철저히 봉쇄되어 있다가 보는 신문이라 샅샅이 훑어보느라고 눈이 다 아프다.

겨우 윤곽을 잡았다만 많이 달려졌더구나. 옛날에도 '10년이면 강산이 변한다'고 했는데 지금 세상에 갇혀서 12년을 살았으니, 놀라운 것이 한둘이 아니다. 특히 민주 권리와 조국통일을 쟁취하기 위해서 일어선 민중과 중앙일보 시카고 지국 편집국장이 버젓이 평양에 가서 이른 새벽에 아무 집이나 들어가 보고, 언제 어느 곳이나 가서 사진으로 찍고, 아무나 붙들고 묻고 서로 나눈 이야기, 북에서 출판한 몇몇 원전을 남에서 찍어내고, 이론과 문학예술, 국어, 역사, 사회과학 등 북쪽 관계 서적들이 오십여 종이나 나왔다니 놀라운 일이다.

그런데에도 우리들을 가두어 놓다니 너무도 뒤떨어지고 속 좁은 짓이 아니냐. 얼마나 가랴.

지난해에도 잠 제대로 못 자고 애썼다. 새해에 건강해라.

제수씨 보세요

제수씨, 안녕하세요? 건강은 어떻습니까?

이찬삼 씨의 《평양 탁아소 방문기》를 읽고 느낀 바 많았습니다. 다 둘러보고 나서 악기 연주를 관람했는데, 고사리 같은 손에 기타, 아코디언, 바이올린 등 여러 악기를 들고 몇 살 난 어린이들이 어찌나 연주를 잘하던지 기가 막히더라고 썼네요. '성산이도 다섯 살인데, 성산이는 어떤가? 그 애들이 어울린다면? 남북 청소년들이 만난다면? 어린이야말로 장차 집안이나 나라의 기둥인 것을. 좋은 환경에서 바른 가르침을 받고 어려서부터 소질을 키워가야 하는데, 성산이는?' 생각했습니다. 작년과 올해 성산이는 잘 크고 유치원에 다닌다는 소식을 들었을 뿐 자세히 몰라서 의문 부호만 또렷했습니다.

또 한 해 어머님 모시고 일 도와가면서 수고하셨습니다. 그냥 흘러간 시간이 아니고 제수씨 발전에 크게 기여한 한 해였으리라 믿습니다. 끊임없이 노력하세요. 새해에 계획들을 모두 성취하시고 집안에 기쁨이 가득하기를 기원합니다. 제수씨, 안녕히 계세요.

귀선아 보아라

귀선아, 또 한 해가 저무는구나. 세월은 쉼 없이 이어지는데 사람들이 달이다, 해다 정해 놓고 보내고는 잘잘못을 가려보면서 스스로를 책하고 정돈하며 마음을 다잡는 것은 발전에 한 계기를 주는 것이어서 여간 필요한 것이 아니다. 자기 결함을 시정하기 위해서 끊임없이 힘써야 한다. 거기에 발전이 있다. 뿌리가 깊을수록 노력과 시간이 소요된다. 자기 것이라고 결함을 비호하며 끌어안고 있다가는 끝내 못 고치고 만다. 뜻대로 되지 않을 때 괴롭고 아픈 것은 자연 현상이다. 아파한다고 문제가 해결되는 것이 아니다. 마음의 괴로움을 끌지 말고 곧 수습할 줄 알아야 한다.

삼촌이 군 법정에서 사형 언도를 받고 사형수로 있을 때다. 정전 협정이 체결된 직후 하루아침에 40여 명의 벗들을 끌어내갔다.(총살) 얼마나 지났을까? 젊은 동료가 일어서면서 "걱정한다고 사형이 면해진다면 밤잠도 안 자고 걱정하겠어." "그래" "그래" 모두가 말을 받으며 산 사람으로 돌아왔다. 그 벗의 말이 이날까지 삼촌의 행동을 지배하고 있다. 괴로울 때 곧 수습하고 해결 방법을 찬찬히 강구하곤 한다.

귀선아, 백발이 성성한 삼촌도 포부와 희망이 있다. 너는 앞길이 창창하지 않으냐? 네 괴로움을 삼촌이 어찌 다 알까마는 풀 죽지 말고 한아름 희망을 가져라. 새해에 너에게 발전과 큰 기쁨이 있기를 기원하면서 이만 줄인다. 안녕.

(어제 할머님, 선주, 혁신이, 혁성이 앞으로 편지를 썼다.)

1988. 12. 28. 삼촌 씀.

성산아 보아라

성산아, 어디 얼마나 컸느냐? 동지죽 한 그릇에 한 살 더 먹는 것인데, 성산아,

새해 아침에 더 의젓하고 착하고 공부 잘하겠다고 큰아빠와 약속하자. 새해에 큰아빠가 나갈 것이다. 집에 가서 너를 안아 주고 목마를 태워 주고 옛날이야기를 들려 주마. 기다려라. 안녕.

어머님 보세요

어머님, 오늘이 대한이라 말대로 추울 때인데 추위가 그닥지 않아서 감옥살이가 수월합니다. 어머님, 그동안 안녕하셨어요? 집안에 별일 없고요? 별로 하는 것 없이 바빴던 탓도 있긴 했습니다만 편지가 올까 싶어서 기다리다가 그만 글월이 늦었습니다. 웬일인가 하고 아들 소식을 기다리고 계셨지요? 밥 잘 먹고, 부지런히 책 보고, 아들은 건강합니다. 어머님, 걱정하지 마세요. 감기가 유행하고 있다는데 감기 조심하시고 진지를 잘 드세요. 어머님 모습이 떠오릅니다. 어머님! 아들이 나오기를 마음 졸이며 기다리지 마세요. 초조하면 같은 시간일지라도 길게 느껴집니다.

아들 올림.

제수씨 보세요

제수씨, 안녕하세요? 1월도 벌써 20일이 지났네요. 그냥 달아나는 세월의 꼬리를 잡고 헐떡거리는 내 모습이 보입니다. 나이 든 탓일까요? 전보다 세월 가는 것이 훨씬 빠르게 느껴집니다. 하루해, 아니 잠깐의 시간일지라도 내생의 한 토막이라 여기면서 귀하게 쓴다고 쓰는 데도 별로 흔적이 없어요.

명공의 손에 촉촉하게 잘 이긴 고령토 고운 흙이 쥐어지면 기막힌 예술품이 만들어지지만, 모래 섞인 거친 흙만이 주어질 때 마음에 드는 흙을 스스로 구할 수 없다면 어떤 모양새를 만들어 보아도 되어 가다가 무너질 것이고 어찌어찌 만들었다 하더라도 그것은 투박하고 볼품이 없겠지요. 내가 도자기의 명수처럼 어느 분야에 정통하고 달인의 경지에 있다는 것이 아니라 다만 도공과 흙과의 관계를 내 처지와 연관시키면서 거꾸로 거친 흙일지라도 쉼 없이 무엇인가를 만들어가며 자질을 키워 가는 사람은 그 손에 좋은 흙이 주어질 때 명기를 만들 수도 있다고 세월의 흐름에 짠한 마음을 추스르며 달래 보는 것입니다.

내의 상의와 양말 세 켤레를 잘 받았습니다. 소포 겉에 '임성산'이라고 쓰여 있어서 제수씨 편지가 있겠거니 하고 기다렸어요. 글은 써놓고 부치는 것을 잊으셨는지, 지난 연말에 제수씨께 드린 편지를 받아보셨어요? 아이들한테도 보냈는데요. 어머님께서 기력 정정하시고 모두 건강하기를 간절히 바라면서 이만 줄입니다. 제수씨, 안녕히 계세요.

1989. 1. 20. 시숙 드림.

누이 보소

어떤가? 방학이라 아이들이 집에 있어서 큰딸 시집보낸 뒤로 한쪽이 비어버린 듯 허전한 구석이 조금은 메워졌을 테지만.

겨울 추위가 대단치 않아서 지내기에 한결 낫네. 지난 연말에 국화꽃이 시들고 잎도 말라 비틀어져서 우죽을 잘라낸 화분을 그대로 두었는데 마룻방도 방이라고, 하기야 한 사람의 체온이 있으니까 한 데보다 낫지만 새싹이 돋아나고 있어.

'삶과 죽음', 생명(사람은 육체와 정신, 정신도 자식과 주위에 전해지고 문화의 형태로 남네.)은 후대에 이어져서 영원한 것이네. 개개의 삶은 죽음과 함께 있고. 오빠는 죽음을 의식하고 있어. 관념만의 소산은 아니야. 오빠 내부의 각 기관과 조직을 구성하고 있는 세포는 계속 죽어가고 있네. 이 순간에도 몸의 일부가 죽어가네. 물론 새 세포가 생겨나지. 그런데 문제는 나고 죽는 세포 수가 다르거든. 나이 들수록 죽는 세포가 많아. 이것은 자연법칙이라 인위적으로 어떻게 할 수가 없지.

그러나 인간의 의식은 자연의 법칙에 구속되고 지배되는 육체와는 달리 노력을 통해서 계속 발전이 가능하네. 신진대사가 왕성할 때 육체가 성장하는 것과 마찬가지로 우리 의식의 성장, 즉 발전도 낡은 것을 버리고 새로운 경험과 지식을 쌓아가는 과정이 아닌가? 자연과 사회에 대한 관점과 입장 여하에 따라서 인식 자체가 달라지는 것이네. 바른 인식과 실천이 있어야 시대에 뒤지지 않아. 누이도 이제 곧 '할머니'라고 불릴 텐데, 손자들이 "우리 할머니는 생각이 영 낡았다"고 외면하지 않도록 아이들에게 귀한 보배를 넘겨주어야지.

어린 시절을 돌아보면 아버님과 어머님은 물론 할머님의 영향이 대단히 컸어. 오빠 마음속에 할머님이 계시네. 누이나 오빠나 급변하는 사회를 알려고 하지 않고 배움을 소홀히 할 때 시대의 낙오자, 고리타분한 늙은이가 되고 마네. 신문도 보고 부지런히 좋은 책을 구해보소.

나가는 시기가 빠르고 늦고 간에, 늦을 수도 있고. 오빠는 단단하게 살아가고 있어. 밥 잘 먹고, 걱정하지 마. 잘 있어. 모두 건강하기를 바라면서.

1989. 1. 25. 오빠 씀.

추신 : 지난 연말에 의정이 앞으로 편지 한 통, 누이와 의숙이, 일경이한테 한 통을 보냈는데 받아 보았는가? 서신 제한이 없어져서 서울에도 어머님과 아이들한테 한 통, 홍규와 제수씨, 귀선이에게 한 통을 보냈는데 해가 바뀌어도 편지 한 장이 없어. 소포는 받았네. 소포를 보내면서 편지를 안 했으니 어쩐 일인가? 소식 주소.

오빠에게 글을 올립니다

오빠, 뵙고 싶습니다. 순이하고 청주에서 만나기로 약속을 하고 아침에 준비하고 있으니까 배가 아프기 시작하더니 배가 막 뒤틀리더군요. 도저히 갈 수가 없어 못 가 뵈었습니다. 급체했던가 봐요.

오빠, 오랫동안 소식 전하지 못해 죄송합니다. 의정이 시집보내고 서울에 좀 복잡한 일이 있고 해서 여러 가지로 신경을 많이 썼습니다. 오빠, 괴로우면 더 오빠 생각을 하고 많이 극복을 합니다. '오빠도 살고 계시는데 이것을 극복하지 못하면 아버지의 딸이 아니지.' 하고요. 오빠를 몇 번이고 불러보곤 합니다. 이 세상에서 누구에게 하소연하겠습니까. 우리 남매 살아온 것을 오직 우리만 알고 있지요.

오빠, 왜 순이와 귀선이 붙잡고 우셨습니까? 오빠같이 강하신 분이……. 순이가 목이 메여 전화를 못 하더군요. 저도 순이 전화받고 많이 울었습니다. 오빠가 약하시면 우리들은 더 약해집니다. 오빠, 강하시게 오늘까지를 살아오시지 않았습니까? 오빠, 비관하지 마십시오. 제가 생각할 때 오빠의 몸이 많이 안 좋으신 것 같습니다. 이 부족한 동생이 많이 걱정이 됩니다.

오빠, 2월 28일 경에 제가 갈게요. 이 동생은 오빠를 믿습니다. 건강관리에 온 힘을 다해주시길 부탁드립니다. 만나서 이야기 나누기로 하고 오빠의 건강을 빌면서 이 동생 줄입니다.

1989. 2. 10. 동생 순덕 올림.

순덕 누이 보게나

어제 저녁을 먹다가 누이 편지를 받았어. 정이 가득 담긴 누이 글을 읽어가면서 무어라고 할까? 독에 물을 붓듯 누이 정이 오빠 가슴에 차오르고 있었네. 함께 살아가는 두 분 선생이 여간 부러워하지 않더구먼. 이렇게 정겨운 편지를 받아봤으면 좋겠다고.

누이 어렸을 때의 이야기며 1954년 여름 누이가 열여덟 살 때 대전 감옥에서 만났던 장면, 시집가던 날 보퉁이 하나를 들고 할머님과 어머님 전송을 받으며 정과 한이 맺힌 고향을 뒤로하고 울면서 떠나갈 누이 모습을 그려보던 추억담. 그 후 이날까지 보통 사람으로는 흉내도 못 낼 오빠의 옥바라지. 누이의 도타운 정, 누이의 됨됨이를 이야기했네.

그런데 편지에 그 무슨 말인가? 오빠가 약해지다니? 순이가 호들갑을 떨었던 모양인데 오빠한테 그런 일이란 없네. 설에 색다른 음식을 먹고, 윷놀이도 하고, 웃고, 겉으로 아무렇지도 않게 지냈네만 속마음이야 어디 그런가. 또 한 살 더해서 어머님은 84세, 명절이라 아들 생각에 더 아파하실 어머님. 오빠 마음인들 오죽했겠어. 아픔과 응어리가 가라앉기 전에 면회 온 순이와 귀선이에게 어머님이 고생하신 이야기를 들려주다가 눈물이 고였는데 그것은 지극히 당연한 일이 아닌가.

물컹한 오빠가 아니네. 단단하게 살아가고 있어. 아픈 데도 없고, 오빠 걱정하지 마. 순이와 귀선이가 왔을 때는 단식 후 죽을 먹고 있었네만 지금은 밥을 먹네. 거의 회복되었다. 순이한테서 아파트를 구입했다가 사기당했다는 기막힌 소식을 듣고, "이곳에서 갖가지 온 고생을 하시다가 돌아가신 분이 16명인데 그런 분들에 비하면 못 잊을 것도 없다."고 위로했네.

이야기를 하나 할까? 오빠가 사형을 받고 있었을 때의 일이네. 1953년 7.27 정전협정이 조인된 직후 한 번에 3, 40명씩 사형수를 꺼내다가 총살했어. 전쟁이 끝나고 다음 해 '제네바 정치 회담에서 좋은 결실을 맺으면 살아서 나갈 수도 있다'는 희망에 부풀고 있었는데 우리 기대와는 반대로 죽음이 확실한 것으로 다가왔어. 그날도 40여 명이 불려 나갔네. 광주 감옥이 한 방에 120여 명, 이 방에는 80여 명의 동료 사형수들이 있었구먼. 방금 전까지 앉아 있던 분들, 열여기저기에 빈자리, 남은 벗들은 굳어버린 듯 숨소리도 들리지 않았네.

그때 젊은 친구가 변소에 가느라고 일어서면서 "걱정들 하지 마. 걱정한다고 사형이 면해지면 잠도 안 자고 걱정하겠어?" 그 말에 모두 "그래, 그래." 동감하면서 산 사람으로 돌아왔지. 그로부터 오빠는 이미 되어버린 일 걱정하거나 아파한다고 하여 원상으로 돌아갈 수 없는 일에 대해서는 아주 냉정하리만큼 바로 마음을 수습하고 차후 대책을 세우네. 그 점 오빠 몸에 배었어.

순이는 말을 안 할 테지만 아파트 구입 자금이 누이한테서 많이 나갔으리라 예상이 가는데 엎질러진 것을 어쩔 것인가. 몸까지 상하지 않도록 마음을 굳게 지니소. 사람은 가면 다시 오지 않지만, 돈이야 없다가도 생기는 것이 아닌가. 마음이 크고 단단한 누이라 어려움을 잘 이겨가리라고 오빠는 믿네. 처지려는 마음을 움켜쥐고 힘을 내! 잘 있어.

(돈 드는데 오지 말고 다음에나 오소. 대진이 결혼 날짜나 알려주게.)

1989. 2. 15. 오빠 씀.

어머님 보세요

어머님, 귀선이 편지에 어머님이 마실 다니시고 기력 좋으시다고 해서 기뻤습니다. 순이 집에 자주 걸어서 다닌다면서요? 경상도 봉화 친구분 어머님이 올해 90이신데 한 마장(오 리나 십 리가 못 되는 거리) 길을 걸어서 딸네 집에 다니신다는 소식을 엊그제 듣고 반가워했습니다.

겨울이 따숩더니 봄도 빨리 오나 봅니다. 서너 번 촉촉이 내린 비에 언 땅이 녹고, 아마도 양지쪽 밭두둑에 쑥, 씀바귀며 봄나물이 돋아나고 있겠네요. 어제가 보름, 고향에서 약이 된다고 보름에 햇나물을 캐어다가 무쳐 먹곤 했지요. 어느 해이던가요? 서울에서 살 때 어머님이 교외에 나가셔서 씀바귀를 캐어다가 무쳐 주셨는데 지금도 그 쌉싸름한 것이 도리어 구미에 당기네요.

어머님, 자시고 싶은 것이 있거든 며느리나 딸한테 말씀하세요. 아들은 건강합니다. 나갈는지도 모르고, 책 보느라고 바쁘네요. 아들 걱정을 마세요. 환절기에 존체 살펴주세요. 진지 잘 드시고요. 어머님!

누이에게

순이야, 너한테는 네 이름을 그대로 부르는 것이 정다워서 좋다. 고등학교 졸업반인 큰딸과 고등학교 1학년생, 중학교 2학년생인 두 아들이 슬하에 있고 나이 마흔다섯인데 아무리 누이라 할지라도 편지에 이름을 부르는 것이 좀 안 되어서 변명을 늘어놓곤 한다만 "순이야!"하고 부르는 것이 좋은 것을 어쩌랴. 순이라는 네 이름에는 귀엽던 어린 네가 있단다. 순이라고 부르는 것은 아마도 이곳에 있는 기간에 한할 것이다.

그건 그렇고 수천만 원을 사기당했으니 마음이 얼마나 분하고 아팠을거나. '고생하시다가 비참하게 돌아가신 분들에 비한다면 그래도 낫다'고 누이를 위로했다만 단념하기가 말처럼 그리 쉽지는 않겠지. 문득문득 떠올라서 괴로울 테고. 그러다가 건강을 해칠래? 돈 잃고 몸 버린다면 그야말로 돌이킬 수 없는 손실이 아니냐?

건강을 지키는 데 최선을 다해라. 물질적인 어려움은 있을지라도 굶지는 않을 텐데 마음 단단히 먹고 잘 다스리도록 너는 물론 매부와 동생, 제수씨에게 거듭 당부한다. 어떻게 산 사람들이라고 그것쯤 이겨내지 못할까. 돈은 없다가도 생기는 것이다.

오빠도 나갈 테고, 회복하는데 전보다 수월하겠지. 지나간 일에 연연할 것이 없다. 미래가 있지 않느냐? 힘을 내어라. 모두의 건강을 간절히 기원하면서 이만 줄인다. 순이야, 안녕.

귀선아 보아라

귀선아, 네 편지를 어제 반갑게 받았다. 소식 고마웠다.

고모 그리고 너와 함께 마주 앉아서 정담을 나누던 면회실에서의 한 때가 어제 일처럼 선하게 떠오른다. 설날 할머님 생각에 아팠던 마음이 가시기 전에 너와 할머님 이야기를 하다가 그만 눈물이 고였는데 아무리 눌러도 고여오던 눈물은 너에 대한 안쓰러운 정이 겹친 데 있었나 보다. 작은아버지의 아픔이 눈가에 비치자 너는 울었다. 고모도 울고. 좀 더 말하고 싶다만 지금은 길게 언급할 것이 못 된다.

어머님이 아직도 생활 전선에서 활동하신다니 모진 세파를 헤쳐오신 억센 어머님의 한 면을 보는 것 같아서 기쁘다. 늙지 않은 나이에 시어머니 노릇을 하면서 아랫목을 차지하고 있다면 나오는 것이라고는 한숨밖에 더 있겠니? 설령 물질적인 여유가 있다고 할지라도 집에 계시는 것보다 나가서 일하시는 것이 건강에 좋고 삶에 보람을 느낄 수 있어서 여러모로 좋다.

너는 어려서부터 마음씨가 곱고 성실했다고 들어왔다. 의지도 굳고. 네 고운 마음 어지러운 세파에 물들지 않으리라 믿는다. 그런데 하나, 네가 시집가지 않는 것이 늘 작은아버지 마음에 걸려 있다. 여자는 시집을 가야 병치레를 않고 몸이 나은 것인데 너는 너무 야위었더라. 결혼은 어느 누구도 강요할 수 없고 오직 너만이 결정할 문제이긴 하다만 어른들의 조언을 귀담아들어라. 배우자를 선택함에 있어서 너는 스스로 눈이 높지 않다고 해도 여러 가지를 타산하는 것이 아닐까? 사람도 불완전한 것이라 두루 다 갖춘 사람은 없다. 결혼에 있어서 가장 중요한 것은 건강과 성실성, 그리고 너를 사랑할 수 있는 남자면 그것으로 된다. 경제력, 지식, 지위, 환경 등은 부수적인 것이다. 지나치게 가리지 말아라. 사람이 결단을 내려야 할 때 못 내리는 것은 우유부단한 짓이고, 반드시 지내고 나서 후회하는 법이다. 그 점 염두에 두어라.

작은아버지는 그런대로 건강하다. 굳세게 살아가고 있다. 요즈음 구입한 책 보느라고 네가 차입한 책은 손을 못 대고, 신작 시집에서 시 몇 수 읽어보았는데 젊은이들의 분노와 뜨거운 피가 담겨 있어서 감동을 받았다. 고향 내음이 물씬 나는 남도 사투리도 좋았다.

다음에 또 쓰마. 날씨가 고르지 않다. 건강에 유의해라. 귀선아, 안녕.

1989. 2. 21. 작은아버지 씀.

성산아 읽어보아라

성산아, 너 올해 학교에 가니? 전번에 고모와 누나가 네 자랑을 하다가 '고 녀석 고집이 세다'고 하더라. 사내아이가 고집이 있어야지. 그런데 성산아, 네가 옳다고 생각하는 것은 굽히지 않는 것이 좋지만 번연히 나쁜 짓임을 알면서도 고집하거나 떼를 쓰는 것은 덜되고 못난 짓이다. 우리 성산이는 그렇지 않을 테지. 누나 편지에 네가 엄마 따라서 혁신이 형이랑 함께 온다고 했던데 집안일, 할머님 이야기, 친구 이야기를 많이 가지고 와서 들려주렴. 안녕.

어머님 보세요

어머님, 상심 마세요. 여러분들과 함께 오늘로 단식을 마치고 저녁부터 죽을 먹습니다. 단식 8일 동안에 우리는 이불을 깔고 덮고 누워서, 고통이야 있었지만 그래도 편히 지냈는데, '이 추위에 벗들 가족들은?' 아픔이 마음에서 떠나지 않았습니다. 이제는 보람도 있고 한고비 넘긴 것 같습니다.

어머님, 또 아버님과 형님 제사가 다가오네요. 올해는 나가서 두 분 제사를 지낼까 했는데 그래도 오래지 않아 나갈 듯싶습니다. 어제는 어머님이 잘 만드시는 음식, 아들의 입맛에 남아 있는 먹고 싶은 음식 이야기를 했습니다. 어머님, 어머님이 건강하셔야 잘 만드시는 별식을 만들어서 아들한테 주실 수 있으시지요? 남편과 아들 제삿날이 다가오는데 아픔이 없을 수야 있겠습니까만 누르시고 아들을 기다리세요. 아들은 곧 회복될 것입니다. 걱정하지 마세요. 어머님께서 강녕하시기를 간절히 축원하오며 이만 짧게 줄입니다. 어머님!

성산아 보아라

면회실에서 너와 엄마, 형, 그리고 고모와 이것저것 이야기하면서 보낸 한동안이 선하게 떠오른다. 너는 철문을 들어서면서 "큰아빠 집은 왜 순경들이 많아?" 하고 물었다면서? 큰아빠한테 안겨서는 명찰을 만지며 "큰아빠 이게 뭐야?" 묻는 말에 "큰아빠 번호다." 했더니 납득이 안가는 듯, 너는 귀엽게 고개를 갸웃했다. 호기심이 많고 모르는 것을 알아보려는 너, 너는 재주 있게 보이더구나. "너는 무엇을 잘하니?" "ㄱ ㄴ 도 알아요." "그래, 숫자도 아니?" "예." "커서 무엇이 되고 싶니?" "대통령." "대통령? 어디 쓰겠더냐, 백담사나 가고." 큰아빠 말에 입회했던 두 분까지 모두 웃었다.

너를 안고 이야기를 하다가 네 손에 사과 하나도 쥐여주지 못하는 큰아빠는 네 볼을 비비며 "너의 집에 갈 때 선물을 한 아름 사 가지고 갈게." 했고 너는 고개를 끄덕였다. 성산아, 너와 큰아빠는 친구. 너를 안고 계단을 내려올 때 너를 토닥거리던 애정이 큰아빠 마음에 언제까지나 남아 있을 것이다. 성산아, 안녕.

1989. 3. 4. 큰아빠 씀.

삼촌께 올립니다

이번에는 마음 활짝 열고 삼촌을 만나 뵙게 되는구나 했던 기대가 무참히 깨어져 가슴 아팠으나 또다시 '다음'이라는 단어에 기대를 걸어보아야 할까 봅니다. 건강은 어떠신지요. 언제나 삼촌을 생각하면 마음이 꽉 차오르고 거짓 없는 삶을 꾸려가야겠다는 다짐을 하게 됩니다.

삼촌, 그립고 언제나 포근한 안식처였던 부모님의 품을 떠나 낯설고 새로운 환경에서의 적응을 시작한 지도 벌써 석 달이 되어갑니다.

그동안 소식 올리지 못해 죄송합니다. 허나 일에 쫓기고 새 생활에 부딪히다

보니 경황이 없어서였을 거라고 이해해 주셨을 삼촌. 삼촌은 제게 항상 따뜻한 말씀으로 올바르게 살아가도록 가르침을 주셨고, "용기 잃지 말고 옳다고 생각하는 길이면 그 길을 걸어가라." 힘을 주시고 다독거려 주신 말씀, 제게는 큰 지침이 되었습니다.

삼촌, 생활이 바뀌고 대하는 사람이 다르고 지역성의 차이도 있고, 이것저것 그냥 바라만 보기에도 벅찬 요즈음의 생활에 약간의 당혹감을 느낍니다. 어떨 땐 허공을 맴돌고 있는 것 같기도 하고, 또 현실과는 거리가 먼 세계에 뚝 떨어져 색다른 삶을 전개시키고 있는 듯한 모호한 기분, 어리둥절하긴 하지만 곧 제자리를 찾게 될 것입니다. 삶의 한 과정을 거치고 있을 뿐 아주 엄청난 변화 속에 뛰어든 것은 아니니까요.

소식 들으셨지요? 오빠의 결혼 날짜(양력 3월 19일 일요일) 잡힌 거요. 대사가 잇달아 치러져 부모님과 그 외 친척분들이 애를 많이 쓰시는데 아무 도움을 드리지 못하고 있는 저는 그저 죄송스런 마음뿐입니다. 그래도 기뻐요. 다행히 올케언니 심성이 곱게 느껴지고 가족들이 화합하는 데 아무런 어려움이 없을 것 같습니다.

삼촌, 모든 집안에는 평안함이 자리하고 있고 순리대로 일이 잘 풀려가고 있으니, 삼촌께서는 마음 편히 하시고 건강에만 힘쓰셔요. 삼촌의 밝고 건강한 모습 뵈올 날을 기다리면서 조카 이만 줄입니다. 조리 잘하십시오.

1989. 3. 16. 광주에서 의정 올림.

작은아버님 보시옵소서

그동안 안녕하시온지요. 이곳은 공장을 이전하느라 조금 바빴습니다. 세월이 혼탁한 듯 만사 뜻대로 되는 것이 없는 듯하옵니다. 그러나 세월을 보내노라면

빛이 있을 날 기대하면서 살아야 하는가 봅니다.

건강은 어떠신지요? 좀처럼 시간 내기가 어려워 답장도 못 해 드리고 말았습니다. 대진이오빠는 결혼을 하였고 그 결혼식을 보실 줄 알았는데 그저 지나치듯 지나가 버렸습니다. 생활은 조금 어려우나 모두들 열심히 일에 몰두하고 있으니 과히 염려는 놓으셔도 될 듯합니다. 이사한 곳은 옛날 공장보다 깨끗하고 시설도 그런대로 괜찮아요. 선아를 통하여 그곳 소식은 들었습니다. 아이를 낳기 위해 대구에 내려갔습니다. 무엇을 낳을까요? 새로운 생명이 태어나고 있습니다.

할머님은 대진오빠 결혼식에, 전주에 가서서 그곳에 머물고 계십니다. 이곳의 사람들 걱정마시고 계시길 바랍니다. 귀는 어떠신지요. 따뜻한 봄이라지만 콘크리트 안은 썰렁함을 알고 있습니다. 다리도 좋지 않으시던데……. 살기 바빠서들 보이지 않는 것은 전혀 신경을 쓰지 못하는 현실에 적응해야 함이 조금은 힘들다고 생각되지만 그래도 사람들은 살아가고 있지요.

필요한 것이 있으시면 연락 주서요. 당분간 정리되고 할 때까지는 찾아뵙기 힘들 것 같으니 그리 알고 계십시오. 작은아버님은 정신이 없고 고모부는 공장 정리에 여념이 없으시거든요. 건강하서요. 빛을 보는 순간까지요. 안녕히 계십시오.

1989. 4. 10. 조카 귀선 올림.

누이보소

경사가 겹쳐서 좋았네만, 애 많이 썼지?

대진이한테 결혼 축하 편지를 써 놓고 읽어보는데 앞방의 벗이 내다보고는 "누구한테 썼어?" 하고 묻더구먼. "생질, 전주 누이동생 아들이 장가간대." "몇 살인데?" "서른한 살." "벌써 그렇게 되었나?" "세월이 참 빨라. 누이가 시집갈 때 대전 감옥에서 편지를 썼는데 그 누이가 난 딸이 석 달 전에 시집가고, 아들이 또 장가가고. 한 세대가 흘렀어. 총각은 어떨까? 환갑 진갑이 다 지났는데. 육시랄 놈의 세상(우리 35명 중에 60대 총각이 세 분, 50대 총각이 네 분, 40대 총각이 한 분, 총각이나 다름없는 분들이 반 넘고), 이런 놈의 세상이 또 있어?" 이야기를 나누다가 그만 욕이 나왔네. 오빠도 옥살이가 4월 10일로 만 32년. 오빠보다 4, 5년을 더 사신 분들이 많아. 동서고금에 없는 일이지.

〈북의 산천〉이란 화보를 봤는데 백두산, 금강산, 묘향산, 칠보산, 대동강, 모란봉 모두 그렇게 좋을 수가 없어. 조국! 가보고 싶지 않은 사람이 있을까? 북쪽도 우리 땅, 남쪽도 우리 땅, 다 우리 땅인데 가고 온 것이 죄라고. 세 살 난 아이한테 물어도 아니라고 할 것이네. 한심하기 이를 데가 없어.

일전에 당숙 내외분이 면회 오셨더구먼. 반가웠네. 집안 소식 듣고 이것저것 어렸을 때 일이며, 이야기에 한동안이 어떻게 간 줄 몰랐어. 어머님이 전주에 계신다면서? 아주 건강하시고, 정정하시다고 들었네만 지금도 진지 잘 드시는가? 두어 달 더 누이 집에 계시다가 가실 때 오시도록 해 주게. 뵙고 싶네. 누이가 모시고 오소.

오빠는 단식 후에 음식 조절을 철저히 해서 거의 원상으로 회복되었어. 밥 잘 먹고 밖에 나가면 땀을 뻘뻘 흘리며 운동을 하네. 책도 부지런히 보고. 오빠 걱정하지 마.

누이 생일에 정겨운 편지를 보낸다는 것이, 하는 짓마다 전과 다름이 없으니 심통이 나서 몇 마디 하다 보니까 뜻과 다르게 쓰였어. "누이 생일을 축하하네." 정이 담긴 말을 아홉 자에 담았네. 잘 있어. 역사의 수레바퀴는 어느 누구도 막을 수가 없는 법이야.

(일경이는 대학 입시 준비에 여유라고는 없을 테니 그 애 편지는 바라지 않네만 의숙

이는 또 왜? 아이들의 편지가 없어서 궁금하네. 의정이는 한 달 전에 편지를 보내주어서 회답을 띄웠는데 받았는지?)

1989. 4. 12.(음 3월 7일) 오빠 씀.

어머님 보세요

"어머님, 서울 집일랑 잊으시고 푹 쉬세요. 어머님이 서울에 계시는 줄 알고 열흘 전에 어머님께 글월을 올렸어요. 드리고 싶은 말이 많은데 남 안 듣게 어머님 귀에 대고 가만히 올릴 말이라 못 쓰겠다고요. 어떤 일이 있어도 내 아들이 나오는 것을 이 눈으로 보고 아들과 함께 살 것이라고 늘 마음에 다짐하시고, 낮에 자주 걸으시고, 진지 잘 드시라고 썼습니다. 설레발치고 있습니다만 이미 때가 지났어요. 대지에 봄이 오듯 봄이 옵니다. 올해 안에 나갑니다. 어머님, 기다리세요. 힘을 내세요."

성산아 보아라

성산아, 네 생일이 다가오는구나. 네가 세상에 태어난 지도 오 년, 너는 큰아빠한테 네 번 왔다.

네가 돌 지나서 큰아빠가 너를 안아보았고 너와 뽀뽀를 했는데 너는 큰아빠 볼을 만지더구나. "고모와 아빠한테는 영 안 가던 네가 큰아빠한테는 낯가리지 않는다."고 고모님이 말씀하셨다.

다음은 아직 걸음걸이가 완전히 못 해서 뒤뚱거리며 금방이라도 넘어질 것 같던, 그러면서도 용케 걸어 다니던 너. 한동안 놀다가 사탕도 없고 심심했던지 가자고 엄마를 졸라댔다. 엄마 등에서 떼쓰는 너를 보며 "이놈" 하고 눈을 무섭게 부릅떴더니 겁이 났던지 그만 입을 다물었다.

세 번째 왔을 때 너는 나대다가 쇠 모서리에 부딪치며 넘어지면서 책장을 받고는 "앙" 하고 울음을 터뜨렸다. 큰아빠가 상처 난 네 무릎을 만지며 "괜찮다. 이런 것 가지고 사내가 우느냐?"라고 했더니 눈물은 눈에서 삐죽삐죽 나오는데도 뚝 울음을 그치더구나. 엄마가 너를 창틀 위에 올려놓고 화단을 보라고 하셨다. 밖을 내다보다가 너는 큰아빠를 돌아보았다. 엄마가 "큰아빠"라고 하시자 너는 머리가 희고 수염이 하얀 큰아빠가 할아버지처럼 보였던지 "할아버지"라고 했다.

금년 2월에는 (큰고모님과 엄마한테 단식 투쟁을 한다는 심각한 이야기를 했고) 너와도 여러 가지 이야기를 했다. "글을 읽을 줄 아니?" "ㄱ ㄴ을 알고 숫자도 알아요." "큰아빠가 너에게 보내는 편지는?" "엄마가 읽어주어요." 묻는 말에 너는 또박또박 대답을 했다. "커서 무엇이 되고 싶니?" "대통령" 거침없이 나오는 네 말에 "대통령 어디 쓰겠더냐? 백담사나 가고." 그래서 모두 웃었다. 이제 너는 이상하거나 모르는 것은 지나치지 않고 묻는 듯, 철문을 들어서면서 "왜 큰아빠 집은 순경들이 많으냐"며 묻더라고 고모님이 들려주셨다. 큰아빠한테 안겼을 때에도 명찰을 만지며 이게 무어냐고 물었다. "큰아빠 번호"라고 했는데 그때 기억이 나니?

큰아빠는 너를 안고 계단을 내려오면서 네 볼을 비비며 도닥거리던 장면 등 모두가 선하게 떠오른다. 네 손에 여태껏 과일 하나도 쥐여주지 못한 큰아빠는 이번 네 생일에도 이곳에서 빈손으로 넘기는구나. 그래도 면회실에서 너에게 약속한 대로 좀 늦어질는지는 모른다만 선물을 사서 꼭 가마. 기다려라.

성산아, 유치원에 잘 다니고 있니? 선생님 말씀 잘 듣고 아이들하고도 친절하게 지내니? 공부를 싫어하고 먹는 것이나 노는데 정신이 팔리는 아이들은 커서 훌륭한 사람이 못 된다. 집에 와서도 공부를 부지런히 해라. 우리 성산이는 착한 어린이로 공부도 열심히 하고 커서 큰사람이 되리라고 믿으면서 이만 줄인다. 성산아, 안녕. 네 다섯 번째 생일을 맞이하면서.

1989. 5. 2. 큰아빠 씀.

추신 : 제수씨, 어제는 좋은 날. 결혼기념일이고 성산이가 여섯 살, 그 애 생일을 축하합니다. 지난달 28일에 동생과 귀선이 앞으로 편지를 보냈는데 받았어요?

찬미예수

그동안 안녕하시온지요. 지금 거리는 아카시아 향기가 만발하고 있습니다. 공장은 새로운 제품을 제조하기에 바쁘게 보내고 있습니다. 열심히 일하면 열매를 맺을 것을 확신합니다. 소비품이기 때문에 생산 능력이 달리지 않을까 염려하고 있습니다.

그곳의 생활은 변화됨이 없겠지요. 막냇삼촌도 바쁘게 보내고 있습니다. 지금은 작은 곳에서 꽃을 피우려 노력하는 우리 가족에게 꽃이 활짝 피우길 기도할 뿐입니다. 어떤 상황이라도 의지가 굳으면 살아갈 수 있다고 생각합니다.

할머님은 아직 전주에 계십니다. 당분간은 그곳에 계셔야 할 것 같습니다. 최악의 상태에서 몇 개월 지나면 상승기가 되지 않을까 하는 생각도 해봅니다. 기다림은 어느덧 우리 가족들의 친구가 되어져 버렸습니다. 모두 현실 살기에 바빠 작은아버님께 편지들도 못 하는가 봅니다. 서운하게 생각 마셔요. 저라도 가끔씩 글을 올리겠습니다.

저 힘들지 않아요. 오늘 하루하루를 열심히 살고자 할 뿐 욕심은 없어요. 가슴의 아픔들은 저만의 것이 아니라 모든 사람들이 갖고 있는걸요. 저마다 각기 다른 모습으로요.

건강은 어떠신지요. 귀와 다리. 다녀왔으면 했는데, 평일에 시간이 허락지 못해요. 두 분이 바쁘셔서 제가 공장을 지키고 있거든요.

여름이 빨리 오는가 봐요. 오직 건강 관리에 여념 하시기 바라는 마음밖에는 없습니다. 막냇삼촌은 작은아버님께 신경 쓰지 못함을 언제나 미안하게 생각하고 계십니다. 작은아버님께서 넓으신 아량으로 받아주셔요. 어버이날 찾아뵈려 했는데 행동으로 옮기지 못해 죄송합니다. 앞으로 더 열심히 일하고 편지 자주 드리겠습니다.

제가 주소를 잘못 적어 보내드려서 우체부 아저씨께서 큰 소리로 제 이름을 부르지 않겠어요?

"네" 하고 나갔더니 "임방규가 누구예요?" "예, 작은아버님이신데요." 주소가 잘못되어서 헤맸다면서 편지를 전해 주셨어요. 성산에게 보내신 것이 뒤로 왔지요. 죄송합니다. 이번엔 틀리지 말아야겠지요.

성산이는 유치원에 나가고 있습니다. 어른이 된 것 같아요. 건강하게 보내시길 기도합니다. 안녕히 계십시오.

1989. 5. 10. 조카 귀선 올림.

어머님 보세요

어머님, 안녕하세요? 몹쓸 법만 없어지면 한 달 남짓해서 어머님 곁에 가려니 했더니만 악법에 애착이 그리도 가는 것인지 꽁지를 남겨놓고 법 폐기 공고 후에도 석 달을 유효하게 한데다가 또 한 달을 여분으로 두는 등 너저분하게 부칙을 만들어서 징역을 더 살릴 모양입니다. 시월에나 석방될 것 같네요.

옥에서 33년을 산 아들은 석방이 몇 달 빠르고 늦고 간에 별것이 아닙니다만 어머님은 어디 그러신가요? 아들이 나오기를 학수고대하고 계시는 어머님, 하루도 아들 생각을 안 하고 지내신 적이 없으실 어머님은 한 달이 한 해보다 길 텐데요. 어머님을 생각하면 눈물어오릅니다.

어머님, 그래도 아들이 끝도 한도 없이 옥에서 살아온 지난날과는 달리 나갈 때가 정해졌으니, 이제는 생전에 아들하고 함께 살 수 있습니다. 어머님, 마음을 넉넉하게 지니시고 오직 건강에 유념하세요. 아들도 마음에 여유를 가지고 흐트러지지 않게 충실하게 살고 있습니다. 운동을 하고 글을 읽고 생각에 잠기면서 시간을 쪼개서 아껴 쓰고 있습니다. 어머님 마음을 놓으세요. 어머님께서 강녕하시기를 간절히 기원하오며 이만 줄입니다. 어머님!

　아들 올림.

누이에게

　지난달에 누이 편지를 받고 곧 회답을 안 한 것은 누이가 온다고 했고, 신문 보고 책 보고, 또 마음 쓰인 일이 있어서야.

　다름 아니라 먼저 나간 친구들과 우리 35명이 연명으로 악법인 소위 '사회안전법'과 개정안이 헌법에 위배되기 때문에 헌법재판소에 소를 제기하기 위하여 김형태 변호사가 변호사 위임장에 지장을 받으려고 일전에 왔는데 당국에서 세 분만 허락하고 그냥 돌려보냈네. 법적으로 보장된 우리 권리를 침해했다고 강력하게 항의했지. 결국 시차를 두고 남은 분들이 변호사 위임장에 지장을 찍었네. 육 개월 이내에 헌법재판소 판결이 있을 텐데 어떻게 나올지. 큰 기대하지는 않네만 우리를 위해서 애써주시는 여러분이 고맙네. 조준희 변호사, 김형태 변호사, 이석태 변호사, 박용일 변호사, 유남영 변호사, 안상은 변호사, 이렇게 여섯 분이 이번 일을 담당해 주셨네.

　많은 분들의 투쟁에 의해서 그나마 나가게 되었는데 집도 절도 없는 분들이 있고 '보안관찰법'에 매이게 되고 나가서의 일들이 걱정이 되네. 나갈 때쯤 정세 변화가 있을 것이고, 1, 2년 뒤에는 개정법 자체가 유명무실하게 될 테지만 급변하는 국내외 정세! 역사의 방향은 움직일 수 없는 것이네. 역사의 전진은 우연적인 계기에 의해서 완급이 있는 것이라 딱 짚어낼 수는 없어도 4, 5년 앞을 바라보면 아주 희망적이네.

　며느리와 사위가 교육계에 종사하고 있어서 선생님들의 투쟁이 가열찬 요즈음 걱정이 되겠지. 괜찮아. 궁금한 것은 면회 시에 묻기로 하고 이만 줄이네. 잘 있어.

1989. 6. 1. 오빠 씀.

홍규야 보아라

칠월까지가 고비라고 한 귀선이 말로 미루어보아 네 사업은 아직 자리가 잡히지 않았나 보다. 고생한다. 바쁘거든 네가 오지 않아도 된다.

홍규야. 어려울수록 힘을 내야지. 건강에 유의해라. 형은 여전하다. 걱정하지 말아라.

혁성아 보아라

혁성아, 너를 본 지도 4개월이 지났구나. 중학교 교복을 입고 찾아온 너. 얼마나 반가웠는지 모른다. 그날 삼촌은 어머니와 귀선이 누나한테 할머님 이야기를 하다가 그만 눈물을 글썽거렸다. '살림살이가 하루아침에 부서지고 비참하게 남편이 죽고, 큰아들이 죽고, 옥에서 33년을 살고 있는 아들. 할머님처럼 아내요 어머니로서 처절한 고통과 괴로움을 겪은 분(여인의) 이야기를 들어본 적이 없고 책에서도 읽어본 적이 없다.'

너는 작은집, 누나, 형 소식을 들려주었다. "네 취미가 무엇이냐?"고 물었더니 너는 운동을 좋아한다고 했다. "무슨 운동을 잘하느냐?"고 또 묻자 자신 있는 종목이 없었던 것인지 제 볼만 붉어졌다. 네 돌 무렵 이야기도 하고, 어린나무는 바로잡아 주어야 곧게 재목으로 큰다고 나무를 사람에 비유하면서 정직을 강조했다. 그때를 회상하는 삼촌 눈앞에 네 모습이 선하게 떠오른다.

혁성아, 삼촌은 범죄 기사를 보고 놀란 적이 한두 번이 아니다. 아이들까지도 폭력에 절도와 강도, 사람을 다 죽이고, 세상에……. 그뿐이냐? 중학생은 말할 것이 없고 어린 소학생까지 상당수가 본드를 마시고 환각에 젖어 든다니, 너도 먹어본 적이 있더냐? 두려운 일이다. 본드에 중독되면 구제 불능의 폐인이 되고 만다. 아이들이 본래부터 포악하고 난잡했더냐? 세상 탓이지. 여기저기에 잠복하고 있는 악, 악의 유혹을 단호히 뿌리치고 너희 자신을 지켜라. 여남은 살 난 소녀까지도 납치하는 범죄 집단이 득실거리는 세상, 악의 소굴. 악은 박살을 내야 한다. 그 어떤 악일지라도 맞서서 완강히 싸우는 너희들이기를 바라면서 이만 줄인다. 혁성아, 혁신아, 선주야, 안녕.

(못된 아이들과는 가까이하지 말아라. 만홧가게나 전자오락실에 가지 말고 불만이나 고민이 있거든 부모님께 말씀드려라. 그게 어렵거든 형한테 털어놓아라. 형과 의논해서 해결 방법을 찾아라. 마음의 갈등이 쌓이면 병이 나거나 못된 길로 빠지기 쉽다.)

1989. 6. 7. 외삼촌 씀.

외숙부님, 보십시오

며칠 동안 내린 단비가 농민들의 갈증을 충분히 풀어주고 난 뒤입니다만, 하늘은 여전히 찌푸린 채 낮게 드리워져 쉽게 풀릴 것 같지 않은 기운입니다. 영산강이 굽어 보이는 언덕배기에 자리한 학교 창문 밖으로 들판의 보릿짚 태우는 연기를 바라보면서 이 글월 올립니다.

외숙부님, 늦게나마 이렇게 몇 자 글월로 엎드려 인사드림을 용서하여 주십시오. 그동안 필을 들 때마다 결코 낯설지 않게 생각 들면서도 이 모순된 시대에 자신의 편안함을 떨쳐버리지 못하며 살아가는 자로서의 자기 질책에 짓눌려 발버둥 치다 끝내 끝을 맺지 못하곤 하였습니다. 그러다가 이렇게 계절이 여러 번 바뀌고서야 인사를 드리게 되니, 오히려 사람 된 일을 다 하지 못하였다는 부끄러움만 하나 더하고 만 것 같습니다. 아직 한 번도 뵙지는 못하였지만, 어머님과 조카 의정이로부터 외숙부님 말씀을 들을 때마다 가장 어려운 시대에 푸른 강산처럼 의연히 살아가고 계시는 외숙부님의 삶의 모습이 떠오르곤 하였습니다.

지난(16일 자) 한겨레신문에 사회안전법이 폐지 공포되었다는 기사가 났더군요. 늦게나마 인간의 기본권을 유린해온 악법이 폐지가 되었다니 퍽 다행한 일입니다만, 대체 법안으로 '보안관찰법'을 만들어 놓아 사실은 폐지라는 생각이 안 들더군요. 더구나 법안 폐지에 따른 집행을 3개월이나 유보해 둔 것은, 수십 년 동안 인간적 삶을 송두리째 빼앗긴 채 기다리며 저 자유의 푸른 하늘을 갈망해 오신 분들의 가슴을 더욱 아프게 하리라 여겨집니다.

신문에 난 감호소 35분에 대한 기사를 읽고 지금 그분들의 삶을 비록 관념으로나마 이해해 보려고 집착해 봅니다. 여느 인생 같으면 머리가 허옇고 인자하신 모습의 할아버지가 되시어 손주들의 재롱을 즐거워하며 살아가셔야 할 한평생을 어쩌면 이 역사는 그토록 모질게 희생양으로 삼아야만 할까요. 그러고도 무엇이 부족하여, 지금 이 순간에도 역사는 젊은이들의 목숨을 앗아가고 민중의 피를 부르는 것일까요. 정말 우리는 너나없이 모두가 진실과 양심을 모르는 체하고 물질적 이기주의의 노예가 된 채 의식마저 잠들어가고 있는지요.

그러나 시간이 흐를수록 이 땅에서 가장 힘없고 천대받는 사람들이 찌들었던 자신들의 삶을 부둥켜안고서 정의를 주장하고 조직된 힘으로 떠오르는 모습들을 보면서, 역사는 분명 발전한다는 생각들을 더욱 굳혀봅니다. 그리고 아직 인생의 지표를 찾아 세우기에 다급한 저희 젊은이들로서는 소시민적 이기주의에 함몰되지 않고 더불어 살아가는 참삶을 일상적이고 구체적인 생활 속에서 부단히 실천해 나가는 것이 중요하리라 생각합니다.

외숙부님, 외람되게 제 말씀만 길게 드린 것 같습니다.

사진으로 뵌 외숙부님의 인자하심을 빠른 시일에 직접 느껴볼 수 있기를 먼 곳에서나마 간절히 빌겠습니다. 조카 의정이는 늘 외숙부님과의 서울 생활을 이야기하며 외숙부님 뵐 날을 기원하고 있습니다. 부디 건강하옵시고, 하루빨리 저희들 곁으로 오시옵소서.

1989. 6. 21. 광주에서 조카사위 윤동원 올림.

어머님 보세요

어머님, 안녕하세요? 그동안 장마로 그닶지 않게 지냈습니다만 어제오늘은 날이 개서 덥네요. 여름이라 밥맛도 없으실 텐데 요즈음 건강이 어떠세요? 자주 꿈에 어머님이 보이네요.

아들이 나온다는 말을 듣고부터는 날마다 '기쁜 소식이 있을까' 하고 마음 조이실 줄 압니다. 어머님 초조하게 기다리지 마세요. 나갈 날이 정해진 것은 아닙니다만 아들의 감호 갱신 만기가 10월 1일이라 9월 30일에 나올 것으로 아세요.

이웃에 친구분이 계시는지 모르겠네요. 이야기를 나누시고 비 갠 날 여기저기 구경삼아 다니면 좋으실 텐데요. 어머님, 혼자 우두커니 앉아 있는 시간은 없도록 하세요. 비 오는 날, 집 보는 시간에도 청소를 하시거나 아니면 방안에서 왔다 갔다 거니세요. 지루하지 않고 몸에도 좋습니다.

아들은 건강합니다. 신문 보는 데, 책 보는 데 정신을 쏟고 있습니다. 어머님, 마음을 놓으세요. 더운 여름에 어머님께서 강녕하시기를 간절히 축원하오며 이만 줄입니다.

누이에게

누이가 다녀간 지도 벌써 한 달이 지났네. 그 사이 두 분이 감호 기간 마감 전날에 석방되었어. '사회안전법' 개정 후로 처음인데 감호 기간 갱신은 없을 듯. 늦어도 9월 30일에 나갈 모양이야. 일전에 개정했다는 '보안관찰법' 전문을 보았네. 현 정권의 속내를 엿볼 수 있었어. 우리를 죽는 그날까지 철창 안에 가둬두고 싶은 그들. 범법 행위가 없음에도 불구하고 2년 감호 갱신, 갱신, 갱신……. 8월에 나갈 분들은 만 14년 만이네. 이런 방법으로 한없이 사람을 감옥에 가둬두는 것은 곧 살인 행위라는 내외의 항의에 어쩔 수 없이 사회에 내보내되 내놓고 얽어매는 방법을 강구했더구먼. 조목조목 잘도 법망을 구축했데. 보이게 안 보이게 감시할 뿐만 아니라 행동을 강제하고 3개월에 한 번씩 생활한 내용을 세세히 글로 써서 보고하도록 의무 조항을 설정해 놓고 어겼을 때 2년의 실형을 때리게 했데. 감옥이 아닌가?

어머님과 함께 살 것을 생각하면 가슴이 두근거리네만 나가도 감옥이라 긴장되고. 그러나 불의에 완강한 오빠의 자세는 흐트러짐이 없네. 가족에게 피해를 줄 것 같아, 어머님하고 따로 살까 하네만 그것은 나가서 할 일. 한쪽으로 제쳐놓고 예나 다름없이 꼭 짜인 생활에 날마다 바빠. 잠 잘 자고. 오빠 걱정하지 마. 안녕. 여름에 모두 건강하기를 바라면서.

1989. 7. 19. 오빠 씀.

일경아 보아라

일경아, 할머님과 아빠 엄마께서 안녕하시냐? 너희들도 잘 있고? 이번 폭우로 피해는 없는지. 온통 난리가 난 것 같다. 홍수로, 대형 사고로 사람이 떼죽음을 당하고 마약 조직범, 조직폭력배, 대낮에 어린 소녀를 잡아다가 폭행을 하고 유흥가에 팔아먹는 악당들, 기관 금고나 은행 금고를 털어서 제 것 가져가듯이 억 대가 넘는 돈을 들고 사라지는 도적 떼, 사람을 잔인하게 죽이는 극악한 살인 범, 좀도둑은 말할 것이 없고 온갖 도적이 우글거리고 있다. 정계, 교육, 문화, 종 교계 할 것 없이 대립과 혼란이 극도에 달하고 있다. 이런 사회 환경 속에서 너 는 대학 입시 준비를 하느라고 땀을 흘릴 테지만 제대로 공부가 안될 줄 안다.

일경아, 일에는 경중이 있고 순차가 있는 법이다. 그를 어길 때 일을 망치고 만다. 사회에 관심이 안 갈 수가 없고, 안 가서도 안 되지만 그 부분은 짧은 시 간에 정리하고 공부에 주력해라. 지금 너에게 주어진 당면 과제는 대학에 가는 것이다. 큰일을 위해서 그 길을 곧바로 가거라. 여름밤 자정이 넘도록 공부하느 라 애쓰고 있을 너에게 격려와 시원한 이야기라도 할까 하고 펜을 들었는데 딱 딱하게 되고 말았다.

그래도 네가 짧은 글에서 너에게 가는 삼촌 마음을 읽어주면은 족하다. 삼촌 은 잠 잘 자고 건강하다. 걱정하지 말아라. 일경아, 나가서 만나자. 그럼 어서 공 부해라. 안녕.

의숙아 보아라

의숙아, 잘 있니? 너 나름으로 계획이 있을 테지.

책 보는 데 힘써라. 신문에 소개된 신간 서적 중에 볼만한 책들이 있던데 책 을 가려서 정독을 해라. 실천 활동이 없이 책만으로 인격이 높아지거나 현실적 이며 구체적인 진리에 도달하는 것은 아니지만 양서는 우리의 삶에 올바른 방 향을 제시해 주고 자연과 사회 모든 현상에 대한 인식과 실천의 정확한 방법을 밝혀준다. 좋은 책을 읽는 재미 또한 크지 않더냐? 매일 시간을 내서 책을 보아 라. 의숙아, 안녕. 값진 여름밤이 되기를.

(그제는 언니가 어떻게 지내는지, 수해 피해는 없는지, 형부 등 모두 걱정이 되어서 광

주로 편지를 띄웠다. 할머님 안부를 들은 지도 한 달 보름이 지났다. 서울 소식도 없다. 네가 서울, 광주, 너희 집 소식을 보내라.)

　1989. 7. 31. 삼촌 씀.

삼촌께 올립니다

　먼저 그 누구를 막론하고 감사드리고 싶습니다. 삼촌과의 만남이 실현된다는 사실에. 9월 말이나 10월 초쯤이 될 거라 말씀하셨을 때에도 믿기지 않았었는데 그렇게 손꼽아 기다리던 날이 추석 전날로 확정되었다니 그 반가움과 기쁨 넘치고 넘쳐흘러 강을 이루고 바다를 이룰 것만 같습니다.

　삼촌, 세월은 유수와 같다더니 그때가 1977년 추석 때였으니까 어느새 어둡고 지리한 철창 안에서의 생활이 만 12년이라는 참으로 긴 세월을 메꾸어 놓았습니다. 그 많은 세월, 인내와 고통이 온몸 구석구석 스며들어야 했던 세월, 빛이 없는 공간에서 끊임없는 자기 자신과의 투쟁을 포기할 수 없었던 세월, 비록 험하고 가파르긴 하였으나 삼촌께서 꿋꿋하신 모습으로 흐트러짐 없는 일관된 생활을 해오셨기에 모든 가족과의 만남은 더욱더 소중하고 깊이가 있으며 의미가 클 것입니다.

　삼촌, 그렇게 기승을 부리던 더위도 이제는 저만큼 물러섰고, 조석으로는 제법 쌀쌀한 기운마저 감도는 가을이 우리 앞에 성큼 다가섰습니다. 무엇보다도 삼촌께서 저 푸르고 맑은 가을 하늘을 마음껏 대하실 수 있음이 기쁘고, 올해는 조상님들께 성묘하실 수 있게 되었음이 기쁩니다. 또한 삼촌과 이렇게 나누어야 하는 지면과의 대화가 이것으로써 마지막이라는 사실이 저에게 더할 수 없는 기쁨을 줍니다.

　삼촌, 그 많은 세월에 단발머리 여고생은 한 가정의 주부가 되게 하였습니다.

지금, 이 순간도 그러한 사실들이 실감 나지 않으며, 어떨 땐 꼭 제가 소꿉장난 하고 있는 것 같은 착각에 빠져있기도 합니다. 많은 사람들 앞에서 원삼 입고 족두리 쓰고, 어른 되는 의식을 치루긴 했으나 마음은 조금도 어른스러워지지 못했습니다. 서서히 아주 서서히 제자리를 잡아가겠지만 갈수록 어깨가 무거워 지고 책임의 양도 많아지는 주부들의 삶이 서글퍼질 때도 있습니다. 하지만 잘 해 나갈 겁니다. 좀 더 깊이가 있을 것이고, 또 옆에서 충분한 도움을 주며 끝까 지 지켜보아 줄 사람이 있으니, 아무리 어려운 상황도 슬기롭게 대처해 나갈 수 있는 힘이 길러질 것입니다. 삼촌, 건강하세요. 뵙게 될 때까지, 안녕.

1989. 8. 29. 조카 전의정 올림.

청주보안감호소 들머리에서 13년 만에 출소하던 날.
왼쪽부터 홍규 아내, 사촌동생 성철, 사촌누이 정희, 순덕, 순이, 조카 성산, 임방규, 홍규, 어머님, 매제 송계채*

매제 송계채와 함께

송계채의 가족들

임방규 선생님께

안녕하세요. 저는 96년도 덕성여대 총학생회장 정선입니다. 지금은 군산 교도소에서 수감 생활을 하고 있습니다. 1년 4개월을 꽉 채우고 1년 5개월째 접어들고 있습니다. 선생님이 하셨던 수감 생활에 비하면 새 발의 피에 불과한 시간이지요.

언젠가 말지에 실린 선생님 인터뷰를 읽으면서 많은 생각을 했었습니다. 수많은 양심수 선생님들이 걸어오셨던 나날들, 교도소에 있는 높다란 벽만큼이나 모든 것이 제한되고 사회의 변화를 감지하는 것이 어려웠을 그 시간들 저는 별로 길지 않은 시간이었음에도 수없이 괴로워했고 아파했었는데, 새삼 선생님들의 삶이 더욱 거룩해 보이고 아름다워 보였습니다. 그 글을 읽으면서 아름다운 삶이란 이런 것이구나 하는 생각을 했었습니다.

저의 삶이 부끄럽기도 했습니다. 조국, 민중, 동지, 관념적 언어가 아닌 심장을 뜨겁게 달구는 사랑으로 표현될 수 있게 부단히 혁신하려 합니다.

97년 폭발적 투쟁으로 시작했던 해였는데, 97년을 며칠 안 남긴 지금의 심정은 쓸쓸하기만 합니다. 여지없이 올해도 열사가 생겨났었고, 민중들을 억압하던 이들의 뻔뻔스러운 모습. 너무도 당당하게 교도소의 문턱을 넘어 나오는 이들을, 신문을 통해 보면서 부아가 치밀었습니다. 그들이 남겨놓은 유산들로 민중들은 생활고에 시달리고 심지어는 자살까지 하고 있는데 말입니다. 분노를 뛰어넘어 제가 해야 할 몫을 찾으려고 숨을 고르고 있습니다.

갑작스런 제 편지에 놀라셨죠? 연하장을 보내려고 했었는데 주소를 늦게 구하는 바람에 이렇게 편지로 신년 인사를 드리려고 펜을 들었습니다. 선생님과 탕제원 다른 선생님들과도 깊은 얘기를 나누었던 적은 없었지만 그래도 인연은 인연인지라 그 인연을 깊게 해보고 싶어서요.

하고 계신 탕제원은 잘 운영되시나요? 워낙 경기가 좋지 않아서 어려움이 있을 것 같아 염려되기도 합니다. 탕제원이 번창했으면 좋겠습니다.

다사다난했던 정축년을 정리하면서 서로 새로이 시작하는 무인년, 98년이 희망으로 가득한 한 해가 되기를 기원합니다. 탕제원 모두 선생님들, 부디 건강하신 한 해가 되었으면 합니다.

소망하시는 모든 일들이 모두 성취되시기를 기원하며 새해 복 듬뿍 받으십시오.

1997. 12. 29. 정선* 올림.

* 현재도 활발히 활동하고 있는 활동가의 가명이다. 임방규는 정선의 옥중 서신을 받고 면회를 가기도 했다. 양심수들의 면회를 간 적은 많으나 정선은 특히 그의 기억에 크게 남아 이 책에 싣기로 했다.

선생님께

2월이 시작되었습니다. 어떻게 갔는지 느낄 새도 없이 98년의 1월이 훌쩍 지나버린 느낌입니다. 그러나 돌아보면 98년도의 1월도 그리 짧지 않은 시간이라 아득하게 느껴집니다. 98년의 1월은 제게는 소중한 시간이었습니다. 그동안 미루기만 했었던 1년 5개월여의 수감 생활을 아주 기쁘게 정리했기 때문입니다. 총화에 첫발을 떼는 것이 어렵게만 여겨지더니 한번 시작하니 엉킨 실타래가 풀리듯 그동안 머릿속 복잡하게 했던 일들이 하나씩 정리되어지고, 그동안 단편적으로 고민했던 것들이 순간순간의 고민으로 끝나지 않고 1년의 연속선상에 있었고, 그로 인해 제 사고의 깊이도 폭도 이전보다 깊어지고 넓어졌음을 알 수 있었던 시간이었습니다. 좀 더 냉철하게 운동가로서의 제 자신을 돌아보는 시간이었습니다.

요즘은 또 다른 고민에 빠져들기 시작했습니다. 원인은 우리 학교 선거의 패배 소식을 접하고 나면서부터입니다. 우리 학교는 2학기에 학원 자주화 투쟁을 하면서 60여 일의 수업 거부 투쟁 등 폭발적인 대중 투쟁을 하면서 결국 승리를 쟁취했습니다. 그런데 그 승리 이후에 이루어진 총학생회장 총학생회 선거 패배는 저에게는 충격이었습니다. 그 충격으로 며칠을 멍하게 보냈습니다. 패인은 무엇일까라는 질문을 던지며 가슴 답답한 시간을 보냈습니다.

그러다 어제 일기를 쓰다 '대중 투쟁'이라는 화두가 떠올랐습니다. 대중 투쟁을, 투쟁을 일구었던 주체인 대중이 어떻게 정리하느냐가 중요한 것이겠지요. 그런데 투쟁을 지도했던 조직이 선거에서 패배했다는 것은 대중 투쟁을 대중 스스로가 주체적으로 판단하며 성과적으로 정리할 수 있게끔 하지 못했다는 것이겠지요. 우리 학교는 학자 투쟁을 마치고 나서 정리 과정이 미흡했다는 평가를 하곤 했습니다. 그런 평가 이후에도 쉽게 그 문제는 극복되지 못하더군요. 대중이 주인 되는 투쟁은 어떻게 이루어지는 것일까요? 그리고 매번 평가에서 나왔던 오류들은 왜 쉽게 극복되지 않는 것일까요?

저는 사실 겁이 납니다. 대중 투쟁의 승리 성과에도 불구하고 결정적 오류로 대중들이 투쟁을 기피하게 되는 것이 아닐까 부정의에 분노하며 정의를 실현하기 위한 것들을 외면하게 되는 것은 아닌가 대중의 냉소 회피가 대중의 자주성을 억누르는 주인 됨을 억누르는 상황이 오게 되는 것은 아닐까 하는 걱정입니다. 기우라고 생각합니다. 그러나 요즘의 청년들 모습을 바라보며 희망을 발견하기도 하지만 가슴 답답함이 밀려올 때가 있습니다. 학생 운동의 움직임이라곤 찾아보기 힘든 일본을 떠올리게 됩니다. 현실이 정해놓은 어떤 틀을 벗어나기 두려워하는 창조적 정신이 결여된 그런 청년의 모습이 아니라 개척적이고 민족을, 조국을 생각할 줄 알며 정의를 갈망하는 청년들이 넘쳐나게끔 하는 것. 운동을 고민하고 실천하는 이들의 몫이건만 쉽게 혜안이 떠오르지를 않습니다. 앞으로 어떻게 나아가야 할까요. 진로 모색이 시급하게 느껴집니다.

두서없이 적어 내려간 편지입니다. 선생님 건강 유의하시고 하시는 일들이 잘 풀리시기를 빕니다.

1998. 2. 3. 정선 올림.

선생님께

이제는 제법 햇살이 따갑게 느껴지는 5월입니다. 그동안 안녕하셨어요? 안녕, 평안을 여쭙는 인사말이 예전같이 느껴지지 않는 요즘입니다. 시간이 흐르면 흐를수록 실직으로 인한 고통을 받는 이들이 늘어만 가고 사람들의 생활이 더욱 어려워지고 있으니까요. 기대와 희망을 품는 것이 때로는 더욱 비참해지기도 합니다만, 그래도 스스로의 마음을 다잡고 세상과 한바탕 싸워볼 수 있는 용기와 패기를 지니고 살아야겠다 싶은 생각이 듭니다.

5월이 되면서 갑자기 당황스러웠습니다. 예전에 자전거를 배울 때 조금 익숙해졌다 싶어 속도를 내고 달리다 보면 어느 순간 갑자기 당황스러워지고 덜컥 겁이 났었던 기억이 떠오릅니다.

속도를 내고 달릴 만큼 능숙해지지도 않은 실력으로 차근차근 실력을 쌓으려 하기보다 속도를 내고 싶은 욕심이 스스로를 당황케 했던 기억. 세상으로 되돌아가기까지 앞으로 4개월이라는 시간이 남았는데, 지나왔던 시간만큼 앞으로의 시간도 휙 지나가 버릴 것 같은 아무런 준비도 되어 있지 않은 채 사회로 복귀할 것 같나는 생각에 시간이라는 세월의 속도감이 저를 당황케 했습니다. 허나, 그런 당황스러움도 조급함, 욕심이었다는 생각을 하게 했습니다. 사회로 복귀하면서 직면하게 될 제반 상황들, 2년이라는 시간을 사회와 격리된 채 지내면서 사회의 문제들에 대하여 관망하게 되고 조금은 긴장을 푼 고민을 하는 과정들이 사회의 한 주체로서의 나를 상실케 했던 과정들이 앞으로 사회에서의 복잡함이 나를 혼란스럽게 만들지도 모른다는 생각에 당황스럽고 두려웠던 것 같습니다.

조급함, 욕심을 극복하려고 노력 중입니다. 제가 겪게 될 혼란이나 어려움을 두려워하기보다 인정하고 그 선을 넘어서기 위한 준비를 하려고 합니다. 단련시키고자 노력할 생각입니다. 어렵다 할지라도 말입니다.

세상이, 운동이 어려운 숙제로만 느껴지려 하기보다 아름다울 수 있고 그 속에 당당한 주체로 설 수 있도록요. 더없이 화창한 날 고통받는 민중을 생각하며 내가 할 수 있는 만큼 욕심부리지 않고 착실히 앞으로 준비하며 살도록 하겠습니다. 선생님 건강하십시오!

민족의 자주와 대단결의 해. 1998. 5. 6. 정선 올림.

평범하지만 소중한 가족의 일상을 가까이서 바라볼 수 있었다. 감옥에 계시지만 언제나 가족 곁에 있는 것처럼 따뜻한 온기가 느껴졌고, 일상의 작은 순간들을 나누는 마음이 전해진다. 선생님의 끝없는 잔소리와 칭찬에서 가족에 대한 깊은 애정과 사랑이 느껴진다.

편지글 하나하나가 서로에게 힘이 되어 주고, 조언과 격려를 건네며 함께 성장해 가는 가족의 모습을 볼 수 있었다. 가족이란 무엇인지, 그리고 서로를 어떻게 지탱해 주는지 다시 한번 생각하게 된 따뜻한 시간이었다.

_조영자

"마음이 고운 사람은 인간을 사랑하기 때문에 인간을 해치는 것과 자타를 막론하고 당당히 맞서서 싸우는 것이다. 따라서 고운 마음은 한편으로 사랑을, 다른 한편으로는 불굴의 투지를 자아내게 한다."

비극적 현대사를 온몸으로 겪었지만, 삶에 대한 뜨거운 열정과 냉철한 지성, 따뜻한 인간애를 잃지 않는 선생님의 진면모가 속속들이 느껴진다.

갓 태어난 조카에서부터 팔십 노모에 이르기까지 가족 하나하나에 써 내려간 선생님의 편지는 어떤 문학작품보다 감동적이고 개인주의, 물질화 되어가는 우리의 삶에, 다시금 정신을 차리고 마음을 가다듬게 하는 죽비소리 같은 울림이 있다.

_조미옥

가족들뿐만 아니라 인간에 대한 뜨거운 애정이 글마다 끓어 넘친다. 혁명가로서, 한 인간으로서, 선생님의 매력으로 어느덧 감옥은 더 이상 선생님을 가두지 못했던 것 같다. 정성스러운 손편지를 쓰고 싶다.

_라현선

힘든 감옥생활을 하시면서도, 부모님과 남겨진 가족들을 더 걱정하는 절절한 마음이 느껴졌다. 특히 조카에게 삶의 지혜를 전하고자 하는 편지글은 감동으로 다가왔다.

"사람의 품성은 오직 사람과의 관계를 통해서만 이룩되는 것이다. 사람과의 관계는 예술적으로 이루어져야 한다. 사람과 사람과의 관계, 그것은 모든 일의 근본으로 되는 것이다. 사람을 진실로 사랑해야 한다."

너무나도 감동적인 말씀이었다. 힘든 세상 속에서 선생님의 책을 통해 사람 냄새와 가족애를 느낄 수 있었다.

_장애영

아프신 몸으로 이 책을 내기 위해 고생하시는 선생님 얼굴이 선하다.

감옥에서도 편지로 가족 간 소통하는 끈끈한 가족애가 느껴진다. 어머님과 동생들에 대한 염려와 걱정, 자라나는 조카들에게 생활 속 지혜를 가르쳐주는 편지글들이 생각에 남는다.

"역사든 민족사든 개인사든 과거와 현재와 미래가 연결되어 있다. 과거는 현재를 낳았고, 현재는 또 미래를 배태하고 있는 것이다. 과거, 현재, 미래 중에서 현재가 더욱 중요하다. 그것은 현재의 시간 속에서 살아 움직이는 인간의 구체적인 실천 활동이 있고 새로운 물질문화를 창조하고 있으며 그 토대 위에서 미래가 전개되기 때문이다. 인간은 역사 밖에서는 존재할 수가 없다. 싫든 좋든 인간 개개인은 거대한 역사의 흐름 속에서 생존하는 것이다. 그러기에 미래를 바라보면서 오늘을 바르고 보람 있게 살아가기 위해서는 역사적 현실을 정확하게 파악해야 한다."

난 오늘을 바르고 보람 있게 살아가고 있는지에 대해 더 생각해 보게 된다.

_박훈희

95세 노쇠한 인간에게서 나오는 마지막 소원이 '조국의 자주통일을 기필코 완수하는 것'이라니…….

"고문보다 더한 통증으로 며칠 전에는 죽을 고비를 넘긴 것 같았어. 병원도 더 해줄 것이 없대. 책 나오는 것은 보고 갔으면 좋겠네."

노령 연금 34만 원씩을 모아서 책을 내는 임방규 선생님.

무엇일까? 그 신념을 지키는 힘은?

현재도 무고한 옥살이에 대한 국가배상 재판은 진행 중이다. 재판을 보고 죽어야겠다는 그.

편지에 담긴 순수함과 인간애, 과학적인 혁명가의 삶을 들여다보며 울고 웃었다. 3대의 고통과 슬픔은 그의 세심하고 깊은 사랑과 희망으로 삭여졌다. 그것이 혁명이었다.

읽어야 한다. 이보다 더 아플 수 있을까? 역사의 비극을 오롯이 겪은 그와 가족들. 그러나 그의 웃음을 봐야 한다.

세상 사람들은 모두 참으로 아프다. 파고들면 아프지 않은 사람이 없더라. 처절한 아픔 뒤 웃을 수 있는 실마리가 이 책에 있기를 바란다. 그래서 10대 청소년도, 죽음을 앞둔 고령의 그 누구도 이 책을 읽고 웃기를 소망한다.

_송연형

어머님 보시옵소서
어머님 요즈음 기력이 어떠하신가요   한동안 소식이 없어서 걱정하고 있었습니다 그런데 찾아온 동생을 보니까 그런대로 건강한 것같고 어머님이 좋아 지셨다는 소식에 기뻤습니다 어머님 어머님이 건강 하셔야지요
늦가을도 아닌데 날씨가 쌀쌀 하네요 이르다 마르시고 두터운 옷으로 몸을 더웁게 하시지요 어머님이 감기를 자주 앓으신다는 말을 들었습니다 감기는 만병의 근원 이라고도 하지요 동생 한테도 말 했습니다만 아침에 일어나 셔서 밖으로 나가시기 전에 목뒤를 욱 칠십 번 문지르세요 한손으로 문지르면 힘이 드시니까 양손으로 번가라 가면서 좀 세게 문지르세요 밤에도 잠자리에 드시기 전에 한번더 문지르세요 감기 예방에 아주 좋습니다 아들은 거르지 않고 목도 문지르고 물수건으로 마찰도 하고 건강 하오니 아들 걱정을 너머 마시옵고 어머님의 존체 살려 주시옵소서 그러나 무엇보다도 진지를 잘 드셔야 합니다 먹으면 밥힘으로 산다는 옛말이 있지않은가요 밥무에 더한 보약이 없습니다 끄니 때 마다 회회히 많이 드시옵소서   아들은 잘 간주해준 어머님 사진을 자주 봅니다   어머님이 계셔 얼마나 흐뭇한지 모릅니다 산사람은 맞나는 것이 세상 이치가 아닌가요 마음을 크게 너그럽게 지내셔요 건강 하시옵소서   어머님의 그 크신 마음이야 누가 감히 흉내도 낼수 없음을 알고 있습니다만 이곳에 있는 아들이 그 말외에 사룰 말씀이 또 있겠습니까 아들의 이 심정을 살려 주셔요 유이 편지에 어머님이 준희 형님 회갑때 외가에 가시게되고 그곳에서 어머님 생신을 맞이 하게 된다는 소식을 들었습니다 어머님 생신날 아들이 모실수 없아오니 어머님을 생각 하옵고 정정 하시와 오래오래 계시기를 축원 하겠습니다 그럼 어머님 건히 다녀오세요
아들 올림   "외숙님라 준희형님께 따로 글월을 올리까 합니다,,
"홍국아 보아라, 홍국아 명희하고 떠나 울러 것으~ 걱정하로 네마음은
네 모습에 보있다 꽃은 건강하나 지금은 건강하나 높은산 바람 받어,
서 있는 나무도 뿌리가 튼튼하고 긴 법이다 대지에 깊이 뿌리를 받지 않으면 강풍에 뽑혀서 죽어 버리기 때문이지야 수십년 주먹이를 그런곳에 나 살아 온 나무들도 땅속 깊이 깊이 뿌리를 받고 있는 식물도 그런데 사람이 야 말해서 무엇 하랴 형은 튼튼하게 살아가고 있으니 마음을 돌리라 전번에 비쳐 못물었구나 고향 간이 야기 전본이야기를 들려 다라 근 얘기가 마음에 들으냐 고향의 형종이
어렸다냐   네 소식을 기다리고 있다   1980 10 13 형씀

의령아 보아라

의령아 할머님께서 안녕하시냐 진지를 잘도 잡수시고 정정하시니
삼촌 나도 잘 있고   이제 늦가을, 자연은 어김이 없나니
바람도 차고 낙엽이 하나, 둘 지고 있다. 잎이 떨어지는
나무를 보기에 죽어가는 것 같아만 속은 살아 있고 탄탄하니
그런가 하면 겉 보기에는 크고 그럴듯한 나무도 속은
버러지가 먹어서 구멍이 뚫어 있다. 병든 나무는 잘 보면
알수가 있지야. 사람도 겉 모습은 곱고 훤출하지만 마음
은 병든 사람이 허다하다. 마음은 보이지 않기 때문에.
병든 것을 숨기려고 하지만 좋고 어려운 때를 격어가는
중에서 반듯이 외부로 나타나는 것이다. 말과 행동으로
나타나는 법이다. 사람은 어려운 때를 격어 보아 좀더
잘 알수가 있다. 사랑도 깊이를 측정 할수 있다. 보이지않는
마음 그 마음을 뚜러 (지각) 볼수 있는 혜안이 있어 OK 한다
네자신에 있어서도 의식작용과 언행을 통하여
네 마음의 상태를 파악하고 부족한 점을 그려가야
한다. 너도 학민을 졸업하면 여자의 몸으로 험한
사회에 나와서 많은 사람과 관계를 맺고 살아가
야 하기 때문에 몇마디 섰다. 의령아 너야 너겂지
만 실수를 익게 하도록 너를 아끼는 마음에서 섰다
삼촌은 여기하다 든든 하게 살아가고 있다 거정을
말아라 할머님께서 부디 강녕 하시옵고 집안이 무사
하기를 간절이 바라면서 이만 줄이다 의령아 안녕
1978 10 30 삼촌 씀   "홍지산촌에 보내준 국사 답사전, 한국지리, 네의
한번을 잘 받았다 편지로 받고 회답을 보겠로

울리고 싶은 말씀 끝이 없아오나 자애로우신 어머님의 모습을 그려보며 이만 줄이나이다. 어머님/부디 강녕하시옵소서.   아들 올림

"응 좋아 보여라. 밭밭에 수나무가 뒤로 푸른데 아래로 누릇누릇 낟알이 줄엿다. 슬슬 익으면 무우수 살이 질 것같다. 가마니에 새끼줄로 멜빵을 매고 어깨에 둘러메고 당북산에 오르는 어린 때가 떠오른다. 가을, 소나무 길은 옛날 추억이 많으다. 소식은 받아보기로 하고 줄인다. 모두 건강을 바라면서 1982.10.26 형순

찾기도 전에 황해의 치는 솔 밭 속으로 드러가 버렸습니다. 어머님은 제가 앞의자에 더치지 않도록 꼭 안고 계셨어요. 어머님이 안아주신 기억은 그때가 처음입니다. 지금도 안아주시는 듯 어머님의 손길이 느껴집니다. 나이가 들어가도 어머님을 생각하면 마음은 그만 어려지네요. 어머님이 읽어 보시고 만져보실 이 없어서 불을 대여 놓습니다. 어머님! 오래 오래 계시옵소서. 그 넋은 어머님 기억을 잊속에 다 쓸 수도 없는 것이 간직하겠습니다. 어머님 생신날 터도 색다른 음식을 사서 먹을 것입니다. 아들,딸 손자들과 생신을 즐께주시옵소서.____ 아들은 건강하오니 걱정을 마시오.

제수씨 보십시오

제수씨 어데, 보내주신 편지더 사진 두장을 반가이 받았읍니다. 어머금이 고향에 가엿 다녀 섭섭하신 것 같아 마음이 좋았읍니다. 성산이가 엄마더 아빠와 찌은 사진은 모두 건강한 것 같아서 흐뭇했어요. 보고 또 보앗읍니다. 잘 간수하고 있는 성산이 사진 서장을 꺼내서 들어좋고 보앗읍니다. 고 품이 바쁜 엄마를 좋아주지 않는가 하며 무엇이져집어른 입어 넣고, 금새 위험한 것에 나타나서 엄마를 겁나게 하는 고녀서 떠올렸어요. 성산이를 생각하면서 여러 시간을 보냇읍니다. 던번에 어린이 두노 개발에 대한 책을 보았는 데 참고 되실것 같아서 수던 내용을 간추섭니다. 인간은 누구나 두더가 2,30억개의 더네포로 되어 있기 때문에 머리가 좋거나 나뿔 수도 없으며 성장하면서 차이가 생기는 것은 태어난 이후의 탄성 덧 고후의 것 나라고 했고 해반 (호.기.혜.오. 너뷔)을 통해서 덧더(外的)인 것이 더에 기록 되는 것이더 성리 건합 린 때 생생한 것으로 오래 기억 되고 성격도 맞한 후천덕인 소산이나고 주장했읍니다. 하고 어너는 지식 위주로 가르치고 있지만 콤쥭터가 아는 인간, 지.덤.의 (知.情.意)를 고루 맞춘 인간으로 고육해야 하여 학고 고육에서 소홀이 하고 있는 부분에 깊은 관심을 가지고 특히 엄마더 가족이 그 덤을 보충하기 위해서 노력해야 한다고 누누이 강조 했읍니다. 제 생 각은 두더도 축래더 마찬가지로 더소의 차이는 있다고 보며 그러~ 그 차이는 속히 되는 것 으로 누구나가 자기 세더의 높은 의식 수준에 이를 수 있다고 어겨집니다. 태어날 때 미미한 차이의 축래는 섭취하는 영양더 운종, 고동, 음식, 마음 씀 씀에 의해서 건 여하 게 던저 십니다. 아기는 모두가 튼튼하고 일던한 시장 이상으로 성상 일 수 있는 가능성을 가지고 있읍니다. 인간 뿐만이 아니더 동물더 식물도 상어한 종(種)의 한게 서서 장읍니다. 다만 성장 할 때의 환경더 소건에 의해서 달라 집니다. 더수는 물질로 구성 되었으며 인간의 일부이기 때문에 생물체와 법치에서 되 더 철수는 없읍니다. 더수도 심장이나 간 등의 기반더 같이 인체 서에서 특수한 기능을 하고 있읍니다만 인간의 뇌수 야만로 어느 것더도 비고 할수 없는 무궁한 가능성을 가지고 있읍니다. 인종가 지승상에 탄생한 이후 이후에 좋은 어떠한 문엉이너 문더러 할지러도 어떠한 대걱(大憩) 이나 지그한 넌이라 할지나도 가능성이 있었기 때문에 이룩한 것입니다. 소상이 한 것을 우리가 못할러는 없읍니다. 현대인더 축래더 더수 혹에는 더 많은 것을 해볼수 있는 가능성이 서재해 있읍니다. 성상이 안에 검장한 가능성이 이미 주어더 있읍니다. 더수는 끝 없는 더지에 비한까요 넓은 땅더 일부가 섭렁 매마르너 할지나도 깊이 갈고 비료를 듬뿍 주언 옥토로 변합니다. 기름진 땅에 씨앗을 뿌러서 가꾸 .... 한 오구너 라임을 수덕 할수 있고 고운 꽃에 큰 재 목을 얻을수 있읍니다. 땅더 .... 인이 땅더 식물에 대한 지식이 없으면 거의 자연에 의존하게 더지만 더 .... 축한 일본은 자연서 불러 한 덤을 극복하면서 입체러인 등업 경영을 한 .... 서에서 상품(上品)을 양념소로 멋내서 수덕 할 것입니다. 어던 성산 .... 을 비옥하게 만들어주고 그 것에 씨 것을 뿌러는 자겁는 없나더 가족이 담당 .... 를 가꿈에 있어서도 대상을 그러 함이 없이 방법을 멋더로 강수하면 실효 .... 서. 대상을 섭러 히 알고 그더 법치에 맞게 일해야 성러를 얻을 수 있어 .... ~ 것 밖에 있읍니다. 밖에 사물이 감각 기관을 통해서 뇌에 런달 되고 뇌에더 총합하는데 때로는 감각 기관이 착각을 일으킬 수도 있고 또 부분 넌을 반영해서 잘못 일수 있읍니다. 자기의 인식 이나 생각이 바른가 그른가는 객관의 사물더 자기 생각이 일치하는가 않는 가에 의해 서 판별 됩니다. 제수씨가 성산이를 고육함에 있어서 예상과 다른 건과가 나타나면 제수씨 생각의 일부에 잘못이 있음을 인덩하고 방법을 바꾸어야 합니다. 아이들은 무엇이나 삼촌은 머리를 떨구고 집에 갔다. 혼이 나도 단단히 벌 것 같아 겁도 나고 한아버님 말씀을 두 번이나 어기터라 거스러워서 한아버님 앞에 무릎을 꿇었다. "두 번 주의를 주었는데 안 듣고 또, 이즘 너는 네 자신을 어떻게 생각하나" —— "말 좀 해 봐!" 한참만에야 다시는 깊은 물에 들어가지 않겠노라 말씀을 드렸다. 한아버님은 무더운 분이신데, 좀처럼 매를 대시는 일이 없으었고, 한 번 매를 들으면 종아리에서 피가 나도록 매질을 하셨었다. (삼촌은 남의 집 외를 따먹고 딱 한 번 매를 맞았는데 그날 매 여남은 개가 넘게 불어졌다) 사람이 빠져 죽은 곳이고 위험해서 못 가게 하는 것이니까 그러앉고 깊은 물에 들어가지 않도록 하라고 부드러운 주의로 그치었다. 삼촌은 그후 아예 동네 방죽에는 가지 않았고 뚝 너머 검알리 방죽 목에 달만한 길이에서 멱을 감았다. 아이들 생각이란 그때뿐 물속에서 놀다보면 깊은 곳에 가기 쉽다. 너는 물론 형하고 함께 물에 가고, 형이 혹 혼자 물에 가는 성 싶거든 꼭 딸아가거라. 형제가 같이 노는 것이 안전하다. 학교 다닐 때는 자연히 접할 기회가 적을 텐데 방학 동안에 줄로 산으로 뛰어다니며 좀 놀아라. 그래야 사람이 좀스럽지 않고 마음의 폭이 넓어진다. 많은 말 못다 쓰고 이만 줄인다. 혁성아, 안녕. 1987.7.27. 삼촌 씀." 혁신아 그곳 장마 퇴해도 없지. 궁금하니 곧 소식을 보내라. 그리고 혁정이 우면만 하거든 작은댁 삼촌흘 졸라라. 청주에 가자고 말이다.

혁신아, 무서운 것을 무서운 줄 모르고 덤비는 것은 용감한 행위가 아니라 멍청한 짓이다. 그런 사람은 으레히 을러 맞받노라고 죽으러 하고 다리난다. 무서운 것을 제대로 알고 더드는 사람은 비겁하지 않다. 수영을 제만큼 하게 되면 깊은 물에 가고 싶은 것인데 물살을 헤치고 1km 정도 해엄칠 수 있는 실력이 아니고는 아니라, 깊은 물에 절대로 들어가지 말아라. 장마로 강물이 불어났을 것이고 흘리는 말도 있고 해서 "혁성아 보아라" 혁성아 너 공부 잘했지. 오즈음 무엇하고 노나. 탁자오락실 아니면 만화 가게에 가나? 밤에는 테레비 앞에 쪼그리고 있고? 삼촌은 너만한 때 여름에는 물속에서 많이 놀았다. 고기 잡고 해엄치고. 깊은 물에서 해엄치다가 너 한아버님한테 두 차례나 주의를 받았는데 그저도 소무래기를 하고 낭집고 풍병거리는 얕은 곳에서야 재미가 있어야지. 동무들은 깊은 물에서 곤두박질치고 물밑으로 해엄하여 물러 물위로 솟아나는 장무를 덥치며 웃고 떠드는데, 좀이 쑤셔서 건널 수가 있어야지. 그래 또 깊은 물에 들어가서 해엄을 치고 놀았다. 그러다가 머리친 후에 한아버님께 들키고 말았구나. 한길에서 한아버님은 곧 집으로 오라는 말씀남기고 가셨다. 힘이 쭉 빠져버린

추운 겨울이 있기에
봄은 아름답다

초판 1쇄 발행 2026년 3월 16일

지은이 임방규
펴낸이 곽유찬

이 책은 **편집 손영희 님, 표지디자인 디자인_see 님,
본문디자인 박승겸 님**과 함께 진심을 다해 만들었습니다.

펴낸곳 레인북
출판등록 2019년 5월 14일 제 2019-000046호
주소 서울시 서대문구 홍은중앙로3길 9 102-1101호
이메일 lanebook@naver.com
*시여비는 레인북의 브랜드입니다.

ISBN 979-11-93265-67-3 (03810)